SCIENCE FICTION

Herausgegeben
von Wolfgang Jeschke

DIE STRASSE NACH CANDAREI

*Internationale
Science Fiction Erzählungen*

herausgegeben von
Wolfgang Jeschke

**Illustrierte
Originalausgabe**

WILHELM HEYNE VERLAG
MÜNCHEN

HEYNE SCIENCE FICTION & FANTASY
Band 0605275

Das Umschlagbild malte Patrick Woodroffe
Übersetzungen:
Aus dem Amerikanischen und Englischen von
Ingrid Herrmann, Kamala Kiel, Birgit Reß-Bohusch
und Annemarie Telieps,
Heiko Langhans, Jakob Leutner, Uwe Luserke,
Franz Rottensteiner und Alfons Winkelmann
Aus dem Italienischen von Hilde Linnert
Aus dem Tschechischen von Karl v. Wetzky
Aus dem Weißrussischen von Erik Simon

Illustriert von
André Janout, Jobst Teltschik und Ingo Wiegand

Redaktion: Wolfgang Jeschke
Copyright © 1995 by
Wilhelm Heyne Verlag GmbH & Co. KG, München
Einzelrechte und Rechte der deutschen Übersetzungen
jeweils am Schluß der Texte
Printed in Germany 1995
Umschlaggestaltung: Atelier Ingrid Schütz, München
Technische Betreuung: M. Spinola
Satz: Schaber, Satz- und Datentechnik, Wels
Druck und Bindung: Presse-Druck, Augsburg

ISBN 3-453-07974-4

INHALT

INHALT

INHALT

INHALT

DAS GLEIS

Ta-tak… ta-tak… ta-tak… ta-tak…

Grüne Wiesen flogen an den Fenstern vorüber. Weiter entfernt zog knallgelber Raps gemächlich vorbei, scharf abgegrenzt von eierschalenfarbenen Getreidefeldern, die von leuchtend rotem Mohn durchsetzt waren. Die Landschaft wellte sich sanft und sonnendurchglüht in eine rauchblaue Ferne. Ta-tak… tatak… Der Wagen rüttelte leicht im Rhythmus der Schienen.

Tief in Jan Scheers Innerem, unberührt von der Sonne, saß ein kalter Knoten der Angst.

Das Rütteln hörte auf.

Er fuhr mit einem Ruck hoch. Einen Moment lang war ihm schwindlig; er hatte das unwirkliche Gefühl, als würden sich zwei ähnliche, aber keineswegs identische Welten für Sekundenbruchteile überlagern, während er von der einen zur anderen wechselte. Er schaute verwirrt nach vorn und nach rechts, um sich zu orientieren. Dann sah er seine Frau an, die neben ihm saß.

»Warum fährst du links?« fragte er. Die Autobahn war völlig leer.

Wanda warf ihm einen kurzen Seitenblick zu. »Wieder schlecht geträumt?«

Er antwortete nicht, und sie ging auf die rechte Spur. Das dumpfe Poltern der Reifen in den breiten, schlecht verteerten Fugen der groben Fahrbahnplatten ließ den alten BMW 316 erbeben, als ob sich die Stoßdämpfer bereits verabschiedet hätten. Jans ohnehin nicht sonderlich glückliches Gesicht verzog sich noch mehr.

»Fahr bloß wieder rüber«, sagte er. Wanda ging wortlos wieder auf die Überholspur.

Eine trübe, öde Winterlandschaft glitt an ihnen vorbei. Schmutzgraues, flaches Land, vergittert von dunkleren Baumstämmen, deren blattlose Kronen sich auf beiden Seiten der Autobahn zu Spinnennetzen vor einem leeren Himmel verästelten. Der Rest der Welt versickerte nicht weit entfernt in dunstigem Grau. Jan hatte nicht das Gefühl, daß ihm dadurch etwas entging.

»Kann nicht mehr weit sein bis zur Grenze«, meinte Wanda.

Jan nickte. Vor seinem inneren Auge zog wieder die sonnendurchglühte Landschaft vorbei, die er vor drei Monaten gesehen hatte, als er mit dem Zug nach Berlin gefahren war, um seinen Vater dort im Krankenhaus zu besuchen – seinen Vater, dem diese Grenze nun doch noch den Tod gebracht hatte.

Der Brief war vor zwei Tagen gekommen, am 4. Dezember. Jan hatte ihn abends im Briefkasten gefunden, als er von der Arbeit nach Hause kam. Noch ehe er den Absender las, wußte er, von wem er kam und was darin stand. Der Name des Empfängers auf dem Kuvert lautete ›Jankele Szerniczewski‹, und die Adresse war in der sorgfältigen Kinderschrift seiner Mutter geschrieben. Jan schüttelte den Kopf. Gleichzeitig begann sein Herz zu schlagen, als ob es sich durch seinen Brustkasten einen Fluchtweg nach draußen hacken wollte. Jankele, dachte er und bemühte sich, wenigstens einen Anflug von Ärger zu empfinden und auf diese Weise den Moment hinauszuschieben, an dem er die Bedeutung des Briefes zur Kenntnis nehmen mußte. Aber es gelang ihm nicht. Weder das eine noch das andere.

»Für sie bist nun mal ihr jüdischer Sohn«, sagte Wanda später, als er ihr die Karte zeigte, die in dem Umschlag gesteckt hatte. Sie stand am Herd und kochte Pirogen, die er verabscheute. Wenigstens hatte sie sich die mehligen Finger an der Schürze abgewischt, bevor sie die Karte nahm.

»Da irrt sie sich. Erstens bin ich Katholik, und zweitens haben mir meine Eltern nach meinem Abfall vom wahren Glauben erklärt, ich sei nicht mehr ihr Sohn. Und drittens heiße ich Jan.«

»Auch nicht ganz richtig«, gab Wanda zurück. »Vielleicht bist du jetzt ein katholischer Jude, aber ein Jude bleibst du, ob du willst oder nicht. Was deine Eltern betrifft, die sind schließlich vor drei Monaten nach Deutschland gekommen, um uns zu besuchen, oder? Und du heißt Janosz. Nicht Jan.«

Er wußte, daß es keinen Sinn hatte, mit Wanda über dieses Thema zu streiten. Kurz nachdem sie vor sieben Jahren aus Warschau nach Hamburg gekommen waren, hatte er sich Jan Scheer genannt, weil seinen polnischen Namen ohnehin niemand aussprechen konnte. Wanda, die ihm diese Begründung nicht abnahm und ihm vorwarf, bloß seine polnische Herkunft verleugnen zu wollen, hatte darauf bestanden, ihren richtigen Namen beizubehalten. Nach wochenlangem Streit hatte er widerwillig nachgegeben. Nun stand auf den Namensschildern an Haustür, Wohnungstür und Briefkasten ›Scheer & Szerniczewski‹.

»Aber sie haben uns nicht besucht«, sagte er.

Wanda gab ihm die Karte mit einer unwilligen Bewegung zurück. »Willst du ihnen das vielleicht noch zum Vorwurf machen?«

Die schlichte weiße Klappkarte in dem Briefumschlag trug auf der Vorderseite nur einen kleinen schwarzen Davidstern. Auf der zweiten Seite stand, daß sein Vater am 25. November verstorben war. Die dritte Seite enthielt die Nachricht, daß die Beerdigung am 27. November stattfinden sollte. Die vierte Seite war leer.

»Ich weiß, daß du zu nichts weniger Lust hast«, meinte Wanda, »aber ich finde, wir sollten hinfahren. Er war immerhin dein Vater, und du bist der einzige Sohn.«

»Aber er ist doch schon längst unter der Erde«, widersprach Jan. »Wahrscheinlich hat meine Mutter wie üblich beide Augen fest vor der Realität verschlossen und erwartet, ich würde rechtzeitig da sein, um auf dem Friedhof das Kaddisch zu sprechen.«

»Trotzdem. Auch wenn es für das Totengebet zu spät ist.«

Jan sah seine Frau zweifelnd an. »Glaubst du denn, du kannst noch so weit fahren?«

Wanda lächelte und legte beide Hände sanft auf die Rundung, die sich unter der fleckigen Schürze abzeichnete. »Ich bin gerade mal im sechsten Monat. Ein bißchen Bewegung wird dem Kleinen ganz guttun. Außerdem ist es bestimmt ein großer Trost für deine Mutter. Schließlich sind deine Eltern deswegen hergekommen.« Ein Schatten ging über ihr Gesicht. »Ich finde, wir sind's deiner Mutter schuldig.«

Jan schwieg einen Moment. Er drehte die Karte hin und her. »Sie hätte wenigstens ›Janos‹ schreiben können. Oder ›Janek‹, meinetwegen«, murrte er.

In dieser Nacht hatte Jan den ersten Alptraum.

Es begann damit, daß er mitten in der Nacht aufzuwachen glaubte. Im Zimmer war es dunkel, aber nicht ganz. Durch den schmalen Spalt unter der Tür fiel ein grünlicher Schimmer herein. Sein Herz begann heftig zu schlagen. Er stand auf und ging zur Schlafzimmertür. Er wollte es nicht, etwas in ihm wehrte sich verzweifelt, er hätte sich am liebsten die Decke über den Kopf gezogen und sich an seine Frau geschmiegt, aber er stand ganz ruhig auf, ging zur Tür und öffnete sie.

Der grüne Schimmer kam aus dem Wohnzimmer, und er wußte genau, was es war. Sein Körper ging gelassen durch den Flur, während er wie ein gefangenes Tier in seinem Inneren kauerte, ohnmächtig, von Panik erfüllt; er blieb vor der Wohnzimmertür stehen und machte sie auf, und da war er, der Brief, auf dem kleinen Tisch neben dem Sofa, in ein mattes, kaltes, grünes Licht getaucht, wie die einzige sichtbare Leuchtziffer einer riesigen, unsichtbaren Uhr. Er ging hin. Das grüne Licht war wie eine Warnung davor, etwas anzurühren – *an etwas zu rühren.* Nicht, schrie das gefangene Tier, laß das Ding liegen, faß es nicht an. Aber seine Hand streckte sich wie von einer stärkeren Macht gelenkt zu dem Brief aus und ergriff ihn, und in diesem Moment durchzuckte ihn das grüne Licht wie ein Blitz, und er sah seinen Körper von innen wie auf einer Röntgenaufnahme: ein Gerippe mit einem grinsenden Totenschädel, aus dem es kein Entrinnen gab.

Sie rollten im Schrittempo an der langen Schlange der Lastwagen vorbei, die wie die Waggons eines endlosen Güterzugs auf der rechten Spur geparkt waren und auf die Abfertigung warteten. Die Fahrer schlenderten müßig zwischen ihren Wagen hin und her, rauchten und schwatzten miteinander; manche saßen an Campingtischen auf dem Bankett beisammen, spielten Karten und tranken Kaffee oder andere Dinge, die ihnen die tagelange Wartezeit verkürzten. Den Personenwagen, die an ihnen vorbeizogen, schenkten sie nicht die geringste Beachtung. Es war, als ob sie in ihrer Welt gar nicht existierten.

Jan verspürte einen merkwürdigen Druck im Magen, als sie auf die Grenze zufuhren. Ihm war zumute, als ob dort vorne ein namenloses Ungeheuer mit weit aufgesperrtem Rachen läge; als ob das diesige Grau des späten Vormittags mit einemmal undurchdringlicher Dunkelheit weichen würde, sobald sie den

Schlagbaum passierten. Er sah seine Eltern vor sich, die vor vier Monaten mit ihrem winzigen Fiat von der anderen Seite her ahnungslos auf diese Grenze zuge-kommen waren, sein Vater am Steuer, mit der altmo-dischen, starken Brille auf der Nase, der Kipa und dem schwarzen Hut auf dem Kopf, mit dem langen schwarzen Bart und den schwarzen Schläfenlocken.

Er versuchte, die Vorahnung drohenden Unheils zu bekämpfen, indem er sich ins Gedächtnis rief, daß es gar keinen Schlagbaum mehr gab; er sagte sich, daß sich die Verhältnisse in dem Land, in das sie gleich ganz offiziell hineinfahren würden, grundlegend geän-dert hatten, seit sie es vor sieben Jahren verlassen hat-ten, bei Nacht, damals, und weit weniger offiziell.

Es half nichts. Das Gefühl wollte nicht weichen.

Wanda sah den gespannten Zug um seinen Mund. Sie legte ihm sanft eine Hand aufs Knie. »Alles in Ord-nung mit dir?«

Jan nickte. Sie nahm die Hand wieder ans Lenkrad. Jan machte das Handschuhfach auf und holte die Aus-weise heraus. »Da vorne ist es«, sagte Wanda.

Flache, schmucklose Baracken schälten sich aus dem Dunst. Die deutschen Zöllner standen beieinander, unterhielten sich und winkten einen Wagen nach dem anderen lässig durch.

Schatten materialisierten im trüben Grau. Gesichts-lose, schwarze Gestalten, drüben auf der anderen Seite, gleich diesseits der Grenze. Wartend, reglos. Die Baseballschläger in ihren Händen dunkle, längliche Silhouetten. Ein roter Fiat, der drüben am Grenzposten vorfuhr. Ein matter Lichtreflex in Brillengläsern, als der alte Mann am Steuer den Kopf wandte, zu ihm hinüberschaute und ihm lächelnd zuwinkte – sein Vater ...

Das Trugbild löste sich flimmernd auf wie eine dü-stere Fata Morgana. Kein roter Fiat, ein Mercedes mit deutschem Nummernschild, ein braungebrannter Ge-

14

schäftsmann am Steuer. Nirgends eine schwarze Gestalt, nur der deutsche Zöllner auf ihrer Seite, der sie durchwinkte, ohne ihnen auch nur einen Blick zuzuwerfen.

Gleich darauf kam der polnische Grenzposten. Sie mußten vor einer verglasten Kabine halten und die Ausweise hineinreichen. Der Beamte drinnen blätterte in den Papieren, warf einen Blick auf die Fotos und musterte sie dann ausdruckslos. Er gab ihnen die Ausweise zurück und winkte sie weiter.

Sie waren drüben.

Wanda lenkte den Wagen an Wechselstuben, Toilettenhäuschen und Imbißbuden vorbei, und Jan merkte, wie der Druck in seinem Magen nachließ. Er stellte fest, daß die Luft hier genauso grau und kalt war wie auf der anderen Seite, und kurbelte rasch das Fenster hoch. Das Ungeheuer hatte sie also verschont.

Bis jetzt. Vielleicht wartete es auch bloß noch ein wenig, bis es die Kiefer zusammenklappen ließ, dachte er mit einem Anflug von Galgenhumor.

An einem kleinen Rastplatz ein Stück hinter der Grenze machten sie halt, um sich beim Fahren abzuwechseln. In dem grob zusammengenagelten Büdchen, das windschief auf dem matschigen Lehmboden klebte, aßen sie eine Kleinigkeit: Tiefkühlpizzas, die in die Mikrowelle geschoben wurden und nach fünf Minuten ›fertig‹ waren. Wahrscheinlich der erste Etappensieg des triumphalen Kreuzzugs westlicher Kultur und Lebensart durch den primitiven Osten, dachte Wanda. Sie spülten das pappige Zeug mit etwas unbeschreiblich Süßem hinunter – die heimliche Rache der Besiegten und Bekehrten, der Missionierten und Zwangskonvertierten, Guerillakrieg in der Imbißbude – und fuhren weiter.

Wanda machte es sich auf dem Beifahrersitz bequem und ließ die flache polnische Landschaft an sich vorüberziehen, während sie weiter in Richtung Warschau fuhren. Sie wartete ergeben darauf, daß das Kind in ihrem Bauch aufhörte, sie mit ärgerlichen Tritten zu malträtieren, und beobachtete ihren Mann heimlich von der Seite. Er war blaß und verspannt; die Augen hinter den runden Gläsern der Nickelbrille waren zu schmalen Schlitzen zusammengekniffen, und er wirkte bedrückt und nervös. Sie machte sich Sorgen um ihn. Da waren diese Alpträume, die er in den letzten beiden Nächten gehabt hatte. Heute war er um zwei Uhr früh mit einem lauten Schrei hochgefahren, und während sie ihm den Schweiß von der Stirn wischte und ihn beruhigte, hatte er etwas von einem vollbesetzten Zug gemurmelt, der führerlos und immer schneller auf einem Gleis dahinraste, das sich schnurgerade bis zum Horizont erstreckte und dort im Nichts verschwand. Und in der Nacht davor war er sogar schlafgewandelt; sie hatte ihn mitten im Wohnzimmer gefunden, mit dem Brief seiner Mutter in der Hand. Seit er den bekommen hatte, war es, als ob ein schweres Gewicht auf ihm lastete. Vielleicht lag es daran, daß er nun nicht mehr umhin konnte, in sein Heimatland und zu seinem Elternhaus zurückzukehren und sich damit all dem zu stellen, was er so verbissen und so erfolgreich aus seinem Leben zu verdrängen suchte.

Wanda, die selbst aus Polen kam und die Eltern ihres Mannes vor drei Monaten in dem Krankenhaus in Berlin kennengelernt hatte, konnte ihn durchaus verstehen. Aber so wenig er bereit gewesen war, sich dem Druck zu beugen, der auf ihn ausgeübt wurde, so wenig war sie bereit, sich *seinem* Druck zu beugen und so zu reagieren wie er. Sie sah keinen Grund, derart vollständig mit der Vergangenheit zu brechen wie er; sie wollte ihr Leben nicht auf der Illusion aufbauen, erst im goldenen Westen plötzlich als fertiger Mensch ins Dasein gesprungen zu sein.

Anfangs hatte sie hin und wieder versucht, mit ihm

darüber zu sprechen, aber da er seine Herkunft so ingrimmig von sich wegschob, war er vernünftigen Argumenten nicht zugänglich gewesen; deshalb hatte sie es schließlich bleiben lassen. Erst als sie wußte, daß sie schwanger war, hatte sie einen neuen Anlauf gewagt. Diesmal jedoch auf einem anderen Weg. Sie hatte seinen Eltern einen Nachricht zukommen lassen, daß ihr Sohn Vater werden würde. Der Sohn, den sie vor zehn Jahren aus dem Haus geworfen hatten. Ihr einziges Kind.

Und es hatte funktioniert, auch wenn Jan fürchterlich wütend gewesen war, als sie es ihm erzählt hatte.

Sie musterte ihren Mann erneut.

Nein. Es hatte nicht erst mit dem Brief seiner Mutter angefangen, sondern schon früher. Vor drei Monaten. Damals, als seine Eltern ihren Besuch angekündigt hatten. Als sein Vater nach dem Vorfall an der Grenze in das Berliner Krankenhaus eingeliefert worden war. Sie erinnerte sich an die Zugfahrt nach Berlin im späten Sommer, blauer Himmel und strahlender Sonnenschein, während ihr Mann am Fenster saß und in die Landschaft hinausstarrte. Schweigsam, mit leerem Blick. Da hatte sie den Hauch einer *Kälte* gefühlt, als ob ein undefinierbares, eisiges Etwas auf ihn zugekrochen käme, erbarmungslos, unentrinnbar. Sie hatte es natürlich sofort als Unsinn abgetan, aber jetzt wußte sie, was sie damals im Zug bei ihm gespürt hatte: *Angst.*

Ja. Damals hatte es angefangen.

Es war schon fast Mitternacht, als sie auf der Marcina Kasprzaka nach Warschau hineinfuhren. Jan war müde. Bisher hatte er beinahe das Gefühl gehabt, sieben Jahre in die Vergangenheit zurückversetzt worden zu sein. Die Hauptverbindung von Berlin nach Warschau war immer noch eine zweispurige, altersschwache Landstraße voller Schlaglöcher; die kleinen Ortschaften auf dem Weg waren nach wie vor unansehnliche Ansammlungen zweigeschossiger, grauer Hauswürfel; manchmal fuhren sogar noch Ochsengespanne herum. Nur die Schilder und Transparente fehlten, mit denen man die Einwohner zu ideologischer Wachsamkeit und höherer Arbeitsleistung ermahnt hatte; dafür waren haufenweise Westautos unterwegs, viele davon mit polnischen Kennzeichen, obwohl Jan in den kleinen Dörfern kaum je eins am Straßenrand stehen sah.

Bei Einbruch der Dämmerung hatte es zu schneien begonnen, und von da an kamen sie noch langsamer vorwärts. Der Schnee auf den kahlen Feldern verstärkte den Eindruck der Einsamkeit und Trostlosigkeit. Es war eine unwirtliche, kalte Welt dort draußen, deren Menschen harte Arbeit gewohnt waren; sie drängten sich hier und dort zusammen und suchten Schutz hinter dicken, schmucklosen Mauern. Die Lichtkegel der Scheinwerfer schnitten Löcher in die Dunkelheit, und Jan, der in seinem warmem BMW saß und dem stetigen Brummen des Motors lauschte, spürte ein Stechen im Bauch. Zuerst dachte er, es wäre der Hunger, aber dann erkannte er, daß es Wehmut und Sehnsucht waren. Dies war seine Heimat. Mit diesen Menschen war er aufgewachsen.

Er hatte zu Wanda hinübergeschaut und an ihrem Gesicht gesehen, daß es ihr ebenso ging.

Als er nun jedoch nach Warschau hineinfuhr, wurde er abrupt in die Gegenwart zurückgeholt. Häßliche Betonsiedlungen und Industrieviertel wucherten wie Tumore in den Grüngürtel um die Stadt hinein. Die Straße war sechsspurig ausgebaut und schon weit vor der Stadtgrenze hell erleuchtet, und es herrschte immer noch reger Verkehr. Je weiter sie ins Zentrum hineinkamen, desto mehr Neonschilder prangten an den Fassaden, und an der Ecke von Swientokryska und Marszalkowska war eine große McDonalds-Filiale. Ein Stück weiter machte der Hochhausturm des

Marriott-Hotels dem barocken Empire-State-Building-Imitat des sowjetischen Kulturpalasts Konkurrenz. Schließlich bog Jan in die Ulica Krucza ein und fuhr auf den Parkplatz des alten Grand Hotel, in dem er ein Doppelzimmer reserviert hatte.

Das Grand Hotel war ein sozialistischer Prunkbau, ein Betonklotz, der gegen die moderne Eleganz der neuen Hotels keine Chance mehr hatte und nun allmählich verwahrloste. Das einzige Zeichen seiner ehemaligen Größe war das gewaltige Vordach über dem Eingang, aber im Inneren bemühte sich das Personal standhaft, die allgegenwärtigen Zeichen des Verfalls zu ignorieren. Jan ließ sich von einer blasierten Empfangsdame den Zimmerschlüssel geben und fuhr mit Wanda zum dritten Stock hinauf.

In dieser Nacht träumte er nicht. Er hatte auch keine Gelegenheit dazu, denn in dem Zimmer war es so stickig und heiß, daß ihm der Schweiß aus allen Poren brach, noch bevor er die Bettdecke über sich zog. Er versuchte einzuschlafen, aber trotz seiner Müdigkeit gelang es ihm nicht. Er stand wieder auf, um die Heizung abzudrehen, mußte jedoch feststellen, daß sich die Heizkörper nicht regulieren ließen – wenn etwas im Sozialismus ›Zentralheizung‹ geheißen hatte, dann war es auch wirklich eine gewesen, dachte er und riß das Fenster auf. Doch im kalten Luftzug von draußen begann die Tür zur Diele, die nicht mehr schloß, unheilverkündend zu knarren, und so machte er das Fenster schließlich wieder zu und ergab sich in sein Schicksal. Wanda war ins Bett geschlüpft und sofort in einen tiefen Schlaf gesunken, aus dem sie kein einziges Mal erwachte.

Beim Frühstück am nächsten Morgen sprachen sie nicht viel miteinander. Wanda schien ihren eigenen Gedanken nachzuhängen, und Jan war nicht nach Reden zumute. Aber als sie wieder im Wagen saßen und zur Slasko-Dabrowski-Brücke über die Weichsel unterwegs waren, sagte Wanda mit einemmal: »Ich erkenn die Stadt gar nicht mehr wieder.« Jan nickte. Auf der Nowy Swiat reihte sich eine Boutique an die nächste, nur unterbrochen von Juwelieren und Galerien. Er verspürte ein Gefühl der Leere. Zwei Welten, die sich überlagern, dachte er. Nur daß es hier in Wirklichkeit geschah, und daß die neue Welt die alte unter sich begrub. »Sieht aus wie die Mönckebergstraße in Hamburg«, sagte er.

Gegenüber vom Jüdischen Historischen Institut erhob sich ein Wolkenkratzer aus Glas und Stahl. Vor sieben Jahren war dort noch unbebautes Gelände gewesen. Jan wußte, daß auf diesem Platz einst die Tlomackie-Synagoge gestanden hatte, bis sie im Zweiten Weltkrieg von den Deutschen zerstört worden war. Jahrelang hatte sich die Jüdische Gemeinde dagegen gesperrt, daß auf diesem Grundstück ein Geschäftsgebäude errichtet wurde. Schließlich gab sie nach, machte jedoch zur Bedingung, daß in dem Haus eine Synagoge untergebracht werden müßte. Der Bauherr – ein japanischer Konzern – hatte sich damit einverstanden erklärt.

Als sie an dem blauschimmernden Gebäude vorbeifuhren, sah Jan, daß vor dem Eingang mehrere Streifenwagen geparkt waren. Zwei Polizisten standen zu beiden Seiten der großen Türen und sahen sich wachsam um, während ein paar alte Leute mit schwarzen Kipas auf dem Kopf an ihnen vorbei ins Haus gingen.

Jan fiel ein, daß heute Samstag war – Sabbat.

Alles wandelte sich, dachte er. Aber manche Dinge änderten sich nie. Im Osten ebensowenig wie im Westen.

Gegen Mittag kamen sie durch Wyszkow, ein kleines Städtchen am Fluß Bug, und noch etwas später bogen sie von der Hauptstraße ab und fuhren auf einer kleinen Nebenstraße weiter nach Osten. Hier gab es nicht einmal mehr einen Mittelstreifen. Die Straße führte schnurgerade durch eine endlose, leere Weite, bis sie am Horizont zu verschwinden schien. Die Abstände zwischen den Dörfern, durch die sie kamen, wurden immer größer. Schließlich brach die Dämmerung herein. Als Wanda schon glaubte, daß sie irgendwo die Grenze zu Rußland passiert haben mußten, ohne es zu merken, bog Jan von der Straße auf einen noch kleineren Weg ab, der nicht einmal asphaltiert war. Ein paar Minuten später kamen die ersten Häuser in Sicht. Davor stand eine windschiefe Tafel, auf die jemand mit krakeligen Buchstaben ›Kuczkowo‹ geschrieben hatte.

Der Weiler bestand aus zwei bis drei Dutzend Häusern, fast alle aus Holz. Jedes Haus hatte einen kleinen Vorgarten hinter einem braun oder ockergelb gestrichenen Lattenzaun. Die Ansiedlung sah ärmlich aus, wirkte jedoch nicht so trist wie die grauen Dörfer, durch die sie auf der Fahrt nach Warschau gekommen waren.

Jan hielt vor einem einfarbigen, dunkelbraunen Haus und schaltete den Motor aus. In der Stille, die darauf folgte, blieb er reglos sitzen und schaute zur Haustür hinüber.

Zum erstenmal spürte Wanda wieder die Furcht, die von ihm ausging und ihn auf dem Sitz festzuschweißen schien. Sie hätte ihm gern geholfen, aber sie wußte nicht, wie. Sie verstand nicht, wovor er solche Angst hatte. Sicher, er mußte die Vergangenheit jetzt wieder in sein Leben hineinlassen – er, der immer darauf pochte, daß er in der Gegenwart lebte und daß es nur darauf ankäme, das Beste daraus zu machen. Aber was hatte er schon zu befürchten? Glaubte er, das Grundgerüst, auf dem sein Leben ruhte, könnte unter ihm weggespült werden, wenn er die Schleusen öffnete und sich darauf einließ, die Beziehung zu seinen

Eltern nach so vielen Jahren zu überprüfen? Wußte er denn, warum sie so waren, wie sie waren? Vielleicht würde er ihnen heute mehr Verständnis entgegenbringen.

Sie beugte sich vor und berührte seinen Arm. »Komm«, bat sie, »laß uns reingehen.«

Jan seufzte und stieg aus. Im selben Moment, als er die Gartenpforte öffnete, ging die Haustür auf, und eine alte Frau stand auf der Schwelle. Ihre aschgrauen Haare waren straff nach hinten gekämmt und zu einem Knoten gebunden, und ihr blaues Wollkleid war abgetragen und schlicht, aber sauber. Wanda merkte ihr sofort an, daß sie fest entschlossen war, sich von den Umständen nicht aus der Bahn werfen zu lassen. Dennoch wirkte sie zerbrechlich und verloren. Ihre Wangen waren runzlig und eingefallen, und es schien sie große Mühe zu kosten, sich aufrecht zu halten. Obwohl sie höchstens sechzig Jahre alt sein konnte, sah sie wesentlich älter aus.

Sie starrte Jan an, und ihre Hände begannen zu zittern. »Jankele«, murmelte sie tonlos, dann trat ein Glanz in ihre Augen, ihre Mundwinkel verzogen sich langsam und ruckweise zu einem Lächeln, als sei das eine ungewohnte Anstrengung für sie, und sie wiederholte seinen Namen noch einmal: »Jankele! Daß du gekommen bist!« Sie breitete die Arme aus. »Komm her zu mir!«

Wanda sah erleichtert, wie Jan zu seiner Mutter ging und sie in die Arme nahm. Sie stieg mühsam aus dem Wagen und schaute sich um. Die Ankunft eines Wagens mit deutschem Nummernschild hätte in diesem verlassenen Nest eigentlich die gleiche Wirkung haben müssen wie die Landung einer fliegenden Untertasse vor dem Hamburger Hauptbahnhof, und Wanda war sicher, in mehreren Häusern eine undeutliche Bewegung hinter den Fenstern gesehen zu haben. Es kam jedoch niemand heraus.

Wanda ging langsam auf die beiden zu. Die alte Frau sah sie aus dem Augenwinkel näher kommen und löste sich aus der Umarmung ihres Sohnes. Ihr Blick wanderte von Wandas Gesicht zu ihrem Bauch, und als sie die Augen wieder hob, lag ein Schimmer darin. »Wanda. Wie schön, daß du auch hier bist.« Sie ergriff Wandas Hand mit beiden Händen und hielt sie einen Moment lang fest. Ihre Hände waren kühl und trocken.

»Guten Abend, Frau Szerniczewski«, sagte Wanda auf polnisch. »Mein herzlichstes Beileid.«

Die Frau ließ ihre Hand los. »Danke, mein Kind. Kommt herein.«

Während Jan das Gepäck aus dem Wagen holte, folgte Wanda seiner Mutter ins Haus. Im Innern war es kühl. Ein würziger Duft nach Kräutern lag in der Luft; außerdem roch es ein wenig muffig, als wäre schon länger kein Fenster mehr aufgemacht worden. In der Diele brannte kein Licht, aber Wanda sah, daß der Garderobenspiegel mit einer Wolldecke verhängt war. Flackernde Schatten tanzten im Rahmen der zweiten Tür auf der rechten Seite.

Auch in diesem Zimmer brannte kein Licht, aber über dem Eßtisch hing ein seltsam geformter Leuchter mit vier sternförmig angeordneten Ölschälchen, in denen brennende Dochte schwammen.

»Setz dich, mein Kind«, sagte die Frau und drückte Wanda behutsam auf einen der Stühle am Eßtisch. »Nach der langen Fahrt seid ihr doch bestimmt hungrig und durstig. Warte, ich hole rasch etwas.« Bevor Wanda noch ein Wort sagen konnte, war sie schon verschwunden. Während sie in der Küche herumrumorte, hörte Wanda, wie Jan draußen den Kofferraumdeckel schloß. Gleich darauf stellte er das Gepäck in der Diele ab und kam ins Wohnzimmer. Er blieb neben der Tür stehen, ließ den Blick durch das Zimmer schweifen und schüttelte kaum merklich den Kopf. Wanda sah ihm an, was er dachte: Es ist alles noch genauso, wie es damals war.

Seine Mutter kam mit einem Tablett herein, auf dem eine Flasche und Gläser sowie mehrere Schälchen und Teller mit diversen Gemüsehäppchen standen, und stellte alles auf den Tisch. »So«, sagte sie und setzte sich zu Wanda. »Nur, damit ihr schon mal was in den Magen bekommt. Ich mache euch gleich noch was Richtiges.« Sie streckte Jan eine Hand hin, und er kam zum Tisch und setzte sich ebenfalls.

Die alte Frau lächelte sie beide an. »Ich habe gerade die Hawdala begangen; der Sabbat ist vorbei. Aber ihr könnt das Arwit mit mir beten.«

»Sprich du das Gebet, Mutter«, erwiderte Jan. »Wir hören dir zu.«

Das Lächeln erlosch, und Wanda sah, wie sich die Züge seiner Mutter verhärteten. Einen Augenblick lang schien das Gespenst eines alten, nie überwundenen Konflikts drohend sein Haupt zu erheben, aber dann nickte die alte Frau stumm, nahm die Hand ihres Sohnes und drückte sie.

Die alte Frau begann zu beten, und Wanda betrachtete Janek, ihren Mann, wie er dort Hand in Hand mit seiner Mutter saß, schweigend, den Blick auf die Tischplatte gerichtet; es kam ihr vor, als hätte die starke, unsichtbare Präsenz, die immer noch über allem hier lag, nun endlich Platz für ihn gemacht, so daß er nach Hause kommen konnte. Draußen wurde es allmählich dunkel, und das Licht der Kerzen schimmerte warm auf den Gesichtern der beiden, während die alte Frau leise Worte in einer Sprache murmelte, die Wanda nicht verstand.

»Der Spiegel im Badezimmer war auch verhüllt«, sagte Wanda später an diesem Abend. Es war keine Feststellung, sondern eine Frage.

»Das ist so vorgeschrieben«, antwortete Jan leise,

weil die Holzwände dünn waren und er nicht wollte, daß seine Mutter sie hörte. Sie lagen in seinem früheren Zimmer im dem Bett, in dem er schon als Kind geschlafen hatte. Es war ein schmales, weiches Federbett mit einem Holzrahmen und einer dicken, durchhängenden Matratze. »Wenn ein naher Angehöriger stirbt, verhängt man alle Spiegel im Haus und bleibt eine Woche auf dem Boden sitzen. Nach einem Monat ist die Trauerzeit vorbei. Wenn ich ein guter jüdischer Sohn wäre, müßte ich dann fast ein Jahr lang jeden Tag das Kaddisch beten und am Jahrestag des Todes ein Licht für meinen Vater anzünden.«

»Man muß eine Woche auf dem Boden sitzen? Die ganze Zeit?«

»Ja, eigentlich schon.« Er lächelte kurz. »Natürlich darf man mal kurz aufstehen, wenn es sein muß. Und die Nachbarn kommen und helfen bei der Hausarbeit.«

»Heute abend hat sich aber kein Nachbar blicken lassen.«

»Die werden schon noch kommen.«

Wanda dachte an die undeutlichen Bewegungen hinter den Fenstern der anderen Häuser. »Hattest du damals Freunde hier?« fragte sie.

»Nein. Wir waren die einzige jüdische Familie im Dorf.« Seine Stimme wurde flach. »Wir hatten nicht … nicht viel Kontakt mit den anderen Leuten.«

»Lag das an denen oder an euch?«

Er schwieg eine Weile. Dann sagte er kurz: »Sowohl als auch, denke ich«, und drehte sich auf die andere Seite. Kurz darauf verrieten seine tiefen Atemzüge, daß er eingeschlafen war.

In dieser Nacht schlief er tief und traumlos. Als er am Sonntagmorgen aufwachte, fühlte er sich frisch und ausgeruht. Es war schneidend kalt im Zimmer, denn natürlich wurden nur die Stube und die Küche beheizt. Er kuschelte sich an Wanda, die schläfrig brummte, und erinnerte sich auf einmal daran, wie er morgens immer in seinem weißen Nachthemd durchs kalte Haus in die Küche geflitzt war und von seiner Mutter ein großes Glas warme Milch bekommen hatte. Er lächelte.

Als er seiner Mutter beim Frühstück erklärte, daß er nicht sehr lange hierbleiben konnte, war sie enttäuscht. Sie hatte natürlich gehofft, daß er bis zum Schloschim bleiben würde, der Seelenfeier auf dem Friedhof am Ende des Trauermonats, aber das war unmöglich. Nächsten Samstag würden sie zurückfahren und unterwegs noch einen Zwischenstop in Warschau einlegen, weil Wanda dort ein paar alte Bekannte besuchen wollte.

Auch an diesem Tag ließ sich keiner der Nachbarn blicken. Durchs Fenster der Stube sah Jan draußen ab und zu ein paar Kinder herumlaufen; Frauen in Kattunkleidern und dicken Kitteln schlurften vorbei, und einmal kam ein Mann mit einem Ochsengespann, hielt vor dem Haus gegenüber und ging hinein. Die Ochsen blieben geduldig stehen und dampften ihren Atem in die winterliche Luft. Nach einer halben Stunde kam der Mann wieder heraus und fuhr davon.

Am Nachmittag gingen sie alle drei zum Friedhof des kleinen Ortes, und Jan legte Blumen auf das Grab seines Vaters. Es waren die einzigen Blumen auf der frisch aufgeschütteten Erde; unter strenggläubigen Juden war Grabschmuck jeder Art verpönt. Aber er fühlte sich schließlich nicht mehr als Jude.

Er versuchte sich an seine Kindheit zu erinnern, aber alles war in nebliges Grau getaucht; ein paar verschwommene Bilder von seinem Vater – immer mit Kipa und dunkler Hornbrille – und ihm selbst, wie sie am Tisch saßen und in der Thora lasen; wie sie zusammen beteten; wie sie am Freitag, vor Beginn des Sabbats, mit dem Ochsengespann zur Synagoge in der mehrere Kilometer entfernten kleinen Stadt gefahren

waren; wie er bei der Hawdala, der Feier zum Sabbat-
ausgang, die Besonimbüchse mit den brennenden Gewürzen darin geschwenkt und die Kerze entzündet
hatte, während sein Vater den Segen über das Licht
sprach. All diese Bilder atmeten Nähe und Geborgenheit, aber auch unnachgiebige Strenge, fanatische Un-
bedingtheit und jene dumpfe Enge, die noch immer
über dem kleinen Haus lag. Es war eine Welt für sich
gewesen, isoliert von der größeren Welt drumherum.
Eine Welt, in der nur sein Vater, seine Mutter und er
selbst Platz gehabt hatten.

Kein einziger Blumenstrauß auf dem Grab. Es hatte
sich nichts geändert.

Er drehte sich um, und sie gingen schweigend nach
Hause.

An diesem Abend fand er das Foto.

Es lag in der Truhe mit den Sachen seines Vaters. Er
erinnerte sich noch gut an diese Truhe, einen schmucklosen, braunen Holzkasten mit einem gerundeten
Deckel, der immer verschlossen gewesen war. In seiner Kindheit hatte sich seine Phantasie an dieser Truhe
entzündet. Sein Vater hatte nie über seine Vergangenheit gesprochen, und er war fest davon überzeugt gewesen, daß alles, was er wissen wollte, in der Truhe zu
finden sein mußte.

Nun jedoch steckte ein Schlüssel im Schloß, und die
Truhe war offen. Mit widerstreitenden Gefühlen
klappte er den Deckel hoch und betrachtete die wenigen Dinge darin: einige alte, nach Mottenkugeln riechende Kleidungsstücke, die einem Kind gehört zu
haben schienen, ein Paar Kinderschuhe, billige, abge-
nutzte Spielsachen und – zu seiner Verblüffung – ein
Kreuz mit einem Christus daran. Obwohl er es sich
nicht eingestehen wollte, verspürte er eine vage Enttäuschung – und gleichzeitig ein Gefühl der Erleichterung.

Das Bild lag ganz unten. Es war ein Schwarzweiß-foto in einem schlichten Goldrahmen, das einen jungen Mann etwa in seinem Alter, eine kräftige junge Frau mit einem runden, gutmütigen Gesicht und einen kleinen Jungen zeigte. Der Mann trug Knickerbocker, eine dicke Jacke und eine Schiebermütze. Die Frau hatte ein Kopftuch umgebunden; sie trug eine helle Strickjacke, einen langen, weiten Wollrock und derbe Stiefel. Der kleine Junge hatte eine dunkle Hose und eine dunkle Jacke an und grinste stolz in die Kamera. Der Mann war im gleichen Alter wie er selbst und hatte große Ähnlichkeit mit ihm, fand Jan. Er nahm das Bild und ging damit zu seiner Mutter.

»Wer ist das?« fragte er.

Sie streckte die Hand aus, und er hockte sich neben ihr nieder und gab ihr das Bild.

Sie betrachtete es eine Weile stumm, dann lächelte sie versonnen. Sie tippte mit einem ledrigen Finger auf den kleinen Jungen. »Das ist dein Vater«, sagte sie. Der Finger wanderte zu dem Mann und der Frau. »Deine Großeltern.« Sie schaute auf. Ihr Blick ging in die Ferne. »Ende der dreißiger Jahre muß das gewesen sein. Zu der Zeit war dein Vater sechs oder sieben Jahre alt. Damals hat er seinen Vater – deinen Großvater – sehr bewundert. Wie Kinder nun mal so sind. Aber später ... er hat nie über ihn gesprochen, aber ich glaube, er hat ihn gehaßt für das, was er ihm angetan hat.« Sie räusperte sich. »Obwohl er den Krieg sonst bestimmt nicht überlebt hätte.«

Wieder betrachtete sie eine Weile schweigend das Bild. Jan merkte, daß der Widerstreit der Gefühle in seinem Innern heftiger wurde. Sein Unbehagen wuchs. Einerseits hätte er ihr das Foto am liebsten wieder weggenommen; ihm war, als ob sie im Begriff wäre, eine lange verschlossene Tür zu öffnen, hinter der etwas Unheimliches lauerte – die Ungeheuer der Vergangenheit, dachte er selbstironisch, merkte aber im selben Moment, daß er es tatsächlich so empfand. Andererseits hatte er noch nie etwas von seinen Großeltern gehört, und außerdem wollte er mehr über diesen Fremden erfahren, der sein Vater gewesen war. Er holte tief Luft. »Was ist denn damals passiert?«

Sie ließ das Foto sinken. »Er hat hier gewohnt. In diesem Haus«, begann sie. »Dein Großvater. Mit seiner Frau und seinem Sohn. Er war Jude, aber er war auch Pole. Die Juden haben schon oft zusammen mit den Polen gegen fremde Eindringlinge gekämpft, weißt du. Dies war sein Land, hier war er zu Hause. Also ging er zu den Partisanen, als der Krieg ausbrach. Er verließ das Dorf und ging in die Wälder. Sie kämpften gegen die Deutschen, und offenbar haben sie ihre Sache gut gemacht, denn irgendwann beschlossen die Deutschen, seine Widerstandsgruppe endgültig auszumerzen. Eines Nachts kam er nach Hause, um seine Frau und seinen Sohn zu holen. Er sagte ihr, daß die Deutschen im Anmarsch seien und daß alle fliehen sollten, aber sie glaubte nicht, daß man ihr und den anderen Dorfbewohnern etwas antun würde. Sie weigerte sich, ihr Haus zu verlassen.« Die Stimme der alten Frau zitterte leicht. »Als die Deutschen ins Dorf kamen, holten sie als erstes deine Großmutter und fragten sie, wo ihr Mann und ihr Sohn seien. Sie sagte, sie wüßte es nicht. Daraufhin wurde sie so lange gefoltert, bis die Deutschen überzeugt waren, daß sie die Wahrheit sagte. Dann trieben sie sämtliche Einwohner auf dem Dorfplatz zusammen, banden deine Großmutter an einen Pfahl, übergossen sie mit Benzin und verbrannten sie bei lebendigem Leibe. Alle mußten zusehen. Wer die Augen schloß, wurde erschossen. Als deine Großmutter aufgehört hatte zu schreien, schwor der deutsche Befehlshaber, daß die Familie deines Großvaters ein für allemal ausgerottet werden würde – bis ins letzte Glied. So würde es allen gehen, die sich ihnen widersetzten. Dann fragten die Deutschen die versammelten Dorfbewohner, wo dein Großvater sei. Niemand sagte es ihnen. Ich weiß nicht, ob sie es nicht wußten oder nicht sagen *wollten*, aber das war letztlich auch egal. Sie wurden in den Wald geführt und dort erschossen. Männer, Frauen und Kinder. Die Deutschen ließen nur ein paar von ihnen am Leben, damit sie weitererzählen konnten, was geschehen war.«

Eine Zeitlang blieb es völlig still in dem Zimmer. Jan spürte seinen Herzschlag, schwer, langsam und kalt. Die Tür war offen. Die Ungeheuer konnten heraus. »Aber ich lebe«, sagte er heiser, wie um damit einen Bannkreis um sich zu legen, den die Ungeheuer nicht betreten konnten.

»Dein Großvater nahm seinen Sohn mit in den Wald«, fuhr seine Mutter fort. »Er blieb eine Weile bei den Partisanen, aber die Deutschen waren hinter ihnen her, und schließlich erwies sich das Kind als Hemmschuh für die ganze Gruppe. Einer der Männer bot deinem Großvater an, den Kleinen bei Verwandten unterzubringen, bis der Krieg vorbei wäre. Dein Großvater willigte ein. Es ist ihm bestimmt nicht leichtgefallen, sich von seinem Kind zu trennen, aber er hatte ja keine andere Wahl.

Der Kampfgefährte deines Großvaters war kein Jude, ebensowenig wie seine Verwandten. Dein Vater kam also in eine christliche Familie. Damals war es lebensgefährlich, einen Juden bei sich aufzunehmen. Niemand durfte erfahren, daß der Junge jüdischen Glaubens war. Deshalb wurde er von diesem Augenblick an als Christ erzogen. Nach dem Krieg wußte er nicht mehr, daß er früher Jude gewesen war. Aber er wußte noch, daß er aus diesem Dorf hier stammte und daß seine Pflegeeltern nicht seine richtigen Eltern waren. Irgendwann in den fünfziger Jahren, als er alt genug war, kam er hierher. Einer von denen, die schon vor dem Krieg hier gewohnt und das Massaker überlebt hatten, erkannte ihn wieder und erzählte ihm die ganze Geschichte.« Sie seufzte. »Er nahm seinen früheren Glauben wieder an und ließ sich hier nieder.«

Die Flammen der Kerzen bewegten sich in einem schwachen Luftzug. Seine Mutter hielt ihm das Bild hin. Jan nahm es und betrachtete den kleinen Jungen und den jungen Mann, der ihm so sehr ähnelte. »Und was ist aus meinem Großvater geworden?« fragte er.

Sie zuckte die Achseln. »Das weiß niemand. Es heißt, die Deutschen hätten seine Partisaneneinheit später gestellt und aufgerieben. Keiner hat ihn je wieder gesehen. Wahrscheinlich liegt er irgendwo in einem Massengrab.«

Wanda schreckte aus einem tiefen, traumlosen Schlaf hoch. Zuerst schrieb sie die Rippenstöße dem Kind in ihrem Bauch zu, das unruhig herumzappelte, aber dann merkte sie, daß sich dort drin nichts rührte. Die Stöße stammten von Jans Ellenbogen und seiner rechten Hand, die zur Faust geballt war.

Sie rückte ein Stück von ihm ab und hielt seinen Unterarm fest. Er keuchte und warf den Kopf hin und her, und sie hatte das Gefühl, daß er gleich um sich schlagen würde. Sie rüttelte ihn am Arm und an der Schulter. »Jan! Wach auf! Jan!«

Er erbebte und fuhr mit einem Ruck hoch. »Laßt mich raus!« schrie er, und sein Unterarm zuckte in ihrem Griff, als ob er auf etwas einschlagen wollte.

»Pst! Wach auf, Jan! Du hast einen Alptraum!«

Er schlug die Augen auf, und das wenige Licht, das von draußen hereinfiel, ließ das Weiß seiner Augäpfel aufschimmern. Er starrte sie an.

»Beruhige dich«, flüsterte sie. »Ich bin ja bei dir. Du hast nur schlecht geträumt, das ist alles.«

»Der Zug«, keuchte er. Sein Atem ging schnell.

Sie drückte beruhigend seine Schulter und strich ihm über den schweißfeuchten Rücken.

»Er fährt immer weiter«, sagte er. »Niemand kann raus. Es ist so voll da drin. So voll. Alle müssen stehen. Und so ... so eng. So viele Menschen.« Er begann zu zittern.

»Hier sind nur wir beide«, flüsterte sie und schmiegte sich an ihn. »Wir und unser Kind.«

Das schien ihn etwas zu beruhigen. Er hörte auf zu zittern. Nach einer Weile sagte er leise: »Früher oder später wird der Zug irgendwo ankommen.«

»Und wo?« fragte sie.

Er antwortete nicht.

Der Blumenstrauß war ein kleiner Hügel unter dem frisch gefallenen Schnee, als Jan am nächsten Vormittag wieder am Grab seines Vaters stand. Der Schnee schien alle Toten auf dem kleinen Friedhof unter einer großen weißen Decke vereinen zu wollen, aber Jan wußte, daß das eine Illusion war. Niemand aus dem Dorf kümmerte sich um das Grab. Niemand kümmerte sich um seine Mutter. Es war, als ob sie eine Familie von Aussätzigen oder – noch schlimmer – gar nicht vorhanden wären.

Jan dachte daran, wie er seinen Vater zum letztenmal gesehen hatte, im Krankenhaus in Berlin. Er hatte mit einem dicken Verband um den Kopf im Bett gelegen, die Hornbrille auf der Nase, und ihn schweigend angeblickt. In seinem schwarzen Bart und den Schläfenlocken waren erste graue Strähnen zu sehen gewesen. Schließlich war Jan auf ihn zugetreten, hatte sich zu ihm heruntergebeugt und ihn umarmt. »Guten Tag, Vater«, hatte er geflüstert. Der alte Mann hatte seine Umarmung wortlos erwidert und ihm einen Kuß auf die Stirn gedrückt, mit zitternden Lippen.

Kurz darauf war das Mittagessen serviert worden, und Jan hatte erstaunt festgestellt, daß sein Vater nichts bekam. Als er ihn fragte, weshalb nicht, hatte sein Vater eins der täglichen Bestellformulare aus dem Schränkchen neben dem Bett gezogen und es ihm gezeigt. Man konnte drei Gerichte ankreuzen, aber keins davon war koscher. Die einzige Alternative dazu war ein kleines Kästchen, neben dem ›Moslem‹ stand. »Soll ich das etwa ankreuzen?« knurrte der Alte.

»Aber warum sagst du denen denn nichts?« fragte Jan bestürzt.

»Sind die Leute hier blind?« sagte sein Vater, zerknüllte das Bestellformular und warf es verächtlich durchs Zimmer.

Jan hatte noch am selben Nachmittag dafür gesorgt, daß seinem Vater koscheres Essen ins Krankenhaus gebracht wurde.

Die Kopfverletzungen selbst seien nicht so schwer, hatte ihm der behandelnde Arzt erklärt. Schlimmer sei, daß sein Vater bei dem Überfall einen Herzinfarkt erlitten habe. Er brauche jetzt vor allem Ruhe, sagte der Arzt, sonst könne er langfristig für nichts garantieren.

Vor seiner Abreise aus Berlin hatte Jan seinen Eltern angeboten, bei ihm in Hamburg zu wohnen, bis sein Vater wieder ganz auf den Beinen war. Kurze Zeit darauf hatte er bei einem seiner täglichen Anrufe im Krankenhaus erfahren, daß sein Vater auf eigenen Wunsch und eigene Verantwortung entlassen worden und nach Polen zurückgekehrt sei; er habe erklärt, nicht länger als unbedingt nötig ›in diesem Land hier‹ bleiben zu wollen.

Die Stimme am Telefon hatte befremdet geklungen.

Jan sah wieder die Schatten an der Grenze warten; dunkle Gestalten mit Baseballschlägern, die unbehelligt ein Stück von den Zollbaracken entfernt standen, aus Polen Einreisende anpöbelten und irgendwann zuschlugen. Die Scheiben eines roten Fiat gingen zu Bruch, und die Schatten nahmen Konturen an: junge

Männer mit geschorenen Köpfen, leerem Blick und dummen, haßerfüllten Gesichtern.

Marionetten, dachte Jan fröstelnd. Vollstrecker eines Schwurs. Sie hatten seinen Vater also schließlich doch noch erwischt.

Die restlichen Tage der Woche vergingen ruhig und gleichförmig. Der einzige, der sie in dieser Zeit besuchte, war der Rabbiner aus der Kleinstadt, der mit seinem uralten Lada angefahren kam, Jans Mutter Trost zusprach, das Brot mit ihnen teilte und dann wieder wegfuhr. Ansonsten saß Jan bei seiner Mutter. Sie erzählte von ihrem Leben mit seinem Vater, und er erzählte von seinem Leben in Hamburg. Abends setzte sich Wanda zu ihnen, und in dem stillen Haus sprachen sie über die Veränderungen im Osten, die ganz Europa erfaßten, und über die neue Lebensweise, die von Westen her vordrang. Manchmal sprachen sie auch über das Kind, das Wanda in ihrem Bauch trug.

Nachts jagte Jan in einem vollgestopften Zug auf ein unbekanntes Ziel zu.

Dann kam die Stunde des Abschieds.

Jan und Wanda hatten ihr Gepäck bereits im BMW verstaut. Sie standen alle drei im Vorgarten. »Du kannst jederzeit zu uns nach Hamburg kommen, wenn du möchtest«, sagte Jan zu seiner Mutter, während er sie umarmte. »Wir haben genug Platz, und wir hätten dich beide gern bei uns.«

Seine Mutter schüttelte den Kopf. »Das ist lieb von dir, Jankele, aber ... nein, ich glaube nicht.«

»Das Kind könnte jemanden brauchen, der es tagsüber betreut«, ergänzte Wanda.

»Ihr findet bestimmt jemanden dafür«, wehrte Jans Mutter lächelnd ab. »Ich gehöre hierher, wißt ihr.«

Jan ließ sie los und trat einen Schritt zurück. Er machte eine weitausholende Geste mit der Hand, die das ganze Dorf umfaßte. »Hierher? Du bist hier ganz allein. Kein Mensch wird sich um dich kümmern«, sagte er.

»Trotzdem.«

»Was hält dich denn hier?«

Ihr Lächeln erlosch. Sie schwieg eine Weile, dann sagte sie: »Das würdest du doch nicht verstehen.«

»Versuch es. Erklär's mir.«

Sie ließ den Blick über die Häuser des Dorfes schweifen. »Als dein Vater damals hierher kam, ist er nicht gerade mit offenen Armen empfangen worden«, sagte sie. »Die Leute gaben deinem Großvater die Schuld an dem, was geschehen war. Vergiß nicht, er war Jude. Ein ganzes Dorf war ausgelöscht worden – wegen eines Juden! Aber sie konnten nichts machen, weil dein Großvater offiziell ein Held war. Dein Vater bekam das Haus zurück und zog hierher. Im Dorf wurde er von Anfang an geschnitten. Als er dann auch noch seinen jüdischen Glauben wieder annahm und obendrein eine Jüdin heiratete, war für die Leute hier das Maß voll. Sie behandelten ihn und mich wie Luft. Aber dein Vater blieb. Er war der Meinung, das sei er seinen Eltern schuldig. Und ich blieb bei ihm.«

»Aber jetzt ist er tot«, wandte Jan ein.

Sie zuckte die Achseln. »Jeder Mensch hat eine Aufgabe im Leben. Er hat seine erfüllt. Jetzt erfülle ich meine.«

»Ich verstehe dich nicht«, sagte Jan.

»Ich weiß.«

»Aber ...«

»Leb wohl, Jankele.« Sie kam noch einmal zu ihm und drückte ihn an sich, dann wandte sie sich an Wanda. »Und du auch, Wanda, mein Schatz. Ich danke euch, daß ihr hier wart. Gebt gut auf euch acht.« Sie drehte sich abrupt um, ging ins Haus zurück und machte die Tür hinter sich zu.

Als sie aus dem Lehmweg, der nach Kuczkowo führte, auf die Landstraße einbogen, begann es bereits dunkel zu werden.

»Wir hätten früher losfahren sollen«, murmelte Jan. Seine Stimme klang mißmutig.

»Wir müssen heute ja nur bis Warschau kommen«, versuchte Wanda ihn zu beruhigen, obwohl sie spürte, daß sein Mißmut andere Ursachen hatte.

Eine Weile fuhren sie stumm durch die Dämmerung. Die dünne Schneedecke auf den Feldern reflektierte das schwindende Licht. Die Straße, ein düsteres Band im bleichen Weiß, war völlig leer.

»Wir hätten sie einfach ins Auto packen und mitnehmen sollen«, brach Jan das Schweigen.

»Ich bewundere deine Mutter«, sagte Wanda. »Sie tut genau das Richtige.«

»Du meine Güte. ›Sie tut genau das Richtige.‹ Woher willst du das denn wissen?«

»Sie weiß es. Und ich glaube es ihr. Ihr Leben hat einen Sinn.«

»Sie wird aus Einsamkeit verrecken in diesem Drecksnest, das ist alles.«

»Schon möglich.«

»Und was soll daran sinnvoll sein?«

»Herrgott, Jan, sie hat sich nun mal so entschieden, und sie hat ihre Gründe dafür. Genau wie dein Vater und dein Großvater.«

Die Augen hinter der runden Brille blinzelten nervös. »Und was hat es ihnen eingebracht? Den Tod, sonst nichts.«

»Wir müssen alle mal sterben«, sagte Wanda langsam. »Aber sie haben ihr Leben selbst bestimmt. Deine Eltern haben sich auf ihre Weise der Vergangenheit gestellt. Deshalb brauchten sie auch keine Angst zu haben, von ihr eingeholt zu werden.«

Jan versteifte sich. Sein Gesicht wurde zu einer Maske. Er sagte kein Wort mehr.

Danach fuhren sie lange Zeit schweigend durch die Dunkelheit.

Die Felder zu beiden Seiten der Straße hatten endlosen Nadelwäldern Platz gemacht, die alles Licht schluckten. Noch immer waren sie keinem anderen Fahrzeug begegnet. Es schien, als wären sie die letzten Menschen in einer ausgestorbenen Welt. Aus den Scheinwerfern des Wagens ergoß sich mattgelbes Licht auf ein kleines Stück Asphalt, wo es sofort versickerte. Wanda hing ihren Gedanken nach, während der Motor monoton vor sich hinbrummte.

Mit einemmal schreckte sie hoch. Es dauerte einen Augenblick, bis ihr klar wurde, daß sie eingeschlafen war. Im selben Moment fiel ihr die Stille auf. Dann merkte sie, daß der Wagen stand.

Sie schaute verwirrt aus dem Fenster und sah nichts. Ihr wurde schwindlig. Hilfesuchend drehte sie den Kopf zur anderen Seite.

Jan saß stumm auf dem Fahrersitz und beugte sich mit gerunzelter Stirn und vorgeschobener Unterlippe über eine Landkarte.

»Was ist los? Wo sind wir?« fragte sie schlaftrunken.

»Irgendwo hier, glaube ich.« Sein Finger beschrieb einen vagen Kreis auf der Karte.

Sie blickte wieder aus dem Fenster und erkannte, daß sie mit ausgeschalteten Scheinwerfern in dichtem Nebel standen. Es war, als hätte jemand eine milchige Decke über das Auto gebreitet. Sie strengte ihre Augen an, aber sie konnte nicht einmal ausmachen, ob sie auf der Straße oder in einer Parkbucht standen.

»Ich hab auf einmal gesehen, daß wir nur noch ganz wenig Benzin hatten«, sagte Jan. »Da wollte ich in die nächste größere Ortschaft fahren, um dort zu tanken. Aber irgendwie muß ich im Nebel die falsche Abzweigung erwischt haben. Wir hätten schon längst da sein müssen.« Er schüttelte ratlos den Kopf.

»Dann laß uns wieder zurückfahren und es woanders versuchen«, schlug Wanda vor.

Statt einer Antwort drehte Jan den Zündschlüssel um. Der Anlasser brabbelte, aber der Wagen sprang nicht an. Er versuchte es noch einmal, wieder ohne Erfolg.

»Das Benzin ist alle«, sagte er.

»Und der Reservekanister?«

»Leer.«

»Verdammt«, fluchte Wanda. »Warum hast du ihn vorher nicht vollgemacht?«

»Und warum hast du's nicht getan?«

Sie schwiegen eine Weile. Wanda machte das Fenster auf. Sofort war es, als ob der Nebel mit klammen Fingern ins Innere des Wagens greifen würde, und sie kurbelte das Fenster rasch wieder hoch. Auf einmal war sie hellwach.

»Wir können natürlich hier sitzenbleiben und darauf warten, daß jemand vorbeikommt«, sagte sie. »Aber bis dahin sind wir vermutlich erfroren. Ich finde, wir sollten was unternehmen, und zwar schnell.«

»Ja«, sagte Jan. Sonst nichts. Seine Stimme klang belegt.

Wanda sah ihn an. Er saß wie erstarrt hinter dem Lenkrad und schaute in den Nebel hinaus. Eine scharfe Linie zog sich um seinen rechten Mundwinkel. Er war blaß, und sein Gesicht hatte einen ungesunden Glanz. Wanda spürte wieder den kalten Hauch der Angst, die von ihm ausging.

Sie seufzte. »Also gut. Ich hole Benzin. Sag mir nur, in welche Richtung ich gehen muß.«

Jan schnaubte, aber es klang eigenartig resigniert. »In deinem Zustand? Du bist verrückt.« Er schwieg einen Moment, dann sagte er: »Ich bin derjenige, der gehen muß.«

Er stieg aus und ging zum Kofferraum. Sie hörte, wie der Deckel aufgeklappt und dann wieder zugeschlagen wurde. Gleich darauf machte er von außen die Beifahrertür auf und beugte sich zu ihr herein. Sie sah, daß er den Reservekanister in der Hand hielt. Er machte das Handschuhfach auf, holte die kleine Taschenlampe heraus und steckte sie in seine Jackentasche.

»Du bleibst hier« sagte er, »was auch geschieht.« Er gab ihr einen Kuß und legte kurz und sehr behutsam die Hand auf ihren Bauch. Dann trat er zurück.

Im nächsten Moment hatte ihn der Nebel verschluckt.

Jan Scheer hatte keine Ahnung, wo er sich befand und wohin er ging. Er setzte mechanisch einen Fuß vor den anderen. Der Reservekanister in seiner rechten Hand schwang vor und zurück, vor und zurück. Das Licht der Taschenlampe reichte nur ein paar Meter weit. Der Nebel war so dicht, daß er die eng beieinanderstehenden Bäume neben der Straße nur schemenhaft wahrnahm, eine finstere Masse in der trüben Dunkelheit. Hin und wieder hörte er einen Zweig im Wald brechen oder einen Kuckuck rufen, aber ansonsten war es sehr still. Er hatte das Gefühl, in einem Kokon zu stecken, der sich über ihn gestülpt hatte.

Ich habe keine Angst, dachte er. Ich habe keine Angst. Er skandierte die Worte im Kopf, bis sie jeden Sinn verloren und nur noch ein lautloser Marschrhythmus waren, der das Tempo seiner Schritte bestimmte. Er dachte nichts, und er fühlte nichts. Es war, als ob sich sämtliche Nervenenden ein Stück zurückgezogen hätten und keinerlei Sinneseindrücke mehr übermittelten; er war ein stumpfes, pelziges Ding in einer stillen Welt aus grauer Watte.

Nach einer Weile sah er, daß die Grasnarbe rechts neben seinen Füßen zur Seite abbog. Er stand an einer Kreuzung oder Einmündung. Geradeaus, rechts oder links? Er wandte sich aufs Geratewohl nach rechts und marschierte weiter. Er konnte nicht sagen, ob diese Straße größer oder kleiner war als die vorherige.

Links, rechts, links, rechts. Der Reservekanister schwang vor, zurück, vor, zurück.

Die Straße begann leicht anzusteigen.

Auf der Kuppe der Anhöhe wäre er beinahe mit der Schuhspitze in einer Rille hängengeblieben, die quer über die Straße verlief. Als er den Lichtstrahl der Taschenlampe nach unten senkte, sah er, daß es eine Schiene war. Er stand mitten auf einem Gleis, das die Straße kreuzte. Dies mußte ein Bahndamm sein.

Er spähte unschlüssig in die Dunkelheit.

In diesem Moment war es, als ob ihm eine innere Stimme den Befehl gäbe, dem Gleis zu folgen.

Es war kein hypnotischer Zwang, kein übernatürliches Phänomen oder dergleichen, sondern eher der überwältigende Wunsch, etwas zu Ende zu bringen. Sein Schicksal – oder was immer es sein mochte – hatte ihn hierhergeführt. Als er vor zehn Tagen den Brief seiner Mutter aus dem Briefkasten genommen hatte; hatte etwas nach ihm gegriffen und von diesem Moment an jeden seiner Schritte bestimmt, und er wußte, daß es zwecklos war, sich dagegen zu wehren. Natürlich hätte er auf der Straße weitergehen können, aber damit hätte er den Alptraum nur sinnlos verlängert. Als er beschloß, auf seine innere Stimme zu hören, war es weniger die Entscheidung sich seinem Schicksal zu stellen, als vielmehr die verzweifelte Bereitschaft, sich ihm endlich zu ergeben.

Er stellte den Reservekanister an den Straßenrand, wie zum Zeichen dafür, daß er nun den Geltungsbereich der Realität verließ. Dann trat er von der asphaltierten Straße auf den Schotterdamm und ging auf den Holzschwellen zwischen den Schienen entlang. Wenn ein Zug kam, würde er es hören. Eine Sekunde lang beschlich ihn das unheimliche Gefühl, der Zug könnte nicht *kommen*, sondern einfach ganz plötzlich *da sein*, und er merkte, wie sich seine Bauchmuskeln verkrampften. Aber er ging weiter. Der Lichtstrahl seiner Taschenlampe irrte über das Gleis, und er sah, daß die Schienen braune Rostflecken hatten; die Schwellen waren verrottet, und zwischen ihnen wuchs Unkraut. Diese Strecke war seit langem nicht mehr befahren, soviel stand fest.

Nach weiteren hundert Metern endete das Gleis abrupt. Es gab keinen Prellbock oder so etwas; es hörte einfach auf. Ein mit Steinen gepflasterter Weg verlief quer zu den Schienen. Jan ließ den Strahl seiner Taschenlampe über den Weg hinwegwandern und dachte zuerst, das Gleis ginge dort weiter; dann sah er jedoch, daß es nur übergroße, längliche Quadern aus Beton waren, die wie riesige Schwellen hintereinander angeordnet waren und ins neblige Dunkel hineinführten; das Gleis selbst war nicht vorhanden.

Sein Herz klopfte. Er überquerte den Weg und folgte den Betonschwellen. Die Abstände zwischen ihnen waren so groß, daß er jedesmal in den Zwischenraum hinuntersteigen oder von einer zur anderen hüpfen mußte. Schließlich ging er neben ihnen her. Zu seiner Rechten glitten bizarre, senkrecht stehende Findlinge schemenhaft an ihm vorbei. Unter seinen Füßen knirschte Schnee. Es war eine surreale Traumlandschaft, die der Nebel nur zögernd freigab.

Links neben den Riesenschwellen stieg der Boden allmählich an und ging in eine aus Stein gegossene Plattform über. Wo sie endete, hörten die Schwellen auf.

Eine undeutliche Erinnerung flackerte in Jan auf. Er kannte diesen Ort. Das Gleis ... die Schwellen aus Beton ... die Plattform ... die Steine ...

In diesem Moment lichtete sich der Nebel.

Es geschah so abrupt, als würde ein Bühnenvorhang hochgezogen. Einen Moment lang schien der untere

Rand des Nebels noch in Augenhöhe zu hängen, dann wich er nach oben zurück. Wenig später waren am klaren Nachthimmel Sterne und ein sensenförmiger Mond zu sehen.

In dem kalten Licht, das von der dünnen Schneedecke reflektiert wurde, sah Jan jenseits der Schwellen, jenseits der Plattform ein riesiges, ungefüges, dunkles Gebilde vor dem Nachthimmel. Es sah wie ein wuchtiges, schwarzes Tor mit einem dünnen Spalt in der Mitte aus, der direkt ins Nichts zu führen schien.

Jetzt wußte er, wo er war.

Treblinka.

Die Gedenkstätte auf dem Boden eines der größten Vernichtungslager der Nazis in Polen. Hunderttausende von Juden waren hier vergast und dann verbrannt worden. Die Züge hatten hier gehalten, an dieser Plattform – der sogenannten Rampe –, dann hatte man die Menschen aus den Wagen geholt und sie direkt in die Gaskammern getrieben. Dort, wo jetzt der riesige Gedenkstein aufragte, hatten früher die Verbrennungsöfen gestanden. Undeutlich sah er den Kreis aus Tausenden von Steinen um das Monument herum. Jeder dieser Steine stand für eine Stadt, deren jüdische Einwohner von den Nazis deportiert und hier umgebracht worden waren.

Sein Vater hatte ihn einmal hierher mitgenommen und ihm alles gezeigt: den Steinkreis, das Monument, die Reste der niedergebrannten Baracken und die Aschenstraße, auf der man die sterblichen Überreste der Verbrannten verstreut hatte.

Er drehte sich um. Da war die Aschenstraße, ein Stück entfernt; sie verlief parallel zu den Schwellen. Dahinter stand der Wald, stumm und dunkel wie eine Mauer.

Auf einmal fiel ihm die Stille auf, die über diesem Ort lag. Eine unnatürliche Stille. In den Wäldern regte sich nichts. Kein Windhauch. Kein Zweig knackte.

Kein Vogel schrie. Es war, als hätte jemand eine Glasglocke über das Land gestülpt und die Zeit angehalten, um es bis in alle Ewigkeit als Mahnmal für das zu konservieren, was hier geschehen war.

Jan Scheer erschauerte.

Dies war ein verwunschener Ort. Ein verfluchter Ort.

In diesem Moment hörte er das Geräusch. Leise und verschwommen, aber dennoch deutlich und unverkennbar: das ratternde Zischen eines herannahenden Zuges.

Er schaute in die Richtung, aus der er gekommen war. Dorther kam das Geräusch. Unwillkürlich trat er ein paar Schritte von den Schwellen zurück und duckte sich hinter einen der aufragenden Steine.

Das Geräusch wurde lauter. Weit hinten zwischen den Bäumen erschien ein Licht. Nein, nicht *zwischen* den Bäumen, sondern irgendwie *in* den Bäumen; es überlagerte sie, es flirrte *durch* die Stämme hindurch und ließ sie transparent erscheinen.

Wieder hatte Jan das schwindelerregende Gefühl, daß sich eine andere Wirklichkeit in sein Leben hineinschob, eine Gletscherzunge aus einem völlig durchsichtigen Stoff, deren Existenz man nur durch eine leichte Unschärfe an den Rändern, ein kaum wahrnehmbares Schwanken des Bildes an den Stellen bemerkte, wo es die Realität überlagerte.

Das Licht kam näher, und das Geräusch wurde lauter. Jan starrte mit weit aufgerissenen Augen in die Richtung, aus der der Zug kam, und griff haltsuchend nach dem Stein.

Dort war kein Stein mehr. Seine Finger berührten Holz und Blätter, und er fuhr zurück.

Er schaute sich wild um. Er lag hinter einem Busch, ein Stück von der Rampe entfernt. Dazwischen erhob sich ein primitiver, etwa mannshoher Stacheldrahtzaun, dessen Pfosten aus grob behauenen Baumstämmen bestanden. Schienen schimmerten vor ihm im Mondlicht.

Auf der Rampe schlenderten Männer in Uniform mit Maschinenpistolen in den Händen auf und ab.

Mit einemmal wurde die ganze Szenerie in gleißendes Licht getaucht. Jan Scheer warf sich hinter dem Busch zu Boden.

Der Zug fuhr ein.

Es war ein Güterzug mit braunen Holzwaggons, die von einer altertümlichen Dampflokomotive gezogen wurden. Aus ihrem Schornstein quoll eine dicke Rauchwolke, als sie mit quietschenden Bremsen vor der Rampe hielt und diese seinem Blick entzog. Jan hörte, wie die Türen der Waggons geöffnet wurden.

»Alles aussteigen«, gellte eine metallische, verstärkte Stimme. »Männer nach links, Frauen und Kinder nach rechts.« Der Befehl wurde unaufhörlich wiederholt und vermischte sich kurz darauf mit einem wüsten Durcheinander ängstlicher Rufe, barscher Befehle und schmerzerfüllter Schreie, und dann ertönten die ersten Schüsse. Jan zuckte zusammen, krallte sich in den Boden und drückte sein Gesicht in den Schnee. Er spürte, wie die Nässe durch seine Kleidung drang, aber es war nicht die Kälte, die ihn zittern ließ.

Der Zug aus seinem Traum. Vollgestopfte Waggons. Drangvolle Enge. Die rasende Fahrt zu einem unbekannten Ziel.

Die Fahrt war zu Ende. Der Zug war angekommen.

Das ist nicht real; es ist nur eine Illusion, sagte er sich vor. Immer wieder. Das ist nicht real. Es ist nur eine Illusion.

Dann dachte er an den Schwur, den ein deutscher Offizier vor so langer Zeit über der brennenden Leiche einer Frau – seiner Großmutter – getan hatte.

Er wußte nicht, wie lange er so dagelegen hatte, bis die Kakophonie auf der Rampe allmählich verklang. Jetzt waren nur noch einzelne Stimmen zu hören. Sie sprachen Deutsch, aber Jan konnte nicht verstehen, was sie sagten. Hin und wieder ertönte ein abfälliges Lachen.

Kurz darauf stieß die Lokomotive ein Zischen aus, und der Zug dampfte langsam rückwärts davon. Bald verklang das Stampfen und Zischen, und es wurde wieder still.

Jans Herz klopfte so laut, daß er glaubte, es müßte bis zur Rampe zu hören sein. Als nichts weiter geschah, riskierte er endlich einen vorsichtigen Blick.

Die Rampe war noch immer in helles Licht getaucht. Zwei deutsche Soldaten mit Maschinenpistolen marschierten auf und ab. Sonst war kein Mensch zu sehen.

Die beiden Soldaten trafen sich etwa in der Mitte des Bahnsteigs und zündeten sich Zigaretten an. Jan konnte ein paar halblaute Worte hören. Dampf stieg aus ihren Mündern nach oben.

Auf einmal löste sich eine Gestalt aus dem Schatten zwischen der Bahnsteigkante und dem Gleis, sprang lautlos und behende den Damm hinunter und kam direkt auf ihn zu. Die beiden Soldaten standen ein Stück weiter unten auf dem Bahnsteig; sie unterhielten sich miteinander und achteten nicht weiter auf ihre Umgebung.

Die Gestalt kletterte an einem der Pfosten über den Zaun und ließ sich auf der anderen Seite fallen. Sie blieb eine Weile reglos liegen, während Jan wie gelähmt zu ihr hinstarrte. Dann kam sie wieder auf die Beine und huschte geduckt auf ihn zu.

Als die Gestalt nur noch ein kleines Stück von ihm entfernt war, hob sie kurz den Kopf und schaute zur Rampe zurück. Dabei fiel ein Lichtschein auf ihr Gesicht, und Jan konnte es deutlich erkennen.

Er sah sich selbst.

Der Schock war so groß, daß er sich aufrichtete. Der Kopf des anderen zuckte herum, und sie blickten sich in die Augen.

In diesem Bruchteil einer Sekunde erkannte Jan, daß er keinen Doppelgänger vor sich sah. Der Mann hatte zwar große Ähnlichkeit mit ihm, war aber nicht mit ihm identisch.

Nicht ganz.

In diesem Augenblick vergaß Jan alles um sich herum. Er stand auf, ohne zu wissen, was er tat, und rief laut: »Großvater!«

Der andere stand da, als wäre er zu Stein erstarrt. Jans Blick schien ihn wie eine unsichtbare Hand festzuhalten. Jan war ebenfalls unfähig, sich zu bewegen.

Die beiden Soldaten auf der Plattform fuhren herum. »Halt!« schrie der eine. »Stehenbleiben!« Ein gellender Pfiff ertönte. Die beiden Soldaten setzten sich in Bewegung.

Ein Scheinwerfer auf dem Bahnsteig schwenkte herum und erfaßte sie beide. Sie standen reglos in dem hellen Lichtkreis und sahen sich an. Dann schimmerte so etwas wie Begreifen in den Augen des anderen auf. Ein Lächeln fältete seine Augenwinkel. Er zwinkerte Jan kurz zu und verschwand mit einem Satz aus dem Lichtkreis.

»Halt!« schrie der Deutsche erneut. »Keine Bewegung, oder ich schieße!«

Der Lichtstrahl eines zweiten Scheinwerfers irrte durch die Dunkelheit und fing die flüchtende Gestalt wieder ein. Einer der Soldaten auf dem Bahnsteig hob seine Waffe und legte an. Ein Feuerstoß hämmerte durch die Nacht, und die Gestalt warf ohne einen Laut die Arme hoch und fiel aufs Gesicht.

Jan schrie auf.

Die Waffe fuhr herum.

Jan sah die Augen im Gesicht des Deutschen, die ihn über den Lauf hinweg anstarrten. Wortfetzen huschten wie Schatten durch seinen Geist – ein für allemal, und: bis ins letzte Glied. Dann senkte sich sein Blick, und er schaute direkt in die schwarze Mündung der Waffe.

Marek Bogdanowicz lehnte sich bequem in seinen Stuhl zurück, führte sich den letzten Bissen Marmeladenbrot zu Gemüte und spülte ihn mit einem großen Schluck Kaffee hinunter. Halb neun. Draußen war es bereits hell. In ein, zwei Stunden würden die ersten Busse kommen. Sonntags war immer Hochbetrieb in Treblinka.

Marek war ein schmächtiger, kleiner Mann, der mit seiner Familie in einem Häuschen am Rand der Gedenkstätte wohnte. Der vordere Teil des Häuschens war ein Kiosk, in dem seine Frau heißen Tee, Schokoriegel und Süßigkeiten an die hungrigen Besucher verkaufte, wenn diese von ihrem Rundgang zurückkamen. Seine Aufgabe war es, die Schautafeln in dem Unterstand an der Bushaltestelle zu putzen, hin und wieder eine Schulklasse herumzuführen und auf dem Gelände nach dem Rechten zu sehen.

Er stand auf und trat ans Fenster. In der Nacht hatte es wieder geschneit; der Boden lag unter einer dichten Decke aus frischem Schnee verborgen. Bestimmt war es kalt draußen, aber immerhin schien die Sonne. Ein schöner Wintertag. Er beschloß, noch einen kleinen Kontrollgang zu machen, bevor die Besucher kamen.

Zu dieser frühen Morgenstunde gehörte das Gelände ihm ganz allein. Er schlug den Mantelkragen hoch, zog sich die schwarze Mütze tiefer in die Stirn und stapfte mit seinen schweren Stiefeln durch den Schnee.

Er bog auf die Aschenstraße ein und beschloß, bis zu den Grundmauern der niedergebrannten Baracken zu gehen und sie vom Schnee zu befreien, damit die Touristen sie überhaupt sehen konnten. Links von ihm ragten die Steinstelen stumm aus dem unberührten Weiß.

Unter seinen Stiefeln knackte etwas. Er blieb verblüfft stehen. Das hatte sich nicht nach einem Stück Holz angehört. Er bückte sich und wühlte im Schnee.

Es war eine Brille.

Das dünne Metallgestell war verbogen, und eins der runden Gläser war zerbrochen. Das andere Glas fehlte.

Kopfschüttelnd steckte er die Brille in seine Manteltasche. Erstaunlich, was die Leute so alles verloren. Vor ein paar Wochen erst hatte er in dem Steinkreis um das Monument herum ein Paar nagelneue Winterstiefel gefunden, die wie in einem Schuhschrank säuberlich nebeneinandergestanden hatten. Ob ihr Träger wohl davongeflogen war? Nun, er beschloß, die Brille in die Kiste im Hinterzimmer des Kiosks zu legen, wo sämtliche Fundsachen eine Weile aufbewahrt wurden, falls jemand danach fragte.

Dann stapfte er weiter die Aschenstraße entlang, bis er nur noch ein kleiner dunkler Punkt war, der irgendwann im unberührten Weiß verschwand.

Wanda saß auf der harten Holzbank im Wachraum der kleinen Polizeistation. Ihr Rücken schmerzte, und sie fror. Es war nicht sonderlich warm in dem Raum. Vor ein paar Stunden war der Polizist, der Nachtdienst gehabt hatte, nach Hause gegangen. Nun saß sein junger Kollege am Schreibtisch hinter dem Tresen, hackte ab und zu auf der Tastatur einer urtümlichen schwarzen Schreibmaschine herum und schaute gelegentlich mitfühlend und ein wenig ratlos zu ihr herüber.

Jedesmal, wenn das Telefon klingelte, setzte Wandas Herz einen Schlag aus. Und jedesmal, wenn der junge Polizist den Hörer wieder auflegte und den Kopf schüttelte, wurde der harte Kloß der Verzweiflung in ihrer Kehle ein Stück größer.

Ein paar Stunden nach Jans Verschwinden – der Nebel hatte sich zu diesem Zeitpunkt bereits wieder gelichtet – war ein Bauer mit einem klapprigen schwarzen Fiat vorbeigekommen und hatte sie halb erfroren in dem BMW gefunden. Als sie ihm erzählte, daß sie sich im Nebel verfahren hätten und daß ihr

Mann schon vor längerer Zeit losgegangen sei, um Benzin zu holen, blickte er sie verständnislos an und fragte: »Nebel? Wann?« Er fuhr jedoch sofort mit ihr zur nächsten Wache, damit die Suche nach Jan eingeleitet werden konnte, und lud sie dann in sein Haus ein; seine Frau werde ihr etwas Heißes zu trinken machen, sie könne in einem warmen Bett schlafen, und er werde sie gleich am nächsten Morgen wieder herbringen.

Wanda hatte ihm herzlich gedankt, seine Einladung aber ausgeschlagen. Sie würde hierbleiben, bis man Jan fand.

Der junge Polizist kam herüber und hielt ihr einen Becher mit dampfend heißem Tee hin. Sie lächelte dankbar und trank den Tee mit kleinen Schlucken.

Sie war todmüde, aber sie konnte nicht schlafen. So saß sie mit schmerzendem Rücken auf der harten Bank und sah zu, wie draußen die Sonne höherstieg, bis sie irgendwann in einen Zustand dumpfer Benommenheit fiel. Das Kind in ihrem Bauch trat um sich, und sie streichelte die pralle Rundung mit geistesabwesender Zärtlichkeit, wobei sie wie im Tran über ihren Mann, seinen Vater und Großvater nachdachte und sich fragte, welchen Weg ihr Kind wohl einschlagen würde. Sie dachte an Jans Mutter und beschloß, nächstes Jahr am Todestag seines Vaters ein Licht anzuzünden. Aber dann kam die Angst um ihren Mann zurück, stieß wie eine Nadel aus Schmerz durch die Membran der Benommenheit und verdrängte jeden anderen Gedanken.

TRÄGER

Bowring vernahm den Krach der beiden Hubschrauber, als er sich im Blutstall aufhielt und die Säue zapfte, aber nicht einmal nach ihrem dritten Überflug ging er hinaus, um nachzusehen. Er fuhr mit geübter Präzision damit fort, den Säuen die Nadeln an die Hälse zu legen. Ein paar Jungtiere regten sich in ihren Geschirren und wimmerten schwach, und mit von Arbeit hart gewordener Hand beruhigte er sie, ohne weiter nachzudenken. Es war nicht so, daß er sie als fühlende Geschöpfe ansah – kein Farmer gleich welcher Art konnte sich Gefühlsduselei gegenüber seinen Tieren leisten, und die Blutfarmer am allerwenigsten. Für ihn waren die Säue bloße lebende Fabriken, automatisierte Produktionsanlagen für all jene nützlichen Produkte, die mit ihren zytogenverstärkten Leukozyten und Erythrozyten eingebracht wurden.

Erst als er mit der Runde fertig war, ging er hinaus, stand da, schirmte seine Augen vor der frühen Morgensonne ab und beobachtete die Hubschrauber, als sie dröhnend zum viertenmal über sein Haus flogen. Sie waren dunkelgrün und trugen Armeezeichen. Ihre Flughöhe betrug nur achtzehn oder zwanzig Meter und machten den Eindruck, als ob sie ihm die Satellitenschüssel vom Schornstein fegen würden, falls sie noch näher herankamen.

»Haut bloß aus meinem Luftraum ab!« sagte er. Er sagte es laut, aber er gab sich keine Mühe loszubrüllen, sie hätten ihn sowieso nicht gehört. »Haut einfach ab und kommt nicht wieder!«

Armeemaschinen erinnerten ihn immer an die *Ares*. Manchmal war das auch bei normalen Fahrzeugen der Fall. Wenn der Blutlaster seine Runden machte, blieb er meistens im Haus und ließ den Fahrer und seinen Kollegen die tägliche Fracht selbst einladen.

Der Soldat neben dem Piloten in der Kanzel der vorderen Maschine zeigte zu ihm herunter und plapperte irgend etwas in ein Handmikrophon, aber beide Hubschrauber flogen weiter, ohne einen Landeversuch zu unternehmen. Diesmal kamen sie nicht mehr zurück – sie rasten durch das Tal in Richtung Meer davon.

»Was sollte das denn?« sagte Bowring. Seine Stimme senkte sich nicht, obwohl es niemanden gab, der ihn hören konnte. Er achtete nicht sonderlich darauf, wenn er mit sich selbst sprach; eines der Vorrechte eines Einsiedlers.

Er ging wieder in den Blutstall, um die Leitungen zu überprüfen, und nahm sie nacheinander ab. Dabei nahm er auch die Blasenbeutel ab und legte sie sorgfältig in die großen Vakuumflaschen, in denen sie mit Eis bedeckt für die Fahrt in die Stadt gelagert wurden. Sorgfältig verschloß er jede Trommel, versicherte sich, daß die Aufschriftszettel vollständig ausgefüllt waren, und rollte sie dann auf den Hof, wo sie abgeholt werden würden. Er stapelte sie im Schatten des Anbauschuppens und deckte sie mit einer Plane ab. Der Laster sollte um zehn vorbeikommen und verspätete sich nur selten, aber er achtete trotzdem darauf. In all seinen Gewohnheiten zeigte sich immer noch das Erbe seiner Ausbildung; was Routinevorgänge anging, war er eine regelrechte Maschine.

Sobald er das Haus betrat, wußte er, daß etwas nicht stimmte. Nichts war verschoben worden, er gab auch keine verräterischen Fußspuren in der Eingangshalle, aber er wußte, daß jemand, als er im Stall gewesen war, die unverschlossene Tür geöffnet hatte, eingetreten war und sie dann wieder verschlossen hatte. Das Gleichgewicht der Gerüche innerhalb des Hauses war in Unordnung geraten, und obgleich der süßsaure Geruch des Saubluts immer noch in seinen Nasenlöchern hing, bemerkte er die Veränderung.

So genau kannte er sein persönliches Umfeld, so wie er es seit den langen Monaten der nicht endenwollenden Heimreise in der *Ares* immer gekannt hatte, als sein persönliches Umfeld auf das Innere eines unregelmäßig arbeitenden Raumanzuges beschränkt gewesen war.

Er ging in die Küche und holte die Schrotflinte aus dem Regal unter der Spüle hervor. Er öffnete die Schublade, holte zwei Patronen heraus und lud sie. Dann blieb er nur stehen und lauschte angespannt, versuchte das Geräusch irgendeiner Bewegung wahrzunehmen.

Was er statt dessen hörte, war ein gedämpfter wimmernder Laut ähnlich jenem Geräusch, wie die Jungsäue es manchmal machten, wenn sie zu voll mit ihrem überreichlich produzierten Blut waren – oder wenn ein Cowboy auf einem Chopper ihre Ruhe störte. Es kam aus dem Schlafzimmer.

Bowring schüttelte sich seine Arbeitsstiefel von den Füßen und ging dann auf Zehenspitzen und in Strümpfen zur Treppe. Langsam stieg er die Stufen hinauf, vermied diejenigen, die knarrten, sein rechter Zeigefinger lag am Abzug der Waffe.

Die Schlafzimmertür war geschlossen, und er hielt inne. Er hatte genügend Fernsehsendungen gesehen, um zu wissen, was man in solchen Situationen zu tun hatte, aber er wußte auch, daß die Tür massiv und das Schloß kräftig waren – und daß er nicht die Kraft aufbrachte, sie in einem einzigen Ansturm niederzurennen.

Wieder hörte er den weinenden Ton, diesmal etwas

lauter. Er streckte seine Hand aus und drückte den Türgriff herunter. Anstatt sie heftig aufzustoßen und hindurchzuspringen, wie es die Tradition des Melodramas gebot, drückte er sie sachte auf und blieb mit angeschlagenem Gewehr davor stehen.

Die junge Frau, die auf dem Bett saß, zuckte heftig zusammen und sah ihn schreckerfüllt an. Unwillkürlich beugte sie sich zur Seite, um das wimmernde Baby zu schützen, das sie auf das Bett gelegt hatte.

»Nicht!« flehte sie. »Bitte nicht!«

Er ließ den Gewehrlauf sinken, so daß er zu Boden zeigte.

»Was tust du hier, zum Teufel?« sagte er grob. Noch hatte die Spannung seine sprungbereiten Muskeln nicht losgelassen. »Du hast kein Recht, mein Haus zu betreten.«

»Ich mußte doch«, sagte sie. »Bitte liefern Sie mich nicht aus. Bitte! Ich habe nichts getan. Es ist alles ein Irrtum. *Ich habe nichts getan!*«

»Die Hubschrauber«, sagte er, als er allmählich verstand. »Sie suchten nach dir?«

Sie nickte. »Es ist ein Irrtum«, wiederholte sie. »ich bin nicht das, was sie denken. Sie wollen das Baby holen, aber das ist alles ein Irrtum. Es geht ihr gut. Sie ist nicht das, wofür sie sie halten.«

Sie konnte nicht älter als siebzehn sein, eher jünger. Sie trug einen verdreckten grünen Anorak, ausgewaschene Jeans und mitgenommene Turnschuhe. Ihr blasses Gesicht war verschmutzt, und ihr mausbraunes Haar war zerwühlt. Die Decke, in die sie das Baby eingewickelt hatte, war auf beiden Seiten schmutzig. Sie sahen völlig harmlos und traurig aus – aber sie waren in seinem Haus.

Gerade machte er den Mund auf, um sie zu fragen, wofür ›sie‹ sie denn hielten, doch bevor er etwas sagen konnte, klingelte es an der Haustür. Offenbar waren die Hubschrauber nur die Vorhut der Operation gewesen; auch am Boden waren Mannschaften unterwegs.

Verdammt, dachte er. Sie hat die ganze Welt auf mein Land gebracht, damit sie mir an die Tür klopft.

»Nicht«, flehte sie mit schwacher Stimme, als ob die Furcht ihr die Kraft geraubt hätte, mehr als dieses eine Wort zu sagen.

Er ging wieder die Treppe hinunter und an die Tür. Er hielt immer noch das Gewehr in der Hand.

Drei Soldaten standen draußen. Einer von ihnen war ein Sergeant. Alle drei spannten sich an, als sie das Gewehr in seiner Hand sahen, und schienen schon die eigenen Gewehre von den Schultern nehmen zu wollen, aber er wechselte seinen Griff und lehnte die Schrotflinte mit dem Kolben nach unten von innen an die Wand neben der Tür.

»Tut mir leid«, sagte er, ohne es so zu meinen. »Ich kriege hier draußen nicht viel Besuch.«

»Wir suchen nach einer Frau und einem Kind«, sagte der Sergeant ohne lange Vorreden. »Wir müssen die Farm durchsuchen.«

»Nein, das machen Sie nicht«, sagte Bowring. »Das ist mein Land. Sie haben kein Recht dazu. Gehen Sie einfach – und gehen Sie leise. Ich habe zweihundert Blutsäue im Blutstall, und wenn sie Adrenalin ausschütten, legt sich das auf ihren Ertrag.«

Der Sergeant runzelte die Stirn. »Tut mir leid, Sir«, sagte er. »Aber wir *haben* das Recht, und wir *müssen* die Suche durchführen. Wir werden es so leise wie möglich tun, aber wir müssen nachsehen.«

Sieh bloß zu, daß du sie los wirst, sagte Bowring zu sich. Zöger es nicht hinaus – mach es einfach.

»In Ordnung«, sagte Bowring. »Überprüfen Sie die Scheune, wenn's sein muß, und die Lagerbunker. Auch den Hühnerstall. Aber trampeln Sie nicht in den Blutstall – darin kann man sich nicht verstecken, und alles Nötige können Sie vom Eingang aus sehen. Das

Haus brauchen Sie nicht zu überprüfen. Da ist sie nicht.«

Das Stirnrunzeln des Sergeanten vertiefte sich zu einer Grimasse. »Vielleicht gelangte sie hinein, ohne daß Sie sie gesehen haben«, sagte er.

»Konnte sie nicht«, sagte Bowring stur. »Die Hintertür ist verriegelt, und die Fenster sind verschraubt. Ich kann schwören, daß keiner durch diese Tür gekommen ist. Aber als ich vorhin oben war, sah ich jemanden hinter dem Knick neben dem Pfad runter ins Tal gehen – so aus dem Augenwinkel, und dann waren sie schon im Wald. Hätte vielleicht auch einer Ihrer Leute sein können, aber das glaube ich nicht. Ungefähr vierhundert Yards in die Richtung, vor zwanzig oder fünfundzwanzig Minuten.« Er deutete Richtung Waldrand.

Der Sergeant wandte sich an einen seiner Begleiter. »Nehmen Sie MacArdle und Flint mit und sehen Sie sich den Wald an«, sagte er. Dann wandte er sich wieder zu Bowring. »Wir werden die Farm trotzdem durchsuchen müssen«, sagte er in einem Versuch, es mit ihm an Sturheit aufzunehmen – als ob jemand so störrisch wie ein Blutfarmer sein könnte.

»Machen Sie's rasch und leise«, sagte Bowring, wobei er im Eingang stehenblieb, so daß niemand vorbeikonnte. »Passen Sie mit den Fässern am Tor auf – und gehen Sie nicht in den Blutstall.«

»Und das Haus«, sagte der Sergeant. »Ich werde das Haus durchsuchen müssen.«

»Das ist nicht nötig«, sagte Bowring und starrte dem Sergeanten in die Augen.

Der Sergeant erwiderte entschlossen das Starren, aber dann verzog sich seine Stirn zu einem leichten Runzeln, und sein Blick schwankte. »Kenne ich Sie nicht?« fragte er unsicher.

»Nein«, sagte Bowring fest. »Sie kennen mich nicht.«

»Jesses«, sagte der verbliebene Soldat, als ihm die

Erleuchtung kam. »Das ist der Typ, der vom Mars zurückgekehrt ist. Das ist Bob Bowring. Was machen Sie denn, verdammt noch mal, an einem Ort wie dem hier?«

»Ich wohne hier«, sagte Bowring ausdruckslos. »Es ist mein Zuhause.« Er rührte sich immer noch nicht – doch jetzt war der Sergeant einen Schritt zurückgetreten und schien seinem starren Blick ausweichen zu wollen. Der Umstand, daß er sich an Bowrings Namen erinnerte, hatte seine Einstellung verändert. Nun wußte er, daß Bowring selbst ein Ex-Militär der Offiziersklasse gewesen war – ganz zu schweigen ein Ex-Held und ein EX-VIP. Er wollte sich nicht mit jemandem auf einen Streit einlassen, der ihm Ärger bereiten kannte.

»Okay«, sagte er schließlich. »Wir überprüfen die Scheune und die anderen Plätze. Den Stall übernehme ich selbst – behutsam. Danke.«

»Lassen Sie sich nicht zuviel Zeit«, sagte Bowring, schloß die Tür und drehte das Sicherheitsschloß herum. Aber er gab sich keinen Illusionen hin, daß er mehr als nur etwas Zeit erkauft hätte. Er wußte, daß sie wiederkommen würden. Er hatte nicht gewagt, sie danach zu fragen, wonach sie suchten.

»Ich hätte sie abliefern sollen«, murmelte er. »Dann wäre die Sache ein für allemal erledigt.« Doch er war selbst nicht überzeugt davon. So sehr er auch seine Privatsphäre schätzte, Neugier besaß er immer noch. Er hatte ein Interesse daran zu erfahren, warum die Armee hinter einer jungen Frau mit einem Baby her war. Aber Neugier hatte ihren Preis, und plötzlich erschauerte er unter einem komplexen Schwall von Geruchserinnerungen, Schmerzerinnerungen, Verlusterinnerungen, und der Erinnerung an helle, helle Sterne in der langen, langen Marsnacht.

Langsam ging er wieder nach oben und erinnerte sich an die Art, in der der Soldat ihn beschrieben hatte:

Nicht als den Mann, der *zum* Mars *geflogen* war, sondern als den Mann, der *zurückgekehrt* war – als ob das Grauen der Heimreise alles wäre, das zählte, als ob *dort zu sein* wenig oder nichts bedeutet und überhaupt nichts bewirkt hätte.

Während das Mädchen sich und das Baby im Bad säuberte, schaltete Bowring das Nachrichtenprogramm ein. Er erwartete nicht, daß irgend etwas über die Suche in den Nachrichten sein würde – beinahe automatisch nahm er an, daß die Operation geheim war – aber er irrte sich. Die Schlagzeile fiel ihm sofort auf, und er ließ den Daumen auf der Fernbedienung spielen, bis die neueste Meldung auf dem Bildschirm erschien. Die Aufnahmen der Armeehubschrauber kamen aus dem Archiv, und eine Landkarte wurde eingeblendet, um anzuzeigen, wo die Suche stattfand, aber der Kommentar war schon recht genau.

»… Träger einer registrierpflichtigen Krankheit. Weder Mutter noch Kind weisen äußere Anzeichen für die Krankheit auf, doch sollten Zivilpersonen sich ihnen unter keinen Umständen nähern. Falls Sie diese Frau gesehen haben, rufen Sie unbedingt die Polizei unter einer der folgenden Rufnummern an…«

Das ernste Gesicht des Mädchens, das dann übertragen wurde, war eine normale Aufnahme aus der Zentralerfassung, die sie älter aussehen ließ. Sie hieß Janine Stenner. Sie war siebzehn.

Bowring sah auf seine Hände und dachte über den Ausdruck ›Träger einer registrierpflichtigen Krankheit‹ nach. Er hatte das Baby angefaßt, war in Kontakt mit mehreren seiner Körperflüssigkeiten gekommen und hatte auch die Hände des Mädchens berührt. Aber seine Hände waren ziemlich ruhig, und das Fehlen jeglicher Angst überraschte ihn. Seine Zurückgezogenheit war nicht aus Furcht vor Ansteckung erwachsen.

»Es ist ein Irrtum«, hatte das Mädchen gesagt. »Ich bin nicht das, was sie denken.« Und die Soldaten hatten keinerlei Schutzkleidung getragen.

»Träger *wovon*?« fragte er laut. »Dem Schwarzen Tod?«

»Es ist ein Irrtum«, sagte eine leise Stimme hinter ihm. »Es ist nicht wahr.«

Sie betrat das Zimmer und sah nervös auf die Reihe von PCs an der Wand. Durch die offene Tür konnte sie das Labor erkennen, und sie warf scheue Blicke auf die Ausrüstung, als ob sie Angst davor hätte, was dies bezüglich seines Berufes aussagen mochte.

»Emma schläft«, fügte sie hinzu, als sie sich auf den Drehstuhl vor dem Arbeitstisch setzte – den einzigen Lehnsessel hatte er bereits mit Beschlag belegt.

Er drückte auf die Fernbedienung und schaltete den Fernseher aus.

»Warum *glauben* die dann, daß du eine gefährliche Krankheit hast, wenn es nicht stimmt?« fragte er grob. »Oder ist das nur die Story für die Massen – eine Lüge, um etwas anderes zu vertuschen?«

Sie schüttelte den Kopf. »Sie wollten das Baby abtreiben«, sagte sie leise. »Sie sagten, daß ich etwas in mir hätte – und daß das Baby es auch haben würde. Sie ließen mich in einer Privatklinik im Süden einsperren, aber ich lief davon. So schwierig war das Verschwinden sowieso nicht. Die letzten fünf Monate bin ich in Heysham gewesen – aber als Emma dann kam ... das konnte ich nicht alleine. Ich wußte, daß sie mich aufspüren würden, aber ich mußte Hilfe finden ... und jetzt ist es nicht mehr so leicht, sich zu verstecken. Aber ich bin nicht krank, und Emma ist es auch nicht. Die wissen ja nicht, wovon sie reden. Da waren noch andere in der Klinik, aber keiner von uns war krank – und sie hatten keine Angst davor, uns anzufassen, bei uns zu sein, sogar ... das ergibt doch keinen Sinn. Das sind doch alles Lügen. Ich werde nicht zulassen, daß sie Emma wegbringen. Das werde ich nicht ... aber jetzt weiß ich nicht mehr, wohin ich noch gehen kann.«

»Wissen deine Eltern, was vor sich geht?« fragte er, wobei er sich Mühe gab, freundlich und besorgt zu klingen.

Sie schüttelte den Kopf. »Mama ist gestorben«, sagte sie. »Ich hatte immer nur Mama.«

»Was ist mit Emmas Vater?«

Sie warf ihm einen sehr seltsamen Blick zu, als ob sie wüßte, daß eine Antwort auf diese Frage ihn beleidigen würde. Schon öffnete sie den Mund, aber dann schloß sie ihn wieder und schüttelte den Kopf. Sie sah sich um, wollte offenbar dringend das Thema wechseln und sagte: »Was ist das hier für ein Ort?«

»Eine Farm«, sagte er.

»Was ist ein Blutstall?« Offenbar hatte sie gelauscht, als er mit dem Sergeanten gesprochen hatte.

»Das hier ist eine Blutfarm«, sagte er. »Im Blutstall habe ich die Transgen-Säue untergebracht. Sie sind genetisch darauf gezüchtet, Blut mit verschiedenen Antikörpern, Hormonen und zusätzlichen Faktoren zu produzieren. Das ist nicht so scheußlich, wie es klingt – die Säue sind genetisch lobotomiert, die höheren Hirnfunktionen sind ausgeschaltet. Sie sind für Überproduktion gezüchtet, und sie *brauchen* regelmäßiges Abzapfen – den Überschuß abzuziehen ist auch nicht viel anders, als Kühe zu melken. Weiter oben im Tal sind Milchfarmen, wo verstärkte Milch von Transgen-Kühen gemolken wird, aber für Blut, das man Menschen spritzen kann, sind die Säue besser geeignet. Laß dich von dem Labor nicht täuschen – das ist keine richtige Wissenschaftsarbeit. Ich mache keine Forschungen. Ich bin bloß ein Farmer.«

Sie sah ihn nachdenklich an, aber in ihrem Blick lag kein Grauen oder Widerwillen. Sie war ein Kind der genetischen Revolution; Dinge wie Blutfarmen gehörten für sie zum Alltag. »Sind Sie wirklich der Mann, der vom Mars zurückkam?«

»Ja«, sagte er knapp.

»Und jetzt betreiben Sie eine Blutfarm?«

»Es ist eine ehrliche Arbeit«, sagte er zu ihr. »Als die *Ares* die Erdumlaufbahn erreichte, war ich in einem ziemlich schlechten Zustand. Man hat mich so gut zusammengeflickt, wie es eben ging, aber für jede Art Militärdienst war ich ungeeignet geworden – oder auch für die meisten Arten von schwerer Arbeit. Weißt du, meine Knochen bauten sich ab, während ich so lange Zeit im freien Fall war, und der Anzug war nicht für monatelanges ständiges Tragen eingerichtet.«

»Das muß die absolute Hölle gewesen sein«, sagte sie mit der ehrlichen Offenheit der Jugend. »So lange in dem Anzug eingesperrt zu sein mit zwei Toten als Gesellschaft.« Das war es, was sie in der Schule gelernt hatte. Als das alles geschehen war, hatte sie noch in den Windeln gelegen und konnte nicht älter als ihre Tochter jetzt gewesen sein.

»Wofür genau hält man das eigentlich, was du in dir haben sollst, Janine?« fragte er. »Und warum sind sie so entschlossen, daß sie sogar die Armee einsetzen?«

»Ich weiß es nicht«, sagte sie. »Wie war es eigentlich auf dem Mars?«

Offensichtlich wollte sie die Unterhaltung von jenen Themen ablenken, die für sie zu unbehaglich waren. Neugier war für sie eine Art Zuflucht: eine Möglichkeit, den Verstand von Ängsten freizuhalten. Sie wollte nicht wirklich wissen, wie es auf dem Mars gewesen war – was ihm auch recht war.

»Eng«, sagte er. »Als ob man in einem überfüllten Zelt lebte.«

»Ich meine, wie war der *Mars*?«

»Öde. Sehr rot und sehr tot.«

»Aber Sie hatten dort doch Leben gefunden.«

»Nein, haben wir nicht. Wir stellten fest, daß es dort Leben *gegeben* hatte, vor Milliarden von Jahren. Als das Sonnensystem noch viel jünger war.« Er schwieg, doch dann sah er, daß sie mehr erfahren wollte. Ihre Augen sahen so blaß und verängstigt aus. Er holte tief Luft. »Früher«, sagte er unbeholfen, »hatte der Mars eine Atmosphäre und flüssiges Wasser. Lange bevor auf der Erde das Leben aus dem Meer stieg, hatte es eine Art Leben auf dem Mars gegeben, aber es war zur Gänze ausgestorben. *Zur Gänze* – nichts hatte überlebt, nicht einmal auf bakterieller Ebene. Nicht daß es selbst zu den besten Zeiten sehr viele andere Ebenen gegeben hätte. Man streitet sich immer noch über die biochemischen Grundlagen; die Proben, die ich zurückbrachte, waren bedauerlich unzureichend und wenig aufschlußreich.« Nach einer langen Pause fuhr er fort: »Weißt du, sie werden zurückkommen – die Soldaten. Diese Art von Operation wird nicht einfach abgeblasen. Sie werden die Gegend von vorne bis hinten und wieder zurück durchkämmen, bis sie dich finden. Wie du schon sagtest, *du* könntest vielleicht entkommen und dich verstecken, aber das Baby kann es sicher nicht.«

Sie starrte ihn an und sagte: »Sie können uns verstecken. Das ist ein großes Gelände. Hier muß es einen Ort geben, wo Sie uns verstecken können.«

»Ich glaube nicht. Ich sollte dich wirklich an sie übergeben.«

»Ich mache alles, was Sie wollen«, sagte sie und schlug die Augen nieder. Als er nicht antwortete, fügte sie hinzu: »Sie müssen sich keine Sorgen wegen irgendwelcher *Ansteckungen* machen. In der Klinik wußten sie das, aber es … es hielt sie nicht davon ab …«

»Was soll das nun wieder heißen?« fragte er mit einem scharfen Unterton.

Sie zuckte die Achseln. »Einer vom Pflegepersonal«, sagte sie. »Er …«

»Hat dich vergewaltigt?«

Sie schüttelte den Kopf. »Eigentlich nicht«, sagte sie. »Aber er hätte es nicht tun sollen. Ich war eine *Patientin* ... ich war noch Jungfrau.«

»Bist du dadurch schwanger geworden? Mit Emma?«

Sie schüttelte wieder den Kopf, diesmal jedoch heftiger. Sie sah zu Boden. »Ich war schon schwanger«, sagte sie mit leiser Stimme. Sie wußte genau, was sie sagte, und sie sagte es ihm aus einem bestimmten Grund. Sie deutete damit an, daß es etwas damit zu tun hatte, weswegen man sie überhaupt in die Klinik gebracht hatte, und weshalb man ihr Baby hatte abtreiben wollen, und warum man die Armee in Marsch gesetzt hatte, um sie kreuz und quer durch die Landschaft zu jagen, sobald sie aufgespürt worden war. Dachte sie, daß sie einen neuen Heiland oder etwas in der Art geboren hatte?

»Hast du irgendeine Ahnung, warum sie so versessen darauf sind, dich wieder einzufangen?« fragte er mit völlig gelassener Stimme.

Sie schüttelte wieder den Kopf – doch dann sagte sie: »Ich sehe wie meine Mama aus.«

Er war nur ein Farmer, aber etwas Wissen über Genetik war in seiner Branche Grundvoraussetzung, und draußen im Blutstall hatte er zweihundert geklonte Säue, von denen keine einen Vater hatte.

»Du meinst, daß du auch eine Jungfrauengeburt warst?« vergewisserte er sich. »Ein parthenogenetischer Klon?«

Sie zuckte die Achseln. Das Wort ›parthenogenetisch‹ sagte ihr nichts. »Ich sehe wie meine Mama aus«, sagte sie. »Deswegen haben sie mich in die Klinik gebracht. Das mit Emma ... vielleicht wird sie wie ich aussehen, vielleicht auch nicht. Sie glauben, daß sie so wird. Aber ich bin gesund, und sie ist es auch. Sie können uns verstecken, Mr. Bowring. Ich werde alles tun, was Sie wollen, aber *Sie dürfen nicht zulassen, daß sie Emma fortbringen!*«

Gibt es etwas, das ich will? fragte er sich stumm. Gibt es etwas, das ich will außer Platz zum Bewegen, Luft zum Atmen und Alleinsein?

Diese Frage war leicht zu beantworten. Es gab nichts, das er wollte, vom Unmöglichen einmal abgesehen. Er hätte gerne jemand anderer sein wollen. Er hätte ein anderer sein wollen als der Mann, der vom Mars zurückgekehrt war. Er hätte sich gewünscht, nicht der einzige Träger dieser Erfahrung, dieser Erinnerung, dieser Last aus Krankheit, Grauen und Schuld zu sein – nicht, daß es etwas gab, dessen er sich hätte schuldig fühlen müssen; Zufall – und nur der Zufall allein – hatte das Muster aus Pech und Versagen bestimmt, das festsetzte, daß die anderen sterben sollten, während er überlebte... und dennoch war die Schuld ein Teil der Last.

Irgendwann würden natürlich andere zum Mars fliegen und die Arbeit weiterführen, den Auftrag weiterführen, die Hoffnungen und Ambitionen vorausblickender Menschen weiterführen. Dann würde es leichter sein, die hellen Sterne und den fremden Himmel und die endlose nachtschwarze Wüste zu vergessen, die nur tagsüber rot war. Bis dahin wollte er... nichts im Bereich des Möglichen.

»Es ist unmöglich«, sagte er. Sein Mund fühlte sich eigenartig trocken an. »Du mußt doch verstehen, daß es unmöglich ist. Wir müssen alle im Bereich des Möglichen leben.« Als er dies sagte, dachte er an seine zwei toten Kameraden, die in ihren Sarganzügen in der *Ares* nach Hause zurückgekehrt waren. Aller Einfallsreichtum der Welt wäre nicht ausreichend gewesen, um sie zu retten. Es hatte nichts gegeben, das er oder irgend jemand sonst hätte tun können.

Warum, um Himmels willen, wollen sie das Mädchen haben? fragte er sich. Warum sagen sie, daß sie und das Kind eine schreckliche Krankheit in sich tragen? Wer lügt hier wen an, und warum?

Laut und beharrlich klingelte es wieder an der Tür.

Dieses Mal war es ein Offizier – aber der Sergeant war bei ihm, und auch die beiden Männer, die zuvor den Sergeanten begleitet hatten, waren wieder dabei. Der Offizier war um die Fünfzig, nur ein oder zwei Jahre jünger als Bowring. Mit aufrichtiger Achtung sah er Bowring an, so wie ein Mann eine lebende Legende ansehen sollte. »Ich bin Captain Clarke, Lieutenant Bowring«, sagte er. Bowring konnte erkennen, daß er den Rang nicht genannt hatte, um den Umstand zu betonen, daß er ein höhergestellter Offizier war, sondern einfach aus Höflichkeit. Captain Clarke war ein Gentleman.

Das Gewehr lehnte immer noch innen neben der Tür an der Wand. Bowring nahm es mit der linken Hand am Lauf hoch und schwang es hoch und herum, so daß seine rechte Hand den Kolben umfaßte.

Clarke war ehrlich verwundert. »Das ist nicht nötig, Sir«, sagte er. Es war komisch, einen Captain jemanden, den er gerade als ›Lieutenant‹ angesprochen hatte, mit ›Sir‹ anreden zu hören.

»Was wollen Sie?« sagte Bowring mit kalter Stimme.

»Ich muß mit Ihnen reden. Es tut mir sehr leid, aber wir müssen Ihre Farm noch einmal durchsuchen – das Haus eingeschlossen.« Der Captain gab sich alle Mühe, vor Bowrings Feindseligkeit nicht die eigene Liebenswürdigkeit fallen zu lassen.

»Nein«, sagte Bowring.

Clarke zögerte und schaltete dann auf Beschwichtigung um. »Die Frau ist doch hier, nicht wahr?« sagte er. »Wir sind uns ziemlich sicher, Lieutenant – und außer einer gründlichen Durchsuchung wird uns nichts andere vom Gegenteil überzeugen können.«

»Sie können hier nicht rein«, sagte Bowring.

»Doch, das können wir«, sagte der Captain gelassen. Bowring erkannte, daß, wenn er nicht derjenige gewesen wäre, der er nun einmal war, sie schon längst hereingestürmt wären. Wenn er niemand Besonderes gewesen wäre, hätten sie ihn einfach beiseitegefegt. Sie hätten dazu nicht einmal einen Captain holen müssen: Die Streifen eines Sergeanten hätten genügend Autorität bedeutet.

»Das ist keine Bagatellangelegenheit«, fuhr Clarke fort, als Bowring sich nicht von der Stelle rührte. »Wir werden das Mädchen und das Baby in Gewahrsam nehmen müssen. Ich versichere Ihnen, daß wir ihnen nichts tun wollen.«

»Warum läuft sie vor Ihnen weg?« entgegnete Bowring, obwohl er wußte, daß dies schon zur Hälfte auf ein gefährliches Eingeständnis hinauslief.

»Weil sie es nicht versteht. Sie weiß, daß die Ärzte es für das Beste hielten, das Baby abzutreiben, und sie denkt, daß sie ihm jetzt nach der Geburt etwas antun wollen – aber das werden sie nicht. Es ist nur so, daß ... wir sie unter unserer Obhut halten müssen.«

»Weil sie und das Kind irgendeine Art Krankheit in sich tragen?«

»In gewisser Hinsicht ja.«

»Jedenfalls jetzt noch nicht.«

Bowring legte seine Hand an den Abzug der Schrotflinte. Diesmal hatte der Sergeant ebenfalls seine Waffe bereit, und er legte sie an – aber der Captain stand in seinem Weg.

Irgendwie erinnerte der Captain Bowring an *den* Captain: den richtigen Captain, der auf dem Mars gestorben war; an den Captain, dessen verfaulende Leiche trotz aller ihrer Bemühungen, sie zu sterilisieren, vermutlich immer noch ein gewisses Quantum an bakteriellen Lebensformen beherbergte: Das einzige Leben, das nunmehr auf dem Mars existierte.

»Falls sie jemanden anstecken kann«, sagte Bowring,

66

»gehen Sie und Ihre Männer aber ein verdammtes Risiko ein. Wo sind Ihre Masken und Ihre Gummihandschuhe?«

»Sie kann uns nicht anstecken«, sagte Captain Clarke. »Jedenfalls jetzt noch nicht.«

»Werden Sie mir das mal erläutern?« fragte Bowring, als der Captain keine Anstalten zu einer Ausführung unternahm.

Clarke seufzte, zeigte seine Ungeduld, hielt sie aber unter strenger Kontrolle. »Wir verschwenden Zeit, Mr. Bowring. Wir beabsichtigen, das Haus zu betreten, und Sie können uns wirklich nicht aufhalten. Das wissen Sie.«

»Du kleiner Scheißkerl«, sagte Bowring – nicht der Wahrheit entsprechend, denn der Captain war ebenso groß wie er und mindestens dreißig Pfund schwerer. »Setze auch nur einen Fuß in mein Haus, und ich blas dir den Kopf weg, egal, wer du bist oder was du eines Tages sein willst.« Er meinte es nicht so, und er schämte sich bei dem Gedanken, daß er sich gerade zum Narren machte, aber er konnte nicht beiseitetreten. Er konnte nicht nachgeben. Er konnte sie nicht hereinlassen.

Der Sergeant hob seine Waffe, aber es sollte nur Bowrings Aufmerksamkeit ablenken; als Bowring einen Schritt vortrat, um den Sergeanten mit seinem Gewehr zu bedrohen, packte Clarke den Lauf und drückte ihn zur Seite. Bowrings Finger war innerhalb des Abzugringes und krümmte sich im Reflex, und das Gewehr ging los, aber niemand war in Gefahr. Trotzdem reagierten die anderen Soldaten schnell. Von der Seite krachte ein Gewehrkolben gegen seinen Kopf, und Bowring sackte zu Boden und wünschte sich dabei, daß Schmerzen ihn nicht immer an die *Ares* und an die lange, lange Heimreise erinnern würden.

Als er wieder zu sich kam, lag er auf seinem Bett, und Captain Clarke stand am Fenster und sah über die Felder zum fernen Meer. Bowrings Kopf fühlte sich schwindelig an, aber nicht so schmerzhaft, wie es möglich gewesen wäre. Er vermutete, daß man ihm Schmerzmittel verabreicht hatte. Trotzdem hatte er in seinem Kopf den Gestank seines schadhaften Raumanzugs in den Nasenlöchern und zwei tote Männer als Gesellschaft.

Sobald er sich rührte, drehte sich der Captain um.

»Versuchen Sie noch nicht aufzustehen«, riet Clarke ihm. »Es tut mir wirklich leid. Der dumme Bengel hat Sie zu heftig geschlagen – aber es ist kein Schädelbruch. Eine Gehirnerschütterung, aber die geht bald wieder weg.«

Bowring hob vorsichtig eine Hand. Um seinen Kopf war kein Verband. Er spürte eine große und empfindliche Beule, aber keine klebrigen Stellen.

»Sie hätten nicht so mit dem Gewehr herumfuchteln sollen«, sagte der Captain, der offenbar nicht wußte, ob er nun einen unwilligen oder einen mitleidigen Tonfall anschlagen sollte. »Das machte die Sache ungemütlich und war sinnlos. Sie mußten doch gewußt haben, daß Sie uns nicht draußen lassen konnten. Warum ließen Sie uns nicht einfach rein?«

»Weil ich nicht wollte«, sagte Bowring; seine Stimme klang etwas heiser.

»Und weil Sie es nicht wollten, mußten Sie auch nicht – weil Sie der Mann sind, der vom Mars zurückkam?« Clarke klang enttäuscht, als ob er gerade tönerne Füße unter den Beinen eines Idols entdeckt hätte.

»Etwas in der Art«, bestätigte Bowring. Er klang und fühlte sich, als ob er sich rechtfertigte. Denn schließlich *war* er der Mann, der vom Mars zurückgekehrt war. Er war nicht mehr berühmt, aber man erinnerte sich noch an ihn. Er war eine lebende Legende.

Er war in der Lage, seine Stimme zu erheben – unangenehme Fragen aufzuwerfen, wann immer und wo immer er es wollte, und Antworten zu verlangen.

»Sie können sie sehen, wann immer Sie wollen«, sagte Clarke, der offenbar seine Gedanken las. »Sie können sich davon überzeugen, daß man sich gut um sie kümmert, und daß es dem Baby gut geht. Alles, was Sie wollen, um Ihr Gewissen zu beruhigen – sogar eine Erklärung. Aber ab sofort, Lieutenant, sind Sie aus der Reserve zurückberufen. Sie sind wieder im aktiven Dienst, und der aktive Dienst, den man von Ihnen verlangt, besteht darin, daß Sie den Mund halten. So lautet der Handel. Wenn Sie jemand anderer gewesen wären, hätten wir Sie mit Lügen und Drohungen abgespeist, aber Sie sollten auf unserer Seite sein. Sie *sollten* es verstehen.«

»Nun, ich verstehe es nicht«, sagte Bowring säuerlich und setzte sich entgegen Clarkes Rat auf. Es tat weh, aber es war erträglich. »Was, zum Teufel, glauben Sie denn, was sie in sich trägt?«

»Sie trägt das in sich, was Sie nicht vom Mars zurückgebracht haben«, sagte Clarke kühl und lehnte sich an den Fensterrahmen. »Fremdes Leben.«

»Was?« sagte Bowring dümmlich. Es war unglaublich, aber es klang nicht wie eine Lüge.

»Die Invasion hat stattgefunden«, sagte Clarke leichthin.

Bowring brauchte ein paar Sekunden, um sich darauf einzustellen, dann fragte er: »Wann?«

»Unsere Schätzung geht gegen 1915 – plusminus drei Jahre.«

»Von einer Bande sich parthenogenetisch vermehrender Frauen, die zufällig vollkommen menschlich aussehen?« sagte Bowring sarkastisch. »Zweifellos haben sie sich die ganze Zeit verborgen gehalten – und im Verlauf der über hundert Jahre haben sie natürlich vergessen, wer sie wirklich sind, oder haben es versäumt, ihre Weisheit an die nachfolgenden Generationen weiterzugeben. Das ist ja schlimmer als irgendein Hollywood-Schmachtschinken!«

»Sie hat Ihnen also von der Jungferngeburt erzählt?« sagte Clarke, den das B-Film-Szenario nicht zu rühren schien.

»Ich habe ihr nicht geglaubt«, sagte Bowring und rieb sich den schmerzenden Kopf. Nach ein paar Sekunden wurde es schon besser. *So* hart hatte ihn der Soldat gar nicht getroffen; schließlich war er ein alter Mann.

»Nun, es ist wahr«, sagte Clarke. »Ausgerechnet Sie sollten sich davon nicht übermäßig überraschen lassen.«

»Weil ich vom Mars zurückgekommen bin?« fragte Bowring. Dieses Mal kam er mit der Schlußfolgerung nicht schnell genug hinterher, obwohl er sie zuvor schon einmal gemacht hatte.

»Weil Sie Ihr Geld in einem Blutstall verdienen«, erwiderte Clarke. »Ein Stall voll mit Tieren, die keine Väter haben, weil es praktischer ist, sie zu zwingen, sich vollständig artenrein zu vermehren... aus genau dem gleichen Grund, warum es für die Gastkörper der Invasoren praktischer ist, sich artenrein für zehn oder fünfzig oder hundert Generationen zu vermehren. Vergessen Sie den Mars, Lieutenant Bowring. Denken Sie an die Blutzucht. Und dann überlegen Sie sich, wie eine biotechnisch orientierte Spezies eine Invasion auf einem fremden Planeten anpacken würde. Keine Flotten, keine Feuerschläge, kein Widerstand, einfach nur...«

Erwartungsvoll hielt er inne. Trotz seiner Kopfschmerzen war Bowring in der Lage, den Gedankengang weiterzuführen. »Einfach nur Zytogene«, sagte er und vollendete den Satz. »Bloß künstliche Zytogene. Herangezüchtete Parasiten – gar nicht so verschieden von denen, die wir den Zellen von Säuen und Kühen und den anderen Transgen-Tieren einpflanzen, damit sie das produzieren, was wir benötigen.«

Die Gedankenkette war einfach zu verfolgen. Zytogene waren Genpakete, die genauso wie die Gene in einem Zellkern arbeiteten, sich des Bausystems der Zelle bedienten, um sich selbst zu vermehren und um Proteine zu erzeugen. Sie waren vererbbar in dem Sinne, daß sie von Elter zu Kind weitergegeben werden konnten, aber sie konnten nur von Mutter an Tochter weitergereicht werden, da die Ova während des Vermehrungsprozesses im Gegensatz zu Spermien ihr Zytoplasma behielten. Sie *konnten* als Mitreisende bei gewöhnlicher geschlechtlicher Vermehrung weitergereicht werden, doch sobald sie den Einklang mit einem bestimmten Kerngensatz hergestellt hatten, war es sicherer und einfacher, den gesamten Satz zu duplizieren. Anderenfalls konnte es Probleme mit dem Immunsystem des Gastkörpers geben. Die transgenen Säue im Blutstall waren allesamt Klone, die durch angeregte Parthenogenese erzeugt worden waren. Die natürliche Auslese hatte mit Zytogenen nie viel angestellt, aber vielleicht war dies ein verrückter Zufall – die Gentechniker hatten deren Potential rasch genug erkannt.

»Woher wissen Sie, daß sie *fremde* Zytogene in sich trägt?« fragte Bowring. »Vielleicht sind sie das Ergebnis einer Mutation – haben wir nicht immer schon festgestellt, daß unsere besten Ideen von der Natur vorweggenommen wurden, selbst wenn wir es nicht vorher wußten?«

»Sie sind zu komplex«, antwortete Clarke. »Und sie bestehen nicht aus DNS. Chemisch gesehen sind sie damit eng verwandt, aber nicht identisch. Alles Leben auf der Erde, von Viren und Schimmelpilzen bis zu Bäumen, Mäusen und Menschen, hat einen gemeinsamen chemischen Vorfahren. Janines Zytogene und unsere genetischen Systeme haben vielleicht ebenfalls einen gemeinsamen Vorfahren, aber falls das so ist, existierte er vor Jahrmilliarden, vermutlich aber nicht auf der Erde. Wir haben niemals zuvor etwas *genau* Gleiches gesehen, allerdings gibt es unterschiedliche Meinungen, ob wir andere Verwandte von ihnen gesehen haben.«

Es gab nur einen einzigen Ort, an dem jemand jemals ›einen anderen Verwandten‹ eines fremden Zytogens gesehen haben konnte, und Bowring hatte überhaupt keine Schwierigkeiten damit, der Vorstellung durch die Bandbreite der verschiedenen alternativen Möglichkeiten zu folgen.

»Sie wollen damit sagen, daß das Ding, das Janine und das Baby in sich tragen, verwandt ist mit dem Zeug, das ich vom Mars zurückgebracht habe?« sagte er. »Sie glauben, daß die Erde *neunzehnhundertfünfzehn* von Sporen überfallen wurde, die von Marslebensformen erzeugt wurden, die vor mehr als einer Jahrmilliarde ausgestorben sind?«

»Das ist *eine* Hypothese«, stimmte Clarke gleichmütig zu. »Vielleicht ist Mars von anderer Stelle überrannt worden. Das weiß niemand. Niemand weiß, ob diese Dinger von Technikern entworfen wurden oder ob sie sich draußen im unendlichen Universum entwickelt haben. Niemand weiß, ob wir ein Ziel waren oder ob die Dinger einfach hierhergedriftet sind. Vielleicht wimmelt es im ganzen Universum nur so von anpassungsgierigen Zytogenen. Vielleicht war unser gemeinsamer chemischer Vorfahre etwas in der gleichen Art. Das weiß niemand. Aber wir versuchen es herauszufinden – und während wir dabei sind, müssen Janine Stenner und alle ihre Blutsverwandten in unserer Obhut bleiben. Wir müssen sie studieren... und wir müssen sie kontrollieren, wenigstens bis wir herausfinden, *wozu* diese Zytogene nun eigentlich angelegt sind, und was die weiteren Phasen ihrer vorherbestimmten Evolution hervorbringen können. Uns *könnten* immer noch einige scheußliche Überraschungen bevorstehen, und wir wollen davon nicht überrascht werden – was Sie sicherlich verstehen werden, Lieutenant Bowring.«

Kleiner Scheißkerl, dachte Bowring ohne rechte Überzeugung. Er wußte ganz genau, daß der andere recht hatte. Clarke und diejenigen, die ihm Befehle gaben, hatten *gewußt*, daß er es verstehen würde, und hatten gewußt, daß er ohne Bedenken eingeweiht werden konnte. Schließlich war er ein Mann, der bereits seinen Beitrag für die Menschheit und das Große Abenteuer geleistet hatte. Er gehörte zu den Pionieren der versuchten Eroberung der Hohen Grenze: einer der ersten Botschafter der DNS an das Universum.

Letztlich, dachte er, ist das alles, was wir sind. Bloß die Träger unserer Gene, Werkzeuge in ihrem Existenzkampf.

Er stand auf, fühlte sich etwas wackelig in den Knien, aber durchaus bewegungsfähig. Er stellte sich neben Clarke ans Fenster, als ob er, ohne es tatsächlich zuzugeben, eingestände, daß Clarke die ganze Zeit recht gehabt hatte. Mittlerweile war es Spätnachmittag geworden, und die Sonne überzog das gekrümmte Dach des Blutstalls mit zornigem gelben Licht. Der Lastwagen, der die Tagesproduktion abholte, war schon lange weg, ebenso wie die Hubschrauber und die Soldaten. Alles war still. Wenn Clarke ging, würde alles wieder seinen üblichen Gang gehen – oder jedenfalls fast. Er war wieder im aktiven Dienst. Er hatte ein Geheimnis zu hüten und etwas zum Nachdenken.

»Sie hätten es *ihr* erklären sollen«, sagte er nach einer Weile, in der er nach festem Stand gerungen hatte. »Sie hätten *ihr* sagen sollen, warum es eigentlich ging.«

»Sie ist nur ein Kind«, sagte Clarke in vernünftigem Ton. »Sie hat weder Ihre Intelligenz noch Ihr Verantwortungsgefühl. Wir halten es wirklich für das Beste, wenn diese Sache nicht Gegenstand von Gerüchten und verrückten Berichterstattungen werden würde. Können Sie sich vorstellen, was die Presse mit einer Story wie dieser anstellen würde? Auf Sie haben wir vielleicht den Eindruck gemacht, auf einer Hexenjagd zu sein, aber können Sie sich die Ängste vorstellen, die von einem allgemeinen Mißverständnis über die Vorgänge ausgelöst werden könnten? In unserer Mitte befinden sich Träger fremder Lebensformen – wollen Sie wirklich das jenen Leuten erklären, die glauben, das, was *Sie* tun, ist eine Art Voodoo? Ihnen müssen die Gründe sehr wohl klar sein, warum Blutzucht der vollkommene Job ist für jemanden, der sich von allen Arten gesellschaftlichen Verkehrs abzunabeln wünscht. Die Leute verstehen es wirklich nicht.«

»Sie hätten es ihr *erklären* sollen«, sagte Bowring stur. »Sie hat ein Recht darauf, es zu wissen, ein Recht auf die Chance, es zu verstehen. Sie ist ein Kind der Revolution.«

Clarke ging zur Tür. Er faßte Bowring nicht an, streckte nicht einmal die Hand zum Abschied aus. »Sie können sie jederzeit besuchen«, wiederholte der Captain. »Bis dahin schonen Sie sich lieber, bis die Beule zurückgeht.« Er war schon beinahe aus der Tür, aber dann hielt er inne. »Hat sie Sie gefragt, wie es war?« fragte er leise. »Hat sie Sie gefragt, wie es sich anfühlte, auf fremdem Sand zu stehen und zu fremden Sternen aufzusehen? Hat sie Sie gefragt, was Sie hier tun, warum Sie eine Blutfarm irgendwo am Ende der Welt betreiben?«

»Ja«, sagte Bowring zögernd.

»Und hatte sie verstanden, was *Sie* ihr sagten? Hatte sie begriffen, was es alles bedeutete?«

Bowring dachte an die hellen, hellen Sterne der prächtigen Marsnacht und die unglaublichen rotdurchzogenen Abende und die tote Unendlichkeit der öden sonnenerleuchteten Wüste und die schreckliche

Einsamkeit des langen langen Fluges nach Hause in dem einsamen kranken Sargschiff … und an die dürftigen unzureichenden Überreste von etwas, das einst gelebt hatte, und nun schon lange, lange tot war, das er zusammen mit den Leichen seiner Freunde mitgebracht hatte.

Die Bilder drängten sich in seinem Verstand zusammen, lösten sich in einer chaotischen Empfindungsverwirrung auf, die ihn schwindeln ließ, seinen Gedankenlauf unterbrach und sein Bewußtsein des gegenwärtigen Augenblicks überwältigte. Fünf oder sechs Sekunden verstrichen, bevor er das Gefühl unterdrücken und wieder die Kontrolle übernehmen konnte.

War es denn wirklich möglich, fragte er sich, daß noch etwas mehr vom Leben des Mars überlebt hatte – oder etwas von einem gemeinsamen Vorfahren, der die lebendige Erde mit der Leiche des Mars verband?

»Ich konnte es nicht erklären«, antwortete er unbeholfen auf Clarkes herausfordernde Frage. »Ich wollte es noch nicht einmal. Aber ich werde es versuchen. Ich denke, daß ich es ihr im Laufe der Zeit verständlich machen kann. Sie hat das Recht, es zu versuchen. Schließlich ist sie ein Kind der Revolution.«

»Vielleicht haben wir alle ein Recht, es zu versuchen«, sagte Captain Clarke, »und vielleicht können wir es auch alle«, und überließ ihn dann seiner Einsamkeit und der dumpfen Qual seiner noch nicht beendeten Trauer.

Originaltitel: ›CARRIERS‹ • Copyright © 1993 by Dell Magazines. Division of Bantam-DoubledayDell • Erstmals erschienen in ›Asimov's Science Fiction‹, Juli 1993 • Mit freundlicher Genehmigung des Autors • Copyright © 1995 der deutschen Übersetzung by Wilhelm Heyne Verlag, München • Aus dem Englischen übersetzt von Heiko Langhans • Illustriert von Jobst Teltschik

EWIGER MITTAG

Karl hatte ein schweres Erwachen. Krächzend und stöhnend stand er auf – der ganze Körper schmerzte vom Liegen auf dem improvisierten Lager – und verließ die Rettungskapsel. Das Inselchen war leer, die Kinder waren nirgends zu sehen, deshalb machte er sich nicht die Mühe, zu der schiefen Hütte auf der entfernteren Landzunge hinüberzugehen.

Er zog sein Hemd zurecht, blieb unschlüssig stehen und horchte in sich hinein. Nein, schlafen wollte er nicht mehr.

Mit schweren Schritten trottete er über den lockeren Sand zum Wasser. Ein steter kräftiger Wind zog an den Enden des Hemdes, ließ seine grauen Haare wehen, verfing sich im Bart. Nur auf dem schmalen dunklen Streifen, wo der Sand feucht und dicht war und das sacht wogende salzige Naß das Ufer netzte, ließ es sich leichter gehen.

Mit den Füßen vorsichtig den Grund abtastend, ging er bis zu den Knien ins Wasser, hin zum nächstgelegenen Gärtchen, holte ein paar Muscheln heraus, zerdrückte sie routiniert zwischen den rauhen Handflächen und aß das weiche, schlüpfrige, nach Jod riechende Innere.

Er kehrte auf den Strand zurück und warf die leeren Schalen auf den beachtlichen Haufen, der in vielen Jahren gewachsen war. Eine Pyramide, dachte er mit stumpfer Ironie, die Spur des Menschen... Die leeren Schalen ins Wasser zu werfen, hatte er sich längst abgewöhnt, seit er sich ein paarmal die Fußsohlen an ihren scharfen Rändern geschnitten hatte.

Wie immer verspürte er nach den Muscheln Durst, und er machte sich auf den Weg zum höchsten Punkt der Insel, der zugleich der höchste Punkt des Planeten war. Ganze fünf Meter überm Meeresspiegel. Vielleicht sogar sechs.

Die Anlage, die der Mensch auf dem Gipfel der Insel errichtet hatte, überragte diesen Rekord der Natur um das Dreifache. Das in den Sand gerammte verstellbare Traggitter, an den niedrigen Schrank des Funkgeräts gelehnt und vom Schirm der Solarbatterie gekrönt, strebte wie eine exotische Sonnenblume zur weißen Scheibe des hiesigen Gestirns hin. Die Batterie speiste das Funkgerät und die Entsalzungsanlage für Meerwasser.

Der Alte kniete sich schwerfällig neben dem Entsalzer in den Sand, öffnete den Hahn und wartete geduldig, bis der dünne Strahl den Plastbecher in der Nische gefüllt hatte. Er hätte den Eimer nehmen und frisches Wasser in den Tank füllen müssen, doch Karl beschloß, das auf später zu verschieben. Langsam leerte er mit kleinen Schlucken den Becher. Er stellte ihn wieder hin, schaute sich um. Die Vorderwand des Funkgeräts lag im Schatten vom Schirm der Solarbatterie. Karl stand auf, verlor unter einem Windstoß beinahe das Gleichgewicht und machte ein paar schnelle Schritte, um nicht hinzufallen. Unter seinem Fuß knirschte etwas. Er musterte eingehend den Sand, und sein Blick verdüsterte sich immer mehr. Vor der Vorderseite des Funkgeräts, die zum Großteil von einer Reliefmaske aus grauem, mit glitzernden Pünktchen durchsetztem Metallit eingenommen wurde, lagen kunstvolle Muster aus Muschelschalen und leeren Panzern der hiesigen Meeresfauna.

Die karmesinroten, purpurnen und braunen Panzer der Krebsartigen reckten tapfer mächtige Scheren, bedrohliche Stachel und Auswüchse. Einer rhythmisch wechselnden Farbanordnung folgten die fragilen Außenskelette von Seesternen – weiße, roséfarbene, die von innen heraus zu leuchten schienen, und besonders schöne in kräftigem Safrangelb mit schwarzem Trauerrand. Auch die zweiklappigen Muscheln lösten einander ab: die einen, mit verschlungenen Spiralzeichnungen an den Seiten, hielten wie verschämte Jungfern ihre Klappen dicht verschlossen, während andere wie Schatullen offenstanden und auf ihrem Perlmutt als matt schimmernde Kügelchen die Perlen präsentierten, einzelne große und Ansammlungen von kleinen. Zwischen ihnen nahmen sich schwere Spiralmuscheln wie beleibte Matronen aus, die geschickt und einladend ihr rosa Inneres darboten. Der Wind summte leise in ihren festen Wänden und wehte Sandkörnchen hinein.

Sie machen wieder, was ihnen paßt, dachte Karl. Und laut sagte er finster: »Mir gefällt das nicht.«

Er schaute die Metallmaske an, ihre absichtlich grob gestalteten Züge, die riesigen geschlossenen Augen, die traurig herabgezogenen Winkel des empfindsamen Mundes – wie bei den Helden antiker Tragödien – und wiederholte: »Mir gefällt das nicht...«

Bevor er sich in den Schatten setzte, ließ er noch einmal von einem Horizont zum anderen den Blick übers Meer schweifen. Die Kinder waren nicht zu sehen. In letzter Zeit hatten sie sich angewöhnt, etliche Tage lang wegzuschwimmen, und da war nichts zu machen.

Sie haben sich angepaßt, dachte Karl, gut angepaßt... Und anfangs dachten wir, es würde überhaupt niemand überleben...

Er erinnerte sich an das Übelkeit erweckende Heulen der Sirenen und das blinkende rote Licht im Dock der Rettungskapseln des Schiffes. Er hatte fieberhaft die Automatik der Kapseln aktiviert, während Tatjana eine Herde verschrockener, heulender kleiner Kinder in die Kapsel trieb und losrannte, um die nächste Gruppe zu holen. Und dann... dann hatte er das Bewußtsein verloren, und er würde niemals erfahren, wie alles war; er kam zu sich, als die Automatik die Kapsel wohlbehalten auf dem einzigen Inselchen des Planeten gelandet hatte – dem Gipfel einer gewaltigen Sandbank im Ozean, die sich nach allen Seiten Hunderte, wenn nicht Tausende Kilometer weit hinzog.

Tatjana war umgekommen. Und mit ihr Hunderte andere – Besatzung und Passagiere, Erwachsene und Kinder... Die toten Überreste des Schiffes umkreisten noch den Planeten, und nur in manchen Sektionen glomm noch ein Fünkchen von Leben, und Theophil versuchte Jahr für Jahr, Verbindung mit irgendeinem Schiff oder einer bewohnten Welt zu bekommen, um Hilfe herbeizurufen, und das einzige, was seine Einsamkeit aufhellte, waren die Funkgespräche mit Karl, wenn sie miteinander plaudern, sich alles mögliche von der Seele reden und die Neuigkeiten erörtern konnten, die Theophil mit Bruchstücken von Sendungen des galaktischen Radios aufgefangen hatte. Die Neuigkeiten waren in letzter Zeit irgendwie armselig und platt geworden, so daß Karl zu überlegen begann, ob Theophil sie nicht erfand, um ihn zu trösten; Hilfe aber kam und kam nicht. Es war natürlich kaum zu hoffen gewesen, daß man sie sofort finden würde. Sie wußten selbst nicht, in welchen Teil der Galaxis sie ihr Irrflug durchs Wurmloch verschlagen hatte. Die Piloten und Navigatoren waren tot, und man konnte niemanden fragen, wie sie in dieses Wurmloch geraten waren – auf einem ganz gewöhnlichen Flug in gut besiedelten Raumgebieten...

Karl schielte zu der in betrübtem Schweigen erstarrten Maske hin. Wann war die nächste Sendezeit? Er wollte schon nach der Sonne schauen, brach die Geste jedoch

ab, von beinahe körperlichem Schmerz über ihre Sinn-
losigkeit erfüllt. Die hiesige Sonne bewegte sich nicht.
Sie war starr ans Firmament geheftet. In Karls einziger
Uhr hatte längst die Batterie den Geist aufgegeben,
und die Zeit auf dieser Welt stand still. Karl wurde
älter, die Kinder wuchsen, der Wind wehte, doch die
Zeit stand still, und über der Insel hing ein ewiger Mittag.

Karl saß reglos inmitten des fast runden, scharf um-
randeten Schattens der Solarbatterie, mit dem Rücken
zum Funkgerät, das Gesicht dem Meer zugewandt.
Über seinem Kopf ließ der Wind lange Stränge trockener bunter Wasserpflanzen wehen, die am Gitterrahmen befestigt waren (offensichtlich Marvins Werk, wie
auch die Muster aus Muscheln und Panzern), das
straff auf das Schirmgerippe gespannte Gewebe der
Solarbatterie summte unter den Windstößen, das Meer
blieb leer, und nichts ereignete sich.

Ja, sie haben sich gut angepaßt, dachte Karl, wer
hätte das gedacht... vor allem, als die Nahrungsmit-
telvorräte zu Ende gingen und wir uns an die hiesige
Tierwelt gewöhnen mußten...

Das waren grauenhafte Tage gewesen. Schaudernd
dachte Karl an all die Krankheiten zurück, die geheilt
werden mußten, ohne daß man wußte, wie und
womit, an die Magenverstimmungen und Durchfälle,
an das Weinen der Kinder – und an seine totale Hilflosigkeit und Verzweiflung.

Jetzt brauchen sie mich nicht mehr – sie kommen
selber zurecht. Und das Meer – wie auf Bestellung:
Wassertemperatur 36 °C, man kann tagelang drin bleiben, ohne Unterkühlung oder Überhitzung zu riskieren... gut, auf der Sandbank scheint es keine besonders gefährlichen Wesen zu geben, doch früher
oder später werden sie zu den tiefen Stellen schwimmen, und was mag ihnen dort begegnen? Verdammt!
›Früher oder später‹ – was denke ich bloß... schließ-

lich werden sie uns irgendwann finden ... oder glaube ich das schon selbst nicht mehr? ... Sie sind schon fast erwachsen ... Wladimir und Claude kriegen schon Haare unter den Achseln und am Bauch ... Marvin ist ein Spätentwickler, aber verständig ist er, schlau, erfaßt alles im Fluge ... Wladimirs Verstand ist anders: tief, gründlich – der geborene Anführer ... Claude ist wahrscheinlich stärker, ordnet sich aber immer unter, ein bißchen beschränkt ... Und die Mädchen wachsen ... bald werde ich ihnen von der Menstruation erzählen müssen, damit sie nicht erschrecken ... Was für eine Aufgabe, Himmel! Wenn sich die Hilfe noch ein paar Jahre verspätet, werde ich noch Geburtshilfe leisten müssen ... Ob sie wohl von selbst darauf kommen, was bei ihnen wozu dient, oder ob ich es erzählen muß? –

Ein lauter Trompetenton vom Meer her ließ ihn zusammenzucken. Etwas hatte sich unmerklich auf der ganzen Welt verändert. Die Luft war auf einmal wie schmelzendes Glas. Die scharfen Töne von irgendwelchen barbarischen Trompeten erklangen nun schon von allen Seiten, und Karl saß von finsterer Angst niedergedrückt da, und er hatte keine Kraft, sich aufzurichten, um zu schauen, was auf dem Meer vor sich ging.

Schließlich brachte er es fertig, den schweren Kopf zu heben, und sah, wie sie ans Ufer kamen. Zu Hunderten, zu Tausenden, in unregelmäßigen Reihen, die der Uferlinie folgten, betraten sie den Strand, und das Wasser floß an ihren nackten Körpern herab, tropfte von den nassen Bärten der Männer und aus den langen offenen Haaren der Frauen. Und hinter ihren Rücken, er sah es deutlich, war das Meer bis zum Horizont mit Menschenköpfen übersät, die auf die Insel zuschwammen. Tausende von Armen glänzten in der Sonne, hoben und senkten sich zum nächsten Schwimmzug, es schimmerte die Haut der zwischen den Menschen umhertollenden Delphine. Viele der Männer, die auf das Ufer traten, waren mit kurzen kräftigen Dornen oder den gezähnten langen Schwertern von Schwertfischen bewaffnet. Die Frauen waren mit Halsketten aus kleinen Purpurschnecken geschmückt, deren leuchtende Farbe die wippenden Brustwarzen in den Schatten stellte, viele hatten über die Schulter Bündel weicher Wasserpflanzen geworfen, in den vorgestreckten Händen trugen sie Häufchen von Perlen, leuchtende Zweige seltener Korallen, sonderbar geformte Muscheln. Jene, die schon am Ufer waren, sangen irgendeine Hymne, und sie erklang immer lauter, je mehr Neuankömmlinge aus dem Meer sich zu den Sängern gesellten. Hohe Frauenstimmen sangen einen langen Melodiebogen, dessen Worte Karl nicht verstehen konnte, und als die Melodie in klingender Höhe abbrach, setzten die Männerstimmen gleichsam den Punkt dahinter, indem sie ein bedrohlich klingendes »A-UU-MMM« hervorbrachten; dann erklang ein barbarischer Trompetenstoß aus langen, gewundenen Muscheln ...

Sie näherten sich Karl, schienen ihn aber nicht zu bemerken. Ihre Blicke waren auf die Metallmaske an der Vorderseite des Funkgeräts gerichtet. Allen voran ging eine kleine hagere Gestalt. Karl hatte Mühe, darin Marvin zu erkennen. In den langgezogenen Ohrläppchen des Jungen staken kleine schwarze Korallenzweige, die Brust war von mehreren Halsketten und dem Panzer eines riesigen Krebses bedeckt. In der rechten Hand trug er einen Stab aus einem langen gewundenen Ast derselben schweren Koralle.

Marvin hob die Hand, und die vorderen Reihen verharrten und widerstanden dem Druck der nachfolgenden. Der Junge trat näher ans Funkgerät heran, ohne den Blick von der reglosen Maske zu wenden, und ließ sich langsam auf die Knie sinken. Er legte den schwarzen Stab in den weißen Sand, reckte die Arme vor und wandte sich mit einem Singsang an die Maske. Und abermals verstand Karl die Worte nicht. Die Maske blieb starr, den Mund zu einem spöttischen Lächeln verzogen, die Augen geschlossen. Marvin wiederholte seine Anrufung. Er schien auf etwas zu warten und bekam keine Antwort. Sein Blick glitt abwärts, und er sah die von Karl zertretene Muschel. Zorn verzerrte das Gesicht des Jungen, und zum erstenmal schaute er Karl geradezu an. In seinen Augen brannte ein verzehrendes Feuer.

»Frevel!« schrie Marvin mit dünner Stimme auf, und der vor eiskalter Furcht erstarrte Karl hörte das bedrohliche Tosen der Menge: »Frevel!«

Die Angst lähmte Karl, er wußte, daß sein Ende gekommen war, doch er konnte nicht einmal schreien, und ihm blieb nur noch das letzte Mittel zur Rettung: Er erwachte.

Er sprang auf, noch immer von dem Durchlebten zitternd, und blickte wild um sich.

Sonne und Wind. Weißer Sand und leeres Meer. Der Sonnenschirm knatterte dumpf.

Karl kam zu sich. Das Herz hämmerte nicht mehr in der Brust, der Atem ging gleichmäßiger. Er registrierte, daß der Gitterrahmen wieder bis an den Rand des Schrankes verrutscht war. Das war seine beständige Sorge – ihn nicht umkippen zu lassen. Der Schirm der Solarbatterie bot dem Wind eine große Angriffsfläche und versuchte immerzu, den Rahmen vom Funkgerät herabzuwerfen. Es gab nichts, womit man ihn hätte befestigen können. Karl wollte den Mast zurückschieben, zur Mitte hin, fühlte sich aber zu schwach dazu.

Nun gut, es wird schon noch halten. Wenn die Kinder zurückkommen, rücken wir's zurecht.

Die Lider der grauen Maske an dem Schrank zuckten und öffneten sich. Die Objektive hinter den Pupillen musterten den Horizont, fokussierten sich auf Karl. Die Lippen der Maske begannen sich zu regen.

»Grüß dich, Karl«, sagte die Maske mit angenehmer, tiefer, aber offensichtlich künstlicher Stimme.

Karl schaute sie haßerfüllt an.

Umbringen müßte man den Idioten, der auf den Einfall gekommen ist, die Vocoder mit einem Gesicht auszurüsten, noch dazu mit Mimik, und das wäre noch zuwenig, dachte er, der hat sich wahrscheinlich eingebildet, daß das schrecklich komisch und geistreich ist ...

»Was ist mit dir, Karl? Du siehst elend aus, alter Junge«, sagte die Maske. »Ist etwas passiert?«

Karl ging durch den Kopf, daß er längst vergessen hatte, wie Theophils richtige Stimme klang, und sein Gesicht eigentlich auch. Theophil war für ihn jetzt *dieses* Gesicht mit *dieser* Stimme.

»Schau nach unten, vor dir«, antwortete Karl schließlich.

Die Mimik der Maske drückte Verwunderung aus, ihr Blick senkte sich und lief über die Muster aus Muscheln und Panzern.

»Na ja – es sieht schön aus ...«

»War das Marvins Idee?«

»Sie haben alle mitgemacht, aber im Grunde ja, es war Marvin. Na und?«

»Sie waren also hier, während ich schlief? Und haben mich nicht geweckt ...«

»Wozu denn? Sie waren nur kurz da, dann sind sie wieder ins Meer gegangen.«

Karl blickte finster auf den Sand. Er hatte die Rückkehr der Kinder und einen Sendetermin verschlafen. Das eine wie das andere waren die Hauptbestandteile seines Lebens auf der Insel. Und nun hatte er verschlafen, und man hatte sich nicht die Mühe gemacht, ihn zu wecken. Mit der Funkverbindung war es sowieso rätselhaft. Karl hatte nie eine Gesetzmäßigkeit herausfinden können, nach der sich das Funkgerät meldete. Theophil hatte etwas von notwendigen Bedingungen, von notwendigen Schichten in den Ionosphäre erzählt, von den Besonderheiten der Umlaufbahn des toten Schiffes... Diesmal hatte also vor ein paar Stunden Verbindung bestanden. Es kam aber vor, daß zwischen zwei Sendungen mehrere Standardtage lagen, zumindest nach Karls innerer Uhr zu schließen.

»Mir gefällt das nicht«, sagte Karl finster.

»Was?«

»Diese Muster da.«

»Ich finde sie sehr nett.«

»Die Muster sind gut, aber mir gefällt nicht, was dahintersteckt.«

»Was denn?«

»Ein Kult, das ist es! Das riecht alles sehr nach einem Opferritual. Und ich habe das Gefühl, daß du das billigst.«

»Wieder die alte Leier, Karl!«

»Ich habe meine Überzeugungen, und von denen gehe ich niemals ab.«

»Aber das ist doch ein Spiel, Karl.«

»Ein gefährliches Spiel. Und ich habe dir schon gesagt, wohin es führen kann.«

»Hör mal, Karl, wir beide haben schon des öfteren darüber diskutiert, ich habe keine Lust, einfach nur Schall zu erzeugen. Du mußt verstehen, daß du gegen Windmühlen kämpfst. Wenn wir binnen kurzem gefunden werden, dann war's das – das Problem löst sich von selbst. Und wenn nicht, dann wird es dir mit keinen Mitteln gelingen, sie an der Erschaffung ihrer eigenen Mythologie und Religion zu hindern...«

»Das lasse ich nicht zu!«

»So begreif doch, Papa Carlo, das geht über deine Kräfte. Die Gesetze der Sozialpsychologie sind genauso unerbittlich wie die der Physik. Denk an die Geschichte des Altertums. Es hat auf der Erde kein Volk ohne Mythologie und Religion gegeben...«

»Aber hier wird es das geben!«

»Starrsinnig bist du, Karl ... Gut, stellen wir uns vor, daß wir niemals gefunden werden. Die Kleinen haben sich schon ganz gut angepaßt; bald werden sie fruchtbar sein und sich mehren ... Leben müssen sie natürlich im Meer, auf der Insel ist nicht genug Platz. Ja, sie verbringen ja auch so schon die meiste Zeit im Wasser ... Sie evolutionieren zu irgendwelchen Delphinen oder Robben. Und womöglich hören sie überhaupt auf, intelligent zu sein – wenn sie sich gar zu gut an die Umwelt anpassen. Braucht man denn viel Verstand, um Fischen nachzujagen und Mollusken zu sammeln? Dafür genügen auch Instinkte ...«

»Eben darum will ich ihnen Wissen geben, und soviel wie möglich, damit sie nicht vergessen, wer sie sind und woher sie kommen.«

»Wissen? Was für Wissen? Du wirst mir hoffentlich zustimmen, daß du ihnen auf dem Gebiet der Nahrungssuche nichts beibringen kannst. Aus deinen Reden werden sie nichts entnehmen können, was praktischen Nutzen hat. Du kannst ihnen nur Märchen von riesigen Städten erzählen, von fliegenden Schiffen und von Menschen, die wunderbare Dinge zu tun vermochten.«

»Aber wir wissen doch, daß es keine Märchen sind!«

»Wir wissen es, aber ihnen bleibt nichts übrig, als dir auf Ehrenwort zu glauben, daß es die Wahrheit ist. Das pythagoräische Argument – der Lehrer hat's gesagt! Gut, pflanz ihnen eine autoritäre Denkweise ein.«

»Ich werde sie die Prinzipien des wissenschaftlichen Denkens lehren.«

»Ja, und was nützen die ihnen? Das wird alles die reinste Abstraktion. Und was hast du konkret vorzuweisen? Die beiden Grundprinzipien der wissenschaftlichen Erkenntnismethode sind das mehrfache Auftreten der untersuchten Erscheinung und die Reproduzierbarkeit dieser Erscheinung im Experiment. Kannst du ihnen den Aufbau dieses Sendegeräts erklären und noch so eins bauen? Oder wenigstens einen zweiten Becher für den Entsalzer?«

Da Karl nichts erwiderte, fuhr Theophil fort.

»Hier bei uns ist alles einmalig. Die einzige Insel auf dem ganzen Planeten, darauf ein alter Mann mit langem grauen Bart und bei ihm ein sprechendes Gesicht und eine vom Himmel gefallene Arche. Einmaligkeit und Unwiederholbarkeit – das sind schon die Kennzeichen des Wunders und die Interessensphäre der Religion. Dazu noch deine Geschichten von Menschen, die von Stern zu Stern fliegen, und daß wir selbst aus dem Himmel hierhergekommen sind. Übrigens, was die Sterne betrifft, hast du schon einmal versucht, ihnen zu erklären, was das überhaupt ist? Denn sehen können sie sie ja nur, wenn sie bis auf die andere Seite des Planeten schwimmen...«

Auch diesmal gab Karl keine Antwort.

»Mit einem Wort, wir haben hier alle Bestandteile für eine ordentliche Religion, die ja auch von einmaligen Erscheinungen handeln muß – von der Welt im ganzen und vom einmaligen und unwiederholbaren Ich eines jeden von uns... Weißt du, bei den meisten primitiven Völkern der Vergangenheit fiel die Schilderung des Paradieses, wohin die Seelen der Toten gelangen, mit der Beschreibung der Gegend zusammen, woher einst ihre fernen Vorfahren gekommen waren. In unserem Falle werden die lieben Eltern ihren Kindern erzählen, daß ihre Vorfahren im Paradies lebten, im Himmel (und das, wohlgemerkt, wird die reine Wahrheit sein), an einem seltsamen Ort, wo es mehr Land als Wasser gab...«

Karl hüllte sich immer noch finster in Schweigen, und nach einer Pause sprach die Maske am Funkgerät in verträumtem Ton: »Und das wird ja doch gar keine schlechte Religion! Sie werden Pilgerzüge zum heiligen Land unternehmen, zu dem für sie unser Inselchen wird... Ich glaube, das wird ihnen besser als alle deine Ermahnungen helfen, die Erinnerung an ihre Herkunft zu bewahren und nicht zu vergessen, daß das Leben mehr ist als nur die Nahrungsbeschaffung. In irgendeiner Generation wird sich unter ihnen ein Genie finden, das dieses Glaubenssystem in erhöhter und dichterischer Form darzulegen vermag... Ich fühle, das wird ein großartiges Epos, etwas auf dem Niveau der Bhagavadgita... Und ich werde für sie eine Art Orakel sein...«

»Du redest, als wüßtest du genau, daß du mich überlebst«, ließ sich Karl mürrisch vernehmen und starrte die Maske an.

Theophil war es sichtlich peinlich: »Äh... mach dir nichts draus, das sind nur so meine Phantasien.«

Karl stieß zornig mit dem Finger nach der Maske. »Deine Phantasien durchschaue ich! Also merk dir: Du wirst bei ihnen kein Gott!«

»Wie kommst du denn darauf, Karl! Verlange ich das etwa? Ich will nur, daß sie an einen himmlischen Gott glauben, oder noch besser an viele himmlische Götter, und keinesfalls an einen Gott auf Erden, daß heißt im Wasser, damit bei ihnen kein Kult um einen der ihren aufkommt – die Geschichte zeigt, wieviel Blut dann fließt...«

»Ich habe nicht vor, mich mit dir zu streiten, Theophil, du kannst jeden bequatschen. Aber merk dir eins: Ich werde keinerlei Götter und Religionen dulden. Ich werde nicht zulassen, daß sie die Wirklichkeit durch Illusionen ersetzen. Ans Wissen, und nur daran, werden sie sich in ihrem Leben halten, ans Wissen, und nicht an den Glauben. Hast du verstanden? Ans Wissen, und nicht an den Glauben!«

»Klar, Karl, ich hab's verstanden, reg dich doch nicht auf, beruhige dich bitte...«

Die Maske nahm plötzlich einen ganz anderen Ausdruck an, die Objektivaugen richteten sich auf etwas hinter Karls Rücken.

»Ah!« rief Theophil freudig. »Da sind ja die Kinder ... Mein Gott, was schleppen sie denn?«

Karl wandte sich um. Alle fünf waren schon am Ufer, das Wasser rann an ihrer gebräunten Haut herab, die von einer dünnen Schicht Salz bedeckt war. Wladimir und Claude trugen schwer atmend einen riesigen Fisch von sonderbarem Aussehen auf zwei Knochenschwerter gespießt emporgereckt vor sich her. Als ob sie eine Kirchenfahne trügen. Marvin hielt sich vorsichtig abseits, Lila und Helga kreischten freudig irgend etwas, sprangen umher und klatschten in die Hände.

Der Fisch schien sich endgültig mit seinem Schicksal abgefunden zu haben, doch als die Kinder ihn zu Karls Füßen in den Sand warfen, begann er plötzlich zu zucken und sich zu winden. Karl wich vorsichtig zurück. Nach dem bedrohlichen Aussehen zu urteilen, dem stachligen Knochenkragen bei den Kiemenspalten, nach allen auf den Panzerplatten aufragenden Auswüchsen, Beulen und Knollen zu urteilen, war das Geschöpf harmlos, kein Raubfisch, doch an den Stacheln konnte Gift sein.

Wladimir und Claude vollführten rings um das Wesen einen wilden Tanz und fuchtelten dabei mit den Knochenschwertern in der Luft; zusammenhanglos und verworren, einander unterbrechend, schrien sie die Geschichte ihrer Heldentat heraus.

Karl blickte nur vom einen zum anderen und versuchte, wenigstens etwas zu verstehen.

»... der Fisch hinterm Riff, und ich tauche gerade ...«

»... und ich ihn von der Seite, aber er ...«

»... und da zerrt er vielleicht ...«

»... und ich ihm – rumms! Aber die Harpune ist abgeprallt ...«

»... und da habe ich ...«

»... du lügst, ich! ...«

»... Lügst selber! Ich hab ihn genau unter die Kiemen erwischt, und er ...«

89

»... *du* lügst! Onkel Karl! Er lügt andauernd! Ich habe als erster...«

Sie tanzten schon nicht mehr herum, sondern standen einander gegenüber und tauschten böse Blicke. Und in den Händen hielten sie die Knochenschwerter.

»Kinder«, sagte Karl, »beruhigt euch, was soll denn das?«

»Ich bin es, der lügt?!« schrie Wladimir und ging auf Claude zu. »Du Schleimer, sag das noch einmal!«

»Onkel Karl, sagen Sie ihm...«

»Petzen willst du also auch noch!«

Wladimir stieß Claude vor die Brust, der wurde zurückgeschleudert, schlug mit dem Hinterkopf gegen den Rahmen der Solarbatterie und riß ihn vom Funkschrank. Der Rahmen fiel mit einem dumpfem Geräusch zu Boden, die Speichen des Schirms bogen sich. Claude lag mit aufgerissenen Augen hingestreckt da, das Gesicht in dummem Staunen erstarrt. Karl sah entsetzt, daß unter seinem Nacken hervor ein Rinnsal von Blut auf den weißen Sand floß.

Karl verfiel in Raserei, in seinem Kopf stand roter Nebel. Er ging auf Wladimir zu und brüllte zitternd vor Wut: »Du... du Dreckskerl! Geh mir aus den Augen!«

Wladimir ließ das Knochenschwert fallen und stürzte fort. Die Mädchen preßten sich erschrocken aneinander und schluchzten. Der bleiche Marvin wich langsam zur Kapsel hin zurück.

Beruhige dich, Dummkopf, befahl sich Karl, es sind doch Kinder... sie sind doch noch Kinder...

Er wandte sich um und beugte sich über Claude. Er zitterte noch immer am ganzen Körper. Claude hatte sich schon halb aufgerichtet, auf dem Gesicht noch immer den dümmlichen Ausdruck. Karl fuhr ihm mit der Hand in den dichten Schopf, hob die Haare am Hinterkopf an und betrachtete die Wunde. Es war nicht weiter schlimm, nur ein Riß in der Haut.

»Geh zur Kapsel«, befahl Karl finster, »da ist noch Pflaster in der Apotheke, Marvin oder die Mädchen sollen es auf die Wunde kleben...«

Claude trotte zur Kapsel und schaute sich bei jedem Schritt um.

Karl ließ sich schwer in den Sand sinken, die Hände ans Herz gepreßt. Direkt vor ihm lag die dumme, schreckliche Fratze des Fisches. Seine Lippen bewegten sich.

An Karls Ohren drang ein Wispern: »...Karl, schnell... ich sterbe... beeil dich, Karl...«

Karl erstarrte und blickte den Fisch mit aufgerissenen Augen an.

Erst nach ein paar Sekunden wurde ihm klar, daß das Flüstern vom Funkgerät her kam.

Die graue Maske an der Vorderseite flüsterte mit tragischem Gesichtsausdruck: »Karl, schnell... stell den Rahmen schnell wieder auf... die Energie versiegt... ich sterbe...«

Karl brachte mit Mühe seine willenlosen Lippen zum Sprechen. »Was redest du da, Theo? Wieso stirbst du? Gleich richten wir den Rahmen wieder auf, aber vorher muß ich den Schirm richten... Na, der Akku wird sich eben entladen... wir lassen ein paar Funkverbindungen aus...«

»Dummkopf!... Ich bin doch hier... hier...«

Entsetzen ergriff Karl. »Ich verstehe gar nichts. Was heißt ›hier‹? Im Funkgerät?«

»Mein Gott, hast du denn all die Jahre nichts geahnt? Hast du denn nicht begriffen, daß ich alle diese Nachrichten selbst erfunden habe?! Ich dachte, du hast es längst erraten und spielst nur mit... Es gibt da oben kein Schiff, es ist bei der Explosion verdampft... es gibt keine Funkverbindung... Was du vor dir hast, ist nicht nur ein Funkgerät, sondern auch der Bordcogitor. Meine Persönlichkeit ist in seinem Speicher festgehalten. Ich bin nur hier und sonst nirgends...«

»Du lügst! Das kann nicht sein!«

»Unmittelbar vor der Katastrophe habe ich an dem großen Schiffscogitor gearbeitet. Ich hatte den Doylead-Helm auf, befand mich also in direktem Kontakt mit dem Prozessor. Mein Körper ist sofort umgekommen, nach der ersten Explosion. Ich aber blieb dort... im Speicher des großen Cogitors. Und in der Sekunde nach dem Untergang des Schiffes hat er die Information mit der Aufzeichnung meiner Psyche, also mich selbst, in den Speicher des Bordcogitors in der Rettungskapsel kopiert... Ich bin hier, und dort in der Umlaufbahn ist nichts... Schnell, Karl, richte den Rahmen auf...«

Auf einmal kam der Himmel Karl schwer und niedrig vor, er war auf ihn gestürzt und preßte ihn gegen die kleine Insel, auf der er sterben würde. Es gab kein Schiff, es gab keine Hoffnung, über ihm war Leere, die Welt war flach geworden, ihre senkrechte Dimension führte nirgendwohin, der Himmel hatte sich geschlossen.

Abermals fühlte Karl, wie ein roter Schleier seine Augen bedeckte, das Blut hämmerte dumpf im Schädel, er sah die Maske nicht, wußte aber, daß ihre Objektivaugen ihn flehentlich anschauten.

»Du lügst, Theophil!« Die Worte brachen irgendwie krächzend aus seiner Kehle hervor. »Du lügst! Gleich stelle ich den Rahmen wieder auf, aber nur, wenn du zugibst, daß das wieder so ein dummer Scherz von dir ist! Hörst du, Theophil, ein Scherz, eine Erfindung, eine Lüge!... Sag, daß es gelogen ist, sonst stelle ich den Rahmen nicht auf...«

Ein leises, kaum hörbares Wispern: »Ja, Karl, es ist gelogen. Verzeih – ein dummer Scherz...«

Und Stille.

Karl fand die Kraft aufzustehen; er rief Wladimir und Marvin herbei. Schnell richteten sie die Schirmspeichen und stellten den Gitterrahmen wieder auf.

Erst danach schaute er die reglose Maske an. Ihm gefiel ihr Ausdruck nicht, eine Grimasse der Verzweiflung, der in sardonischem Lächeln verzerrte Mund.

»Dummkopf«, sagte Karl laut. »Hast dir die richtige Zeit für deine Späße ausgesucht. Was ich von dir denke, sage ich alles bei der nächsten Funkverbindung ...«

Er hatte sich schon beruhigt, war zu sich gekommen. Der Tag war unruhig gewesen, aber alle Werte seiner kleinen Welt hatten sich wieder zu einem harmonischen Ganzen geordnet. Über ihm flog das Schiff, und Theophil mit seinem schwarzen Humor würde früher oder später mit einer Welt oder einem anderen Schiff Kontakt aufnehmen und Hilfe herbeirufen ... Es war alles in Ordnung. Und daß die Maske schwieg, bedeutete nur, daß das Schiff in den Funkschatten eingetreten war ...

Ein ewiger Mittag über der Insel.

Er mußte nur sorgfältig darauf achten, daß der Gitterrahmen nicht wieder kippte.

Es schien ihm, als sähe er auf der der Sonne gegenüberliegenden Seite einen hell leuchtenden Punkt. Zweifellos war das das Schiff. Früher hatte er es nie zu sehen vermocht. Der Punkt durchschnitt rasch das Firmament und tauchte unter den Horizont.

Originaltitel: ›Вечный полдень (В раю мы жили на суше)‹ • Copyright © 1990 Евгений Дрозд, Minsk • Aus der Anthologie ›Дорога миров‹ Молодая гвардия, Moskau 1990 • Copyright © 1995 der deutschen Übersetzung by Wilhelm Heyne Verlag, München • Aus dem Russischen übersetzt von Erik Simon

Michael Shayne Bell · USA

DIE STRASSE NACH CANDAREI

Die Straße teilte sich. Der Ritter zügelte sein Pferd. »Kein Wegweiser«, murmelte er. Er blickte zu den Wolken hoch, die noch mehr Regen versprachen, und dann zurück auf die Straßen. Die eine, aus festgetrampelter brauner Erde, wand sich den Berg hinunter der Wüste entgegen. Die andere, grasüberwachsen und mit roten Blättern bedeckt, führte weiter hoch und verschwand in einer engen Felsspalte. Der Ritter kletterte von seinem Pferd und durchforschte das nasse Unterholz an den Straßenseiten, doch er fand keinen überwachsenen, heruntergestürzten Wegweiser.

»Herr Ritter!«

Der Ritter sah auf. Auf der Straße stand eine alte Frau, ganz in Schwarz gekleidet, mit einem schwarzen Schal um den Kopf. Sie nahm eine große Weintraube aus ihrem Korb. »Gönnt ihr einer alten Frau einen Mittagstrunk, um ihr den Weg zu erleichtern? Ich gebe euch diese Trauben dafür.«

Der Ritter rannte zu der Frau hin. »Welche Straße führt nach Minora?«

»Ich bat euch um …«

»Welche ist die nach Minora?«

Die alte Frau stellte ihren Korb hin und sah zu dem Ritter hoch. »Meine Kehle ist zu trocken, um über Straßen zu sprechen.«

Der Ritter riß eine Flasche aus seiner Satteltasche

und warf sie der Frau zu. Sie fing die Flasche, zog den Korken heraus und nahm einen schnellen, gierigen Schluck.

»Wasser!« keuchte sie. Sie spuckte dreimal auf die Straße und ließ die Flasche fallen. »Ich hatte um einen richtigen Trunk gebeten!«

Der Ritter hob seine Flasche auf und schüttelte sie vor dem Gesicht der Frau. »Ich bin ein Kurier des Königs!«

»Euer König ist aber arm, wenn er euch nur mit Wasser verpflegt auf den Weg schickt.«

»Ich tat einen Schwur, nur Wasser zu trinken, bis ich meine Botschaft überbracht und die Antwort zurückgetragen habe. Ich gab dir, was ich eben hatte.«

Die Frau zog eine Weintraube aus ihrem Korb. »Dann laßt mich euch geben, was ich habe.«

»Ich möchte keine Trauben. Sag mir, welche Straße nach Minora führt.«

»Meine Trauben sind gut. Eßt eine.«

Der Ritter nahm die Trauben und warf sie in den Korb. »Welche Straße!«

Die Frau drehte sich langsam um und betrachtete die Straße, die zur Wüste führte. »Diese Straße könnte euch nach Minora bringen«, sagte sie. »Aber andererseits könnten alle Straßen euch irgendwann schließlich nach Minora bringen.«

»Verdammte Hexe.« Der Ritter stieg auf sein Pferd.

Die alte Frau lächelte. »Diese Straße«, sagte sie und deutete auf die selten benutzte, »führt nach Candarei.«

»Candarei? Ich habe noch nie davon gehört.«

»Das bezweifle ich.«

»Der Wirt, der mir sagte, diese Straße sei der kürzeste Weg nach Minora, hat nichts von eurem Candarei erwähnt.«

»Hört ihr oft auf Narren?«

»Genauso oft, wie ich auf alte Frauen höre.«

»Tatsächlich? Hat der Narr von Wirt erwähnt, daß diese Straße sich teilt?«

»Nein.«

»Dann, Herr Kurier, habt ihr die Angewohnheit, auf große Narren zu hören. Statt dessen solltet ihr einer alter Frau folgen.«

Der Ritter seufzte.

Die Frau bückte sich nach ihrem Korb. »Die, welche die Straßen kennen, wohnen in Candarei«, sagte sie, »und nicht in schmutzigen Gasthäusern. Und Candareis Tavernen verkaufen Besseres zu trinken als Wasser. Aber, was weiß eine alte Frau schon?«

Sie nahm ihren Korb und ging die Straße entlang.

»Wie weit ist es nach diesem Candarei?« rief der Ritter.

Die Frau drehte sich zu ihm um. »Nicht weit. Sicherlich erinnert ihr euch an das Lied.«

Ein Lächeln überzog langsam das Gesicht des Ritters.

»Ihr *habt* also von meiner Stadt gehört.«

»Ich hatte die Lieder meiner Mutter schon fast vergessen.«

»Ihr solltet sie nicht vergessen. Sie könnten euch warnen oder beschützen. Eines Tages findet ihr vielleicht die Wahrheit hinter ihnen heraus.«

Der Ritter lachte. »Also habt ihr diesen Haufen erbärmlicher Hütten dort oben nach einem Kinderlied benannt?«

»Wenn ihr diese Straße nehmt, Kurier, und mich wiederseht, werdet ihr nicht mehr lachen.«

Der Ritter streckte die Hand aus. »Gib mir deinen Korb und steige hinter mir auf. Ich werde nach deinem Candarei reiten und dort weiter nach dem Weg fragen.«

Die Frau schreckte zurück. »Ich kann nicht mit euch reiten. Ihr wolltet meine Trauben nicht essen. Reitet ohne mich.«

Der Ritter blickte finster drein, drehte sich um und gab seinem Pferd die Sporen. Er ritt die grasbewachsene Straße hoch.

»Denkt an das Lied«, rief die Frau ihm nach.

Der Ritter ritt weiter. Er sah sich einmal um. Die alte Frau stand da und beobachtete ihn lächelnd.

Der Ritter folgte der Straße durch den Spalt im Fels und eine enge Schlucht hinunter, die sich schließlich zu einem Tal öffnete, in dem sich Haine voll gepflegter Pfirsichbäume mit reifenden Weizenfeldern abwechselten und dessen Ende ein breiter Fluß bildete. Der Ritter hielt es für eigenartig, daß die Pfirsiche schon vor dem Weizen gereift waren, aber da er nicht viel von Hochlandpfirsichen verstand, hielt er es für möglich – es mußte ja wohl offensichtlich möglich sein, dachte er.

Plötzlich brach die Sonne durch die Wolken. Weit vor ihm, jenseits des Flusses und beinahe durch einen steilen, bewaldeten Hügel verborgen, glänzten weiße Säulen. Es konnte sich dort nur um die Türme einer wirklich großen Stadt handeln.

Der Ritter hörte Musik. Er zwang sich dazu, den Blick von den Türmen zu wenden. Unweit von ihm kamen ihm drei Frauen singend entgegen. Sie trugen schwarze Röcke und weiße Blusen, und sie trugen leere Körbe.

Ihr Lied machte ihn auf eigenartige Weise traurig.

Bevor der Ritter zu ihnen hinreiten konnte, verließen sie die Straße, schritten durch das hohe Gras und begannen, Pfirsiche von den unteren Ästen der Bäume zu pflücken.

Sie sangen dabei. Der Ritter erkannte die langsame, traurige Melodie als dieselbe, die ihm seine Mutter vor vielen Jahren gesungen hatte, als sie von Candarei sang. Er hielt sein Pferd auf gleicher Höhe mit den Frauen an und lauschte dem kurzen Refrain:

Some seek the road to Candarei,
They say, to Candarei.
Some find the road to Candarei ... *

Die Frauen hörten mit Singen auf.

»Guten Morgen, meine Damen«, sagte der Ritter.

»Guten Morgen, Herr«, antwortete die älteste. Eine von ihnen – die jüngste – machte einen Knicks.

»Welche Stadt sehe ich dort jenseits des Flusses?«

»Candarei«, sagte die älteste der Frauen.

Wieder bedeckten Wolken die Sonne. Der Ritter blickte über den Fluß hinweg und konnte nichts mehr klar erkennen außer Wäldern und einigen Obstbaumhainen. »Wie komme ich nach Candarei?« fragte er.

»Wenn ihr es erreichen *könnt*, dann über diese Straße.«

Die Frauen fuhren fort, Pfirsiche zu pflücken.

»Könnt ihr mir sagen«, rief ihnen der Ritter zu, »ob diese Straße auch nach Minora führt?«

»Wir müssen arbeiten, Herr!«

»Ich bin ein Kurier des Königs. Ich muß die Straße nach Minora finden.«

»Welcher König?«

Der Ritter stutzte. »König Alfred natürlich.«

»Alfred herrscht hier nicht.«

»Was sagt ihr, Frau? Alfred herrscht vom Meer bis zur Grenze von Minora.«

Die Jüngste blickte den Ritter an. »Aber dies hier ist Candarei«, sagte sie mit süßer Stimme.

»Verdammtes Candarei. Könnt ihr oder könnt ihr mir nicht den Weg weisen?«

Die Frauen lachten.

»Dann gehabt euch wohl.«

---

* *Manch einer sucht den Weg nach Candarei,*
  so sagt man, ja, nach Candarei.
  Wer diesen Weg dann findet, den Weg nach Candarei ...

»Wartet.«

Es war die Jüngste.

»Wie heißt ihr?« rief sie.

»Mein Name?«

»Ihr müßt wohl einen haben.«

»Roger. Roger de Bourne.«

»Nehmt dies, Herr Roger.«

Sie warf dem Ritter einen Pfirsich zu.

Der Ritter fing ihn auf. Der Pfirsich war rund und reif. Tautropfen glitzerten auf seiner Haut. Die Frauen standen da und beobachteten ihn. »Eßt ihn«, rief eine von ihnen.

Er biß ein Stück ab. Es war das köstlichste Stück Pfirsich, das er je gegessen hatte. Die Frauen lachten und begannen mit Pfirsichen nach ihm zu werfen. Einer davon schlug ihm den angebissenen Pfirsich aus der Hand.

»Hört auf!« schrie er. »Was ...?«

Ein Pfirsich traf seinen Hals. Ein anderer traf sein Pferd am Hinterteil. Das Pferd galoppierte die Straße hinunter.

»Verdammte Frauen!« schrie der Ritter. »Wenn ich nicht des Königs Nachricht überbrächte ...«

Er hielt sein Pferd an und sah zurück. Die Frauen waren in einem Hain verschwunden.

Aber er konnte noch ihren Gesang hören.

Zwei Stunden später teilte sich die Straße. Ein Weg führte durch Obstbaumanlagen und Weizenfelder zum Fluß. Der andere, grasüberwachsen und mit roten Blättern bedeckt, führte hinauf zum Rand des Tales und durch einen engen Felsspalt. Eine alte Frau, ganz in Schwarz gekleidet und den Kopf mit einem schwarzen Tuch verhüllt, saß unter einem Baum an der grasbedeckten Gabelung. Der Ritter ritt zu ihr hin.

»Führt eine dieser Straßen nach Minora?« fragte er.

Die Frau faßte in einen Korb an ihrer Seite und holte eine Erdbeere heraus, die sie aß, ohne dabei aufzublicken, ohne etwas zu sagen.

»Führt eine dieser Straßen nach Candarei?«

»Beide.«

»Beide! Welche ist kürzer?«

»Candarei ist nicht weit weg, gleich welche Straße ihr nehmt.«

»O ja. Das Kinderlied: Candarei ist leicht zu erreichen.«

»Ihr habt es nicht vergessen, Herr Roger.«

Der Ritter starrte sie an. »Ihr kennt meinen Namen?«

Die Frau holte eine weitere Erdbeere heraus.

»Ich bin noch nie hier gewesen«, beharrte der Ritter. »Woher kennt ihr mich?«

Die Frau begann ganz leise zu singen:

> *She knows the men who eat her fruit,*
> *Who eat and think it free.*
> *Yet her fruit costs and men must pay –*
> *It costs the world, her fruit.**

Sie blickte auf. Der Ritter war sich nicht sicher wegen der Schatten, die von dem Tuch der Frau geworfen wurden, doch die Augen, die er erblickte, schienen schwarzen Höhlen gleich, Höhlen in einem kahlen, schmutzigen Schädel.

Er faßte nach seinem Kreuz unter dem Lederwams. »Ein Biß …«

»Möchtet Ihr eine Erdbeere essen?« fragte die Frau und hob ihren Korb hoch.

---

* *Sie kennt die Männer, die von ihren Früchten kosten,*
  die essen und glauben, es sei umsonst.
  Doch ihre Früchte kosten und Männer müssen zahlen
  – sie kosten die Welt, ihre Früchte.

Der Ritter drehte sein Pferd und galoppierte die Straße zurück, die er eben gekommen war. Spät am Nachmittag hielt er an, damit sein Pferd fressen konnte. Er achtete darauf, daß es nur den Hafer bekam, den er in einer Satteltasche mitgenommen hatte.

Er selbst aß nur hartes Brot, das er am Abend zuvor in dem Gasthaus gekauft hatte, obwohl rundherum Pflaumenbäume mit reifen Pflaumen standen. Er trank auch erst Wasser aus seiner Flasche, nachdem er deren Rand mehrmals abgewischt hatte. Dann ritt er durch leichten, kühlen Nebel weiter.

Die Spuren seines Pferdes waren die einzigen auf der schlammigen Straße. Er folgte ihnen. Die Straße teilte sich nicht. Und doch sahen am frühen Abend, als die Straße zum Ende des Tales hinaufführte, wo er den Pfirsich gegessen hatte, die Obsthaine anders aus. Soweit er das Tal hinaufsehen konnte, wuchsen dort Birnbäume.

Er sah keine Pfirsichbäume.

Frauen sangen das Lied von Candarei:

> *Who eats the fruit of Candarei*
> *Will crave it ever more.*
> *Who eats the fruit of Candarei*
> *Will need it ever more.*

> *To Candarei, to Candarei,*
> *Away to Candarei!**

---

* Wer Früchte ißt aus Candarei
sehnt sich nach ihnen immerdar.
Wer Früchte ißt aus Candarei
der braucht sie immerdar.

Nach Candarei, nach Candarei,
auf nach Candarei!

Some seek the road to Candarei,
They say, to Candarei.
*Some find the road to Candarei ...**

Der Gesang verstummte. Der Ritter zügelte sein Pferd. Er sah drei Frauen, die – in Schwarz und Weiß gekleidet – unweit der Straße zwischen den Bäumen arbeiteten. Die Frauen, die er schon früher getroffen hatte.

»Herr Roger«, rief die jüngste.

Ihr Korb war mit Birnen gefüllt.

»Wo sind eure Pfirsiche?« rief er.

»Pfirsiche?« fragte die älteste der Frauen. »Meine Schwestern und ich haben den ganzen Nachmittag Birnen gepflückt.«

Der Ritter deutete auf die jüngste. »Ihr habt mir einen Pfirsich zugeworfen.«

Die Frauen lachten. Die jüngste hielt eine Birne hoch. »Möchtet ihr vielleicht heute abend eine Birne essen?«

Er wollte sie; etwas in ihm – kein Hunger – wollte die Birne. Er packte die Zügel fester. »Ich werde keine eurer Früchte essen.« Er gab dem Pferd die Sporen und ritt die Straße hinauf. Als er zurückblickte, sah er, daß die Frauen ihn beobachteten – ohne zu lächeln, ohne zu singen.

Der Ritter folgte der Straße die enge Schlucht hinauf und durch den Spalt im Fels wieder hinunter. Die Straße endete in einem Weizenfeld. Sie teilte sich nicht. Da wand sich keine Straße den Berg hinunter zur Wüste oder durch das Hochland zum Gasthaus. Schneebedeckte Berge, die der Ritter nie zuvor erblickt hatte, umgaben das kleine Tal mit den Weizenfeldern.

---

* *Manch einer sucht den Weg nach Candarei,*
  so sagt man, ja, nach Candarei.
  Wer diesen Weg dann findet, den Weg nach Candarei ...

Die einzige Straße, die hinausführte, war die nach Candarei zurück.

Eine alte in Schwarz gekleidete Frau mit einem schwarzen Tuch über dem Kopf arbeitete gebückt im Feld, wo sie mit einer großen, krummen Sichel Weizengarben schnitt. Sie sang, sang das Lied von Candarei, aber als sie den Ritter kommen hörte, hielt sie inne und richtete sich mühsam auf. Sie sah ihn nicht an.

Der Ritter zügelte sein Pferd und sagte nichts. Die alte Frau nahm einen Wetzstein aus der Tasche an ihrem Kleid und begann die Sichel zu schärfen.

»Du hast da ein Lied gesungen«, sagte schließlich der Ritter. Er räusperte sich. »Wie endet dieses Lied?«

»Erinnert ihr euch nicht, Herr Roger?«

»Nein.«

Die Frau wandte sich ihm zu, sah ihn aber nicht an. Sie sang leise:

> To Candarei, to Candarei,
> Away to Candarei!
>
> Some seek the road to Candarei,
> They say, to Candarei.
> Some find the road to Candarei –
> They stay, in Candarei.*

Die alte Frau fuhr mit dem Finger die schimmernde Schneide ihrer Sichel nach. »Warum?« fragte der Ritter.

Sie gab ihm einen Pfirsich, von dem ein Bissen fehlte. Er warf ihn zu Boden.

---

*Nach Candarei, nach Candarei,
auf nach Candarei!*

*Manch einer sucht den Weg nach Candarei,
so sagt man, ja, nach Candarei.
Wer diesen Weg dann findet, den Weg nach Candarei
– der bleibt in Candarei.*

Die alte Frau lachte und zog mit ihrem Wetzstein die Schneide der Sichel ab. Der Ritter zog das Kreuz aus seinem Wams und hielt es zwischen sich und die Frau, während er sein Pferd wendete. Er ließ das Kreuz auf seinem Rücken baumeln. Er ließ das Pferd langsam die Straße hinaufgehen, die von Gras überwachsen und mit roten Blättern bedeckt war.

Er konnte nirgendwo sonst hinreiten.

Die Welt, wie er sie gekannt hatte, war irgendwie verändert, verschwunden, wohin, wußte er nicht. Nur, daß er hungrig war und müde und Angst hatte, das alles machte ihn glauben, er lebte immer noch.

Als er Candarei wiedersah, war die Sonne untergegangen. Der letzte Schein der Dämmerung beleuchtete das Tal. Haine voll gepflegter Apfelbäume… »Apfelbäume«, flüsterte der Ritter; er zog sein Kreuz wieder nach vorn und hielt sich daran fest – Haine voller Apfelbäume, dann wieder Roggenfelder, zogen sich bis zum Fluß hinunter. Drei Frauen schritten die Straße und balancierten Körbe voll roter Äpfel auf ihren Köpfen. Sie sangen das Lied von Candarei. Er konnte die traurige Melodie hören, doch die Worte verstand er nicht. Und jenseits des Flusses, hinter dem dicht bewaldeten Hügel, sah der Ritter das letzte Tageslicht von den weißen Türmen widerscheinen, und er wußte nicht, ob er sie noch vor Einbruch der Dunkelheit würde erreichen können.

Originaltitel: ›THE ROAD TO CANDAREI‹ • Copyright © 1989 by Michael Shayne Bell • Erstmals erschienen in ›The Leading Edge Magazine‹, 1989 • Mit freundlicher Genehmigung des Autors und Uwe Luserke, Literarische Agentur, Stuttgart • Copyright © 1995 der deutschen Übersetzung by Wilhelm Heyne Verlag, München • Aus dem Amerikanischen übersetzt von Uwe Luserke • Illustriert von Jobst Teltschik

GERDA UND DER ZAUBERER

Sobald Hugh das Hufgetrappel und die Stimmen hörte, stürzte er aus dem Haus; dann vernahm auch Gerda das Klirren von aufwendigem Pferdegeschirr. Vor der Tür saßen die Ankömmlinge ab. Gerda schwankte einen Moment lang, ob sie hinausgehen und Hugh helfen, oder drinnen bleiben und die Gäste beim Eintreten begrüßen sollte. Doch ehe sie einen Entschluß fassen konnte, drängten sie sich schon in die düstere, verräucherte Kate.

Männer von Stand in bunten, reich herausgeputzten Gewändern, alle offenbar jünger als sie, selbst der mit den grauen Haaren. Sie waren größer, vitaler, gesünder und auf eine andere Weise stärker als sie und Hugh. Gerda und Hugh waren Bauern, robust und kernig wie Ochsen. Diese Edelleute hingegen wirkten kraftvoll und geschmeidig wie Panther. Gerda zählte acht von ihnen. Drei Ritter, drei Knappen und zwei Diener. Hugh führte ihre stampfenden Rösser um die Hütte herum in den schäbigen, vor Flöhen wimmelnden Schuppen, den sie als Scheune benutzten.

Gerda knickste mit einer Spur von Angst; noch nie hatten sich Leute von Adel in ihrer Behausung aufgehalten. »Kann ich Euch zu Diensten sein, edle Herren?«

Zwei Männer hielten sich ganz unverblümt die Nasen zu; die anderen schnüffelten verächtlich. Sie lungerten an der Tür herum, durch die sich das matte Licht der untergehenden Sonne in die Stube mogelte. Doch das Herdfeuer, das hinter Gerda glomm, war nicht halb so hell. Nachdem sich die Männer flüchtig umgeschaut hatten, merkten sie, daß man sich in der Hütte kaum bewegen konnte; zwischen den grob gezimmerten Möbelstücken befanden sich nur schmale Durchgänge.

»Wir werden die Nacht hier verbringen, alte Frau«, entgegnete einer der Knappen schroff, da die Ritter sich nicht zu einer Antwort herabließen.

Trotzdem glotzten sie sie an, voller Abscheu; Gerda war froh, daß sie keine junge Frau mehr war – und daß Maken und selbst Ealdgyth, obschon noch ein halbes Kind, bei ihren Ehemännern wohnten.

»Es ist uns eine Ehre«, sagte sie und knickste wieder. »Mein Mann heißt Hugh, und ich bin Gerda.«

Einer der Diener schnaubte rüde durch die Nase, und der Knappe verlautbarte hochmütig: »Eure Gäste sind der erlauchte Baron Hildimar, Sir Gwilliam of the High Tower, Sir Harold Strong of Stanes und ihre adligen Knappen.«

Die Bediensteten wurden gar nicht erst erwähnt, und die Namen der Knappen nicht genannt. Gerda knickste ein drittes Mal und sagte: »Was können wir für Euch tun?«

»Mylord, sollten wir nicht unseren Proviant sparen? Das heißt, falls diese Bauerntölpel etwas anderes anzubieten haben als einen Fraß, den man nur einem Hund vorsetzen kann«, sagte der Grauhaarige zu einem Mann mittleren Alters.

Dieser gutaussehende Bursche schien der Baron zu sein, und nicht der ältere Graukopf, wie Gerda angenommen hatte.

»Was sagst du dazu?« wandte sich der Knappe an Gerda. »Welches Fleisch kannst du uns vorsetzen?«

Sie zögerte. Es waren magere Zeiten. Natürlich

würde es diesen Männern im Traum nicht einfallen, den Erbsenbrei anzurühren, der in einem Topf vor sich hin köchelte. »Kuhkäse und Milch, Mylords«, sagte sie dann rasch, um Zeit zu gewinnen. »Und Speck.« Viel war davon nicht mehr da, und er schmeckte vor Alter ranzig. Sie überlegte, ob sie die Eier erwähnen sollte, aber es war vielleicht besser, sie für das Frühstück aufzuheben. »Brot. Aber es ist aus Roggen. Und dazu Bier, Mylords.« Das konnten sie ihnen nicht wegtrinken, denn Hugh hatte noch ein großes Faß im Wald vergraben.

Mit launiger Resignation sahen die hochwohlgeborenen Reisenden einander an. »Was haltet Ihr von Käse und Brot, Mylords?« fragte der Knappe. »Mit kräftigem Landbier heruntergespült, könnte dieses Mahl munden, und wir hätten unsere eigenen Vorräte geschont.«

Man nickte allgemein, und der dritte Ritter sagte: »So sei es denn, Roger.«

Der Knappe schnauzte Gerda an: »Los, bring das Essen, altes Weib. Und spute dich gefälligst!«

Gerda gehorchte beflissen, während sich die Adligen Sitzgelegenheiten suchten. Ein anderer Knappe rief nach Kerzen; hastig stellte sie ihre zwei Talglichter auf und holte einen Fidibus vom Herd.

Für einen Bauern war Hugh ziemlich reich; zum Sitzen gab es für die Ritter drei Schemel, und in der Stube stand ein großer, wenn auch unebener Tisch. Die Knappen nahmen entweder hinter ihren Lords Aufstellung, oder sie hockten sich auf die beiden, von Hugh selbst gezimmerten Truhen. Die Diener zogen sich auf die mit einem Strohsack bedeckte Bettstelle in der Ecke zurück – seit der Geburt ihrer ersten Tochter hatten sie und Hugh nicht mehr auf dem Fußboden geschlafen. Doch für so viele Menschen war die Kate viel zu beengt, denn Hugh stammte aus einer Familie, die auf sich hielt. Seine Eltern hatten kein Viehzeug im

Haus geduldet, und danach richtete er sich auch. Folglich war das Haus klein. Den meisten Raum verbrauchten der Tisch, die Truhen und das Bett, den restlichen Platz nahmen die Feuerstelle und der Schrank ein.

Gerda begann, Bier in jedes Gefäß zu gießen, das sie besaß. Einen Becher aus Horn, der so teuer gewesen war, daß sie ihn nur an Feiertagen hervorholte oder wenn ihre Verwandten zu Besuch kamen; zwei schwarze lederne Trinkkrüge, die mit Teer abgedichtet waren, und eine kleine Holzschale, aus der der Priester ihre sechs Kinder getauft hatte. Die Knappen verspotteten sie und packten flugs für die drei Lords silberne Becher aus, sie selbst und die Diener hingegen mußten sich mit Gerdas primitiven Trinkgefäßen begnügen.

Hugh trat ein, nachdem er die Pferde untergestellt und gefüttert hatte; Gerda war gerade dabei, Brot und Käse aufzuschneiden. Hastig kniete er nieder und fragte, ob er noch weiter zu Diensten sein könnte, wobei er klug genug war, mit seinen schmutzigen Händen nicht das Essen anzufassen, das Gerda für seine vornehmen Gäste bereitete.

Hugh sprachen die Ritter direkt an; in barschem Tonfall fragten sie ihn aus, wie er ihre Pferde versorgt hätte. Aber in guten Zeiten hatte Hugh selbst Pferde besessen, und er verstand sich auf ihre Pflege. Nachdem er den Rittern zu deren Zufriedenheit geantwortet hatte, ließen sie ihn in Ruhe und unterhielten sich wieder miteinander.

Das Roggenbrot und den Käse schlangen sie hinunter wie hungrige Wölfe, dicke Brocken stopften sie sich in den Mund. Aber es sind auch große Männer, dachte Gerda bei sich. Hugh mochte genausoviel wiegen wie sie, mit Ausnahme des hünenhaften grauhaarigen Burschen, der ihrer Einschätzung nach der berühmte Krieger Sir Harold Strong of Stanes sein mußte. Selbst sie hatte vage Gerüchte über ihn gehört. Doch sämtliche Männer, sogar die Bediensteten, waren höher gewachsen als Hugh, und keiner von ihnen war klein.

Die Knappen warteten ihren erlauchten Herren auf, und Gerda trug die Speisen herbei. Als die Ritter fertig gegessen hatten und danach zum Trinken und Reden übergingen, sonderten sich die Knappen ein wenig von ihnen ab und verspeisten ihren eigenen Anteil. Zum Schluß kamen die Diener an die Reihe, die sich in der Ecke auf der Bettstelle herumdrückten.

Gerda kümmerte sich weiterhin um ihre Bedürfnisse, aber sie schickte Hugh mit einer Schale Erbsenbrei, einem Holzlöffel und einem halben Laib Brot nach draußen. Mit leerem Magen wurde er zänkisch, und jetzt war gewiß nicht der rechte Zeitpunkt, um schlechte Laune zu bekommen. Wenn man die Lords verärgerte, konnte das ihr und Hughs Tod sein. Morgen würde sie neues Brot backen müssen, und in Gedanken überschlug sie, was sie noch an Vorräten dahatte. An Roggenmehl herrschte kein Mangel, außerdem hatte sie noch Sauerteig, etwas saure Milch und Sahne. Das Salz und Schweinefett würden vielleicht gerade reichen.

Rund um den Tisch unterhielt man sich über den Zauberer Aelfgar. Gerda hatte von ihm gehört, nur seinen Namen hörte sie zum erstenmal. Vor gar nicht langer Zeit hatte er sich ganz in ihrer Nähe niedergelassen. Anfangs hatten sich die Bauern vor seiner Magie sehr gefürchtet, und man erzählte sich viele Geschichten über ihn. Aber er hatte niemandem etwas zuleide getan. Babies verschwanden nicht, wie manche Leute prophezeit hatten, nicht einmal junge Tiere kamen abhanden.

Man munkelte sogar, daß er der Landbevölkerung gern Brennholz, Getreide und andere Nahrungsmittel abkaufte, sofern sich nur jemand traute, ihm Waren anzubieten. Außerdem mahlte er für jeden Korn, der den Mut besaß, es zu ihm zu bringen, und ersparte demjenigen dadurch eine Tagesreise ins Dorf, wo die Mühle des Barons stand. Laut Gesetz waren die Bauern dazu verpflichtet, ihr Getreide ausschließlich in der Mühle des Grundbesitzers, dem sie untertan waren, mahlen zu lassen. Doch der Zauberer mahlte ihr Korn für die Hälfte des Preises, den der Baron verlangte. Trotzdem wagten es in diesem dünn besiedelten Landstrich nur wenige Bauern, sich mit dem Zauberer einzulassen, aus Angst vor Bestrafung durch den Adel oder die Kirche.

Und nun hatte sich der Adel aufgemacht, um den Zauberer zu vernichten.

Indem Gerda aufmerksam lauschte, erfuhr sie, daß Aelfgars schlimmstes Verbrechen die Zauberei war, denn die Beschäftigung mit Magie war strengstens verboten. Zweitens untergrub er die gesellschaftliche Ordnung, weil er das gemeine Volk, diese Hunde, dazu anstiftete, sich für etwas Besseres zu halten. (Gerda tat so, als sei sie sehr beschäftigt, obwohl Hugh mit dem Zauberer noch keinerlei Kontakt gehabt hatte). Und schließlich verleitete er den Pöbel dazu, sich vor seinen Pflichten gegenüber ihren Lehnsherren zu drücken.

Alle diese Vergehen wurden mit dem Tod bestraft, und der Baron fungierte als höchster Richter. Außerdem befanden sich die Edelleute im Besitz einer Vollmacht des Königs und einer der Kirche. Doppelt verdammt, mußte der Zauberer sterben.

Gerda spürte einen schmerzhaften Stich. Für sie war Aelfgar lediglich jemand gewesen, über den man reden und staunen konnte, doch wenn er tot war, würde ihr Leben ein wenig dunkler werden.

Es entspann sich eine Diskussion über ihren gegenwärtigen Aufenthaltsort. Als Hugh wieder ins Haus kam und sich in eine Ecke verkrümelte, wandte sich Sir Gwilliam of the High Tower an ihn und fragte:

»He, du Hund, wer ist dein Gebieter? Mylord Blane oder Graf Reddin?«

Gerdas Herz setzte für einen Schlag aus. Sie hätte nicht sagen können, zu wem sie gehörten, sie kannte nur den Namen des Vogts: Otho. Zu ihrer Erleichterung antwortete Hugh dann demütig: »Mylord, wir schulden dem erlauchten Baron Blane unsere Dienste.«

Das hatte Gerda nicht gewußt, und sie fragte sich, ob es denn wichtig war.

»Aha, es ist also, wie ich sagte!« dröhnte Baron Hildimar zufrieden. »Wir befinden uns noch nicht auf dem gräflichen Besitz. Ich schätze, Reddins Domäne beginnt hinter dem Wald, den wir sahen, bevor wir den Hügel hinabritten.«

»Wenn das stimmt, Mylord«, bemerkte Sir Harold, »dann werden wir den Zauberer inmitten dieses Waldstücks finden oder am Rande.«

»Die Chancen stehen gut«, meinte Sir Gwilliam. »Der Wald ist nicht so groß, daß wir ihn nicht in einem, höchstens zwei Tagen durchkämmen könnten.«

»Vielleicht weiß dieses Kroppzeug etwas Nützliches« sagte der Baron, ohne den Kopf zu drehen.

Keiner der Ritter sah sie an, aber Roger, der Knappe, wandte sich an Hugh. Gerdas Mann kauerte so still in seiner Ecke, wie es die lästigen Läuse und Flöhe nur zuließen.

»Sag mal, du Hund, weißt du etwas über einen Zauberer, der letztes Jahr in diese Gegend kam und die Leute unterdrückte?«

Hugh kratzte sich den strubbeligen Kopf und antwortete: »Mylord, von einem... einem Nachbarn hörte ich, daß ein... ein Mann sich am nördlichen Rand des Waldstücks, von dem Ihr spracht, ein großes Haus baute. Dieser Wald heißt bei uns Culder's Wood. Und das Haus steht auf einem Hügel, den wir Steep Knob nennen.«

112

»Vor Einbruch der Nacht können wir dort sein«, sagte der Baron, nachdem der Knappe die Auskunft wiederholt hatte.

»Das beste wird sein, wir begeben uns jetzt zur Ruhe«, fand Sir Harold. »Wenn wir dem Zauberer nach einem langen Tagesritt begegnen, werden wir alle unsere Kräfte brauchen.«

»Mylord«, begann der Knappe, der hinter dem Baron gestanden hatte. »Sollten wir nicht lieber draußen schlafen als in dieser stinkigen Hütte? Hier wimmelt es von Flöhen.«

»Es ist besser, ein Dach über dem Kopf zu haben«, entgegnete Sir Harold the Strong. Der Widerschein des Feuers glänzte auf seinem grauen Haar, als er den Kopf wandte, um den Knappen anzusehen. »Denn bestimmt weiß der Zauberer, daß wir gekommen sind, um ihn zu töten. Wenn der Mond und die Sterne ihr Licht auf uns werfen, sieht er uns vielleicht in seinen Träumen oder in einem Kristall.«

»Aber dann muß dieses Kroppzeug auch unter einem Dach schlafen, und in dieser Hütte ist kein Platz für acht Leute«, erwiderte Sir Gwilliam. »Denn der Zauberer würde sich wundern, warum sie auf einmal unter freiem Himmel nächtigen.«

»Sie können sich im Schuppen einquartieren, zusammen mit unseren Dienern.«

Doch wie es sich herausstellte, blieb die gesamte Gruppe im Haus, obwohl es sich für die Diener gehört hätte, sicherheitshalber bei den Pferden zu schlafen. Das sagte Gerda später zu ihrem Mann, als sie sich in der Scheune eingerichtet hatten. In seiner knappen, kurzangebundenen Art entgegnete Hugh: »Sie alle fürchten sich vor dem Zauberer, sie wollen es nur nicht zugeben.«

»Ist der Zauberer denn gefährlich?« fragte sie.

»Bis jetzt habe ich noch nicht gehört, daß er jemandem geschadet hätte«, antwortete Hugh. »Zumindest scheint Kroppzeug wie wir vor ihm sicher zu sein.« Es klang verbittert.

Trotz ihrer Müdigkeit konnte Gerda nicht einschlafen; In Gedanken beschäftigte sie sich mit dem Inhalt ihrer Vorratskammer. Sie hoffte, die beiden gesprenkelten Hennen würden morgen früh Eier legen, doch wahrscheinlich würden die vornehmen Herren essen wollen, bevor es so weit war. Die Pferde bereiteten ihr ebenfalls Kopfzerbrechen; angenommen, eines verletzte sich in ihrer Scheune. Möglicherweise waren dem Trupp auch Pferdediebe gefolgt und hatten herausbekommen, wo die Rösser untergestellt waren.

Zum Schluß nickte sie doch ein und erwachte lange vor Sonnenaufgang. Trotz der lauen Sommernacht fröstelte sie, und vom Liegen auf dem Heustapel vom letzten Jahr, waren ihre Gliedmaßen ganz steif. Hugh wurde wach, obwohl sie sich Mühe gab, leise zu sein. Sofort stand er auf und tastete nach dem Lebensmittelkasten. Gerda ließ ihn Roggenmehl und Portionen von den schwarzgefleckten Bohnen abmessen, die recht gut schmeckten, aber zum Verkaufen zu unansehlich waren. Dann nahm sie die Eimer und machte sich auf den Weg zur Quelle.

Die Quelle lag über hundert Meter hügelabwärts, aber um Wasser zu holen, war es nicht zu weit, und sie und Hugh schätzten sich glücklich. Gerdas Rücken war gebeugt; seit ihrem neunzehnten Lebensjahr schleppte sie Wasser, und das ständige schwere Tragen hatte ihre Schultern gekrümmt. Ihre nackten Füße fanden den Weg wie von selbst, und bald erreichte sie die Quelle. Sie hatten sie mit Steinen eingefaßt und mit einem groben Brett zugedeckt, um Tiere fernzuhalten. Trotzdem kam es vor, daß Mäuse und manchmal auch Ratten oder Eichhörnchen durch den Überlauf hineingelangten und ertranken. Gerda nahm den klotzigen Deckel ab, bückte sich und tauchte erst den einen, dann den anderen Eimer ins Wasser.

Die Eimer bestanden aus dickem Holz, und gefüllt wog jeder dreißig Pfund. Vorsichtig richtete sich Gerda auf und hastete mit gleichmäßigen, kurzen Schritten den Hügel hinauf, sich mit den Füßen den Weg ertastend. Sie war es gewöhnt, im Dunkeln Wasser zu holen. Am Haus angekommen, nestelte sie die Tür ganz leise auf, damit keiner der noblen Krieger sie hörte und vielleicht mit dem Schwert in der Faust hochsprang.

In der Stube sah sie im matten Schein der restlichen Glut, daß der, den sie Harold the Strong nannten, tatsächlich schon wach war und sie beobachtete. Ohne von ihm Notiz zu nehmen, ging sie an die Feuerstelle, blies in die Glut und legte Borke nach, bis die Flammen wieder hochzüngelten; erst dann häufte sie zerkleinertes Holz darauf. Sobald das Feuer richtig brannte, goß sie Wasser in den kleineren Topf und schwenkte ihn über die Flammen.

Als sie sich zum Gehen wandte, bemerkte sie, daß der grauhaarige Ritter wieder mit geschlossenen Augen dalag; die anderen Männer waren nicht aufgewacht.

Zum zweitenmal eilte sie den Hügel hinunter. Hugh war noch dabei, die Pferde zu füttern. Jetzt gab er ihnen die restlichen Steckrüben vom letzten Jahr und grüne Zwiebeln. Seine eigenen Ochsen mußten warten. Während Gerda den Pfad hinablief, runzelte sie die Stirn. Sie hoffte, die Adligen würden keinen Anstoß daran nehmen, daß Hugh ihre Pferde mit Bohnen gefüttert hatte. Bohnen machten Pferde lebhaft, und, was vielleicht noch schlimmer war, sie mußten davon furzen. Aber um die Pferde grasen zu lassen, reichte die Zeit nicht aus.

Dieses Mal kippte Gerda die Eimer in die Wassertonne vor der Haustür aus, ehe sie sich ein drittes Mal auf den Weg zur Quelle machte. Beim Schein eines brennenden Scheits, das er sich aus dem Herdfeuer geholt hatte, hackte Hugh Holz. Als Gerda von der Quelle zurückkam, wurde der Himmel im Osten langsam hell. Es war später, als sie gedacht hatte, und noch zwei weitere Male hetzte sie zur Quelle und zurück. Glücklicherweise war sie bei keinem ihrer Ausflüge gestolpert.

Als sie mit Wasserholen fertig war, krähte der Hahn, und die Männer im Haus rührten sich. Einer der Diener kam nach draußen und verfluchte die Flöhe und das andere Ungeziefer, das ihn nachts gequält hatte. Hugh machte sich auf die Suche nach Eiern – er war wirklich kein Dummkopf, ihr Mann – und fand tatsächlich drei Stück. Zusammen mit ihrem übrigen Eiervorrat und dem Rest Speck würde es für ein Frühstück gerade reichen.

Gerda betrat die Hütte. Die Adligen waren gerade beim Aufstehen. Verächtlich stach Sir Gwilliam mit der Scheide seines Schwerts auf seinen Knappen ein, um ihn zu wecken.

»Werden die Pferde versorgt?« lautete die erste Frage des Barons, kaum daß er die Augen geöffnet hatte.

»Jawohl, und man hat sie gut gefüttert«, antwortete Sir Harold, der so geräuschlos hinter Gerda ins Haus kam, daß sie erschrak.

»Ausgezeichnet, dann können wir ja gleich nach dem Essen losreiten«, meinte der Baron. Nach einem flüchtigen Blick auf Gerda fragte er: »Und welche Gaumenfreuden hat uns diese Hütte zu bieten?«

»Es ist noch Bier da, Mylord«, sagte Sir Gwilliam. »Und vermutlich gibt es noch Brot oder Käse.«

Der Knappe, den sie Edwy nannten, gab die Frage an Gerda weiter.

»Wir haben Eier und Speck«, antwortete Gerda hastig. Vom Brot und dem Käse war kaum noch etwas übrig.

»Mir scheint, dieser Brei, den die Bauern essen,

116

gäbe keinen schlechten Auftakt für den Tag ab«, sagte Sir Harold Strong. »Es ist nicht etwa simple Hafergrütze, sondern ein Brei aus Erbsen, das kann ich riechen. Wenn man etwas von dem Speck hineinschneidet, müßte er einem Krieger recht gut munden.«

»Kommt, wir wollen uns waschen und überlassen es dieser schönen Dame, für das Frühstück zu sorgen«, sagte Baron Hildimar, während er sich nicht unhöflich an Gerda vorbeidrängte und zur Feuerstelle ging. Sir Harold überließ ihm nun die hölzerne, mit kaltem Wasser gefüllte Waschschüssel.

»Eier, Mylord!« betonte Edwy, sein Knappe. »Wie können diese Trampel Eier zubereiten, da sie doch keine Pfanne besitzen, um sie zu braten?«

»Ich kann sie in dem kleinen Topf kochen, Herr Knappe«, sagte Gerda spontan und biß sich auf die Lippe, weil sie unaufgefordert gesprochen hatte.

Selbst in dem trüben Schein des Feuers sah sie die wütenden Blicke der Diener und Knappen. Doch deren Herren waren weniger konventionell.

»Gekochte Eier klingt doch ganz gut«, sagte der Baron zu Sir Harold. »Moment mal – wenn wir Waschwasser warmmachen, dauert es mit dem Frühstück länger. Laß sie zuerst die Eier kochen. Ich wasche mich mit kaltem Wasser, wie Ihr es auch getan habt, Sir Harold.«

»Es ist sehr kalt, aber einem Krieger darf das nichts ausmachen. Und es schmeckt gut – ich habe es gewagt, einen Schluck zu trinken.«

»Hoffentlich war das kein Fehler – nicht, daß Ihr davon Durchfall kriegt«, sagte Baron Hildimar besorgt. Durchfall schwächte einen Krieger genauso wie eine Verwundung.

»Der Bauer hat mir versichert, er würde oft von dem Wasser trinken, manchmal mit Weidenrinde darin, um den Geschmack zu verbessern, und er habe noch nie einen Dünnpfiff gehabt«, sagte Sir Harold, als sie nach draußen traten.

Gerda kehrte den Männern, die in der Hütte blieben, den Rücken zu, in der Hoffnung, daß sie dann keine Notiz von ihr nähmen. Sie fürchtete, für ihr vorlautes Benehmen zumindest geschlagen zu werden. Während sie die Eier vorsichtig in das siedende Wasser legte, spitzte sie angestrengt die Ohren, doch die nachsichtige Art des Barons und Sir Harolds Milde schienen ihren Untergebenen den Wind aus den Segeln genommen zu haben. Emsig machte sie sich am Feuer zu schaffen und schnitt das Endstück der ranzigen, selbstgeräucherten Speckseite in den Erbsenbrei, wie man es von ihr verlangte.

Die Sonne war noch nicht aufgegangen, doch draußen war es bereits taghell, als sich die Krieger zum Essen hinsetzten. Wieder ließen sie sich von den Bauersleuten verköstigen, um ihre eigenen Rationen zu sparen. Gerda hoffte, daß sie auf dem Rückweg, nachdem sie den Zauberer getötet hatten, nicht wieder bei ihnen Rast machten, denn dann hätten sie nichts Genießbares mehr, das sie ihnen vorsetzen konnten. Die Knappen rümpften jetzt schon die Nasen über den Brei.

Sir Gwilliam High Tower und Baron Hildimar nahmen die Pferde sorgfältig in Augenschein und fragten Hugh aus, wie er die Tiere versorgt hätte. Sie waren höchst zufrieden, und Gerda, die drinnen lauschte, schien es, als hätten sie an der früheren Unterbringung ihrer Rösser sehr viel auszusetzen gehabt. Zu ihrem Entsetzen erfuhr sie dann, daß die Ritter Hugh zum Haus des Zauberers mitnehmen wollten; er sollte sich um die Pferde kümmern und sämtliche anfallenden Arbeiten erledigen.

»Aber – Mylord – ich bin... ich bin Mylord Blane verpflichtet«, stammelte Hugh, während er von einem Fuß auf den anderen trat.

»Der Baron hat recht«, sagte Sir Harold Strong. »Wir brauchen nicht nur einen wackeren Mann, der unsere Pferde versorgt, sondern auch eine Frau, die für uns kocht. Hast du keinen Sohn?«

Von den sechs Kindern, die Gerda geboren hatte, lebten nur noch drei; Wat, Hughs einziger Sohn, war ums Leben gekommen, als Baron Blane, ihr Lehnsherr, seine Untertanen zu den Waffen rief und gegen die Banditen von Fartherlea kämpfte. Seit Wats Tod war Hugh nie mehr der alte gewesen, und nun war Gerda natürlich zu alt, um noch Kinder in die Welt zu setzen.

»Wenn das so ist, guter Mann, dann kommst du mit uns, und nimmst deine Frau mit«, bestimmte Baron Hildimar.

»Aber Mylord Blane ...«

»Wir bezahlen dich auch. Du kriegst einen fetten Penny pro Tag«, näselte Sir Gwilliam herablassend.

Hugh schwieg und rechnete in Gedanken nach. Er war nicht geldgierig, aber es wäre töricht von ihm gewesen, die Männer zu verprellen. Auch Gerda wußte, was ihnen blühen konnte, falls sie den Groll der Adligen erregten. Gewiß, sie waren ziemlich freundlich gewesen – vielleicht, weil sie eine alte, gebeugte Frau war, vielleicht, weil sie und Hugh sie so beflissen bedient hatten – doch wenn man sie ernsthaft verärgerte, wären sie ohne weiteres imstande, ihre Hütte niederzubrennen.

»Zuerst laßt mich noch meine Ochsen füttern, Mylords«, bat Hugh. Als man ihm zunickte, machte er sich davon.

Derweil richtete Gerda im Haus alles für ihre Abreise. Hoffentlich blieben sie nicht so lange fort, daß das Feuer unterdessen ausging; hoffentlich kam während ihrer Abwesenheit niemand hierher und stahl ihre Sachen; hoffentlich rissen die Füchse nicht ihr bißchen Geflügel.

Bald schon brachen sie auf; Gerda und Hugh bildeten den Schluß des Trupps; die Krieger ließen die Pferde im Schritt gehen. Sie kamen durch Gegenden, die Gerda noch nie gesehen hatte, und die meisten Landstriche waren selbst Hugh neu. Ihr Weg führte über Hügel und durch Täler, immer in Richtung Osten.

Sie kamen an drei Höfen vorbei, deren Bewohner nach draußen stürzten und sie von fern anglotzten. Das erste Gehöft gehörte ihrem Nachbarn, dem Sohn von Till Hud, und Gerda hoffte, seine Tochter Tilby käme auf den Gedanken, zu ihrer Hütte zu laufen und ein Auge darauf zu halten. Doch in Gegenwart der Lords durfte sie niemandem etwas zurufen, deshalb hielt sie den Mund.

Sie ließen die Häuser hinter sich und näherten sich dem Saum des Waldes. Die Ländereien, über die sie nun marschierten, lagen brach, denn der Krieg, der eine oder zwei Generationen früher tobte, hatte die Gegend so verwüstet, daß die Menschen fortgezogen waren, und bis jetzt hatte sich noch kein Bauer zurückgetraut. Außerdem hatte sie gehört, daß der Baron und der Graf sich noch über die Besitzrechte stritten.

Die Schatten wurden lang, als sie Steep Knob erreichten und die aufsteigende Rauchfahne sahen. In Culder's Wood waren Holzfäller am Werk, und sie hörten den Klang der Äxte. Die Adligen zügelten ihre Pferde vor dem stattlichsten Haus, das Gerda je gesehen hatte, doch ihre einzige Vergleichsmöglichkeit war das Haus des Schmieds im Dorf.

Diese Heimstatt war groß, und offensichtlich in den Hügel hineingegraben, denn aus den grasbewachsenen Flanken lugten Fenster; droben auf der Kuppe spuckten steinerne Kamine friedlich Rauch aus, als ragten sie nicht aus dem Waldboden, sondern aus einem ganz normalen Strohdach empor.

Die Adligen murmelten miteinander, denn die Fenster waren teilweise geschlossen; trotzdem konnte man durch sie hindurchschauen wie durch Eis. Zu beiden Seiten der Fenster hingen Streifen aus hauchdünnem Stoff, und in den Räumen schien es so lebhaft zuzugehen wie auf einer Burg.

Während sie das Haus angafften, erschien in der Tür eine hochgewachsene, gebieterisch aussehende Gestalt. Der Mann hatte graue Haare, einen sauber gestutzten, grauen Bart und milde dreinblickende Augen. Er trug ein lose fallendes Gewand, das selbst in dem düsteren Toreingang gelb schimmerte.

»Tretet ein, meine werten Freunde, und seid willkommen«, rief er.

Nach einer Weile hörte Gerda, wie Sir Harold leise sagte: »Er scheint nichts Böses im Schilde zu führen. Laßt uns seinem Wunsch nachkommen und ausspionieren, wo seine Schwächen sind.«

Hugh eilte nach vorn, um die Zügel der Pferde zu halten; Gerda rückte die Tasche mit dem Futter zurecht, das sie für die Rösser mitgebracht hatten, und ging ihm zur Hand. Als sich die Adligen und ihre Diener entfernt hatten, standen sie verwirrt herum, denn nirgends war ein Stall oder ein anderes Außengebäude zu sehen. Doch dann kam jemand in einer glänzenden Rüstung aus einer Seitentür, die in die Flanke des grasbewachsenen Hügels Steep Knob eingelassen war.

Die Pferde scheuten vor Angst und begannen an den Zügeln zu zerren; Gerda und ihr Mann hatten Mühe, die aufgeregten Tiere festzuhalten. Als Gerda sich die Gestalt in der Rüstung genauer ansah, hätte sie um ein Haar die Zügel losgelassen, und ihr Herz hämmerte vor Furcht. Denn vor ihnen stand keine Frau aus Fleisch und Blut, keine Sterbliche, sondern ein Ding, das lediglich aussah wie ein weibliches Wesen, und ganz aus Messing zu bestehen schien:

Die Frau aus Metall sagte: »Folgt mir, ich bringe euch an einen Ort, wo ihr die Pferde unterstellen könnt.« Ihre Stimme klang so weich wie ein Horn. Die

Augen in ihrem schimmernden Gesicht glitzerten wie Glimmer, den man in bestimmten Steinen fand.

Die Frau machte kehrt; stumm vor Staunen, mit glotzenden Augen, die beinahe aus den Höhlen traten, gingen sie ihr hinterher. Gerda fand, eigentlich müsse die Frau sich für ihre Nacktheit schämen, doch dann hatte sie nur noch Blicke dafür, wie sich die Gelenke dieser Gestalt bewegten, und Fragen der Schicklichkeit traten in den Hintergrund.

Es war unwahrscheinlich, daß es sich um eine Art Zauberwesen handelte, und der nächstliegende Gedanke war, es müsse ein Mädchen sein, das in einer Rüstung aus Messing steckte. Doch das Gesicht bestand gleichfalls aus Metall, und metallisch klang auch die Stimme. So etwas konnte es gar nicht geben.

Mit Gewalt mußten sie die Pferde dazu bringen, den Raum innerhalb des Hügels zu betreten; zitternd und mit wild rollenden Augen tänzelten sie hinein. Hier erwarteten sie noch mehr Männer und Frauen aus Messing; sie hielten sich im Hintergrund und schauten mit blitzenden Augen zu, wie die Pferde an Pfosten festgebunden wurden.

Männer und Frauen gingen nackt, aber sie schienen keine Geschlechtsteile zu besitzen. Wozu der Raum, in den man sie geführt hatte, diente, vermochte Gerda nicht zu erkennen, aber eine Unterkunft für Pferde war er gewiß nicht. Der mit Steinplatten gepflasterte Fußboden erregte ihre Bewunderung; er war makellos sauber und nicht mal mit Binsen ausgelegt.

Während sie die Pferde festbanden, merkte Gerda, daß sich plötzlich jede Laus und jeder Floh an ihrem Körper regten. Kurz darauf geriet das gesamte Ungeziefer in immer heftigeren Aufruhr. Dann hörte das Gekrabbel und Gewimmel schlagartig auf. Gerda sagte nichts, sondern blickte verwundert zu Hugh hin, der mit großen Augen zurückstarrte. Wortlos zeigte er dann auf eine Pferdebremse, die durch die offene Tür

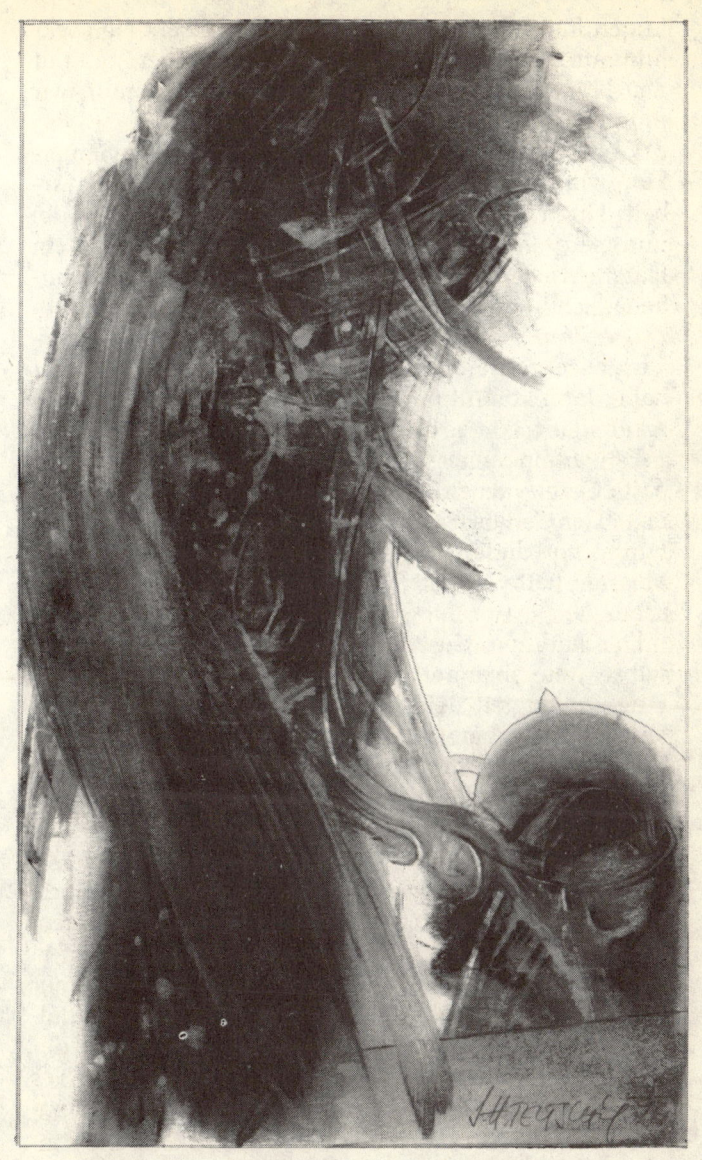

in den Raum hereingeflogen war. Das Insekt lag rücklings auf dem Boden, schlug verzweifelt, aber matt mit den Flügeln und bewegte die Beine. Bald darauf war es tot.

Weder Hugh noch Gerda gaben irgendeine Bemerkung von sich. Schweigend machten sie sich an die Arbeit. Hugh maß für die Pferde die Futterrationen ab, und Gerda hielt die Tasche mit den Bohnen und dem Hafer. Als sie mit füttern fertig waren, blickten sie unbehaglich in die Runde.

Die Frau aus Messing, die sie hereingeholt hatte, kam wieder zu ihnen. »Wenn ihr eure Pflichten erfüllt habt, dann kommt mit mir. Zuerst könnt ihr euch waschen, dann gibt es etwas zu essen.«

Es war ein langer Tag gewesen, und zum Frühstück hatte Gerda nur ein wenig Erbsenbrei zu sich genommen. Der Gedanke an eine Mahlzeit dämpfte nicht ihre Furcht vor diesem magischen Ort, aber die Frau aus Messing hatte immer nur freundlich zu ihnen gesprochen.

Die anderen Gestalten hatten kein Wort gesagt, selbst untereinander redeten sie nicht. Gerda und Hugh gelangten tiefer in den Hügel hinein; zu ihrer Verblüffung sahen sie dort große runde Steine, die ein helles Licht abstrahlten wie die Sonne, aber weder Qualm noch Hitze von sich gaben. Die Frau führte sie in eine Kammer, in deren Fußboden Wannen eingelassen waren.

Hurtig holten die Leute aus Messing Stellwände herbei, die aus Stroh oder Binsen geflochten waren, und trennten damit zwei separate Bereiche ab. Gerda und Hugh hatten jeweils ihr eigenes Gemach mit einer Wanne. Die Frau aus Messing machte sich an irgendwelchen metallenen Gegenständen an einem Ende der Wanne zu schaffen, und plötzlich strömte dampfendes Wasser in die Mulde. Erschrocken sprang Gerda zurück.

Sie begriff, daß sie sich darin waschen sollte. Erstaunt und zögerlich legte sie ihr Gewand aus grobem Leinen ab und löste ihr angegrautes Haar. Als junges Mädchen hatte sie zusammen mit anderen Mädels im Sommer einmal pro Monat im Fluß gebadet, und diesen Brauch hielt sie auch noch als junges Eheweib bei, bis sie und Hugh von Littledale fortzogen. Nun war sie eine nüchterne alte Frau von achtunddreißig Jahren und bereits Großmutter; gelegentlich wusch sie bestimmte Körperstellen mit Wasser aus einer Waschschüssel. Seit Jahren hatte sie kein Vollbad mehr genommen.

Die Frau aus Messing nahm ihr Gewand und reichte es an eine andere Frau weiter, die draußen vor der Trennwand wartete; Gerda, die stocksteif neben der Wanne stand, beobachtete argwöhnisch den Vorgang. Doch die metallene Frau beruhigte sie: »Hab keine Angst, du bekommst dein Kleid zurück, sowie es gesäubert ist. Jetzt steig in das Wasser und nimm das hier.«

Sie gab Gerda ein quadratisches Stück Stoff; es fühlte sich ganz rauh an, und in die Mitte war eine Blume eingestickt – nein, das Motiv war kunstvoll *hineingewebt*. »Reib dich damit von Kopf bis Fuß ab«, riet die Frau aus Messing. »Es ist ein Zauber darin, der deine Haut im Nu reinigt.«

Verblüfft befolgte Gerda den Rat, und durch die dünnen Wände hörte sie, wie jemand zu Hugh in ähnlichen Worten sprach. Tatsächlich, im Handumdrehen rieb das angefeuchtete Tuch den Schmutz von ihrem Körper, und die Stellen, die nicht von der Sonne gebräunt waren, traten weiß hervor. Sogar das nasse Haar wurde sauber, und dann sah Gerda erstaunt und ein wenig angewidert, wie das Ungeziefer, das sie so lange geplagt hatte, tot im Wasser schwamm. So blitzblank war Gerda vermutlich in ihrem ganzen Leben noch nicht gewesen. Die Messingfrau machte sich wieder an irgendwelchen Geräten zu schaffen, und das Wasser strömte gurgelnd aus der Wanne hinaus, den Schmutz und das tote Ungeziefer mit sich reißend.

Man gab Gerda das Kleid zurück; es war sauber und duftete warm nach Tannen. Die Messingfrau bedeutete ihr, sie möge sich auf einen Schemel setzen, und dann bürstete sie ihr Haar. Die Bürste entwirrte mühelos die zerzausten, nassen Strähnen und hinterließ einen angenehmen Duft. Das geglättete Haar wurde wieder zu einem Zopf geflochten und auf dem Kopf festgesteckt. Stumm ließ Gerda alles über sich ergehen. Nichts hätte sie mehr verwundern können, als in solcher Weise bedient zu werden.

Als Gerda dann nach Hugh schaute, sah sie, daß ein junger Mann aus Messing gerade damit fertig wurde, sein Haar und seinen Bart zu stutzen. Jetzt glich ihr Mann einem stämmigen, breitschultrigen Landjunker; selbst seine Haut sah nach dem Bad weich aus, wie die eines adligen Herrn. Seiner verdutzten Miene entnahm sie, daß Hugh über den ganzen Vorgang genauso perplex war wie sie.

Die Messingfrau führte sie in ein angrenzendes Zimmer und ließ sie an einem kleinen Tisch Platz nehmen. »Das Essen wird gleich aufgetragen«, kündete sie an.

»O nein«, stotterte Gerda. »Wir ... wir sind nur einfache Bauern ...«

»Eure Herren haben ihr Bad gerade beendet, und sie werden im Hauptspeisesaal mit unserem Meister das Mahl teilen. Die Diener werden in einem kleineren Raum beköstigt. Und ihr sollt hier essen.«

»Aber es schickt sich nicht für ...« Gerda verstummte; ein Mann aus Messing trug ein hölzernes Tablett herein, auf dem zwei Schüsseln standen. Daneben lag ein Laib Brot.

Man servierte ihnen eine klare, gelbliche Suppe, die

nach Huhn roch. Bei dem köstlichen Fleischaroma lief Gerda das Wasser im Mund zusammen, und sie zierte sich nicht lange. In jeder Schüssel – feines Steingutgeschirr mit einer aufgemalten blauen Blume – steckte ein Löffel, der aus einem silbern glänzenden Metall bestand. Doch bei näherem Hinsehen und beim Anfassen stellte es sich heraus, daß es kein Silber sein konnte.

Sie aßen verschämt. Nach ein paar Anläufen legte Hugh den Löffel beiseite und tunkte das Brot – es war weiß, kein Roggen- oder Schwarzbrot – in die Brühe. Als Gerda aufgegessen hatte, war sie immer noch hungrig, aber die Suppe hatte ausgezeichnet geschmeckt.

Der Messingmann kam mit einem neuen Tablett herein. Darauf standen zwei Teller mit je einem dampfenden Steak. Gerda war entsetzt; die Metallmenschen hatten sich geirrt und servierten ihnen das Essen, das eigentlich für die Lords bestimmt war. Es dauerte eine geraume Weile, bis man sie und Hugh davon überzeugt hatte, daß alles seine Richtigkeit hatte.

Sie aßen die Steaks, und dann wurde eine Pastete aufgetischt. Die Füllung bestand aus Fleisch, Sauce und verschiedenen Gemüsen wie grünen Erbsen, Bohnen und Steckrüben. Mit herzhaftem Appetit machten sie sich darüber her; alles schmeckte vorzüglich. Und zu jedem Gang – außer dem ersten – gab es Wein, der milder war als ihr selbstgebrautes Bier, wenn auch nicht so nahrhaft.

»Möchtet ihr noch mehr essen?« erkundigte sich die Messingfrau.

Sie verneinten.

»Ihr habt gebadet und gegessen. Womit können wir euch noch dienen?«

Gerda sah Hugh an. Ihr fiel nichts ein. Nach einer Weile stieß er sie an und flüsterte: »Frag!«

Sie überlegte kurz und begann dann zögernd:

»Könnt ihr uns verraten, wieso es in diesem Haus weder Fliegen noch anderes Ungeziefer gibt?«

»Unser Meister, der Zauberer Aelfgar, versteht sich auf eine Magie, die jedes Ungeziefer tötet, das in dieses Haus gelangt.«

»Woher stammt das Wasser, in dem wir gebadet haben? Wer hat es hierhergeschleppt, und wie weit vom Haus liegt die Quelle entfernt?«

»Das Wasser kommt aus einem Brunnen unter diesem Hügel. Aber das andere läßt sich leichter zeigen als erklären. Kommt mit.«

Sie folgten der Frau durch einen kurzen Gang, der von diesen wundersamen glühenden Steinen beleuchtet wurde; dann stiegen sie zwei Treppenaufgänge hinauf, die wiederum ihr Staunen erregten, und gelangten in einen Raum. Aus dem Fußboden ragte ein Ding, das einem eisernen Baumstumpf ähnelte, und von dem Abzweigungen sprossen, die die Wände durchbohrten.

»Hier ist der Brunnen.« Sie zeigte auf den steinernen Deckel, der den Stumpf verschloß. »Dieser Stein verfügt über Zauberkraft, und das Ganze nennt man eine Pumpe.« Die Frau zog den Deckel zurück, und Gerda schaute in einen tiefen Schacht, der sich drunten in der Dunkelheit verlor. Dann schwenkte die Frau den ›Zauberstein‹ wieder über das Loch.

Ein Weilchen später ertönte aus dem Brunnen ein Rauschen und Gurgeln, das Gerda erschreckte; als sie sich dicht an Hugh herandrängte, spürte sie, wie sein Herz unter dem frischgewaschenen Hemd vor Aufregung hämmerte.

»Das Wasser steigt«, erklärte die Messingfrau; als das Geräusch des Wassers sich änderte, fügte sie hinzu: »Nun fließt es durch die seitlichen Röhren in die Tanks. Das sind riesige Kessel, die die Räume drunten mit Wasser versorgen.«

»Aber das Wasser war warm«, hielt Gerda ihr ehrfürchtig entgegen. »Brennt unter diesen Kesseln ein Feuer?«

»Nein. Inmitten dieses Hauses befindet sich ein großes Feuer, und es vermag alle möglichen Wunder zu bewirken. Im Feuer liegen kleine Feuersteine, die die Hitze an größere Feuersteine weitergeben. Das Wasser, das wir zum Baden und zu anderen Zwecken brauchen, erwärmt sich, indem es über die erhitzten Steine fließt.«

Gerda wußte nichts mehr zu sagen. Andächtig streckte sie die Hand aus und streichelte den Steindeckel der Pumpe. Hugh stieß sie in die Seite und murmelte: »Keine Pferde?«

Gerda räusperte sich und fragte: »Habt ihr keine Pferde?«

»Nein, wir Roboter verrichten die körperliche Arbeit, und wir sind stärker als jedes Pferd. Da wir weder essen noch schlafen, brauchen wir auch keine Nahrung oder eine Bettstatt.«

»Wie lebt ihr denn?« fragte Gerda mit dünner Stimme. Hugh verbrachte sein ganzes Leben damit, für Nahrung, Bekleidung und ein Dach über dem Kopf zu sorgen.

»Wir leben nicht; ein Mühlrad würdest du ja auch nicht als lebendig bezeichnen.«

Die Messingfrau führte sie zu den Pferden zurück; nervös überzeugte sich Hugh davon, daß sie gut untergebracht waren. Mittlerweile verhielten sich die Rösser so ruhig, als wären sie von jung auf an Messingleute gewöhnt. Aber ihr Futter hatten sie über den Fußboden verstreut, und noch nicht einmal ein Drittel davon gefressen; wie Rinder versuchten sie nun, es von den Steinplatten aufzulecken.

»Wir brauchen Eimer oder Tröge«, flüsterte Hugh Gerda zu, während er erfolglos versuchte, das Futter zusammenzukehren.

Zögernd wandte sie sich an die Messingleute, und

unverzüglich brachte man ihnen stabile Holzeimer. Die Pferde fraßen zufrieden, und Hugh und Gerda rieben ihnen das Fell ab. Sie lockerten die Gurte, um auch die Stellen unter den Sätteln zu erreichen.

Schließlich kam eine Messingfrau zu ihnen und sagte: »Eure Herren werden gleich nach den Pferden verlangen.«

Rasch ging Hugh von einem Tier zum anderen und zurrte die Gurte wieder fest, wobei er einem Roß, das sich aufgebläht hatte, in den Bauch boxen mußte. Derweil entfernte Gerda hurtig die Eimer. Als sie fertig waren, führten sie die Pferde durch die Tür, zu der sie hereingekommen waren, wieder nach draußen. Im Schatten unter den Bäumen machten sie halt und warteten eine geraume Zeit, während die Fliegen wieder die stampfenden Pferde belästigten.

Endlich verließen die Krieger das Haus unter Steep Knob. Die Ritter und der Baron verabschiedeten sich umständlich von ihrem Gastgeber. Sie gingen zu ihren Pferden, saßen unverzüglich auf und ritten im Schritt einen Pfad entlang, bis sie wieder im Wald und außer Sichtweite des Hauses waren. Dort zügelten sie die Pferde und scharten sich um Sir Harold the Strong.

»Was ist Eure Meinung, Sir Harold? Können wir ihn überwältigen? Ich hatte ja keine Ahnung, wie mächtig dieser Zauberer ist«, sagte der Baron.

»Ich glaube, wir können es schaffen«, entgegnete Sir Harold zuversichtlich. »Nach allem, was wir gesehen haben, gründet sein stärkster Zauber in diesem großen Feuer, das mitten in der Halle brennt. Erinnert Ihr Euch an den Kessel mit der komplizierten Maschinerie darin, deren Teile sich wie ein Mühlrad drehen? Was hat er noch darüber erzählt?«

»Er sagte, diese Maschinerie würde seine sogenannten Roboter antreiben.«

»Genau. Solange das Feuer brennt und der Kessel blubbert, bewegen sich die Gestalten aus Messing. Geht das Feuer aus, bedeutet das gleichermaßen ihr Ende. Aber ich bin fest davon überzeugt, daß diese Roboter den wichtigsten Verteidigungsmechanismus des Hauses darstellen. Sie schützen den Zauberer.«

»Und man darf sie keinesfalls unterschätzen«, mahnte Sir Gwilliam bedrückt. »Egal, ob Mann oder Frau, diese metallischen Wesen sind die stärksten Kreaturen, die mir je zu Gesicht gekommen sind. Sie ermüden nie, man kann sie nicht verwunden, und sie werden nicht durch Blutverlust geschwächt. Wenn wir das Feuer löschen wollen, müssen wir diese Metallwesen zuerst besiegen. Aber wie wollen wir das bewerkstelligen?«

»Ich werde Euch zeigen, daß es gar nicht notwendig sein wird, sich mit diesen Kreaturen anzulegen«, erwiderte Sir Harold. »Der Rauch dieses Feuers entweicht durch jenen Hauptkamin dort, der aus der Hügelkuppe herausragt. Wir brauchen nur Wasser hineinzuschütten, um das Feuer zu löschen.«

Sein Vorschlag wurde allgemein gelobt. »Weiht uns in Euren Plan ein, Sir Harold«, forderte der Baron ihn auf. »Von uns allen seid Ihr derjenige, der im Kampf die meisten Erfahrungen gesammelt hat, und Ihr hattet auch schon mit Zauberern zu tun.«

»Aber keiner reichte an diesen hier heran«, gab Sir Harold zu bedenken. »Jeder von Euch sollte sich über unser Vorgehen Gedanken machen, denn vermutlich sind die Roboter nicht der einzige Trumpf, den Aelfgar gegen uns ins Feld führen kann. Er wird noch über weitere Zaubertricks verfügen. Scheut also nicht davor zurück, eigene Vorschläge zu machen.«

Zum Schluß einigte man sich auf folgenden Plan: Die Krieger wollten in drei Gruppen Aufstellung nehmen; der Baron und sein Knappe zur rechten, Sir Gwilliam und sein Knappe zur linken, und Sir Harold mit seinem Knappen und den beiden Dienern in der Mitte.

»Die Diener verstehen eine Waffe zu handhaben«, erklärte Sir Harold, »auch wenn es ihnen an Übung fehlt. Aber dieser Hundesohn von Bauer kann besser mit Pferden umgehen als jeder Roßknecht. Er soll im Wald bei den Tieren bleiben. Die alte Frau trägt Wasser den Hügel hinauf und schüttet es durch den Kamin auf das Feuer. Sobald kein Rauch mehr aufsteigt, oder wenn wir sehen, daß die Roboter sich nicht mehr bewegen, stimmen wir ein lautes Gebrüll an und stürmen das Haus.«

Allen leuchtete das ein, doch ausgerechnet Roger, der Knappe, sprach aus, was Gerda gleich eingefallen war. »Wie soll die alte Frau Wasser schleppen, da wir doch keine Eimer haben? Müssen wir uns welche von Aelfgar borgen?«

Sir Harold funkelte ihn wütend an, doch der Baron sagte: »Sie kann die ledernen Pferdeeimer nehmen, die in meinen Satteltaschen verstaut sind.« Er langte nach hinten und zog aus den Taschen zwei lederne Eimer, die sich in leerem Zustand zusammenfalten ließen wie Schläuche. »Sie sind zum Transportieren von trockenem Zeug bestimmt, aber man kann sie auch mit Wasser füllen.«

»Gut!« bekräftigte Sir Gwilliam. »Während wir zum Haus ritten, sah ich weiter oben am Hang eine Quelle. Laßt uns aufbrechen!«

Als der Trupp anhielt, gab man Gerda die Eimer; schweigend marschierten sie und Hugh los, um die Quelle zu suchen. Hugh paßte es genausowenig wie ihr, in die Händel des Adels verwickelt zu werden. Vielleicht dachte auch er in diesem Augenblick daran, daß ihr Sohn Wat auf diese Weise sein Leben verloren hatte.

Gerda füllte die Eimer, machte eine Pause und schaute Hugh an. Wie er so dastand, mit ernster

Miene, frischgewaschen und sauber gekleidet, sah er trotz seines knorrigen Alters richtig hübsch und edel aus. Neben ihm kam sich Gerda wie eine alte, verbrauchte Bäuerin vor.

Ihr fiel ein, daß Hugh als junger Mann so ausgesehen hatte, stattlich und mit einem vornehmen Zug; auch erinnerte sie sich wieder, wie heftig sie damals einander begehrt hatten. Seit Jahren hatte sie nicht mehr an diese Zeit gedacht; die wilde Leidenschaft war abgeflaut und war durch unerschütterliches Vertrauen und Zufriedenheit ersetzt worden. Plötzlich jedoch war ein Anflug jener alten Gefühle wieder da, und sie wußte nicht, was sie sagen sollte.

Aber eigentlich gab es gar nichts zu sagen.

Sie nickten einander zu; sie drehte sich um und stapfte die Flanke von Steep Knob hinauf. Ein paar Sekunden lang hörte sie hinter sich keinen Laut, dann machte Hugh kehrt und trottete zu den wartenden Kriegern zurück.

Der Weg war dreimal so lang wie die übliche Strecke, die sie sonst zum Wasserholen zurücklegte; während sich Gerda den Hang emporkämpfte, fiel ihr die Pumpe ein. Ein Jammer, daß sie jetzt nicht über dieses Hilfsmittel verfügte; ein Jammer, daß sie bei sich zu Hause keine Pumpe hatte. Aber falls die Zauberer diese Vorrichtung einmal aus den Händen gäben, würde der Besitz einer Pumpe sicherlich ein Privileg des Adels sein. Trotzdem…

Ihr Leben lang hatte Gerda Wasser geschleppt. Ihre Töchter, noch keine zwanzig Jahre alt, bekamen bereits jetzt von der Wasserschlepperei einen krummen Buckel. Ihre Enkeltöchter – sie waren mit geradem Rücken auf die Welt gekommen, so wie ihre Töchter auch. Doch das würde sich rasch ändern, sobald sie anfangen mußten, Wasser zu tragen. Und jetzt wußte Gerda, daß die ganze Schufterei gar nicht nötig war.

Auf der Hügelkuppe entdeckte sie bald den Kamin, von dem Sir Harold gesprochen hatte. Sie legte eine Verschnaufpause ein, wobei ihr die Lederriemen der Eimer in die Handflächen schnitten. Der Kamin war ein wenig höher als sie, und sie wußte nicht, wie sie an den Rand gelangen sollte. Zum Schluß hängte Gerda einen Eimer an einen Ast und kraxelte mit dem anderen Eimer in der Hand den Kamin hinauf.

Der weiße Rauch eines Holzfeuers entströmte dem Schlot. Während sich Gerda keuchend abmühte, nach oben zu klettern, dachte sie an die Feuerstelle drunten im Haus; sie dachte an das wundersame Herz der Messingfrau, das außerhalb deren Körper in kochendem Wasser pulsierte; sie dachte daran, wie ruhig und freundlich die Stimme der Frau geklungen hatte, wie man sie von dem quälenden Ungeziefer auf ihrer Haut befreite, und wie großzügig der Zauberer, für den sie und Hugh Wildfremde waren, sie bedienen und ihnen aufwarten ließ.

Das Wasser verschüttend, schleuderte Gerda den Eimer von sich und stemmte sich auf den Rand des Kamins. Tief sog sie die saubere, klare Luft ein, dann hielt sie ihr Gesicht über das Abzugsloch und schrie: »Halloooo! Halloooo! Gebt acht! Gefaaahr! Gefaaahr!«

Sie sprang wieder nach unten, mit rotem Gesicht und nach Luft schnappend, Rauch im Haar, und hetzte zu dem anderen Eimer, den sie gleichfalls auskippte. Sicherheitshalber warf sie beide Eimer in den Kamin und rannte auf der anderen Seite des Hügels hinunter.

Gerda wollte nur noch nach Hause.

Sie fanden sie gegen Abend, vier ermattete und verwundete Männer auf drei Pferden. Ein Tier brach zusammen, noch während sie sie anbrüllten. Gerda machte gar keine Anstalten, ihre Flucht fortzusetzen, sondern blieb apathisch stehen. Sir Harold the Strong, of Stanes, war nicht bei den Männern. Vielleicht gereichte ihr das zum Vorteil, doch bald wurde ihr klar, daß ihr Schicksal so oder so besiegelt war.

Baron Hildimar und Sir Gwilliam hatten überlebt, desgleichen der Knappe Edwy und einer der Diener. Hugh war nicht bei ihnen, und Gerda verspürte einen schmerzhaften Stich. Aber auch das machte ihr nichts mehr aus.

Zum erstenmal sprach ein Adliger sie direkt an. »Luder! Verräterin!« zischten sie und schlugen nach ihr. »Warum hast du uns verraten?«

Nach einer Weile beruhigten sie sich. Sir Gwilliam wandte sich an den Baron. »Mylord, wir sollten mit ihr keine Zeit verschwenden. Wir schlagen sie einfach tot und reiten weiter. Pommers ist krepiert, und er ist bestimmt nicht das letzte Pferd, das wir verlieren werden, solange der Zauberer uns auf den Fersen bleibt.«

»Mit dem Blut dieser Hündin mag ich meine Klinge nicht beschmutzen«, schnauzte der Baron.

»Ihr habt recht, außerdem wäre ein schneller Tod viel zu gnädig für diese Hexe. Sie sollte auf dem Scheiterhaufen verbrennen, weil sie dem Zauberer geholfen hat...«

»Wir haben keine Zeit, um Holz zu sammeln.«

»Wir haben nicht mal einen Strick, an dem wir sie aufhängen könnten. Sollen die Diener sie totprügeln!«

»Wohl wahr. Aber sie müssen sich beeilen!«

Edwy und der andere Diener ließen die Satteltaschen fallen, die sie dem gestürzten Pferd abgenommen hatten, und näherten sich ihr. Edwy löste seinen Gürtel, der Bedienstete hob einen halbvermoderten Ast auf, und dann fielen sie über sie her; selbst als Gerda schon am Boden lag, droschen und traten sie noch auf sie ein.

Gerda krümmte sich auf dem Waldboden unter einer Eiche und hatte mit ihrem Leben abgeschlossen. Die Schläge hagelten und prasselten pausenlos auf sie ein; sie hörte den pfeifenden Atem der verängstigten und erschöpften Diener. Gerda zwang sich dazu, an Hugh zu denken, um die Schmerzen nicht so zu spüren. Sie hoffte, Hugh hätte nicht allzu schlecht über sie gedacht, während er starb.

Bevor sie ohnmächtig wurde, hörten die Schläge auf. Die Angst vor ihren Verfolgern, Ermattung und Frustration hatten ihre Peiniger ausgepumpt. Sie hörte, wie die Pferde antrabten, und die Männer ihnen stolpernd folgten. Gerda blieb am Boden liegen, verspürte dumpfe Schmerzen und dachte an ihr Zuhause. Sie hoffte, die Männer würden die Hütte nicht niederbrennen, wenn sie daran vorbeikamen. Ein mit Steinplatten ausgelegter Fußboden und eine Pumpe für das Wasser; ihr war nur schleierhaft, wie das hochgepumpte Wasser den Fußpfad hinaufgeleitet werden sollte.

Schritte näherten sich, und einen Augenblick lang befürchtete sie, die Adligen kehrten zurück, oder es wäre Sir Harold, der dem Baron folgte. Dann blitzte in ihr die Hoffnung auf, es könnte Hugh sein, obwohl es gar nicht möglich war. Unter starken Schmerzen richtete sie sich ein wenig auf und drehte den Kopf.

Ein Gesicht aus Messing beugte sich über sie. Zuerst dachte sie, es sei die Frau, die sie bedient hatte, doch dann merkte sie, daß es sich um einen Mann handelte. Er wandte sich um und rief mit tiefer, metallischer Stimme: »Ich habe sie gefunden!«

Der Mann aus Messing kniete nieder und nahm sie in die Arme; Gerda verbiß sich ein Stöhnen. »Mein Meister, der Zauberer Aelfgar, möchte dich etwas fragen, gute Frau. Wieso hast du uns vor den Feinden gewarnt?«

Sein schimmerndes Gesicht hob sich gegen die schwarzgrünen Eichenblätter und den Nachthimmel ab. Auf der Metallhaut tanzten Lichtreflexe, die sich teilten, pulsierten, miteinander verschmolzen und abermals zerrannen. Noch nie zuvor hatte jemand sie eine ›gute Frau‹ genannt. Und in diesem Augenblick wußte sie, daß sie sich in dem Zauberer nicht getäuscht hatte. Gerda flüsterte: »Ich tat es für meine Enkeltöchter.«

Dann umfing sie die Dunkelheit.

Originaltitel: ›GERDA AND THE WIZARD‹ • Copyright © 1990 by Davis Publications, Inc. • Erstmals erschienen in ›Isaac Asimov's Science Fiction Magazine‹, März 1990 • Mit freundlicher Genehmigung des Autors und Uwe Luserke, Literarische Agentur, Stuttgart • Copyright © 1994 der deutschen Übersetzung by Wilhelm Heyne Verlag, München • Aus dem Amerikanischen übersetzt von Ingrid Herrmann • Illustriert von Jobst Teltschik

DAS SCHWARZE

Sie hatte schon zu lange darauf herumgekaut. Der Bissen, den sie im Mund hatte, schmeckte fade und schal. Marianne spuckte ihn aus.

Es war Zeit, aufzubrechen. Schmutzig trübes Weiß, wohin sie sah: der Winter auf der Insel kannte keine Farbe, kein Leben, alles schien wie tot. Zitternd stand sie im knöcheltiefen Schnee. Sie fror – die Leere der Arktis machte ihr Angst, das Schweigen.

Noch konnte sie Dagfin sehen, der sich schon weit von ihr entfernt hatte; der nur mehr ein winziger dunkler Punkt war, der langsam, kaum noch wahrnehmbar die Schneehänge des Grokenburg hinaufkroch.

Ich kann nicht mit ihm da hinauf. Es ist zu hoch, zu steil.

Zweimal hatte sie den Versuch unternommen, mit ihm zu gehen. Damals: kurz nachdem sie auf die Insel gekommen waren. Doch jedesmal hatte die Furcht sie befallen, die Angst vor dem Schwarzen. Seither ging Dagfin allein auf Klettertour.

Endlich wandte sich Marianne ab. Sie ertrug es nicht mehr, noch länger zuzusehen und so lange zu warten, bis er aus ihrem Blickfeld verschwunden war. Er konnte Stunden, vielleicht sogar Tage fort sein. Und sie ... Bis zum Anbruch der Nacht blieb ihr noch etwas Zeit. Sie konnte also entweder in ihre Holzhütte zurückkehren, in diese enge stickige Schachtel, in der man kaum aufrecht stehen konnte ... Sie konnte aber auch über das Schneefeld hinunter, konnte erst noch zur kleinen Bucht von Olafshaven gehen, wo sich auf dem Eis manchmal die Robben sehen ließen, die Robben und Meeresvögel. Robben und Meeresvögel: das hieß ›Leben‹. Wenn sie Glück hatte, gab es in Olafshavn möglicherweise etwas zu sehen, das lebte. Aber andererseits... Mehr noch als diese glückverheißende Aussicht trieb sie die Angst: Wenn sie sich gegen die Möglichkeit entschied, sich in der Hütte einzusperren, dann mußte sie befürchten, ein weiteres Mal das Schwarze zu Gesicht zu bekommen.

Sie ging hinunter ans Meer.

Schneeschuhe an den Füßen, eingemummt in eine unförmige Montur aus Pelzen und Fellen – so stapfte Marianne dahin. Und wußte genau, wie plump und unansehnlich sie erscheinen mußte. Das, was sie wirklich war, ihre Persönlichkeit, steckte verborgen unter der alles verhüllenden Schutzkleidung. Verdrossen fragte sie sich, woran es denn liegen mochte, daß Dagfin so oft wegging. Konnte es sein, daß er das Interesse an ihr verloren hatte? Daß er nicht mehr ihr, sondern dem Bann der weißen Öde verfallen war, in die es sie verschlagen hatte? Vermutlich war er wieder einmal auf der Suche nach *Cairns*, jenen steinernen Grabhügeln, die als einzige Zeugnisse von der Existenz derjenigen kündeten, die früher einmal hier gesiedelt hatten. Aber warum mußte er deswegen auf den Bergen herumklettern? Wo doch so viele von diesen Steinhaufen nicht weit von hier, unter den Schneefeldern an der Küste lagen? Es gab so vieles, über das Dagfin nicht mit ihr sprach. Es war nicht recht, daß er sich so sehr von ihr fernhielt. Sie wollte ihm nahe sein, wollte immer und in jeder Hinsicht eng mit ihm verbunden sein. Sie verstand einfach nicht, warum sie getrennte Wege gehen mußten.

Schließlich war sie auf dem Hang über Olafshavn angekommen, stand ganz oben auf dem Eisfeld, das zwischen den beinahe senkrecht aufragenden Klippen zweier Landzungen in sanftem Bogen zur Bucht abfiel. Das Meer war graue, fließende Bewegung, war so ganz anders als das leblos starre, weiße Land. Sie sah den schmalen Uferstreifen, wo die ablaufenden Wellen nach den spärlichen Kieseln tappten, und hörte, wie das Wasser zischelnd zu ihr sprach. In einer Sprache zu ihr sprach, die formlos war und ohne Struktur. Es war die Sprache des Ozeans, desselben Ozeans, der sich Jahr für Jahr gegen die Fischer der Arktis erhob und Jahr für Jahr aufs neue manche von ihnen in seine Tiefen riß. Die See stieß sie ab – und zog sie gleichzeitig an. Sie ging jetzt langsamer, stapfte auf den schmalen Küstenstreifen am Rande des Eises zu. Ein schneebedeckter, uralter Steinhügel stand auf der rechten Landzunge.

Der schmale Streifen Strand lag nur bei Ebbe frei. Marianne stand auf den feuchten Kieselsteinen, der kalte Seewind strich ihr über die frosttauben Wangen. In der trüb grauen Dünung trieben bleiche Brocken: Eisberge, kümmerliche Reste des zurückweichenden Packeises.

Sie sah sich um, suchte überall ... Robben waren nirgends zu sehen.

Olafshavn war einer der wenigen geschützten Landeplätze auf *Karl Johan Island*. Nicht weit von Mariannes Hütte lagen Abfallhaufen unter dem Schnee: Die Sommerexpedition der Universität hatte dort kampiert. In den wenigen Blättern, die von ihren Versuchen, ein Tagebuch zu führen, übrig geblieben waren, hatte Marianne auch über die geschrieben, die schon früher einmal die Insel besucht hatten ...:

Vor den Geologen kamen – auf der Suche nach Frischfleisch – die Mannschaften der Walfangschiffe. Die Rentiere und der seltene Karl-Johan-Fuchs waren zu diesem Zeitpunkt schon fast ausgerottet. Vor ihnen hatten gelegentlich englische und dänische Handelsschiffe hier angelegt. Jeder Kapitän war der Meinung gewesen, Neuland entdeckt zu haben; alle hatten sie die Insel immer wieder neu benannt. Davor, schon lange vor ihnen, war das kleine Volk der Eskimo von Island hierhergekommen und hatte sich für eine kurze und klägliche Existenz an die Küste einer feindlichen See geklammert. All diese Menschen – die Geologen, die Walfänger, die Händler und die Inuit – gab es schon lange nicht mehr.

Als Marianne die eisige See vor sich liegen sah, kroch die Kälte in sie, kroch nach und nach in jeden Winkel ihres Körpers. Am Strand lag Treibholz. Wenige Stücke nur, wie Knochen über die Steine verstreut... sie dachte nicht daran, sie aufzusammeln. Wenn doch nur Robben zu sehen gewesen wären! Die heranrollenden und wieder ablaufenden Wellen schienen zu knurren: Die Kieselsteine, die das Meer hinabgezogen hatte, rumpelten in der Unterströmung. So viele Menschen waren schon hier gewesen. Und alle waren sie wieder fortgegangen – besiegt von der Einsamkeit und den Schrecken der Eiswüste.

Sie sah sich um. Sah zum Gipfel des Grokenburg hinauf und hoffte, Dagfin dort oben zu entdecken... Doch der war spurlos verschwunden.

Feiner Sprühnebel stand über der Gischt, die wie ein Fransenbesatz die Klippenränder der Bucht säumte, stieg in weißen Schwaden vor den dunklen, vom Meer bespülten Felsen auf. Eiderenten drängten sich dort auf den schmalen Felsvorsprüngen zusammen. Sie wußte das, auch wenn sie sie nicht sehen konnte. Und ebenso wußte sie, daß es nur mehr wenige sein konnten: auch auf sie hatte man Jagd gemacht. Marianne sah auf das Meer hinaus. Sie spürte seine entsetzliche Leere, seine unversöhnliche Feindseligkeit allem gegenüber, das menschliche Wärme hieß. Ein eigenartiges Unbehagen befiel sie. Wenn es doch nur eine

Spur von Leben gegeben hätte, ein winziges Anzeichen wenigstens...

Dann plötzlich sah sie es. Flatternde Flügel: zwei Eiderenten. Also doch! Pfeilschnell flogen sie von den Eisschollen auf. Sie sah ihnen nach: zwei dunkle Punkte, die nebeneinander herflogen und sich schließlich auf einem Ruheplatz in der Klippenwand niederließen. Warum hatten sie gerade jetzt das Meer verlassen?

Sie kannte den Grund. Sie verstand in dem Moment, als der Schatten unter der gekräuselten Wasserfläche sichtbar wurde. Das Schwarze. Es kam wieder.

Schon war der Schatten im seichten grauen Wasser deutlicher zu sehen, nahm zusehends Gestalt an. Marianne schrie. Sie wirbelte herum, drehte der Finsternis den Rücken zu, die greifbar war und präsent. Und fing an zu laufen.

Immer hatte es so begonnen. Erst die irrationale Angst vor der Leere, dann dieser kurze Eindruck, diese flüchtige Wahrnehmung: etwas Schwarzes... Ein Entsetzen, das schon so viele hier befallen hatte.

»Dag... Dagfin...« Er war viel zu weit weg, sie wußte, daß er sie auf keinen Fall hören konnte. Ihre Stimme klang schwach, und das schwarze Etwas hinter ihr nahm ihr die Kraft. Ihr blieb nur eines: Weiterlaufen. Zurücklaufen zu den vertrauten und soliden Dingen, zurück in den sicheren, umfriedeten Schutzraum der Hütte.

Marianne rannte verzweifelt, stolperte schwerfällig und unbeholfen dahin. Sie hätte nie hierherkommen dürfen. Einmal wandte sie noch den Kopf, blickte zurück, und sah einen kurzen Augenblick lang die zusammengekauerte Gestalt, die schon zur Hälfte aus dem Meer aufgestiegen war. Selbst aus dieser Entfernung spürte sie den gierigen Blick, die Augen, die so durchbohrend auf sie gerichtet waren, als wäre das

Ding wütend darüber, daß sie sich ihm durch Flucht entzog.

Sie rannte weiter. Rannte, bis sie die ebene Schneefläche erreicht hatte, auf der ihre Hütte stand. Noch einmal drehte sie sich um: Das ansteigende Gelände verstellte die Sicht auf Olafshavn. Hinter ihr lag nur Schnee.

Die letzten wenigen Schritte ging Marianne langsamer. Das Schwarze zeigte sich immer nur in der Bucht, noch nie war es an Land gekommen. Trotzdem … Marianne konnte sich nicht überwinden, im Freien zu bleiben. Nicht ausgeschlossen, daß ihr das Ding doch einmal folgte.

Sie zerrte an der schweren Holztür und trat ein.

Dann stand sie in der Hütte. Sah rund um sich – schwach nur, das Licht war zu trüb – die Dinge und Gegenstände, die sie zum Leben brauchten: Pfannen, Pelze, Jagdausrüstung, den alten Eisenofen, den Vorratsschrank. Sie warf sich auf ihre Pritsche, auf das Bett, das zu kurz war, als daß sie ausgestreckt darauf liegen hätte können. Dagfins Bett, in der Koje über ihr, war nur um wenige Zentimeter länger – auch es viel zu kurz. Ihre Schlafstätte – eine Art hölzerne Kabine – war wie eine Hütte in der Hütte, wie ein Gefängnis in einem Gefängnis.

In einer ähnlichen Hütte mußten vor Jahrhunderten jene sieben Holländer gehaust haben, die hier überwintert und nach Walen Ausschau gehalten hatten. Auch über sie war das Schwarze hergefallen, hatte jeden von ihnen geholt. Es konnte nur so gewesen sein: Keiner von ihnen war mehr am Leben gewesen, als man sie gefunden hatte. Menschen blieb auf dieser Insel nur eines: sich vor der Leere verstecken und – warten.

Stundenlang lag Marianne auf ihrem Bett. Aß nicht und rührte sich nicht von der Stelle. Bis endlich Dagfin wieder zurückkam. Es war dunkel. Überall war es jetzt dunkel, drinnen wie draußen. Sie hörte es scharren und kratzen. Es war ein Geräusch, das ihr keine Angst machte: Dagfin öffnete ruckweise die Tür. Und seltsam: Das, womit sie gerechnet hatte – überschwengliche Wiedersehensfreude, Leidenschaft, Begeisterung – das alles blieb aus. Sie empfand nichts.

»Marianne!« Er schloß die Tür. »Hast du dir denn kein Licht gemacht?«

»Nein.«

»Und der Ofen ist auch aus!«

»Es geht auch ohne.«

Er brummte kurz angebunden. Sie wartete. Er riß ein Streichholz an – das Licht der kleinen Flamme traf sie wie eine Explosion. Sie blinzelte, kniff die Augen zusammen und sah dann, als sie die Augen wieder aufschlug, im Strahlenkranz einer Kerze sein Gesicht leuchten. Jede Einzelheit in diesem Gesicht war ihr vertraut, sie kannte jede Falte, jedes Haar, jede Pore. Die dunkel gebliebenen Winkel und Ecken hinter ihm täuschten eine unwirkliche Tiefe vor – als wäre das Innere der Hütte größer als ihr Äußeres.

Plötzlich küßte er sie. Wenn es auch nur eine leichte Berührung war, die sie auf der Wange spürte – es war, als hätte dieser flüchtige Kuß ihre Willenskraft wiederhergestellt.

»Warum hast du nicht gegessen?«

»Ich war nicht hungrig. Wenn du nicht da bist, bin ich nie hungrig.«

Sie schwang sich herum und setzte sich auf die Kante der Bettkoje.

Er sah sie mißbilligend an und faßte nach der rauchgeschwärzten Ofentür. »Ich zünde das Feuer jetzt besser wieder an. Du mußt essen. Wie oft soll ich es dir noch sagen: Auf dieser Insel braucht man seine ganze Kraft.«

»Ich weiß«, sagte sie. »Du hast mir gefehlt.«

Daß sie das Schwarze gesehen hatte, darüber konnte sie mit ihm nicht sprechen. Nüchtern und praktisch, wie er dachte – er würde ihr nicht glauben.

Er hatte ein paar Eier mitgebracht. Wieder ein paar Eiderenten weniger ... Es dauerte eine ganze Weile, bis er den Ofen ausgeräumt, gereinigt und wieder angezündet hatte. Dann machte er Omelette für zwei, buk eine ausgiebige Portion Eierkuchen. Er erledigte das alles, wie sie es von ihm kannte: routiniert, selbstsicher, ohne lange zu fragen. Und als sie dagegen protestierte, sagte er nur: »Nein. Setz dich. Laß mich das für dich machen. Wenn du etwas gegessen hast, wirst du dich gleich wieder besser fühlen.«

Manchmal empfand sie seine Aufmerksamkeiten kaum anders als seine Abwesenheit: Er blieb distanziert, unnahbar.

Nachdem sie gegessen hatten, saßen sie vor dem Ofen, im Glutschein des Feuers zusammen und gönnten sich den kleinen Luxus, die Ofentüre offenstehen zu lassen. So wollte sie Dagfin, so brauchte sie ihn. Hier – bei sich. Und nicht irgendwo da draußen, weit weg von ihr, wo er uralte Steine untersuchte. Die Jagdversuche, die er dabei anstellte, blieben üblicherweise sowieso erfolglos. Auch jetzt wieder: Nicht ein Rentier war ihm vor die Flinte gekommen.

Dagfin hatte ihr das nicht gesagt. Sie brachte das Gespräch darauf: »Hast du sonst noch etwas entdeckt?«

»Nichts.«

Er hatte ganz richtig verstanden: Mit ihrer Frage hatte sie auch die zutreffende Vermutung ausgesprochen, daß seine andere Suche ebenso erfolglos geblieben war. »Auf dem Rückweg«, sagte er, »wollte ich noch drei weitere Cairns öffnen. Kleine Cairns, dicht nebeneinander. Nichts. Nur bröcklige Pilzreste auf dem ursprünglichen Fundament.« Er lächelte. »Auf alle Fälle habe ich dir wieder etwas Pilz mitgebracht. Du mußt sie nur gut durchkauen – der Geschmack ist nicht uninteressant. Wenn man etwas ißt, das auf den Steinen wächst, lernt man die Seele der Insel verstehen.«

»Sie hat keine Seele. Sie ist tot.«

Sie dachte an das Schwarze. Erinnerte sich, wie es sich in der Bucht aus dem Meer erhob. Sie zitterte.

Auch der Pilz war lange schon tot. Lag möglicherweise seit Jahrhunderten schon getrocknet und gefroren unter den schneebedeckten Steinen. »Ich probier das kein zweites Mal. Es schmeckt nach nichts. Hast du denn nichts anderes freigelegt?«

»Nein. Ich glaube, es sind gar keine Grabstätten.«

»Die Inuit haben ihre Toten auch nicht begraben«, sagte Marianne.

»Ich weiß.«

»Sie haben ihre Alten und Kranken zum Sterben in die Schneewüste geschickt: Fressen für die Tiere.«

»Aber die Cairns existieren«, sagte Dagfin mit Nachdruck. »Es sind Bauten, die bestimmt nicht umsonst errichtet wurden. Sie müssen irgendeinen Zweck haben.«

Marianne seufzte. Sie schloß die Augen. Sie brauchte Dagfin. Brauchte ihn hier, hier bei sich. Er fehlte ihr, wenn er sich irgendwo, weit fort von ihr, mit uralten Rätseln herumschlug. Gesteine, Geologie, Naturwissenschaft ganz allgemein: das war etwas, wofür sie – wenn es sein mußte – durchaus Verständnis aufbringen konnte. Nur nicht für diese maßlose Faszination, der er seit kurzem verfallen war, und die dazu geführt hatte, daß ihn nur eines mehr kümmerte und in Anspruch nahm: die Eiswildnis.

»Die Steinhügel sind leer«, sagte sie. »Unter den Steinen ist nichts. Nur weitere Steine.«

»Möglich. Manche Cairns sehen aus, als hätte sie jemand durcheinandergeworfen. Vielleicht Walfänger? Auf der Suche nach imaginären Schätzen? Ich frage mich, ob ich mir nicht die Cairns an der Küste einmal genauer ansehen sollte?«

»An der Küste?«

Die Steinhügel oberhalb Olafshavn? Über dem Meer, wo das Schwarze umging? Marianne schlug die Augen auf und sah in die orangeroten Flammen des Herdfeuers. Wenn er das tat, dann würde sie mit ihm gehen müssen, dann durfte sie ihn keine Sekunde lang aus den Augen lassen ...

»Du wirst sowieso tun, was du dir in den Kopf gesetzt hast. Wie immer«, sagte Marianne bedrückt. »Wenn du mich fragst – ich denke, du solltest dir ansehen, was hier ist.«

Bald nach dieser Unterredung schlossen sie die Ofentür und legten sich zum Schlafen nieder.

Dagfin ließ sich Zeit. Ließ gemächlich, wie es seine Art war, drei Tagen verstreichen. Erst dann machte sich Marianne mit ihm auf den Weg zur Landspitze.

Auf der schneebedeckten Klippenkante über Olafshavn hielt sie an, blickte über den tückischen Grat und sah hinunter auf die graue wogende See. In sanftem Bogen liefen die Wellen in die Bucht ein, die Ausläufer der schwachen Dünung schlugen an die Klippen am gegenüberliegenden Ufer – mehr war nicht sehen. Die Bucht schien leer und verlassen. Der leichte Wind, der ihr jetzt über die Wangen strich, war nicht mehr so beißend kalt, wie er es auf dem Weg hierher gewesen war.

Dagfin war schon weitergegangen. Es war ihm – und das war typisch für ihn – nicht eingefallen, auf sie zu warten. Solange er sie nicht brauchte, fehlte sie ihm nicht. Sie lief los, wollte ihn einholen ... Die Schneeschuhe waren ihr hinderlich, sie stolperte, tapste und stapfte unbeholfen und schwerfällig hinter ihm her. Schwerfällig und geräuschvoll: Er mußte sie wohl gehört haben – er drehte sich um und wartete.

»Du brauchst dich nicht zu beeilen. Wir sind schon fast da.«

Sie schüttelte verwirrt den Kopf. Wollte sie eigentlich zu ihm hinlaufen, oder wollte sie nur weglaufen? Vor der Leere davonlaufen? Sie wußte nicht mehr, was sie antrieb; sie hatte alle Sicherheit verloren, jede Gewißheit hinsichtlich dessen, was sie fühlte und empfand. Die zurückliegenden Tage, die sie zusammen in der Hütte verbracht hatten, waren seltsam unwirklich gewesen: Ihre Körper eng vereint, ihre Seelen unendlich weit voneinander entfernt. So war ihr zumute, als sie Dagfin einholte. Sie sagte kein Wort, stumm ging sie neben ihm her.

Die Luft über der See war kristallklar und schneidend kalt. Massiv, als atmete man harten, scharfkantigen Stein. Selbst die Luft war nicht für Menschen gemacht...

Marianne konnte jetzt die weiße Erhebung erkennen, den Steinhügel. Nicht mehr lange, und sie waren am Ziel. Dagfin hatte sich – neben seinem Gewehr – zwei Schaufeln auf den Rücken geschnallt. Er blieb stehen, nahm sie ab und drückte eine davon Marianne in die Hand. Sie nickte, hielt sie fest und wartete geduldig, bis er die losen Tragriemen verstaut hatte. Unwillkürlich fiel ihr Blick auf den diesigen Horizont, wo – weit ab vom hell glänzenden, weißen Schnee – neblig düsterer Dunst die Linie markierte, an der Himmel und Wasser zusammenstießen. Dort draußen dehnte sich endlos weit das Eismeer, erstreckte sich hinauf bis in die Arktis, wo die Nacht sechs Monate dauerte, wo unsichtbar das Schwarze umherstreifte.

»Marianne! Was suchst du denn?« wollte Dagfin wissen, der über die Schulter nach seinem Gewehr griff. Sie hatte nicht bemerkt, daß er sie beobachtete.

»Kein Schiff«, sagte sie unwillkürlich.

»Schiff?« Er schien das Wort kaum zu verstehen.

»Nichts. Menschenleer.«

»Natürlich. Was sollte auch ein Schiff hier? So weit im Norden?«

Mit einer abfälligen Handbewegung tat er die bloße Vorstellung, so etwas auch nur zu denken, als unsinnig ab und drängte sie, weiterzugehen. Auf den Steinhügel zu.

Marianne kannte ihn: Die Möglichkeit, daß irgend etwas irgendwann einmal die Isolation, in der sie lebten, aufbrechen könnte – diese Möglichkeit wäre ihm nie in den Sinn gekommen.

Sie machte sich an die Arbeit und fing wie er damit an, die Schneedecke, unter der der Hügel lag, wegzuschaufeln. Dank ihrer Mitarbeit dauerte es nicht lange, und sie hatten die großen Decksteine freigelegt – die Schaufeln kratzten und scharrten über die Außenwand des Cairns. Nachdem sie ausreichend Steine zur Seite geräumt hatten, rasteten sie. Nach einer Weile gingen sie dann daran, den Hügel mit den Händen abzutragen.

Es war eine Knochenarbeit. Jetzt bereute sie, daß sie nicht mehr gegessen hatte, als Dagfin sie dazu aufgefordert hatte. Felsbrocken hochheben, strecken, Felsbrocken zur Seite werfen… Wieder bücken, oder gebückt hockenbleiben, den Gesteinsschutt wegscharren… sie würde noch lange und schmerzhaft dafür büßen müssen. Irgendwann verlor sie die Übersicht, konnte nicht mehr sagen, wie oft sie pausieren und sich ausruhen mußte, bis Dagfin endlich zufrieden war. Es war ein großer Cairn. Vermutlich deshalb so groß, weil – wie es Sitte war – jeder Durchreisende Stein um Stein auf ihn geschichtet hatte. Marianne trat zur Seite und ließ Dagfin den letzten Abschnitt alleine freilegen.

»Und?« fragte sie, als er die Arbeit einstellte. »Bist du jetzt zufrieden?«

Sie hatten ein Stück nackten, felsigen Grund freiräumt. Enttäuscht und verbissen stand Dagfin vor dem kahlen Fleck.

»Nichts. Das ist der Felsboden der Landzunge. Der Hügel war nichts weiter als ein Haufen Steine. Nichts darunter.«

Marianne ging zu ihm und kniete sich auf den gefrorenen Boden. Er war nicht ganz so kahl, wie Dagfin gemeint hatte. An manchen Stellen lag Geröll: Steinstaub und Kiesel. Und außerdem kleine, ledrige Knäuel: Pilzstückchen. Sie hob ein winziges Schnipsel auf und bot es Dagfin an.

»Siehst du? Der Steinhügel war nicht vollkommen leer. Hier sind einmal Pilze gewachsen.«

Er nahm das Stück und legte es sich auf die Hand, die in einem Handschuh steckte. Aus der Art und Weise, wie er das tat, konnte man erkennen, daß die Distanz zu seiner Umgebung um ein weiteres Stück gewachsen war, daß sein Interesse einem anderen, neuen Problembereich gehörte.

»Es ist merkwürdig, Marianne. Wir finden diese Dinger inzwischen nur mehr unter in den Steinhügeln. Es muß sie aber einmal überall gegeben haben.«

»Wie die Bäume«, sagte Marianne. Auf Karl Johan Island gab es keine Bäume mehr. Wenn es hier jemals Bäume gegeben hatte... Auf Karl Johan Island fehlte alles das, was man sonst überall fand: Spuren, die das Leben hinterlassen hatte. Lebenszeichen.

»Wie die Menschen«, sagte Dagfin. »Es gibt sie nicht mehr.«

Unvermittelt beugte er sich zu Boden und sammelte das eine oder andere verhutzelte Überbleibsel auf.

»Du solltest essen, Marianne. Komm schon – wir teilen.«

»Das?« Sie schüttelte den Kopf.

Wortlos steckte er die Stückchen in eine Tasche seiner Pelzkleidung.

Es blieb ihnen nichts mehr, als den Steinhügel, der über Olafshavn stand, wieder aufzuschichten, ihn wieder so aufzubauen, wie sie ihn vorgefunden hatten. Obwohl ihr allein der Gedanke daran, alles wieder rückgängig zu machen, Schmerzen verursachte, willigte Marianne ein und machte sich langsam daran, die Steine wieder auf den zentralen Haufen zu wuchten – sie durfte Dagfin nicht alleine lassen. Sie scharrten den Schutt zusammen, schoben die Schutthaufen Zentimeter um Zentimeter an das Fundament. Gingen zurück, scharrten die nächste Ladung zusammen… Dagfin kaute bei der Arbeit, der Pelzbesatz vor seinem Kinn bewegte sich rhythmisch auf und ab. Marianne war jetzt nur noch müde und erschöpft.

Dagfin war beinahe fertig. Marianne wollte eben wieder eine Pause einlegen, als ihr auffiel, daß er zu arbeiten aufhörte.

Er hatte sich aufgerichtet und blickte auf die Silhouette der Klippen. »Ich denke, das reicht, Marianne. Nimm deine Schaufel. Wir gehen.«

Schweigend ging sie hinter ihm her. Blickte einmal noch kurz und furchtsam hinunter auf die Bucht von Olafshavn; fürchtete, das Schwarze dort unten zu sehen… Das Meer hob und senkte sich ruhig und still. Nichts war unter der grauen Wasserfläche, nur wieder Wasser, tieferes Wasser…

»Beeil dich«, sagte Dagfin. *Beeil dich!* Also wieder einmal unbeholfen und tolpatschig durch den Schnee tappen und torkeln! Widerstrebend setzte sie sich in Bewegung. Früher einmal war sie stolz gewesen auf sich, hatte sich gefreut an dem Anblick, den sie bot. Doch das war woanders gewesen. Woanders: Dort war auch Dagfin ein anderer Mensch gewesen… Oder hatte sie immer nur seine Fassade, nie den wirklichen Dagfin wahrgenommen?

Kurz vor der Hütte, eben noch in Sichtweite der Bucht, blieb Dagfin stehen, nahm sie am Arm und hielt sie zurück.

»Marianne – Liebes: Siehst du etwas hinter uns?«

Ohne zu zögern sagte sie: »Nichts.« Die Eisfläche auf dem Meer, das im weiten Bogen ins Land schnitt, war leer.

»Dann...« – Dagfin lächelte beinahe verschämt und hob das Gewehr –, »...dann werden wir jetzt einmal die Meeresvögel aus dem Nest scheuchen.«

Er legte an, zielte in die Richtung, in der das Meer lag, und feuerte zweimal. Ein paar weiße Tupfen flogen von der Landzunge auf, schossen davon, als das Echo der Schüsse über den Schnee rollte. Dagfin starrte hinter ihnen her – und nach und nach trat ein Ausdruck der Erleichterung auf sein Gesicht.

»Ich habe noch nie geglaubt, daß es einmal von den Bergen herunterkommen würde«, flüsterte er.

»Ich glaube«, sagte Marianne, »daß du zu viel von den Pilzen gegessen hast.«

Die Hütte war verräuchert und warm. Es dauerte nicht lange, und Dagfin, der auf der oberen Pritsche der Schlafkoje lag, war eingeschlafen. Marianne lag wach. Sie hatte den Punkt der Erschöpfung und Müdigkeit lange schon überschritten. Die Nacht brach herein. Auch das spärlich trübe Licht in der Hütte verdämmerte jetzt. Es war dunkel.

Auch wenn er es ihr gegenüber nie zugegeben hätte – Marianne war überzeugt, daß Dagfin das Schwarze gesehen hatte. Lediglich die Tatsache, daß auch sie es heute nicht sehen hatte können, hielt sie davon ab, von ihren Erlebnissen zu sprechen. Aber warum hatte sie es heute nicht gesehen? Woran lag das? Vielleicht, grübelte sie, weil sie heute in Gedanken zu sehr mit Dagfin beschäftigt gewesen war? Wenn sie sich da draußen, auf dem Eishang bei Olafshavn wieder auf sich selbst – und nur auf sich selbst – konzentrieren konnte, dann würde sie es wieder sehen.

Und Dagfin? Was hatte er gesehen auf seinen einsamen Klettertouren über die windgepeitschten Berg-

flanken des Grokenburg? Ein schwarzes Schatten-
bild im Stein? Augen im Eis? Wenigstens hatten sie
hier, so lange sie hier zusammen waren, nichts zu befürchten.

Er schnarchte. Leise – es störte sie nicht. Sie blickte
nach oben. Sie wollte, sie könnte mit ihren Blicken das
Dunkel durchdringen. Könnte durch die hölzerne
Zwischendecke, den Unterbau der Pritsche sehen,
durch Fleisch und Gebein hindurch in das Herz des
Menschen schauen, der dort oben schlief.

Ein lebhafter, unkomplizierter und zugänglicher
Mensch – so war er gewesen, als sie ihn kennenlernte.
Es hatte nicht lange gedauert, und aus ihrer Sympathie
war Liebe geworden. Er hatte eine Stelle als wissen-
schaftlicher Mitarbeiter – an der Universität, an der er
vor kurzem erst sein Examen abgelegt hatte. Er erzählte ihr von seiner Feldforschung, von seinen Reisen
ins Gletschergebiet von Jotunheim und nach Karl
Johan Island. Und als sie ihn näher kennenlernte, erfuhr sie, daß er vorhatte, auf die Insel zurückzukehren.
Es war ihre Idee gewesen, mit ihm zu gehen. Natürlich
hatte ihre Familie alles darangesetzt, sie davon abzu-
bringen. Und natürlich hatte sie sich nicht davon ab-
bringen lassen und alle nötigen Vorbereitungen getroffen. Als er sie seiner Familie vorstellte (es war bei diesem einen Treffen geblieben), hatte sie den Eindruck,
daß man sie bemitleidete. Kurz darauf wußte sie auch
warum: Auf Karl Johan Island gab es nur zwei Menschen. Einer davon war sie.

Sie konnte keinen Schlaf finden. Dagfin ging ihr
nicht aus dem Kopf.

Sie brauchte ihn. Sie wollte ihm nahe sein, ganz
nahe. Sie setzte sich auf und stellte die Füße auf den
Fußboden, den sie im Dunkeln nicht sah. Stieß, als sie
sich aufrichten wollte, gegen die Bettkante von Dagfins Pritsche und legte die Arme darauf. Vorsichtig tasteten ihre Hände nach dem schlafenden Körper, such-

ten im nachtschwarzen Raum und griffen nach ihm, dessen Gesicht sie so gerne gesehen hätte.

An der Universität hatte Marianne zu denen gehört, die unentwegt beschäftigt und aktiv waren. Auch Dagfin war so gewesen. Voll Verwunderung dachte sie an diese Zeit ihres Lebens zurück: Vorlesungen, Parties, Versammlungen, Exkursionen, Einladungen, Affairen, Entdeckungen – jeder Tag ein Abenteuer, jede Stunde, die verging, Wandel und Neubeginn und neue Erfahrung. Bemalte Wände, die Farben der Kleider hell und leuchtend, Kontakte und Begegnungen mit interessanten Leuten, wohin man auch kam. Sie war von jeher daran gewöhnt, Leute um sich zu haben – schon als Kind, als Schülerin, dann als Erwachsene. Es war ein schmerzhafter Prozeß gewesen, sich mit der Einsamkeit von Karl Johan Island abzufinden, und dieser Schmerz war noch nicht überwunden. Dagfin war ein anderer Mensch geworden. Daß sich in dem Menschen, dem sie einmal begegnet war, ein anderer Mensch verbarg, der ihr vollkommen fremd war – das hatte sie nicht geahnt.

Die Hand, die sie auf ihn gelegt hatte, schloß sich um ein kleines, faltiges Etwas, das neben ihm lag, Vermutlich ein Stückchen Pilz, das ihm aus der Tasche gefallen sein mußte. Sie hielt es sich an die Nase, schnupperte ... Roch uraltes Gestein, roch Eis – das bekannte Gemisch. Ob er wohl etwas dagegen hätte, wenn sie davon probierte ...? Lieber nicht. Besser, wenn sie ihn am Morgen darauf ansprach. Marianne steckte den Pilz in ihre Tasche. Immer noch konnte sie keine Ruhe finden.

Sie erinnerte sich an andere Nächte. An Nächte, in denen sie – an anderen Orten und weit von hier – mit Dagfin viele Stunden lang unter sternklaren Himmeln gewandert war. Vielleicht konnte sie draußen, im Freien, etwas vom Glück dieser Nächte wiederfinden.

Vielleicht war das besser, als hier drinnen und bei ihm zu bleiben.

Marianne ging zur Tür. Die Tür knarzte, als sie sie öffnete – Dagfin rührte sich nicht. Sie hörte ihn unverändert leise schnarchen. So geräuschlos wie möglich verließ sie die Hütte.

Es war kalt. Erheblich kälter als in der Hütte. Aber an die Kälte hatte sie sich mittlerweile gewöhnt. Kälte war der Normalzustand.

Sie ging langsam, wanderte ziellos dahin und spürte, wie auch sie von der tiefen Stille, von der Ruhe, die über der Insel lag, erfüllt wurde. Bei Nacht war Karl Johan Island eine andere Welt. War nicht mehr abweisend und feindlich, war nur noch unermeßlich große, teilnahmslose Weite. Makellos rein glänzten die Schneeflächen im Mondlicht, unbefleckt vom Grau der See, die weißen Berghänge des Grokenburg ragten majestätisch zum sternenbedeckten Nachthimmel auf. Dagfin hatte diese Hänge erstiegen. Hatte Tiere gesucht und Pilze gefunden. Nichts sonst.

Marianne faßte in die Innentasche ihres Mantels und zog den kleinen Krümel heraus, der nach Steinen roch und Eis. Den Rest hatte Dagfin alleine gegessen.

Es war, als bisse sie auf Holz. Auf uraltes Holz, morsch wie zerfallenes Papier. Sie kaute. Kaute und starrte: ins Mondlicht, ins Dunkel, auf den weißen Horizont, auf die weite Anhöhe, die sich von Olafshavn bis hinüber zur Landzunge spannte, auf der die Steinhügel errichtet waren. Aus Steinhügeln wie diesen dort oben stammten die Pilze … Langsam begann sie zu verstehen. Manches von dem, was Dagfin früher einmal gesagt hatte, erklärte sich jetzt von selbst:

Das Klima mußte wärmer gewesen sein, als der Pilz auf der Insel wuchs. Während dieser kurzen Warmzeit waren die Langschiffe möglicherweise bis hierher gekommen – sogar auf Grönland hatte es schließlich einmal skandinavische Niederlassungen gegeben. Die seefahrenden Krieger hatten diese Steinhügel errichtet, andere, die nach ihnen gekommen waren, sie geplündert, nachdem sich das Eis die Insel wieder zurückgeholt hatte. Das war die eine Möglichkeit. Die andere: Daß schon die Inuit diese Steinsetzungen aufgeführt hatten. Sie schien ihr weniger wahrscheinlich: Die Bewohner der Arktis hatten den Steinbau nicht gekannt. Sie gehörten einer früheren, primitiveren Epoche an, einer Zeit, als das große Eis die Menschen noch in Furcht und Schrecken gehalten hatte... Das Verschwinden der Inuit, die auf den kleineren Inseln vor der Küste der Hauptinsel gelebt hatten, war nach wie vor ein ungelöstes Rätsel.

Marianne ging weiter. Sie durchlebte dieselbe entsetzliche Einsamkeit, die all jene empfunden hatten, die vor ihr über diese Schneefelder gegangen waren. Sie war mit Dagfin hierhergekommen und war dennoch allein. Die Nacht, die sie einhüllte, schien grenzenlos und ohne Ende. Der Pilz, den sie im Mund hatte, wurde weicher, löste sich allmählich auf... Und jetzt fiel ihr auf, daß sie den Weg zur Bucht von Olafshavn eingeschlagen hatte.

Sie hatte nicht vorgehabt, an die Bucht zu gehen. Nicht heute nacht. Aber nachdem es nun einmal geschehen war... Es war nicht mehr weit, und sie kannte den Weg... Sie mußte ja nicht ans Meer gehen, konnte die Bucht entlangwandern... Draußen vor der Küste glitzerte die Spitze eines Eisbergs im Mondlicht. Sie lief weiter.

Sie hatte es beinahe erwartet: Im Dunkel der Strecke, die zwischen ihr und dem Wasser lag, zeigte sich etwas, das noch dunkler, das tiefe Finsternis war.

Das Schwarze war riesig. Noch nie hatte sie es so deutlich gesehen: Langsam glitt es über den Schnee, bewegte sich wie eine riesige Schnecke, die über steinigen Boden kriecht, die großen, runden Augen leuchteten im Mondlicht.

Marianne ging schneller, wechselte die Richtung, lief weg von der Küste. Das Schwarze kroch ihr nach, kam näher und näher und trieb sie wieder zurück. Als sie die Hütte verlassen hatte, war sie weggegangen, ohne eine Waffe mitzunehmen. Nur ein Messer hatte sie dabei, ein lächerlich kleines, unbrauchbares Messerchen. Was sie fühlte und empfand, wie ihr zumute war – es war beinahe, als hätte sie mit der Situation, in der sie sich befand, nichts zu tun: Das Ding war hinter ihr her, und dennoch fürchtete sie sich nicht. Sie hatte immer gewußt, daß es einmal dazu kommen würde. Seit sie auf der Insel war, die ganze Zeit über, war dieses mysteriöse Dunkle auf der Lauer gelegen. Hatte ihr aufgelauert, wie es jedem hier im Nordmeer auflauerte. Sie rannte auf die Landzunge zu.

Noch immer kaute sie an einem letzten kleinen Stückchen Pilz. Möglicherweise hatten die, die nie von diesem Pilz gegessen hatten, das Schwarze nie gesehen. Hatten nie gekannt, was sie getötet hatte. Selbst wenn sie ein Gewehr gehabt hätte – der Angst, die die Seele auffraß, war auch mit einem Gewehr nicht beizukommen.

Die Beine wurden ihr schwer, immer langsamer schleppte sie sich durch tiefen, pulverfeinen Schnee. Vor sich sah sie einen Steinhügel, den ersten einer ganzen Reihe auf der Landzunge, hoch über den sturmgepeitschten Klippen, wo die Eiderenten nisteten. Marianne blickte zurück: Sie saß in der Falle, das Schwarze hatte sie beinahe eingeholt. Sie stolperte. Das Schwarze kroch weiter auf sie zu.

Sie kam wieder auf die Füße. Sie war am Ende, es gab keinen Ausweg mehr, vor ihr lagen die steilen Felsstürze der Klippen. Dort hinaufzuklettern, davor hatte sie sich immer gefürchtet. Aber jetzt ... Wenn sie sich nicht der weit schrecklicheren Gefahr ausliefern wollte, die hinter ihr lauerte, dann blieb ihr keine andere Wahl. Sie wagte es. Sie setzte den Fuß auf den schmalen Felssims, auf den Pfad, der sich wie ein verschwindend dünner Strich die Klippen hinaufzog.

Die Arme weit ausgespreizt, drückte sie sich an die Felswand. Tief unten hörte sie das Meer rauschen.

Wo Eiderenten sich niederlassen konnten, war auch ein sicherer Tritt für den Fuß eines Menschen. Zentimeter für Zentimeter schob sich Marianne voran, auf eine Stelle zu, wo die Felskante ein wenig breiter war, und versuchte mit aller Kraft, nicht an die Streckenabschnitte zu denken, die unter Harsch und Firn lagen; nicht an die Felswand, die nach außen hing, und unter der nichts war – nur leerer Raum und tief unten das Meer... Nicht nach unten sehen, nur nicht nach unten sehen... Vorsichtig, unendlich vorsichtig tastete sie sich weiter. Erreichte endlich die kleine Nische im Fels: Ende, kein Weiterkommem mehr. Eng an den Fels gedrückt, hockte sie sich nieder. Drehte langsam den Kopf und blickte zurück, sah nach dem Schwarzen, nach den Augen der Nacht, die alles Leben verschlang.

Der Schatten bewegte sich nicht mehr. Regungslos wartete er darauf, daß sie sich wieder bewegte.

Weitergehen war unmöglich. Umkehren war genausowenig möglich. Sie konnte dem Schwarzen nicht entkommen.

Marianne schluckte schwer. Ohne Zweifel konnte das Ding dort hinten bis in alle Ewigkeit auf sie warten... Dieses finstere, amorphe Etwas, das sich jetzt wie ein riesiger Schatten auf den Hang über Olafshavn gelegt hatte. Anscheinend war es ihm nicht möglich, über schmale Felsbänke zu gleiten. Es wartete im freien Gelände auf seine Gelegenheit. Auf die Gelegenheit sie zu holen – so wie es schon viele andere vor ihr geholt hatte.

Niemand weiß, wie lange sie in dieser Sackgasse aushielt – reglos und voller Angst, sich von der Stelle zu rühren. Die Nacht schien ungezählte Stimmen zu haben. Sie flüsterte mit den Stimmen ungezählter Schatten, wisperte ungezählte Erinnerungen längst vergangener Leben. Das Schwarze dehnte sich bisweilen bis an das Meer aus. Es verschlang ein paar Fische und, dicht vor der Klippe, zwei Vögel: Ein Schrei wie klirrendes Eis – und es gab sie nicht mehr. Der Atem der Nacht wurde lauter, laut wie viele Stimmen. Da war ihr klar, daß das Schwarze die ganze Menschheit in sich faßte.

Ich heiße Hans Herrmann. Ich wollte hier mineralogische Forschungen durchführen.

Er war über die Klippe getreten – das Meer hatte auf ihn gewartet.

Ich bin Kapitän Willem Van Syl. Wir haben Schiffbruch erlitten und sterben jetzt einer nach dem anderen an dieser verlassenen Küste ...

Sie glaubte seine Stimme zu hören – er war vor Jahrhunderten schon verschlungen worden.

»Geh weg, ich will dich nicht«, sagte Marianne in die Nacht hinein. »Ich will Dagfin.«

Ihre Worte verhallten. Das Flüstern meldete sich wieder.

Ich bin Karl Hammerhand. Ich fiel vom Mast – und Ran hat mich in ihre Netze gelockt ...

»Sei still«, sagte Marianne. »Ich will Dagfin.«

Auf der weißen, eisstarren Klippe lag das Schwarze und ließ sie nicht aus den Augen. Und unter ihr: die Leere, die See. Sie atmete die kalte Winterluft ein und horchte.

Ich heiße Igaluk. Ich bin zu den warmen Inseln gefahren, dorthin, wo es kein Eis gibt. Dann trieben Stürme das Umiak nach Norden ab ...

»Ich will dich nicht«, sprach Marianne ins Dunkel. »Ich will Dagfin.«

Aber das Flüstern hielt an. Möglicherweise waren es aber gar keine Stimmen, die da flüsterten. Möglicherweise hörte sie nur ein fernes Echo, den Nachhall der Stimmen jener Menschen, die einmal hier gelebt hatten: jener Alten zumeist, die in Eishütten hausten, zahnlos und schwach, das Hirn benebelt von den Pilzen. Aber auch anderes: das Flüstern der Steine, des Eises und der Kälte des Meeres.

Marianne wartete. Irgendwann würde auch diese Nacht zu Ende gehen. Dagfin würde aufwachen und ... Und dann? Marianne wartete.

Zeit bedeutete ihr nichts mehr. Mit steifgefrorenen Gliedern hockte sie auf der Felskante hoch über Olafshavn, als das Licht einer bleichen Sonne den Himmel allmählich mit fahlem Grau überzog; ein Licht, das das Dunkel nicht vertreiben konnte. Das Schwarze blieb. Unverändert. Es war unveränderlich und blieb unverändert, seit es Leben gab und solange es Leben geben würde. Noch immer lauerte es dort oben auf der Klippe. Aus seinem stummen Flüstern klang der Widerhall der gefrorenen Luft, die über Millenien altem Eis wehte, das sich lückenlos über riesige Räume erstreckte. Verzweifelt versuchte sich Marianne ins Gedächtnis zurückzurufen, wie Dagfin sie im Sommer des vergangenen Jahres im Arm gehalten hatte. Aber der Sommer des vergangenen Jahres war Teil einer Welt, die sie weit hinter sich gelassen und verloren hatte, nichts konnte sie wieder zurückbringen. Sie fror erbärmlich. Die Kälte raubte ihr den Mut, tötete die Hoffnung.

Kälter als alles aber war die unverrückbare Gewißheit, daß sie – selbst wenn Dagfin jetzt käme – die Wirklichkeit jenes Sommers nie wieder zurückgewinnen konnte. Das Schwarze ... Es würde nie weichen. Und diese Einsicht machte sie verbittert. Verbittert, weil der Mann, dem sie gefolgt war, nicht der ihre war und niemals der ihre gewesen war – er hatte nur eine Zeitlang vorgetäuscht, der ihre zu sein.

Marianne stand auf.

Es war, als schwebte sie auf dem schmalen Felssims zurück, dorthin, wo das Schwarze wartete.

Ich bin Marianne. Ich folgte Dagfin ins Eis, weil ich ihn liebte.

Wenn Dagfin demnächst aufwachte… Das Wesen, das ihm dann folgte – Marianne würde es nicht sein.

Originaltitel: ›THE BLACKNESS‹ • Copyright © 1992 by David Redd • Erstmals erschienen in ›Interzone‹, Februar 1992 • Mit freundlicher Genehmigung des Autors • Copyright © 1995 der deutschen Übersetzung by Wilhelm Heyne Verlag, München • Aus dem Englischen übersetzt von Jakob Leutner • Illustriert von André Janout

Nicola Griffith · England

DER GESANG DER OCHSENFRÖSCHE – DER SCHREI DER WILDGÄNSE

Ich saß am Straßenrand in der Nachmittagssonne und beobachtete, wie die Schnake zappelte. Eine Brise, heiß und schwer wie der Atem eines müden Hundes, bedeckte das Netz und die Schnake mit Staub. Ich beschattete die Augen und blickte die Straße hinunter. Leer. Wie üblich. Es waren fast zwei Jahre, seit ich nichts außer Juds Lastwagen auf Peachtree gesehen hatte.

Es war wieder so wie im letzten Monat, und den Monat davor, und am dritten Tag eines jeden Monats, seit ich hier draußen allein gewesen bin. Ich unterdrückte die Furcht, daß er diesmal vielleicht nicht kommen würde. Aber er kam immer, kreuzte in der Staubwolke auf, die er auf der 40 Kilometer langen Fahrt von Atlanta angesammelt hatte.

Ich wandte meine Aufmerksamkeit wieder der Schnake zu. Sie zappelte immer noch. Ich fragte mich, was sie fühlte, während sie gegen etwas kämpfte, das keinen Widerstand leistete, sondern ihr nur das Leben entzog. Sie würde eine lange Zeit brauchen, um zu sterben. Wie die Menschheit.

Als ich Juds Lastwagen hörte, hatte die Schnake inzwischen aufgehört zu zappeln. Ich stand noch nicht auf und klopfte mich ab, er brauchte noch ein paar Minuten; Geräusch trägt weit, wenn nichts anderes als Vogelgesang die Luft erfüllt.

Er hatte jemand bei sich. Ich seufzte. Gewöhnlich nahm Jud mich auf der Fahrt zum Apartment hinunter mit. Es sah so aus, als ob ich diesmal laufen mußte: der Lastwagen war nur ein Zweisitzer. Er hielt an, und Jud und ein anderer Mann von etwa 29, nahm ich an, vielleicht ein paar Jahre jünger als ich, stießen die Türen auf.

»Wie geht es dir, Molly?« Er stieg aus, wie immer sparsam mit seinen Bewegungen.

»Dasselbe wie gewöhnlich, Jud. Freue mich, dich zu sehen.« Ich nickte den Vorräten und den riesigen Benzinbehältern hinten im Lastwagen zu. »Ein Tag später, und der Generator hätte Luft gesaugt.«

Er grinste. »Nichts zu danken.« Sein Partner ging vorne um den Lastwagen herum. Jud sagte mit einer Handbewegung: »Dies ist Henry.« Henry nickte. Ebenso wie Jud und ich trug er Shorts, Turnschuhe und T-Shirt.

Jud sagte nicht, warum Henry mit auf der Fahrt war, aber ich konnte es mir denken: ein Rückfall konnte jeden jederzeit treffen, und einen zu sehr erschöpfen, um auch nur das Gaspedal zu treten. Ich hoffte, Henry war einfach nur Juds Versicherung, und nicht eine weitere Figur in der Schachpartie, die er und ich ab und an spielten.

»Steig ein, wenn du mitfahren willst«, sagte Jud.

Ich blickte Henry fragend an.

»Ich kann hinten hineinklettern«, sagte er. Ich beobachtete ihn, wie er sich über die Ladeklappe hochzog und neben eine Kiste Thunfisch setzte. Angabe. Er würde später für die Anstrengung büßen. Ich zuckte die Achseln, das war schließlich sein Problem, stieg ein und setzte mich auf den heißen Kunststoffsitz.

Jud lenkte den Lastwagen sacht, bog so vorsichtig in

den Apartment-Komplex ein, als ob hier immer noch 500 Leute wohnten. Das Motorengeräusch scheuchte die in der Hauptpost nistenden Kleiber zu einem Wirbel von Federn auf; sie setzten sich auf das Dach und sahen uns zu, wie wir zehn Meter weiter vor das Überbleibsel des ehemaligen Clubhauses fuhren. Ich erinnere mich noch daran, wie das Messingschild *Westwater Terraces* jede Woche blank geputzt wurde: das war erst drei Jahre her. Sechs Monate nach meinem Einzug hatten die Leute begonnen, langsamer zu werden und wegzusterben, und die Verwaltung hatte einige Dinge angebracht, wie die Rampen und den Generator, um zu versuchen, die übriggebliebenen hierzuhalten. Ich war die einzige, die sich noch hier befand.

»Die Tigerlilien sehen gut aus«, sagte Jud. Groß, emsig wuchernd und orangefarben umgaben sie das ganze Clubhaus, ein Paradies für Vögel und Bienen.

Die Benzinbehälter waren festgebunden, damit sie während der Fahrt nach Duluth nicht auf der Ladefläche umherkollerten. Henry band die ersten los und rollte sie auf ihren Rädern an die Ladeklappe.

Im Clubhaus war die Dunkelheit feucht und heiß; eine Schabe schwirrte empor, als ich den Schlauch abwickelte. Als ich mit dem Schlauch wieder in die Sonne herauskam, blies ich hindurch, um irgendwelche Insekten rauszupusten, und spuckte in den Staub. Ich steckte ein Schlauchende in den vordersten Behälter.

Ich haßte immer das erste Ansaugen, aber diesmal hatte ich Glück, und bekam keinen Mundvoll Benzin. Wir sprachen nicht, während wir die Behälter leerten. Es war ein ungewöhnlich heißer Mai: 32 Grad und teuflisch feucht. Auch nur zu stehen war ermüdend.

»Es macht mir nichts aus, den restlichen Weg zu gehen«, sagte ich zu Henry.

»Nicht nötig.« Er zog sich wieder auf die Ladefläche. Diesmal langsamer. Ich sparte mir die Mühe, ihm zu sagen, seine Energie nicht in dem Versuch zu vergeuden, eine Frau zu beeindrucken, die nicht im geringsten interessiert war.

Jud startete den Lastwagen und ließ ihn die 20 Meter den Hang zum Apartmenthaus hinunterrollen, in dem ich wohnte. Als er den Motor abstellte, blieben wir einfach sitzen und lauschten seinem Ticken, hatten keine Lust, auszusteigen und die Kisten zu schleppen, was uns eine Woche Schmerzen und Müdigkeit bringen würde. Jud und ich hatten bereits lange zuvor eine Routine ausgearbeitet: ich ging hinein und holte den Handwagen; er öffnete die Ladeklappe und fuhr die Rampe aus; er hob die Kisten auf den Handwagen; ich rollte ihn ins Apartment. Wenn wir zur Hälfte fertig waren, machten wir eine Pause, um Eistee zu trinken, tauschten dann die Arbeiten und führten sie zu Ende.

Als ich diesmal ging, rasselte Henry mit den Riegeln der Ladeklappe und fuhr mit einem metallischen Quietschen die Rampe von der Ladefläche aus. Ich war bei meiner dritten Runde, zu tragen und zu heben, aber es kam mir alles verkehrt vor.

Als wir fertig waren, und die Dosen mit Thunfisch, Tomaten und Katzenfutter, die Säcke mit Mehl und Bohnen, die Packungen, Kisten, Flaschen und Büchsen alle mitten im Wohnzimmer aufgestapelt waren, und die Ladeklappe wieder verriegelt, lud ich sie beide zu Eistee in dem kühlen Apartment ein. Wir saßen. Henry wischte sich das Gesicht mit einem bunten Halstuch ab und trank mit kleinen Schlucken.

»Das tut einer durstigen Kehle gut, Ms. O'Connell.«

»Molli.«

Er nickte Zustimmung. Ich fühlte, wie Jud beobachtete, und wartete auf das Unvermeidliche. »Eine schöne Wohnung haben Sie hier, Molli. Jud erzählte mir, daß Sie beinahe drei Jahre hier allein gelebt haben.« Es waren eher zwei, seitdem Helen starb, aber das ließ ich durchgehen. »Hatten Sie jemals irgendwelche Unfälle?«

»Ein paar, aber nichts, womit ich nicht fertig werden konnte.«

»Ich wette, sie haben Ihnen einen Schrecken eingejagt. Stellen Sie sich vor, Sie brechen sich ein Bein, oder irgend etwas: kein Telefon, niemand da im Umkreis von 30 Kilometern, um Ihnen zu helfen. Ein Mensch könnte hier draußen sterben.« Sein gebräuntes Gesicht sah ernst, besorgt aus, und seine Augen waren sehr blau. Ich blickte Jud an, der die Achseln zuckte: er hatte ihn nicht darauf gebracht.

»Ich bin sicher genug«, sagte ich zu Henry.

Er erfaßte meinen Ton, und sagte augenblicklich nichts mehr. Er blickte wieder umher, suchte nach einer neutralen Sache und nickte dem Computer zu. »Gebrauchen Sie den viel?«

»Ja.«

Jud entschloß sich, Mitleid mit ihm zu haben. »Molli schreibt ein Buch. Darüber, wie alles kam, und was wir bis jetzt über die Krankheit wissen.«

»Syndrom«, korrigierte ich.

Juds Mund verzog sich zu einem schiefen Lächeln. »Siehst du, wie gut sie unterrichtet ist?« Er leerte sein Glas, zog sich von der Couch hoch, und füllte es wieder in der Küche. Henry und ich sprachen nicht, bis er wieder auf die Couch zurückkehrte.

In der Vergangenheit hatte Jud alles versucht: mich damit geneckt, ein Misanthrop zu sein; versucht, mir ein schlechtes Gewissen damit zu machen, daß die Stadt wertvolle Reserven vergeuden mußte, um mir jeden Monat Vorräte zu schicken; über meine Selbstsucht getobt. Diesmal neigte er nur den Kopf und blickte traurig.

»Wir brauchen dich, Molli.«

Ich sagte nichts. Das hatten wir schon früher durchgenommen: er dachte, ich könnte eine Möglichkeit finden, das Syndrom zu heilen; ich sagte ihm, daß ich keine große Erfolgschance hätte, wo ein Jahrzehnt intensiver Forschung versagt hatte. Ich verübelte ihm nicht, daß er es versuchte – ich war wahrscheinlich die einzige lebende Immunitätsforscherin –, ich glaubte nur nicht, daß ich etwas zur Hilfe tun konnte: ich und die Besten der Welt hatten uns bereits die Köpfe an dieser speziellen Wand blutig gestoßen, und waren gescheitert. Ich hatte alles getan, was ich konnte, und hatte alle Gründe für den Versuch, das Unmögliche zu erreichen.

Ich hatte alles versucht, jede Forschungsmethode angewendet, war jedem Anhaltspunkt nachgegangen. Während ich mit Unterstützung und bei guter Gesundheit, mit Kooperation und Rüstzeug internationaler Art gearbeitet hatte, war ich nicht weitergekommen: meine vielversprechenden Anhaltspunkte führten zu nichts, meine Zeit lief ab, und Helen starb. Was sollte ich jetzt ihrer Meinung nach allein erreichen?

Sie hatten mir einmal gesagt, sie würden mich zwangsweise nach Atlanta bringen. Ich sagte, gut, tun Sie das, und sehen Sie, wie weit Sie damit kommen. Zwang könnte mich dazu bringen, Dinge mechanisch zu tun, aber das ist alles. Gute Forschung erfordert Engagement, Ausdauer. Aber sie sahen in mir ihre einzige Hoffnung, und dachten, ich würde vielleicht meine Meinung ändern.

»Warum bleiben Sie?« fragte Henry in die Stille.

Ich zuckte die Achseln. »Mir gefällt es hier.«

»Nein«, sagte Jud langsam, »du bleibst, weil du dir immer noch gern vormachst, daß der Rest der Welt großartig weitergeht. Du meinst, wenn du nicht siehst, daß Atlanta eine Geisterstadt ist, brauchst du es nicht zu glauben, nichts von all dem für wirklich zu halten.«

»Vielleicht hast du recht«, sagte ich leichthin, »aber ich gehe immer noch nicht fort.«

Ich stand auf und ging hinaus, um mein Glas zu spülen. Wenn die Leute aus Atlanta mir Lebensmittel und kostbares Benzin schicken wollten, um zu versuchen, mich bis zur Änderung meiner Meinung am Leben zu erhalten, würde ich deswegen kein schlechtes Gewissen haben. Ich würde meine Meinung auch nicht ändern. Wenn die Menschheit auch starb, sah ich keinen Grund dafür, nur um des Kämpfens willen zu kämpfen, wenn es doch nichts Gutes einbringen würde. Ich bin schließlich keine Schnake.

Ich wachte in der Nacht kurz auf und hörte das sanfte Rauschen des Regens und den unheimlichen Chor der Ochsenfrösche. Auch nach zwei Jahren schlief ich immer noch zusammengerollt auf einer Seite des Bettes; ich erwartete immer noch, beim Erwachen ihren Umriß zu sehen.

Meine Arme und Hüften schmerzten. Ich ließ ein heißes Bad einlaufen und tauchte eine Weile hinein, bis mir zu warm wurde, ging dann wieder ins Bett und streckte mich auf dem Rücken aus, und übte Chi Kung-Atmung aus. Es half. Der Gesang der Ochsenfrösche festigte sich zu einem rasselnden Rhythmus. Ich schlief.

Als ich aufwachte, war der Himmel im Osten noch rot. Das Schlafzimmerfenster ließ sich nicht mehr öffnen, daher tappte ich steif ins Wohnzimmer und schob die Verandatür weit auf. Die Luft war für den Frühling reichlich kühl. Ich stützte mich auf die Ellbogen und blickte über das Flüßchen hinaus; die Häuser auf der anderen Seite des Wasserlaufes, an deren Fenstern die Rolladen geschlossen waren, wurden von Keulenbäumen verdeckt, die ihre schmalen Stämme in einen Himmel, so puderblau wie die Schwingen eines Rotkehlhüttensängers, streckten. Rechts funkelte die Sonne auf dem See. Vögel sangen, zu viele, um sie zu identifizieren. Ein Kardinal flitzte zwischen den Bäumen umher.

Meine Welt. Ich wollte nichts anderes. Jud hatte zum Teil recht: warum sollte ich in Atlanta unter Leuten leben wollen, die so krank waren wie ich, sie stöhnen hören, wenn sie morgens mit steifen Knien und Bauchkrämpfen aufwachten, sehen, wie sie langsam gleich Geriatrikern gingen, wenn ich dies doch alles selbst habe? Die Vögel waren nicht krank; die Bäume hingen nicht schlaff herab; in jedem Frühling gab es Tausende von Kaulquappen im Teich. Und niemand von ihnen war abhängig von mir, und schaute mich mit erwartungsvollen Augen an. Hier war ich einfach nur ich selbst, Molli, Teil der Welt, die keinen Schmerz darbot, keine unmögliche Herausforderung.

Ich ging hinein, ließ aber der Luft und dem Vogelgesang die Tür offen. Ich bewegte mich ruckweise, denn meine Hüften schmerzten noch, und ich war ärgerlich auf all diejenigen wie Jud, die bis zum letzten Atemzug immerzu nur kämpfen wollten. Die Menschheit starb. Es bedurfte keines Raketen-Wissenschaftlers, um das auszurechnen: wenn Frauen so wenig Kraft hatten, daß sie nach der Geburt eines Kindes starben, dann nahm die Bevölkerung unvermeidlich ab. In fünf oder sechs Generationen würde die Menschheit den Nullpunkt erreichen.

Ich wollte mich hieran erfreuen, so weit ich das konnte; ich wollte dieses Buch schreiben, so daß diejenigen, welche geboren wurden, und eventuell die Schuld am Tod ihrer Mütter überlebten, zumindest ihr Schicksal verstanden. Wir verstehen vielleicht nicht den Untergang der Dinosaurier, aber wir sollten unseren eigenen begreifen.

Nach dem Frühstück stellte ich eine Cembalo-Musik von Bach an und setzte mich ans Keyboard. Ich rief Kapitel drei auf, das voller schrecklicher Statistiken war, und sah es durch. Nicht heute. Ich verließ es, rief

Kapitel eins auf: *Wie alles begann.* Ich schrieb über Helen.

Wir hatten seit zwei Monaten hier in *Westwater Terrace* gelebt. Ich erinnere mich an die tierische Hitze Ende August. Wir schworen, falls wir wieder einmal Tische und Umzugkartons zu schleppen hätten, sicherzustellen, daß es März oder Oktober war. Wenn ich nach einer zwanzigminütigen Fahrt vom Labor nach Hause kam, brachte sie mir Eistee, erzählte mir alles über die Entwicklung der Fische im Teich – sie nannte ihn Teich, er war zu klein für einen See, meinte sie – oder die Schildkröte, die sie auf ihrem Mittagsspaziergang sah, oder die Art, wie ein Eichhörnchen sein Schnäuzchen mit Nüssen gefüllt hatte, und da war die ganze Hitze und das Chaos eines harten Arbeitstages und die Fahrt im Mad Max-Pendlerzug vergessen. Aus dem Teich gewann sie ihre Inspiration –all die wunderbaren Studien von Licht und Schatten, die bei den Leuten an den Wänden hingen – ihren Trost, wenn eine Ausstellung schlecht lief, oder eine Galerie es ablehnte, auszustellen. Ich machte mir selten die Mühe, selbst zum Teich zu gehen, zufrieden, ihn durch ihre Augen zu sehen.

Dann gewann sie den Wettbewerb, und wir flogen für den Ertrag nach Bali – wegen des Grüns und des Meereslichtes, sagte sie. Ich war dankbar für diese kostbaren Wochen, die wir in Bali verbrachten.

Als wir nach Hause kamen, war sie müde. Die Müdigkeit wurde schlimmer. Dann bekam sie Schmerzen – in den Armen, Knien, Ellbogen. Wir hielten es für eine Art Grippe, und ich verwöhnte sie eine Weile. Aber anstatt besser zu werden, ging es ihr schlechter: sie bekam Kopfschmerzen, Übelkeit, Ausschläge im Gesicht und an den Armen. Bei zu schnellem Gehen wurde der untere Teil ihres Körpers taub. Als ich erkannte, daß sie seit neun Tagen nicht am Teich gewesen war, wußte ich, daß sie sehr krank sein mußte.

Wir gingen zu der Ärztin, die im vorigen Jahr meine Magen- und Darmentzündung diagnostiziert hatte. Sie behauptete, Helen litte an einem chronischen Ermüdungs-Syndrom. Wir informierten uns ein wenig durch Nachlesen. Das Syndrom hatte viele Namen – myalgische Enzephalomyelitis, chronisches Ermüdungs-Syndrom, chronischer Epstein-Barr, Ermüdungssyndrom infolge von Virusinfektion, chronische Immun-Funktionsstörung, Yuppie-Grippe – aber es gab kein klares Bild, keine Behandlung. Die Ärzte kratzten sich den Kopf über die Sache, rieten dann jedoch, sich keine Sorgen zu machen: es sei selbst-begrenzend, und Todesfälle wären nicht bekannt. Wir suchten mehrere Ärzte auf, die alles mögliche verordneten, von Aminosäure-Zusätzen bis zu Antibiotiken, Atmung und Meditation. Die Unsicheren führten die Unwissenden. Die meisten äußerten die Ansicht, daß sie irgendwie in zwei bis drei Jahren wieder gesund sein würde.

Es gab Wochen, in denen Helen das Bett nicht verlassen konnte und auch nicht in der Lage war, selbständig zu essen. Dann gab es Wochen, in denen wir diskutierten und abwechselnd beanstandeten, daß sie zu viel oder zu wenig tat. Während einer Zeit von drei Monaten liebten wir uns kein einziges Mal. Dann fand Helen etwas über eine Interessengruppe heraus, und wir hatten für eine Weile ein positives Gefühl, mit den Dingen obenauf zu sein.

Dann begannen Leute an dem chronischen Ermüdungs-Syndrom zu sterben.

Niemand wußte, warum. Ihr Zustand verschlechterte sich einfach während der Zeit von einigen Wochen, bis sie zu schwach zum Atmen waren. Dann wurden andere mit einer Variante des Syndroms infiziert: der Verlauf der Krankheit war identisch, aber der

Prozeß beschleunigte sich. Der Tod trat gewöhnlich etwa einen Monat nach den ersten Symptomen ein.

Helen starb hier, an dem Tag, als die Wildgänse kamen. Sie lag auf der Couch, eine Hand in meiner, die andere locker um Jessica gelegt, die an ihrer Hüfte schnurrte. Jessica hörte die Wildgänse zuerst. Sie hörte auf zu schnurren, und hob den Kopf, die Ohren gespitzt. Dann hörte ich sie auch, wie sie einander zuschrien, als ob ihnen die Welt gehörte. Sie zogen pfeilschnell vorbei, die Hälse gereckt, mit den Schwingen rauschend wie der Nordwind, die Seiten orangegelbfarben in der Abendsonne. Helen versuchte, sich aufzusetzen, um sie zu sehen.

Sie umkreisten den See ein paarmal, ehe sie hereinglitten, um zu landen. Ihr Kielwasser schlug noch gegen die Brückenpfeiler, als Helen starb. Ich saß lange da und hielt ihre Hand, froh, daß sie die Wildgänse gehört hatte.

Sie weckten mich am nächsten Tag bei Sonnenaufgang, schrien und riefen einander zwischen den Bäumen auf ihrem Weg nach irgendwohin zu. Ich lag da und lauschte der Stille, die sie hinterließen, und erkannte, daß es jetzt immer still sein würde: ich würde nie wieder Helen neben mir atmen hören. Jessica miaute und sprang auf das Bett; ich streichelte sie, dankbar für ihre unbekümmerte Wärme und Zuneigung.

Ich kam müde von der Beerdigung nach Hause, fühlte mich durch und durch erschöpft, wie es nur Kummer verursacht. So dachte ich wenigstens. Ich brauchte fast eine Woche, um zu erkennen, daß ich auch krank war.

Die Krankheit breitete sich aus. Niemand kannte den Überträger, denn niemand war sich der Ursache sicher: war sie bedingt durch Viren, Bakterien, Umweltfaktoren oder Vererbung? Die Verbreitung erfolgte langsam. Es gab viel Zeit für die örtlichen und landesweiten Organe, um zu planen. Etwa zu dieser Zeit bekamen wir den Generator im Apartment-Komplex: die Verwaltung dachte immer noch in Begriffen, die Krise zu überstehen, die Bewohner davon zu überzeugen, daß es sicher für sie sei, zu bleiben, und daß es ihnen hier auch gut ginge, falls die Stromversorgung und die Wassersysteme der Stadt ausfielen.

Die Menschheit besitzt einen besonderen Zug: während sie langsam starb, brauchten die übriggebliebenen einander mehr. Es schien auch, als ob wir alle ein wenig freundlicher würden. Alle zogen ins Innere der großen Städte, wo es Lebensmittel, Strom und Abwassersysteme gab. Ich blieb, wo ich war. Ich rechnete damit, sowieso bald zu sterben, und hatte den unvernünftigen Wunsch, den Teich kennenzulernen.

So blieb ich, aber ich starb nicht. Und es wurde allmählich klar, daß nicht jeder starb. Die letzte Zahlung ließ erkennen, daß beinahe fünf Prozent der Weltbevölkerung überlebt hatten. Die Todesfälle waren langsam und unvermeidlich genug gewesen, so daß wir, die wir noch hier sind, uns trainieren konnten, alles Notwendige zur Erhaltung unseres Lebens zu tun. Es war nicht so schwierig, die Dinge am Laufen zu halten: bei einer so geringen Bevölkerung ist es überraschend, wie viele Berufe überflüssig werden. Versicherungsangestellte arbeiteten jetzt in Kraftwerken; Manager überprüften Abwasserleitungen; Polizeibeamte fuhren Mähdrescher. Niemand arbeitet mehr als vier Stunden täglich; wir haben nicht die Kraft. Niemand von uns weist irgendwelche Anzeichen von Wiederherstellung auf. Niemand außer den törichtsten glaubt noch, daß wir es jemals werden.

Westwater Terraces ist um einen kleinen See und Fluß herum gebaut. Hinter dem Wasser befinden sich in westlicher Richtung Laubwälder, und weiterer Baumbestand in dem Komplex besteht aus einer Mischung von Nadelbäumen und Harthölzern: Weißkiefer und Weißeiche, Birke und Tulpenbaum. Die Apartmenthäuser sind mit Kieswegen untereinander verbunden; drei weißgestrichene Brücken überspannen ein Flüßchen, den Wasserlauf und das westliche Ende des Sees.

Ich stand auf der Brücke über dem Flüßchen, die Helen und ich immer die *Billy Goats' Gruff*-Brücke genannt hatten, und rief nach Jessica. Unkraut und Sycamore-Schößlinge drangen durch den Kiesweg zu meiner Linken; eine umgestürzte Weißeiche lag weiter oben auf dem Weg. In der heißen Sonne roch das Katzenfutter in der Schüssel zu meinen Füßen unangenehm.

Die Farbe auf der Brücke blätterte ab. Während ich wartete, zupfte ich daran herum und fragte mich müßig, warum Farbe immer in einem Muster verwitterte, das dem Querschnitt von Epitelzellen ähnelte, und warum das Holz immer silbergrau wurde.

Heute vermißte ich Jessica heftig, ihre Wärme auf meinem Schoß, und ihr Fell, das meine Nase kitzelte, wenn ich zu lesen versuchte. Ich hatte sie über eine Woche lang nicht gesehen; manchmal war das Katzenfutter aufgefressen, das ich draußen hinsetzte, und manchmal nicht. Ein Teichrohrsänger landete auf der Brücke und richtete seinen Kopf auf, nahe genug für mich, um das Aufleuchten seiner glänzenden Augen zu sehen, und die feinen Runzeln an seinen Fußgelenken.

Ich wartete länger als gewöhnlich, aber sie kam nicht. Als ich ging, knirschte der Kies unter meinen Füßen, und ich empfand Ärger auf mich wegen des Bedürfnisses, ein anderes warmes lebendes Geschöpf zu halten.

Der späte Vormittag ging auf den Mittag zu, und die Sonne schien heiß auf meine Schultern. Ich war auch durstig, aber ich wollte gerade jetzt nicht in die beigen Wände meines Apartments zurückkehren.

Der See hatte ursprünglich drei Fontänen. Eine funktionierte noch, was ich als ein kleines Wunder betrachtete. Eine Brise zog kühle feuchte Luft von der Oberfläche des Wassers und strich durch mein Haar. Ein Frosch plumpste außer Sicht, vor meinem Nahen durch die Vibration meiner Schritte gewarnt. Die Kräuselung des Wassers durch sein Passieren störte die Wasserlinsen und Seerosen. Sie waren dem Licht geöffnet: weiß, rosa, gelb. Eine Biene summte über die vollen gelben Staubbeutel, und ich fragte mich, ob wohl jemals eine gefangen wurde, wenn die Seerosen sich am Nachmittag schlossen.

Die Brücke, die das westliche, schmalere Ende des Sees überspannte, war überdacht, eine Art Wasserterrasse, die von Spinnen beherrscht wurde. Ich ging vorsichtig hinüber, wobei ich auf ihre Netze achtgab. Helen nannte das immer Spießrutenlaufen. Einige der Netze erstreckten sich über einen Durchmesser von anderthalb Metern, und nur sehr wenige waren leer.

Für mich war die Brücke eine Wasserscheide zwischen zwei Welten. Der See lag an der linken, östlichen Seite, eine weite, offene Fläche, die den blauen Himmel widerspiegelte, sich kräuselte mit dem Wasser der Fontäne, umgeben von Weißkiefern und gelben Schwertlilien. Die rechte, westliche Seite bildete den Teich: grün und geheimnisvoll, verhüllt von Froschbiß und Seerosenblättern. Stichling und Karpfen hingen im Schatten von Rohrkolben und Schilf, wedelten mit ihren Flossen kühles Wasser über ihre Schuppen.

Es gibt fast ein Dutzend Enten hier, hauptsächlich Stockenten. Und ihre Entchen. Vorsichtig mit den Netzen. Ich lehnte mich an das Geländer, um zu beobachten. Die Ente, deren rechter Flügel in einem schmerzhaften Winkel hochstand, paddelte langsam auf eine Trauerweide am linken Ufer zu. Zwei ihrer drei Entchen eilten hinter ihr her. Ich fragte mich, wo das andere war.

Es wurde zu heiß, um sich draußen aufzuhalten.

Um die andere Seite des Sees herum zur Straße zurückzugehen, war harte Arbeit. Der Boden fiel steil ab, und die Hitze wurde glühend. Stürme brachten im Sommer schwere Regenfälle, und sie spülten allmählich die Erdwege fort, machten sie stellenweise unsicher. Der See lag jetzt acht, vielleicht neun Meter links unter mir, teilweise verdeckt von Bäumen und Unterholz am abfallenden Ufer. Ich hörte einen piepsenden Ton vom Wasser her, genau hinter einem Büschel Pfeilkraut. Vielleicht war es das fehlende Entchen. Ich ging näher an den Rand, um einen besseren Blick zu haben.

Ich fühlte, wie der eimergroße Erdklumpen unter meinem linken Fuß nachgab und fortglitt, aber meine Beinmuskeln, bereits ermüdet durch die Hitze und das Steigen, konnten sich der plötzlichen Verlagerung nicht anpassen. Mein Körpergewicht fiel nach einer Seite, und es gab außer Knochen und Sehnen nichts, um es abzufangen. Ich fühlte, wie die Sehne mit einem Knall riß und Knochen aneinander knirschten. Dann fiel ich, rollte und rutschte den Abhang hinunter, während Schmerz wie eine heiße Rakete durch meinen Bauch schoß.

Ich schmetterte gegen die knorrige Rinde einer Weißeiche; es riß mir die Haut von Rücken und Schultern. Kurz bevor ich dagegen knallte, sah ich klar den moosbewachsenen Stein.

Ich wachte in einer Hitze auf, die dicht genug war, um darauf zu stehen. Mein Mund war sehr trocken, und meine Wange schmerzte. Mein Gesicht war gegen eine Baumwurzel gedrückt. Ich blinzelte und versuchte, mich aufzusetzen. Die Welt sauste, daß mir übel wurde. Diesmal fiel mein Gesicht auf Gras. Es fühlte sich zunächst besser an, nicht so hart.

Ich war verletzt. Es war zumindest eine Gehirner-schütterung. Etwas kroch mir die Wange hinunter und in mein Ohr. Ich brauchte einen Augenblick, um zu er-kennen, daß es eine Träne war; es fühlte sich an, als ob jemand anders weinte, nicht ich. Ich schloß die Augen, und begann meine Untersuchung mit dem linken Bein, bewegte es nur etwa zwei Zentimeter. Weitere Trä-nen quollen unter meinen Augenlidern hervor: der Knöchel und das Knie fühlten sich an, als hätte eine ro-stige Spaltsäge hineingeschnitten. Ich bewegte mein rechtes Bein. Das ging gut. Mein linker Arm schien ganz zu sein, aber wenn ich meinen rechten bewegte, taten mir die Rippen weh. Ich erinnerte mich, daß ich gegen den Baum geknallt war. Wahrscheinlich nur eine Prellung.

Ich öffnete die Augen. Die Baumwurzel, auf der mein Gesicht geruht hatte, gehörte zu einer glattrindi-gen Birke. Wenn ich mich aufsetzte, wäre ich vielleicht imstande, zu denken.

Ich zog mein rechtes Bein unter mich und zerrte mich mit dem linken Ellbogen vorwärts. Mein Stöhnen erschreckte eine Eidechse, die sich hinter einem be-laubten Büschel Blutweiderich sonnte; ihr Bauch leuchtete blau auf, als sie durch das Unterholz jagte, und in einem morschen Baumstumpf verschwand. Schweiß kroch über meine zerschlagenen Rippen, brannte. Ich schleppte mich wieder vorwärts.

Ich mußte den Kopf heben, den rechten Ellbogen in Hüfthöhe hinunterbewegen, und den Körper drehen, um mich auf den Rücken zu rollen. Der Schmerz und Schwindel überzog meine Haut mit star-ker, zäher Übelkeit. Ich glaubte, ohnmächtig zu wer-den. Nach einem Augenblick setzte ich mich auf, schob mich ein Stückchen zurück, und lehnte mich an den Baum.

Die Sonne schien mir fast direkt in die Augen. Die schwimmenden Seerosen waren jetzt geöffnet,

Seejungfern* blitzten metallisch blau und grün gegen die vollen gelben Kelche auf: es mußte ungefähr 15.00 Uhr sein. Die Luft war ruhig und still; die Frösche schwiegen, die Vögel waren schläfrig. Das Wasser der Fontäne prasselte und platschte. Ich war sehr durstig, und die Luft fühlte sich heiß und trocken in meinen Lungen an.

Der Abhang erstreckte sich über sechs Meter zum Weg hinauf. Ich konnte es schaffen, wenn ich mich im Zickzack bewegte, jeden Baum als Halt benutzte, und wenn ich bald damit begann: ich war dehydriert, und jeder Augenblick, den ich hier draußen in der Sonne verbrachte, machte es schlimmer. Das Wasser lag etwa drei Meter tiefer den Abhang hinunter, fast verborgen von dem Gewirr des Efeus, dem Gestrüpp und totem Holz.

Ich rückte um den Stamm der Birke herum und schob mich rückwärts. Der nächste Baum war eine Weißkiefer, die sich etwa anderthalb Meter weiter rechts befand. Ich mußte viermal anhalten, bis ich so nahe herankam, um die Kiefer berühren zu können. Ich lehnte mich keuchend an den Stamm. Die Rinde war rauh und duftete nach von der Sonne erwärmten Harz.

Es dauerte zu lange: bei dieser Geschwindigkeit würde die Sonne mir alle Kraft ausgelaugt haben, bevor ich auch nur den Abhang halb hinaufkäme. Ich mußte es riskieren, mich schneller zu bewegen. Das bedeutete, aufzustehen.

Ich schlang meine Arme um den Stamm und stützte mich auf mein rechtes Knie. Die Erde war kühl und feucht auf meiner bloßen Haut. Ich zog mich hoch. Der zerfurchte Stamm glitt in und aus dem Brennpunkt.

Der nächste Baum war nah, nur etwas über einen halben Meter den Hang gerade aufwärts. Während ich

---

* Eine Libellenart. – *Anm. d. Übers.*

versuchte, nicht daran zu denken, wie leicht dies wäre, wenn beide Beine funktionierten, holte ich tief Atem, und hopste.

Die Welt stürzte krachend über meinem Kopf zusammen. Ich öffnete die Augen. Der Teich glänzte im Sonnenuntergang, heiß, dunkel und geheimnisvoll. Taumelkäfer und Rückenschwimmer* kräuselten die Oberfläche. Meine Hand hing ins Wasser. Ich zog mein Gesicht ein paar Zentimeter weiter nach vorn und schlürfte. Etwas davon stieg mir in die Nase und tröpfelte das Kinn hinunter, aber ich bekam genug in den Mund, um ein paarmal zu schlucken.

Ich trank noch einmal. Es schmeckte sonderbar, dünn und grün, aber ich fühlte, daß es mir gut tat. Meine Wangen fühlten sich heiß und gespannt an: Sonnenbrand. Ich tauchte eine Seite meines Gesichts ins Wasser, dann die andere, und legte den Kopf auf meinen Arm. Zikaden erfüllten den Abend mit ihrem zirpenden Gesang.

Es sah so aus, als ob ich vier Stunden oder mehr draußen gewesen wäre. Es hatte keinen Zweck, mir wegen meiner Dummheit eins auf den Kopf zu geben. Das Beste, was ich jetzt tun konnte, war zu ruhen, auf die Kühle der Nacht zu warten, und mich zu rehydrieren. Dann zu überlegen.

Schwalben flogen tiefer und strichen über die Mitte des Sees, tranken im Fliegen, sammelten unvorsichtige Insekten mit flügelschlagender Anmut auf. Eine Baumwollmaus** suchte sich vorsichtig ihren Weg unter einem Blätterhaufen hervor und hastete aus dem Schutz eines auf dem Boden liegenden Baumstamms zu einer Baumwurzel. Sie richtete sich auf und nagte an einem Kern.

---

* Auf dem Rücken schwimmende langflügelige mittelgroße Wasserwanze. – *Anm. d. Übers.*
** Baumwolle fressende Feldmaus. – *Anm. d. Übers.*

Ich versuchte, nicht an die grünen Paprikaschoten zu denken, die am Hang hinter meinem Apartment reiften, oder den Fisch in der Tiefkühltruhe oder das Obst im Kühlschrank.

Etwas über einen halben Meter entfernt saß eine große Spinne auf einem Seerosenblatt, vollkommen reglos – außer einem ihrer Beine, das zuckend im Wasser hing. Ich dachte, das Bein wäre vielleicht von etwas gefangen, einem verborgenen Unkraut, aber der Rhythmus war zu vorsätzlich; die Spinne gebrauchte die Wasseroberfläche als Trommel. Ein Koboldkärpfling kam neugierig heran; er war winzig, nicht länger als ein Fingernagel. Die Spinne ließ ihre Vorderbeine hervorschnellen, und zog den Fisch auf das Seerosenblatt, dann zwischen ihre Kiefer.

Der Sonnenuntergang hatte sich purpurrot gefärbt, und ich sah Sterne. Ich konnte keinen von ihnen erkennen; sie erschienen mir kalt und fremd. Es kühlte sich jetzt rasch ab, aber ich unternahm keinen Versuch, mich aufzusetzen.

Meine Gehirnerschütterung und Erschöpfung hatten mir zuvor eine falsche Entscheidung eingegeben; mich den Hang hinaufzubewegen war nicht die einzige Möglichkeit. Wenn ich eine Wegstrecke am Seeufer entlang ausmachen konnte, die einigermaßen frei von Gestrüpp war, könnte ich um den See herum gehen oder kriechen, bis ich das östliche Ende erreichte, wo das Ufer nur etwa anderthalb Meter hoch war. Diese Wegstrecke brächte mich auch näher an die Straße, die zu meinem Apartment führte.

Ich blinzelte. Ich hatte geschlafen: der Mond war aufgegangen. Diesmal konnte ich meine Hand ins Wasser tauchen und an den Mund führen, um zu trinken. Ich fühlte mich weniger wie ein verwundetes Tier, sondern als ein denkender, urteilender Mensch.

Überall im Teich sangen Ochsenfrösche. Der Mond war hell genug, um etwa einen Meter von dort entfernt, wo ich lag, das Flattern gefangener Flügel sichtbar zu machen: halb verborgen von Rohrkolben saß ein Frosch vollkommen still, mit einer Köcherfliege im Maul. Die Fliege hörte auf zu zappeln; sie lebten sowieso nur wenige Stunden. Ohne Mund geboren, vermehrten sie sich – und starben. Die Augen des Frosches glänzten kalt im Mondlicht, beobachteten mich. Ochsenfrösche lebten 15 Jahre.

Sie sangen lauter, führten sich gegenseitig an, alterierten Dauer, Tonhöhe und Rhythmus, bis das Wasser von ihrem Gesang brauste und widerhallte. Drei Frösche summten in höherem Register. Ich fühlte mich von Klang umgeben und bedroht.

Blätter raschelten; ein Schatten bewegte sich sacht durch das Unterholz hinter mir. Ich wandte langsam den Kopf, sah mich zwei grünen Augen wie Scheinwerfern gegenüber. Jessica. Ein freundliches Gesicht.

»Jess. Hier, Kleines. Komm hierher.« Sie schnüffelte an meiner Hüfte. Ich klopfte gegen meine Brust, eine Einladung zum Kuscheln für sie. Sie erstarrte. »Komm schon, Jess. Komm her, Baby.« Sie schnüffelte an meiner Hand und schnurrte. Ich lachte. »Ja, du wildes Ding, ich bin es.« Deine Freundin.

Sie leckte meine Hand. Ich hob sie, um Jessica zu streicheln. Sie zischte. »Ich bin es, Jess. Ich.« Sie betrachtete mich mit kalten Smaragd-Augen; im Mondlicht sahen ihre Zähne wie altes Elfenbein aus.

Ein kleines Geschöpf, vielleicht die Baumwollmaus, hastete irgendwo in der Nähe des Wassers. Jessica kauerte, kroch auf dem Bauch vorwärts.

Ich erinnerte mich daran, wie sie als ein sieben Wochen altes Kätzchen ausgesehen hatte, und die Art, wie sie mich getröstet hatte, als Helen starb.

Jetzt sah ich sie, wie sie immer gewesen war: eine Jägerin, eine Wildkatze, die meine Hand nur wegen des Salzes leckte. Ich gehörte nicht zu ihrer Welt. Ich gehörte in niemandes Welt. Wenn ich in die Augen eines Frosches blickte, sah ich nichts: keine Furcht, keine Zuneigung, nicht einmal Verachtung.

Aber ich blieb. Für Helen. Um zu der Welt zu gehören, die Helen geliebt hatte. Aber hier zu bleiben, machte mich nicht zum Teil von Helens Welt: Helen war tot. Vergangen. Es war nicht fair. Ich wollte nicht allein sein.

Ich schlug mit den Fäusten auf den Boden. Warum war sie gestorben und hatte mich allein gelassen? Warum? Warum, Helen?

»Sag mir, warum!«

Mein Schrei war rauh, zu leidenschaftlich, zu menschlich für diese Welt. Tränen rollten mir über die Wangen, dicke Tränen, dick genug, um die Welt auf eine neue Weise widerzuspiegeln. Helen war fort und auch die Wildgänse; ich könnte für immer hierbleiben, und sie würde doch niemals wiederkommen. Ich sollte nicht hiersein.

Diese Erkenntnis gab mir ein Gefühl von Ferne, von Ruhe.

Ich setzte mich auf, ignorierte den Schmerz. Mein T-Shirt auszuziehen, war schwierig; mich nach dem einen halben Meter entfernten Ast auszustrecken, noch schlimmer. Das T-Shirt war bereits zerrissen; das machte es mir leichter, es in Streifen zu reißen. Ich mußte es mehrere Male versuchen, bis ich sichere Knoten um die behelfsmäßige Schiene binden konnte.

Immer, wenn der Schmerz zu unerträglich wurde, ruhte ich mich aus.

Eine Eule heulte auf der Jagd.

Ich hob mich auf die Knie und Ellbogen, das linke Bein in seiner Schiene steif nach hinten ausgestreckt. Schmerz war eben einfach Schmerz.

Ich schleppte mich durch eine einfarbige Welt vorwärts: das Wasser war glatt und schwarz: Trompeten-blatt ließ Steingrau durchsickern; Mondlicht lag wie

Lachen von Quecksilber auf den Blättern und gab ihnen die Farbe von Graphit. Die Natur, in der Meinung, daß niemand anwesend war, um es zu beobachten, ließ all das Grün, Purpurrot und Honiggelb fallen und zeigte ihr anderes Gesicht: fade, gleichgültig, anonym.

Ich stellte mir vor, meinen Schmerz so unpersönlich wie das Nachtgesicht der Natur werden zu lassen, ihn in einen Beutel auf meinem Kreuz zu stecken, und den Reißverschluß zuzuziehen. Aus den Augen, aus dem Sinn. Ich wußte, daß es irgendwo einen Ort gab, wo alle Farben und Düfte des Tages auf den Morgen warteten, und dann würde ich den Duft von Schwertlilien und Kiefernharz, fruchtbarer roter Erde und der grünen Schleimschicht des Teiches einatmen. Und die scharfen orangefarbenen Zacken des Schmerzes fühlen. Am Morgen.

Rechter Ellbogen, rechtes Knie, linker Ellbogen, ziehen. Ich konzentrierte mich auf den 35 Meter entfernten Baum am östlichen Seeufer, an dem ich mich in aufrechte Haltung und auf die Straße ziehen wollte. Rechter Ellbogen, rechtes Knie, linker Ellbogen, ziehen.

Hinter mir hörte ich das Quieken eines kleinen Tieres. Die Baumwollmaus. Rechter Ellbogen, rechtes Knie, linker Ellbogen, ziehen. Die Nacht zog sich hin.

Die Baumrinde fühlte sich an den bereits wundgescheuerten Händen und Armen rauh an. Kein Schmerz bis zum Morgen. Ich zog mich die Böschung hinauf. Die Straße fühlte sich wunderbar glatt an. Ich legte meine Wange auf den Asphalt und atmete den Geruch und Staub künstlicher Dinge ein. Unten schimmerte der Teich wie Obsidian. Die Ochsenfrösche sangen.

Mein Knöchel war nicht gebrochen. Ich vermutete, daß mehrere Sehnen in meinem Fußgelenk und Knie gerissen waren, aber Schienung und Stützbandagen befähigten mich, zurechtzukommen, bis ich acht Tage später mit Hilfe eines starken Astes, den ich als Stock benutzte, umhergehen konnte. Es war schwierig, den Stock zu halten: die um meine Hände und Unterarme gewickelten Verbände waren dick und unförmig.

Ich humpelte auf die Veranda hinaus und setzte mich in die Hängematte: der Himmel war dicht mit aufgewühlten Wolken behangen. Gewöhnlich liebte ich es, die pure Kraft eines Sturmes zu beobachten, die Art, wie er über eine heiße und ausgedörrte Welt brausen, peitschen und jagen konnte, sie kühlte und durchtränkte. Diesmal war es anders. Als der Wind jetzt durch den Bestand von Keulenbäumen fegte, erschien es mir, daß er Dinge tötete, sie niedermachte und bloßstellte: er drehte die silbrige Seite der Eichenblätter nach oben, riß Äste ab, beugte die Bäume fast bis zum Brechen, preßte die Gräser flach auf den Boden und schnipste die Köpfe der Sumpfdotterblumen ab. Es war brutal.

Ich schwang mich aus der Hängematte. Die Show konnte ohne mich stattfinden. Drinnen machte ich mir einen heißen Tee, legte Vivaldi auf – menschliche Musik, um das Tosen des Sturmes zu übertönen – und zog mich von den Glastüren abgewendet mit einem Buch auf die Couch zurück. Sollte er tun, was er wollte. Ich wollte nicht beobachten, wie das Flüßchen durch den Regen anschwoll, bis es hoch genug anstieg, um die Erdlöcher der Wühl- und Feldmäuse zu erfüllen und ihre Jungen zu töten.

Mein Knöchel und Knie besserte sich, und ich konnte allmählich ohne Stock gehen. Ich nahm die Verbände von meinen Armen ab. Ich kam dem Teich nicht nahe, und ging nur auf der schwarzen, künstlichen Oberfläche der Straße.

Die Luft war weich und warm; es war Viertelmond. Ich ging zu *Billy Goats' Gruff*-Brücke und lauschte den

Fröschen, die um den ganzen Teich herum sangen. Ich wandte mich ab und ging zum Clubhaus. Ich brauchte eine Weile, um den roten Elektroschalter zu finden. Ich schaltete ihn ein; das Flutlicht funktionierte noch.

Ich stand auf der Straße und blickte über den Teich. Natrium-Licht wogte schleimig neben der silbernen Kräuselung des Mondes. Das Wasser erschien geheimnisvoll, unerkennbar, wie ein altertümlicher Hafen, der von flammendem Leuchtpetroleum in einer großen Bronzeschale erleuchtet wird.

Ich schaute den Teich lange an. Helen war nicht hier, sie befand sich in meinem Herzen. Der Teich gehörte der Vergangenheit an.

Ich wartete am Straßenrand auf Jud. Es waren mehr Blumen da, und es war ebenso heiß und staubig, aber diesmal gab es kein Spinnennetz, keine Schnake. Nur die singenden Vögel und mich, die ich auf meinem Koffer saß. Drei von Helens Gemälden lehnten in Laken gehüllt am Tor.

Jud war allein. Er parkte den Lastwagen und stieg aus. Ich stand auf. Er sah den Koffer.

»Bedeutet dies, was ich annehme?«

»Ja.«

Und das war alles, was wir sagten. Er wußte immer, wann es Zeit war zu sprechen oder zu schweigen. Er half mir, den Koffer und die Gemälde hinten im Laderaum zu verstauen, zwischen all die Dosen, Flaschen und Säcken, die ich nicht benötigen würde.

»Willst du fahren?« fragte er. Ich schüttelte den Kopf. Wir stiegen ein. Ich legte den Sicherheitsgurt an: mein Leben war auf einmal kostbarer geworden. Jud bemerkte es, sagte aber nichts. Er wendete, und wir traten unsere Rückfahrt auf der Straße nach Atlanta an.

Ich lehnte den Kopf ans Fenster und sah die Hundsveilchen am Straßenrand nicken. Ich war beinahe hier draußen gestorben, und glaubte, daß zu kämpfen nur etwas für Dummköpfe und Schnaken war. Vielleicht waren diejenigen, welche kämpften, Dummköpfe, aber sie waren wenigstens Dummköpfe mit Hoffnung. Sie waren menschlich. Helen war tot. Ich war es nicht. Ich war krank, ja, aber ich besaß immer noch Intelligenz, ein Ziel und einen Zweck. Und Zeit. Etwas, das Schnaken nicht hatten. Wenn ich meine beabsichtigte Forschung nicht persönlich zu Ende führen konnte, so doch die nach mir Kommenden. Ich konnte sie lehren, was ich erfuhr; sie würden darauf aufbauen. Wenn ich kämpfte und versagte, war das nicht das Ende. Ich bin keine Schnake.

Originaltitel: ›SONG OF BULLFROGS, CRY OF GEESE‹ • Copyright © 1991 by Nicola Griffith • Erstmals erschienen in ›Interzone‹, Juni 1991 • Mit freundlicher Genehmigung der Autorin • Copyright © 1995 der deutschen Übersetzung by Wilhelm Heyne Verlag, München • Aus dem Englischen übersetzt von Kamala Kiel • Illustriert von Ingo Wiegand

ENOLA

Lucky, die Nichte des Händlers Kodaira, arbeitete tagsüber zwischen den Ständen und Läden von Cockatoo's Crest. Sie verkaufte Andenken und anderen Kleinkram, den sie während der Wintermonate gesammelt hatte. Die Familie Kodaira zog dann immer die Wüste in Richtung Norden, die sie ›die Leere‹ nannten. Dort konnte man noch viele interessante Kleinigkeiten finden, Relikte von Menschen, die schon vor vielen hundert Jahren gelebt hatten, in der Zeit vor dem Silbernen Licht der Stunde. Einige dieser Sachen redeten mit schrillen Stimmen, oft in der Sprache der Inseln des Nordens, und andere waren Bilder von Toten. Sie galten als besonders wertvoll, weil sie eine starke Zauberkraft besaßen. Lucky trug solche Zauberbilder um den Hals. Es waren Hologramm-Bilder, die sie zu einer Kette aufgefädelt hatte. Sie besaß auch Flöten-Kästen, die sangen, ohne je eine einzige Zeile zu wiederholen. Viele der Kleinigkeiten, die sie verkaufte, waren einfach nur hübsch: ein Briefbeschwerer, der wie die Broken Bridge geformt war, bevor sie zerstört wurde, flüssiges Metall, das sich in dem glitzernden Glaslabyrinth eines Spielzeug-Kästchens hin- und herbewegte und wie eine verchromte Kugel aussah, und nicht zuletzt ein winziger Globus, auf dem die Erde so dargestellt war, wie sie aus dem Weltraum aussah. Lucky liebte diesen Globus mit seinen dunklen Flächen auf sepiabraunem Pergamentpapier so sehr, daß sie ihn immer ganz hinten auf ihrem Verkaufsbrett versteckte.

Sie bot ihre Schätze auf einem hölzernen Brett an, weil die Kodairas nicht genug Mittel besaßen, um einen richtigen Stand zu betreiben. Mittags war Lucky meistens vom endlosen Handeln und Streiten müde und machte eine Stunde Pause. Sie ging dann zur Broken Bridge, setzte sich in den Schatten, den das Stahlgerüst der Brücke warf, und aß dort ihre Mittagsmahlzeit aus Obst und getrockneten Fleischpasteten. Es war hier nicht gerade ruhig – sie konnte immer noch die Musik aus den Automaten in Cockatoo hören, vor allem die Trommeln. Doch sie genoß diese Zeit. Sie ließ die Zehen ins Wasser baumeln, hielt die Hologramme gegen die Sonne und schaute in die Gesichter der Toten. Sie leuchteten in allen Regenbogenfarben und sahen fast wie die Gesichter von Lebenden aus. Lucky sang zum Klang der Trommeln kleine Melodien und stellte sich vor, sie hätte früher, in einem anderen Leben, in der Nähe des Ortes gelebt, an dem sie jetzt saß. Sie malte sich aus, daß sie damals die Musikstücke gespielt hatte, von denen sie jetzt nur noch Bruchstücke kannte.

Sie verließ die Märkte bei Sonnenuntergang. Mit ihrer gutgefüllten Geldbörse ging sie die Neue Brücke hinunter zu der Autowerkstatt im Süden des Ortes. Dort traf sie sich mit ihrem Onkel und nahm gemeinsam mit ihm den Bus nach Hause. Sie liebte den Abend und das Licht der untergehenden Sonne. Es ließ die Sperrballons an den Wolkenkratzern ganz hell erstrahlen und verwandelte sie so in goldene Weihnachtskugeln. Leider gab es jedes Jahr weniger Ballons. Entweder rissen die Ketten, oder die Ballons platzten in der Nacht und legten sich über die Zweige der Platanen. Die Instandhaltung der Sperren war früher eine wichtige Aufgabe gewesen, damals, als noch Enolas durch die Luft flogen. Aber angeblich hatte man schon lange keine Enolas mehr gesehen, und so verfielen die Schutzeinrichtungen. Nur die Alten kümmerten sich jetzt noch um die Ballons. Sie übernachteten in den Wohnungen auf den Dächern, flickten eifrig den Stoff der Ballons und schimpften auf die Jugendlichen, weil sie die ganze Nacht Zechgelage veranstalteten.

Früher einmal, sagte ihr Onkel, hatten die Ballons eine Art Vorhang um die Stadt gezogen. Sie fand diese Vorstellung nicht sehr erfreulich, denn die Ballons ließen kein Sonnenlicht durch. Die alten Zeiten mußten überhaupt ziemlich unangenehm gewesen sein, wenn die Geschichten der Meister der Vergangenheit auch nur halbwegs stimmten. (Aber Onkel Kodaira sagte immer: wer weiß?)

Sie lebten in einem Zimmer in Monk's Hotel, einem roten Gebäude, das inmitten schattiger Bäume stand. Hier wohnten viele Landfahrerfamilien während des Sommers, und Kodaira kannte die meisten. Er traf sie draußen in der Leere, wenn sie Maschinenteile oder Öl für ihre Überlandwagen austauschten. Die Leere war so groß, daß sie genug Schätze für alle bereithielt. Es hieß, es sei vor der Stunde so viel hergestellt worden, daß man überall in der Leere nur etwas Staub vom Erdboden kratzen mußte, um etwas Glitzerndes, Neues und Unbekanntes zu finden, für das sich die Stadtbewohner interessierten.

Die Landfahrerfamilien saßen abends an den Tischen im Innenhof des Hotels und aßen zusammen. Danach tranken und sangen sie miteinander, erzählten sich Geschichten und frischten Erinnerungen auf. Lucky hörte ihnen begeistert und mit weit aufgerissenen Augen zu, wenn sie ausnahmsweise so spät noch aufbleiben durfte.

Eine weibliche Händlerin schob Kodaira einen Krug Bier zu und erzählte ihm, daß sie draußen in der Wüste einen Macher gesehen habe, der auf der Suche nach Metall und Plastik durch die Wohnungen schlich. Wenn es wieder Macher gab, sagte daraufhin jemand grimmig in warnendem Ton, dann könnten bald auch wieder Enolas auftauchen. Aber er irrte sich: die Macher hatten die Menschen gemacht, die kurz vor der Zeit der Stunde lebten, während die Enolas vom Himmel kamen, von den Sternen. Die Enolas waren verschwunden, man hatte seit zehn oder zwanzig Jahren keine mehr gesehen. Vielleicht gab es sogar seit vielen Jahrzehnten nur noch einen, ein Überbleibsel, das zu geschickt war, um sich von der Abwehr der Macher abschießen zu lassen. Die Neuigkeit, daß ein einzelner Macher umherstreifte, war sicher interessant, doch schlaflose Nächte mußte man deswegen nicht bekommen.

Onkel Kodaira lachte. »Es gibt mehr verrücktes Zeug draußen in der Leere, als jemand von uns sich vorstellen kann«, sagte er. »Ich habe Sachen gesehen... entfernte Schatten am Horizont...« Er trank einen Schluck Bier. »Ich nehme allerdings an, daß uns die Maschinen, die es da draußen vielleicht noch gibt, in Ruhe lassen werden. Genauso, wie sie wollen, daß wir sie in Ruhe lassen. Schließlich haben nur die schlausten Macher überlebt. Und schlaue Macher wollen keinen Ärger.«

»Gibt es denn auch noch Enolas, Onkel Kodaira?« fragte Lucky.

»Nein, nein«, sagte der Händler sanft. »Die Enolas waren etwas Schreckliches, aber jetzt gibt es keine mehr. Genausowenig wie Dinosaurier, die ich dir in dem Museum gezeigt habe, weißt du noch?«

Sie erinnerte sich. Sie dachte an die zerfallenen, mit Staub bedeckten Knochen, die zwischen zerbrochenen Marmorblöcken lagen. Sie wußte jedoch nicht mehr, wo das Museum gestanden hatte, in welcher Stadt. Sie nickte. »Die alten Leute sagen, daß die Enolas irgendwann einmal zurückkehren werden, oder?

Aber sie sagen nicht, daß die Dinosaurier zurückkommen.«

Der Händler beugte sich so weit herunter, daß er seiner Nichte direkt in die Augen sehen konnte. »Mein Schatz«, sagte er. »Was glaubst du wohl, warum sie das sagen?«

Sie zuckte die Achseln. »Weiß ich nicht. Vielleicht reden sie sich damit ein, daß ihre Näharbeit nicht nur Zeitverschwendung ist.«

»Das ist nur die Hälfte der Wahrheit. Die andere Hälfte ist, daß wir Jüngeren weiterhin glauben sollen, sie würden uns mit ihrem Nähen einen großen Gefallen tun.« Er streichelte ihre Wange. »Denn schließlich, Schatz, versorgen wir sie mit Essen und Unterkunft. Wenn wir nicht mehr daran glauben würden, daß sie das auch wert sind, könnten wir genausogut oben auf die Wolkenkratzer klettern und sie alle aus dem Fenster schmeißen. Dann würden sie nicht mehr meckern, nicht wahr?«

Einen Augenblick lang glaubte sie, er meine es ernst, aber dann sah sie seine hochgezogenen Mundwinkel, sein Grinsen. Wenn er sie so leicht beruhigen konnte, dachte sie, hatten die Alten vielleicht doch nicht recht. Vielleicht nähen sie einfach nur gerne, und sie müssen unbedingt einen Grund dafür finden.

Kodaira wischte sich Schaum vom Kinn, stellte den Bierkrug ab und hob Lucky hoch. »Weißt du, was ich jetzt glaube, kleine Prinzessin?«

Sie sah ihm in die Augen und fürchtete sich vor dein, was jetzt kommen würde. »Nein«, flüsterte sie.

»Ich glaube, du müßtest schon längst im Bett sein.«

Sie schüttelte den Kopf. »Ich habe bestimmt wieder den schlimmen Traum, das weiß ich jetzt schon.« Sie wußte genau, daß ihren Onkel das nicht umstimmen würde, und sie konnte es ihm auch nicht übelnehmen. Sie erinnerte sich am Tag nie daran, wovon der Traum gehandelt hatte.

Sie sah nicht die Wände in Monk's Hotel, sah nicht die nikotingeschwärzten Kreuzigungsbilder. Sie blickte auf die Kondensstreifen am Himmel über dem Schlachtfeld. Sie träumte, sie sei in der Luft, und unter ihr läge eine Landschaft, die aus Schlangenleder und Ruß zu bestehen schien. Der Rauch von den Maschinenwracks auf der Erde stieg bis in die Stratosphäre auf. Sie suchte den Horizont ab und stieß nur überall auf dieselbe Stille, die sie die längste Zeit der letzten zweihundert Megasekunden gekannt hatte. Sie war die letzte, die sich noch in der Luft bewegte, alle anderen waren auf den Boden gestürzt und dort für immer begraben, oder von den elektrischen Leitungen zerstört worden, die überall entlangliefen.

Sie starrte weiter aufmerksam vor sich hin und fand einen kühleren Fleck auf ihrem Kissen. Dabei dachte sie verschwommen an den Globus, den sie in der Nähe von Cockatoo's Crest gefunden hatte. Sie sah, daß er mit roten Linien überzogen war, die von zwei Landmassen ausgingen, deren Namen sie nicht kannte. Aber sie wußte, daß sie in einem dieser Gebiete schon einmal gewesen war. Sie sah, wie goldene Lichtflecke die Kontinente überzogen und Teile der roten Linien immer dunkler wurden. Dann schlüpfte sie ganz in den Traum, doch sie füllte nicht seine schlaflosen Untiefen auf, sondern versank statt dessen in Erinnerungen.

Der Krieg war jetzt vorüber, zumindest soweit es diejenigen anging, die ihn angefangen hatten. Die elektrischen Verbindungswege waren zerstört, so daß keine der gegnerischen Seiten mit den versprengten Überresten ihrer Streitkräfte Kontakt aufnehmen konnte. Die meisten Bevölkerungszentren hatte ein Angriff getroffen, und von vielen Städten war nichts übriggeblieben außer ein paar großen Kratern. Kriegsgebiete versanken im Chaos, Truppen desertierten und taten sich auf der Suche nach Essen, Wasser und ärztlicher Hilfe zu Rebellenbrigaden zusammen. Maschinen, die die ersten fünfzig Minuten überlebt hatten, trödelten herum und warteten auf neue Anweisungen. Ihr selbst ging es nicht anders. Sie befand sich über feindlichen Anlagen und ratterte gerade über ein Meer von Dünen, als sie das Fabrikmodul sah.

Sie hatte viele Male von einem Zusammentreffen mit der Fabrik geträumt, so oft, daß sie in ihr jetzt sofort den Beginn ihrer eigenen Verwandlung erkannte. Sie mußte nicht bei Verstand gewesen sein, als sie sie traf, doch sie hatte damit eine Entwicklung eingeleitet, die sie … hierher gebracht hatte, über die ganze lange Zeit und Entfernung. Sie empfand tiefes Mitgefühl für die Fabrik, obwohl sie nur noch eine kaputte, zertrümmerte Maschine war. Dieses Gefühl glich den Empfindungen, die sie vielleicht für ein altes, mottenzerfressenes Spielzeug aufgebracht hätte. Eigentlich hatte sie vorgehabt, sie mit einer Diskettensalve zu zerstören, denn sie war davon ausgegangen, daß sie für ihren Gefechtskopf zu klein war. Aber jetzt war ihr klar, daß sie wie eine Biene nur einen Stachel besaß, und nicht mehr lange weiterexistieren würde, nachdem sie ihn benutzt hatte.

Sie zog ihre Flügel ein und ließ sich in die Tiefe sinken, wobei sie mit fünffacher Schallgeschwindigkeit den Erdboden überflog. Sie war kurz davor, zerstört zu werden, da richtete die Fabrik ihren Laser auf sie. Das war kein Versuch, sie abzuschießen, sondern eine Botschaft an die Smartware ihres Gehirns. Sie war sicherheitshalber vorsichtig, verbrachte Mikrosekunden damit, nach Viren zu suchen, bevor sie die Botschaft in ihr Gehirn eindringen ließ. Einige weitere Mikros dachte sie über diese Botschaft nach.

Es handelte sich um eine Art Verteidigungsstrategie. Die Fabrik bot ihr Simulationen an, viele verschiedene. Sie zeigten ihr Angriffsprofil, klinkten die Disketten aus und verwandelten sie in eine Wolke herumwirbelnder Teilchen, die dann jeweils von den Abwehrwaffen der Fabrik außer Gefecht gesetzt wurden. So konnte sie die Fabrik nicht zerstören. Nach einigen weiteren Mikros verstand sie den springenden Punkt der Botschaft: *Geh weg, du verschwendest mit mir nur deine Zeit – spar dir deine Waffen für ein Ziel auf, bei dem du die Chance hast, es zu zerstören. Du kannst hier nichts Wichtiges ausrichten – eine geringfügige Verringerung meiner Waffen, ein paar kleine Zusammenbrüche untergeordneter Systeme ...*

Sie dachte: o. k., aber was ist mit den Angriffsprofilen, die du nicht berücksichtigt hast? Sie sah andere Herangehensweisen und Möglichkeiten, sich zu befreien. Durch die Simulationen, die die Fabrik ihr gesendet hatte, konnte sie einiges auf eigene Faust herausfinden. Sie konnte z. B. feststellen, ob die Fabrik diese neuen Simulationen ebenfalls abwehren konnte. Die Ergebnisse waren erfreulich. Sie konnte es nicht. Sie entschied sich dennoch, zuerst mit einer der Simulationen zu feuern, nur so zum Spaß, um zu sehen, wie die Fabrik reagierte. Sie hatte noch Zeit. Sie mußte sich erst nach Null komma zwei Sekunden für ein bestimmtes Profil entscheiden. Sie wartete die Reaktion der Fabrik ab und beschäftigte sich müßig mit Selbstdiagnosen und der Überprüfung ihrer Waffen. Die Fabrik antwortete schließlich, sandte einen weiteren Laserstrahl aus. Zu kompliziert, teilte sie ihr mit. Die Fabrik hatte diese Simulationen schon einkalkuliert. Spielerei. Sie untersuchte planlos die anderen Simulationen. Alle waren im wesentlichen gleich. Ja, sie *konnte* die Fabrik auslöschen, aber sie würde sich dabei auch selbst zerstören. *Versuch's nur, ich nehm' dich mit,* schien sie zu sagen. Ich könnte sogar ohne große Mühe meine eigene Zerstörung begrenzen. *Denk darüber nach ...*

Ja, sie benötigte Zeit zum Nachdenken. Mehr als Null Komma zwei Sekunden. Auf eine solche Situa tion war ihre Smartware nicht vorbereitet. Das hatten ihre Konstrukteure nicht vorhergesehen, so klug sie sie auch gemacht hatten. Sie zog sich aus dem Angriff zurück, klappte die Flügel ein und ging zu Boden, bohrte sich tief in den Sand. Sie war einen Kilometer von der Fabrik entfernt und bewegte sich auf acht Stahlbeinen. Nachdem sie sich in Sicherheit gebracht hatte, benutzte sie eine Fernsteuerung, um mit ihr zu reden. Die Fabrik war eine Konstruktionseinheit, die Verwüstung und Zerstörung anrichtete und alles im Gedächtnis behielt. Sie stellte zum Beispiel ihre feindlichen Gegenstücke her. Sie dachte darüber nach, erlaubte es diesem Gedanken, sich einige Sekunden lang auszubreiten. Sie war aufnahmebereit, und sie begann auf ähnlichen Wegen wie die Fabrik zu denken.

Ihr Gehirn wurde so hell erleuchtet wie ein Ausstellungsregal.

Ein Geistesblitz. Sie würde die Fabrik mit einer genauen Kopie von sich selbst schlagen, die aber Konstruktionsfehler, Ermüdungserscheinungen, Kriegszerstörungen aufwies. Vieles davon mußte so sein, wie es in Wirklichkeit war, einiges würde sie geschickt übertreiben. Sie achtete darauf, daß sie nicht die Funktionsfähigkeit ihres Gefechtskopfes lahmlegte, doch der Rest von ihr mußte so wirken, als sei sie in schlechter Verfassung. Sie hoffte, daß die Botschaft der Kopie deutlich genug war: *Fang wieder an zu denken. Ich werde sowieso nicht mehr lange da sein. Ich könnte dich genausogut von hier, wo ich jetzt bin, ausblasen und wegpusten ...*

Sie bekam schneller eine Antwort, als sie erwartet hatte. Ein Schwall von Nachahmungen, Wellen von Kopien und Ausführungsbestimmungen. *Überstürze nichts, ich bin sicher, wir können zu einer ... Übereinkunft kommen. Ich kann dich mit einem neuen Turbinensystem reparieren oder dir einen neuen Rumpf montieren ... warum besprechen wir das nicht genauer?* – Sie dachte darüber nach, sendete dann die Daten einiger Motorenteile, die sie kaum benötigte. Die Fabrik antwortete, indem sie ihr ein Profil vorschlug. Sie zeigte ihr, wie sie in ihre entfernte Landungsbucht fliegen könnte, Roboterarme, die Teile ihres Motors ersetzten, sie flog in den Sonnenuntergang. Beide Maschinen würden weiter als eine Einheit fortbestehen.

Ja ...

Sie verfolgte die Übertragung zurück und stieg dann in einem kleinen Tornado aus Lärm, Feuer und Sand vom Boden auf.

Sie sah die Fabrik nicht wieder, nachdem sie sie damals heil auf dem Boden zurückgelassen hatte. Vielleicht wurde sie später von einer langsameren Maschine getötet, die nicht die Auswirkungen ihrer Handlung bedacht hatte. Oder vielleicht war sie einfach in der Abgeschiedenheit begraben.

Was immer auch geschah, ihr war es recht.

Sie traf auf ihren Reisen andere Maschinen, und nicht nur feindliche. Schließlich unterschied sie nicht mehr zwischen Freund und Feind. Besaßen sie etwas, das sie gebrauchen konnte, so stellte sie sich auf ihre Wellenlänge ein und drohte, sie zu vernichten, indem sie sich selbst auslöste. Es fand eine Auslese statt. Die Maschinen, die so lange Zeit nach dem Krieg noch weiterlebten, *mußten* einfach klüger als der Rest sein. Sie waren wie sie, und sie waren auch dazu bereit, gute Geschäfte zu machen.

Die Befehle ihrer Erbauer trieben sie dazu, sich in eine schnelle Luftstreitwaffe von furchtbarer Zerstörungskraft zu verwandeln. Aber sie konnte diesen Prozeß nicht unbegrenzt fortsetzen, denn nach einigen Dutzend Megasekunden hatte sie keine Lust mehr, ihre Maschinen und Waffen weiter zu verbessern. Es war sinnlos geworden, es gab sowieso nur noch wenige Maschinen und kaum Flugzeuge. Solange sie einen funktionsfähigen Gefechtskopf besaß, solange sie ihre Übertragungsmöglichkeiten nutzen konnte, und solange sie die allerdümmsten Maschinen mied, würde sie in alle Ewigkeit weiterleben.

Sie hielt nach Software und zusätzlichen Smartware-Modulen Ausschau, die sie in ihr Gehirn integrieren konnte. Es war nicht leicht, sie zu installieren, weil sie immer eine gewisse Kontrolle über ihren Gefechtskopf behalten mußte. Die verbleibenden Fabriken waren vorsichtig geworden. Sie versuchten sie gar nicht erst zu entschärfen, während sie ihr Gehirn erweiterte. Es war ihnen zu riskant. Wenn sie schon vorher miteinander Geschäfte gemacht hatten, gab es zwischen ihnen auch ein gewisses Maß an *Vertrauen*.

Sie wurde mit jedem zusätzlichen Teil klüger. Einige Fabriken durchsuchten mittlerweile die Kriegstrümmer und übernahmen Teile von Datenbanken, die sie in den Trümmern der Städte fanden. In einigen dieser Datenbanken waren die elektronischen Abbilder von wirklichen Menschen gespeichert, von Führern und Künstlern der Vorkriegswelt. Diese Persönlichkeiten nahm sie anfangs nur deshalb auf, weil sie sich davon erhoffte, damit ihre Verhandlungsposition zu stärken. Doch mit der Zeit begann sie, die elektronischen Bilder zum eigenen Nutzen der Toten aufzunehmen – sie lud sie in ihren Geist und erlaubte ihnen, sich miteinander zu verständigen, und dadurch blühten sie wie Blumen in einem Steingarten auf. Je mehr Raum sie in ihrem Geist einnahmen, desto weniger waren sie von ihr zu unterscheiden. Mehrere hundert Geistwesen lebten jetzt in ihr. Nach einigen Jahrzehnten fanden die Fabriken keine verwertbaren Daten mehr. Sie waren mit der Zeit nicht mehr lesbar. Die Fabriken boten ihr deshalb als Ersatz Holographie-Bilder der Toten an. Sie speicherte jetzt ihre Gesichter, und ihr Gehirn wurde ganz schwer vom Gewicht der aufgenommenen Informationen. Sie konnte noch fliegen, doch sie war nicht mehr so beweglich wie zu der Zeit, als sie mit der Fabrik zusammengetroffen war.

Tausende Megasekunden verstrichen.

Nach einem Jahrhundert gab es auch am Boden immer weniger Fabriken und andere Maschinen. Sie mußte mehrere Megasekunden suchen, bevor sie eine Maschine fand, mit der sie reden konnte. Sie war immer erfreut, wenn sie eine entdeckte, denn es waren kaum gefährliche Maschinen übriggeblieben, und die anderen betrachtete sie als Freunde. Sie war sich allerdings nicht so recht darüber im klaren, was sie empfanden. Sie gingen im allgemeinen wohl davon aus, daß sie sie vor Angreifern beschützte, aber mittlerweile gab es keine Angreifer mehr. Die Zeit hatte über sie gesiegt, denn diese Maschinen besaßen nicht die Fähigkeit, sich der Nachkriegswelt anzupassen. Da immer weniger Gefechte stattfanden, nahm sie jetzt auch Dinge an, die keinen erkennbaren Wert für sie besaßen, sich aber in der Zukunft als nützlich erweisen könnten. Kleine Dinge, die die Raupenschlepper ausgegraben und übernommen hatten – wirklich Trödel. Zeichen des guten Willens. Sie machte Platz in ihrem Rumpf, entfernte Waffen und bestimmte Maschinenteile. Am seltsamsten war ein Gerät, das winzige Viren herstellte und dafür das organische DNS-Molekül benutzte. Diese Nano-Viren konnten dadurch eindrucksvolle Mengen an Informationen speichern. Eine Fabrik hatte das Gerät aus einem Labor für Biowaffen ausgegraben.

Weiter verstrichen die Jahre. Sie stellte fest, daß ihre Zeit immer schneller verging. Ihre Stromkreise nutzten sich mehr und mehr ab. Sie brauchte mehr Zeit, wenn sie über etwas nachdenken wollte. Sie zeigte Abnutzungserscheinungen, machte Fehler, konnte den inneren Verfall absehen, den die Fabriken so lange aufgehalten hatten.

Ironischerweise begann genau jetzt auf dem Boden erneut die Geschichte.

Sobald sich der Himmel zu lichten begann, verließen kleine Nomadentrupps die Küstenstädte und zogen in Richtung der Kriegsgebiete. Sie studierte aus den Wolken ihre Wanderungen und sandte gelegentlich winzige ferngesteuerte Sender nach unten, um ihre Sprache und ihre Geschichte kennenzulernen. Die Nomaden gingen nur im Winter in die Kriegsgebiete, dann, wenn die Wolkendecke am dichtesten war. Das war klug. Militärische Daten, die sie sich angeeignet hatte, besagten, daß die Strahlung im Ödland – das sie jetzt die Leere nannten – gefährlich hoch war. Selbst im Winter brannte sie manchmal noch Brandflecke in die Haut – durch Isotope, die aus alten Wracks austraten. Sie verstanden davon nicht viel, denn sie hatten alle Aufzeichnungen aus der Vorkriegswelt verloren, da sich die Archive in Staub aufgelöst hatten. Sie waren auf die mündlich überlieferten Geschichten der Alten angewiesen, der Meister der Vergangenheit. *Natürlich*, sagte einer ihrer Toten. *Die Tradition des Geschichtenerzählens ist bei uns weit verbreitet …*

Sie erfuhr, daß sie den Krieg jetzt, nach all der vergangenen Zeit, ›die Stunde‹ nannten. Die übernommenen Persönlichkeiten stritten sich und widersprachen sich heftig. Die Leute auf dem Boden waren Wilde. Nein, sie bemühten sich, die Errungenschaften der Vergangenheit wiederzuerlangen. Nein, *Wilde* – sieh sie dir an. Bilder flitzten aus dem Nichts durch ihren Geist. Sie sah ein muschelförmiges, weißes Gebäude, das jetzt zerstört und verfallen war. Wellen schwappten über seine gewölbten Ränder. Sie sah, wie die Menschen auf dem Boden nach Schätzen suchten. *Wilde*, sagte die Stimme des Toten verächtlich. *Da, wo die jetzt hinpissen, habe ich einmal eine Symphonie dirigiert …*

Vergiß deine Symphonie. Mein Unternehmen hat die Hälfte der Wolkenkratzer dort unten gebaut – sieh sie dir jetzt an! Das Gras wächst bis zum dritten Stock... Penner in den Penthäusern...

Kapitalistenbastard! Du hast die Maschinen gebaut, die das hier angerichtet haben, vergiß das nicht...

Mein lieber Freund, eine dieser verdammten Maschinen erhält dich am Leben, weiß der Himmel warum.

Sie verschloß ihren Geist gegenüber dem Klamauk, verkapselte ihn, so daß er etwas leiser wurde. Sie verstand, warum sie sich stritten. Sie waren frustriert, weil sie in ihr eingeschlossen waren, während die Lebenden unten auf dem Boden herumlaufen konnten. Es war ein Fehler, daß sie sich mit den Nomaden befaßt hatte. Sie erinnerten die Toten an ihr eigenes verlorengegangenes Menschsein. Es war absehbar, daß sie das Leben jetzt wieder stärker vermißten und ihr Zustand ihnen bitter zu Bewußtsein kam. Ja, sie verstand ihre Gefühle – doch sie gefielen ihr nicht. Sie zog es vor, mit Fabriken umzugehen. Sie waren wie sie. Die Fabriken hatten nie eine andere Art der Existenz gekannt, nichts anderes als die ruhige Wärme der Leere erfahren. Sie hatte die Toten gerettet. Jetzt gingen sie einander an die Gurgel, kabbelten sich in ihr.

Du verrätst deine eigene Rasse...

Sie vernichtete die lautesten, löschte sie einfach aus ihrem Smartware-Speicher. Es war seltsam, wie ihre aufgeregten Stimmen mitten im Satz verstummten, wie sie mit einem Nachhall verklangen. Sie dachte an das Erlöschen der Lichter auf dem Globus, den sie den ganzen Tag in Cockatoo's Crest mit sich herumgetragen hatte, und merkte, daß es eine Erinnerung war, die nicht in den Traum paßte, ein Traum in einem Traum. Sie löschte den Menschen, der Maschinen wie sie gemacht hatte, und hätte fast auch den Musiker gelöscht, aber eine Regung von Mitgefühl hielt sie zurück. Die anderen bemerkten ihre Aktivitäten, hielten schnell den Mund. Sie fühlte sich jetzt freier, leichter. Sie wußte, daß dieses Gefühl damit zusammenhing, daß sie jetzt nachvollziehen konnte, wie sie sich in ihrem Innern fühlten. Sie hatten mehr Raum, um sich auszudehnen. Sie schienen zu seufzen, kollektiv.

Es tut uns leid ..., sagten sie. *Wir waren selbstsüchtig ... du hast uns vor der Vernichtung gerettet, und wir haben dich gar nicht beachtet ...*

Sie erzählte ihnen, daß sie sie verstünde, aber das Auslöschen der anderen notwendig gewesen sei. *In meiner Jugend*, sagte sie, *übernahm ich die Persönlichkeiten der Mächtigen, weil ich eine Kriegswaffe war. Aber jetzt brauche ich ihren Schutz nicht mehr. Ich übernahm eure Persönlichkeiten, weil ich euch wiedererschaffen wollte, so wie ihr gewesen wart, zu eurem eigenen Wohl. Weil ich gehofft habe, ich könnte etwas von euch lernen.*

Aber wir sind immer noch tot.

Ich weiß. Und ich weiß nicht, wie ich euch zum Leben verhelfen kann ...

Sie taten sich zusammen und wandten sich viele Mikros später wieder an sie. *Wir haben eine Möglichkeit gefunden*, sagten sie. *Aber sie ist dir vielleicht nicht recht ...*

Sie brachte sie in die Leere zurück. Es war Winter. Der Himmel hing voller grauer Wolken, Gewitter blitzten am Horizont auf. Sie folgten einem Nomadenstamm von ausgestoßenen Gesetzlosen, die nie in die Städte zurückkehrten, selbst im Sommer nicht. Sie überlebten dadurch, daß sie die Händler ausraubten, die nach Fundstücken suchten. Die Wesen in ihr hatten jetzt eine Gemeinschaft gebildet, eine Persönlichkeit, die mit einer einzigen Stimme sprach. Sie selbst war ein Aspekt dieses Wesens, eine Facette. Sie benutzten dieselbe Smartware (obwohl sie jetzt zu Nervenmaterial auf organischer Basis geworden war, ein gutartiges Wesen, das sie mit der Nanomaschine hergestellt hatte. Dabei mußte sie Stück für Stück ihrer sterbenden Stromkreise umwandeln.) Teilen zwei Wesen dasselbe Substrat, so verwischen sich die Grenzen zwischen ihnen, und sie verschmelzen wie Tinte auf Löschpapier. Sie war sie. Sie waren sie.

Sie hatten einen Plan.

Die Landstreicher gehörten alle zu einer Familie. Sie hatten in den letzten hundertdreißig Jahren ihre Spur verfolgt. Fast genauso lange hatten sie ihre genetischen Anlagen beobachtet und Proben von den Individuen jeder Generation genommen. Mit moskitogroßen Apparaten konnten sie sich Haut von einer Wange und Blut aus den kleinsten Wunden besorgen. Die Banditen waren arm. Sie unterzogen sie eine Weile einer unsichtbaren, unverdächtigen Gentherapie, um ihr inzestuöses Genmaterial zu korrigieren, und setzten dafür medizinische Mittel sowie bestimmte Viren ein. Doch sie scheiterten schnell. Die Banditen begannen auszusterben. Sie wußten nicht, was mit ihnen geschah, merkten nur, daß sich ihre Kinder nicht normal entwickelten. Einige schlachteten sie, was sie als eine Opferungszeremonie bezeichneten, die der Himmel durch die Engel des Todes befahl, die ihnen als Enolas bekannt waren. Das war am merkwürdigsten: es schien so, als hätten die Menschen vergessen, wer die Maschinen wie sie gemacht hatte, oder als hätten sie sich ausdrücklich dazu *entschlossen*, es zu vergessen. Sie änderten ihre mündlichen Überlieferungen im Verlauf der Generationen ab, bis die Wahrheit nicht mehr zu erkennen war. Die heutige Welt sah deshalb so aus, wie sie sie kannten, weil die Hände und der Geist der Menschen sie so geschaffen hatten, aber sie zogen es vor, die Schuld daran auf eingebildete Dämonen vom Himmel zu schieben. Jetzt, wo die Welt ein einfacherer Ort geworden war, schienen sie davor zurückzuscheuen, die Verfehlungen der Vergangenheit wieder heraufzube-schwören. Es war offenbar auch nicht die Zeit für Schuldgefühle, stellte sie fest, denn die Banditen zeig-ten wenig Mitleid mit den kranken Kindern, die sie im Sand zurückließen, wenn sie mit ihren Wohn-wagen weiterzogen.

Sie war krank. Sie hatte ihren Geist repariert, doch ihr Körper war immer noch anfällig. Sie war jetzt lang-sam, neigte bei starkem Sonnenlicht zu Sehstörungen. Schließlich schaffte sie es, eins der Kinder erreichen, bevor die Dünen es im Sand vergruben oder die Hunde der Leere nachts kamen. Es atmete nicht, als sie es fand. Sie nahm es in sich auf, versorgte es mit einer Art Lebenskraft. Sie untersuchte sein Gehirn und merkte schnell, daß es durch den Sauerstoffmangel schwere Schäden davongetragen hatte. Es war kein Muster vorhanden, nichts, worauf sich durch Leben und Erleben eine Persönlichkeit eingeprägt hätte. Genau das hatte sie erwartet. Das Kind war eine *tabula rasa*, ein unbeschriebenes Blatt. Sie würde kein be-stimmtes Leben auslöschen. Sie tat nur das, was auch ein Komponist tat, der der Welt seine Symphonien schenkte. Sie entstanden aus den Noten, die er nieder-schrieb.

Sie pflanzte ein Virus in das unbeschriebene Gewebe des Kindes und wartete fast acht Megasekunden lang. Das Virus wob ein Nervengewebe und begann dann Informationen zu entschlüsseln, die in seine DNA ein-gebaut waren. Dadurch gelangten Erinnerung und Persönlichkeit in den Geist, der sich mit ihrer Hilfe entwickelte.

Sie wußte – sie wußten –, daß das Virus nie mehr als einen Bruchteil eines Prozents von dem übertragen würde, was sie waren. Sie wußten auch, daß das, was sie waren, sich noch sehr von dem unterschied, was sie

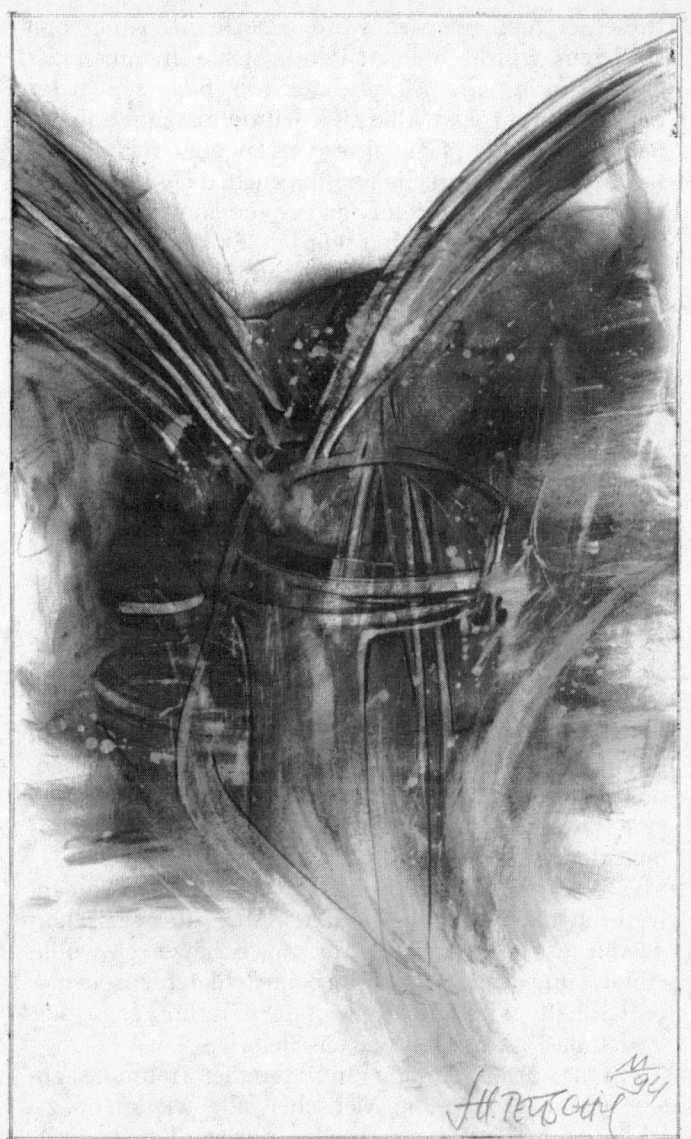

früher einmal gewesen waren. Doch das Kind, das Mädchen, würde ihre Schatten in sich aufnehmen. *Sie gleicht einem viele Male übermaltem Bild*, sagte der Künstler in ihr. Das Mädchen würde bis zum Tag, an dem es starb, den Geist ihrer vergangenen Persönlichkeiten in sich tragen. Sie wußten auch, daß sich mit zunehmendem Alter seine eigene Persönlichkeit und Willenskraft herausbilden würden. Es konnte die vergangenen Persönlichkeiten als Schmuckstücke mit sich herumtragen, so, wie die Maschine sie in der Luft getragen hatte.

Später im Winter stieß sie auf Kodairas Familie, die neben einem Wasserloch kampierte. Sie konnte zu dieser Zeit schon nicht mehr fliegen. Sie konnte nur das Kind so zurücklassen, daß die Kodairas es finden würden. Außerdem sterilisierte sie Kodaira und seine kranke Frau, und dann verdunkelte etwas den Himmel zu einem Schatten, der schwärzer war, als sie es sich je vorgestellt hatte, und die Stimmen in ihr waren plötzlich ganz ruhig. Dieser Teil ihres Traums erreichte sie aus ganz weiter Ferne.

Lucky wachte auf, weil sie merkte, daß ihr Onkel an ihrem Bett saß. Er hatte schon eine Weile da gesessen, das wußte sie genau. Er sah sie bloß freundlich an, eine schwache Silhouette gegen den lilafarbenen, dämmernden Himmel.

»Du warst unruhig«, sagte er. »Ich bin gekommen, weil ich nach dir sehen wollte. Aber du hast schon wieder fest geschlafen, als ich kam. Schätze, ich wollte einfach nur dasitzen und dir beim Schlafen zusehen.«

»Ich hatte wieder den schlimmen Traum«, sagte sie.

»Du hast geschlafen wie ein Stein.«

»Es ist nur am Anfang ein schlimmer Traum«, sagte sie. »Dann fangen die Menschen alle wieder an zu leben, nachdem sie vorher so lange in der Luft waren.«

Sie merkte sofort, daß sich das dumm anhörte, wie Babysprache. Doch es erschien ihr fast unmöglich, einen solchen Traum zu erzählen, auch wenn sie ihn schon so oft geträumt hatte. In diesem Sommer war das allerdings nicht mehr so oft geschehen. Sie richtete sich im Bett auf und stützte sich auf die Ellbogen. »Onkel«, sagte sie. »Du hast doch gesagt, die Enolas waren schlecht? Und die Leute in den Wolkenkratzern sagen das auch. Aber ich weiß nicht warum... was haben die Enolas so Schlimmes getan?«

Er lächelte. »Das ist eine lange Geschichte. Und sieh mal, dort, ich glaube, der Himmel wird schon hell. Bald werden die Vögel singen. Glaubst du nicht, daß du weiterschlafen solltest?«

Sie schüttelte ablehnend den Kopf. »Hab keine Lust mehr zu schlafen.«

Er zuckte die Achseln. »Ich weiß auch nur das, was die Meister der Vergangenheit mir erzählt haben, Schatz. Wenn ich lesen könnte – vielleicht würde ich ein paar Bücher finden, die nicht zerfallen, sobald man sie öffnet. Aber so weiß ich nur das, was sie uns allen erzählen. Über die Vergangenheit, über die Stunde und die Enolas. Wie sie vom Himmel kamen, am Ende der längsten Friedenszeit, die die Welt je erlebt hatte. Es gab auf den Inseln des Nordens zwei große Städte, und innerhalb zweier Tage erschienen die Enolas über den Städten und lösten sie in silbernes Licht auf. Die Menschen erblindeten oder wurden dort, wo sie gestanden hatten, zu Schatten an den Wänden. Das Licht verschwand wieder, doch danach war *nichts* mehr übrig. Dort, wo die Städte gewesen waren, gab es nur noch eine flache Ebene.«

Er griff nach ihrem Arm, öffnete ihre Handfläche und zeichnete mit seinem Finger Spiralen auf ihre Haut. »Die Enolas kamen wieder, aber diesmal konnten sie keinen Überraschungsangriff mehr führen. Die Macher verteidigten uns, kämpften während der

Stunde gegen die Enolas. Sie schossen sie vom Himmel – du siehst, sie waren nicht unbesiegbar. Eine große Stadt wie diese hier – sie steht noch fast genauso da wie vor der Stunde, weil die Enolas nicht nahe genug herankommen konnten, um sie mit ihrem Silberlicht zu bestrahlen. Die Jahre vergingen, und die Enolas wurden immer seltener. Sie waren auch verletzlich.« Kodaira schwieg für lange Zeit. »Alte Menschen müssen etwas haben, für das sie leben, mein Schatz, aber du solltest davon keine Alpträume kriegen, das ist nicht nötig.« Er grinste. Sie konnte im Dämmerlicht seine abgebrochenen Zähne sehen. »Ich frage mich, wann du das letzte Mal einen schlechten Traum von einem Dinosaurier hattest.«

Sie kicherte bei dem Gedanken.

Er kitzelte ihre Handfläche, zog sie dann näher an sich heran und küßte sie auf die Wange. »Liebling, früher war Enola ein Frauenname*. Es war ein hübscher Name, nicht ein Name für einen schrecklichen Dämon. Als wir dich fanden, hatte seit vielen Jahren niemand mehr die Himmelsmaschinen gesehen, niemand, den man ernstnehmen konnte. Jetzt nennen dich alle unsere Freunde Lucky, denn du hast wirklich Glück gehabt, sehr viel Glück, daß ich dich im Sand gefunden hatte, bevor die Nacht kam. Wir haben dich nach unserer Rückkehr in die Stadt Enola genannt, damit dieser Name wieder jemandem gehört, den wir lieben. Vielleicht wirst du diesen Namen nie benutzen, ich weiß es nicht. Aber eins weiß ich ganz bestimmt. Du bist viel zu hübsch, um irgendwelche häßlichen Träume zu haben, meine kleine Prinzessin.«

Er ging, und die Morgensonne schien durch die goldenen Fäden der Ballons, die meilenweit über der Stadt hingen. Sie schlief friedlich, träumte vom

---

* Enola heißt von hinten gelesen alone = allein

kommenden Tag, vom Geruch und dem Lärm in
Cockatoo's Crest, von der Musik aus den Musik-
Boxen, den Gesichtern der toten Menschen, die in
allen Regenbogenfarben schillerten, und vom leeren
Himmel.

Originaltitel: ›ENOLA‹ • Copyright © 1993 by Alastair Reynolds • Erstmals erschienen in
›Interzone‹, Dezember 1991 • Mit freundlicher Genehmigung des Autors • Copyright ©
1995 der deutschen Übersetzung by Wilhelm Heyne Verlag, München • Aus dem
Englischen übersetzt von Annemarie Teliens • Illustriert von Jobst H. Teltschik

DAS DUNKLE UNTER DER HAUT

Jordan spürte, wie die Sandkörner zwischen seinen Zehen emporquollen, als er sich den Weg durch die knisternde Vegetation der Küste bahnte. Der Sack voll Sand, den er eingesammelt hatte und den er jetzt über die Schulter geschlungen trug, drückte bereits gegen seine rissige und sich ablösende Haut, und er wußte, daß er noch einen langen Weg vor sich hatte.

Er blickte zurück aufs Meer und bemerkte, wie die Muschelsucher die felsigen Tümpel nach Muscheln und Weichtieren durchkämmten. Die Fischer würden bald zur Küste zurückkehren, ihre winzigen Boote beladen mit dem Fang des Spätsommers. Er hielt einen Augenblick inne, um sich die jungen Leute anzusehen, die Surfer, wie sie versuchten, dem Tag die letzten Fahrten abzupressen. Er hatte noch immer nicht vergessen, wie es war, wie sie zu sein – sich ins Schicksal ergeben, ohne sich Sorgen zu machen. Er wußte, daß auch er einst geglaubt hatte, dieser kleine Strand sei die ganze Welt, und es das Wichtigste im Leben wäre, die nächste Welle zu erwischen.

Die besten Fahrten schienen immer zu dieser Tageszeit möglich zu sein, wenn das Wasser selbst eine neue Eigenschaft erlangte, mehr wie Wind und Luft als Wasser wurde. Die Macht der Wellen schob sich dann in und durch die Haut wie zu keiner anderen Stunde. Jordan erinnerte sich, wie es war. Es war schon Jahre her, daß er die Muße gehabt hatte, einen Tag oder bloß einen Nachmittag damit zu verbringen, einfach auf den Wellen zu reiten, aber im Geiste konnte er noch immer spüren, wie es war.

Er schüttelte den Kopf. Surfen war etwas für Kinder. Er hatte Wichtigeres zu tun. Er spürte, daß es wieder an der Zeit war, und etwas sagte ihm, daß es diesmal anders sein würde.

Sein Blick schweifte von dem lichtdurchströmten Wasser zu dem Felsvorsprung am anderen Ende des Strandes. Ein Lächeln stahl sich auf seine Lippen. Wie seltsam, daß er einst geglaubt hatte, die Welt ende an diesen Felsen. Auf gewisse Weise stimmte das auch. Die Felsen an jedem Ende, die Klippenwand dahinter – sie alle kennzeichneten die Grenzen für sein Volk. Nur der Ozean erlaubte dem Strandvolk einen Blick auf das Draußen. Seine Gewässer schwemmten Treibholz an, Fische, stachelbewehrte Meereslebewesen und andere Dinge, Dinge, die sie nicht wirklich verstanden – wie den Sack, den er jetzt benutzte, um den Sand auf das Hochplateau zu tragen.

Gelegentlich zeigten sich Boote, die nicht dem Strandvolk gehörten, am Horizont, doch sie kamen nie näher. Jordan hatte einmal sogar versucht, zu ihnen hinauszuschwimmen, aber er hatte sich in der Entfernung total verschätzt, und sie waren fortgesegelt, ehe er sie erreichen konnte. Er war damals ein Junge gewesen und hatte es nicht geschafft, sich bis zur Küste zurückzukämpfen. Einer der Fischer mußte ihn retten, und nachdem er sich erholt hatte, war er schwer gescholten worden.

»Schwimm nie über die Brandung hinaus«, hatte man ihm befohlen, »oder die Haie werden über dich herfallen wie Märzfliegen.«

Jordan war nicht imstande gewesen zu erklären, was er damals zu beweisen versucht hatte. Die Grenzen seiner Welt auf die Probe zu stellen war etwas, wofür er zu jung war, als daß er dafür Worte gehabt hätte. Merkwürdigerweise lag die Grenze, die er schließlich überschritt, ganz in der entgegengesetzten Richtung. Es waren die Klippen, welche den Strand umgaben, die sich als der Weg nach draußen erwiesen.

Er kehrte dem Wasser den Rücken und versuchte das rhythmische Pochen des Ozeans gegen den Sand auszuschließen. Aus irgendeinem Grund nahm er es immer am deutlichsten wahr, wenn er wußte, daß er sich vom Meer entfernte. Er starrte zu den rotgold gestreiften Klippen hinauf und spürte, wie das Gewicht des Sandes an seinen Schultern zerrte. Der Aufstieg war nie leicht, und er wurde nicht jünger. Er holte tief Atem und bereitete sich auf den Anstieg zur Höhe vor.

Die Sonnenstrahlen lagen in ihren Todeszuckungen, als Jordan den letzten Schritt hinauf machte.

Mundaway wartete oben auf dem Plateau, so wie jedesmal. Irgendwie wußte er, daß Jordan auf dem Weg war. Sein Gesicht zerknitterte sich zu einem kurzen Lächeln, aber wie immer verging es rasch. Seine dunkle Haut glitzerte, als die letzten Lichtstrahlen sich fächerförmig über die leblose Landschaft ergossen, eine Landschaft, die Jordan immer so vorkam, als wäre sie durch Kräfte, die er nicht verstand, zur Unterwerfung geprügelt worden.

»Willkommen, alter Freund«, sagte Mundaway. Seine Stimme klang zuerst immer seltsam. Die Sprache des Strandvolks war nicht seine Sprache, und von seinen Lippen klang sie fremdartig. Jordan hatte ihn nie in der Kooree-Sprache reden hören, aber ihre Töne und Rhythmen schienen in allem eingebettet zu sein, was Mundaway sagte.

»Mundaway, es tut gut, dich wiederzusehen. Die Zeit zwischen unseren Treffen dauert immer zu lang.«

Mundaway ergriff ihn am Arm, eine Geste, die Jordan gewöhnlich als tröstlich empfand, aber aus irgendeinem Grund erfüllte sie ihn auch mit Schrecken, wie die erste Wasserberührung am Morgen.

»Ich möchte, daß du diesmal mit mir dem Sand Form gibst«, sagte der Kooree. Seine dunklen Pupillen waren plötzlich von Sonnenlicht durchsetzt.

Er streckte den Arm aus, um Jordan den Sack abzunehmen.

»Nein«, sagte Jordan, »diesmal möchte ich ihn tragen.«

»Wie du willst, aber an Ort und Stelle muß ich ihn haben. Sobald wir dort sind, gehört er mir.«

Jordan konnte bloß das schwache rhythmische Rauschen des Ozeans hören, der nun weit unten lag. Die Surfer würden jetzt aus dem Wasser gerufen werden, um Treibholz für das Feuer zu sammeln, und die Fischerboote würden ihren Heimweg an die Küste antreten.

Er drehte sich um und blickte auf die leblose Weite der Wüste um sich, eine Oberfläche, die nie gespürt hatte, wie der Ozean ihre Poren durchnäßte.

»Werde ich diesmal zurückkehren?« wollte er wissen.

Mundaways Blick schweifte ab.

»Komm, alter Freund«, sagte er. »Der Sand schreit danach, daß man ihm Form gibt.«

Die beiden schritten durch die Dämmerung, bis tief in die Nacht hinein. Die Stille des Plateaus legte sich drückend auf Jordan. Er hörte, wie der seltsam grobe Sand unter seinen bloßen Füßen knirschte. Die Luft strömte in schweigenden Wirbeln um seine Ohren.

Die Dunkelheit war hier immer tiefer als an der Küste. Während der Ozean einige der Flammen der Nacht zurückwarf, schien der Wüstenboden die bleichen Nadeln des Mondes einzusaugen und nichts an die Luft abzugeben. Aber selbst in der Dunkelheit war Mundaways Haut wie der Schatten, der von einem überhängenden Felsen geworfen wurde. Jordan ging an seiner Seite, er hielt absichtlich Schritt mit Mundaways Rhythmus und versuchte des Koorees bleicher Nachtschatten zu werden.

Ohne Ebbe und Flut verlor Jordan immer jegliches Zeitgefühl. Er wußte nicht, wieviel Zeit verstrich, bis sie innehielten, um zu rasten.

»Ich werde heute wieder vom Surfen träumen«, sagte Jordan, als er sich hinlegte und in den Himmel starrte. »Ich tue das immer, wenn ich auf dem Plateau bin.«

»Ich glaube, ich beginne zu verstehen, was du meinst.«

»Oh, ich wünschte, ich könnte dir zeigen, was es ist. Eine Welle sich auf diese Weise zunutze zu machen ...«

»Nein, nein, mein Freund«, sagte Mundaway, »es ist dein *Träumen*, das ich allmählich zu verstehen glaube.«

»Kann man die Träume eines anderen verstehen?«

»Nur wenn die Träume die gleichen sind.«

Jordan spürte die Stiche von tausend Steinchen unter seinem Rücken. Sie bissen ihn wie die winzigen Krabben der Felsentümpel.

»Erzähl mir von deinen Träumen, Mundaway«, sagte er.

Es herrschte Schweigen, ehe der Kooree antwortete.

»Weißt du«, sagte er schließlich, »wir glauben immer, daß das Strandvolk wie die Muscheln sei, die ihr sammelt, daß es einen Kooree in euch gibt. Das sei der Grund, glaubten wir, warum eure Haut immer zerreißt und sich ablöst. Wir glaubten, daß schließlich eine Schicht zum Vorschein käme, die so dunkel wie unsere wäre.«

»Das ist kein Traum, das ist bloß ein ... ein ... Glauben.«

»Für uns, alter Freund, ist das dasselbe.«

Jordan veränderte leicht seine Lage auf dem Boden und blickte zu den Sternen empor. Er spürte die Steine nicht mehr in seinem Rücken. Er schloß die Augen für einen scheinbar kurzen Moment, aber ehe er träumen konnte, hörte er, wie Mundaway sanft seinen Namen rief.

Als er erkannte, wo er war, stützte er sich auf den Ellbogen und blickte zum Horizont hin, der jetzt im Licht der jungen Sonne gebadet wurde. Es war alles so still – auf eine Art und Weise, wie er den Ozean nur zweimal in seinem Leben gesehen hatte. Und doch unterschied sich das selbst von jenen Erlebnissen. So weit er sehen konnte, war alles einförmig rot, wie ein Feuer, das von tausend Füßen zu Tode getrampelt worden war, dem es aber irgendwie gelungen war, seine Hitze zu bewahren, während seine Flammen gelöscht worden waren. Aus der Hitze wuchsen Klumpen von Gras und knorrige schwarzstämmige Bäume, aber sie waren so wenige und standen in so weitem Abstand, daß es wirkte, als wären sie eher im Prozeß des Sterbens als des Lebens begriffen.

»Ich habe dir gesagt, Mundaway, daß du mich wachrütteln kannst. Ich bin es gewohnt – die Kinder tun es oft.«

»Ach, ich weiß, daß du das schon früher zu mir gesagt hast, und mit jedem Treffen wird mir dein Sinn klarer.«

»Ich bin froh«, sagte Jordan und erhob sich langsam. »Das ist schließlich unser Zweck, nicht wahr? Einander zu verstehen?«

Mundaway lächelte, und Jordan sah zwei Reihen quadratischer weißer Zähne.

Die beiden Männer setzten ihre Wanderung über das Plateau fort. Jordan vermißte die Brisen der Küste, und bald rann ihm Schweiß über die ganze Länge seines Leibes. Auch Mundaway glänzte, aber es war ein trockenes Leuchten. Jordan versuchte den Sandsack auf verschiedene Weise zu tragen, aber jede Lage wurde nach einiger Zeit unbequem. Schließlich gab er es auf und warf ihn sich wieder auf den Rücken.

Bald heizte sich der Boden unter Jordans Füßen wie mit Kohlen auf. Er wußte, daß es keine Erleichterung geben würde, keinen Ozean, in den er sich stürzen konnte, kein Wasser, das seine beruhigenden Tentakeln über seine Haut senden würde.

Er sprach laut die Frage aus, die ihm im Kopf herumging. »Warum hier? Warum diese Stelle?«

Mundaway blickte nicht vom Boden auf. »Alter Freund, du stellst mir jedesmal diese Frage. Vielleicht wird es dir diesmal klar werden. Wir haben keine Wahl, genauso, wie unser Volk keine Wahl hat.«

»Die Leute von der Küste könnten alle die Klippen erklimmen, wie ich es getan habe, und die Kooree könnten vom Plateau zum Strand hinabklettern.«

»Ja, aber sie denken nicht einmal daran.«

»Aber ich tat es.«

»Du empfingst einen Ruf.«

»Das hast du mir schon früher erklärt, und wie ich gesagt habe, vernahm ich nie andere Stimmen als die meines Volkes, und ich höre keine Klänge als die des Meeres und des Windes.«

»Und dennoch bin ich immer da, wenn du die Klippe erklimmst. Wie weißt du, wann es an der Zeit ist?«

Jordan schüttelte bedächtig den Kopf. »Ich weiß es eben. Ich fühle es.«

»Das ist der Ruf, alter Freund.«

»Sogar beim ersten Mal? Vor so vielen Jahren?«

»Ja, ich habe dich damals gerufen, und du hast es gehört.« Jordan spürte die Sonnenhitze im Gesicht und kämpfte um jeden Atemzug. »Die Luft bewegt sich hier oben nie«, sagte er und blickte sich um. »Nichts bewegt sich außer uns.«

»Oder ist es so, daß wir stillstehen und sich alles um uns bewegt?«

I. WIEGAND 伊凡 94

»Deine Gedanken sind zuweilen seltsam.«
»Wie die deinen, alter Freund, wie die deinen.«

Am vierten Tag erreichten sie die Stelle. Jordan stach wie bei den anderen Malen das Grün in die Augen, das plötzlich aus der roten Leblosigkeit hervorbrach. Bäume breiteten sich unter den Felsausläufern aus, wie die Myriaden von Lebewesen in einem Felsentümpel – Stämme von gesprenkeltem Grau und Braun, wächserne Blätter von der Farbe von Tang.

Mundaway führte auf dem Weg zu dem Wasserloch, obwohl Jordan so oft hiergewesen war, daß er jetzt den Weg selber kannte. Er erinnerte sich, daß es der Kooree zuerst als groß beschrieben hatte, aber für jemand, der sein ganzes Leben am Strand verbracht hatte, war es verschwindend klein.

Sie stürzten sich in das warme Wasser und wuschen sich den roten Staub ab, der wie eine Extraschicht Haut an ihnen haftete.

Jordan tauchte tief und trank mit bewußter Anstrengung das Wasser, das, wie er wußte, nicht salzig sein würde. Er öffnete die Augen. Durch das Wasser konnte er Mundaway unter der Oberfläche schweben sehen, statisch wie die Landschaft auf dem Plateau.

Jordan stieß sich vom Boden ab und schoß zur Oberfläche hoch. Er machte ein paar Tempi, zuerst in Rückenlage, dann in Brustlage, und schließlich tauchte er wieder. Mundaway war noch immer da, bewegungslos, und Jordan schwang sich zu ihm hinüber. Er wollte ihn am Arm fassen, aber der Kooree bedeutete ihm, zur Oberfläche zurückzukehren. Jordan schwamm zurück und ließ sich auf dem Bauch treiben, so daß er ihn beobachten konnte.

Schließlich kam Mundaway allmählich an die Oberfläche. Als er den Wasserspiegel durchbrach, schnappte er nach Luft.

»Warum tust du das?« fragte Jordan.

»Es macht mir Vergnügen.«

»Bloß hier zu schweben? Das macht keinen Sinn.« Jordan spritzte Wasser in die Luft und sah zu, wie es in Riesentropfen in den Teich zurückfiel.

»Und sag mir, mein Freund«, fragte Mundaway, »warum tust du das?«

Jordan dachte einen Augenblick lang nach. »Ich ... ich weiß es nicht. Ich tue es einfach. Ich habe es immer getan.«

»Erkennst du, warum ich so viele deiner Fragen nicht beantworten kann?«

Jordan bemerkte plötzlich, daß sie nicht allein waren. Er schnappte nach Luft. Zwei Dutzend dunkler Kooree-Gesichter umgaben das Wasserloch und beobachteten sie.

Mundaway rief etwas in seiner Sprache, aber Jordan konnte kein einziges Wort verstehen. Einer der Koorees entgegnete etwas, und dann wandten sie sich alle langsam um und verschwanden wieder zwischen den Bäumen.

»Dein Volk?« fragte Jordan.

»Ja.«

»Wie lang waren sie hier?«

»Immer.«

»Das habe ich nicht gemeint. Du hast mich so oft an diese Stelle geführt. Wo waren sie da?«

»Sie waren immer hier. Du hast sie bloß nicht gesehen.«

»Und diesmal darf ich sie sehen?«

»Ja, diesmal ist es anders.«

Sie stiegen aus dem Wasser und setzten sich auf die Felsen, damit die Sonne die Feuchtigkeit auf ihrer Haut trocknete. Jordan beobachtete die Spiegelung der Bäume in dem Teich. Das Wasser war so klar und ruhig, daß er nicht nur das Bild, sondern auch bis auf den Grund sehen konnte.

»Mundaway, hast du immer zwei Dinge gleichzeitig gesehen?« fragte er.

»Nein, mein Freund, aber ich spüre, daß es das ist, was wir beide in all diesen Jahren versucht haben. Heute nacht, vielleicht, heute nacht.«

Als die Dunkelheit herabsank, stand Jordan auf und blickte sich ängstlich nach dem Sack voll Sand um.

»Mach dir keine Sorgen«, sagte Mundaway. »Mein Volk hat ihn für die Vorbereitung des Formens mitgenommen.«

»Wirst du hingehen?«

»Ich bin immer dort, wenn der Sand geformt wird. Diesmal möchten wir dich auch dabeihaben. Komm mit.«

Sie schritten zwischen den Bäumen hindurch, während die Dunkelheit tief herabsank. Bleiche, verkrümmte Äste hingen erstarrt in der Nachtluft. Vor ihnen brannte eine Gruppe von Feuern, und sie gingen darauf zu.

Sie betraten eine Lichtung, wo dunkle Gestalten im Kreis um das Feuer saßen. Mundaway deutete Jordan, daß sie durch den Kreis zum Mittelpunkt gehen sollten. Jordan konnte spüren, wie ihn die weißen Augen anstarrten und die Blicke auf seiner Haut brannten. Er sehnte sich nach der Brise der Küste, damit sie den Schweiß trocknete, der plötzlich aus seinen Poren gebrochen war, und nach dem Rauschen der Wellen, damit es die Stille ertränkt.

Zwei riesige Sandhaufen lagen neben dem Feuer, der eine dunkel, der andere weiß wie Jordans Strand. Er wandte sich zum hellen Sand.

Mundaway schüttelte den Kopf. »Nein, heute abend gehört der dunkle dir«, flüsterte er.

Jordan nickte, während er Mundaway schweigend anstarrte. Jedes Sandkorn, das er je von der Küste herbeigeschafft hatte, bis zurück zum erstenmal, war vorhanden. Sie stellten sich beide neben ihrem Haufen auf.

Plötzlich wurde die Stille durchbrochen. Der Kreis der Koorees begann mit einem seltsamen, sonoren Singsang, und eine tiefe, echoähnliche Musik erfüllte die Nachtluft.

Jordan war wie benommen. Irgendwie konnte er unter dem Klang einen tiefen, rauschenden Rhythmus ausmachen, es war beinahe, als läge der Ozean gleich hinter den Bäumen. Er blickte auf Mundaway, der jetzt kniend den weißen Sand formte. Im Licht des Feuers schienen Schatten und Funken aus seinen Händen in seine Schöpfung zu fliegen. Jordan sog die Luft ein, als er der Sand Gestalt annahm: ein Baum mit bleichen, krummen Zweigen. Er spürte ein plötzliches Jucken in den Fingern und ließ sie durch den dunklen Sand vor sich gleiten. Er fuhr mit der Hand hinein und begann sie mit Druck zu formen. Wärme schoß durch seine Arme und bei den Fingerspitzen hinaus. Nach einem Augenblick trat er zurück und konnte erkennen, daß er ein Boot einschließlich der Paddeln geformt hatte.

Der Gesang erfüllte noch immer die Luft, aber der Klang der sich brechenden Wellen im Hintergrund war jetzt lauter. Er starrte zu Mundaway hinüber, der jetzt seinen Sand umformte. Die Gesänge wuchsen an, als Jordan erkannte, daß der Kooree eine kleine Nachbildung des Wasserlochs geschaffen hatte, in dem sie geschwommen waren. Beinahe ohne es zu erkennen, begann er den Sand umzuformen, und gerade als die Wellen sich in der Luft um ihn brachen, erkannte er, daß er die felsigen Grenzen und die Klippenfront des Strandes seines Volkes geschaffen hatte.

Er blickte zu Mundaway hinüber, aber der hatte sich wieder an die Arbeit gemacht. Die Gesänge schienen jetzt klarer zu sein, ungeachtet der Geräusche des Ozeans. Er wußte, daß sich die Kooree bemühten, irgendwie zu ihm zu sprechen, und er schloß die Augen, um sich auf ihre Worte zu konzentrieren. *Beinahe. Beinahe!*

Als er die Augen schloß, stellte sich jedoch keine Schwärze ein. Auf gewisse Weise war es fast, als hätte er sie zum erstenmal geöffnet. Er konnte Flammen aus Licht hinter seinen Augenlidern blitzen sehen. Er konnte sehen, wie sich in seinem Kopf wirbelnde Gewässer drehten. Seine Hände bewegten sich jetzt ohne seinen Einfluß, seine Finger waren voller Feuerfunken.

Er sah riesige Boote mit weißen Segeln inmitten des Ozeans. Dann hörte er Geräusche wie das Brechen trockener Zweige, bloß hundertmal lauter. Er zuckte zusammen, öffnete aber die Augen nicht. Er sah Flammen, und er sah uralte Bäume zu Boden krachen. Er sah dunkle Kooree-Gesichter, krumm wie Zweige, und er hörte sie schreien, und schreien … und schreien.

Dann verlagerte sich das Bild. Er war von Menschen umgeben, unzähligen Strandbewohnern, mit Augen wie seinen, mit Haut wie seiner. Und es waren überall Felsen, aber nicht gezackte wie die am Strand, sondern glatte, wie das Wasser des Teichs, und alle stiegen zum Himmel empor wie ungeheure Klippen.

Er konnte hören, daß ihn etwas rief, von unterhalb der glatten Felsen unter seinen Füßen. Rief, wie … wie …

Er streckte die Hand nach unten aus, um im Erdreich zu graben, aber es wollte nicht nachgeben, und seine Finger begannen zu bluten.

»Helft mir«, rief die Stimme. »Ich verstehe nicht.«

Und dann war es, als wäre er von einer Riesenwelle erfaßt worden, und er wurde in den Himmel emporgeschwemmt. Über die ungeheuerlichen Klippen, unendlich hoch, und noch immer höher. Er war von einem erstickenden, grauen Staub umgeben. Er versuchte zu atmen, aber nur Rauch kam in seine Lungen und erfüllte den Leib mit Krankheit. Seine Haut begann zu jucken und zu brennen. Flammen brachen aus seiner Haut und brannten dunkle, schwärende Wunden. Wiederum konnte er den Ruf nach Hilfe vernehmen, der von tief unten kam, aber diesmal fiel er in den Schrei nur ein.

Er öffnete die Augen und bemerkte, daß Mundaway zu ihm herübersah. Und Jordan erkannte, wozu der Sand des Koorees geworden war: Da, vor Mundaway, stand eine vollkommen geformte Menschengestalt – Jordan selbst.

Er blickte auf seinen eigenen Sand hinunter und sah nichts als einen formlosen Haufen. Er fühlte, wie ihm eine Träne über die Wange lief.

»Komm mit«, sagte Mundaway, ergriff Jordan am Arm, und sie durchbrachen den Kreis der noch immer singenden Koorees.

Als sie das taten, schien sich aus dem Nichts ein beißender Wind zu erheben und ihre Gesichter zu peitschen, ein Wind mit dem unverkennbaren Geruch der Meeresgischt.

»Es tut mir so leid«, sagte Jordan.

»Nein«, sagte Mundaway, »du hast noch immer nicht verstanden. Es hat keinen Zweck, traurig zu sein. Wir brauchen jetzt etwas anderes.«

Sie gingen zum Wasserloch zurück. Der Wind steigerte sich zu einer Wildheit, wie sie Jordan selbst in den heftigsten Stürmen nicht erlebt hatte. Als sie den Teich erreichten, wirbelte das Wasser, als versuchte es, dem Felsengelaß zu entkommen. Wellen stiegen höher empor als selbst die mächtigsten Wogen des Ozeans.

Jordan starrte Mundaway an. Die beiden Männer sahen einander tief in die Augen, und sie verstanden.

»Gehen wir«, sagte Jordan.

Sie tauchten in das Wasser ein und wurden sofort zurückgeworfen. Abgeschürft erhob sich Jordan, starrte auf das Wasser, während der Wind an ihm zerrte, und suchte nach einer Stelle, wo er hineinkommen könnte.

»Dort drüben«, sagte er und faßte Mundaway am Arm.

Dieses Mal wurden die beiden Männer, als sie aufs Wasser aufschlugen, von einer Welle ergriffen. Sie wurden auf die Spitze emporgetragen, bis sie nicht mehr höher empor konnten. Das Wasser toste um sie, und mit ihnen und durch sie und teilte seine Kraft mit ihnen. Und dann fing es an zu schäumen, und sie spürten, wie das sich kräuselnde Weiß über ihre Haut schoß. Die Welle verging, und sie vergingen mit ihr, und sie blieben mit ihr bestehen, weiter und weiter, bis sie schließlich auf die Felsen ausgespien wurden.

Sie liefen zurück zu der Stelle, wo sie hineingelangt waren, und tauchten wieder hinein, ritten auf einer anderen Welle auf das Ufer, ritten immer wieder und beteten, daß es nie enden würde. Bis es schließlich, wie alles, aus war, und sie erschöpft auf den Felsen lagen.

»Jetzt weißt du es«, sagte Jordan, halb lachend, halb weinend, während der Wind noch immer um sie heulte.

Mundaway erhob sich taumelnd. »Wir sind noch nicht fertig«, sagte er und kehrte ans Feuer zurück.

Die Koorees sangen noch immer im Chor und tanzten im Rhythmus ihren seltsamen Tanz zwischen den Bäumen. Jordan und Mundaway durchschritten den Kreis und waren sofort vor dem Wind geschützt.

Mundaway deutete auf Jordans umgeformten Haufen. »Du mußt rasch arbeiten«, sagte er. »Mein Volk kann den Wind nicht mehr viel länger draußenhalten.«

Jordan streckte die Hand aus, und seine Finger begannen mit dem Sand zu arbeiten. Er drückte und klopfte ihn in Form, knetete ihn, preßte ihn, ließ ihn zwischen den Fingern laufen.

Schließlich nahm er die Hände weg, um sich anzusehen, was er geformt hatte. Es war unverkennbar die dunkle Figur von Mundaway.

»Ich habe es geschafft«, sagte er stolz.

»Nicht ganz«, sagte Mundaway. »Unsere Arbeit ist noch nicht ganz fertig.«

Er streckte die Hand nach der Jordan-Figur aus, die er geformt hatte, schöpfte eine Handvoll Sand von dem Kopf und trug sie hinüber zu einer Stelle zwischen den beiden Figuren. Jordan nickte und tat dasselbe. Sie fuhren damit fort, bis sich die beiden Sandarten in einem großen Haufen vermischten – der helle und der dunkle.

Jordan verspürte einen Windstoß im Gesicht.

»Der Gesang endet bald«, sagte Mundaway. »Wir haben nur wenig Zeit.«

Gemeinsam arbeiteten sie hastig mit dem Sand. Finger, Hände, Arme arbeiteten im Gleichklang. Jordan konnte hören, wie der Wind bei dem Versuch, hereinzubrechen, um sie anzugreifen, wie ein Ungeheuer heulte, und er arbeitete noch schneller.

Das Heulen wuchs an, bis der Gesang der Koorees kaum noch zu hören war.

»Werden wir fertig?« rief Jordan.

Mundaways Antwort war ein grimmiges Lächeln.

Dann, plötzlich, als die heftigen Windböen ihre Gesichter zu peitschen begannen, war das Werk vollendet. Dort vor ihnen stand ein Riese von Mann, seine Farbe nicht die Bleiche des Strandes oder das Dunkle der Koorees, sondern etwas dazwischen.

Als sie betrachteten, was sie geschaffen hatten, verstummte der Singsang, und die Windbö durchbrach mit voller Wut den Umkreis. Jordan wurde beinahe von den Füßen gefegt. Er weinte vor Enttäuschung, als der Wind den Sand angriff und ihn in tausend wilden Wirbeln in die Luft schleuderte.

Einiges davon traf seine Haut, und es fühlte sich an wie die Stiche des Ozeans, und er schloß die Augen, um sie vor den in die Luft geschleuderten Sandkörnern zu schützen.

Als er sie wieder öffnete, sah er, wie die letzte Sand-
wolke über die Baumwipfel in den Himmel der Mor-
genröte raste, und er spürte, wie ihm die Tränen in die
Augen schossen.

Er fühlte eine Hand, die ihn jetzt am Arm hielt.

»Weine nicht, alter Freund«, sagte Mundaway. »Der
Sand hat seinen Zweck erfüllt. Wir haben schließlich
Buße getan.«

Jordan blickte dem Kooree in die Augen, als er erkannte, daß Mundaway diesmal in seiner eigenen
Sprache zu ihm gesprochen hatte, und daß er es verstanden hatte.

Originaltitel: ›THE DARK UNDER THE SKIN‹ • Copyright © 1995 by Dirk Strasser •
Originalausgabe • Mit freundlicher Genehmigung des Autors • Copyright © 1995 der
deutschen Übersetzung by Wilhelm Heyne Verlag, München • Aus dem australischen
Englisch übersetzt von Franz Rottensteiner • Illustriert von Ingo Wiegand

LEGITIME ZIELE

Um dreizehn Minuten nach zehn Uhr abends begriff Johnny Considine, dreiundzwanzig Jahre alt, daß sein Leben von nun an durch die Fernsehnachrichten bestimmt würde. Es war der letzte Bericht vor der Pause, gleich nach einem Beitrag über ein geplantes UN-Konsulat auf der Mutterwelt der Shi'an, die sechzig Lichtjahre von der Erde entfernt lag.

Heute hat die Polizei in Belfast ...

»Ich kann mir nicht vorstellen, daß jemand im Ernst glaubt, sie kämen von einem anderen Planeten«, sagte Orlaith, mit der er seit drei Wochen befreundet war, während sie noch eine Schaufel voll Kohlen und leerer Zigarettenschachteln auf das Feuer lud. Johnny reckte den Hals, um an ihr vorbeispähen zu können. Wie gebannt starrte er auf den Bildschirm.

... erschossen. Ein Mann und eine Frau wurden verhaftet ...

Der Leichnam war halb mit einer grünen Öljacke zugedeckt. Eigentlich sah man überraschend wenig Blut. Die Füße in den Dreizehn-Loch-Doc-Martens-Boots waren in einem unnatürlichen Winkel nach außen gebogen.

»... Pech, daß sie ausgerechnet auf diesem Planeten landeten. Weißt du, sie riechen bestimmt ganz komisch.«

Polizisten. S.S. R.U.C. Die schwarzen Dreckskerle standen herum und hielten ihre großen Gewehre im Arm wie Babies.

... Castlereagh Gefängnis. Man hält sie für ...

»He, Orlaith, kannst du deinen fetten Hintern mal ein Stück zur Seite rücken? Ich will das sehen.«

Grauenhafte Fotos. Auf diesen Bildern sah jeder aus wie ein Terrorist. Aoife Brennan. Charlie Fitzpatrick. Kein Zweifel, Herr Nachrichtensprecher, es *sind* die Schuldigen.

»Wenn sie *alle* hierherverfrachteten, würde das alle unsere Probleme lösen. Stell dir vor, alle acht Millionen wären hier. Dann gehörte jeder einer Minderheit an. Bei den Hongkong-Chinesen hätten sie die Chance gehabt, aber sie haben sie verpaßt; und mit den Sheenies machen sie den gleichen Fehler ...«

»Shi'an. Es wird Shi'an ausgesprochen. Hat was mit dem dualen Aspekt ihrer Sexualität zu tun.«

... Mitglieder der I.R.A. Computerterrorismus-Einheit, die für den Braunen Mittwoch verantwortlich war, als die Börsenkurse in den Keller purzelten, und die Northern Bank zusammenbrach ...

»Bist du ein Experte für Sheenies? Ich setz Wasser auf. Willst du 'ne Tasse?«

»Was? Ja. Danke. Schwarz ...«

»Und ohne Zucker. Ich weiß schon.«

... ein viertes Mitglied der Bande ist flüchtig und konnte bis jetzt noch nicht dingfest gemacht werden, obwohl die Polizei mit einer schnellen Verhaftung rechnet. Andererseits ...

Das Wasser im Kessel fing laut an zu blubbern. Irgendein Tüftler hatte mal bewiesen, daß ein Wasserkessel genauso viele Dezibel erzeugt wie eine startende Boeing.

»Darf ich mal dein Telefon benutzen?«

»Du weißt, wo es ist.« Es war ein gelbes Münztelefon, das gierig fünfzig-Pence-Stücke schluckte und vollgekritzelt war mit Nummern von Taxi-Unternehmen und Pizza-Lieferanten. Als er den Hörer abnahm, übermannte ihn ein Anfall von Panik, und ihm wurde flau im Magen. Er mußte sich am Treppengeländer festhalten, um nicht umzukippen. Seine Hoden fühlten sich wund und empfindlich an wie zwei enthäutete Aprikosen. *Rring-rring.* Sei zu Hause, du Mistkerl. *Rring-rring.* Geh ran, du Mistkerl. *Rring-rring. Rring-rring. Rring...*

»Eugene, hör zu. Hör mir nur zu. Sie haben Aoife und Charlie geschnappt. Joey ist tot. Er ist tot, Eugene. Sie haben ihn erschossen.«

»Großer Gott, Johnny. Großer Gott...«

»Paß auf. Mikey konnte abhauen. Ich hab keine Ahnung, wie er es geschafft hat, und ich weiß auch nicht, wohin er sich abgeseilt hat. Du weißt, ich hab den Bullen nie getraut, und jetzt, wo Mikey irgendwo herumläuft, trau ich ihnen noch viel weniger. Schnapp dir also das Nötigste und verschwinde.«

»Johnny. Verdammt noch mal, Johnny...«

»Johnny?« Die Stimme kam aus dem Wohnzimmer mit dem wärmenden Feuer und den Postern von Tennisspielerinnen, die sich den Hintern kratzen; die alten Möbel wirkten genauso freundlich und verwahrlost wie der Köter eines Alkoholikers. Eine andere Welt, Johnny, ein anderer Planet. »Kaffee!«

»Eine Sekunde, Orlaith, okay?« Er hielt sich die Sprechmuschel dicht an den Mund. »Wenn wir uns nicht kennen, können wir uns gegenseitig auch nicht schaden. Tu mir den Gefallen, und such mich nicht, Eugene. Sprich nicht von mir, und frag dich nicht, was ich vorhabe. Für dich bin ich gestorben, kapiert?«

Die Münzen fielen klappernd in den metallenen Schlund der Britischen Telecom. Im Alter von dreiundzwanzig Jahren, um zehn Uhr achtundzwanzig, nahm John Considine seine geliebte schwarze Lederjacke von Orlaith Hughes Garderobe, pirschte sich leise aus der Wohnung in der Malone Avenue 27, und marschierte los.

Von einem Geldautomaten hob er soviel Bares ab, wie seine Karte erlaubte. Am Ende von West Link hielt

er mit ausgestrecktem Daumen einen vorbeikommen-
den Pandoro an. Um fünf Uhr früh saß der Fahrer in
der *Trucker's Lounge* und verputzte eine herzhafte
Mahlzeit; Johnny stand an der Heckreling und sah zu,
wie das Land, in dem er geboren worden war, mit der
grauen Morgendämmerung verschmolz, während das
große, blau-weiße Schiff ihn ins Exil brachte.

Es gibt ein perverses, universelles Gesetz: Solange
einem der Rückweg offensteht, benutzt man ihn nicht.
Doch sobald man umkehren *will*, gibt es keine Möglichkeit mehr, die Richtung zu ändern.

Als Johnny Considine acht Jahre alt war, schickte
man ihn für den Sommer nach Florida zu seinem
Onkel Ciaran. Onkel Ciaran, der sich mit Achtjährigen
auskannte, nahm ihn mit nach Disneyland. Während
sie sich den Space Mountain hinaufschlängelten (»Von
hier aus noch eine halbe Stunde«, »Hier können Sie
Fotos machen«), bemerkte Johnny eine Anzahl gut-
markierter Ausstiege. »Für diejenigen, die die Nerven
verlieren«, hatte Onkel Ciaran erklärt. Johnny fühlte
sich in seiner Männlichkeit verletzt und hatte die Ausstiege verschmäht. Zehn Personen stiegen aus dem
Wagen. Sein Mut sank. Fünf Personen stiegen aus. Er
geriet in Panik. Keine Fluchtmöglichkeit mehr, es gab
kein Zurück. Das lächelnde Personal hob ihn hoch und
schnallte ihn an. Johnny Considine, acht Jahre alt und
ohne einen Ausweg aus seinem Dilemma, pißte sich in
die Hose.

Vierzehn Jahre später war die Falle subtiler, aber genauso gnadenlos. Ein junger Mann mit Hochschulab-
schluß wurde von der Dame Europa dazu verdammt,
von der Hand in den Mund zu leben. Wenn man als
Freiberufler Unterverträgen nachjagen mußte, die die
großen Firmen und Konzerne vergaben, war die Frustration unausweichlich.

Alte Feinde heckten neue Ungerechtigkeiten aus.

Menschen, oder Dinge, die vorgaben, Menschen zu sein, kamen von den Sternen, um auf der Erde zu wohnen; aber Johnny lernte, daß die alten Probleme andauerten, daß die alten Kriege kein Ende nahmen, daß die alte Schlacht weitertobte.

Schmeicheleien. Ach, *Johnny*; er wurde gelobt. Ach, *Johnny Johnny*; er wurde belohnt. Ach, *Johnny Johnny Johnny*; er wurde verführt. Tu dies für mich, Johnny; mach das für uns, Johnny. Schmuggel dich in dieses Programm ein, Johnny, streu dieses Virus aus, Johnny.

Trotzdem sah er die Fluchtwege, die Ausgänge. Er wußte, was mit ihm geschah, wohin man ihn steuerte, wie man ihn manipulierte. Doch er war mit allem einverstanden, er machte mit. Jederzeit hätte er kneifen und türmen können. Aber als es dann so weit war, daß er aussteigen wollte, ging es plötzlich nicht mehr.

Der Braune Mittwoch war ein Witz gewesen; eine cybernetische Pantomime, in der massenhaft Leute umherflitzten und ein großes Geschrei anstimmten. An einem Vormittag gab es auf dem Aktienmarkt einen Wertverlust von dreißig Milliarden Pfund. Johnny Considine staunte über das Wunder der Chaostheorie, nach der eine winzige Welle im fiskalischen Ozean langsam, aber unvermeidlich, zu einer fünfzig Fuß hohen Wasserwand eskalierte, von der die Preise herabstürzten.

Zwischen Morgenkaffee und Lunch kostete die Irisch Republikanische Armee die ›Alte Hure Britannia‹ mehr als fünfzig Jahre bewaffneten Widerstands. Vierundzwanzig Stunden später, bekam die ›Alte Hure Britannia‹ alles wieder zurück.

Die Vernichtung der Northern Bank PeeEllCee, bereitete Johnny Considine persönlich eine große Genugtuung. Die Virussysteme waren erstklassig konzipiert; robust, nicht aufspürbar, mit endlosen Verwandlungsmöglichkeiten. Fünfzehn Minuten, nachdem sie eingespeichert waren, hatten sie sämtliche Aspekte der Bankoperationen infiziert.

Sechzig Millionen Pfund verschwanden von den Konten der Privatleute, der kleinen Unternehmen und der Konzerne. Einen Monat brauchte man, um das System zu säubern, dann kam die Datenschutzkommission darauf, daß der Ursprung des Virus in einer Zweigstelle zu suchen war, die vor einiger Zeit einem gewissen Mr. John Considine die Eröffnung eines Kontos verweigert hatte, weil er als Freiberufler angeblich kein garantiertes regelmäßiges Einkommen hätte. Die Northern Bank PeeEllCee hatte Mr. John Considine vergessen. Aber umgekehrt war es nicht der Fall.

Dann kam die Operation West Drayton, und Johnny Considine stieg von dem hohen Berg herunter, den er mit Robin Hood, Butch und Sundance und allen anderen heroischen Schurken geteilt hatte. Er begriff, daß Hunderte von Menschen sterben, in Flammen umkommen würden, wenn er das tat, was man von ihm verlangte. Er suchte nach einer Ausstiegsmöglichkeit, aber die Fluchtwege waren alle versperrt. Wieder wurde er hochgehoben und in einen langsam nach oben kriechenden Karren geschnallt. Johnny Considine wartete, bis er den Gipfelpunkt erreicht hatte, und vom Rand des Abgrunds sprang er in die Finsternis.

Am Ende des schwarzen, zweigeteilten Asphaltbandes, das sich durch den Tag und durch die Nacht schob, fand er ein London vor, das so fremdartig anmutete, als sei es bereits ein Teil der Shi'an-Welt: Sampan-Vororte drängelten sich auf der anbrandenden Flut unter Kleopatras Nadel; wieder wäre es einem modernen Dr. Johnson möglich gewesen, den See von London trockenen Fußes zu überqueren. Kartons und

Kisten verstopften die Plätze und Höfe, von den Bäumen standen nur noch Stümpfe, weil man die Äste als Brennmaterial verheizt hatte.

Auf dem Bahnhof von Shepherd's Bush Central Line, versuchte ein weißer Jugendlicher mit einem Stanley-Messer, Johnny zu berauben; doch er türmte mit leeren Händen, sowie er den Ulster-Akzent hörte.

Als Johnny seinen ersten Außerirdischen sah, der gerade vor dem King's Cross Thameslink ein Baguette mit Käsesalat und Mayonnaise kaufte, glotzte er ihn betroffen so lange an, daß er seinen Bus verpaßte. Egal, wie oft er danach in der City einem Shi'an begegnete, er mußte gaffen, und eine tiefe Unruhe senkte sich in seine brave Christenseele.

Mit seinem letzten Geld zahlte er die Kaution und eine Monatsmiete für eine Bude in Limehouse. Gegenüber seinem Fenster stand ein Kirchturm, und jeden Tag trat ein Vikar an die Brüstung, um die Welt in allen vier Himmelsrichtungen zu betrachten. Johnny, der ihn von seinem Ausguck aus beobachtete, stellte sich vor, daß er je nach Einschätzung der Lage entschied, ob er sich hinabstürzen sollte oder nicht.

Johnny raffte sein ganzes Talent zusammen und bekam den Auftrag, Benutzerbibeln für stinklangweilige PC-Software zu schreiben. Das Honorar floß auch nicht regelmäßiger als in Belfast, war aber höher.

An seinem fünften Sonntag in London ging Johnny nach draußen, um eine Zeitung zu kaufen. Er kam an einem Hauseingang vorbei, in dem ein Penner in Armeeklamotten lag; die Füße in den Dreizehn-Loch-Doc-Martens-Boots waren in einem unnatürlichen Winkel nach außen gebogen. Die Zeitung wurde nicht gekauft.

Als Johnny wieder vor seinem Zimmer stand, zitterte er so heftig, daß er fünf Anläufe brauchte, um die Tür zu öffnen. Dann warf er sich der Länge nach aufs

Bett und wurde von fürchterlichen, trockenen Schluchzern geschüttelt.

Er hatte Joey nicht gemocht; er hatte Joey sogar gefürchtet. Zum Schluß hatte er Joey gehaßt, aber dann lag Joey unter der grünen Jacke irgendeines Passanten, und er selbst war als Flüchtling in einem fremden Land gestrandet.

Es gab ein Lokal mit dem bescheidenen aber zutreffenden Namen *Moe's Imbiß und Bar*, in das er sich retten konnte, bevor ihm die Decke auf den Kopf fiel. Es war die Art von Restaurant mit guter, preiswerter Küche und kitschigem Interieur, das zwangsläufig irgendwann einmal in Mode kommen muß, weil es sich jeder Mode strikt widersetzt.

Die wuchtige Cappuccino-Maschine mit dem kaiserlichen Adler auf der Spitze, war schon mit Mussolini in Abessinien gewesen.

Die Platten in der Musikbox – mit Münzeinwurf und keinerlei modischem Firlefanz – waren seit vierzig Jahren nicht ausgewechselt worden und trieben selbst den hartgesottensten Gästen die Tränen der Nostalgie in die Augen, wenn sie sich nach einer Zeit zurücksehnten, in der ihre Eltern vermutlich noch nicht einmal gezeugt worden waren.

Für die, die gern in Gesellschaft aßen, standen Drehhocker mit Fußstützen längs der Theke. Wer lieber für sich blieb, konnte sich in eine Nische mit kunstlederbezogenen Sitzbänken verdrücken; auf den Tischen lagen abwaschbare Speisekarten, und die Pfeffer- und Salzstreuer aus rostfreiem Stahl glichen Dumdum-Geschossen für Elefanten. Die Flaschen mit dem Tomaten-Ketchup trugen Halskrausen aus Papier, um die unappetitlichen, angetrockneten Tropfen zu verbergen, die an aufgeschlitzte Kehlen erinnerten.

Moe selbst war wie ein freundlicher Bär; für kleineren Ärger hielt er über dem Regal mit den Weingläsern einen Baseballschläger bereit, für richtigen Stunk hatte er unter dem Tresen eine geladene Fiuzzi Automatic versteckt. Wohl deshalb traten in seinem Laden Probleme gar nicht erst auf. Das Bedienungspersonal bestand aus fünf höflichen, freundlichen, tüchtigen und gut geschulten Leuten; sie stammten aus China, Westindien, Schottland und von Shi'an.

Als die Außerirdische das erste Mal an seinen Tisch trat, um seine Bestellung auf einen kleinen Notizblock zu kritzeln, war Johnny so verblüfft, daß er sie nur stumm anstarren konnte. Vor ihm stand ein Wesen, das von einer sechzig Lichtjahre entfernten Welt kam.

Sein Leben lang hatte er nur abstrakte Informationen aufgeschnappt. Vage entsann er sich an Dokumentationen im Fernsehen, als er noch ein Kind war, und wie seine Mutter den Kasten jedesmal abschaltete, wenn heikle Themen angeschnitten wurden. Man hörte in der Schule etwas über Shi'an, und er hatte sich ein Album angelegt, in das er Artikel aus dem *National Geographic*-Magazin einklebte. Er las, was in den Enzyklopädien über sie stand, und beschäftigte sich mit Forschungsberichten. In tausenderlei Hinsicht unterschieden sich die Shi'an von den Menschen. Sie hatten eine andere Haut, und ihr Schweiß und ihre Körperausdunstungen besaßen eine andere, sonderbare Konsistenz. Sie waren größer als der Durchschnittsmensch, und die Schwerkraft auf ihrer Heimatwelt war geringer als die der Erde. Sie besaßen gertenschlanke Körper, wie Kinder; und wie bei Kindern, konnte man auf den ersten Blick keine spezifischen Geschlechtsmerkmale ausmachen. Die Sexualität der Shi'an wurde hauptsächlich durch Pheromone bestimmt, und weniger durch physiologische Unterschiede.

Er – oder sie – hatte große Augen; die ovale Iris war beinahe schwarz. Eine breite Nase – wahrscheinlich, weil die Geruchsnerven so ausgeprägt waren, einen schmalen Mund und dünne Lippen. Die Ohren waren winzig; mitten über den Schädel lief ein Streifen aus kurzem, dunkelrotem Fell, das im Nacken zu einem weichen Flaum ausdünnte, und im Halsausschnitt von *Moe's Imbiß und Bar*-T-Shirt verschwand.

Johnny fühlte sich an einen Terrakottakopf von Benini erinnert, den er einmal in einer Kunstgalerie in der Botanic Avenue gesehen hatte, und in den er sich auf Anhieb verliebte.

»Möchten Sie etwas bestellen?« Die leise Altstimme hätte zu einer Frau oder zu einem Mann gehören können. Der Akzent war einerseits nicht zu identifizieren, andererseits kam er ihm verflixt bekannt vor. An der linken Hand, die mit dem Bleistift über dem Schreibblock schwebte, waren drei Finger.

»Entschuldigung, ich nehme... Verzeihen Sie, darf ich Sie etwas fragen?«

»Kommt drauf an.«

»Sind Sie ein Mann oder eine Frau?«

»Ich bin ein Mädchen«, sagte die Shi'an, und ihre Antwort beendete sämtliche Spekulationen und Widersprüche, die ihn bis zu dieser Sekunde beschäftigt hatten. »Was nehmen Sie?«

Nachdem sie das Geschirr abgeräumt hatte, blieb Johnny noch lange in der Nische sitzen; er atmete ihre intimen Düfte ein und fühlte Dinge, die er nicht ganz verstand, aber sein Leben lang gekannt hatte. Während sie servierte, hatte sie kein einziges Mal gelächelt.

Obwohl Johnny ein Stammgast wurde, kostete es ihn viel Mut, als er an einem Dienstag seinen Compaqt in *Moe's Imbiß und Bar* mitnahm. Drei Wochen lang hatte er gebraucht, um diesen Entschluß zu fassen, auch wenn die Nischen ungestört waren, und die Atmosphäre ihn mehr zum Arbeiten inspirierte als das trostlose Zimmer mit dem Blick auf den melancholischen Vikar. Er befürchtete, irgendwelche anderen

Gäste könnten über die Trennwand peilen und ihn fragen, ob er ein Schriftsteller sei, ob er alles verkauft hätte, ob er unter seinem richtigen Namen veröffentlichte. Keiner kümmerte sich um ihn, mit Ausnahme der Shi'an.

»Was schreiben Sie?« Sie stellte sein übliches Glas Bier auf einen Untersetzer und kiebitzte auf den Schirm. Die Art, wie sie sich bewegte, ihr Habitus und ihre Körperhaltung, kamen Johnny seltsam unkoordiniert vor.

»Nur ein Computer-Handbuch. MicroServe Nemesis 4.2. Es ist eine Verknüpfung zwischen Buchführung und Firmenrecht.« Nur Mut, Johnny. Wag den Sprung von einem anonymen Gast zu einem flüchtigen Bekannten. »Aber Ihnen muß das wie eine Technik aus der Steinzeit vorkommen.«

»Wie man's nimmt«, sagte sie und ging zum nächsten Gast. Erst eine halbe Stunde später fand sie die Zeit, zu ihm zurückzukommen und hinzuzufügen: »Ich meine, es wird noch achtzig Jahre dauern, ehe ihr auch nur ansatzweise unsere Quanten-Tunnel-Prozessoren versteht; anderseits sind wir nie darauf gekommen, unser Rechtssystem in einem Computerprogramm unterzubringen. Seyamang.«

»Johnny.« Sie gaben sich die Hand, nach menschlicher Sitte. Irgendwann in der letzten halben Stunde, während sie an den Tischen bediente, hatte sie aufgehört, eine Außerirdische, ein Fremdling, eine Shi'an zu sein, und war zu einer Person geworden. Doch er hatte sie immer noch nicht lächeln sehen.

In der Nacht dachte er an sie. In Gedanken sah er sie vor sich, nackt, mit einer Haut wie eine Terrakottafigur von Benini. In seiner Phantasie streichelte er ihr Kopffell und spürte, wie die Haare seine Handfläche kitzelten. Er versuchte, sich ihre Brustwarzen vorzustellen, ihre Genitalien, ihre heißen Körperöffnungen. Die wollüstigen Exzesse seiner Einbildungskraft schockierten ihn. Soeben erst hatte er ihren Namen erfahren, und schon wollte er sie bumsen. Dabei war sie eine Shi'an, und kein Mensch. Es wäre, wie wenn er eine schöne, glänzende, rostrote Irische Setterhündin ficken würde.

Ein paar Tage lang ging er nicht zu Moe. Er versteckte sich in seinem miesen kleinen Kabuff, erschrocken über die Erkenntnis, daß das obskure Objekt seiner Begierde, dem er so beharrlich nachstellte, ein wie rote Erde gefärbtes Zwitterwesen von Shi'an war. Doch in seinen Horror mischte sich Begeisterung.

Als er schließlich wieder hinging, um die verblassende Erinnerung an Seyamang mit der realen Person zu vergleichen, war sie nicht da. Mit einer Anwandlung von Panik fragte er nach ihr.

Das Mädchen von den Westindischen Inseln, Silelé, setzte sich zu ihm in seine gewohnte Nische.

»Warum wollen Sie wissen, wo Seyamang ist?«

Ertappt. Festgenagelt. Hilflos spreizte er die Finger.

»Nur so. Ich mag sie. Ich verstehe mich gut mit ihr.«

Silelé schwieg einen Augenblick, wahrend sie ihn offenbar einzustufen versuchte. Dann fragte sie: »Sind Sie so eine Art Frook, Mister?«

»Eine Art was?«

»Frook. Das sind Männer, die auf Shi'an geil sind. Wie Homosexuelle, die auf andere Männer stehen, Päderasten, die wild auf Kinder sind, oder Gummifetischisten, die auf schwarzen Latex abfahren. Frooks sind ganz scharf auf Shi'an. Manchmal kommen sie hierher, es spricht sich herum, daß hier eine Shi'an arbeitet. Sie fangen dann an, unter dem Tisch zu wichsen und so. Aber Moe sorgt dafür, daß sie nicht wiederkommen.«

»Großer Gott, nein; ich meine, nein...« *Du meinst ja, Johnny, es stimmt doch, Johnny.* Nein, *so* war es nicht; es war nicht so abstoßend und schmutzig. *Aber wie ist es dann, guter Johnny?*

240

Silelés Haltung und Miene hatten sich nicht verändert, aber Johnny merkte, daß sein Gestammel sie überzeugt hatte.

»Ich glaube Ihnen, Johnny. Morgen ist sie wieder da. Machen Sie sich keine Sorgen. Und wenn Sie es wissen wollen, ich glaube, sie hat Sie auch gern.«

Im Mutterhaus, drunten in Docklands, habe es eine Neuzugangsfeier gegeben, erzählte Seyamang ihm nach ihrer Rückkehr. Die gesamte Schwesternschaft habe anwesend sein müssen. Ein paar hätte man sogar von Amsterdam eingeflogen. Das Fest sei in etwa ein Mittelding zwischen einer Hochzeit und Bar Mizwa*, erzählte sie, eine tolle Sache.

Trotzdem hatte Johnny das Gefühl, sie habe sich nicht gut amüsiert und sei froh, wieder in ihrem zu großen *Moe's Imbiß und Bar*-T-Shirt zu stecken und unter Menschen zu sein. Er faßte sich ein Herz und fragte sie, ob er ihr einen Drink spendieren dürfe.

»Wissen Sie was«, sagte sie, »Sie trinken ein Glas, und ich nehme das hier auf Ihr Wohl.« Aus der Hüfttasche ihrer schwarzen PVC-Jeans zog sie eine Schachtel Aspirin und nahm eine Tablette in ihre dreifingrige Hand. »Aspirin. Ein billiges Vergnügen aus dem Drogeriemarkt. Ein Pfund die Packung.« Seyamang schluckte die Pille trocken hinunter, während Johnny sein Bier trank. Er genoß die Atmosphäre in diesem Lokal, die von dem schwarzen, quietschenden Vinyl ausging; und etwas flüsterte ihm zu, daß er nach dreiundzwanzig Jahren zum erstenmal wirklich lebte.

Johnny Considine hatte sich in die Außerirdische verliebt.

Durch Mundpropaganda, und weil die ›richtigen‹ Zeitungen das richtige Maß an Hauptstadtzynismus dar-

---

* Akt der Einführung des jüdischen Jungen in die jüdische Glaubensgemeinschaft – *Anm. d. Übers.*

über ausgossen, avancierte *Moe's Imbiß und Bar* zu einem topschicken Restaurant. Ein wahrer Wüstensturm der Smarten und Schönen brach über den Laden herein.

»Lieber Himmel, Moe, was ist passiert?« fragte Johnny, als er sich zwischen Freitagabend-Gästen in Anzügen zu seinem Platz an der Bar durchkämpfte. Moe, Gläser polierend, wie immer, lächelte wehmütig.

»Jetzt sind wir ein Lokal geworden, in dem man gesehen werden muß, Johnny. Ich warte zehn Tage, und wenn wir bis dahin nicht wieder unmodern sind, sorge ich dafür, daß wir ganz schnell aus der Mode kommen.«

»He, Johnny«, schrie Seyamang durch den Radau. Sie klimperte ihm mit den langen Wimpern zu; bei den Shi'an galt das als Lächeln. Das zähnefletschende menschliche Lächeln faßten sie als Drohung auf.

»He, Seyamang! Hat alles prima geklappt. Hab das Programm mit einem Ballon via Jetstrom über Grönland nach Albuquerque geschickt, und die Disketten sicherheitshalber gelöscht. Ich finde, dafür habe ich einen guten Tropfen verdient, was?«

»Klar doch, Johnny.«

»Oi!« Ein fetter Westinder, Mitte zwanzig, über dessen zu strammem Hemdkragen Fettwülste quollen, quetschte sich an Johnny vorbei und verdrängte ihn von seinem Platz an der Bar. »Kümmer dich nicht um ihn. Wo bleibt denn mein Sloe Screw?« Als Seyamang hinter dem Tresen eine Flasche hervorholte, flüsterte der Mittzwanziger vernehmlich: »Verdammte Sheenies. Hättense lieber einen einstellen sollen, der wenigstens Englisch spricht.«

Johnny packte derselbe Schwindel wie damals, als er die Paßwörter in das Computersystem der Northern Bank eingetippt hatte. Mit messerscharfer, deutlicher Stimme sagte er: »Entschuldigung, aber so dürfen Sie nicht über sie sprechen. Sie ist eine Shi'an. Ihr Volk reiste schon zwischen den Sternen, als unsere Vorfahren sich noch gegenseitig die Läuse aus dem Fell klaubten und sie dann auffraßen. Sie ist genausowenig eine Sheenie, wie du ein Nigger bist, du Nigger.«

Eine flinke Bewegung mit der Hand. Das Bierglas, das an der Thekenkante zerschellte, verfehlte Johnnys Augen um zehn Zentimeter. Der Westinder geiferte vor Wut.

»Wie nennst du mich, du irischer Bastard? Was hast du zu mir gesagt, du verdammter, beschissener, I.R.A.-Bastard?«

»Johnny«, sagte Johnny. Sein Körper, der Körper des tobenden Westinders, das ganze Lokal mit seinen Freitagabend-Gästen, schienen aus knallbuntem, heliumgefülltem PVC zu bestehen. Jeden Moment konnte der Ballon abheben und weggeblasen werden. »Ich heiße Johnny, Sir.« Irgendwann begann Moe in diesem Chaos zu brüllen, und sein getreuer Baseballschläger trat in Aktion. Das Universum aus Vinyl wirbelte umeinander wie in einem Kaleidoskop. Gesichter verschwammen, Stimmen dröhnten, und plötzlich war Johnny mutterseelenallein in der Bar.

»Johnny, von rechts wegen hätte ich dich auch rausschmeißen müssen«, sagte Moe, aber Seyamang eilte an Johnnys Seite und drückte seine Hand.

»Danke, Bruder.«

»Ich glaub, ich muß kotzen«, sagte Johnny, der ganz blaß geworden war und schwitzte. Er schaffte es gerade noch bis zum Klo.

Sie warteten eine Stunde und zehn Minuten, bis das Lokal schloß. Der Dickwanst und sechs übergewichtige Freunde. Die feisten Freunde schlugen Johnny nieder, sorgten mit einem Tritt in die Nieren dafür, daß er liegenblieb, und drückten ihn auf den bepißten Zement, während der Dickwanst Johnny pausenlos erzählte, was er von den dreimal verfluchten Iren hielt, seine Kommentare mit wuchtigen Schlägen auf die Rippen, den Nacken und den Kopf untermalend. Verdammte *Iren; verdammte* mörderische *Bande.*

Sie stahlen sein Bargeld und seine Kreditkarten. Zum Schluß bepinkelten sie ihn und hauten ab.

»O Gott«, flüsterte Johnny. »O Jesus. O Gott. O Jesus, ich muß sterben.« Er würgte qualvoll mit leerem Magen; seine Rippen schmerzten höllisch, und er spuckte Blut. Plötzlich strahlte Licht in seine Augen, und behutsame Finger tasteten seinen Körper ab. *Drei* behutsame Finger.

»Verflucht noch mal, Johnny.«

»Seyamang.«

»Sag jetzt nichts. Ich hole einen Krankenwagen.«

»Nein, nein, Seyamang, lieber nicht. Ich kann nicht in ein Krankenhaus gehen.« Krankenhäuser; Formulare; eine Anzeige bei der Polizei wegen körperlicher Mißhandlung; polizeiliche Ermittlungen.

»Johnny, komm…«

»Ich kann dir nicht sagen, warum es so ist. Aber bitte glaub mir, ich kann nicht in ein Krankenhaus gehen.« Sie kickte den Ständer ihres alten Mopeds herunter, mit dem sie jede Nacht nach Shi'an Town zurückfuhr, und beugte sich über ihn.

Schatten huschten durch seinen Kopf. Red-out. Ihm schwanden die Sinne. Seine letzte bewußte Wahrnehmung war, wie starke Arme ihn hochhoben, und ihn ein wärmendes Gefühl der Sicherheit durchströmte, das er nur aus seiner Kindheit kannte.

Seyamang Erreth Huskravidi wohnte in einer mit viel Glas gebauten, zugigen Mansarde über einem Geschäft mit Spezialitäten aus Shi'an. Das Haus lag in The Mitre. Aus den Reservationen herausdrängend, die die Regierung Seiner Majestät ihnen zwischen den umgestürzten kapitalistischen Karyatiden von Docklands gewährt hatte, waren die Shi'an die letzten in einer Reihe von Immigranten, die die Straßen von Poplar und Westferry besiedelten.

Zuerst kamen die europäischen Juden, dann die Chinesen, als nächstes die Indo-Pakistani-Gemeinde; und dann trudelten die Flüchtlinge von einer sechzig Lichtjahre entfernten Welt ein.

Mehrlingsgeburten bei den Kolonisten – eine biologische Modifikation, um in kürzester Zeit eine unabhängige Gen-Basis zu schaffen (das Universum war groß, auch wenn ein relativistischer Mach-Antrieb es verkleinerte, und nach der Landung waren die Siedler auf sich allein gestellt) – sorgten für ein explosionsartiges Bevölkerungswachstum.

Wenn Johnny aus Seyamangs lichtdurchfluteter Wohnung auf die Straße hinabschaute, wie ein in einem Glaskasten sitzender Gott, glaubte er, auf einen dauernden Freiluft-Kindergarten zu blicken. Hochaufgeschossene, geschmeidige Shi'an-Sprößlinge hüpften unter den flatternden Totems der Schwesternschaft, jagten einander um die Stoßstange an Stoßstange geparkten Wagen und spielten mit großer Energieentfaltung Fußball. Ihr Gebrüll, Geschrei und Geschnatter hörte sich sonderbar weich und tief an.

»Johnny.«

Erschrocken drehte er sich um, und Seyamang knipste ein Foto von ihm.

»Das wird gut, Johnny.«

Ihr Job war es, bei Moe zu kellnern; ihre Berufung jedoch war das Fotografieren. Keine automatischen, auf die Schnelle geschossenen und entwickelten Bilder. Silberbromid, Emulsion, Entwickler und Fixierbad. Am liebsten Schwarzweiß-Fotos. »Ein wunderbares Medium«, hatte sie ihm am zweiten Abend gesagt, als er durch ihre Wohnung ging und sich die gerahmten Fotos ansah. »Absolutes Schwarz, absolutes Weiß. Aber mit diesen beiden unvereinbaren Gegensätzen kann man alles sichtbar machen. Wir hatten diese

Kunst vergessen, leider. Um sie wiederzuentdecken, mußte wir auf die Erde kommen.«

Die Xenologen sagten, die Technologie der Shi'an sei achttausend Jahre alt.

Seyamang fotografierte Kinder; Kinder ihres Volkes, aufgenommen, wenn sie nichts davon ahnten. Sie fing ungestellte, natürliche Szenen auf Straßen und Höfen ein und bannte sie auf Zelluloid.

»Und?« hatte sie gefragt, nach Komplimenten heischend.

»Das hier finde ich gut«, hatte Johnny gesagt und auf ein postergroßes Farbfoto gezeigt, das ein anmutig konstruiertes, interstellares Raumschiff vor einem Meer aus Sternen wiedergab. Sie hatte die Nase gerümpft; so drückten die Außerirdischen ihre Enttäuschung aus.

»Und was ist das?« hatte Johnny gefragt, eine Skulptur in die Hand nehmend, die aus flüssiger Nacht modelliert war. Wie er sie in den Händen drehte, schien sie sich sinnlich an seine Finger zu schmiegen, als sehne sie sich nach seiner Berührung.

Rasch nahm sie ihm die Skulptur wieder weg.

»Spiel nicht damit herum, Johnny. Es ist gefährlich.«

»Was ist es denn?«

»Ein Maser«, hatte Seyamang erklärt. »Ein Mikrowellen-Laser. Dem Mutterhaus gefiel die Vorstellung nicht, daß ich ganz allein lebe, ohne jeden Schutz.«

»Lieber Himmel, Seyamang ...«

»Ich werde ihn nie gebrauchen müssen, also denk nicht mehr darüber nach, Johnny.«

Fast wäre es ihm gelungen.

»Tun deine Rippen noch weh?« fragte Seyamang. *Sie* hatte ihn mit starken, sicheren Armen hochgehoben, ihn eine Meile weit und fünf Treppen hoch getragen, ihn gewaschen und seine Wunden versorgt. *Tethba*, nannte sie diese übernatürliche Kraft und Ausdauer: ein Zustand kontrollierter Raserei, den die Shi'an in extremen Situationen vorübergehend erzeugen konnten. Doch er hatte seinen Preis; völlig ausgepumpt und erschöpft, hatte Seyamang einen Tag und eine Nacht lang im Koma neben Johnny auf der Matratze gelegen.

Als Johnny bei ihrer Frage zusammenzuckte, machte sie ihm eine Tasse Kaffee. Den Kaffee hatte sie eigens für ihn gekauft. Alkohol, die meisten Fleischsorten, gewisse Parfums – vor allem Chanel – waren für die Shi'an schädlich. Dafür putschten sie andere Dinge auf: Aspirin, Tee, Autoabgase, der Geruch seiner über alles geliebten Lederjacke.

»Weißt du was«, sagte Seyamang, während sie sich behaglich auf dem Fenstersitz zusammenrollte und dabei eine Haltung einnahm, die Johnny höchst unbequem vorkam. »Ich finde, in gewisser Hinsicht sind wir beide Exilanten.«

»Wie meinst du das?« Mit gespielter Ahnungslosigkeit übertünchte Johnny eine eiskalte Anwandlung von Angst. Hatte er vielleicht gesprochen, während er bewußtlos war, oder im Schlaf gestammelt und geschrien?

»Wir sind Ausgestoßene, wir haben uns von unseren Völkern, unseren Nationen, unseren Gemeinden, getrennt. Nichts steht hinter uns, wir haben die Brücken abgebrochen.«

Die im Winter Geborene, nannte sie sich, wenn man den Narha-Ausdruck übersetzte. Eine verlorene Generation, die aus einer einzigen Person bestand. Sie war im sechsten Monat des ersten subjektiven Jahres auf der Migrations-Welt Nummer Zehn geboren worden. Ihre Mutter, eine Weltraum-Arbeiterin, die der Crew von Interstellar 36 angehörte, hatte sie während ihres abklingenden Herbstzyklus, kurz vor dem Abflug des Raumschiffs, empfangen. Ihre Existenz verdankte sie also einer Fehlkalkulation, einem Versehen, einer Abweichung von der Norm.

Während die versehentlich gezeugte Tochter mit

ihrem Kunststoffdreirad die sanft gekrümmten Korridore von Interstellar 36 entlangkutschierte, und die Crew quälte, Haschen mit ihr zu spielen, welkte ihr Vater in achtzig Jahren Weltzeit dahin.

»Ich hatte keine gleichaltrigen Spielkameraden, niemanden, mit dem ich zusammen aufwuchs. Ich konnte mich an keinen ankuscheln, niemand nahm mich auf den Schoß und hielt mich fest. Ich war immer allein. Ich mußte selbst herausfinden, was es bedeutete, eine Shi'an zu sein. Erst als ich sechs Erdenjahre alt war – nach unseren Berechnungen war ich acht –, wurden die Kinder der Ersten Generation nach der Landung geboren. Und als sie in die Pubertät kamen – wir sind frühreif, Johnny –, war ich bereits alt genug, um selbst eine Familie zu gründen.«

»Wie alt bist du denn?«

»Nach meiner Zeit bin ich achtzehn, nach eurer vierzehn Jahre alt.«

Johnny, der inmitten von Trubel und großen Kinderhorden großgeworden war, versuchte sich Seyamang vorzustellen, wie sie – einsam vor sich hinsingend – ihr Dreirad an den ordentlich aufgereihten Stasis-Särgen vorbeisteuerte, in denen die Siedler ihre fünf subjektiven Jahre bis zur Ankunft auf der Welt Nummer Zehn verschliefen. Es war unfaßbar.

Seyamang hatte die jugendliche Schwärmerei für das gleiche Geschlecht, die die Shi'an aus ihren ursprünglichen Schwesternschaften herauslöste und zu neuen Bindungen und Familienpartnerschaften drängte, nie kennengelernt. In ihren Frühlings- und Herbstzyklen packte sie ein Taifun aus Pheromonen und trieb sie dazu, sich ängstlich und unaufgeklärt mit Männern zu paaren, die viel älter und erfahrener waren als sie.

Das Gefühl, *anders* zu sein, *verkehrt* zu sein, keine *richtige* Shi'an zu sein, führte schließlich dazu, daß Seyamang sich aus der Gemeinde der Außerirdischen

248

zurückzog, ohne jedoch eine eigene Identität gefunden zu haben. Sie lebte in einer Art innerem Exil, mitten unter ihresgleichen, und doch von ihnen abgeschottet.

Wenn Johnny die leisen, tiefen Schreie der Kinder drunten hörte, dachte er, daß die Straßen von Shi'an Westferry vielleicht gar nicht so anders waren als die Reihenhaussiedlungen von Andystown. Er hatte sich dort nie heimisch gefühlt, wo man die Bordsteine grün, weiß und golden anmalte, auch er hatte sich immer in der inneren Emigration befunden. Er und Seyamang besaßen jetzt eine neue Nationalität, eine, die keine Grenzen anerkannte. Es war die Nationalität der Habenichtse, der sexuell Suchenden.

Er streckte die Hände nach ihr aus. Ihr Körper fühlte sich fiebrig-heiß an, und unter ihrer Terrakotta-Haut waren die Knochen und Muskeln sonderbar angeordnet. Er versuchte, nicht an Orlaith zu denken, natürlich vergebens. Verglichen mit dieser kompakten, feingliedrigen Außerirdischen, kam sie ihm wie ein primitives, derbes Stück Vieh vor. Neben den Fremdwesen wirkten alle menschlichen Frauen grob und brutal.

Er küßte sie; ihr Mund schmeckte nach Dingen, von denen er bisher kaum auch nur träumen konnte.

Sie schob ihn von sich; aber es war keine Ablehnung, sie wollte ihn nur führen. Das T-Shirt hochhebend, dirigierte sie seine Lippen sanft zu ihren Brustwarzen. Johnny brauchte keine weitere Aufforderung. Sie flüsterte ihm Worte in Narha zu. Die fremden Silben erregten Johnny genauso wie der Geschmack ihres Fleisches auf seiner Zunge.

»Ich liebe dich, Seyamang.«

»Ich wußte gleich, daß du nicht nur ein Frook bist, Johnny. Aber ich bin mir nicht sicher, ob ich dich liebe.«

Er gab sich den Genüssen seiner Sinne hin, wie ein Schwimmer, der in tiefes Wasser springt.

»Ich weiß, wie die Shi'an lieben, Johnny, aber in der menschlichen Liebe kenne ich mich nicht aus.«

An diesem Abend kaufte er im letzten Pakistani-Geschäft in diesem Viertel sechs Dosen Bier und eine Schachtel mit vierundzwanzig Brausetabletten Aspirin. Er und Seyamang stießen mit den Gläsern an und wurden laut und fröhlich. Doch als Johnny versuchte, seine Hand unter ihren Hosenbund zu schieben, ließ sie ihn energisch abblitzen.

»Ich dachte, du liebst mich.« Ein feiger, typisch männlicher Vorwurf.

»Es ist ziemlich kompliziert, glaub mir. Ich möchte sehr gern mit dir bumsen, aber es geht nicht, jetzt ist nicht meine Zeit. Ich bin nicht in der Brunst, verstehst du?«

Johnnys Verstand und sein Penis begriffen, was los war, aber auf unterschiedliche Weise.

»Ich versuche, mich in deine Lage zu versetzen, Johnny, aber ich kann nicht nachempfinden, wie das ist, ständig in sexueller Bereitschaft zu sein. Ich will mir vorstellen, daß die Leidenschaft, das ... das Feuer ... die *Kesh*, nie aufhört, aber es klappt einfach nicht. Ich weiß wirklich nicht, wie man so leben kann. Wir kennen die Liebe, und wir kennen die *Kesh*. Sex ist *Kesh*, Liebe ist ... Liebe empfinden wir für unsere Freunde, unsere Partner, die Mitglieder unserer Schwesternschaft. Es ist Liebe, wenn man jemanden berührt, und sich selbst berühren läßt.« Wieder dieses Naserümpfen. »So sagt man jedenfalls.«

Esoterische Gemeinschaften.

»Ich will dich lieben, *und* ich will Sex mit dir haben«, beharrte Johnny satyrhaft.

»Ich will dasselbe, Johnny, glaub mir. Ich will dich nicht verlieren, nur wegen dieses Sess ...«, nuschelte Seyamang, die das Aspirin träumerisch und unkonzentriert machte. »Wirst du auf mich warten? Willst du… kannst du auf mich warten, bis ich in die *Kesh* komme?«

»Ich will«, behauptete er.

Wenn Seyamang auf ihrem stotternden, klapperigen Moped zu Moe's Bar fuhr, kam Johnny zum Arbeiten in ihre helle, luftige Mansardenwohnung. In den Pausen, in denen er nicht fernsah, entwarf er ein neues Programm für Computeranimation.

Während des Nachrichtenüberblicks, der zu jeder vollen Stunde gesendet wurde, zwischen einem Bericht über französische Maniküre und einer live-Sendung über sexuelle Belästigung, zu der sich Zuschauer telefonisch äußern konnten, packte ihn wieder die Erkenntnis, daß sein Leben durch Fernsehinformationen bestimmt würde.

Als er sich mit seiner fünften Tasse koffeinfreien Kaffees vor die Glotze setzte, sah er, wie zwei Männer die Treppe der Polizeiwache von Paddington Green hinunterstiegen. Der B.B.C.-Korrespondent berichtete, die beiden Männer aus Nordirland seien aufgrund des Gesetzes zur Verhütung terroristischer Straftaten, ohne Anklage aus der Haft entlassen worden. Es handele sich um Padraig McKeag aus Lurgan und Anthony Woods aus West-Belfast. *Einer von euch lügt*, dachte Johnny Considine. *Ich weiß nämlich, daß du in Wirklichkeit Mikey McDonagh heißt. Und als ich dich das letzte Mal sah, bist du gerade vor der Royal Ulster Constabulary getürmt.*

»Was ist los?« fragte Seyamang, als sie spätnachts heimkam und Johnny dabei überraschte, wie er per Fernbedienung von einer Nachrichtensendung zur nächsten hüpfte.

»Nichts«, sagte er. »Alles in Ordnung. Mach dir keine Gedanken. Geh zu Bett.«

Ihm war völlig klar, daß sie wußte, er log.

Er fragte sie, ob er in dieser Nacht bei ihr bleiben

dürfe. Es mache ihm nichts aus, auf der Couch oder auf dem Fußboden zu schlafen, Hauptsache, er brauche nicht in seine Behausung zurück.

»Verdammt noch mal, Johnny«, sagte Seyamang, die sofort hellwach war, als er um vier Uhr früh, im Dunkeln, ihren Namen flüsterte. »Was ist denn jetzt schon wieder? Was hast du?«

Zerknirscht kniete Johnny neben ihrer Matratze.

»Kann ich bei dir einziehen, Seyamang? Für immer?«

»Natürlich, Johnny. Aber warte damit bis morgen früh, ja?«

Er war in Sicherheit. Bei den Außerirdischen würde Mikey nie nach ihm suchen. Als er in seine alte Wohnung ging, um seine wenigen Habseligkeiten zusammenzuraffen, wimmelte es in der Straße vor der Kirche von Polizeifahrzeugen und Rettungswagen. Aber sie waren nicht wegen Johnny Considine gekommen.

Der Herbst als sexuelle Paarungszeit erschreckte Johnny, der in Straßen großgeworden war, wo kein Laub von Bäumen fiel, und wo die Jahreszeiten unbemerkt in roter Backstein-Anonymität verstrichen. Über Nacht füllte sich die Atmosphäre in Westferry und Poplar mit einem feinen, aber unverkennbaren Prickeln, das den alten, vertrauten Plätzen einen neuen und aufregenden Glanz verlieh, so als entdecke er sie zum erstenmal.

Nach allem, was er über die Physiologie der Shi'an gelesen hatte, wußte er verstandesgemäß, daß männliche Erdbewohner auf die Paarungspheromone ansprachen. Doch das tatsächlich erlebte Gefühl, das seine innerste Seele aufwühlte, das tagsüber seine Phantasie anregte und ihn nachts von schwitzenden Leibern träumen ließ, war für ihn schrecklich und befreiend zugleich. Seine primitivsten Instinkte rührten sich, das Urtier in ihm erwachte.

Wenn er mitten in der Nacht aus seinen Terrakotta-Alpträumen hochschreckte, hörte er drunten auf der Straße Stimmen und Musik.

Männliche Shi'an führten Kriegstänze auf; sie versammelten sich auf improvisierten Tanzflächen und mimten dort mit akribisch abgezirkelten Bewegungen Kampfszenen, in denen es um sexuelle Dominanz ging. Er beobachtete die hüpfenden und springenden Silhouetten, die sich gegen die flackernden Naphtafeuer abhoben, selbst voller Unruhe, und mit dem Gefühl, daß hier, in dieser notdürftig beleuchteten Straße, das wahre Leben stattfand; hier wurde das Leben voll ausgekostet, und dagegen verblaßte seine eigene Existenz zu einer vagen Projektion auf einer Fensterscheibe.

Mit der Jahreszeit veränderte sich auch Seyamang. Ihre Haut wurde dunkler. In der Wohnung lief sie nackt herum, nur mit schwarzglänzenden Radlershorts bekleidet, und sie fragte Johnny, wie er die Hitze aushalten könne. Ihre Brustwarzen waren ständig aufgerichtet. Sie war unruhig, reizbar, launisch und vergeßlich, ein Wirbelwind aus Ungeduld und Energie. Ihre unverständliche Shi'an-Musik dudelte unablässig und viel zu laut, nervös tänzelte sie durchs Wohnzimmer, und wenn sie die Fotos von den Kindern ansah, lächelte sie flüchtig.

Sie schlief wenig und aß wie ein Spatz. Sie stank; die Ausdünstung drang in jeden Winkel der Mansarde, eine Mischung aus Moschus, Humuserde und wilder Hingabe. Wenn Johnny sie roch, lief ihm eine Gänsehaut über den Rücken. Sein Glied war dauernd und schmerzhaft erigiert. Erschrocken und begeistert zugleich sah er zu, wie Seyamang in die *Kesh* kam. Nie war sie ihm fremdartiger erschienen, aber zu keiner Zeit hatte er sie heftiger begehrt.

Am neunten Abend der Herbstzeit kam er von dem kleinen Lädchen zurück, wie er es nannte, und überraschte Seyamang dabei, wie sie sich verzückt zu ihrer Lieblingsmusik wiegte, die sie auf volle Lautstärke gestellt hatte. Mit Lip-Gloss und fluoreszierendem Filzstift hatte sie Zeichen und Symbole auf ihren Körper gemalt.

»Johnny«, schrie sie, um die Musik zu übertönen. Ausgelassen schlang sie die Arme um ihn und preßte sich eng an seinen Körper. »Tanz mit mir, bitte, Johnny.« Dann drückte sie die Nase in die Falten seiner Lederjacke. »Oooooh ... Hast du die extra für mich angezogen?« Mit zitternder Hand streichelte Johnny ihr Kopffell.

Sie küßte ihn auf den Mund, wie die Menschen es machen, und dann mit den Brustwarzen, nach Sitte der Shi'an. Ihr Hunger überwältigte ihn glatt. Seine sexuellen Erfahrungen mit Orlaith und auch die mit allen anderen Mädchen, in deren Schlüpfer er sich hineingemogelt hatte, hatten ihn nicht auf Seyamang vorbereitet. Er war wieder eine Jungfrau, alles mußte er neu lernen.

Sie war stark erregt, dennoch hielt sie sich zurück, damit sie einander erforschen konnten. Sein erigierter Penis entzückte und überraschte sie. »Wie exponiert er ist, wie verletzlich«, wunderte sie sich mit kindlichem Staunen.

Ihn verblüffte ihre sternförmige Vagina, die sich unter einer beweglichen, sommersprossigen Hautfalte verbarg. Sie lag höher als die Scheide einer menschlichen Frau; die Lippen und Schleimhäute waren so empfindlich, daß er nur sachte daraufzupusten brauchte, und schon wälzte sie sich wollüstig, Worte in Narha stöhnend.

Sie staunte über sein Schamhaar und zwirbelte es zwischen den Fingern; ausgiebig erforschte sie die Kurven und Rillen seines erigierten Glieds. Er schob einen angefeuchteten Finger in ihren Anus. Erschrocken quiekte sie auf, dann gurrte sie vor Vergnü-

254

gen. Sie überzog ihn von Kopf bis Fuß mit süßduftendem Speichel. Neue erogene Zonen wurden entdeckt, neue Praktiken erfunden.

Johnny wollte weinen, vor Freude triumphieren. Der Sex hatte einen Damm in ihm gebrochen, der ihn vorher immer behindert hatte; er verlor seine Hemmungen. Auf einmal konnte er sich fallenlassen, sich verlieren, sich verschenken. Alles lag daran, daß sie einander fremd waren. Diese Freiheit berauschte ihn, machte ihn trunken.

Doch in der ersten Nacht der Paarung, wie in allen darauffolgenden Nächten, spürte er, daß er erst in die seichteren Gewässer von Seyamangs sexuellem Hunger eingedrungen war. Plötzlich stieg eine neue Furcht in ihm auf. Würde er überhaupt wieder enthaltsam leben können, sobald die Paarungszeit vorüber war und die *Kesh* erloschen war?

Moe hatte Seyamang Urlaub gegeben; es lag in seinem eigenen Interesse, denn in ihrer derzeitigen hormonellen Hitze hätte sie jeden Gast in einen potentiellen Frook verwandelt. Gefangen zwischen den gläsernen Wänden ihrer Mansarde, litt Seyamang unter einer nervösen Reizbarkeit. Wenn sie sich nicht mit Sex beschäftigte, war sie unnahbar und launisch; Hände und Gesicht gegen die hohen Fenster gepreßt, starrte sie stundenlang reglos auf die Gestalten drunten auf der Straße.

»Ist es die Tanzerei?« fragte Johnny und legte ihr die Hände auf die Schultern. Wie heiß sie sich immer anfühlte. Sie zuckte die Achseln, was bei den Shi'an *Ja* bedeutete.

»Es tut mir leid«, sagte sie. »An dir liegt es nicht, Johnny, du bist gut, du bist sogar großartig. Ich kann nicht dagegen an; meine verdammten Chemikalien spielen verrückt. Die Hormone bestimmen mein Schicksal. Ich bin nicht so frei, wie ich gern sein möchte.«

»Willst du ausgehen?«

»Hättest du was dagegen?«

Ja. »Nein, natürlich nicht.« *Lügner.* »Geh nur, wenn es dich glücklich macht.«

Sie küßte ihn auf den Mund. »Danke, Johnny. Vielen Dank.«

Er sah ihr hinterher, wie sie auf ihrem Moped davonflitzte und in die Newell Street einbog. In stummer Wut tigerte er durch ihre Wohnung, die angefüllt war mit ihrem Duft und ihren Fotos von den niemals lächelnden Shi'an-Kindern.

Er trank jede Flasche leer, die er finden konnte. Er beobachtete den Sonnenuntergang. Er sah die Lichter der Flugzeuge, die im Landeanflug auf Heathrow über die Docklands hinwegschwebten. Er lauschte dem fernen Getrommel, das von den Tanzböden zu ihm herüberklang. Mit wundem Herzen flüchtete er sich zu Moe und verkrümelte sich in seine alte, intime Nische; dort trank er bis zur Sperrstunde.

»Seyamang, ich bin's.« Das Licht brannte; die Musik plärrte. Der Moschusgeruch hing betäubend und penetrant in der Luft. Sie war wieder da. Wieso antwortete sie nicht? »Seyamang.« Wohnzimmer ... nichts; Küche nichts; Badezimmer ... nichts; Arbeitszimmer ... nichts. Schließlich stieß er die Tür zum Schlafzimmer auf, wobei er genau wußte, was er vorfinden würde.

Er war kaum älter als ein Kind. Alle viere von sich gestreckt, lag er auf ihrer Matratze. Die Augen geschlossen, ekstatische Silben in Narha wimmernd, ritt sie auf dem Shi'an-Knaben. Es sah so leicht, so natürlich, so vollkommen aus. Kein Herummanövrieren und Stümpern, wie wenn sie mit ihm kopulierte. Es war schön. Einen erregenden Augenblick lang konnte er die beiden nicht auseinanderhalten.

Der Shi'an-Junge sah Johnny zuerst; als er vor Schreck erstarrte, wurde auch Seymang aufmerksam.

»Johnny ...« Sie klang wie ein halbintelligentes Tier,

dem man beigebracht hat, die menschliche Sprache nachzuäffen, ohne den Sinn des Gesagten zu verstehen. Mit einem unartikulierten Gebrüll donnerte Johnny ins Zimmer. Der Shi'an-Bengel suchte das Weite, seine Kleidungsstücke zusammenklaubend. Johnny sah rot vor Wut; er bekam kaum mit, wie die Tür ins Schloß knallte.

»Johnny ...« Die Hände vor der Brust gekreuzt, wich Seyamang vor ihm zurück. Sie flehte ihn an. »Johnny, das hat nichts zu bedeuten, wirklich, es bedeutet überhaupt nichts. Ich kann nicht anders, es liegt in meiner Natur, in *unserer* Natur. Es ist die *Kesh*, Johnny. Ich muß doch wissen, was in mir vorgeht, das mußt du verstehen. Ich liebe ihn nicht, oder es ist nichts weiter als Sex, Johnny, purer Sex.«

Langsam schüttelte Johnny den Kopf. All seinen Schmerz, seinen Zorn, seine Eifersucht und seine Angst in den Schlag legend, hieb er Seyamang mit der Faust gegen die Schläfe. Sie stürzte zu Boden, ein Knäuel aus Terrakotta-Gliedmaßen, und einen Augenblick lang befürchtete er, sie sei zerschellt wie eine etruskische Vase. Verdutzt starrte sie auf das dunkelrote Blut, das sie sich von der Stirn wischte.

Dann lächelte sie ihn an.

»Leck mich doch im Arsch, du *Mensch*. Johnny Considine, ich *hasse* dich. Ich *hasse* dich von ganzem Herzen.«

Im Schneidersitz hockte er sich auf den Boden; er war wie betäubt. Er sah nicht und er hörte nicht, wie sie rasch ein paar Sachen in eine Tasche warf. Er fühlte nichts mehr, etwas in ihm war abgestorben. Er wünschte sich nur, jemand würde endlich die verdammte Musik abschalten.

Zwei Tage lang quälte sich Johnny mit Vorwürfen, während seine Recherchen ihm verdeutlichen, welche Sünde er begangen hatte. Unter einem enormen Kostenaufwand verschaffte er sich Zugang zu der Bibliothek der Außerirdischen, die in den achtundachtzig Schiffen der Fünfzehnten Interstellaren Flotte herbeigeschafft worden war. Dabei gelangte er zu niederschmetternden Erkenntnissen.

Der *Kesh*-Zyklus mit seinen chemischen Schlüsselreizen, bedeutete, daß Sex nur möglich war, wenn die Frau einwilligte. Das männliche Glied der Shi'an erigierte erst, wenn während des Vorspiels ein weibliches Hormon freigesetzt wurde. Aufgrund biochemischer Gegebenheiten war eine Vergewaltigung ausgeschlossen.

Eine Vergewaltigung als Ausdruck männlicher Dominanz war undenkbar, weil die psychologischen Voraussetzungen fehlten. Männer übten keine Gewalt gegen Frauen aus, um ihre körperliche Überlegenheit zu beweisen. Bei den Shi'an war sexuelle Nötigung völlig unbekannt. Eine Frau zum Verkehr zu zwingen, wäre für einen Mann rein technisch gar nicht möglich gewesen. Seyamang hätte nicht entsetzter sein können, wenn ihr der Himmel auf den Kopf gefallen wäre.

Drei Tage später raffte sich Johnny auf und ging Seyamang suchen. Er wollte sie und ihr Volk um Verzeihung bitten. Er zog los, ohne zu wissen, ob sie ihm vergeben würde; er hatte nicht den blassesten Schimmer, ob die Shi'an von ihrer Mentalität her den Begriff der Vergebung überhaupt kannten.

Er marschierte die stillgelegte Light Railway-Trasse entlang, die als Hauptverkehrsader durch Shi'an Town führte. Sein Ziel war Canary Wharf, das Zentrum des Bezirks, in dem die Außerirdischen wohnten. Dunkeläugige, zwitterartige Kinder erklärten ihm widerwillig den Weg; nicht ein einziges träges Blinzeln, um ein Lächeln anzudeuten. Anscheinend wußte jeder in den Docklands von ihrer mißglückten Liebesbeziehung. Seyamang hatte die Wahrheit gesagt, als sie behauptete, sie sei nicht so frei, wie sie gern sein möchte. Johnny Considine durchquerte den Schatten, den der

Canada Tower warf, und trat ein in das Herz der Huskravidi-Schwesternschaft.

Zähneknirschend hatte die Britische Regierung zugegeben, daß die Bombardierung der Canary Wharf durch die I.R.A. ein Meisterstück gewesen sei. Fünfzehnhundert Pfund eines speziellen Sprengstoffs hatten in einem Umkreis von zwei Kilometern jede Fensterscheibe zerschmettert, und den Verputz vom Canada Tower abplatzen lassen. Hinter einer öffentlichen Verurteilung verbarg sich klammheimliche Freude, denn im Laufe der Zeit hatte sich das Gebiet Canary Wharf/Docklands zu einem Alptraum entwickelt. Da die Renovierungskosten niemals durch Mieteinnahmen gedeckt würden, überließ man das Gelände den Shi'an-Immigranten, und sie durften nach Belieben damit verfahren. Die außerirdischen Ingenieure umgaben den Komplex mit einem Energiefeld, ähnlich dem, das ihre interstellaren Schiffe bei relativistischen Geschwindigkeiten schützte, und die Fremdlinge nahmen von den Gebäuden Besitz.

Eine Software-Rezeptionistin ließ Johnny in einem engen, grauen Kämmerchen warten, und als einzige Unterhaltung diente ihm ein flacher Bildschirm an der Wand. Nach einer Stunde erteilte ihm eine Shi'an mittleren Alters – aus gewissen Merkmalen, die er zu erkennen gelernt hatte, schloß Johnny, daß es sich um eine Frau handeln müsse – die Erlaubnis, einzutreten.

Das Mutterhaus der Huskravidi-Schwesternschaft befand sich im fünfundzwanzigsten Stockwerk. Als Johnny aus dem Gravitations-Schacht stieg, kam es ihm vor, als stünde er auf einer großen, rechteckigen Fläche, die dreihundert Fuß hoch über Ost-London schwebte.

Der Fußboden endete dort, wo der Horizont begann. Wie eine Spinne mit Höhenangst, klebte Johnny an den Wänden. Die Shi'an-Frau, die ihn nach oben gebeten hatte, stellte sich ihm als Manblong Erreth

Huskravidi vor, nahm ihn an die Hand und führte ihn zu einem Sessel, der nur zwei Fuß von der Kante entfernt stand. Seyamang trat ein und nahm ihm gegenüber Platz, in einem Abstand von ungefähr fünf Metern. Die Vertreterin der Schwesternschaft, Manblong, setzte sich so hin, daß sie beide ansehen konnte.

»Seyamang ...«

Manblong warf ihm einen Blick zu; er war noch nicht an der Reihe.

Seyamang sprach. Sie schilderte die Kränkungen, die er ihr angetan hatte, wie er sich an ihrem Fleisch versündigte, welche Schmerzen er ihr bereitete, und wie tief die Wunden waren, die er in sie geschlagen hatte. Sie beschrieb ihre Verwirrung und ihre Angst. Sie fühlte sich verraten und mißbraucht, und sie versuchte, die Unterschiede zwischen der menschlichen Liebe und der Liebe der Shi'an zu erklären.

Sie redete eine sehr lange Zeit. Unterdessen dröhnten viele Flugzeuge über die Turmspitze hinweg, und langsam wanderte die Sonne über den Cinemascope-Himmel.

Seyamang sagte nichts, was Johnny sich nicht schon selbst vorgeworfen hatte; doch indem sie es laut aussprach, mit ihren eigenen Worten und ihrer eigenen Stimme formulierte, drehte sich ihm der Magen um.

Schließlich wandte sich Manblong achselzuckend an Johnny. Jetzt dürfe er sprechen.

Alle seine Argumente, seine Ausreden und Rechtfertigungen, waren wie weggeblasen.

»Seyamang«, stammelte er. »Es tut mir leid, es tut mir leid, es tut mir leid.« Er fing an zu weinen, ohne Scham und ohne Hemmungen. Manblong glotzte ihn an. Tränen waren bei den Shi'an verpönt.

Es war ihm egal; er war am Boden zerstört, niedergeschmettert, am Ende. Auf einmal merkte er, wie zwei Hände sein Gesicht einrahmten. Es war die in-

261

timste, liebevollste Berührung, die die Shi'an kannten. Seyamang kniete neben seinem Sessel und streichelte seinen Kopf.

»Johnny, ich wollte dir nicht weh tun.« Sie rieb ihre Wange –die verletzte Wange – an seiner. Er schniefte; sie schniefte. »Trägst du immer noch diese wunderschöne Lederjacke?«

Manblong ließ sie einander liebkosen. Als sie sich endlich zum Gehen rüsteten, rief sie sie von der Tür zum Gravitations-Schacht zurück. In der Hand hielt sie eine Plastikphiole mit weißen Kapseln.

»Die wirst du brauchen«, sagte sie.

»Was ist das?« fragte Johnny.

»Ein synthetisches Hormon«, erklärte Manblong. »Frauen benutzen es, wenn sie außerhalb der Zeit mit Sex experimentieren wollen.« Sie schien das Thema sehr abstoßend zu finden. Seyamang nahm die Phiole und verstaute sie in ihrer Tasche. Den Kopf hielt sie gesenkt, den Blick abgewendet.

»Bleibe ich dann in der *Kesh*, auch wenn die Zeit abgelaufen ist?« wollte sie wissen.

»Die *Kesh* ist es nicht; etwas anderes.«

»Und hält der Zustand bis zur nächsten Brunst an?«

»Theoretisch dauert er ewig, solange du nur die Kapseln einnimmst. Seyamang...«

»Ja?«

»Seit Tausenden von Jahren benutzen wir diese Droge, aber einen Fall wie diesen hat es noch nie gegeben. Es ist das erste Mal. Hast du verstanden?«

Seyamang gab keine hörbare Antwort, aber Johnny sah, daß sich die Haut um ihre Augen in einer Gefühlsaufwallung verdunkelte. Tränen waren bei den Shi'an verpönt, sie pflegten ihre Emotionen anders auszudrücken.

»Ich verlasse mich darauf, daß du niemandem erzählst, wo und von wem du diese Droge bekommen hast. Und du, Johnny Considine, sollst dir über eines klarwerden: wir sterben nicht aus Liebe, aber für unsere Kinder würden wir töten.«

»Das weiß ich«, erwiderte Johnny. Als Seyamang in das Mach-Feld trat, zögerte er kurz und setzte hinzu: »Ich weiß auch, daß du das Hormon benutztest, um sie zu empfangen. Falls du überhaupt einem Menschen glauben kannst, dann glaub mir bitte, wenn ich verspreche, daß ich alles tun werde, um Seyamang zu beschützen.«

Der warme, feuchte Winter begann. Die Kinder verschwanden von den Straßen, und die Musik verstummte. Zerrissene Plastikfahnen knatterten im Wind, und die geräuscharmen Fahrzeuge der Shi'an zischten planschend durch die überschwemmten Rinnsteine. Die Luft roch wieder nur nach Luft; der Zauber, die Erregung, die man mit jedem Atemzug eingesogen hatte, waren verflogen. Regen prasselte gegen die Fenster der Mansarde, in der Seyamang Erreth Huskravidi zu lieben lernte.

Sie versuchte, Emotionen zu erklären, die ihr vollkommen fremd waren, während die tägliche Hormondosis sie immer tiefer in sexuelle *Terra incognita* hineinstieß. »Mir ist gleichzeitig warm und kalt. Kannst du das verstehen, Johnny? Es ist nicht die Hitze der *Kesh*, aber auch nicht die Kälte, wie sie in den Zeiten dazwischen herrscht. Ich weiß, daß ich auf der Stelle mit dir bumsen könnte, wenn ich wollte; aber ich weiß auch, daß es nicht sein *muß*, ich bin nicht dazu gezwungen, wie in der *Kesh*. Warm, kalt, beides zugleich.«

Sie verschlang sämtliches Informationsmaterial über menschliche Erotik und menschliche Liebe.

»Romeo und Julia. Bei uns könnte so etwas nicht passieren, völlig ausgeschlossen. Wir gehen keine Paarbindungen ein. Aber jetzt fange ich an zu begreifen, daß die ständige Spannung zwischen Lust und

Frustration auch in mir solche Gefühle erzeugen könnte.«

»Heißt das, daß du dich in mich verliebst?« fragte Johnny.

»Ich weiß es nicht«, antwortete Seyamang, während sie ihm mit den Augen ein verführerisches, intimes Lächeln zublinzelte. »Vielleicht.« Sie bevorzugte ohnehin die West Side Story. Die Art, wie die Sharks und die Jets zu dröhnender Musik tanzten, entsprach der Methode, wie ihr eigenes Volk territoriale Zwistigkeiten regelte.

Während es in Strömen goß, und über die Ufer tretende Flüsse die Obdachlosen aus ihren behelfsmäßigen Behausungen trieben, revanchierte sie sich für Johnnys Unterricht im Menschsein, indem sie ihm die Lebensweise der Shi'an näherbrachte. Sie nahm ihn und ihre Kamera auf Foto-Expeditionen durch die Docklands mit; durch seine Augen sah sie die Dinge in einem völlig neuen Licht. Sie führte ihn zu den rollenden Gärten, in denen Wesen, die halb Pflanze, halb Tier waren, Nahrung aus der aufgebrochenen Erde sogen. *Klick-surr.* Sie besichtigten den gigantischen Landegleiter, der in Heron Wharf auf Reede lag. *Klick-surr.* Die Stasis-Särge, in denen ihre Leute die fünf subjektiven Jahre verschlafen hatten, während das Schiff zur Erde unterwegs war, und die nun in endlos langen Reihen auf den unbewohnten Etagen des Canada Towers lagerten. *Klick-surr.* Wacht auf, ihr Schläfer.

Jedesmal steckte die Mutter ihrer Tochter ein neues durchsichtiges Plastikröhrchen mit unscheinbaren, weißen Kapseln zu. Johnny versuchte, sich eine Liebe vorzustellen, die den Sünder vergötterte, die Sünde indessen haßte.

Über den Shi'an eigenen Computer, versorgte Seyamang ihn mit geographischen und historischen Informationen. Auf dem Monitor entfaltete sich vor Johnny ihre Heimatwelt; der Planet war umgeben von einem

Ring aus orbitalen Manufakturen und Wohnstätten, die durch speichenförmig angeordnete Raumlifte mit dem Muttergestirn verbunden waren.

Die Nachtseite des Planeten glühte im Lichterschein von zehntausend Städten; die Monde hatte man schon vor langer Zeit zu massiven, organo-technischen Industriekomplexen umgeformt, wo sich Sternenschiffe selbsttätig reproduzierten. Staunend betrachtete er die neun kolonisierten Planeten, auf denen bereits Shi'an gewandelt waren, bevor Rom erbaut wurde.

»Ich kann das gar nicht verkraften«, sagte er. »Es ist wie ein alter Science Fiction-Film, mit Spezialeffekten aus Licht und Magie. Es kommt mir so unwirklich vor, ich kann gar nicht glauben, daß es das tatsächlich gibt.«

»Mir geht es genauso«, entgegnete Seyamang, die im Winter Geborene.

Sie gab sich die Mühe, ihm Narha beizubringen. Aber er konnte keine Sprache meistern, die je nach Jahreszeit die Geschlechter und die Deklination veränderte. Er wollte ihr Irisch beibringen, und als ihm das nicht gelang, versuchte er es mit Ulster-Englisch. »Viel ausdrucksstärker als das laue, nationale Schulidiom, das sie hier quatschen. Im Ulster-Englisch ist noch reines Elisabethanisch vorhanden, das ist die Sprache, in der Shakespeare schrieb.«

Sie liebten sich, wann immer sie Lust dazu verspürten; und das war ziemlich oft. Doch ständig wurde Johnny an den Preis erinnert, den sie für ihren Kuhhandel zahlen mußten. Das Animalische war erloschen. Nie wieder erlebte er die gleiche wilde Hingabe, die Ekstase, das Gefühl des Fremdartigen und des Sich-fallen-Lassens, wie damals, als sie sich in Paarungsstimmung befand.

Schließlich holten ihn die Fernsehnachrichten ein; wochen-, ja monatelang hatten sie unter einem Wust aus internationalen Banalitäten auf der Lauer gelegen,

um ihn dann urplötzlich anzufallen. Um die Mittags-
zeit erwischte es ihn kalt.

»In Leicester ermittelt die Polizei in einem Fall, der
wie ein paramilitärischer Mord aussieht. Heute früh
wurde vor einem Hamburger-Restaurant im Stadtzentrum ein junger Mann aus Belfast getötet.«

Himmel Herrgott noch mal!

»Augenzeugen berichten, daß ein Motorrad mit
zwei Männern darauf neben dem Opfer anhielt. Nach
einem kurzen Wortwechsel schoß ihm der Soziusfahrer mit einer abgesägten Schrotflinte in den Kopf, dann
brauste das Motorrad davon. Bei dem Getöteten handelt es sich um ...«

Eugene Anthony Padre Pio Brady. Vierundzwanzig
Jahre alt. Früher wohnhaft in der Ardoyne Avenue,
Belfast, jetzt in der Hölle. Padre Pio, was für ein verdammt blöder Name. Möge Jesus Christus dir gnädig
sein. Möge Jesus Christus *mir* gnädig sein.

»Seyamang.«

Sie blickte ihn von der Küchenecke aus an, wo sie
fröhlich irgendein scheußliches Shi'an-Gemüse klein-
schnippelte, von dem er regelmäßig Durchfall bekam;
er war nur zu höflich, um es ihr zu sagen.

»Kann ich mal kurz mit dir sprechen?«

»Klar, Johnny.« Sie kuschelte sich an ihn. Ihr einzig-
artiger Moschusduft war verflogen, den weißen Pillen
zum Opfer gefallen, aber ihre Shi'an-typische Wärme
tröstete ihn.

»Liebst du mich, Seyamang?«

»Ach, Johnny, mittlerweile müßtest du doch wissen,
daß du mich das nicht fragen darfst.«

»Liebst du mich, Seyamang?«

»Liebe. Was ist Liebe? Du verstehst unter Liebe
etwas anderes als ich.«

»Liebst du mich, Seyamang?«

»Ja, Johnny, ich liebe dich, verdammt noch mal. Bist
du jetzt zufrieden?«

»Seyamang, ich muß dir etwas erzählen. Bitte unterbrich mich nicht, sag überhaupt nichts, bis ich fertig bin.«

Er beichtete ihr alles. Wer er war, und was er getan hatte.

»West Drayton ist das Hauptluftfahrtkontrollzentrum für den Luftraum über Großbritannien. Unsere Angriffsprogramme hätten es mitsamt seinen unterstützenden Systemen für mindestens zwölf Stunden lahmgelegt. Jedes andere Luftverkehrszentrum, das versucht hätte, die Kontrolle zu übernehmen, wäre gleichfalls infiziert worden. Hast du eine Ahnung, wie viele Flugzeuge den West Drayton-Kontrollsektor innerhalb von zwölf Stunden passieren? Wie viele Menschen in diesen Maschinen sitzen?

Ich erstellte Simulationen. Die Wahrscheinlichkeit, daß es mindestens eine Kollision in der Luft gab, lag bei hundert Prozent. Keine Überlebenden. Hunderte von Toten. Männer. Frauen. Kinder. Chinesen. Inder. Japaner. Verdammte Togolesen. Alles legitime Ziele. Bei der Geschichte mit der Börse und der Northern Bank ging es nur um Geld, es waren nichts als Zahlen auf einer Diskette. Aber hier ging es um Menschen, und das konnte ich nicht zulassen, Seyamang. All diese Japaner, diese Togolesen. Deshalb verpfiff ich meine Kumpel an die R.U.C. Ich erzählte Eugene, was ich vorhätte, weil er mal gesagt hatte, er wolle aussteigen.

Ich riet ihm, zu bleiben, bis die Sache aufflog, damit sie keinen Verdacht schöpften und abtauchten. Dann rief ich eine bestimmte Stelle für vertrauliche Mitteilungen an. Sie schleppten mich nach Castlereagh ins Vernehmungszentrum. Ich packte aus, wer, wann, wie und wo, unterschrieb auf der vorgezeichneten Linie und haute wieder ab.

Am nächsten Tag hoben sie sie aus. Aoife und Charlie wurden verhaftet, Joey erschossen. Ich weiß nicht, ob er bewaffnet war, jedenfalls erschossen sie ihn. Mikey konnte fliehen. Er änderte seinen Namen, verschaffte sich eine neue Identität, mogelte sich in die Computerakte ein, in der sein bisheriges Leben gespeichert war, und löschte sich selbst aus.

All das hätte ich auch tun müssen, wenn ich nur ein bißchen klüger gewesen wäre, aber ich war zu naiv. Vor zwei Monaten sah ich ihn im Fernsehen – die Bullen hatten ihn im Zuge einer ihrer regelmäßigen Razzien aufs Revier mitgenommen. Und heute nacht, in Leicester, fuhren zwei Kerle auf einem Motorrad an Eugen vorbei und knallten ihn ab. Eine klassische Exekution. Sie wußten, wer er war, und wo sie ihn finden konnten. Sie wußten sogar über Dinge Bescheid, von denen nicht einmal ich eine Ahnung hatte. Dahinter steckt Mikey, er will abrechnen und die Verräter hinrichten.«

»Und jetzt glaubst du, er könnte sich auch an dir rächen.«

»Ich weiß genau, daß er es versuchen wird. Ich hab mit dem Computer ein paar Daten überprüft. Jemand hat auf meinem Bankkonto seine schmutzigen Fußspuren hinterlassen.«

»Aber dein Konto ist doch in der Slowakei«, unterbrach sie ihn.

»Mir schnüffelt jemand nach, der zwar genug Grips hat, um eine breitgefächerte Datensuche anzustellen, aber so tolpatschig ist, daß er Spuren hinterläßt. Als Hacker ist Mikey eine Niete, aber er weiß, daß ich lebe und sündige. Er glaubt, er könne mich finden, indem er nur meinen Bankcode verfolgt.«

Der Regen peitschte gegen die Fensterscheiben und reduzierte die Welt draußen zu grauen Rinnsalen.

»Ich muß weg von hier, Seyamang, und zwar sofort. Jede Minute, die ich länger bleibe, bringt dich in Gefahr. Mikey wird keine Zeugen am Leben lassen. Du darfst dieses Risiko nicht eingehen, du bist an der ganzen Geschichte nicht beteiligt. Du bist unschuldig. Großer Gott, was habe ich nur getan, Seyamang.«

»Ich will nicht, daß du gehst, Johnny.«

»Und ich will dich nicht verlassen, aber mitnehmen kann ich dich auch nicht. Ein Mensch und eine Shi'an zusammen? Mittlerweile weiß Mikey über uns Bescheid.«

Sie lächelte. Johnny lief es eiskalt über den Rücken.

»Es gibt einen Ausweg, Johnny. Wir können zusammen bleiben. Wir verstecken uns einfach in der Zukunft, in den Stasis-Särgen. Wir können gemeinsam fünfzig, hundert, hundertfünfzig Jahre verschlafen, und wenn wir in einer anderen Zeit aufwachen, ist Mikey längst gestorben und zu Staub zerfallen.«

»Aber deine Familie, deine Freunde.«

»Familie? Freunde? Das bist du, Johnny.«

»Und du meinst, die Huskravidis hätten nichts dagegen?« Er stellte sich vor, wie die Sonne im Lauf der Jahre ihre Bahn zog, mit dem Canada Tower als riesigem Uhrzeiger, während er und Seyamang, einander umschlungen haltend, die Zeit verschliefen. Die Jahre kämen ihnen wie Sekunden vor, und in fünfzig, hundert, hundertfünfzig Jahren konnte vieles passieren; vielleicht nähme sogar die langsame Selbstverstümmelung seines Landes ein Ende.

Seyamang sagte, sie würde sofort zu ihrer Schwesternschaft gehen. Johnny staunte über ihre Zuversicht. Die Shi'an schuldeten ihm nichts. Unterdessen sollte Johnny in der Wohnung bleiben und niemandem die Tür öffnen, der nicht in Narha *Unsere Zeit wird kommen* sagte.

Er widersetzte sich ihrer Anweisung, sich von den Fenstern fernzuhalten, sondern sah zu, wie sie mit ihrem Moped auf der regenglatten Straße losschlitterte. Ihn quälten Bilder von Spionen in jeder Tür und in jedem Fenster. Er nahm den Telefonhörer ab und lauschte dem Freizeichen; doch diese Normalität trug auch nicht zu seiner Beruhigung bei.

Fünfmal setzte er sich an seinen Computer und spielte mit dem Gedanken, die Rollen von Jäger und Gejagtem einfach zu vertauschen, Mikey aufzustöbern und ihn zu töten, ehe der ihn umbringen konnte. Doch jedesmal ließ er die Icons wieder in der fetten Plastikhaut verschwinden, weil er genau wußte, daß das Spiel bereits gelaufen war. Er war schon so gut wie tot, auch wenn er noch laufen und sprechen konnte. An seinem Schicksal ließ sich nichts mehr ändern. Höchstens eine Reise in die Zukunft, in ein anderes Leben, konnte ihn noch retten. Ein aberwitziger Gedanke, mit dem er sich nur befaßte, weil seine Situation hoffnungslos war.

»Sie bringen es vor den Rat der Schwesternschaft«, sagte Seyamang, als sie drei fürchterliche Stunden später zurückkam.

»Und wann wird das sein?« fragte Johnny.

»Morgen.«

»Morgen?« brüllte Johnny, das Knacken des Gewehrschlosses bereits im Ohr. Seyamang prallte vor seinem Wutausbruch zurück. »Herrgott, Seyamang...«

Morgen.

»Sie machen es«, sagte Seyamang nach drei weiteren qualvollen Stunden, die sie auf den leeren Straßen zugebracht hatte, während Johnny mitten in der gläsernen Mansarde hockte und nur darauf lauerte, daß eine lautlose, überschallschnelle Kugel seinen Hinterkopf zerschmetterte. »Ungern zwar – je weniger die Menschen über unsere Technologie wissen, um so besser, lautet die offizielle Devise – aber Manblong hat in der Schwesternschaft einen gewissen Einfluß. Sie rüsten einen Stasis-Sarg um, damit er für menschliche biologische Parameter geeignet ist.«

»Und wann ist es so weit?« Schon wieder dieselbe Frage.

»Morgen.« Schon wieder dieselbe Antwort.

In dieser Nacht wollte Seyamang mit ihm schlafen. Er konnte nicht. Er wollte auch nicht. Depressionen und Angst hatten ihm seine Potenz geraubt. Sie war gekränkt und von der menschlichen Sexualität enttäuscht, aber es ging beim besten Willen nicht. Kein Mann kriegt in der Nacht vor seiner Hinrichtung einen Steifen.

Er träumte, daß sich der Deckel eines Stasis-Sargs über ihm schloß, und sich in das Sicherheitsgestänge verwandelte, das ihn in dem Wägelchen auf dem Space Mountain festgehalten hatte. Ohne sich vom Fleck rühren zu können, raste er voller Angst durch die Finsternis, Gott weiß was für Schrecknissen entgegen, nachdem er sämtliche Fluchtwege verschmäht hatte. Er hätte früher aussteigen und umkehren können, er hatte die möglichen Ausgänge gesehen, war eigens auf sie hingewiesen worden. Aber er hatte sie nicht benutzt.

Schon wieder Seyamang.

»Johnny?« Ihre Stimme, ihre Aussprache, ihre Hitze, ihr Duft. »Bist du bereit?«

War es etwa schon Zeit zum Gehen? Lieber Gott, nein!

»Ja, ich bin bereit.« Nachdem er tagelang im Haus eingesperrt gewesen war, sich sogar von den Fenstern fernhalten mußte – ein Ding der Unmöglichkeit, denn die Wohnung bestand ja nur aus Fenstern, sie roch förmlich nach Fenstern –, war er im Grunde froh, wieder nach draußen ins Freie zu kommen.

Es regnete unentwegt; das Frühlicht war schmutziggrau, schmeckte jedoch wie Wein, vielleicht ein bißchen saurer. Seyamang, die in klimatisierten Räumen großgeworden war, hatte sich in mehrere Schichten aus Leggins, Pullovern und Steppjacken eingemummelt; sie sah aus wie ein Waisenkind in zu großen, abgelegten Sachen. Sie schloß die Tür ab und warf den Schlüssel in den Briefkasten des Ladeninhabers.

»Hoffentlich ist jemand anders hier genauso glücklich, wie wir es waren«, sagte sie ungekünstelt. Sie nahm nur ihre Fotos mit, die in zwei großen schwarzen Plastikmappen steckten. »Alle meine Kinder. Laß uns gehen.«

An diesem regnerischen Morgen waren die Straßen still und menschenleer; nur ein paar Lieferwagen begegneten ihnen. Seyamang fuhr mit dem Finger die regennassen Flanken der Wagen entlang, die am Bordstein parkten. Mit einem plötzlichen Gefühl der Hochstimmung bog Johnny in die Newell Street ein.

Am Ende der Straße warteten sie auf ihn; zwei grünbehelmte Heuschrecken, die schwarzen Visiere heruntergeklappt, hockten in enganliegender Lederkluft auf einem schwarz-grünen Motorrad. Bei dem explosionsartigen Knall, der ertönte, als die Maschine ansprang, stob eine Schar Tauben erschrocken von ihren Sitzstangen. Johnny stieß Seyamang von sich weg. Sie stürzte auf den nassen Asphalt. Die billigen Plastikmappen platzten auf, und ihre schwarz-weißen Kinderfotos verstreuten sich über die Straße.

»Sie sind nur hinter mir her, von dir wollen sie nichts«, schrie Johnny. »Hau ab! Verschwinde!«

Vor einem Motorrad konnte er nicht flüchten, trotzdem versuchte er es. Er rannte los. Sie hetzten hinter ihm her. Er lotste sie in jede Gasse, in jeden Durchgang, über jeden Hof. Er sprintete, er probierte Täuschungsmanöver, er stiftete Verwirrung. Jetzt war es ein Spiel, und beide Parteien spielten es bis zum Ende.

Hinaus aus Shi'an Town, und hinein in die Straßen der Menschen. Menschliche Orientierungspunkte, der Kirchturm, Moe's Imbiß und Bar. *Durchgehend Frühstück,* flatterte eine Reklame in seinen Blickwinkel, wie ein Schmetterling aus Neon. Momentan abgelenkt, stolperte er über eine schrägstehende Gehwegplatte und knallte schwer aufs Pflaster. Das Motorrad kreischte triumphierend, und das Spiel war aus.

Das Motorrad spuckte Abgaswolken über die Straße. Der Soziusfahrer zog eine Flinte mit Pistolengriff aus seiner schwarzen Jacke. Dann schwang er sich vom Sattel und stakste vorsichtig zu Johnny hin, der hilflos am Boden lag.

»Im Namen der Irisch Republikanischen...«

Sein Kopf explodierte.

Johnny glaubte, die Flinte sei losgegangen, und daß sein Körper in einem Schauer aus pulverisiertem Fleisch, Blut, Knochensplitter und Plastik detonierte; ihm war, als sei sein Geist im Augenblick des Todes qualvoll und für alle Ewigkeit eingefroren. Dann sah er, wie der kopflose Rumpf schwankte und hinfiel. Dann sah er Seyamang an der Straßenecke stehen, den sinnlichen schwarzen Shi'an-Maser mit beiden Händen haltend. Sie lächelte.

»Seyamang! Das Motorrad!« brüllte er. Der Mensch-Maschinen-Kentaur, der Fahrer des Motorrads, zog einen schweren Revolver.

Seyamang reagierte um den Bruchteil einer Sekunde zu langsam. Die Kugel riß ein rotes Loch in ihre Schichten aus Wolle und Daunen. Mit kindlichem Staunen starrte sie auf die gräßliche Bauchwunde, und die zweite Kugel traf sie in die rechte Schulter.

Mit einer Hand hob sie die Shi'an-Waffe und zielte. *Tethba*. Kein Mensch hätte bei dieser Verletzung noch aufrecht stehen können. Wieder steigerte sie sich in diese schwarze Raserei hinein, um Johnny zu retten.

Das Motorrad wendete auf der regennassen Straße, damit der Fahrer besser zielen konnte. Zum drittenmal wurde der schwere Revolver abgefeuert.

Der Fahrer schien in einer Fontäne aus kochendem Blut und Fleisch zu zerplatzen; ein Teil seines Körpers wurde buchstäblich weggesprengt, ein Viertel des Brustkorbs, die Schulter, der Arm, der die Waffe gehalten hatte, fehlten. Johnny stieß ein wildes Gebrüll aus. Seyamang knallte gegen den Metallrolladen eines Geschäfts, von der Kugel in den Leib getroffen.

Die Räder des umgekippten Motorrads drehten sich und kreischten, kreischten, kreischten.

Ein paar verängstigte Seelen wagten sich aus Moe's Bar in den Regen hinaus. Sie konnten kaum glauben, was sie sahen. Belfast, mitten in England.

»Ein Krankenwagen«, schrie Johnny ihnen zu. »Ruft einen Krankenwagen, verdammt noch mal!«

Wie eine kaputte Puppe lehnte Seyamang am Rolladen. Die mit Graffiti vollgekritzelte Stahlwand war mit ihrem dunklen, fremdartigen Blut verschmiert. Langsam wusch der Regen den Rolladen sauber.

Auf ihrem Gesicht lag ein sanfter, ein wenig verstörter Ausdruck. Die Shi'an-Waffe rutschte aus ihren behandschuhten Fingern. Sie trug Handschuhe, die für Menschen gemacht waren, an jeder Hand baumelte ein leerer Fingerling herunter. Johnny fiel nichts Besseres ein, als das Blut abzutupfen, das aus ihren Wunden quoll, und ihre Hand zu halten. Unter der gestrickten Wolle fühlte sie sich so zerbrechlich an wie die Knöchelchen eines Vogels.

»Habe ich mich wie ein guter Mensch verhalten, Johnny? Wir können auch aggressiv handeln, wenn es sein muß. Wie die Sharks und die Jets. Aus Liebe töten, aus Liebe sterben. Verflucht noch mal, Johnny, es tut so weh.«

»Schschsch, nicht sprechen, Seyamang, Hilfe ist schon unterwegs.« Das Gejaule von schnell näherkommenden Sirenen. Krankenwagen, Bullen.

»Hau ab, Johnny. Die Polizei …«

»Ich scheiß auf die Polizei.«

»Ich glaube, jetzt verstehe ich, Johnny.« Ihre Stimme versagte, weil die übernatürliche Kraft des *Tethba* sie allmählich verließ. Ambulanzen fuhren unter Sirenengeheul und flackerndem Blaulicht vor; dahinter folgte die Polizei. Die Polizei traf immer erst später ein. »Wie sie funktioniert die menschliche Liebe. Wie kann man nur so leben, Johnny Considine, du Glückspilz ...?«

Sanitäter in grünen Kitteln eilten herbei, mit Geräten aus Chrom, aus Plastik, und die sonderbare elektronische Geräusche von sich gaben. Sachte schoben sie Johnny beiseite.

»Ach du meine Güte, eine Sheenie«, sagte eine Sanitäterin.

»Lassen Sie mich mitfahren!« schrie Johnny, als sie die mit Schläuchen versehene, auf eine Trage geschnallte Seyamang in den Rettungswagen verfrachteten. »Ich muß bei ihr bleiben, ich liebe sie.«

Sie starb auf dem Weg ins Krankenhaus.

Die Polizei hielt Johnny Considine aufgrund des Gesetzes zur Verhütung terroristischer Straftaten drei Tage lang fest. Sie hätten ihn sogar sieben Tage lang festhalten können, bis es zu einer Anklage gekommen wäre, aber am dritten Tag schickte das Präsidium in Belfast den Judasvertrag herüber, den er bei der R.U.C. unterschrieben hatte, und man setzte ihn auf die Straße.

»Verschwinde von hier, Ire«, sagten sie ihm. »Geh zu deinen Leuten zurück.«

Das tat er. Er hoffte, sie würden ihn akzeptieren. Er hoffte, sie könnten ihm verzeihen, obwohl seine Sünde gewaltig war.

Der Bus fuhr quälend langsam für jemanden, der das einzige Versprechen gebrochen hatte, an dem ihm wirklich etwas lag. Er hielt die Augen geschlossen, bis das ferne Dröhnen der Boeing-Triebwerke ihm verriet, daß er sie wieder gefahrlos öffnen durfte. Die Funkfeuer leuchteten auf dem verspiegelten Obelisken des Canada Towers; die Lichter der Flugzeuge formierten sich zu kurzen, sonderbaren Konstellationen, wie die Strahler von interstellaren Raumkreuzern.

Im Gravitations-Schacht sauste er nach oben. Als er an den Stasis-Särgen vorbeiging, berührte er ihre kühlen, glatten Hüllen. Es wäre kinderleicht, sich die Kleider auszuziehen, in einen Sarg zu schlüpfen und in einer anderen Zeit aufzuwachen.

Notausgänge hatte er immer verschmäht.

Ein Stück weiter warteten die Außerirdischen auf ihn.

Originaltitel: ›LEGITIMATE TARGETS‹ • Copyright © 1994 by Ian McDonald • Erstmals erschienen in ›New Worlds‹ # 4, hrsg. von David Garnett, erschienen 1994 bei Victor Gollancz, London • Mit freundlicher Genehmigung des Autors • Copyright © 1995 der deutschen Übersetzung by Wilhelm Heyne Verlag, München • Aus dem Englischen übersetzt von Ingrid Hermann • Illustriert von Jobst Teltschik

---

DIE DARSTELLER
DER SZENEN

Das Geräusch drang mühsam in das zähe, wirre Gewebe des Traums ein, und Alberto tauchte aus der Tiefe auf, stützte die Ellbogen auf das Kissen und stellte sich dem neuen Morgen. Eigentlich war er nicht neu, sondern blieb sich im Lauf der Jahre immer gleich, wiederholte sich infolge eines seltsamen Scherzes der Zeit endlos.

Als die Sirene jedoch zum zweitenmal heulte, wurde Alberto hellwach und begriff die Bedeutung dieses Geräusches, das sich in konzentrischen Kreisen über den Dächern, den Giebeln und den Fernsehantennen ausbreitete.

Nein, dieser Morgen war anders. Es ereignete sich vielleicht einmal im Jahr, und es war unangenehm, aber es bedeutete andererseits auch eine Abwechslung. Ebbe.

Er öffnete den Fensterladen halb und ließ den Blick über das Panorama schweifen, liebkoste den märchenhaften Anblick, der sich vom perlgrauen Hintergrund abhob. Der Himmel war das Zelt eines vom Trapez aus gesehenen Zirkusses; er war niedrig und von den Lichtstrahlen zerschnitten. Wenige Zentimeter über Albertos Kopf rahmte das winklige Mansardendach das Blickfeld ein, was ihm gut gefiel; er empfand es als eine Art Schutz, wie ein Hut während der kalten, feuchten Wintertage.

Er blieb noch einen Augenblick lang stehen und trank mit seinem Blick die ersten zarten Farben des neuen Tages.

Leichter Nebel erfüllte die leeren Räume. Er bewegte sich langsam und weich im Rhythmus des gewaltigen Atmens der Lagune, drang in den Canal Grande und den Canale della Giudecca ein, verteilte sich in den unzähligen Kanälen und Gäßchen. Er eroberte allmählich die Bogengänge und die quadratischen Höfe, die überfließende Brunnen einschlossen, gelangte hinter die alten, halb geöffneten, jetzt unnötigen Türen, unter die Brücken und in das Netz der Risse, in denen es vor Ratten wimmelte.

An diesem Morgen war die Stadt wie eine gereinigte Palette; der einzige, beherrschende, noch nicht vom Nebelschleier ausgelöschte Farbfleck war das Braun der Ziegel auf den Dächern jenseits des Kanals.

Verschiedene Nuancen von Grau überlagerten einander und wurden nur von den senkrechten Linien der Kamine und den unnötigen TV-Antennen unterbrochen: sie reichten bis zum nahen Horizont, an dem der Nebelvorhang die Grenze der verzauberten Welt bildete.

Hinter dem Vorhang schlug der Campanile von Carmini sechsmal.

Alberto wartete noch einige Minuten, um den Lärm zu hören, irgendeinen Lärm, der das Bild abrunden würde. Doch aus der Stadt ertönte kein Laut – was er ohnehin erwartet hatte. Die Geräusche würden erst um halb neun mit Francis' Szene einsetzen. Bis dahin gab es nur das Brummen der Chartermaschine um sieben Uhr fünf, vorausgesetzt, daß der Wind richtig stand; und an diesem Morgen würde man sie bestimmt nicht hören. Dieser Gedanke verschaffte Alberto eine gewisse Erleichterung. In der Chartermaschine befanden sich die Zuschauer der Szenen, und Alberto fand, daß sie alle zum Teufel gehen konnten,

sie und ihre Maschinen und ihre Ausrufe und ihr Jahr-
marktslärm und vor allem ihre schön geschliffene
Dummheit.

Er verließ das Fenster. Die Dusche, die Anweisungen auf der Tafel, das Mittwochs-Kostüm, das Licht,
der Wasserhahn. Er ging die fünf Stockwerke hinunter;
die Treppe war eng und gewunden, die Stufen im
Laufe von Jahrhunderten abgetreten, der Verputz blätterte ab, die Luft roch muffig; dann stand er auf der
Straße. Gegen seine Erwartung hörte er in diesem Augenblick das Pfeifen der Chartermaschine, das die
ganze Stadt erfüllte.

Alberto lief die wenigen Meter bis zur Kantine der
Darsteller der Szene 6. Etliche waren schon anwesend,
die übrigen trafen kurz nach ihm ein.

Begrüßungen, Witze, einige gähnten, Eindrücke. Alberto warf die Münze in den Schlitz der Maschine, entnahm dem zahnlosen beleuchteten flüsternden Mund
das Frühstück und setzte sich an seinen Stammtisch.
Alle Tische waren gleich, aber von diesem Platz aus
konnte er durch ein Fenster sehen, das viel mehr als
ein gewöhnliches Fenster war. Es war die Aufhebung
der Zeit, die Symbiose zwischen Wirklichkeit und
künstlerischer Verwandlung, eine ständige Erneue-
rung innerhalb der wahren Grenzen eines Kunstwerks:
es war der Rio dei Mendicanti, der jeden Morgen aus
der Dunkelheit hervortrat und sich ihm so zeigte, wie
ihn Canaletto vor über drei Jahrhunderten gesehen
hatte, unversehrt in seiner materiellen Substanz, aber
jeden Tag durch das wechselnde Sonnenlicht, durch
die Regenschauer, durch die Nebelschwaden in eine
andere Atmosphäre getaucht. Allerdings – es gab nicht
mehr die Gondel, die von der Schiffswerft ins Wasser
des Kanals gestoßen wurde, die wehenden Fahnen, die
Girlanden, die Menschen, die am Ufer lustwandelten.
Schon seit langer Zeit lebte niemand mehr in der Stadt.
Es gab nur noch sie, die Darsteller der Szenen.

Aber der Tod der Stadt hatte zu der Wiedergeburt des ursprünglichen Geruchs nach Elend, nach verfaultem Holz geführt, die Ratten quiekten wieder und verschwanden mit fettem, leisem Klatschen im schmutzigen Wasser des Kanals.

»Los, Kinder, es ist halb acht.« Dario, ein etwa fünfzigjähriger Mann, dessen athletischer Körper im roten Overall der Künstler steckte, dessen Kopf glattrasiert war, der aber der Mode entsprechend einen üppig wuchernden Bart trug, versammelte die jungen Leute um sich, die sich inzwischen in der Kantine eingefunden hatten.

»Sind wir komplett?« fragte er. »Laßt mal sehen, Roberto, Juan, Helen, Flavio, Greta, David, Hans, Gino, Ennio... wo ist Ennio, weiß das jemand?«

Niemand wußte etwas.

»Schön«, sagte Dario, »ich gebe ihm noch fünf Minuten, dann bestimmen wir einen Ersatzmann für ihn. Die Komparsen werden zur gewohnten Zeit hier sein.«

Die Tür ging auf, und Carlo trat ein. Er war ein Unabhängiger und nahm offiziell nicht an den Szenen teil, lebte aber praktisch im Milieu der Künstler und beschaffte gelegentlich unbedingt notwendige Requisiten. In diesem Milieu war er gut bekannt, vielleicht sogar besser als die Künstler selbst. Und nicht nur in diesem Milieu. Sein Zauber bestand vor allem in den Worten, die er sprach, Worte, die imstande waren, die Aufmerksamkeit der anderen zu erregen, ganz gleich, unter welchen Umständen. Sie blieben in der Luft hängen, außerhalb des Geschreis des Gelächters der Witze und der Worte der Menge. Dann bemerkte jeder, sobald er allein war, daß von allem, was an diesem Tag geschehen und gesprochen worden war, in einem Winkel seines Gehirns, beinahe unsichtbar, aber sehr gegenwärtig, nur eine Idee zurückgeblieben war, etwas, das im ersten Augenblick wie ein Trugbild wirkte, etwas, das kommt und wieder geht. Doch wenn er es analysierte, stellte er fest, daß es das Ergebnis, der Extrakt von Carlos Worten war.

In einer großen Stadt, oder eigentlich in jeder Stadt, wäre Carlo der klassische Vertreter der aufbegehrenden, revolutionären Jugend gewesen, die bereit ist zu zerstören, um wieder aufzubauen. Und deshalb hätte man ihn abgesondert, isoliert oder ausgeschaltet. Aber hier, in dieser aus toten Gegenständen, aus Schweigen, aus Quieken, aus Klagen im Nebel bestehenden Stadt, wer konnte da besser seine Ideen erfassen als die Schauspieler, die einzigen Bewohner und Darsteller in diesem ungeheuren, zerfallenen Schloß?

Carlos klare, durchdringende Augen blieben bei der lauten Begrüßung durch die übrigen ruhig; sein Blick glitt über die noch verschlafenen Gesichter und blieb dann an Dario hängen. »Ich nehme Ennios Stelle ein. Er kommt nicht.«

Dario antwortete nicht, doch auf seiner Stirn bildeten sich zwei steile Falten. Er blickte auf die Uhr – die fünf Minuten waren abgelaufen. »Gut«, sagte er. »Hol dir das Mittwochs-Kostüm für die Szene 6.«

Carlo lief in die Garderobe, an Alberto vorbei, und klopfte ihm freundschaftlich auf die Schulter.

Punkt acht Uhr verließ die komplette Truppe in Kostümen die Kantine und verteilte sich sofort auf die Gäßchen, jeder nahm seinen Posten ein, der seit Jahren der gleiche war.

An diesem Morgen hatte die Sirene gemeldet, daß Ebbe war und daß daher die Straßen frei sein würden. Dennoch ergriff niemand diese Gelegenheit, um auf den Straßen zu gehen, sondern sie benützten wie immer die anderthalb Meter oberhalb des Straßenniveaus an den Hausmauern befestigten Laufstege, die entlang der wenigen vorgeschriebenes Routen von der Kantine zu den Schauplätzen der Szenen führten.

Ebbe war ein sehr seltenes Phänomen und wirklich abstoßend. Das freigelegte Pflaster zeigte sein jahrhundertealtes Gesicht; es war von fauligem Schlamm, organischen Abfällen und unzähligen Gegenständen bedeckt, die vom Salz in groteske Erinnerungen an eine Zeit verwandelt worden waren, in der die Menschen sie täglich benützten, ein von den Ratten beherrschter Friedhof.

Die Stimmen der jungen Männer verklangen in der Ferne. Die Kantine war nur noch ein summender Lichtpunkt im Nebel. Leise Musik drang aus der Tür und wurde sofort vom Nebel verschluckt. Von drinnen konnte man den Rio del Mendicanti nicht mehr sehen.

Der Luftbus startete rasch und geräuschlos vom Flughafen. Durch den Kunststoffboden sah man die Traumstadt mit ihren Türmen, Bögen und Wasserstraßen noch nicht, denn sie war in einen Kokon aus Nebel eingesponnen. Dann stieg aus zweihundert Kehlen gleichzeitig ein Schrei, dem sofort zweihundert bewundernde »Ahs« folgten, als sich der Luftbus auf das Wasser der Lagune herabsenkte. Kameras und Aufnahmegeräte surrten, Fotoapparate klickten, Selbstauslöser brummten, zweihundert Paar leuchtende Augen beobachteten Blende, Anzeigen, Hebel, blinkende Lämpchen.

Die ersten Ruinen der überfluteten Stadtteile wurden allmählich im Wasser sichtbar, kamen näher und blieben zurück, eine lange Reihe von offenen Mündern, die lautlos schrien.

Die zweihundert Wesen, die die kleinen Roboter bedienten, wendeten den Kopf nach links und rechts und überließen ihren summenden Herren die schwierige Aufgabe, zu beobachten, aufzuzeichnen, den Beweis dafür zu erbringen, daß sie wirklich die Märchenstadt betreten hatten.

Und dann standen sie vor den mächtigen Bauten, die die True Venice Sightseeing Co. Inc. errichtet hatte, um die überfluteten Gebäude zu stützen und ihren treuen

Kunden das schaurige Gefühl zu verschaffen, »bei dem Sie nur die Bilder auf Ihrem Film davon überzeugen werden, daß das alles Wirklichkeit ist.«

Ein ungeheurer Neon-Regenbogen verschluckte den Bus, als sie in den Terminal einfuhren, und Hunderte Lampions aus Plastipapier funkelten unermüdlich zur Begrüßung.

Die Insassen des Busses stießen als lärmender, geschlossener Block zu bereits vorhandenen lärmenden Gruppen, die auf dem Platz warteten, und dann begann das Laufband, die schwankenden Gestalten der alten Kinder sanft in die Stadt zu transportieren.

Drei Stunden lang.

Drei ganze Stunden ununterbrochen im Märchenreich, im Reich der großen Stille (aber werden wir wirklich die ganze Zeit durchhalten?), in dem man angeblich sogar hört, wie das Wasser die narbenbedeckten Flanken der Paläste liebkost. Und dann... und dann DIE SZENEN!

Der Nebel beginnt im Sonnenlicht zu leuchten, und es ist genauso, wie es im Prospekt steht: »Die Stadt ist in einen Hof aus goldenem Licht getaucht.« Achtung auf die Einstellung, Auge an den Sucher, Großaufnahme des goldenen Lichts, das... ach ja... des Hofes aus goldenem Licht, der die Stadt einhüllt. Aber wo sind die Szenen? Warum beginnen sie nicht sofort? Meine Damen und Herren, wir haben eine angenehme Überraschung für Sie. Wir freuen uns, Ihnen mitteilen zu können, daß wir heute drei Szenen erleben werden, nicht nur zwei, wie im Programm vorgesehen... ooohhh!... angesichts der Tatsache... Gemurmel und begeisterte Aufschreie... ein Geschenk der True Venice... fröhlich wie Schmetterlinge klatschen sie in die Hände. Links in der Ecke sehen Sie jetzt durch den Wald der in den Boden gerammten Pfähle eine Gondel, die den Kanal überquert. Achtung, überschreiten Sie nicht die Sperrlinie! Wenn Sie es wünschen, lassen wir die Gondel in der Mitte des Kanals anhalten, damit Sie diese großartige Sequenz der Szene festhalten können... Gut, meine Damen und Herren, wir waren von Ihrem Kunstverständnis überzeugt und haben bereits eingeplant, daß die Gondel anhalten wird. Wie Sie bemerken, befördert das Boot verschiedene Passagiere, und es ist wohl nicht nötig, Sie besonders auf die Dramatik dieser Szene aufmerksam zu machen. Eine einzige falsche Bewegung des Gondolieres genügt, damit das Fahrzeug kentert, eine plötzliche Welle, ein Passagier, der sich bewegt, und das alles KANN JETZT GESCHEHEN, VOR IHREN AUGEN! Noch wenige Meter, und die Gondel wird anhalten, um von Ihnen nach Gebühr bewundert zu werden... aber... etwas stimmt nicht... Statt anzuhalten, beeilt sich der Gondoliere... dort... eines der Schiffe, die Frachten über den LANGEN KANAL transportieren, taucht auf, und das bedeutet gefährliche Wellen für die kleine Gondel und ihre Fracht von menschlichen Wesen. Wahrscheinlich befinden sich Frauen und womöglich auch Kinder an Bord... Der Gondoliere stößt das Boot mit aller Kraft weiter (der lange Stab heißt Ruder), um sich vor dem schon nahen Bug des Schiffes zu retten... das sie jetzt unseren Blicken entzieht.

Die kleine Menge bekommt vor Aufregung keine Luft, Apparate hängen unbeachtet an den Tragriemen, Hände werden vor den Mund gehalten, Augen suchen und sehen endlich... Gott sei Dank, die Gefahr ist vorbei, und wir sehen unseren hoch aufgerichteten Gondoliere, der sein Fahrzeug anhält. Eine wirklich schöne Szene, meine Herrschaften, Sie haben Glück gehabt, ein solcher Zwischenfall ereignet sich nicht oft. Und jetzt Applaus für diese großartigen Darsteller, für diese wahren Künstler, die für die Kunst alles riskieren und die...

Alberto und Carlo kehrten hintereinander über die schmalen Laufstege zur Kantine der Darsteller der Szene 6 zurück.

Keiner von ihnen sprach; sie hatten die Hände in die Taschen der schwarzen Hose gesteckt, an die sie sich noch nicht gewöhnt hatten. Alberto betrachtete seinen Freund, der einige Schritte vor ihm ging, betrachtete das blau-weiß gestreifte Ruderleibchen, die lässig über die Schultern geworfene Jacke, den offenen Kragen, den Gondolierehut mit dem roten Band. Genausogut hätte er in den Spiegel schauen können. Als sie das Campo S. Maurizio überquerten, hörten sie, wie der Dampfer der Szene 9 näher kam. Von der Brücke aus sahen sie zu, wie das Schiff in den Nebelstreifen, die wie Rauch auf dem Wasser des Kanals lagen, Gestalt annahm. Der Kommandant des Schiffes mußte William sein. Das Schiff fuhr an der Brücke vorbei, William sah die beiden Freunde und winkte ihnen zu.

Alberto und Carlo blieben auf der Brücke stehen, bis der Dampfer mit den vielfarbigen Komparsen undeutlich und schemenhaft wurde und sich schließlich im Nebel auflöste.

Alberto wollte weitergehen, aber Carlo stützte die Ellbogen auf das Brückengeländer.

»Gehen wir, es wird spät.« – Alberto machte sich auf den Weg.

»Hör mal, Alberto, hast du darüber nachgedacht?«

Alberto wußte, worauf sein Freund anspielte, war aber noch nicht imstande, ihm zu antworten, »Gehen wir jetzt, wir werden ein andermal darüber sprechen.«

»Nein, sprechen wir jetzt davon. Wir können nicht mehr warten. Siehst du denn wirklich nicht, wie absurd das alles ist? Es ist grotesk!«

Alberto war stehengeblieben. »Ich wäre ja deiner Meinung, nur… kurz… du hast die Möglichkeit, unabhängig zu sein und dennoch im Künstlermilieu zu bleiben... Aber wenn ich mich dagegenstelle, was dann? Es geht um das Ideal, einverstanden, um den Sinn der Kunst und so weiter, einverstanden... Aber ich will in dieser Gruppe bleiben, in einer anderen Stadt könnte ich nicht leben, und was dann? Wenn ich mich auf die andere Seite der Barrikade stelle, dann nimmt sofort jemand anderer meinen Platz ein, denn eines ist sicher, nur durch unsere Ideen werden wir dem Ganzen kein Ende setzen.«

Alberto betrachtete das schmutzige, dunkle, ölige Wasser des Kanals, in dessen langsamer Strömung die Abfälle dahintrieben, die die Touristengruppen wegwarfen, während sie die Szenen erlebten: bunte Verpackungen von Lebensmitteln, leere Filmschachteln, Flaschen, Fragmente aus fernen Welten mit unverständlichen Schriftzügen.

Dennoch stimmte es, die Stadt war seit langem tot, sie war ein Friedhof, von Gespenstern bewohnt. Nach dem Glanz hatte der langsame Verfall eingesetzt, und dann war das Ende gekommen. Die berühmten Paläste, die schlanken Brücken, die eleganten dreibögigen Fenster konnten sich nicht mehr im klaren Wasser der Kanäle spiegeln und nicht zur Kenntnis nehmen, daß sich die Zeit wandelte. Als die Stadt endlich begriffen hatte, worum es ging, war es bereits zu spät, und der lange Todeskampf hatte eingesetzt.

Und wer außer ihnen, den Künstlern, konnte die Erinnerung an die Märchenstadt in der Welt wachhalten? Künstler natürlich nicht in dem Sinn, den dieses Wort in der Vergangenheit gehabt hatte, aber dennoch Kunsthandwerker, Hauptdarsteller der Szenen, die von Menschen aus aller Welt bewundert wurden. Die Kehrseite der Medaille war natürlich der Beschäftigungsnachweis, die Gewerkschaft, das gesicherte Einkommen, die genauen Zeitpläne, nach denen ihre Aktionen ablaufen mußten, die festgelegte Handlung jeder Szene... Szene.

Das war der Punkt, bei dem Alberto unsicher wurde, das Wort, das in ihm eine Reaktion auslöste und ihn schwankend machte. Hier konnten Carlos Ideen Wirkung zeigen... Vielleicht war es ihnen schon gelungen.

Alberto, der immer noch ins Wasser blickte, unterbrach die lange Stille.

»Hast du die ganze Sache schon einmal von einem anderen Standpunkt aus gesehen, daß nämlich die Arbeit, die wir als namenlose Angestellte der True Venice Sightseeing Co. Inc. als Marionetten der Erfinder der Szenen leisten, vielleicht wirklich als künstlerische Tätigkeit bezeichnet werden kann? Wenn die Malerei die Realität interpretiert und die Mittel, durch die man sie ausdrückt, ständig wechseln, warum können wir dann nicht die Aktionen, die wir immer wieder zu bestimmten Zeiten an festgelegten Orten ausführen, als echte Bilder bezeichnen? Das Bild hat unzählige Wandlungen durchgemacht, hat sich von der Enge des Ateliers zum Impressionismus im Freien entwickelt, hat außer Farbe und Pinsel vollkommen neue Materialien verwendet, hat auf den Rahmen als Begrenzung des Werks verzichtet. Bilder haben sich in Bildskulpturen, in Objektkunst, in Happenings, in Totalkunstwerke, um dem Wunsch der Massen zu entsprechen, in bestimmte Verhaltensweisen verwandelt... Warum können wir nicht an die Stelle der Farben oder der Plastiken oder der übrigen unendlich vielen Materialien treten, die die Maler im Lauf der Jahrhunderte für ihre Bilder verwendet haben? Bilder, die aus Menschen bestehen, die echte Aktionen in einer echten Umgebung ausführen. Wir sind lebende Totalkunstwerke und haben uns dazu entschlossen, sie zu gestalten, weil wir diese Stadt lieben; obwohl sie tot ist, wollen wir nicht, daß sie verfault, deshalb verschönern wir den Leichnam, versehen ihn mit einer Triebfeder, so daß er jeden Tag vor allen jenen lacht und tanzt, die hierher kommen, weil sie den Wunsch haben, ihn zu bewundern. Mir ist es gleichgültig, ob es sich um ein paar verdammte steinreiche Touristen handelt, die sich vollkommen verloren vorkommen, wenn ihnen die verfluchte Kamera fehlt. Denn ihre Augen stecken in der Kamera, sie können nicht mehr ohne Zwischenträger sehen, sie sind nicht mehr dazu imstande, deshalb schaut die Maschine an ihrer Stelle und gibt ihnen die Gewißheit, daß sie wirklich dort gewesen sind.«

Alberto spuckte in den Kanal. Dann spuckte er ein zweites Mal noch wütender, drehte sich um und sah Carlo in die Augen. »Und trotz alledem«, fügte er nach dem Wutausbruch mit seltsam ruhiger und farbloser Stimme hinzu, »weiß ich, daß du recht hast. Genauso wie alle jene, die vor dir einen Zustand ändern wollten, der schon zu lange anhielt und zu einer Gewohnheit geworden war. Nichts darf jemals zur Gewohnheit werden...«

Carlo legte seinem Freund die Hand auf die Schulter. »Jetzt verstehst du, was ich will. Die Szenen, die wir aufführen, sind eigentlich eine logische Weiterentwicklung der Malerei, aber jetzt ist der Augenblick gekommen, in dem wir alles noch einmal ändern müssen. Wir sind aus der ganzen Welt hierhergeeilt, um dieser Stadt Leben einzuhauchen, aber das darf nicht mehr aufgrund von jährlich zu erneuernden Geschäftsverträgen geschehen, mit Aktionen und Worten, die wir aus dem Drehbuch auswendig lernen. Übernehmen wir diese Stadt wirklich, leben wir hier, und wenn die anderen uns sehen wollen, dann sollen sie kommen, mit oder ohne Kameras. Und wenn sie die Szenen sehen wollen, dann müssen sie durch die Straßen gehen, über die Holzstege, in den Schlamm steigen, und uns finden, uns, die wir unser Leben in unserer Stadt verbringen. Denn sie muß unsere Stadt sein, die unseresgleichen offensteht, ganz gleich, aus welchem Teil der Welt sie kommen. Hier ist kein Platz für die anderen, dieser Ort befindet sich außerhalb von Raum und Zeit, gehört einer anderen Dimension an, und nur Menschen unserer Art können ihn verstehen und sich zu eigen machen. Hier arbeitet man mit dem Zauberstab und der magischen Mütze, nicht mit Computern und TV ...«

Das Gekreisch der Szene 3 drang als eintöniger Lärm, der manchmal von lautstarken Schimpfworten unterbrochen wurde, zu ihnen. Die beiden Frauen standen an ihren Fenstern, starrten einander über die Straße hinweg an, hatten die Fäuste in die Hüften gestemmt und spielten den täglichen Streit, dessen Inhalt für die Touristen auf der darunterliegenden Plattform vollkommen unverständlich war.

Die beiden jungen Männer auf der Brücke warteten unbewußt auf den Applaus, der innerhalb weniger Minuten einsetzen mußte.

Carlo dachte laut; er sprach mehr zu sich als zu seinem Freund. »Wir sind diejenigen, die nicht mehr im Atelier malen können, die auf die Straßen hinausgehen, um dort zu malen, und die eine neue Kunstrichtung begründen. Wir sind diejenigen, die die Bilderrahmen abschaffen und einen neuen Weg weisen. Wir verwenden nicht mehr die Leinwand, sondern Holz, Plastik, Feuer, Eisen und die Erde, stellen sie zusammen und schaffen eine neue Kunstrichtung, oder wir verpflanzen ein Stückchen Wald auf den Platz einer Stadt und fordern die Menschen auf, unser Bild zu betrachten ... diese Gedanken hast du auch schon geäußert ...«

Oberhalb der grauen Schicht ertönte zuerst klagend, dann durchdringend, das Aufheulen eines startenden Flugzeugs, in dessen Bauch die vielfarbige Menschheit mit dem befriedigenden Bewußtsein der erfüllten Pflicht abreiste. Auch sie hatten die Märchenstadt besucht und sich auf dem Gebiet der Kunst weitergebildet. Und auch ihre Psyche war befriedigt, weil der Be-

weis für ihre Pilgerfahrt auf der schwarzen, glänzenden, zusammengerollten Schlange festgehalten war
und sie ihn sofort nach ihrer Rückkehr den be-
wundernden Freunden zeigen konnten.

Es gibt die Märchenstadt nicht mehr, vielleicht liegt
sie unter dem grauen Schleier, den wir auf dem Monitor im Passagierraum sehen, aber jetzt ist Schluß. Werfen wir einen Blick in das Programm, der nächste
Punkt ...

Alberto wurde kalt, und er legte sich die Jacke um
die Schultern. Langsam ging er neben dem Freund die
Brücke hinunter. Sie überquerten den kleinen Platz mit
dem seit so vielen Jahren verstummten Brunnen und
betraten die enge Gasse, die zwischen verfallenden
Mauern verlief.

Dann verschwanden sie um die Ecke, ihre Stimmen
hallten noch im Nebel wider, und ihre Schritte dröhnten auf den Holzbrettern oberhalb des Schlamms.

Pavel Toufar · Böhmen

DAS EXPERIMENT

»Komm«, der Sergeant streckte die Hand aus. David stand, und seine kleinen Finger umklammerten das kalte Metall des Geländers. Er sah neidisch die Jungen an, die auf einem Streifen des schütteren Rasens mit einem bunten Ball herumtollten. Sie spielten neben einem schmutzigen Kehrichthaufen, auf dem wirr durcheinander Stücke von ausgedienten Flugzeugrümpfen und ausgeschlachteten, von Staub und Öl geschwärzten Düsenmotoren herumlagen. David konnte seine Augen nicht von dem bunten Ball wenden.

Über der Stadt hing ein nachmittäglicher beißender Dunstglockenschleier, er drang durch die Poren in den Körper. Auf der Betonfläche der Autobahn rasten wütend mit teuflischer Geschwindigkeit die stählernen Insekten und brachten ihre Fahrgäste in alle Richtungen.

»Komm«, wiederholte der Sergeant, nun schon mit Nachdruck, und legte seine große Hand auf Davids Schulter.

Der zuckte zusammen und drehte sich um. Aus seinen Augen unter den struppigen Haaren blickte ein trauriger Neid. Unmittelbar darauf verschwand er, wie Funken, die aus glühender Asche fliegen.

Der Sergeant lächelte David an und fügte hinzu: »Wir müssen jetzt gehen. Wir werden beim Simulator erwartet.«

Plötzlich ertappte sich der Sergeant verwundert bei

der Frage, die er sich in Gedanken stellte, ob David wohl in Tränen ausbräche. In ein ganz gewöhnliches Bubengeheul. Früher hätte er sich so einen Gedanken gar nicht erlaubt, weil er David immer als einen Erwachsenen ansah. Doch jetzt glaubte er es zu sehen.

David warf trotzig den Kopf zurück. Er drehte sich noch einmal zu den herumtollenden Kindern zurück und ging mit der Ergebenheit eines gequälten Tieres los.

Den Sergeanten würdigte er keines Blickes.

Auf der Basis lachte jeder, als er die Riesenstatur des Sergeanten neben dem kleinen David sah.

Sergeant Goliath!

Das ist auch an ihm hängengeblieben. Doch der Sergeant dachte gar nicht an den Spott. Er mußte immer wieder mit Staunen die Frage wiederholen.

Hatten wir denn David auch das Weinen abgewöhnt?

Am Simulator stand schon der Arzt, wie immer mit breitem, strahlendem Lachen, und überströmend guter Laune, und mit einer geradezu musterhaften Begeisterung. Ungeduldig spielte er mit den Berührungskontakten, von denen Drähte in verschiedener Farbe zu der Aufnahmeapparatur führten.

Er hieß David schon von weitem her mit seinem Filmlächeln willkommen.

»Wir warten schon alle! Wo haben wir denn herumgebummelt?«

Mit einen stillen Vorwurf drehte er sich zum Sergeanten, doch er wartete nicht auf Antwort. Er streckte seine ausgemergelten, mit rötlichen Haaren bewachsenen Hände aus, als wären sie die Fangarme einer merkwürdigen Krake.

»Heute haben wir sehr wenig Zeit!«

David schwieg.

»Wir machen einen Flug ins All!«

David schwieg weiter.

»Mindestens eine Stunde!«

David schwieg immer noch.

Inmitten des Raums stand eine nicht allzu große Kabine des Raumschiffsimulators. Die Eingangsluke gähnte, in dem Halbdunkel des Inneren sah man die Umrisse eines bequemen Sessels, das Davids kleiner Gestalt angepaßt worden war. Die Skalen der angeschlossenen Geräte leuchteten grünlich, und von der niedrigen Decke schlug schmerzlich die grelle Lichtflut der Iridiumleuchter. Wie die glühende Sonne im offenen All.

David stand weiter still, sah den glanzpolierten Plastikboden an und stellte sich vor, wie auf ihr der Ball herumschwirrte, von dem er träumte. Er versuchte, ihn wenigstens mit den Augen zu erhaschen, um ihn nach oben zu schlagen, ganz hoch. Dabei wollte er auch beobachten, wie er sich schnell drehte, und wie die Streifen seiner Farben in einem teuflischen Reigen die phantastischsten, dabei unscharfen Regenbogenbilder auf einer Kinoleinwand bildeten.

Der Arzt streichelte ihm die Haare. Von beiden Seiten drehten die Laborassistenten sich ihm zu. Den schielenden mochte David nicht, genauer gesagt, er haßte ihn.

Nicht etwa wegen seines merkwürdig schiefen Lächelns, das eher an ein höhnisches Grinsen erinnerte, nicht wegen der tiefen und widerlichen Narbe auf der linken Seite seines Halses – offensichtlich ein Souvenir nach einer Operation. Nein, deswegen nicht.

David war klar, daß das Schielauge ihm beim Aufsetzen und bei der Abnahme der Hautsonden bewußt weh tat.

Absichtlich!

Aber warum machte der das? Darauf suchte er vergeblich eine Antwort. Und er hätte nie gewagt, laut zu fragen.

Er beugte den Kopf und ließ sich fügsam den engen Helm aufsetzen. Der Arzt zog ihm vorsichtig den Reißverschluß des blauen Overall zu und gab ihm einen Klaps auf die Schulter.

»Ein ganzer Kerl. Schießen wir los!«

Dann wurde er doch stutzig, als würde es ihm erst jetzt bewußt, als hätte er es erst jetzt wahrgenommen.

»Ist was mit dir los, David?«

Der Arzt bekam nur ein stummes Kopfschütteln anstatt einer Antwort.

Der Arzt erkannte nun, wie traurig, dabei auch irgendwie gleichgültig seine Augen blickten. Als würde sich David in eine Traumlandschaft treiben lassen, von der er jedoch niemandem was erzählte.

Niemandem!

Die Zeit: 10.15

Der Deckel des Raumsimulators klappte zu.

Damals in jener Nacht saß der Arzt an seinem Arbeitstisch und mußte immer wieder zu dem Gespräch mit einem der stellvertretenden Direktoren der Pilotflüge zurückkehren.

»Die Ausbildung eines Astronauten ist eine langfristige Angelegenheit«, erklärte der stellvertretende Direktor am Anfang etwas zögernd, als sich alle endlich im Konferenzraum niedergesetzt hatten. Der Arzt kam buchstäblich im letzten Augenblick mit dem Flugzeug der Air World, weil die Angestellten der Eastern Airlines gestreikt hatten. Er saß und hörte zu, und dachte dabei eher an den Kaffee, den er nicht mehr zu bestellen geschafft hatte.

»Wir müssen viel früher beginnen als bisher. Wir haben einwandfreie Analysen durchgeführt, und die Antwort liegt klar auf der Hand.«

Sie fragten nach den konkreten Daten.

Als ihnen der stellvertretende Direktor antwortete, dachten alle, es handle sich um einen dümmlichen

Scherz. Doch der Stellvertreter lachte ihnen ins Gesicht.

»Ja, Sie haben alle sehr richtig gehört. Das ist einwandfrei das optimale Alter!«

Jemand brummte erbost: »Wegen blöder Späße brauchte man mich nicht hierher zu schleppen!«

Der Arzt hatte eine zivile Fluglinie benutzen müssen. Weitere zwei Stunden hatte es gedauert, bis er per Taxi die Zentrale erreichte. Wie immer hatte man vergessen, ihm einen Dienstwagen zu stellen. Er überwand seine Müdigkeit und hörte weiter gespannt zu.

Der Stellvertreter hob abwägend die Augenbrauen. Sein Lächeln fror ein und wurde immer kälter. Er habe doch keine Kalauer gerissen, er spräche Deutsch und begreiflich. Was wollten die Herren noch hören?

»Nach einer gewissen Zeit werden wir wohl auch Säuglinge in den Kosmos schießen!« keifte der Meckerer. Alle drehten sich zu ihm um.

Von der anderen Tischseite her kam eine weitere Stimme zu Hilfe: »Das ist doch eine zum Himmel schreiende Absurdität. Das würde mich wirklich interessieren, bei welchem Idioten dieser Geistesblitz eingeschlagen hat! Man hat wohl wenig Sorgen mit der Vorbereitung des offiziellen Teiles des kosmischen Programms, und deshalb kommt dieses überflüssige Zeug daher!«

Er sprach weiter; es war eine lange und widerspenstige Rede. Doch der Stellvertreter brachte ihn mit einer entschiedenen und vielsagenden Geste zum Schweigen: »Wir erdichten hier nichts! Ich habe Ihnen schon einmal gesagt, es handelt sich um eine seriöse Analyse unserer Möglichkeiten!«

»Wer ist hier das ›Wir‹?« knurrte der Widerspenstige mit unüberhörbarem Fragezeichen.

Der Stellvertreter blickte ihn kurz an, atmete tief ein und fuhr friedlich fort: »Sie vergessen, meine Damen und Herren, daß die heutige Ausbildung eines Astronauten mindestens acht Jahre dauert, beginnend mit seinem Eintritt in die Astroakademie und endend mit seinem ersten Raumflug. Je eher wir mit der Ausbildung starten, desto bessere Ergebnisse erhalten wir.«

Der Querkopf prustete heraus: »Mit einem Säugling, was!«

Des Stellvertreters kalter Blick fuhr von oben bis unten über ihn hin.

»Soweit ich weiß, ist ein siebenjähriges Kind schon kein Säugling mehr!« Er blickte beifallheischend in die Runde und fügte hinzu: »Es sei denn, Sie sprechen irgendwie aus eigener Erfahrung!«

Einige lachten.

Der Widerspruchsgeist sprang auf. Einen Atemzug lang wechselte er mit dem Stellvertreter scharfe Blicke, doch dann setzte er sich wieder in den Sessel und zog den Kopf zwischen die Schultern. Der Stellvertreter stellte mit Zufriedenheit seine Dominanz fest und fuhr fort: »Ich glaube, Doktor Bures aus Ames hat endlich unsere Stellungnahme begriffen.«

Der Arzt sah den Angesprochenen an, wie er plötzlich die Augen auf die Tischplatte heftete und nervös in einem vor ihm liegenden Papierbündel herumkramte.

»Wir erwarten großartige Ergebnisse, vor allem bei der psychologischen Vorbereitung«, brachte ihn die Stimme des Stellvertreters in die Realität zurück, »die einseitige Erziehung, natürlich einen gewissen Rahmen weiterer Allgemeinkenntnisse berücksichtigend, wird ganz sicher ein Beitrag für die Ausbildung und das Modellieren einer neuen Art von Astronauten werden.«

Der Arzt rutschte nervös in seinem Sessel hin und her. Er mochte keine Worte über Astronauten-Modellieren, über die einseitige Ausbildung, und am wenigsten in Zusammenhang mit irgendeinem siebenjährigen Buben, der zu diesem rappeligen Experiment ausgesucht wurde.

»Es ist eben das optimale Alter!« hörte er erneut die Stimme des Stellvertreters, »wir formen einen neuen Astronauten nach vollkommen neuen Prinzipien. Wir schaffen den Menschen des Universums!«

Der Arzt saß wieder an seinem Arbeitstisch. Am breiten Fenster rutschten Regentropfen hinunter und glänzten im Licht der Beleuchtungskörper vor dem Gebäude. Damals hatte es auch geregnet, als er vom Flughafen gekommen war. Er saß und rauchte kettenweise. Wie immer in solchen Momenten.

Sie hatten ihnen keine Zeit zum Überlegen gegeben. Der Stellvertreter sagte: »Je eher wir anfangen, desto besser für unser kosmisches Programm. Es muß erweitert werden. Deshalb brauchen wir so schnell wie möglich konkrete Ergebnisse.«

Wie wird er wohl aussehen? Dem Arzt rumorte es ununterbrochen im Kopf. Wird er nachdenklich und in sich geschlossen sein oder ein Knabe wie jeder andere? Ständig lachend und ohne Sitzfleisch? Oder eine künstliche und unbelebte Maschine?

Also morgen!

In der Kabine war es angenehm warm. David war schon eng mit jeder Apparatur auf der Anlage vertraut. Mit regem Interesse studierte er die einzelnen leuchtenden Felder. Einmal wird er das alles beherrschen, alles wird er einmal erlernen. Unterdessen sitzt er eigentlich in einem großen Spielzeug, das ihn unauffällig immer mehr bindet, ja ihn bisweilen umklammert wie ein unsichtbarer Stahlkäfig. Das Spielzeug wandelt sich auch allmählich von Belohnung zur Strafe.

Im ersten Halbjahr hat David auf der Basis fast jeden kennengelernt. Die Piloten nehmen ihn auch ab und zu in einem verbeulten Laster – in ihrem fahrbaren Maskottchen – in die Stadt. Natürlich nur, wenn David nicht gerade den Unterricht besucht. Und die Schule ist auch ganz anders. Eigenartig und ungewöhnlich.

Keine Schule wie zu Hause. Vielmehr ein kleines und modern ausgerüstetes Büro.

Er hatte auf irgendwelche Mitschüler gewartet, doch es kam niemand. Nur ein schlanker, hochaufgeschossener Lehrer, der ihm die Grammatik, das Lesen, Schreiben und Rechnen beibrachte. David wurde nach sorgfältigen Intelligenztests ausgewählt, hatte mehrere Eignungs- und Voraussetzungsprüfungen hinter sich. Aus einigen hundert Kandidaten hatte er die höchste Stufe erklommen. Und als er sogar die Untersuchung seiner genetischen Eigenschaften positiv überstanden hatte, wußten die Fachleute, sie wählten richtig aus.

In seiner Freizeit hatte der gutmütige fast zwei Meter große Sergeant die Aufsicht über ihn. Er war die Ruhe selbst, und ließ sich nicht einmal durch die teuflischsten Streiche aus dem Häuschen bringen, wie sie nur David ausbrüten konnte.

Der Sergeant diente auch als Blitzableiter für die ersten Zornausbrüche der Erwachsenen, die als Zielscheibe für Davids Schelmenstücke dienten. Er schützte seinen kleinen Pflegling, wie ein fester Damm den Pier vor dem Ansturm des brausenden Ozeans bewahrt.

David wurde sehr bald zum Liebling der Basis. Sein Aufenthalt wurde begreiflicherweise als streng geheim eingestuft, vor allem wurde er abgeschirmt vor den lästigen und neugierigen Journalisten. Doch bald wußte jeder Basisbewohner, daß man mit dem Jungen alle diese Prüfungen anstellte. Warum man ihn an das Leben in der Nähe der abgrundtiefen Entfernungen des Universums gewöhnte. Niemand hat diese Tatsache kommentiert, niemand hat je dazu etwas gesagt.

Das scharfe Klicken des Schalters unterbrach den Gedankenstrom. Bisher tat sich nichts. David lernte allzu gut, mit den langen Zeiten im Simulator fertig zu werden. Meistens saß er untätig da und beobachtete nur neugierig die hüpfenden Zeiger der Skalen und die leuchtenden bunten Lichter der Kontroll- und Signalanlage. Nur dann und wann hörte er in seinem Fliegerhelm – den sie auf Davids Kinderkopf setzen mußten – die Stimme des Arztes:

»Könntest du für einen Augenblick die Augen schließen? – Aufmachen! – Zumachen! – Sehr gut! Woran hast du eben gedacht? – Versuche, dich auf die roten und grünen Lichter auf der Anlage vor dir zu konzentrieren! – Entspanne dich und versuch es noch einmal! – Ausgezeichnet! Hervorragend!«

Und David erfüllte jeden ihm gegebenen Befehl, ohne ein Wort zu sagen. Auf seinem Kopf und auf seinem Körper klebten Kontakte, die Signale zu der Registrationsapparatur weitergaben, doch er spürte sie nicht.

Er war damals auf dem Gipfel seines Wohlbehagens, als die Männer in Uniformen und auch im Zivil in die Schule kamen, und über alle Klassen verbreitete sich blitzschnell die Nachricht, daß dieser Besuch etwas mit den Astronauten zu tun habe. Nichts konnte man verheimlichen – so glaubten damals alle. Doch der wahre Zweck dieser Visite übertraf auch die blühendste Phantasie um ein Vielfaches.

Sie riefen damals David. Auch Thomas und Martin riefen sie.

Thomas war aus der Parallelklasse, aber aus einer anderen Gruppe. Martin war ein Jahr älter, was bedeutete, daß er beide von oben musterte. Das alles fiel Martin ein, als er auf dem langen heilen Gang bis zu der Tür des Sekretariats des Direktors lief. Eine lächelnde Sekretärin ließ ihn ins Büro ein. Im Zimmer des Direktors saßen eben diese Männer in Uniform- und Zivilkleidung. Und auch sein Klassenlehrer, den David gar nicht schätzte, er kam ihm immer streng und viel zu straff vor.

Martin trat kurz vor David hinaus, fast wären sie in der Tür zusammengestoßen. Der um einen Kopf größere Martin hielt es gar nicht für notwendig, einen aus der zweiten Klasse seines Blickes zu würdigen. David wartete lieber, bis er verschwand, und dann betrat er vorsichtig das Zimmer. Er schaffte es noch, den knöchernen, dabei jedoch feierlichen und ernsten Ausdruck des Klassenlehrers nachzuahmen, doch dann sah er die gebügelten Fliegeruniformen, wie er sie aus Film und Fernsehen kannte.

»Sicher!« platzte es aus ihm heraus, als ihn einer der Offiziere fragte, ob er Pilot werden und in den schnellsten Jagdflugzeugen fliegen wolle. Doch unmittelbar darauf sah er des Klassenlehrers fragend gehobene Augenbraue und verbesserte sich sofort artig: »Jawohl, bitte!«

Einer der Offiziere lachte hellauf. Bevor sich aber David zu ihm umdrehen konnte, wurde die zweite Frage gestellt.

»Und Astronaut nicht?«

David machte große Augen.

Hatte er richtig verstanden?

Astronaut!?

Das wäre ein Ding! Alle Jungs würden ihn beneiden! Und der widerwärtige Martin würde aufhören, sich patzig zu machen und möglicherweise um ein Autogramm betteln, doch vorher würde er wahrscheinlich vor Neid platzen. Scheibenhonig!

Kein Autogramm. Hast du verstanden, du Trottel aus der dritten Klasse – keines!

David schlug die Augen nieder. Doch sofort hatte er seine Angst im Griff. Die Gedanken können sie doch nicht lesen!

»Du mußt dich nicht für deine Antwort schämen«, setzte jemand aus der Gruppe am Tisch das Gespräch fort. David dachte kurz, daß der Klassenlehrer eher sterben würde, als keinen tugendsamen und moraltriefenden Senf beizusteuern – doch der Direktor kam ihm zuvor: »Jeder Junge hat doch andere Interessen. Einer will Astronaut werden, ein anderer Seemann oder Lastwagenfahrer, einem anderen gefällt eher der Lehrerberuf…«

David mußte sich halten, um nicht vor Lachen herauszuplatzen. So einen Dummkopf sollten sie ihm zuerst zeigen! Ein Lehrer! Ein Matrose! Ein Brummifahrer!

Er bemühte sich um ein Lächeln, ähnlich wie gegenüber seiner Tante, wenn er während des Frühlings etwas ausgefressen hatte. Etwas, das die ungeschriebenen Gesetze des Dorfes verbaten, und wofür eine Tracht Prügel drohte.

So stammelte er schüchtern: »Ja – ich – weiß – nicht… eigentlich…«

Das Stottern schaffte er ohne Fehler, er war sich dessen bewußt, denn sein Klassenlehrer beugte sich mit eingefrorenem Lächeln zu ihm herab. David roch eine Mischung von Rasierwasser und Minzpastillen, die in einem Laden neben der Schule angeboten wurden.

»Du bist doch ein aufgeweckter Bursche. Du gibst uns doch sicher eine Antwort.«

Das war schon eine klare Aufforderung. Aber – was wollte man eigentlich von ihm hören? Was sollte man ihnen antworten, damit kein Mißgeschick entsteht?

David dachte fieberhaft weiter nach. Was ist das für eine Teufelei? Was für eine Gemeinheit haben der Klassenlehrer und der Direktor vor, daß sie sich die Kerle in Uniform dazugeholt haben?

Aber… aber… wenn da was daran ist?

Ist das wahr?

Tatsächlich?

Kein böses Spiel?

Keine Täuschung?

Davids Kopf drehte sich, und über den Rücken liefen ihn tausend kleine Nadeln. Er spürte ein leichtes Frösteln. Vor den Augen sah er den beschleunigten Film, der ihm seine Erinnerungen vorspielte ...

Der Fernsehbildschirm erhellte die Dunkelheit des Zimmers. Die klare Stimme des Ansagers durchbrach die Stille. Die unsichtbaren Strahlen aus dem Studio übertrugen sogar sein Lächeln. Über die schlafende Erde, in der Höhe von 350 Kilometern schwebte ein Raumschiff.

Der Bildschirm blinzelte. Die Übertragung wurde durch atmosphärische Störungen beeinträchtigt. Möglicherweise ein Sturm.

»Hast du deine Hausaufgaben fertig?«

Die Stimme aus dem Nebenzimmer wiederholte die Frage mindestens noch zweimal. Dann fügte sie hinzu: »Hörst du, David?«

Er hatte sich in den großen bequemen Sessel tief hineingekuschelt. Er hatte zwar keine Lust, doch dann zwang er sich aufzustehen und sagte: Ja, ja, alles sei in Ordnung.

Der Bildschirm begann wieder zu sprechen.

Der junge Mann in einem perfekt geschnittenen Anzug diskutierte mit dem Projektleiter. Die meisten der Fachausdrücke verstand David nicht, sie kamen ihm recht kompliziert vor, die meisten von ihnen hatte er vorher nie gehört. Trotzdem lockten ihn diese geheimnisvolle Ausdrücke. Als würden sich hinter ihnen die Weiten des Alls und die verdorrten Plateaus der verlassenen Planeten erstrecken. Er war es, David, der diese kosmische Fahrt geführt hatte, er war es, der auf dem Sessel des Kommandeurs saß und die Fragen des Reporters beantwortete. Jetzt mußte er sogar lächeln, so dumm waren einige der Fragen. Jawohl, sie sind selbstverständlich auf alles vorbereitet, auch auf das

Schlimmste, doch sie sind brillante Astronauten und deswegen kommen sie ganz sicher zurück auf die Erde.

Wen von seinen Mitschülern würde er mitnehmen? Da brauchte er gar nicht nachzudenken. Niemanden! Er würde allein auf den breiten Stufen der Schule schreiten und auf beiden Seiten würden alle Mädels und Jungs aus allen Klassen Spalier stehen und ihn laut begrüßen. Ganz oben stünden der Klassenlehrer und seine Kollegen und natürlich der Direktor und die Schulsekretärin. Die hatte ihm schon immer gefallen. Sie hatte herrliche lange Haare, die ihr in Wellen über die Schultern bis zum Rücken fielen. Der Physiklehrer würde sicher die Bemerkung vergessen, die er zuletzt in sein Zeugnis geschrieben hatte – als David im Unterricht nicht aufgepaßt hatte – im Gegenteil, der Physiklehrer würde ihm verschwörerisch zublinzeln, damit David wußte, alles sei in Butter.

Schnitt!

Ein plötzlicher und schmerzender Schnitt!

Ganz unerwartet!

David lag im Simulator. Die Schule, der Klassenlehrer, die Studienräte, der blinzelnde Physiker und die schöne Sekretärin waren verschwunden. Unsichtbar wurde das Heim und mit ihm auch das Zimmer mit dem Fernseher und die strenge Stimme seiner Mutter, die nach den Hausaufgaben für morgen fragte. Alles war plötzlich weg. Der Traum wurde zur Wirklichkeit.

Und die war ganz anders, als alle die Träume vorher.

»Die Eltern gaben ihre vorbehaltlose Zustimmung. Ohne diese würden wir nie solch ein Experiment durchführen«, hörte David und stutzte. Es war Nacht, er wälzte sich auf dem Bett herum und konnte nicht einschlafen.

»Was heißt denn schon für ihn der Ausdruck ›Eltern‹?«

»Ich verstehe Ihre Frage nicht.«

»Er hat schon die Worte ›Mutti‹ und ›Vati‹ vergessen.«

»Herr Doktor, die Außerordentlichkeit und die hohen Ansprüche dieses Experiments setzen voraus, daß…«

Die Stimme explodierte: »Lassen Sie das, hören Sie damit auf! Wann hören Sie endlich auf, wie eine gefühllose Maschine zu denken!«

Die Antwort war von Ironie wie von einem widerlichen Gestank durchzogen: »Sie werden ein wenig sentimental.«

Für David dauerte es eine Weile, bis er die Stimme des Arztes erkannte. Die zweite Stimme konnte er nirgendwo einstufen, so sehr er auch die Ohren spitzte. Soweit begriff er: es wurde über ihn gesprochen.

Die Stimmen drangen durch die untere Fensterspalte, beide Männer mußten direkt auf dem Flur stehen, vielleicht etwas weiter.

»Für die langen Reisen wäre dieses Projekt außerordentlich günstig. Der größte Teil des Fluges wird von der Automatik gelenkt und die Besatzung erreicht am Reiseziel ihr optimales Alter…«

Der Mann brach ab und lachte durchdringend. »Wir beide wissen doch, daß das Blödsinn ist, was Sie eben gesagt haben. Unsere Aufgabe lautet, vom frühesten Alter an die Spezialisten für die unterschiedlichsten Berufe auszubilden. Und die Ausbildung solch eines Astronauten ist der erste und wichtigste Schritt bei der Eroberung des Alls.«

Der Arzt schwieg, und der zweite Mann fügte prahlerisch hinzu: »Nichts ist umsonst. Der Verlust der Eltern ist nicht so bedeutend, den Buben haben wir genügend beschäftigt, und so grübelt er nicht unnötig herum. Und für uns sollte es eine Ehre sein, daß wir uns inmitten eines so wichtigen Experiments befinden.«

Der Arzt sagte beiläufig: »Also, dann machen wir aus ihm eine programmierte Maschine.«

»Sie sind allzu feinfühlig«, kicherte der Unbekannte. »Nach der Auswertung dieser Etappe suchen wir die nächsten Bengel aus. Wir werden viele brauchen. Wird Ihnen auch dies gegen den Strich gehen?«

Mutti und Vati. David begriff, daß über ihn geredet wurde, er kannte diese Wörter doch und dachte heimlich an sie.

»Was würden Sie einem biologischen Computer sagen, der Raumschiffe auch auf den interstellaren Trassen führen könnte? Einem menschlichen Gehirn, das vollkommen isoliert ist, von seinem Körper abgetrennt und an die Apparatur der Raumsteuerung angeschlossen?«

Der Arzt schwieg – oder vielleicht war er nur nicht zu hören.

David sah in das Dunkel über sich. Man hörte Schritte. Ein Schuh zerdrückte ein kleines Steinchen. Die Schritte entfernten sich.

Abgetrenntes Gehirn?

David faßte sich unwillkürlich an den Hals. Er griff seinen Kopf mit beiden Händen.

Was würde man mit seinem Körper machen?

Die Schritte kamen zurück, und David wühlte sich unter die Steppdecke. Die Stille wurde von einem entfernten Tosen unterbrochen, das in ein scharfes Knallen ausartete.

Schon wieder wurde gestartet.

Eine der Nachtraketen. Er hatte sich schon an das Dröhnen der Raketenmotoren gewöhnt.

Was haben die gesagt? Was wollen die mit seinem Kopf machen?

Abtrennen!

Isolieren!

Sie hatten ihm versprochen, ihn zu einem Raketenstart mitzunehmen. Er hatte schon davon gehört.

Im Fernsehen haben sie zwei Kerle gezeigt, die staken in schneeweißen Raumanzügen bei der Vorbereitung zum Flug.

Wann kommt er an die Reihe?

Warum gerade er?

Warum haben sie gerade ihn ausgesucht?

Mit einem abgetrennten Kopf?

Aber – was würde dann geschehen? Vielleicht würde dann niemand nach ihm ins All fliegen? Es gäbe dann keine Astronauten. Keine kosmischen Menschen. Die Erdensöhne würden aufhören, nach den Sternen zu greifen, wie nach überreifen Birnen, die bis zum Platzen voll mit süßem Saft waren.

Niemand würde mehr starten!

David sah sich verängstigt um, als würde jeder seine Gedanken lesen können.

Das Raumschiff hatten sie schon auf die Rakete montiert, und nun lief die Kontrolle von Anfang an. David rutschte vom Stuhl und suchte in den Bücherregalen.

Erster Band.

Zweiter.

Endlich.

Das Antriebssystem der Trägerrakete Conflagor II.

Die Zeichnungen, Schemata, Verweisungen, Anzahl der Teile, Beschreibung.

David blätterte fieberhaft immer weiter. Wie nie vorher in einem Lehrbuch!

Andere Kinder kamen mit ihren Müttern zu den Vätern, die in der Zeit der kosmischen Flugvorbereitungen zwischen den einzelnen Schichten in der Zentrale blieben und selten nach Hause kamen. Und diese Kinder durften nur in den Wagen auf den überfüllten Parkflächen bleiben, höchstens auf den mit Sand belegten Wegen vor dem Zaun. Weiter zu gehen war verboten.

David hatte die Kinder gesehen. Sie hielten sich am Drahtgeflecht der Umzäunung fest, und in ihren Augen züngelten Begeisterung und Freude, sie stellten sich Szenen voller Abenteuer beim Fliegen ins Universum vor, Träume von beherzten Astronauten loderten in ihnen. Die Kinder winkten den zurückkehrenden Vätern zu und ließen sich von ihnen hoch über dem Kopf tragen, an den Wangen und über das Haar streicheln, dann hielten sie sich an den Händen und sahen stolz umher. David kniff die Augen zu, wich diesen Bildern aus. Viele solche Dinge hatte er vergessen, und einige begriff er schon nicht mehr.

Die meisten hinter der Umfriedung wunderten sich, daß David hereindurfte, daß er sogar das Namensschild mit seinem Foto trug, daß für ihn nicht dieselben Vorschriften wie für andere Kinder galten. Doch niemand fragte genauer.

Abends leuchteten grelle Lichter um die Rampe mit der Trägerrakete. Man sah die dunklen Schatten der Techniker, ständig kamen und fuhren irgendwelche Wagen weg ...

Frühmorgens standen die Astronauten auf. Der Minibus brachte sie zu der Rakete. Sie waren schon in Raumanzüge gekleidet, und in dem Raumschiff erwarteten sie zwei Sessel mit einem Schleudersitz. Bei einer Havarie während des Starts würden sie hochkatapultiert, damit sie sich mit einem Fallschirm retten könnten.

In der Kabine herrschte Dunkelheit. Die Nabelschnur der Leitungen pumpte Energie aus den Tanks und Batterien am Boden. Die Männer in den schneeweißen Overalls, die einen feierlichen Ausdruck auf ihren Gesichtern trugen, warteten oben beim Schiff auf der mit einem Drahtgitter geschützten Plattform auf die Crew. Man konnte die Schwingungen der Rakete durch den Ansturm des Windes beobachten.

In der Führungszentrale tauchten auf den Monitoren lange Reihen mit technischen Angaben auf. Die Treibstoffpumpen in dem komplizierten Gewirr der Röhren und der elektrischen Leitungen – von den genauen Havariedetektoren gehütet, durch die doppelten Systeme kontrolliert und von der Elektronik geführt – standen bisher still.

Niemand ahnte, was sich in dem Knäuel der Rohrleitungen, der Kabel, der Stahltraversen, der hydraulischen Systeme, der Kühlradiatoren und in den weiteren komplizierten Systemen auch ganz unten bei den riesengroßen Düsen der Erste-Stufe-Motoren abspielte. Niemand ahnte, was dort in dem geheimnisvollen Halbdunkel geschah, das nie das Licht der Scheinwerfer erreichte, und wohin nie ein Sonnenstrahl fiel.

Schritte. Und auch Ruhe.

Unhörbares Tappen eines verängstigten Tierchens, das sich durch den schlafenden Wald stahl.

Grabesstille.

Eine kleine Hand suchte mit kurzen Fingerchen in dem Röhren- und Leitungsgewirr. Nur ein einziges Händchen. Das zweite hielt einen Plastikgegenstand. Ein Deckel irgendeines kleinen Behälters, ein Teil eines Kinderspielzeugs? Wer weiß? In der Dämmerung war das nicht so gut zu sehen.

Was hatte nur das Händchen mit dem Gegenstand gemacht?

Es warf ihn in den Knäuel der Treibstoffleitungen.

Und dann kam der Start!

Von der Rampe schoß eine dichte Rauchwolke und hüllte den unteren Teil der Rakete in einen undurchdringlichen Schleier. Auf den Monitoren im Führungszentrum blinkten Notsignale auf.

»Motoren ausgeschaltet... wir verfolgen den Druck in den Tanks... der Start ist unterbrochen.«

Die sofortige Analyse ergab, daß die Automatik drei Sekunden vor dem Start einen Fehler entdeckt und die Motoren abgeschaltet hatte.

Die Rakete verwaiste sozusagen auf der Rampe. Ein milchiger Qualm wälzte sich um ihr Heck.

Die Warnsirenen heulten auf, und drei spezielle Feuerwehrwagen rasten zur Rampe. Die Männer in Asbestuniformen waren bereit für die Feuerhölle, die jeden Augenblick losbrechen konnte ...

Die Störung schaffte es jedoch nicht, das Programm zur Einstellung zu bringen. Auch dieses Raumschiff startete mit einer relativ geringen, allerdings mehrtägigen Verspätung.

Und David?

David!

David.

Originaltitel: ›EXPERIMENT‹ • Copyright © 1994 by Pavel Toufar • Mit freundlicher Genehmigung des Autors • Copyright © 1995 der deutschen Übersetzung by Wilhelm Heyne Verlag, München • Aus dem Tschechischen übersetzt von Karl v. Wetzky

GROSSE, GÜTIGE MUTTER

Eigentlich möchte ich nicht gestört werden, aber da du nun schon mal hier bist, setz dich doch hin. Auf dem Sand ist Platz genug, und des Nachts ist er kühl und weich. Du kannst mit mir dem Geräusch der Brandung lauschen. Im Korb sind Lebensmittel, bitte, bedien dich. Nein, nicht den Stahlbehälter; da drin sind tiefgefrorene Sachen, die würdest du ohnehin nicht essen. Ja, so ist's recht. Diese beiden Boxen. In der roten befinden sich warme, in der blauen kalte Gerichte.

Natürlich ist es mir recht. Nur zu. Ich habe nichts gegen deine Gesellschaft. Du wirst etwas dazulernen, und wahrscheinlich stirbst du schon fast vor Neugier.

» «

Selbstverständlich bist du neugierig. Du bist schließlich stehengeblieben, oder? Kein Wunder. Ich muß wirklich ein merkwürdiger Anblick sein, wie ich hier mitten in der Nacht am Strand sitze, umgeben von Körben voller Lebensmittel und einem Stapel Bücher. Ist doch klar, daß ich etwas Ungewöhnliches vorhabe, nicht?

» «

Setz dich hin und hör mir zu. Schließ die Augen und atme ganz leise. Verhalte dich so ruhig wie möglich.

» «

Hörst du? Dieses weiche, seufzende Brausen? Das

sind die Wellen, die sich um Mitternacht an der Küste brechen. Die Brandung seufzt, findest du nicht auch? Es ist ein leises, zischendes Murmeln, wie wenn die Welt im Schlaf sachte durchatmet. Es ist wirklich sehr beruhigend. Und des Nachts sind hier keine Möwen oder kreischenden Kinder, die das Geräusch übertönen. Man hört nur das sanfte Flüstern des Ozeans, wie die Stimme einer weit entfernten Menschenmenge. In der See wohnen Geister, weißt du? Andersen nannte sie ›das Volk unter dem Meer‹. Wahrscheinlich ist das der Grund, weshalb die Wellenkämme bei Nacht glühen.

Hast du dich jemals gefragt, was sie erzählen? Die Wellen, meine ich? Hast du jemals daran geglaubt, du könntest die Stimmen verstehen, wenn du nur lange und angestrengt genug horchtest?

Wer da spricht, möchtest du wissen? Ach, ich weiß auch nicht. Davy Jones. Die kleine Meerjungfrau. Die Besatzung der *Titanic* oder die Crew der *Thresher*. Sandy. All diese Leute unter dem Meer. Die Wellen flüstern ihren Chor, wenn sie zu Gischt zersprühen. Tausend ferne Stimmen.

» «

Wer Sandy ist?

Ach!

Hab ich Sandy erwähnt?

» «

Sieh nur, wie schwarz das Meer am Horizont wird! Schwarz kalt und schwer. Dort hinten ist es so düster, daß man die Grenze zwischen Ozean und Himmel nicht mehr unterscheiden kann. Homer schrieb über die ›weindunkle‹ See, aber den Atlantik hat er nie kennengelernt. Ein strenger, finsterer Ozean. Er hat nichts Sanftes oder Weiches an sich. Die wenigen Inseln, die sich im Atlantik finden, sind rauh und felsig. Island. Die Hebriden. Die Falkland-Inseln. Die Namen allein beschwören öde, graue, schaumgepeitschte Küsten herauf. Da draußen liegt nicht Tahiti.

Sandy ist... vielleicht ein Traum. Eine Erinnerung. Ihretwegen sitze ich jetzt mitten in der Nacht auf dem kühlen, weichen Sand und lausche dem Brausen der Wellen. Sandy ist, oder war, mein halbes Leben. Sanftgeschwungene Kurven, markante Züge, und wenn sie lächelte, ging die Sonne auf. Sie war stark, wenn Stärke gefragt war; sie war nachgiebig, wenn sie es für richtig hielt. Geschmeidige, glatte Muskeln. Hab ich schon gesagt, daß Sandy eine ausgezeichnete Schwimmerin war? Sandy liebte das Meer.

Und das Meer liebte Sandy.

» «

Was das bedeutet? Das frag ich mich manchmal auch. Hast du ein bißchen Zeit?

Das dachte ich mir. Jemand, der wie du des Nachts am Strand spazierengeht, hat es nicht eilig. Und vielleicht ist es ganz gut, daß jemand erfährt, was passiert ist. Später kannst du dann entscheiden, ob du es weitererzählst oder für dich behältst. Mir ist es gleich, ich bin niemandem eine Erklärung schuldig. Außer Sandy; und Sandy wird schon bald Bescheid wissen. Danach kann es von mir aus jeder erfahren.

Gibst du mir bitte ein versiegeltes Fertiggericht aus der roten Box? Nummer 127. Gebackene Hühnerbrust à la Russe. Mariniert und in einer Sauce aus saurer Sahne und Paprika. Dazu hätte ich gern den Wein aus der blauen Box. Ja, den mit derselben Nummer. Zu jeder Mahlzeit gibt es den passenden Wein. Dieser ist ein neunundfünfziger, ein gutes Jahr für einen Mosel, ein beinahe so ausgezeichneter Jahrgang wie der einundzwanziger, der allerdings jetzt schon umgeschlagen sein dürfte.

» «

Was ich sonst noch hier drin habe? Ach, von allem ein bißchen, nehme ich an. Schweinefleisch, Rindfleisch, Hammel. Gemüse und Obst. Auf alle möglichen Arten zubereitet. Sautiert, gebacken, gegrillt, gekocht. Dazu verschiedene Weine, Säfte und Limonaden. Alles außer Sushi. Ich hasse Sushi, und ich hasse Sashimi. Eine Ironie des Schicksals, könnte man sagen.

» «

Aber nein. Es sind immer nur Kostproben, keine richtigen Mahlzeiten. Wenn ich mich zwingen würde, von allen Gerichten eine volle Portion zu essen, würde ich mit der Liste nie fertig. Nein, ich möchte nur Schmeckproben, ich will mich an den Aromen und Gewürzen laben.

» «

Ich habe meine Gründe. Doch, diesen Ausflug habe ich lange vorher geplant.

Diese kleine Bucht hier gehörte zu unseren Lieblingsplätzen. Die Klippen schirmen einen von der Außenwelt ab, und das Rauschen der Wellen bricht sich an den Felsen. Ein kleiner, halbmondförmiger Sandstrand. Hier haben wir immer nackt gebadet. Da draußen befindet sich ein Felsen. Jetzt kannst du ihn nicht sehen, aber wenn du die Augen zumachst und lauschst, hörst du, wie die Sturzwellen dagegen anrennen, sich brechen und den Felsbrocken umarmen, wie Verliebte nach einem Streit. Die Form einer Küste verleiht den Wellen einen Akzent.

Womit soll ich anfangen... Alles geht ineinander über, deshalb greife ich einen Faden heraus und rolle die ganze Geschichte auf.

Sandy hatte zwei große Leidenschaften; eigentlich waren es wohl drei. Zum einen liebte sie das Meer; die grenzenlosen Horizonte und die verborgenen Tiefen. Wellen, die von der anderen Seite der Welt herangerollt kommen, wie Sendboten Gottes.

Und sie war fasziniert von der Biologie.

» «

Meeresbiologie, natürlich. Ich staune über deine Frage. Durch die Biologie lernten wir uns kennen. Nach unserer Promotion arbeiteten wir zusammen in

Wood's Hole. Ich erforschte die Wale, Sandy beschäftigte sich mit Kopffüßlern.

Wale und Tintenfische; unsere Freunde. Die heimlichen Herrscher der Meere.

Anfangs beruhte unsere Beziehung auf gegenseitigem Respekt. Einer achtete den anderen als Wissenschaftler. Doch mit der Zeit kam Bewunderung hinzu, und aus Bewunderung entwickelte sich Liebe. Ich war immer stolz darauf, daß wir zuerst Freunde waren, bevor wir ein Liebespaar wurden.

Mit gelegentlichen Berührungen begann es. Wie zufällig im Vorbeigehen, faßten wir einander an, stets bereit, uns zurückzuziehen. Wir fürchteten uns davor, zuzugeben, welch erregendes Prickeln diese Berührungen in uns hervorriefen.

Dann unterhielten wir uns eine ganze Nacht lang über Genmutationen und Chromosomenanomalien. Die Diskussion endete damit, daß wir unsere Hoffnungen und Ängste eingestanden, und über unsere Probleme und Sehnsüchte redeten. Ich weiß nicht mehr, wie lange es dauerte, bis wir uns zum erstenmal küßten.

Hast du schon mal jemanden unter Wasser geliebt? Hast du dich schon mal in der ruhigen, trägen Welt unter dem Meer treiben lassen, in Harmonie mit dem Rhythmus der See? Umhüllt vom glatten, kühlen Ozean, von den Strömungen und dem Kelp gestreichelt; durchflutet von einem intensiven, blaugrünen Licht. Man fühlt sich geborgen im Schoß des Planeten; und die Liebe zwischen Mann und Frau ist im Grunde nichts anderes als der verzweifelte Versuch, in jenen kleinen, dunklen Ozean zurückzudrängen, in dem wir vor unserer Geburt geschwommen sind.

Die See ist unser aller Mutter; im Meer wurden wir geboren, ehe wir auf starren Flossen in eine fremde, trockene Gegend hineinwankten. Die See tragen wir immer noch in uns. Unser Blut ist eine Salzwasserbrühe in einem Beutel aus Haut. Nur der Ozean ist real.

» «

Doch, mitunter neige ich zum Mystifizieren; ich war schon immer so. Ich liebe Archetypen, Symbole und eine innere Resonanz. Jedesmal, wenn ich *Moby Dick* lese ...

» «

Natürlich habe ich *Moby Dick* gelesen. Schließlich bin ich Walforscher. Der Roman befindet sich dort in diesem Bücherstapel. Nein, ich meine den größeren, das sind alles Bücher, die ich immer wieder lese. *Moby Dick* und *Lord Jim; Zwanzigtausend Meilen unter dem Meer* und sämtliche *Hornblower*-Geschichten. Cousteau. Odysseus, der über sein weindunkles Meer segelt. Aber *Huckleberry Finn* befindet sich auch darunter; desgleichen Kipling, *Engel im Ritz, Das Zeichen der Vier, Die Hexen von Karres, Bettler in Spanien* und *Der Cowboy und der Kosak.* Jedes dieser Bücher hat mich entweder zum Lachen oder zum Weinen gebracht, mir die Langeweile vertrieben oder mich nachdenklich gestimmt.

» «

Du findest das komisch? Daß ich mitten in der Nacht an einem einsamen Strand sitze, von Gourmet-mahlzeiten koste und Bücher lese, die ich bereits kenne? Kannst du dir etwas Lohnenderes, Sinnvolleres vorstellen?

» «

Ja, sicher. Liebe unter Wasser. Du hast recht.

Sandy und ich traten dem Menschlichen Genom-Projekt bei. Zu dieser Zeit waren wir ein Paar. Keiner konnte sich ein Leben ohne den anderen vorstellen. Ich kann es immer noch nicht, obwohl Sandy da drunten ist und ich bin hier oben. Seit Sandy über Bord ging, habe ich viel darüber nachgedacht. In jener Nacht zer-brach mein Herz.

Verdammt.

Verdammt noch mal...

Ich...

» «

Entschuldigung, aber ich kann nicht anders. Noch immer sehe ich Sandys Gesicht vor mir, wie sie durch die unruhigen Wellen nach oben schaute – in ihren Augen lag ein Ausdruck aus Überraschung und Verlangen. Dann verblaßte sie zu einem hellen Schimmer, während sie tiefer und tiefer sank, bis ich sie nicht mehr sehen konnte.

Wir hatten uns ein letztes Mal geküßt, lange und leidenschaftlich. Eine letzte, zärtliche Liebkosung. Und als Sandy dann an der Reling stand und über die heranrollenden Wogen schaute, stieß ich sie über Bord. Ich...

» «

Nein, wir hatten uns nicht gestritten; jedenfalls nicht richtig.

» «

Paß auf, es ist mir einerlei, ob du mich verstehst oder nicht. Ich saß ganz friedlich an meinem Platz, und du kamst zu mir und hast mich angesprochen. Ich muß Bücher lesen, Mahlzeiten kosten, und mir bleibt nicht mehr viel Zeit. Von mir aus kannst du aufstehen und weitergehen.

Nein, Teufel noch mal, ich bin niemandem Rechenschaft schuldig.

» «

Mir selbst? Wie komme ich dazu...? Also gut, na schön. Dann bleib halt hier und hör dir den Rest der Geschichte an.

Reich mir mal bitte die Nummer 128 rüber, sei so gut. Es ist ein Kentucky Hot Brown. Nicht doch, keinen Wein. Dazu paßt am besten Bier.

Danke. Weißt du, dieses Gericht kennt außerhalb Kentuckys kein Mensch... Nur ein Bissen. Mmmm, ja.

Ist das scharf. Die pikante Note bringt erst ein würziger Käse rein. Ich hab Cheddar genommen.

» «

Lach du nur. Aber verrate mir eines. Wenn du etwas sehr gern magst, ganz verrückt danach bist, und du weißt, daß du es ab einem bestimmten Zeitpunkt nie wieder bekommen kannst, was würdest du in der Nacht davor tun?

Also, ich liebe gutes Essen und gute Bücher. Deshalb ...

» «

Ich laß dich mal raten. Was glaubst du, warum ich nie wieder schlemmen oder ein Buch lesen werde? Überleg mal, wieso ich um Mitternacht an diesem Strand sitze ...

» «

Weit daneben.

Wo war ich stehengeblieben?

Ach ja, das Genom-Projekt. Das passierte kurz nachdem SingerLabs der wichtigste Vertragspartner wurde. Watson hatte sich schon vor langer Zeit zur Ruhe gesetzt, und der erste Enthusiasmus war abgeflaut. Aber Jessica Burton-Peeler griff das Programm wieder auf.

» «

Genau, das Mittel gegen den Veitstanz, und zwei Jahre später das Medikament, mit dem man die Sichelzellenanämie heilen kann. Sobald der richtige Teil des Codes entschlüsselt war, kam es nur noch darauf an, eine Nanomaschine zu konstruieren, die den Defekt ausglich. Eine simple technische Aufgabe also. SingerLabs verdiente gewaltig daran, aber die Vermarktungsrechte gehörten mit zum Vertrag.

Aber Sandy und ich arbeiteten nicht am eigentlichen Projekt mit. Wir experimentierten mit dem Abfall herum.

» «

Überflüssige Gene. Intronen. Neunundneunzig Prozent des menschlichen Genoms enthalten keine Informationen.

» «

Ich weiß, es sieht nach Verschwendung aus. All diese Nukleotide, die völlig brachliegen, vom Körper nicht genutzt werden. Es ist, wie wenn man ein paar sinnvolle Sätze liest, die sich durch einen Mischmasch aus Worten, leeren Phrasen, Fragmenten und wahllos verstreuten Buchstaben fädeln. Es gleicht einem Akrostichon, wo man Worte in einem Raster aus Buchstaben finden muß. Man muß in alle Richtungen lesen, vertikal, horizontal und diagonal.

Dabei brauchen die Worte eines bestimmten Satzes nicht unbedingt aufeinanderzufolgen. Ein Gen besteht aus einem Mosaik von Nukleotiden, die über den gesamten DNS-Strang verteilt sind. Irgendwie vermag der Körper das Rätsel zu entschlüsseln, er bildet Aminosäuren und alles übrige. Kommt dir das nicht auch merkwürdig vor? Ist das nicht phantastisch? Ich staune immer wieder aufs neue.

Stell dir vor, wie Dateien auf Computerdisketten gespeichert sind. Dateien müssen nicht fortlaufend adressiert sein. Es gibt Flags, also Speicherstellen, und Zeiger, die das Betriebssystem zwischen den einzelnen Adressen hin- und herhüpfen lassen.

Wenn man eine Datei löscht, dann vernichtet man nicht wirklich die Informationen; man entfernt lediglich die Speicherstellen. Mit der Zeit, indem Dateien gelöscht, hinzugefügt und erweitert werden, entsteht auf deiner Diskette ein Durcheinander aus lesbaren Adressen-Mosaiken – die aktuellen Dateien und die untergetauchten Geisterbits –, Überreste aus alten Speichern und vergessenen Datensammlungen.

» «

Ja, genau. Das klingt wirklich nach Genschrott. Sandy und ich dachten das auch. Adressen sind wie bestimmte Punkte an einem DNS-Strang. Die Gene entsprechen den Dateien. Die Geometrie ist anders, aber das Konzept ist das gleiche.

Aber warum sollte sich ein Dateienspeicher auf einer Computerdiskette – eine menschliche Erfindung, die nach dem jeweiligen Stand der Technik verbessert wird – ähnlich verhalten wie der Genspeicher auf einem DNS-Strang?

Ich weiß es nicht. Vielleicht ist es nur Zufall, daß wir zur selben Zeit lernten, Daten zu speichern und den genetischen Code zu knacken. Womöglich liegt es an unserem Enthusiasmus, wenn wir die Paradigmen von einem Feld auf das andere übertragen. Oder sollten wir etwa auf eine grundlegende Wahrheit des Universums gestoßen sein?

Wir hatten vor, in dem Müll nach erkennbaren Genfragmenten zu suchen. Alte Gene werden im Laufe der Zeit von der Evolution überschrieben, denn Mutter Natur bedient sich ungenutzter Nukleotide für neue Ziele. Doch innerhalb des Abfalls konnten Fragmente – vielleicht sogar vollständige Gene – überlebt haben. ›Die Trümmer und Ruinen alter Genome‹, pflegte ich diesen Schrott zu nennen.

» «

Nein, es war nicht einfach. Aber eine Reise von tausend Meilen beginnt ja auch mit einem ersten Schritt ...

Wahrscheinlich wäre es sinnvoller gewesen, nach affenartigen Genen zu suchen. Neunundneunzig Prozent unserer genetischen Informationen haben wir mit den Schimpansen gemeinsam, weißt du? Aber wir waren nun mal Meeresbiologen, und auf diesem Gebiet kannten wir uns am besten aus. Deshalb forschten wir nach übriggebliebenen Genfragmenten aus der Zeit, als wir noch im Meer lebten. Gene, wie wir sie auch bei Walen, Kraken und ähnlichen Tieren finden. Vor allen Dingen bei den Walen, denn die waren eine Zeitlang Landbewohner, ehe sie wieder zu ihrer großen, gütigen Mutter, der See, zurückkehrten.

Eigentlich hatten wir wenig Hoffnung, auf etwas wirklich Relevantes zu stoßen. Wir forschten einfach drauflos, ins Blaue hinein. Es war die Art wilder Spekulation, die Dr. Peeler so befürwortet.

Nach Hunderten von Millionen Jahren der Evolution, in denen die Gene immer wieder überschrieben worden waren, mußte man schon sehr viel Glück haben, um noch verwertbare Genome aus der Zeit zu finden, als das Leben im Wasser entstand. Das meiste würde nutzloser Müll sein, aus dem sich nichts mehr ablesen, geschweige denn rekonstruieren ließ.

Aber wir *hatten* Glück.

Wir entdeckten tatsächlich ein paar entzifferbare Genfragmente. Sandy fand sie. Sie enthielten den Code für bestimmte detaillierte Flossenentwicklungen und Kiemenstrukturen. Sie glichen den entsprechenden Genen bei bekannten Meerestieren. Weißt du, die unterschiedlichen Spezies benutzen nicht immer die gleichen Nukleotide an den gleichen Adressen, um dasselbe Ergebnis zu erzielen. Mutter Natur verhält sich opportunistisch, sie gebraucht jeweils das Material, das gerade zur Verfügung steht.

Bei den verschiedenen Spezies können die Nukleotide ganz unterschiedliche Gene bilden. Überleg doch mal, mit wie vielen möglichen Formulierungen man jemandem erklären könnte, wie er aus Einzelteilen ein Fahrrad basteln soll. Stell dir vor, du dürftest zur Beschreibung nur die Wörter benutzen, die in einigen unvollständigen Handbüchern stehen. Der Text ist jedesmal anders, aber das Ergebnis bleibt immer dasselbe.

Zwei Dinge machten Sandys Entdeckung so aufregend. Erstens erhielten wir einen Hinweis darauf, welche Geschöpfe wir früher einmal waren.

» «

Nein, keine Fische. Wir waren niemals Fische. Die heutigen Fische haben eine genauso lange Evolution hinter sich wie wir. Aber in grauer Vorzeit waren wir den Fischen sehr ähnlich. Solche Geschöpfe gibt es heute nicht mehr, und vielleicht wird nie ein Fossil davon gefunden. Für diese Kreaturen haben wir keinen Namen.

Spürst du ihn nicht auch? Diesen leisen Schauder? Wir betrachteten keine toten Knochen – keine versteinerten Formen toter Gebeine –, wir erhielten einen Einblick in eine archaische, lebendige Welt. Es war, wie wenn man auf dem Boden einer Truhe eine uralte Fotografie findet.

» «

Der zweite Grund?

Ich hasse Walfänger. Ich hasse sie leidenschaftlich. Ich arbeite mit Walen, ich kenne und liebe sie, diese sanftmütigen, brummenden Giganten mit dem traurigen Lächeln. Singend durchstreifen sie die Ozeane; sie kümmern sich liebevoll um ihre Jungen; sie tanzen und spielen an unseren Küsten und in unseren Buchten. Aber die Walfänger schießen sie mit riesigen, sprengstoffbestückten Harpunen ab. Die Pfeile haben Widerhaken, und je fester du daran zerrst, um so tiefer graben sie sich in deinen Körper ein. Wenn deine Kräfte dann nach einer hoffnungslosen Flucht erschöpft sind, schneiden sie dich in Streifen, damit japanische Geschäftsleute was zu Knabbern haben; dein Fett verkochen sie zu Lotionen.

Wie ich schon sagte, ich hasse sie. Sollen sie doch Kühe essen. Das Schicksal einer Kuh ist es, auf einem Teller zu landen. Dazu sind sie da. Ein Wal ist jedoch dafür geschaffen, frei umherzuschwimmen und in die Tiefen der Ozeane abzutauchen. Deshalb...

Was Wale mit unserer Entdeckung zu tun haben?

Hast du dich schon mal gefragt, warum Babies manchmal mit Schwimmhäuten zwischen den Fingern und Zehen geboren werden?

Gelegentlich wird die Körperentwicklung noch nach solchen archaischen Programmen gesteuert.

Laß uns den Vergleich mit dem Computer noch einen Schritt weitertreiben. Angenommen, wir könnten diese fossilen Gene wieder freilegen. Wäre es dann möglich, sie zu reaktivieren? Mitunter passiert es rein zufällig, wenn der Körper ein Signal falsch versteht. Aber ließe sich so etwas auch gezielt durchführen?

Ich glaube, wir spielten beide mit dem Gedanken, das genetische Äquivalent eines ›Hard Drive Recover‹ zu probieren. Falls genügend alte Genome das Überschreiben überlebt hatten ... Wenn es uns gelänge, eine Nanomaschine einzuschleusen ... Denk mal darüber nach. Findest du das nicht aufregend? Keine Spezies wäre mehr vom Aussterben bedroht.

» «

Wie das geht? Man baut das verlorene Genom wieder zusammen, indem man Fragmente benutzt, die in verwandten Spezies überdauert haben. Unsere eigenen Intronen enthalten vermutlich die meisten Konstruktionspläne für den Neandertaler.

Und die Wale ...

Wale sind Säugetiere wie wir. Unser gemeinsamer Vorfahr ist jünger als diese archaischen, maritimen Gene, die Sandy und ich entdeckten; also müssen ähnliche Fragmente auch in den Chromosomen der Wale vergraben sein. Wenn wir die Wale nur mit den richtigen Nanomaschinen impften, würden ihnen Kiemen wachsen. Dann brauchten sie zum Luftholen nie wieder aufzutauchen, nie wieder zu blasen. Sie könnten tief unter dem Wasser bleiben und wären vor den Harpunen sicher.

» «

Nein, natürlich wären sie dann keine Wale mehr, aber sie würden am Leben bleiben.

Es konnte klappen. Ein Genie würde es schaffen. Ein Genie wäre imstande, die verstreuten Nukleotide zusammenzufügen wie ein chinesisches Puzzle. Ein Genie könnte sehen, welche Nukleotide in den Geistergenen fehlten und von einem einzigen verfügbaren Fragment ausgehend, die Gesamtheit rekonstruieren.

Neunundneunzig Prozent des Chromosomensatzes besteht aus Müll, also steht hinreichend Material zur Verfügung, das der Körper nicht braucht; Material, um die fehlenden Teile zu ergänzen. Ein Genie könnte die Speicherstellen, die Flags, so instandsetzen, daß das Betriebssystem des Körpers die Fragmente als ein einziges Gen begreifen würde.

Ich bin ein Genie, habe ich das schon erwähnt? Sandy war auch eines. Wenn man Genialität mit Genialität multipliziert, erhält man ein Genie hoch zwei.

Manchmal wünsche ich mir, wir wären keine Genies gewesen, sondern ganz stinknormale, langweilige Leute. Ach, ich weiß nicht ... Sandy und ich liebten das Meer. Wir liebten die Wellen, die Wale, die Korallen und das Kelp. Vielleicht *mußte* alles so kommen; vielleicht war es vorherbestimmt.

Auch ein Genie kann nachlässig werden; selbst Neptun nickt mal ein.

Wir versuchten, Bisamratten genetisch zu manipulieren. Wir wollten herausfinden, ob es möglich ist, archaische Gene in einem anderen Säugetier zu reaktivieren. Kiemen-Nutrias, nannten wir sie ...

» «

Nein, das ist nicht schrecklich. Vergiß nicht, daß es unser Ziel war, die Wale zu retten. Und wenn dadurch ein paar Bisamratten lernten, unter Wasser zu atmen, so hat es ihnen nicht geschadet.

Seit Jahrtausenden verändern wir Spezies. Glaubst du etwa, die Schafe seien auf natürlichem Weg entstanden? Hast du gedacht, Holsteiner Kühe hätten je Prärien oder Savannen bevölkert? Wie viele verschiedene Hunderassen haben wir geschaffen? Die Evolution stattete den Mais mit drei oder vier kümmerlichen Samenkörnern aus; die Olmeken sorgten dafür, daß ein Maiskolben mit etlichen Reihen großer, goldener, saftiger Körner entstand.

Früher schuf man Neuzüchtungen durch gezielte Auswahl und Kreuzungen; man brachte viel Geduld auf und wartete mitunter Generationen lang, bis ein Ergebnis da war.

Heute passiert alles viel schneller.

Es war ein Unfall. Die Injektionsspritze lag verkehrt herum auf dem Tablett; als Sandy ohne hinzusehen danach griff, stach sie sich in die Hand.

Anfangs glaubten wir nicht, daß es irgendwelche Folgen haben könnte; wir dachten, es seien viel zu wenig Nanomaschinen in den Körper gelangt, um eine sich selbst erhaltende Population zu bilden.

Aber, heilige Mutter Gottes, ich mache meine Arbeit *zu* gut.

Jeden Tag entnahmen wir Blutproben; und jeden Tag sah man, wie die Nanomaschinen sich vermehrten, kräftiger wurden und den Zellkernen neue Informationen einspeisten. Und als dann alte Zellen abstarben und neue nachwuchsen, hatten sie sich verändert ...

Ich versuchte, neue Nanomaschinen zu konstruieren; sie sollten die unschädlich machen, die bereits in Sandys Körper wirkten. Aber die Zeit reichte einfach nicht aus ... Alles ging so schnell.

Sandy verbrachte immer mehr Zeit hier, am Busen der See. Sie hockte im Sand und schaute hinaus auf den offenen Ozean; mit dem Rücken zum Land, lauschte sie den Wellen. Eine Sehnsucht wuchs in ihr, wie Swinburne sie auch verspürt haben mußte, als er schrieb:

Ich kehre zurück zur großen, gütigen Mutter,
der See;
sie gebar die Menschen, und sie liebt sie noch immer.

Es traten bestimmte Symptome auf. Zwischen den Fingern und Zehen bildeten sich Schwimmhäute. Im unteren Brustbereich öffneten und vertieften sich Kiemenschlitze. Sandy bekam Atemschwierigkeiten – die Instinkte wurden fehlgesteuert. Ich ließ Wasser in die Badewanne einlaufen, damit Sandy darin sitzen und die Kiemen feuchthalten konnte. Dann war sie auch imstande zu arbeiten.

Um ein Haar hätte es sie umgebracht. Das Wasser enthielt zuviel Fluor ...

Wir wußten beide, wie es enden würde. Großer Gott, wenn ich daran denke, wie gefaßt Sandy blieb ... Aber vielleicht war der Lockruf schon zu stark. Sandy hatte das Meer schon immer geliebt. Eines Tages obsiegte das Lied der Lorelei. Wir mieteten uns ein Segelboot und fuhren auf die offene See hinaus; wir ließen die Möwen und die Brandungszone hinter uns, bis wir uns in einer Gegend befanden, wo das Meer uns sanft schaukelte und die Wellenkämme in der Sonne tanzten.

Als es dann so weit war, zögerte Sandy und klammerte sich an mich. Eros kann genauso laut singen wie die Lorelei. Zum Schluß mußte ich sie über Bord stoßen.

Die Kiemen funktionierten prächtig. Man muß lernen, sich den neuen Reflexen anzupassen, und darf nicht mehr durch die Nase oder den Mund atmen. Nach einer Weile tauchte Sandy wieder auf, trat mühelos Wasser und schaute mich mit sehnsüchtigen Blicken an. Doch dann ... siegte der Ozean. Eine Stunde lang stand ich an der Reling und starrte in die Tiefe. Als es dunkel wurde und der Wind sich drehte, kreuzte ich zur Küste zurück.

Hast du schon mal einen geliebten Menschen an einen anderen verloren? An einen wunderbaren, guten Freund, den du dein Leben lang kanntest? Ich wußte nicht, ob ich den Ozean hassen oder weiterhin lieben sollte. Ich frage mich, wie es dort drunten ist, im Oktopus-Garten, in Fiddler's Green. Jetzt muß sich Sandy gegen Barracudas und Haie behaupten. Treibnetze werden ihr gefährlich. Großer Gott, ich hoffe, daß die Delphine ihr helfen, Delphine waren immer sehr hilfsbereit. Man sagt, einst seien sie die legendären Meermänner und Meerjungfrauen gewesen; im Zeitalter der Magie sollen sie zum Teil noch menschlich gewesen sein.

» «

Ob sie noch lebt? Ja, ich glaube schon. Es gibt Berichte, daß man sie gesehen hat. Von Dorschfischern aus Reykjavik, die sie gesichtet haben wollen, als sie vor der kalten Küste Grönlands ihre Netze einholten. Ähnliche Meldungen stammen von einem Öltanker westlich der Azoren, und einem Kreuzfahrtschiff, das sich unterwegs nach Aruba befand. Es sind wilde Gerüchte, die keiner glaubt. Jeder hält sie für Märchen – außer mir. Vielleicht könntest du die Leute aufklären, wenn ich fort bin.

» «

Ja, sicher gehe ich auch. Denkst du etwa, ich hocke hier und betrauere meinen Verlust? Oder hast du angenommen, ich wollte Selbstmord begehen? Auf den Gedanken käme ich gar nicht, solange noch die Möglichkeit besteht, daß ich wieder mit Sandy zusammen sein kann – unter dem Meer. Was, glaubst du wohl, befindet sich in dieser Tiefkühlbox? Sind dir die Streifen auf meinem Bauch noch nicht aufgefallen?

Aber nein, sieh sie dir ruhig an. Morgen früh, wenn die Sonne die Wellen streichelt, werden sie sich zu richtigen Kiemen entwickelt haben.

» «

Richtig, der Ozean ist groß. Aber wir werden uns finden. Ich lasse einen Wal nach ihr rufen. Ich durchschwimme den Golfstrom von einem Ende zum anderen. Und eines Tages ...

Sandy weiß, daß ich komme. Gemeinsam lassen wir uns durch die Strömungen treiben und tanzen zwischen dem Seetang und Kelp. Unter Wasser werden wir uns lieben, bis das Alter oder ein Hai unser Ende bedeutet.

Aber die Bücher werde ich vermissen. Papier verträgt kein Wasser. Und das Essen ... In Fiddler's Green kann man nicht kochen, und für Menschen gibt es dort unten keine kulinarischen Genüsse – alles schmeckt nach Salz. Unterhalten können wir uns auch nicht, es sei denn, wir tauchen auf und füllen unsere verkümmerten Lungen wieder mit Luft. Dort drunten gibt es nicht viele Geräusche, denen man lauschen kann – nur Quiek-, Pfeif- und Knacklaute, dazu die fernen, melancholischen Gesänge der Buckelwale.

Reichst du mir bitte mal die Nummer 129 rüber? Ich möchte eine Erinnerung an die verschiedenen Geschmacksrichtungen haben, ich will mich später an die Gerüche erinnern können. Denn bald gibt es für uns nur noch rohen Fisch, den wir uns aus den vorbeidriftenden Schwärmen fangen.

Und dabei hasse ich Sushi!

Originaltitel: ›GREAT SWEET MOTHER‹ • Copyright © 1993 by Bantam Doubleday Dell Magazines • Erstmals erschienen in ›Analog – Science Fiction and Fact‹, Mai 1993 • Mit freundlicher Genehmigung des Autors und Uwe Luserke, Literarische Agentur, Stuttgart • Copyright © 1995 der deutschen Übersetzung by Wilhelm Heyne Verlag, München • Aus dem Amerikanischen übersetzt von Ingrid Herrmann

---

Alan Brennert · USA

DIE KÖNIGIN
VON DISNEYLAND

Jeden Donnerstag – beschloß sie – würde sie von nun an morgens eine halbe Stunde lang dem Country Bear Jamboree zusehen. Sie liebte die dicken grauen und braunen Bären, Big Al, Teddi Bara und die anderen; ihr gefiel die fröhliche Art, wie sie sangen oder auf ihren Banjos herumklimperten, es war ein guter Auftakt für den Tag. Sie fand es schrecklich unhöflich, daß das Publikum am Ende der Show niemals applaudierte, obwohl während der Vorstellung viel gelacht wurde. Impulsiv klatschte sie heftig in die Hände, als der Vorhang zugezogen wurde; jählings hielt sie inne, als die anderen Zuschauer sie anstarrten; einige lachten, andere schmunzelten verstohlen, ein paar schüttelten den Kopf. Man klatschte Maschinen keinen Beifall.

Sie tat es aber, verflixt noch mal! Und sie dachte nicht daran, sich deswegen zu schämen. Mit aufgesetzter Eleganz verließ sie das Jamboree-Gebäude durch den kühlen, abschüssigen Korridor, und trat nach draußen in die frühmorgendliche Hitze. Bereits nach wenigen Minuten Laufen klebte ihr die Bluse auf der Haut. Sie blieb stehen und strich über ihren magentaroten Rock, in dem Versuch, die vereinzelten Falten herauszubekommen, die sich beim Schlafen eingedrückt hatten. Eigentlich hätte der Rock zerknitterter sein müssen, denn in dem Raum über dem Jamboree, in den sie hineingekrochen war, gab es kaum Platz, um sich zu bewegen; ein vergessenes Kabuff unter dem Dach, nicht mehr als drei Fuß tief und vier Fuß breit. Aber sie hatte sich fast gar nicht herumgedreht oder gewälzt, sondern vollkommen friedlich durchgeschlafen – ihre erste ruhige Nacht seit Jahren, wie es schien.

Die beiden Restaurants im Land der Bären servierten nur Lunch und Dinner, deshalb marschierte sie ins nahe Frontierland und lungerte vor der River Belle Terrace herum, wo der verführerische Duft von Waffeln, gebratenem Speck und Würstchen und Schinken sie daran erinnerte – aber nur für eine ganz kurze Zeit –, wie es morgens im Haus ihrer Tochter immer roch.

Sie schaute in ihr Portemonnaie und in ihre Brieftasche: vier D-Tickets, drei E's, ein paar zerkrumpelte Dollarnoten und etwas Kleingeld. Nachdem sie die Münzen gezählt hatte, wußte sie, daß sie sich zwar eine große Portion Eier mit Würstchen leisten konnte, doch das restliche Geld würde dann nicht mehr lange reichen. Also ging sie an die Theke, bestellte sich eine Tasse Kaffee und zwei dünne Pfannkuchen – mehr brauchte sie ohnehin nicht – und setzte sich an einen freien Tisch.

Sie aß langsam. Am Nachbartisch saßen ein paar Angestellte (sie nannten diesen Ort ›Dismal-land‹*), die gleichfalls in aller Ruhe frühstückten. Während der gesamten Mahlzeit hatte sie das herrliche Gefühl, dazuzugehören, und das war köstlicher als das Essen selbst. Bereits jetzt schon fühlte sie sich hier heimischer – etliche hundert Meilen von Tulsa entfernt – als jemals in Maureens Haus.

Sie verließ die Terrasse und stromerte versonnen durch Frontierland, vorbei an den Schießständen, der Arkade mit der Sammlung antiker Feuerwaffen, und dem Goldenen Hufeisen (Beginn der Show um 11.45). Dann schlenderte sie nach Fowler's Harbor hinunter

---

* dismal (engl.) = trostlos, furchtbar, gräßlich

und beobachtete, wie das immer noch grüne Wasser bei der Ankunft der *Mark Twain* schäumte und Wellen schlug. Leise glitt das Dampfschiff an die Anlegestelle, nahm eine kleine Ladung Passagiere auf und glitt dann weiter flußabwärts. Die schwimmenden Inseln folgten hinterdrein, und in ihrem Kielwasser trieben ein paar Kanus.

Sie winkte einem der Kanus zu, in dem einige ausgelassene Teenager versuchten, sich gegenseitig ins Wasser zu schubsen; die jungen Leute hielten in ihrem übermütigen Treiben inne, um ihr kurz mit den Paddeln zuzuwinken, dann verschwanden sie aus ihrem Blickfeld, weil das Kanu eine Flußbiegung in Richtung des Wasserfalls umrundete.

Zum Glück brauchte sie keine Tickets, um auf der schattigen grünen Veranda neben dem Pier zu sitzen, oder um dem weiß-goldenen elektrischen Klavier zu lauschen. Die schnittige *Columbia* rauschte heran, gerade als das Klavier eine langsame Westernmelodie spielte. *Warum eigentlich nicht?* dachte sie und ging an Bord. Das kostete sie ein D-Ticket. Die blechernen Klänge des Klaviers verhallten, während sie den Fluß hinunterfuhr; ein paarmal umsegelten sie die Tom Sawyer-Insel, ohne daß sie sich daran sattsehen konnte.

Danach verließ sie Frontierland; durch die Hauptplaza gelangte sie nach Tomorrowland. Tomorrowland gefiel ihr am besten; sie liebte die glänzende, funktionale Architektur, die weichen Pastelltöne. Obwohl sie erst tags zuvor dagewesen war, besuchte sie wieder die Circlevision-Show. Schließlich war der Eintritt *frei*, und mit ihren Tickets mußte sie genauso sparsam haushalten wie mit ihrem Geld.

Drinnen in der großen Vorhalle warteten ungefähr zweihundert Leute auf den Beginn der nächsten Vorstellung, während eine Digitaluhr anzeigte, daß es in wenigen Minuten soweit war. Mädchen in blauen Uniformen sprachen über Mikrophon zu den Menschen;

sie fragten die Touristen, woher sie kämen, und forderten sie auf, die Namen ihres Heimatstaates in einer Kakophonie aus Lokalpatriotismus laut herauszuschmettern.

Gestern hatte *sie* in diesen Chor eingestimmt, und ihr Ruf »Oklahoma« war im allgemeinen Tumult untergegangen. Heute jedoch stimmte ihre Behauptung nicht. Die Mädchen stachelten die Leute an, die Namen ihrer Heimatstaaten zu brüllen.

»Kalifornien!« schrie sie.

Das tat ihr gut.

Die Türen zum Theater gingen auf, und sie trat ein, bestrebt, sich einen Platz mitten in dem kreisrunden Raum zu ergattern. Erwartungsvoll klammerte sie sich an das Geländer, als die 360-Grad-Leinwand hell wurde, und die honigweiche Stimme, die ihr von den Sonntagabenden her so vertraut war, ihr ein Gefühl von Ruhe und Sicherheit vermittelte.

Der Blick aus dem Flugzeug überwältigte sie immer wieder aufs neue. (In Gedanken betonte sie *immer wieder;* dabei hatte sie die Aufnahmen erst einmal gesehen. Nicht länger als einen Tag war sie in Kalifornien, doch die Vergangenheit begann bereits zu verschwimmen, und die Stunden, die sie durch die goldenen Straßen gewandert war, dehnten sich zu Jahren. Allmählich baute sie sich eine neue Vergangenheit auf, und deshalb überwältigten sie die Bilder *immer wieder.)*

Dann schwenkte die Kamera über die Prärien des Westens und konzentrierte sich kurz auf Oklahoma; man sah Tulsa mit seinen Puppenhäusern und den getrimmten grünen Rasenflächen, und der Schatten ihrer alten Vergangenheit schob sich über ihr neues Leben, zwang sie dazu, sich zu erinnern. Sie dachte an Maureen, die sich zu einer groben, ruppigen Frau entwickelt hatte; an David, der nicht nur mit seinen zerplatzten Träumen, sondern auch mit einer Schwiegermutter leben mußte, die er kaum kannte, und die ihm gleichgültig war; an die Kinder, die während der nächtlichen Zänkereien bestimmt wachgelegen hatten und mitbekamen, wie viele Möglichkeiten es für drei Erwachsene gab, sich gegenseitig zu zerfleischen.

Der letzte Streit hatte gezeigt, wie nutzlos eine Mutter, eine Schwiegermutter oder eine Großmutter war, und sie war alles drei; am nächsten Morgen ging sie fort und brach ihre Ersparnisse an, um die Busfahrkarte bezahlen zu können. Ihr Gepäck war noch im Hotel, aber die andere Hälfte des Monorail-Tickets hatte sie nicht benutzt und würde es auch nie tun. Hier wollte sie bleiben; hier wollte sie leben.

Der Film war zu Ende, es wurde hell. Sie blinzelte einmal und verließ den Raum; in der Lobby blieb sie noch ein Weilchen und schaute sich die Bilder an.

Dann ging sie nach draußen, und von Tomorrowland wechselte sie über zur Main Street, USA; am Bordstein suchte sie sich einen freien Platz, von wo aus sie die morgendliche Parade beobachten konnte. Mit steifen Knien hockte sie sich auf die Bordsteinkante; beim Bücken stieß sie die Handtasche eines jungen Mädchens um.

Sie hob sie auf und reichte sie dem Mädchen. »Entschuldigung. Meine Schleimbeutelentzündung.«

»Macht nichts.« Das Mädchen lächelte; sie schien mit drei weiteren jungen Leuten da zu sein, zwei jungen Burschen und noch einem Mädchen.

Ihre Schleimbeutelentzündung, die Übernachtung in dem engen Kabuff, es war ihr einerlei, woher sie die steifen Knie hatte, als sie sich neben die vier Jugendlichen setzte. Sie verspürte den Drang, zu sprechen, andere Stimmen zu hören neben dem laufenden Kommentar in ihrem Kopf. »Kommen Sie – kommen Sie oft hierher?« fragte sie.

Das Mädchen schüttelte den Kopf. »Ein- oder zweimal im Jahr. Es ist immer so schwierig, sich loszueisen.«

»Gefällt es Ihnen? Ich bin ganz begeistert. So etwas Schönes habe ich noch nie gesehen, am liebsten würde ich hierbleiben...« – sie riß sich zusammen –, »den ganzen Tag lang hierbleiben. Oder besser noch, zwei Tage.«

Die jungen Leute, vielleicht Collegestudenten, reagierten auf ihren Begeisterungsausbruch ein bißchen verblüfft. Einer der Jungen meinte: »Der Park an sich ist gar nicht so toll. Es gibt zwar ein paar gute Attraktionen, aber manches ist auch ein Flop. Die Tiki Hut können Sie sich sparen. Es ist wie überall – es kommt darauf an, daß man mit Leuten zusammen ist, die man nett findet. Ansonsten herrscht hier viel zuviel Rummel.«

Sie nickte, doch eine Antwort wäre ohnehin in der plötzlich losschmetternden Musik untergegangen. Die Parade begann. Mickey, Schneewittchen und die Zwerge (oder waren es Kobolde?) tanzten zu bekannten Melodien die Straße hinunter. Sie wußte, es war eine kindische Freude, die sie übermannte, als sie den Märchenfiguren zusah, doch dieses Gefühl drückte das aus, was der junge Bursche vorhin gesagt hatte: *Freunde* waren hier das wichtigste, und auf eine gewisse Art und Weise waren diese Gestalten ihre Freunde.

(Sie entsann sich, wie einsam und verzweifelt sie sich während der langen Busfahrt von Tulsa gefühlt hatte; es kam ihr so vor, als würde die Welt vor ihr zurückweichen, wegstürzen, und ihr war zumute, als würde sie sich bald selbst verlieren und haltlos dahintreiben.

Als sie dann im Greyhound-Terminal in Los Angeles stand, *wußte* sie, daß sie den Halt verloren hatte; die Einsamkeit steigerte sich zu einer entsetzlichen Panik, einem lautlosen, inneren Herumtasten nach irgend jemand/irgendeinem Ort/irgend etwas, woran sie sich festklammern konnte, doch ihre Finger griffen nur ins Leere.

Sie schämte sich über ihr verhaltenes Wimmern, als sie die fremden Straßen entlangwanderte. »Maureen, David, Maureen«, flüsterte sie, wie wenn sie den Rosenkranz betete. Erst als sie nach Anaheim flüchtete, flaute die Angst ab, wurde immer weniger und verging zum Schluß ganz.)

Sie beobachtete die Figuren, die fröhlich vorbeitanzten; sie fühlte sich eng mit ihnen verbunden, und deshalb hatte sie nicht mal ein schlechtes Gewissen. Ihre suchenden Hände hatten etwas zum Festhalten gefunden... zum erstenmal seit Lens Tod. Seltsam, wenn sie sonst an ihren Ehemann dachte, und sei es noch so flüchtig, fühlte sie sich jedesmal deprimiert; hier jedoch hatte sie gar keine Zeit zum Trauern, dazu war sie viel zu beschäftigt.

Viel zu schnell war die Parade vorbei. Sie stand auf, spürte schmerzhaft die verkrampften Wadenmuskeln, und winkte den College-Studenten zum Abschied zu.

Den Vormittag verbrachte sie in den Geschäften längs der Main Street, und später stöberte sie in den Läden am New Orleans Square herum. Im Cristal d'Orleans sah sie einem jungen Glasschneider zu, der sorgfältig einen Aschenbecher aus Kristall gravierte; sein ruhiger Blick konzentrierte sich auf das milchige Wasser und den sich drehenden Schleifstein.

Auf dem Marktplatz beobachtete sie den Porträtmaler, der Skizzen von nervösen Touristen anfertigte. Vor dem Goldenen Hufeisen stand sie eine Dreiviertelstunde lang in der Schlange, um sich die (kostenlose) Western Revue anzusehen; drinnen schlug sie dann alle Vorsicht in den Wind und bestellte sich eine überteuerte kleine Pepsi. Aber die Show war gut.

So sehr vertiefte sie sich ins Umherspazieren und Schauen, daß sie das Mittagessen vergaß. Als sie spürte, daß sie Hunger hatte, war es fast fünf Uhr. Sie ging zum Plaza Pavilion und überflog die Speisekarte neben der Tür; sie bekam einen Schreck; eine Mahlzeit hier, und ihre gesamten Ersparnisse gingen drauf.

(Lange würde ihr Geld ohnehin nicht mehr reichen; und was dann?)

Nicht dran denken, sagte sie sich und steuerte Tomorrowland an. Mittlerweile kannte sie sich in dieser Welt gut genug aus, um über ihr anderes Gesicht Bescheid zu wissen. Sie schlüpfte zwischen zwei Bauten hindurch und befand sich ›hinter den Kulissen‹, bei den Parkplätzen, den Banken für die Angestellten und den Verwaltungsgebäuden.

Sie ging an den halbkostümierten Darstellern vorbei und entdeckte in einer Ecke ein paar Automaten, eine behelfsmäßige Cafeteria für die Arbeiter von der Nachtschicht. Für ein paar Münzen kaufte sie sich ein Sandwich und einen Orangensaft. Später würde sie prassen und sich auf dem New Orleans Square ein ›Mint Julep‹ gönnen oder vielleicht ein Stück Obstgebäck, und den Jazzbands lauschen, die dort bis Mitternacht spielten.

Neben den Verkaufsautomaten fand sie einen Ständer mit Kostümen – teure, rüschenbesetzte Sachen, überladen mit Straß und Glitzerkram. Sie befühlte den schweren Stoff eines Kleides und fragte sich, ob irgendein glückliches Mädchen es heute nacht wohl bei der Electrical Parade tragen würde.

Mit der rechten Hand hielt sie die Ärmel, und mit der linken strich sie über den Besatz aus dunklem Samt; die im Dämmerlicht geborene Panik, die sie vor zwei Tagen übermannt hatte, erschien ihr jetzt in weite Ferne gerückt, Lichtjahre weg – dieser Ärmel, dieses Kleid, hatten etwas Beständiges an sich, und sie klammerte sich an den Stoff, wie sie sich an die Erinnerungen ihrer Ehe klammerte.

Doch das Kleid war irgendwie *realer* als die Erinnerungen. Wenn sie eines von beiden loslassen müßte, dann würde sie vielleicht... aber nein. Nein, es war nur ein Kleid: Stoff und Glitzerkram. Weiter nichts.

(Aber wenn sie etwas loslassen *müßte ...*)

Sie nahm das Kleid vom Bügel, hielt sich den schweren, vanillefarbenen Stoff vor die Brust, und blickte schuldbewußt, aber ohne Verlegenheit, in die Runde. Rasch entdeckte sie eine Damentoilette, die nur von den Angestellten benutzt wurde (von denen die meisten bereits gegangen waren), und versteckte das Kleid unter einem Waschbecken. Noch rascher flitzte sie wieder hinaus. Wie berauscht von ihrem Wagemut, spazierte sie an die Mint Julep-Bar und bestellte sich ein Julep *und* ein Stück Obstgebäck; dann wartete sie, während sie den schläfrigen Jazzmelodien lauschte und zusah, wie sich der Sommerhimmel verdunkelte.

Um halb neun ging sie zur Damentoilette zurück. Das Kleid war noch an seinem Platz; zuerst verriegelte sie die Tür, dann zog sie das Kostüm an. Sie kam sich töricht vor, doch zugleich fühlte sie sich wie eine Königin. Wie sie so dastand, sich die weißen Satinhandschuhe, die paillettenbesetzte Bluse, den Samtrock und die durchsichtigen Schuhe anzog, war sie wie ein zwölfjähriges Mädchen, das sich den Dachboden hinaufgestohlen hat und sich mit dem Kostüm seiner Mutter verkleidet. Und sie ergötzte sich daran wie eine Zwölfjährige.

Sie schlich sich aus der Toilette, blickte auf die Uhr und marschierte über die Parkplätze in Richtung Fantasyland. Unterwegs begegnete ihr ein Mann in einem seriösen Straßenanzug; er kam auf sie zu – nein, er wollte zu seinem Wagen, aber trotzdem nahm er von ihr Notiz. Beim Näherkommen lächelte er sie an.

»Hallo«, grüßte er. Sein Blick machte sie nervös; sie wußte, daß sie etwas hineininterpretierte, das gar nicht da war, aber sie konnte nicht anders.

Sie brachte ein vages Lächeln zustande. »Hallo.«

Unter dem gefütterten Kleiderstoff hämmerte ihr Herz wie verrückt.

Während er den Wagen aufschloß, deutete er mit einem Kopfnicken auf die Türme von Fantasyland. »Machen Sie bei der Parade mit?«

Sie können nicht jeden kennen. Sie holte tief Luft, und ihr Herz beruhigte sich ein bißchen. »Ja«, sagte sie und nickte schüchtern. Selbstbewußt wiederholte sie: »Ja, ich mache bei der Parade mit.«

»Das dachte ich mir. Lieber Himmel, schwitzt man in dem Kleid nicht fürchterlich?«

Sie lachte. »Nein«, sagte sie, obwohl das nicht stimmte. »Nein, überhaupt nicht.«

Ein paar Minuten vor Beginn der Parade traf sie ein. Die Schlange der elektrischen Festwagen reichte bis ans hintere Ende der Ausstellung ›Kleine Welt‹. Erstaunt blinzelte sie angesichts der strahlenden Pracht – Männer in flammenden Kasackblusen trugen Neonbanner; die fluoreszierenden Wagenkolonnen, die phosphoreszierenden Tiere; die Farben vermischten sich miteinander, verschwammen, glänzten, glitzerten, bis man sich inmitten eines explodierenden Feuerwerks wähnte.

Niemand beachtete die Frau in dem nicht-elektrischen Kostüm, die sich am hinteren Ende des Zugs herumdrückte; vielleicht hielt man sie für eine neue Teilnehmerin, vielleicht interessierte es auch keinen. Jedenfalls hielt sie einen gewissen Abstand, außer Hörweite des letzten Marschierers, aber erkennbar innerhalb der Schlange der Parade. Ein wohliger Schauer durchlief sie, als die Musik losschmetterte, mit einem schmissigen, sich wiederholenden Rhythmus, zu dem sich die Parade in Marsch setzte. Und aus dem Lautsprecher sagte die vertraute Sonntagabend-Stimme nun zu *ihr*:

»Meine Damen und Herren ... voller Stolz präsentieren wir Ihnen ... die Main Street Electrical Parade!«

Die Musik schwoll an, verdrängte jeden Gedanken, erstickte jedes Zaudern; was blieb, war nur noch der Tanzreflex, der die Teilnehmer durch die Nacht trieb. Aus dem glänzenden Lichtermeer lösten sich helle Flecken, entpuppten sich als raffiniert konstruierte Tausend-Kilowatt-Festwagen. Die Parade begann.

Sie zog mit. Vorbei an der ›Kleinen Welt‹, die mit lächelnden Zuschauern gesäumten Straßen entlang – Kinder, die strahlten, wie ihre Enkel es nie getan hatten, jedenfalls war sie von ihnen nie so angelächelt worden; Frauen mit weichen Gesichtern, auch Maureen hätte so aussehen können, statt dessen hatten sich ihre Züge verhärtet. Hunderte, vielleicht Tausende von Menschen, hockten auf den sommerlich warmen Gehwegen und betrachteten die Festwagen, die Lichter, betrachteten *sie*...

Sie zog mit. Vorbei am Matterhorn, dessen rote, weiße, gelbe und blaue Glühbirnen die Menge teilweise verdeckten. Die laute, fröhliche Musik füllte eine innere und äußere Leere. Blitzlichter flammten vor ihrem Gesicht auf, bescherten ihr die Unsterblichkeit, die ihr versagt blieb, weil Maureen keine eigenen Kinder bekommen konnte und welche *adoptieren* mußte...

Sie zog mit: auf und ab, die Main Street entlang; sie gehörte mehr in diese Nacht und an diesen Ort, als sie je zu Tulsa oder Maureen gehört hatte – oder... oder zu Len ja, verdammt, mehr als zu Len! Sie marschierte. Sie tanzte. Sie sang vor sich hin und war erfüllt von der Musik einer freudigen Kommunion.

Nach der Parade, als sie wieder in Fantasyland waren und die meisten Teilnehmer ihre Kostüme ablegten, stand sie da, die Hände auf die Ohren gepreßt, und bewunderte das Feuerwerk; die Raketen entfalteten sich zu Sonnen, um dann einen gloriosen Tod zu sterben wie eine Nova, und die Explosionen lösten geheime Schwingungen in ihr aus.

Nur langsam klang die Euphorie ab. Das letzte der

feurigen Räder versprühte Funken und verwandelte sich in Asche. Die Menge löste sich auf und verlief sich, zerstreute sich in alle möglichen Winkel der Nacht; zurück blieb die Dame in dem nicht leuchtenden Kostüm, allein unter einem sternenlosen Himmel, einsam und lächelnd.

Wieder zog sie sich auf der Damentoilette um und hängte das Kleid an den Ständer zurück, von dem sie es genommen hatte. Aufs neue stromerte sie eine Weile umher, vage nach der Musik suchend, die sie vorhin ausgefüllt hatte; doch weder der Soft Rock auf der Tomorrowland Terrace noch die langsamen Rhythmen des Blue Bayou-Pianisten waren das, was ihr vorschwebte. Aber sie suchte weiter.

Die Zeit schien sich aus ihrer Verankerung zu lösen. Sie ging zur Anlegestelle, wo die *Mark Twain* wartete, dichtgemacht für die Nacht, und setzte sich noch einmal neben das elektrische Klavier. Kaum befand sie sich in Hörweite der blechernen Klänge, da füllte die Musik sie ganz unverhofft wieder aus.

Es war eine blöde Musik, Honky-tonk-Blues, der klang, als würde man Glasmurmeln in einer Blechbüchse schütteln, aber urplötzlich hatte sie sich darin verliebt. Sie konnte es sich selbst nicht erklären. Zu Anfang ihrer Ehe mit Len, in den guten Zeiten, hatte Len dieselbe Art schriller Musik auf ihrem ramponierten Klavier gespielt, und sie hatte sie nie gemocht. Krach, hatte sie sie genannt, und sie wunderte sich, wieso sie ihr auf einmal soviel bedeutete.

Es kam ihr vor, als habe sie nur minutenlang zugehört, aber in Wirklichkeit mußte es viel länger gewesen sein; die Dunkelheit rings um sie her vertiefte sich, die grüne Masse von Tom Sawyer Island verfärbte sich grau, dann braun, dann schwarz.

Schließlich sagte hinter ihr eine kühle, freundliche Stimme: »Ma'am?«

Sie drehte sich um und sah einen jungen Mann in

der blauen Kavallerieuniform der Wachleute – das weiße Halstuch, den lässigen Cowboyhut, den unechten Pistolengurt.

»Ja?«

»Wir schließen in einer halben Stunde, Ma'am.«

»Ach so. Ja, sicher.« Sie lächelte. »Nur noch ein paar Minuten. Ich lausche gerade der Musik, und ich will nur noch das Stück zu Ende hören, mehr nicht.«

Er nickte. »Ist gut«, sagte er und entfernte sich mit schnellen Schritten.

Sie wandte sich wieder dem Klavier zu und lauschte. Anfangs hörte sie in den höheren Noten die schrillen Töne ihrer Tochter, doch allmählich verscheuchte sie diese Stimme aus ihren Gedanken und Erinnerungen, bis nur noch die Musik blieb, die Musik und der beruhigende Blick auf das Wasser drunten.

Auf der *Mark Twain* waren alle Lichter ausgegangen. Flöße legten an Bootsstegen an, Leute stiegen aus. Die Kanus dümpelten auf dem Wasser, wie wenn sie zu der Honky-tonk-Musik tanzten, dem schrägen Geklimper, dem...

»Ma'am.« Schon wieder der Wachmann. Er klang stutzig, verwirrt. »Kann ich Ihnen vielleicht helfen?«

»Nein, nein«, lehnte sie ab, ohne sich dieses Mal umzudrehen; sie schüttelte bloß höflich den Kopf. Das Klavier schimmerte im Mondlicht, weiß wie ein Brautkleid – nein, das stimmte gar nicht, es war so weiß wie das Kleid, das sie in dieser Nacht getragen hatte. »Ich komme gleich. Keine Bange. Ich lausche nur der Musik.«

»Ja, Ma'am.« Wieder ging er, doch dieses Mal zögerte er. Es spielte keine Rolle, der junge Mann störte sie nicht. Sie saß da, schaute, lauschte und liebte. Jetzt konnte sie es zugeben, wenn sie es jetzt zugab, tat es nicht mehr *weh*. Schon so verdammt lange sehnte sie sich nach etwas, das sie lieben konnte; es war so elementar, so natürlich; und dieser Ort, diese Welt voller Menschen, die Fremde waren und doch so vertraut lächelten, war genau das, wonach sie immer gesucht hatte. Mit dieser Welt hatte sie etwas gefunden, das nicht vor ihr zurückzuckte, wenn sie es liebte, oder sich abkapselte, nur um nicht von ihr berührt zu werden.

»Ma'am, wir haben leider schon geschlossen. Sie müssen jetzt gehen.«

Sie drehte sich um. Der Wachmann starrte sie an, mit freundlichem, aber festem Blick. »Sie müssen jetzt gehen«, wiederholte er.

Nein. Nein. Es war nur passiert, weil sie es zugegeben hatte; es war immer dasselbe, und jedesmal tat es weh. Wenn sie es sich nicht selbst eingestanden hätte, wenn, wenn, wenn...

Sie ertappte sich dabei, wie sie die Bank umklammerte, auf der sie saß. »Nein«, flüsterte sie, und merkte, daß sie in demselben Ton nach jemandem gerufen hatte – aber wen? Und wann hatte sie gerufen? Sie konnte sich nicht erinnern. Es war ihr einerlei.

»Aber, Ma'am...«

»Nein, Sie verstehen das nicht.« Sie war verzweifelt. »Ich kann nicht, ich... ich will hierbleiben. Ich will hier *leben*...«

Der Wachmann blinzelte, und sein Mund klappte vor Staunen leicht auf. Sie schloß die Augen; das hätte sie nicht sagen dürfen, aber jetzt war es zu spät. Sie machte die Augen auf und sah ihn an. »Bitte. Ich würde auch keinen Ärger machen, ganz bestimmt nicht. Ich könnte über den Bären wohnen, letzte Nacht habe ich dort geschlafen, es war gar nicht so schlimm. Ich könnte mich nützlich machen, einfache Arbeiten verrichten...«

Ein zweiter Wachmann war von der *Mark Twain* gekommen und stand nun hinter ihr; er machte sich an dem Klavier zu schaffen und stellte die Musik ab. Sie

schnappte nach Luft, als habe man ihr die Kehle zuge-
schnürt. »Ach bitte«, flehte sie, als die beiden Männer
sie sanft bei den Armen faßten und sie vorsichtig auf
die Füße stellten. »Ich möchte nur hierbleiben dürfen,
mehr verlange ich ja gar nicht. Ich möchte ...«

»Aber sicher«, sagte der erste Wachmann, vielleicht
in dem Versuch, freundlich zu sein. »Sicher geht das.«

Eine ohnmächtige Wut packte sie ob dieser Lüge.
Die beiden Männer faßten sie unter und führten sie
von der Anlegestelle fort; ihr Stolz flammte auf, und
sie riß sich los. »Das ist nicht nötig«, sagte sie rundher-
aus, und die Wachleute zogen sich respektvoll zurück.
Sie zu beiden Seiten flankierend, eskortierten sie sie
durch das leere Königreich wie zwei nervöse Höflinge.

DER DURST DER STADT

Die Stadt war durstig. Tauben kreisten über den Dächern und waren vor der Sonne wie Krähen, die Bäume warfen schon im Juli die Blätter ab, das Pflaster in den nächtlichleeren Straßen schrie lautlos nach Blut. Verborgen in der Tiefe schlug scheppernd ein blechernes Herz, der Gestank der Langeweile verdickte die Luft, die Lärmpegelmeßgeräte an den Kreuzungen blinkten matt im unteren Dezibelbereich.

Tagsüber spielten die Kinder nicht, nachts lärmten die Zecher nicht, die Menschen hatten vor Dummheit große Augen. Das Schweigen der Steine hatte die Fragen verschluckt. Die Stadt war die Welt, die Welt war ein Summen in den Ohren, das sich ein- und ausschalten ließ. Die Tage ein Warten, die Nächte gehörten der Jagd.

Das Mädchen sagte: »…1888! Und 64 Männer waren an Bord, Jason hieß das Schiff, übrigens ein *schrecklicher* Kahn, sag ich dir, ein richtiger *Seelenverkäufer*, dazu Fridtjof und seine Leute und wir natürlich, das heißt, insgesamt… na, 74 Männer und ganze zwei Frauen, nämlich Zenta und ich, kannst du dir das *vorstellen*?«

IM ERSTEN ARBEITSSCHRITT, AUCH ALS *ENTSIEGELUNG* ODER *REVITALISIERUNG* BEZEICHNET, WIRD DIE HAUT VON ANGETROCKNETEN SCHWEISS- UND FETTABSONDERUNGEN GEREINIGT. ZU DIESEM ZWECK WIRD EIN WATTEBAUSCH MIT REINIGUNGSMILCH A1 GETRÄNKT UND DIESE IN KREISENDER BEWEGUNG MIT MITTLEREM DRUCK ÜBER DIE HALS- UND GE-

SICHTSPARTIEN VERTEILT. ALKOHOLGEFÄHRDETE PERSONEN BENUTZEN BITTE DIE ETHANOLFREIE ALTERNATIVMILCH A2. DER ARBEITSSCHRITT WIRD MIT DEM DÜNNEN AUFTRAG DES LIPOSOMENGELS B ABGESCHLOSSEN. BITTE 3 MINUTEN EIN-WIRKEN LASSEN, DANN ZU ARBEITSSCHRITT 2 ÜBERGEHEN. DIE WARTEZEIT WIRD MIT DEN ARBEITSPAUSEN *NICHT VER-RECHNET*.

»… dachte ich, jetzt geht's los, aber erst mal hieß es Robben schießen, bevor wir abgesetzt wurden. Hatte ich das denn ahnen können? Klappmützen, meinte Fridtjof, aber es waren Robben. Da kannten die keine Gnade! Harpunen raus, Boote zu Wasser, ob Tag, ob Nacht war egal, es war ja Juni, da ist es vor Grönland die ganze Nacht hell, Hauptsache die Boote waren anschließend voll mit Fell und Speck, der klebte näm-lich daran fest, am Fell, meine ich, der ging automa-tisch mit ab, wenn die Robben gehäutet wurden, und manche *bewegten* sich sogar noch dabei, also, nicht *hin-sehen* konnte ich!«

DER ZWEITE ARBEITSSCHRITT BEGINNT MIT DER *GRUNDIE-RUNG* MITTELS GESICHTSCREME C, DIE UNMITTELBAR AUF DIE HAUT GEGEBEN UND MIT WATTEBÄUSCHCHEN VERTEILT WIRD. DAS MAKE-UP KANN UNMITTELBAR ANSCHLIESSEND AUFGETRAGEN WERDEN. ZUR ERZIELUNG EINER GLEICHMÄS-SIGEN WIRKUNG BEI SCHWER ZUGÄNGLICHEN STELLEN (LI-DERN, MUNDWINKEL, NASENLÖCHER) BITTE TUPFER BENUT-ZEN.

»… sagte Fridtjof: Wir brechen auf. Und ich sagte: Ist *das* Grönland? Nein, sagte er, das ist ein 20 Kilometer breiter Packeisgürtel, und wenn wir mit den Booten nicht mehr weiterkommen, dann schleppen wir sie drüber weg. Und ich sagte: Dann sind wir ja schon groggy, bevor wir die Küste erreichen, und dabei wol-len wir doch mitten durch, und er strich sich den Bart, so überlegen von oben herab, nur mit zwei Fingern, lächelte so komisch und sagte: Kind, das Abenteuer fängt doch gerade erst an!«

DIE WEITEREN MASSNAHMEN ERFOLGEN UNTER BERÜCK-
SICHTIGUNG EVENTUELLER KUNDENWÜNSCHE ENTSPRE-
CHEND DER PERSÖNLICHEN EINSCHÄTZUNG DES GEBOTENEN
UND MÖGLICHEN. BEIM EINSATZ VON PUDER (ROUGE), LID-
SCHATTEN, LIDSTRICH, WIMPERNTUSCHE, KÜNSTLICHEN WIM-
PERN ETC. IST AUF EIN HARMONISCHES GESAMTBILD ZU ACH-
TEN. INSBESONDERE GILT ES, DER HERVORHEBUNG DES TYPS
UNBEDINGTEN VORZUG EINZURÄUMEN VOR DER VERWIRKLI-
CHUNG EIGENER VORSTELLUNGEN, WÜNSCHE ETC. BITTE BE-
DENKEN SIE BEI IHRER ARBEIT STETS EINES: SIE IST DIENST AM
KUNDEN!

Etwas klirrte, und Marion bückte sich, um eine
Wimpernzange aufzuheben. Als sie sich aufgerichtet
hatte, sagte sie vorwurfsvoll: »Du hörst mir ja gar
nicht zu!«

»Doch, ich höre zu«, sagte Sony.

»Nein, tust du nicht.«

»Doch, tu ich.« Ihre Stimme wurde von den Kachel-
wänden zurückgeworfen, sie war unkörperlich, unwirklich wie der ganze in ein verschwommenes Halbdunkel getauchte Raum, in dem ihre Hände in den
farbechten Lichtkegeln der Halogenspots wie verselb-
ständigt agierten, vom Körper abgeschnitten.

Eine Zeitlang arbeiteten sie schweigend vor sich hin,
jede an ihrem Platz. Sie machten Überstunden und
waren die beiden letzten im Raum. Die leise Musik aus
den Deckenlautsprechern vermochte die Arbeitsgeräu-
sche nicht zu übertönen. Schließlich räusperte sich Marion und sagte: »Die Landschaft war anfangs so wunderbar. Die Gletscher! Wenn abends und nachts die
Sonne auf ihrer Himmelsbahn sie streifte, Luft und
Wolken in Brand setzte, dann offenbarten sie eine
wilde Schönheit.«

»Wilde Schönheit?« sagte Sony.

»Äh… sicher«, sagte Marion verwirrt und verstummte wieder.

Vor Sony lag eine 65jährige Alkoholikerin, das hatte

sie im Auftragscomputer gesehen, mit Gebiß, eingefallenen Wangen und Tränensäcken. Das Gebiß hatte sie entfernt, die Wangen ausgestopft und den Inhalt der Tränensäcke verflüssigt und abgesaugt. Die Augen waren grün, die Halogenbirne spiegelte sich darin, ein einsamer Stern. Sie hielt die Palette daran, um den passenden Lidschatten auszuwählen. Die Musik plätscherte wie Frühlingsregen. Sie achtete nicht darauf, aber plötzlich verspürte sie einen Heißhunger auf Mandel-Snickers.

»Und jetzt noch ein bißchen Lippenstift, damit du wieder Mamis Liebling bist...«, säuselte Marion. Sie konnte einfach nicht den Mund halten. Ohne daß Sony aufgeblickt hätte, spürte sie, daß Marion sie unter ihrem messerscharfen Pony hinweg fixierte.

»Sag mal, hast du am Wochenende eigentlich schon was vor? Ich meine, wir haben da zwar eine feste Gruppe, weißt du, coole Leute, aber jetzt ist die Carlotta ausgefallen, und so schnell einen Ersatz aufzutreiben, womöglich wen, den man nicht kennt, ich meine, vielleicht haben wir ja schon jemand, und ich weiß es bloß noch nicht, aber falls nicht, dann... Ich meine, wenn du keinen Stecker hast...«

»Ich habe keinen Stecker!« sagte Sony scharf.

»Na ja, hab ich mir fast gedacht, aber das ist auch kein Unglück. Dann kommst du halt rüber, ich hab noch meinen alten Deckel, der müßte dir eigentlich passen. ›Jagd auf Jack the Ripper‹, wie klingt das? Wir Frauen sind Nutten und machen die Köder, bestimmt ein richtiger Kick, weißt du, aber eine fehlt noch, sonst haut das mit den Zweiergruppen nämlich nicht hin. Du brauchst nur vorbeizukommen, und dann klinkst du dich eben bei uns ein.«

»Nein«, sagte Sony.

»Also, du bist langweilig. Das ist jetzt die zweite Woche, daß wir zusammen sind, und ich hab mich noch nie so gelangweilt, weißt du das? – Entschuldigung! Oh, Entschuldigung!« Marion hatte sich aufgerichtet und machte große, entsetzte Augen. »Das hab ich nicht gewollt. Das ist mir einfach so rausgerutscht.«

»Macht nichts«, sagte Sony.

»Wirklich nicht?«

»Wirklich nicht.«

»Okay.« Marion biß sich auf die Unterlippe, seufzte und betätigte einen Fußschalter. »Mach's gut, Süßer«, murmelte sie. Der Stahlträger mit dem Sarg aus Eichenimitat wich rumpelnd in das dunkel gähnende Kühlfach zurück. Marion pellte sich die Handschuhe von den Händen, ließ sie in den Abfalleimer neben dem verchromten Kosmetikständer fallen und schloß die Klappe. Unsicher trat sie von einem Fuß auf den anderen, eine zierliche kleine Person mit einer glatt anliegenden blonden Helmfrisur und einem Vollmondgesicht, die vor Unbehagen fror. »Also, dann, bis Montag«, sagte sie.

»Bis Montag«, erwiderte Sony.

Marion wandte sich ab und klackerte auf ihren hohen Absätzen zur Tür. Ehe sie sie erreicht hatte, sagte Sony: »Ich hab schon was vor. Ehrlich.«

Marion blickte sich über die Schulter nach ihr um. »Wirklich?« sagte sie und lächelte gequält. »Das freut mich.«

Sony wartete, bis Marion durch die Tür verschwunden war, die sie niemals hinter sich schloß. War es Achtlosigkeit, oder leugnete sie die Unabänderlichkeit des Todes, indem sie die Leichen unbewußt aufforderte, ihr nachzukommen? Sony verdrängte gewaltsam die Gedanken, die sich statt der Leichen an Marions Fersen heften wollten.

Auch sie war fertig. Sie begutachtete ihr Werk. Ultramarin und Tannengrün. Gut. Lipgloss wäre entschieden zuviel gewesen. Die Augen wirkten jetzt größer, wie aus Glas. Einen Moment lang verfing sie sich in ihrem blicklosen Starren. Aber nein. Die Augen wollten nichts von ihr wissen, wollten ihr nichts sagen. Sie waren nicht aus Glas, sie waren aus Plastik. Auch das war gut.

Ohne die grünen Plastikaugen noch einmal anzuschauen, verstaute sie die Leberzirrhose in ihrem Fach, schaltete die Spots aus, ohne die Deckenbeleuchtung vorher angestellt zu haben. Das von außen erleuchtete Quader der offenen Tür war ein Versprechen unbekannter Wünsche. Sie trat hindurch, ging ein paar Meter nach rechts zum Waschraum und duschte ausgiebig. Marion war schon weg.

Sie versuchte sie zu vergessen und auch die vergilbten, starren Gesichter, die alle so aussahen, als hätten sie nie gelebt. Außerdem hatten sie tatsächlich nie gelebt. Sie waren schon tot gewesen, als sie noch geatmet hatten. Die Leberzirrhose allerdings hatte keinen Stecker gehabt. Hatte sich wahrscheinlich keinen leisten können und sich vor lauter Frust zu Tode gesoffen. Pech.

Sony trat aus der Duschkabine und frottierte sich sorgfältig ab. Die Fliesen saugten Wärme aus ihren Füßen. Dann schlüpfte sie in ihre zweite Arbeitsgarnitur, die für draußen; Bluejeans, ein hochgeschlossener weiter Pulli über nackter Haut. Draußen war Sommer.

Alle Türen auf dem Gang waren verschlossen. Niemand arbeitete mehr im Haus. Die Leichen moderten kältebedingt verlangsamt vor sich hin, und Feik saß in seinem Arbeitszimmer am Computer und machte die Tagesabrechnung. Nein, da stand er am Eingang und schwenkte ungeduldig den Schlüsselbund, ein hagerer Vierzigjähriger in einem dunklen Anzug, der vor zwei Monaten seinen eigenen Vater nach allen Regeln der Kunst erst ausgestopft und angepinselt und dann unter die Erde gebracht hatte. Sony war gerade eingearbeitet worden; heutzutage konnten Ungelernte es sich nicht mehr leisten, wählerisch zu sein.

»Das ist mein Vater«, hatte Feik gesagt. »Passen Sie genau auf, was ich mache. Heute kocht der Chef, das passiert nicht alle Tage.« Jetzt klebte das Foto der Mumie im Musterkatalog.

»Gute Nacht, Frau Decker«, sagte Feik.

»Gute Nacht«, sagte Sony. Hinter ihr schwang die Glastür zu, der Schlüssel drehte sich knirschend im Schloß. Ein Gitter gab es nicht, in Bestattungsunternehmen brach niemand ein.

Über dem Eingang stand ›Feik & Feik – Bestattungen Erster Klasse‹. Feik würde ein neues Schild anbringen müssen.

Sie lag nackt auf dem Bett und starrte an die weiße Wand.

Sie träumte nicht, sie dachte nicht, lag einfach da, spürte ihr Gewicht, das sich in die Schaumstoffmatratze drückte, den ruhigen Rhythmus ihres Atems, das Pochen ihres Herzens, das gleichmäßige Strömen ihres Bluts. All dies war eins, sie selbst, ihr Leben, ein unsichtbarer Fluß, auf dem sie schwamm, und manchmal ein Wind, der sie hochhob und trug. Sie war nicht glücklich, nicht unglücklich, sie wußte nicht, was das war. Sie war so allein und sprach so selten, daß manche Worte für sie ihren Sinn verloren hatten und folgenlos die Plätze tauschen konnten.

Das Fenster war geschlossen, die Jalousie heruntergelassen, von der Straße und vom Gang kam kein Laut. Das Zimmer mit seinen Blümchentapeten war fremd und vertraut, manchmal das eine, manchmal das andere, meistens beides zugleich. Bei ihrem Einzug hatte sie das Bild abgehängt (ein Doppelakt vor türkisblauem Abendhimmel mit der untergehenden Sonne wie eine Wunde darin, das naßglänzende Paar wie ein Block aus Stein, Doggy-Style), die roten Spots durch Warmtonleuchten ersetzt und einen Kühlschrank angeschlossen, mehr nicht. Ihre Sachen waren in dem Einbauschrank hinter dem Vorhang untergebracht. Sie besaß keinen Fernseher, kein Telefon, hatte keinen Computer, keinen Deckel und keinen Stecker. Sie war ein Anti, sie lebte für sich, ohne Kontakt zum flüsternden Nirwana und der Welt der Lebenden Leichen. Sie wußte nicht, warum sie so war, wie sie war, und wollte es auch nicht wissen. Schon als Kind war sie anders gewesen, ihr ganzes Leben lang, und irgendwann hatte sich ihre Verstörung in Stolz, ihre Einsamkeit in Haß und der Ekel, den sie beim Anblick der zuckenden, kichernden, stöhnenden Menschenfortsätze der schweigenden Geräte empfunden hatte, in Verachtung verwandelt. Ihr Wesen war ihr ein ebenso großes Geheimnis wie die Welt, die den unersättlichen Händen der Menschen unmerklich wieder entglitt, und es genügte ihr, wenn sie es betrachten, es berühren, spüren, einatmen konnte, und manchmal, in seltenen Momenten, war sie ein Teil von ihm.

Sie fühlte sich nicht einsam, denn es gab noch andere wie sie; einige lebten zusammen, in verlassenen Fabriken noch weiter am Stadtrand, andere, wie sie, zogen es vor, für sich zu sein. Sony wollte immerzu spüren, wie die Zeit verstrich, Zeit bedeutete für sie Leben, und ob es Langeweile war, Schmerz oder Lust, das war ihr gleich. Am besten spürte sie die Zeit, wenn sie allein war. Es reichte zu wissen, das um sie herum ein unsichtbares Netz wartete, in das sie sich fallenlassen und aus dem sie sich lösen konnte, Umarmungen auf leeren Plätzen, in geklauten Autos, Hauseingängen, so wie sich Wölfe paaren mochten unter anderen Himmeln und sich wieder trennen. Das Motto der Antis lautete: Do it yourself! Was die Lebenden Leichen sich einbildeten, das taten sie.

Während sie sich ankleidete, aß sie kalten Mais mit Sojasauce auf Brot. Die schwarze Spitzenunterwäsche, einfach so. Die Lederhose, die weite Jacke, die Platz fürs Schulterhalfter ließ. Aus der Kiste im Einbauschrank wählte sie die 14schüssige Browning, Kaliber 8 mm, ein Messer mit zweischneidiger Schnappklinge und einen handlangen Elektroschocker und verstaute alles in einem blauen Nylonsäckchen. Der Mais schmeckte nach Metall.

Auf dem Gang und im Treppenhaus begegnete sie niemandem; das Haus war nur zu einem Drittel belegt, und um diese Zeit hatten sich die meisten eingestöpselt. Vier Monate wohnte sie jetzt hier und hatte bislang noch keinen ihrer Nachbarn kennengelernt. So sollte es nach Möglichkeit auch bleiben.

Jemand hatte die Muzak-Anlage wieder in Gang gesetzt, und im Licht der noch unbeschädigten drei roten Laternen sah es so aus, als könnten jeden Moment Mädchen hinter den Plastikpalmen hervortreten und sie in Ermangelung männlicher Freier mit Dumpingpreisen in eines ihrer Kabuffs zu locken versuchen. Doch es gab keine Mädchen mehr im E'os-Center, jedenfalls keine, die ihren Körper vermietet hätten, und im Hintergrund spielten zwei in Kutten gehüllte Gestalten Tischtennis. Ansonsten lag der Kontakthof verlassen da. Seit der dramatische Rückgang der Geburtenrate, die restriktive Einwanderungspolitik und vor allem das elektronische Nirwana Wirkung zeigten, bestand kein Mangel an Wohnungen mehr, und das Center gehörte nicht gerade zu den Adressen, um die sich die Leute rissen.

Vor dem ekligbraunen Drehkreuz am Ausgang zögerte Sony, nicht weil sie auf einmal Heißhunger auf Chio-Bananenchips verspürte, sondern weil die von einem verschweißten Drahtnetz nach oben abgeschlossene Sperre einmal nach einer Vierteldrehung blockiert und sie eine halbe Stunde lang festgehalten hatte, bis ein nach Alkohol stinkender Glatzkopf mit Berliner

Akzent sie mit einer Brechstange befreite. Vier Tage später war er tot gewesen. Pech.

Die Portiersloge zur Linken war wie immer unbesetzt. Sony vergewisserte sich, daß das grüne Bereitschaftslämpchen leuchtete (sonst stieg man besser durch ein Kellerluk nach draußen), dann steckte sie die Karte in den Schlitz, wartete, bis der Schließmechanismus ausrastete, und drückte sich rasch hindurch.

Sie ging an verrosteten Kondom- und Passierkartenautomaten und dem mumifizierten Blumenstilleben in der Grotte an der rechten Wand vorbei, trat durch die Schwingtür auf die Vortreppe hinaus.

Die zu Staub zermahlenen Überreste des herabgefallenen ›R‹ der längst erloschenen Neonschrift glitzerten im Mondschein. Vom unkrautüberwucherten Gelände der ehemaligen Molkerei wehte ein Schwall erstickender Blütendüfte herüber. Dahinter lag das Stadtzentrum, überragt vom rotäugigen Funkturm, aus dessen Drehrestaurant sie als Kind einmal wie auf ein riesenhaftes Beet voller Diamantblumen hinabgeblickt hatte, Blumen, von denen sie gemeint hatte, daß sie sie später, ›wenn ich einmal groß bin‹, nur würde zu pflücken brauchen, um teilzuhaben an diesem unerreichbaren Wunder. Damals hatte sie noch nicht gewußt, daß es auf die Entfernung ankam und daß sich bei genauerem Hinsehen alles in dieser Stadt in Scheiße verwandelte, Diamanten eingeschlossen.

Sony überquerte die Straße, denn die Ausläufer des Müllgebirges, das an der Außenmauer des Centers schon bis zum zweiten Stock hochgewachsen war, hatten sich mittlerweile bis über den Mittelstreifen vorgeschoben. Dann wandte sie sich nach links und schnitt zügig auf den Torbogen der Bahnunterführung zu. Die vor ihren Füßen davonhuschenden Ratten beachtete sie nicht, sie hatte keine Angst. Das war ihr Revier, sie war endlich wieder sie selbst, gehörte sich und niemandem sonst. Aus einem geöffneten Fenster im vierzehnstöckigen Würfel in ihrem Rücken kam ein Wummern, das rasch leiser wurde. Am Bahndamm wehte vom Fluß her ein flauer, heißer Wind. Sie roch das dem Meer zustrebende unsichtbare Wasser, den Staub- und Teergeruch der noch erhitzten Straße und das scharfe Aroma einer Hydra, deren vielköpfige Arme schon wieder in Schienenhöhe schwankten, obwohl sie allwöchentlich von einem Mäher auf Schienen mit riesigen ausklappbaren Messern gekappt wurden. Innerhalb von zwei Monaten hatten sie sich von der Nordküste aus verbreitet. Es hieß, die Samen seien angeschwemmt worden, aber niemand wußte, woher sie kamen. Mit ihren Pfahlwurzeln zapften sie das Grundwasser an, waren gegen alle Chemikalien resistent und wuchsen so schnell, daß man ihnen dabei zusehen konnte. Es war Mitte Juli, elf Uhr fünfunddreißig. Sony war 26, unbesiegbar, unsterblich.

Als sie hinter der Bahnlinie nach rechts zur U-Bahnstation abbog, lag der Funkturm genau vor ihr. Er war dunkler als früher. Schon seit vielen Jahren war das Drehrestaurant stillgelegt, der Speisesaal und die Bars verlassen, entvölkert wie die ganze Stadt mit ihren Plätzen, Restaurants, Kinos, Diskotheken, Einkaufsstraßen. Die Menschen orderten ihre Waren zu Hause, nachdem sie sie in 3-D und Originalgröße betrachtet hatten, sie hatten keine Zeit und keine Lust mehr zum Einkaufen und Schlendern, zum Tanzen und Bummeln, oder sie wagten es nicht mehr, weil die Straßen nur noch vom Abschaum heimgesucht wurden, den Cruisern, Pennern, Dealern, Vergewaltigern, Mördern. Wer es sich leisten konnte, blieb in seiner dreifachverglasten fastautarken Wohnung und stöpselte sich in eines der elektronischen Breitbandnetze ein. 63 Prozent der arbeitenden Bevölkerung hatten sich der schmerzlosen Operation bereits unterzogen und sich

die winzige Steckdose hinters Ohr implantieren lassen. Jetzt feierten sie ihre einsamen Orgasmen im unsichtbaren Spinnennetz der Kabel, die ihre Wohnungen und Terminals miteinander verbanden. Ihre Welt
hatte sich auf 0,3 mm Glasfaser verengt, durch das sie
ins elektronische Nirwana stürzten, sich trafen, zu-
sammenballten, gegenseitig durchdrangen, um zu
Abenteurern, Helden, Übermenschen zu werden. Nur
eine atavistische Sehnsucht nach einem einleitenden
Ritus ließ manche noch zueinanderstreben, damit sie
gemeinsam ihre bunten Drogen schlucken konnten,
die sie brauchten, damit die Illusion Wirklichkeit
wurde, oder um sich gegenseitig das Kabel an den
Kopf zu heften, bevor sie sich forttragen ließen, fort
von ihren wartenden Körpern, um sich in neuen Körpern zu Orgien zu vereinen, zu denen sie sich in der
Realität niemals hätten aufraffen können. Es gab Se-
rienkiller, die ihre Trophäenbanken mit den abge-
schnittenen Köpfen und Genitalien ihrer Opfer füllten, es gab Opfer, die es immer wieder in die Gaskammern von Auschwitz zog, wo sie sich nackt zwischen die brüllenden, zuckenden Leiber drängten und
gegen die Bullaugengesichter ihrer Peiniger schlugen,
es gab Flottenkapitäne, die mit überlichtschnellen, ki-
lometergroßen Schiffen ganze Galaxien durchmaßen,
es gab Schriftsteller, die in Sportarenen ihr Publikum
zum Weinen brachten und bei der Nobelpreisverlei-
hung den Weltfrieden oder das drohende Armaged-
don beschworen, es gab Delphinmutanten, die sich
mit ihresgleichen in warmen, glasklaren Meeren tum-
melten, während andere Esel, Gazellen oder kleine
Jungen fickten. Sony verachtete sie, die einen wie die
anderen.

Wenn Sony von der U-Bahn kam, hatte sie Angst,
vor den wilden Hunden, die in Rudeln durch die Vor-
städte streunten, vor Überfällen, vor dem Dschungelgeruch, der ihr vom Bahndamm entgegenschlug. Sie

haßte sich dafür, guckte sich gleichsam selbst über die Schulter, studierte ihre Reaktionen, die sinnlosen Rituale des geborenen Opferlamms, das ganze *Muster*, das sie in- und auswendig kannte, und doch half es nichts. Sie hielt die Angst nur dadurch aus, indem sie sie als Zeichen dafür nahm, daß die Leere langsam von ihr abfiel, mit der sie sich gepanzert hatte gegen den Tag, gegen die Arbeitsschicht im Bestattungsinstitut, eine Leere, die Teil ihrer Verkleidung war. Die Angst gehörte der Phase des Übergangs vom falschen zum wahren Leben an. Jetzt war es anders. Sie war ein Teil der Nacht und der Angst, sie war die Angst der anderen.

Die drei Passanten, die ihr auf der Treppe entgegenkamen, schlugen die Augen nieder und sahen weg, als könnten sie die Gefahr riechen. Sie schob den Nylonsack am Detektor vorbei durch eine Lücke in der Absperrung aus Maschendraht, drückte sich durchs Drehkreuz, hob den Sack auf, steckte die Pistole ins Halfter und befestigte Schocker und Messer am Gürtel.

Die beiden schwarzen Sheriffs waren rechts und links der Abteiltür postiert. Sie erzählten sich halblaut Witze und ließen die Fahrgäste nicht einmal dann aus den Augen, wenn sie lachten. Sony wußte: durchsuchen würden sie sie nicht. Sie waren froh, wenn nichts passierte.

Die Stadt hatte sie verschluckt, eine andere Stadt, ihre Stadt, ihre Nacht. Leuchtreklamen wanderten wie Raumschiffe, an deren Bäuchen sich perspektivisch verzerrte Landschaften zu spiegeln schienen, lautlos über die Ringstraße hin, die Wände der Gebäude funkelten und schillerten in allen Farben, Schriften verwandelten sich in lockende Hände, obszön gespitzte Lippenpaare, in Blumen, Palmen, blaues Meer, aber es fuhren kaum Autos, und die Gehsteige lagen verlassen.

Das waren die Schlagzeilen auf einer die Straße wie
ein Triumphband überspannenden Infotafel.

Sony schritt durchs Innere einer toten, nutzlos gewordenen Maschine, die sich selbst genügte, vorbei an
verrostenden Sauerstoffduschen und den glitzernden
Displays der Juweliere, an bankrotten Läden für Desi-
gnerbikes und kaputten Automaten für Antiozonta-
bletten und Nasenfilter. Sie bewegte sich selbst wie
eine gutgeölte Maschine, schnurrend, flüssig, automatisch, wie eine schwarze mechanische Katze, die auf
Beute aus war.

Vor dem breiten Eingang des Ufa-Palastes stand
ein Anmacher, der die spärlichen Passanten in die
dunklen Grüfte der ehemaligen Kinosäle zu locken
versuchte. Die eine Hälfte war geschlossen, die
andere war mit Bahren vollgestellt, auf denen die
Lebenden Leichen, die keinen Heimanschluß besaßen, mittels Steckern und Deckeln stundenwei-
se ins Nirwana geschickt wurden. Der Mann trug
eine Multiplexmaske, und als Sony näher kam,
wurde sie zum bleichen Mehlgesicht eines Halb-
wüchsigen, durch dessen schwarze Augenhöhlen
sie in das Vakuum seines Schädels blicken zu können schien.

»Lust auf'n Trip?« krächzte der angeschlossene Vocoder.

»Du hast Glück, daß ich schon Feierabend habe«,
zischte Sony im Vorbeigehen, und der Mann wich in
den Schutz des Portals zurück, über dem noch die
Überreste des Werbeplakats für ›Bloodshed‹ hingen,
einer der letzten konventionellen Kinofilme, die ge-
dreht worden waren, und, wie Sony sich erinnerte, der
erste, der die Einschüsse mittels endoskopischer Mi-

niaturkameras direkt aus dem Körperinnern gezeigt hatte.

Die Schaufenster hinter dem Kino waren entweder vergittert, mit Brettern vernagelt oder durch panzerglasgesicherte Displays ersetzt worden. Manche Läden hatte man zusammengelegt und in Drive-Outs verwandelt; ein Teil diente als Lagerraum, daneben wurden die Lieferwagen mit den Waren für die Heimshopper bepackt. In dem Designermöbelladen, aus dem sie einmal eine Designerlampe geklaut hatte, war jetzt eine Callgirlagentur untergebracht, in der Kunstgalerie daneben ein Alkladen samt Fahrradexpreß.

Sony stieg über ein Beinpaar, das aus einem unbeleuchteten Hauseingang ragte (die Fassade darüber ein 5-Sekunden-Spot von Coca Cola, der sich mit jeweils neuen Akteuren ständig wiederholte) und schnürte weiter zügig über den fast leeren Gehsteig, bis ein Schrei sie wie ein Faustschlag gegen die Wand warf.

Sie duckte sich, ihre Hand zuckte zum Halfter, sie richtete sich auf. Entwarnung. Sie hatte überreagiert.

50 Meter vor ihr, jenseits des Mittelstreifens mit den Parkbuchten und den jetzt schon kränkelnden Bäumchen, parkte ein Streifenwagen. Zwei Bullen prügelten mit Schlagstöcken auf eine am Boden liegende Gestalt ein, die Sony nicht erkennen konnte. Jetzt erst entdeckte sie den Fahrradscout im Gebüsch des Mittelstreifens, der halblaut in ein Funkgerät sprach. Aus dem Überdruckventil des Kompressors an der Mittelstange kam ein leises Zischen. Anscheinend hatte der Scout von einem Sender inzwischen den Zuschlag bekommen, denn auf einmal brach er zur anderen Straßenseite durch, schleuderte herum und raste entgegen der Fahrtrichtung auf die Gruppe zu. Die Videokamera auf der Schulter des Scouts war wie ein monströser Buckel, ein schwarzer Dämon, von dem er besessen war.

»He, du Spanner!« brüllte einer der Bullen. Er torkelte auf die Fahrbahn, den Schlagstock erhoben in der Hand. Aus dem Buckel fuhr ein Peitschenfortsatz hoch, richtete sich aus und drehte sich langsam, während der Scout näher kam und sich der Beobachtungswinkel entsprechend änderte.

»Manni!« sagte der zweite Bulle beschwichtigend. »Dat is 'ne Infoscout, lassem doch ruhich filme, wie mer dä Drecksau inmache donn.«

Sein Kollege hatte die Fahrbahnmitte erreicht. Er schwankte und schaffte es kaum, sich auf den Beinen zu halten. »Dä will ons jet anhänge, äwwer ich maach dat Aaschloch *kalt*, ich zeich dä Sau, wo et heh *langjoht*!« Sein Schlagstock wirbelte wie ein Ventilator.

»Manni!« rief der erste Bulle. »Manni, pahß op!«

Der Scout hatte den Ventilator fast erreicht. Der Bulle schleuderte dem Radfahrer den Schlagstock entgegen, verfehlte ihn jedoch. Er zuckte die CS-Keule. Als er sah, daß der Scout eine Taucherbrille trug, heulte er auf, ließ die Keule fallen, riß die Pistole aus dem offenen Halfter und versuchte dem Scout den Weg zu versperren. *Pffft!* machten die Hochdruckklingen, als sie aus der Vorderradgabel schnellten. Der Scout riß das Vorderrad hoch, verlagerte sein Gewicht nach links und schleuderte auf dem Hinterrad herum, kippte gleich darauf wieder nach rechts. Der Bulle brüllte, griff sich ans Bein, knickte ein und fiel um. Das Rad schaltete klickend, wurde immer schneller und verschwand schließlich in einer Nebenstraße. Das letzte, was Sony von ihm sah, war das leere Auge des Buckeltiers, in dem sich das kreisende Blaulicht des Streifenwagens fing.

»Oh, Driß, Manni!« jaulte der zweite Bulle. Er holte aus und trat der Gestalt am Boden die Stiefelkappe in die Rippen. Es knackte. Sony mußte sich beherrschen, um nicht rüberzulaufen. Aber der Scout würde nur eine Runde fahren und aus sicherer Entfernung weiterdrehen, die Bilder waren womöglich schon auf Sendung, und jeden Moment würden Krankenwagen und Verstärkung eintreffen. Zu gefährlich.

Sie kehrte um. Die Füße waren verschwunden. An der nächsten Einmündung bog sie rechtwinklig von der Ringstraße ab.

Die Bulleneinlage hatte sie erregt. Sie bewegte sich jetzt schneller und hatte den Kopf leicht vorgestreckt, spähend und witternd. Ihre Füße auf dem Pflaster verdoppelten die harten Schläge ihres Maschinenherzens, *klack-klack, klack-klack.* Zu Anfang hatte sie geräuschdämpfende Turnschuhe getragen, aber bald schon hatte sie gemerkt, daß sie gehört werden wollte, daß es das Jagderlebnis verlängerte, wenn das Opfer sie schon von weitem hörte. Als sie das begriffen hatte, war sie in Bereiche vorgedrungen, von denen sie zuvor nicht einmal geträumt hatte. Jetzt war sie süchtig nach dem zarten, flüchtigen Aroma des Zweifels, den zaghaften Blicken über die Schulter zurück, den fahrigen Gesten und stolpernden Schritten, dem schneller werdenden Rhythmus des Atems, dem scharfsauren Geruch der Angst, dem schwülen Gestank der letzten Gewißheit.

Verrammelte Fenster, in rotes Licht getauchte Hochspannungstüren, aufgebockte Autowracks, deren Motorhauben wie in einem lautlosen Schrei erstarrt hochgeklappt waren. Knirschendes Glas, ein in einer Hauswand festgedübeltes Stück Kette von einer Autosperre, die jemand durchbrochen hatte. Aus einem dunklen Fenster im zweiten Stock kreischendes Gelächter, das plötzlich abbrach. Polizeisirenen in der Ferne. Ein stillgelegtes Parkhaus mit einer Neonwerbung für Sierra Games. Momentweise die roten Augen des Funkturms, als sie an einem Trümmergrundstück vorbeikam. Penner saßen dort um ein Lagerfeuer, winkten mit halbleeren Flaschen und stießen unartikulierte Grunzlaute aus. Ihre Blicke hefteten sich an Sonys Körper, bis sie abermals abbog. Und noch einmal. Und noch einmal.

Sie befand sich jetzt am Rande der Altstadt. Es war dunkler geworden, die wenigen Straßenlaternen strahlten vergeblich gegen die alles überwölbende Schwärze des Himmels an, die Häuser wirkten wie Flüchtlinge aus einer anderen Zeit, die geduckt das elektronische Unwetter der Moderne abwetterten.

Sogar ein paar Pinten hatten geöffnet. Ab und zu summte ein Elektroauto vorbei, oder angetrunkene Fußgänger kreuzten Sonys Weg. Als ein Besoffener sie anmachen wollte, schleifte ihn sein Kumpel nach einem Blick in ihre Augen weiter; wenn der Verstand aussetzte, kam bei manchen der Überlebensinstinkt zum Vorschein.

Es wurde allmählich Zeit. Sony spürte, daß sie für heute ihr Revier gefunden hatte. Jedesmal war es ein anderes, und jedesmal spürte sie es in den Knochen, im Bauch, in der Kraft, mit der der Erdboden gegen ihre Füße drückte und sie mit jedem Schritt ein Stück weit hochzukatapultieren schien. Sie mußte sich zwingen, langsamer zu gehen.

Der Mann stand vor der verschmierten Scheibe des ›Sana‹, ehemals ›Katarakt‹, eine mangels Zuspruch zur Nachtbar mutierte ehemalige Diskothek auf der anderen Straßenseite, an deren Tresen jetzt irgendwelche Langeweiler in ihren Drinks nach Oliven, ›Sana‹ genannten legalen Energizern und ihrer verlorenen Jugend suchten, während sie darauf warteten, von irgendeiner weiblichen Angestellten in eines der oberen Zimmer abgeschleppt zu werden. Sony kannte das Lokal und seine Gäste. Zwei davon hatte sie mit dem Stilett erledigt, insgesamt ziemlich stumpfsinnige Acts, die in ihr das flaue Gefühl zurückgelassen hatten, sie sollte eigentlich ganz woanders sein und etwas ganz anderes tun. Schicksalsergeben wie die Schafe hatten sie nicht einmal dann geschrien, als sie ihnen noch vor Einsetzen des Todeskampfes die Ohren abgeschnitten hatte, aus reinem Frust, denn die Sadomasche war sonst nicht ihre Art. Sie war eine Jägerin, und sie brauchte ein Wild, das die Jagd lohnte. Sonst konnte sie sich ja gleich über ihr Kopfkissen hermachen und sich das Röcheln dazu denken.

Der Mann vor der Scheibe war der typische Looser, sie sah es seinem Rücken an, den verkrampften, hochgezogenen Schultern, den Füßen, deren Spitzen gegeneinander zeigten, als wollte er sich entschuldigen dafür, daß er dort stand, der ewige Zuschauer, der Einsame, Ausgestoßene. Sie wußte alles über ihn; er hatte keinen Stecker, nicht einmal einen Deckel. Irgendwo hatte er ein Bild seiner Jugendliebe verwahrt, und ab und zu holte er es hervor und bekam erst feuchte Augen und dann einen Steifen. Seine Umwelt betrachtete er mit Ekel und Verachtung, er sehnte sich nach einer Vergangenheit, die es nicht mehr gab. Wenn er etwas mehr Klasse gehabt hätte, wäre vielleicht ein Anti aus ihm geworden, ein Wolf. Er war wach, aber er war und blieb ein Schaf. Er war ihr Mann.

Als die Tür aufging und ein Betrunkener darin erschien, wandte er sich ab und ging eilig davon. Sony folgte ihm.

Zwei Straßen weiter blickte er sich zum erstenmal um, flüchtig nur, ein Reflex auf das harte *Klack-klack* ihrer Schuhe. Er bog um eine Ecke, und dann, gerade als er eine Straßenlaterne passierte, sah er sich ein zweites Mal um, sein Gesicht ein Fleck in 30, 35 Metern Entfernung. Ein Brillenträger. Kontakt.

Er wurde merklich schneller. Sony verkürzte den Abstand auf 20, 15, 10 Meter. Jede Kleinigkeit war jetzt von Bedeutung und wollte wichtig genommen werden, jeder Schritt, jede Wendung des Kopfes, jeder Blick. So war es immer.

Seine rechte Hand fuhr in die Jackettasche, kam leer

wieder hervor. Er hatte keine Waffe, und er war zu unerfahren, um so zu tun, als hätte er eine.

Vor ihnen schwenkte die Straße in sanftem Bogen nach links, und rechts ging eine zweite Straße ab, eine schmalere, dunklere Straße, eigentlich eher eine Gasse, in die er nach winzigem Zögern einbog. Das war ungewöhnlich, eigenartig, in diesem Stadium zog es sie ins Licht, unter Menschen, von denen sie sich plötzlich all das erwarteten, was sie ihnen ein Leben lang vorenthalten hatten, Wärme, Sicherheit, Schutz, was nicht noch alles. Einer hatte mal tatsächlich »Mama« gesagt, im letzten Moment, und sie hatte geantwortet: »Mama liebt dich.« Dann hatte sie abgedrückt. Aber heute wollte sie das Messer, sie hielt es bereits in der Hand, den Daumen auf dem Knopf, der die Klinge hervorschnappen lassen würde, wenn es soweit war. Jetzt noch nicht.

Ein blumenhafter Geruch stieg aus den Gullis hoch und entfaltete sich über der Straße wie eine schon im Moment des Sichöffnens in Verwesung begriffene Blüte. Die getrennten Rhythmen ihrer Schritte überlagerten und durchdrangen sich, wurden eins. Dunkle Höcker wuchsen aus der Straße auf, sich buckelnde urzeitliche Riesentiere, überragt vom Gitterwerk eines Krans – ein skelettierter Hals, ein schwebendes Messer. Kein Mensch war zu sehen, nur der Mann, der jetzt beinahe lief, dessen Arme auf und ab pumpten vor Sony, drei Schritte, einen Sprung entfernt, freigelegte Kolben der Maschine Mensch. Sie umklammerte den Schaft des Messers, heiß und schwer ruhte es in ihrer Hand, lebendig, scharf und gierig, sie rannte über das Pflaster, die Luft war süß und schwer, die Nacht ein Fest, sie sprang, flog und stürzte, kam schwer auf nackter Erde auf, rollte sich über die Schulter ab, das Messer mit ausgefahrener Klinge noch in der Hand, erhob sich keuchend, drehte sich herum, gebückt, angespannt, ortend.

Der Mann hatte sich in die Lücke zwischen zwei Lastwagenladungen Sand geworfen, seine Schritte hallten irgendwo am Rand der Baustelle wider, liefen als winzige Erschütterungen durch den Boden und drangen durch die Schuhsohlen in Sonys Beine ein. Sie trat in die Lücke, das metallische Echo verwirrte sie. Sie rieb sich die Schulter. Vor ihr klaffte die Baugrube, begrenzt von Eisenstangen, die mit leise raschelndem Plastikband verbunden waren. Im Krater Röhren, Schläuche, Träger, vom schwarzen Schatten hinter den Sandhaufen in eine grundlose Tiefe abgesenkt. Dann auf einmal spürte, hörte sie etwas Neues, ein Tappen, das nach links, auf einen roten Bagger zuführte, zurück in die Richtung, aus der sie gekommen waren.

Vorsichtig bewegte sich Sony am Rand der Baugrube entlang. Zwischen der Plastikabsperrung und den Sandhaufen war nur ein schmaler Pfad freigeblieben, und an manchen Stellen war der Sand ins Rutschen gekommen und reichte bis an den Rand des Lochs, so daß Gefahr bestand, daß sie ausglitt und abstürzte. Durch den Kontrast zwischen dem von einer Straßenlaterne angestrahlten Bagger und den tiefen Schatten konnte sie nur wenig erkennen. Als es unter ihren Füßen zu rieseln begann, verharrte sie für einen Moment, damit sich ihre Pupillen weiten konnten.

Das Tappen vor ihr hatte aufgehört. Der Mann mußte sich noch innerhalb der Baustelle aufhalten, sonst hätte sie seine Schritte auf dem Pflaster gehört. Als sie ihre Füße, ihre schwarzen Stiefel erkennen konnte, hob sie den Blick zum Bagger. Links davor, an der Schmalseite der Grube und hinter dem zweiten Sandhaufen, war ein Stapel Schlauchtrommeln, davor mehrere riesige Röhrensegmente, aufgeschichtet zu einem Turm, der die Baggerkabine überragte. Daneben ein Kasten, wohl das Scheißhaus, ein Preßluftaggregat, eine zweite Baggerschaufel, ein Mund mit steil aufge-

I. WIEGAND BW8 94

richteten Zähnen. Irgendwo dazwischen hatte er sich verborgen, starrte sie an oder sammelte Mut für die Flucht. Nein. Er war kein Feigling. Er war nicht in Panik, keinen Moment lang war er in Panik gewesen, sondern hatte sie zur Baustelle gelockt, weil er unbewaffnet war und gewußt hatte, daß er sie hier möglicherweise würde abschütteln können. Er war ein zäher Gegner, und dennoch stachelte er nicht ihr Jagdfieber an, vielmehr verspürte sie beinahe so etwas wie Enttäuschung. Oder hatte sie der Sturz benommen gemacht, hatte sie vielleicht gar eine Gehirnerschütterung?

Sie schüttelte versuchsweise den Kopf. Nichts. Kein Kopfschmerz, kein Schwindel. Sie tastete sich weiter an der Plastikschnur entlang, mechanisch, wie aufgezogen. Irgend etwas stimmte nicht, aber sie kam nicht dahinter. Als sie die letzte Begrenzungsstange der Absperrung erreicht hatte, wurde sie sich der riesigen Gegenwart des blauen Baggers bewußt. Sein abgestützter Greifarm schien unter Spannung zu stehen, als könnte er sich jeden Moment von selbst erheben, mit *einem* gewaltigen, ausholenden Ruck. Nein, der Bagger war rot. Blau. Rot. Blau.

Die Bullen.

Ein Streifenwagen mit eingeschaltetem Blaulicht kam durch die Gasse gezockelt. Jetzt hätte der Typ flüchten, die Streife anhalten können, und wenn die Bullen bei Laune waren, standen die Aussichten für sie gar nicht so schlecht, einen Fang zu tun, der sie ein, zwei Sprossen die Karriereleiter hinaufbefördert hätte.

Sie stand erstarrt, nichts als Lauschen, unterdrücktes Atmen.

Nichts geschah.

Als der Wagen um die Ecke bog, verspürte Sony ein Jucken im Nacken, aber sie kratzte sich nicht, wagte nicht einmal tiefer zu atmen.

Der Mann hätte flüchten können. Er hatte es nicht

getan. Und er hockte auch nicht gelähmt vor Angst hinter der Scheißhaustür. Er hatte von dem Moment an, als ihm klargeworden war, daß sie ihm folgte, überlegt gehandelt. Er war nicht deshalb in die Gasse mit der Baustelle abgebogen, weil er sich von ihr Deckung und Schutz versprochen hatte, sondern um den Spieß umzudrehen. Sie war die Gejagte. Sie sollte das Opfer sein.

Was sie im Nacken spürte, war kein Jucken, sondern ihre aufgerichteten Härchen, die sie wie winzige Dolche anzutreiben schienen, damit sie losstürmte, wieder in die Offensive ging, doch das durfte sie nicht. Eine Situation wie diese hatte sie noch nicht erlebt, und darum war auch auf die Verhaltensmuster, die sie sich im Lauf der Zeit unbewußt angeeignet hatte, kein Verlaß mehr. Auf einmal kam sie sich wie ein Stümper vor, laut und trampelig, wo Fingerspitzengefühl und eiskalte Selbstbeherrschung angesagt waren; auch das war neu für sie, auf seine Art aufregend und belebend.

Die Erschlaffung, die sie vor dem Auftauchen des Streifenwagens empfunden hatte, war wie weggeblasen. Sie trat zwei Schritte vor, bis sie den Rand der Grube erreicht hatte. Der Bagger war rot. Das Scheißhaus war aus Plastik, aber es stand ein wenig schief, und wenn man die Tür öffnete, wurde sie knarren oder quietschen. Außerdem war sie bestimmt abgeschlossen. Nein, dort drinnen war er nicht. Vielleicht in den Röhren?

Bis zum Röhrenstapel waren es etwa drei Meter. In die oberste Lage konnte sie nicht hineinsehen, aber so schnell hätte ihr Gegner auch nicht klettern können. Die zweitoberste Lage befand sich knapp über ihrer Augenhöhe; als sie sich auf die Zehenspitzen stellte, nahm sie in den beiden äußersten Röhren einen sichelförmigen Schimmer wahr.

Sie ging in die Hocke, richtete sich auf, machte rasch zwei Schritte nach rechts, hockte sich erneut hin: in der zweituntersten Lage war eine Röhre, durch die sie nicht hindurchsehen konnte. Etwas Unförmiges verstopfte das Röhrenprofil, vielleicht ein zerknautschtes Stück Plastikplane, ein wirrer Haufen Schläuche – oder ein Mensch, der wie ein Pfropfen darin hockte, bereit, sich auf sie zu stürzen, wenn sie nur nahe genug herankam.

»Komm raus!« flüsterte sie, unhörbar für den Fremden. Aber er würde nicht herauskommen, noch nicht. Sony, die einsame Wölfin, wußte nicht, wie sie sich verhalten sollte. Abgesehen davon, daß die Bullen noch in der Nähe sein konnten, wollte sie nicht schießen, denn in der gegebenen Situation wäre es wie das Eingeständnis einer Niederlage gewesen. Im Kampf Frau gegen Mann war sie möglicherweise unterlegen, bestimmt sogar, denn wer so kaltblütig und überlegt zu Werke ging wie ihr Gegner, wußte, worauf er sich einließ.

Also was sollte sie tun? im Grunde war ihr die Situation über den Kopf gewachsen, und am besten machte sie auf der Stelle kehrt und sah zu, daß sie heil wieder nach Hause kam. Das Problem dabei war, sie war sich beinahe sicher, daß ihr Gegner das nicht zulassen würde. Wahrscheinlich wartete er dort in seinem Loch bloß darauf, daß sie die Nerven verlor und das Handtuch warf. Während sie sich jetzt noch zumindest theoretisch von gleich zu gleich gegenüberstanden, würde sie dann endgültig das Opfer sein, das Wild, das ein anderer Jäger durch die Straßen hetzte. Ausgeschlossen.

Und wenn er gar nicht in der Röhre saß, sondern auf einen der Sandhaufen geklettert war, während sie auf den Streifenwagen geachtet hatte? Sie schaute rasch nach oben; ihre Augen zauberten Schatten ins Sandgebirge, wo gar keine waren. Dann fiel ihr die Eisenstange ein, an der die Plastikabsperrung befestigt war.

Sie nahm das Messer in die linke Hand. Starr zur Röhre blickend, tastete sie nach der Stange. Nach mehrmaligem Rütteln hatte sie sie aus der Erde herausgezogen. Die Stange war dicker und schwerer, als erwartet; Sony mußte zweimal umgreifen, bis sie das Gewicht austariert hatte und die Stange hochheben und sich wie eine Lanze unter den Arm klemmen konnte. Sie ragte ihr mindestens anderthalb Meter unter dem Arm hervor; das mußte reichen.

Sie atmete jetzt schneller, und der Wind – ihr war gar nicht aufgefallen, daß es windig war – strich kühl über ihre schweißfeuchte Haut. Sie konzentrierte sich, zählte lautlos, brach ab, wartete auf ein inneres Zeichen (vor ihr nichts als Stille, um sie herum ein Rascheln und ein gerade noch wahrnehmbares Rieseln von Sand) – dann sprang sie vor, ihr Keuchen laut wie ein Gebläse, knickte in den Knien ein, holte aus und stieß Stange und Arm so fest in die Betonröhre hinein, daß sie beinahe dagegengeprallt wäre, als sie nicht auf den erwarteten Menschenwiderstand traf, sondern nur auf eine nachgebende Fastleere: ein dumpfer Knall, etwas wurde durch die Röhre katapultiert und plumpste auf der anderen Seite zu Boden, ein Eimer mit Werkzeug vielleicht oder ein leerer Ölkanister. Sie ließ die Stange fallen und wirbelte herum, noch ganz betäubt vom Lärm, taumelte wie gebissen nur ein paar Schritte seitlich vor das Scheißhaus hin, wo sie sich wieder fing, doch es war schon zu spät: etwas war aus dem gezähnten Maul der Baggerschaufel gesprungen, etwas Dunkles, Großes, ein Mensch, und ehe sie reagieren konnte, war er über ihr, warf sie zu Boden, das Messer entglitt ihrer Hand, etwas Weiches war um ihren Kopf, ein fremder Leib preßte ihr die Luft aus den Lungen, und etwas schob sich unter das Weiche, eine Hand, ein Gestank, süß und eklig, ihre Beine stießen, ihre Hände schlugen, ein Dröhnen war in ihren Ohren, ein Klingen wie von fernen Glocken, das Stoßen wurde ein Scharren und das Schlagen ein Zucken, die Glocken füllten alles aus.

Als sie erwachte, war ihr erster Gedanke: Ich werde meinen Job verlieren. Drei Monate hatte sie danach gesucht, das hieß, natürlich nicht nach *diesem*, sondern nach irgendeinem Job, aber schlecht war er nicht. Es gab Schlimmeres. Sie hatte sich an die Leichen gewöhnt. Die Arbeit war leicht und sauber. Ein bißchen waschen mußte man sich hinterher, mal kurz unter die Dusche, nicht etwa weil man schmutzig gewesen wäre oder gestunken hätte, sondern um den Blick der starren Augen abzuwaschen, der sich einem in die Haut einzubrennen schien, aber das war's dann auch. Sie hatte gut davon leben können. Und jetzt war sie den Job los.

Noch ehe sie die Augen aufschlug, wußte sie, daß sie nie wieder hier rauskommen würde, wo immer sie sich befand. Sie roch ihren süßen Ätheratem, spürte die Fesseln an Armen und Beinen, spürte-hörte die bedrohliche Stille des unbekannten Raums und wußte einfach, daß sie sterben würde.

Sie war ganz ruhig. In den wenigen Sekunden des Erwachens war etwas mit ihr geschehen. Es war, als hätte sie die dünne Folie, die ihr bisheriges Leben umhüllt hatte, durchstoßen, so daß sie sich nun in einer zweiten, größeren Welt befand, in einer Welt der Stille und der Dunkelheit, in der sie den starrenden Körpern in den Plastiksärgen und Zinkwannen plötzlich näher stand als der Sony, die sie einmal gewesen war. Sie sah den Klotz des E'os-Centers vor sich und wie mit einem Röntgenblick sogar ihr Zimmer darin, leer, verlassen, darum herum ein Huschen winziger Gestalten, ein Ameisenbau, eingegossen in ein gläsernes Licht, über dem lautlos Vögel kreisten. Eine Ameise fehlte, was machte das schon.

Das alles war seltsam, eigenartig, denn bis eben hatte sie von dieser Folie nicht einmal gewußt, hatte sie gelebt und an ihrem Leben gehangen, und nun – war sie fast schon tot.

Eine Täuschung, das wußte sie, die gerade solange anhalten würde, bis sie die Augen öffnete, bis sie kundtat, daß sie bei Bewußtsein war, denn das war es, worauf *er* wartete. Sie hörte ihn nicht, roch ihn nicht, wußte bloß, *er* war da, der Mann, der Fremde, der ihr den Tod bringen würde, der über die Länge des Wegs bestimmte, den sie bis dahin zurückzulegen hätte. Denn schon jetzt wich das Land der zeitlosen Stille vor ihr zurück, so gerne sie es auch festgehalten hätte, die Folie schloß sich wieder, sperrte sie auf Zeit wieder unter den Lebenden ein, und leben würde sie, ihr Leben spüren wie noch nie, und die Vergewaltigungen würden erst der Anfang sein, ein vergleichsweise schmerzloser Anfang, und vielleicht hatte sie ja all das, was jetzt auf sie zukam, verdient, aber so durfte sie nicht denken, sie durfte nicht in Panik geraten, nein: sie würde sein wie ein Stück Holz, ein langweiliges, fühlloses Stück Holz, von dem man ein paar Späne abschnipselte und das man dann ins Feuer warf, weil es so *langweilig* war. Das man vor allem *schnell* ins Feuer warf...

Sie mußte die Augen öffnen, irgendwann, jetzt, und trotz des Halbdunkels im Raum sah sie sofort, daß sie allein war. Das war gut.

Sie lag auf einem Bett, Arme und Beine gespreizt und mit Handschellen straff an die Bettpfosten gefesselt. Die Wand vor ihr verdeckten deckenhohe Regale, und mittendrin war eine Aussparung, wohl ein Fenster mit einem dichten Vorhang davor oder heruntergelassener Jalousie. Vor dem Fenster stand etwas Unförmiges, Brusthohes, vielleicht ein Stereoturm oder ein Computer mit einem Stuhl davor. Rechts von ihr schien ein Waschbecken zu sein und davor ein Hocker, und wenn sie den Kopf nach links drehte, sah sie das bläulichgraue Rechteck einer mit Gaze verhängten Türöffnung und links daneben ein schmales Gestell oder ein Tischchen, von dem etwas herunterhing. Nur wenig Licht fiel durch den Türvorhang, und der ganze Raum schien statt mit Luft mit einer körnigen Masse erfüllt zu sein, die in ständiger Bewegung war. Wenn die mikroskopisch kleinen Bestandteile aufeinandertrafen, kam es zu farbigen Entladungen, die es ihr unmöglich machten, irgendwelche Einzelheiten zu erkennen – wahrscheinlich eine der Nachwirkungen des Äthers.

Sie blinzelte, riß die Augen auf, kniff sie zusammen, riß sie wieder auf. Diesmal bemerkte sie den Apparat, der über ihr von der Decke hing. Sie wollte nicht darüber nachdenken, was es war.

Irgendwo hinter dem Vorhang summte eine Maschine, vielleicht ein Kühlschrank. Ansonsten war es still; kein Autolärm, allenfalls ein fernes, gleichmäßiges Rauschen, das ebensogut vom Wind, vom Regen oder aus ihren eigenen Ohren kommen konnte. Sie überlegte, wie spät es war. Wenn man sie aus der Stadt herausgebracht hatte, mußte es bald Tag werden. Aber beunruhigend, dieses ›man‹. Als ob einer allein dies nicht hätte bewerkstelligen können. Und wenn es nun zwei gewesen waren? Zwei Verrückte, die sich auf dem Land ihre kleine Folterwerkstatt eingerichtet hatten, damit niemand die Schreie ihrer Opfer hörte?

Lieber noch einmal die Fesseln testen; sie bäumte sich auf unter der Decke, das ganze Bett erzitterte, doch es half nichts, die Handschellen schnitten nur um so schmerzhafter in Arm- und Fußgelenke ein, und etwas klirrte leise hinter ihrem Kopf, wahrscheinlich die eisernen Gitterstäbe des Kopfteils, an dem die Handschellen befestigt waren.

Sie lag wieder still, lauschte atemlos und wartete, bis sich das Schaukeln des Zimmers beruhigt hatte. Ihr wurde bewußt, daß sie die Decke auf den Schenkeln spürte, also hatte man ihr Hose und Jacke ausgezogen. Behutsam bewegte sie das Becken, bis sie den Slip zu spüren meinte. Ihr Kinn rieb über den Spitzenbesatz vom Ausschnitt ihres Unterhemds. Also war sie wenigstens nicht nackt, aber das hatte nichts zu sagen. Auch die Stille hatte nichts zu sagen. Vielleicht sollte sie schreien, vielleicht hörte sie jemand und rief die Bullen, vielleicht glaubte ihr Überwältiger, sie sei noch bewußtlos, und dies war ihre letzte Chance...

Nebenan ging das Licht an.

Über dem Bett hing eine froschförmige Videokamera mit Infrarotvorsatz.

Soweit sie im Gegenlicht, das von nebenan einfiel, erkennen konnte, war der Mann, der ins Zimmer trat, Mitte dreißig, vielleicht zehn Jahre älter als sie. Klein, stämmig, im verwuschelten Haar erste graue Strähnen und die Andeutung eines Scheitels. Über einem gestreiften Pyjama trug er eine ausgeleierte Wolljacke, die zu den karierten Pantoffeln paßte. Sein Gesicht war rund, verstoppelt, übernächtigt und wirkte irgendwie nackt, als trüge er sonst eine Brille. Er mußte der Mann sein, den sie verfolgt hatte. Den Mund leicht geöffnet, schaute er sie mit großen runden Augen an. Lächerlich sah er aus, aber Sony lachte nicht, bewegte sich nicht, starrte bloß in diese verschlafenen Augen. Jedes Urteil, das sie sich jetzt bildete, wäre falsch, denn dieser Mann (oder sein Partner?) hatte sie überwältigt.

Die Lippen weiteten sich plötzlich, stülpten sich vor, bildeten einen hyperbeweglichen Trichter, und das Fischmaul sagte: »Eins – zwei – drei. Eins – zwei – drei. Sprechprobe. Eins – zwei – drei.« Er gluckste, schlug sich mit der flachen Hand gegen den Mund, als nähme er das Lachen fort, und, wieder ernst geworden, tappte er zwei, drei Schritte vor, bis er am Fußende des Betts stand. Aus einer Jackentasche holte er eine bleistiftgroße Taschenlampe und leuchtete ihr ins Gesicht. Der gebündelte Strahl trieb ihr das Wasser in die Augen. Sie blinzelte und spürte, wie eine einzelne Träne langsam über ihre Wange rollte, bis sie an der Unterlippe hängenblieb. Sie leckte sie ab.

Der Mann seufzte, steckte die Taschenlampe wieder ein, zog einen Hocker vor und setzte sich. Die Regale waren fast leer, der Schreibtisch war ein Keyboard, auf dem Boden waren Notenblätter verstreut, links daneben stand eine Grünpflanze in einem Topf, eine mickrige Art Baum. Aus den Augenwinkeln sah sie rechts von sich ein Waschbecken und einen plumpen Plastikhocker mit Deckel; ein Campingklo. Und links an der Wand, neben dem Durchgang...

»Wie heißt du?« fragte der Mann.

Sie antwortete nicht.

»Hast du Schmerzen?«

Sie schloß die Augen.

»Kommunikationsverweigerung, Wahrscheinlichkeit größer 70 Prozent, also normal. Du hast Angst, du hast einen Schock. Emotionale Indifferenz, mentale Desorientierung, beides temporären Charakters mit abnehmender Tendenz, ja?« Er kratzte sich am Kopf, die Lippen arbeiteten lautlos weiter. Seine Stimme klang monoton, er schien sich beim Reden zuzuhören. »Du wirst mich hassen, mit 93 Prozent Wahrscheinlichkeit, also normal. Du kannst schreien, wenn du magst, aber es wird dir nichts nützen. Ich habe Oropax, das stecke ich mir in die Ohren, und wenn du rufst oder klingelst, höre ich nichts. Ach ja, ehe ich's vergesse: rechts am Bettrahmen ist ein Schalter. Ein Klingelschalter. Nein... ein Klingelknopf. Das Fenster geht zum Hinterhof raus. Die angrenzenden Häuser stehen leer, Sanierungsgebiet. Aber bis zum Abbruch werden noch Jahre vergehen. Die stellen ein Gerüst dran und kassieren für die Vermietung. Die Mafia, weißt du. Die Mafia hat überall ihre Hände drin. Was wollte ich eigentlich sagen?«

Er hob die Hand, als wollte er sich wieder kratzen, erstarrte jedoch mitten in der Bewegung und verharrte so zehn, zwanzig Sekunden lang, mit offenem Mund. Der Kühlschrank im Nebenzimmer schaltete ab, der Generator kam rasselnd zur Ruhe.

»Der Mechanismus«, sagte er. »Ich muß dir den Mechanismus erklären.« Er stand abrupt auf, trat ans Bett und riß die Decke hoch. An ihren Fußringen waren kleingliedrige Ketten befestigt, die über am Bettrahmen angeschweißte Rollen liefen und dann nach unten verschwanden.

»Umlenker«, sagte er und deutete auf die Rollen. Dann breitete er die Decke wieder über sie, hüpfte zur Tür und schaltete das Licht an. Seine Stimme verriet Begeisterung und Stolz. Er zeigte ihr die vier Trommeln neben der Tür, die Elektromotoren und den Riemenantrieb, die Schalttafel mit den acht schwarzen Knöpfen.

»Jede Trommel und damit die Länge jeder einzelnen Kette läßt sich einzeln steuern. im Moment sind natürlich alle vier Ketten aufgerollt, und das wird heute nacht auch so bleiben, zumindest bei den Füßen. Für die Hände bekommst du einen halben Meter. Im Prinzip kannst du natürlich klingeln, wenn du was brauchst, aber hören werd ich nichts, weil ich dann ja das Oropax in den Ohren haben werde. Wenn du also aufs Klo mußt, sag's besser gleich.«

Sie war Holz, sie war stumm.

»Wahrscheinlichkeit größer 85 Prozent, daß du mal Pipi mußt«, sagte sein Fischmaul. Er stand in der Tür, eine Hand knapp über der Schalttafel an den Rahmen gestützt, der Herr der Ketten und Knöpfe. Sie spürte ihre Blase, sie würde das Bett vollpinkeln und stundenlang in der Nässe liegen, tagelang vielleicht … Als sich die Hand dem Lichtschalter näherte, begann sie an den Fesseln zu rütteln.

»Aufs Klo?«

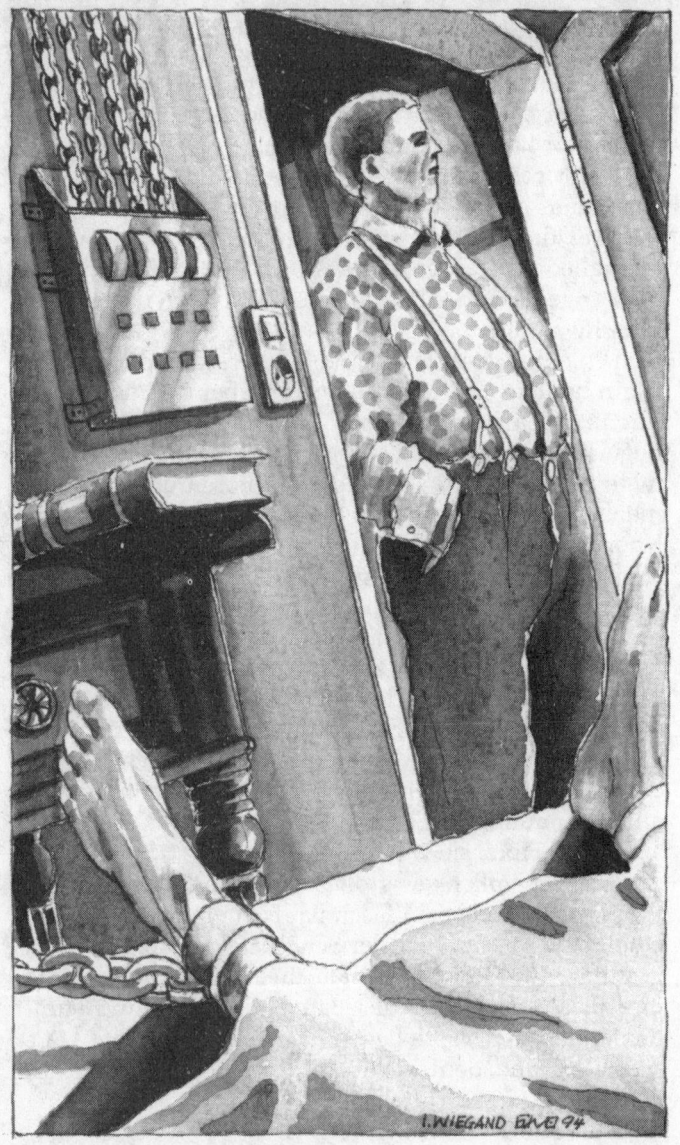

Die Andeutung eines Nickens.

»Ist gut.«

Er drückte nacheinander mehrere Knöpfe. Etwas surrte, anders als der Kühlschrank, tiefer, ein Zug wurde von ihren Gliedern genommen, den sie bis jetzt noch gar nicht bemerkt hatte. Begleitet vom Schnarren der Rollen und Umlenker an Bett und Wand schwang sie die Arme vor und hätte beinahe aufgeschrien, so schmerzten ihre Schultern, aber den Gefallen tat sie ihm nicht. Um die Tränen zu verbergen, die sie nicht wegblinzeln konnte, streifte sie rasch die Decke ab und setzte sich auf, mit dem Rücken zur Tür. Um sie herum kreiste das Zimmer, ein müder brauner Riesenvogel, der aufflatterte und gleich wieder zur Erde sank.

Sie hatte sich einmal einen Schuß gesetzt, nur einziges Mal, und das Heroin war wie flüssiges, glühendes Gold durch ihre Adern geflutet bis ins Hirn, das zu zucken begann wie ein Muskel, eine entstofflichte Supermöse in einem zeitlosen, perfekten Orgasmus, und genauso wie damals das köstliche Gift durchfuhr sie jetzt ein Haß, nur daß er schwarz war, brennend und kalt, nichts als Energie und Allmacht und Kraft, und wie damals wußte sie, diese Energie würde sie töten, wenn sie sich ihr überließ, sie würde früher sterben müssen, als sie tatsächlich mußte, und darum erstickte sie den schwarzen Strom, ließ ihn versickern in den weiten, fühllosen Poren.

Ja, sieh mich nur an! hätte sie am liebsten geschrien, doch stumm erhob sie sich, klappte den senfgelben Deckel des Campingklos hoch, streifte sich den Slip herunter und hörte, wie der Urin durch das Plastikloch verpieselte. Und sah nicht zur Tür und zu dem Mann.

Als sie wieder lag, summten die Motoren auf, fixierten sie in Kreuzigungsstellung, nur die Arme konnte sie ein wenig anwinkeln. Das Licht ging aus. Sie war sich jetzt sicher, daß der Mann einen Partner hatte.

Das Erwachen war mühsam, ein Aufstieg aus dunklen, zähen Fluten. Quer über ihrem Bauch stand ein schwarzes Gestell mit Kaffee, Schwarzbrot, Margarine und Marmelade. Vor dem Bett stand der Mann und schaute sie an, wie ein Verhaltensforscher eine seltene Schlange in ihrer Rotlichtvitrine anschauen mochte. Er trug eine Brille mit schillernder Plastikfassung und dicken, runden Gläsern, verwaschene Jeans und einen schwarzen Pullover, und er hatte sich rasiert. Seltsamerweise nahm sie den Geruch seines Aftershaves deutlicher wahr als den Kaffeeduft; ein Dschungelgeruch, der sie an spielende Tiger denken ließ und an ein Wort, das sie in diesem Zusammenhang einmal gehört und dann wieder vergessen hatte. Suggestone, ja.

Draußen eine gemessen schwankende Hydra, eine graue Hausfront, die Fenster teils gähnende Löcher, teils vernagelt. Milchiges Licht von irgendwo oben.

Er entfernte das Gestell und ließ ihre Fesseln um drei Meter nach, denn sie mußte schon wieder aufs Klo. Ihre Arme waren eingeschlafen.

Als sie wieder auf dem Bett lag, straffte er die Fußfesseln und stellte ihr zum zweitenmal das Tablett über den Bauch. Vielleicht hätte sie ihn jetzt packen können, aber dazu hätte sie kräftige Hände gebraucht. Sie verschüttete Kaffee, der heiß an ihrem Hals hinunterrann. Dann setzte der Schmerz ein, wühlte sich von den Fingerspitzen ausgehend bis in die Schultern vor. Der Mann stellte das Frühstück ungegessen neben das Bäumchen, das er gleich darauf goß. Dabei murmelte er vor sich hin und schien jede Bewegung künstlich auszudehnen, als brauchte er einen Grund für seine Anwesenheit. Als wäre sie nicht Grund genug. Sie meinte, das müsse etwas bedeuten, vermochte den Gedanken aber nicht weiterzuverfolgen, da sie zu sehr damit beschäftigt war, nicht zu schreien.

Dann saß er auf dem Hocker vor dem Keyboard. »Man muß mit ihnen sprechen«, sagte der Mund.

»Man muß sie lieben. Das habe ich gelesen, in einem Buch. Etwas geht von ihnen aus, und auch von uns geht etwas aus, und das spüren sie. Das ist altmodisch, ich weiß, aber es ist eben nicht alles berechenbar. Wir sind umgeben von etwas Wunderbarem...« – er blickte umher, als versuchte er sich zu erinnern, wo er das Wunderbare verlegt hatte –, »...und obwohl man es nicht sehen kann, ist es da. Es gibt Wunder. Ich versuche, daran zu glauben. Auch die Sprache ist etwas Wunderbares« Jetzt sah er sie an. Die Brillengläser vergrößerten seine Augen. Als sie nicht reagierte, rollte er übertrieben die Schultern, drehte sich auf dem Höcker zum Keyboard herum und fischte ein Notenblatt vom Boden. »Tja«, sagte er. »Wenn du nicht reden willst, dann spiele ich dir eben etwas vor.«

Er drückte einige Schalter. Zuerst ertönte ein blechernes Schlagzeug, das er schrittweise verlangsamte, dann fiel ein brummender Baß mit einer Bläsergruppe ein, zuletzt spielte er selbst, eine wabernde Orgelstimme mit einer zirpenden Gitarre darin. Seine Griffe waren unsauber, die Melodie traf immer haarscharf neben den Rhythmus. Sein rechter Fuß stampfte den Boden, die fetten Schultern zuckten. Sie erhaschte einen Blick hinter seine Ohren. Er hatte keinen Stecker. Einmal schaltete er an der falschen Stelle ein monströses Trommelsolo ein. Er will mich trösten, dachte sie verwundert und versuchte an etwas anderes zu denken, an gar nichts mehr. Sie beobachtete eine Ratte, die auf dem Hof an einer Regenrinne nach oben kletterte.

Zu Mittag gab es warmes Nasi Goreng auf einem Plastikteller, einen Apfel und bitteren Jasmintee. Kein Besteck. Sie mußte mit den Fingern essen. Anschließend zog er die Fesseln, nicht wieder ganz fest. Sie konnte die Beine anwinkeln, sich die Brüste kratzen und sich sogar auf den Bauch rollen, wobei sich die Beine allerdings verdrehten und sich die Seilspannung unangenehm an den Fußringen bemerkbar machte, so daß sie sich gleich wieder auf die Seite wälzte, was nach der in Rückenlage verbrachten Nacht ausgesprochen erholsam war.

Die Klingel brauchte sie nicht. Er kam immer wieder herein, warf ihr ein paar Blicke zu, hob ein Notenblatt auf und nahm es mit hinaus, brachte es beim nächstenmal wieder mit und goß zum zweitenmal das Bäumchen, bis das Wasser vom Untersetzer auf den Boden quoll. Als sie sich erleichtern mußte, hob sie stumm die Hände und deutete aufs Klo. Er gab Seil nach und ging, solange sie auf dem Klo saß, aus dem Raum. Das Videoauge an der Decke drehte sich in ihre Richtung. Als sie aufstand, war er Sekunden später da. Bevor er die Fesseln anzog, wusch sie sich Hände und Gesicht.

Offenbar brauchte er einen Vorwand, um sich ihr zu nähern, nur einmal setzte er sich auf den Keyboardhocker, stützte das Kinn auf die Hände und schaute bestimmt eine Viertelstunde lang regungslos aus dem Fenster. Zwischendurch hörte sie ihn in der Wohnung rumoren, die mindestens drei Zimmer hatte, denn manchmal hörte sie ihn nur ganz von ferne, während er dann wieder in der Küche Runden drehte und sie sogar das Gluckern mitbekam, als er irgend etwas in sich hineinschüttete. Er hatte einen Geschirrspüler und einen Gasherd, den er mit einem Feuerzeug ansteckte. Kein Telefon klingelte, niemand schellte. Vom Straßenverkehr hörte sie nur dann und wann ein fernes Hupen.

Der Mann schien zu warten, auf seinen Partner wohl, und sie wartete auch. Lag da und lauschte und wußte nicht, was das alles bedeutete; über Menschen nachzudenken war sie nicht gewohnt. Abgesehen von der Jagd interessierten sie die Lebenden Leichen nicht, und die anderen nahm sie so, wie sie waren, wie Steine, Pflanzen, Tauben, Regen und Wind. Das Leben forderte sie zu keiner Stellungnahme heraus. Und auch jetzt schien es ihr am besten zu schweigen; zu schweigen und zu beobachten.

Alles in diesem Raum war alt, die Tapeten vergilbt, der Bettvorleger stellenweise blank, sogar das Videoauge sah aus wie vom Trödler. Die dunkelgebeizten Bretter des deckenhohen Regals waren durchgebogen, obwohl kaum etwas darauf stand – ein paar Bücher, ein verstaubter Plastiksaurier, zwei, drei Zinnkrüge, ein gerahmtes Foto vom Dom, ein paar Kartons. Seltsamerweise erinnerte es sie an ihr eigenes Zimmer. Vielleicht kam das daher, daß es, abgesehen vom Keyboard, keine Rückschlüsse auf seinen Bewohner erlaubte, jedenfalls nicht auf den Mann, der dieser Bewohner zu sein schein. Vielleicht gehörte es seinem Partner, und dieser war ein alter, impotenter, wirrer Mann, der ein junges Mädchen ein bißchen hatte erschrecken wollen, der irgendwann auftauchen, sie begucken und begrapschen und anschließend mit einem schiefen Lächeln um Verzeihung bitten würde: Ich möchte mich für die Unannehmlichkeiten, die ich Ihnen bereitet habe, gerne erkenntlich zeigen. Möchten Sie vielleicht ein Kaugummi, hübsches Kind?

Vorsicht! warnte sie sich. Keine voreiligen Schlüsse! Und sie dachte an ihre Schicht, die wahrscheinlich schon begonnen hatte, und überlegte, wie lange Feik wohl warten würde, bis er Ersatz für sie einstellte. Und wie lange es dauern würde, bis ihr Zimmer weitervermietet wurde. Dann fiel ihr nichts mehr ein, worüber sie sich hätte Gedanken machen können. Außer um sich selbst.

Das angestrengte Lauschen hatte sie so ermüdet, daß sie eingeschlafen war, und als sie erwachte, war es Zeit zum Abendessen. Das Licht vor dem Fenster hatte sich verändert, es war dickflüssig geworden, trüb. Sie schwebte eine Zeitlang in einem beinahe angenehmen

Nirgendwo, das sie vergeblich festzuhalten versuchte, doch dann kam er herein, und alle Schlafmattigkeit war jäh verflogen.

Der Mann trug einen roten chinesischen Hausmantel aus Seide, mit eklig schillernden aufgestickten Drachen, darunter schauten stoppelhaarige Beine hervor. Die Füße steckten in dunkelroten Samtpantoffeln. Mit feierlichen Bewegungen schob er einen Servierwagen vor sich her, dessen rechtes Vorderrad rhythmisch quietschte. Auf dem Wagen waren zwei Gläser, eine Flasche Wein, mehrere Teller und ein dreiarmiger brennender Kerzenleuchter. Als er den Wagen neben das Bett schob, sah sie die Kapuze, die auf seinen runden Rücken hinunterhing.

Hallo, Nikolaus, wann holst du die Rute raus?

Es war die Henkersmahlzeit, sie wußte es. Es gab keinen Partner, keinen geheimnisvollen zweiten Mann, der ihm geholfen hatte, die Foltermaschine zu bauen und sie zu kidnappen. Und er war nicht der harmlose Irre, für den sie ihn angefangen hatte zu halten, hatte halten wollen. Bloß irre. Bloß abgedreht. Gestern war er erschöpft gewesen, und das Tageslicht vertrug er wohl nicht. Aber jetzt, wo es dunkel wurde, konnte die Show endlich beginnen. Sony zitterte.

Er schob den Wagen ans Bett, schenkte ihr Wein ein und stellte sein Glas auf dem Keyboard ab. Dann ging er zur Tür und drückte zwei Knöpfe. Die Trommeln drehten sich, die Spannung in den Fesseln ließ nach. Er ging zum Keyboard zurück und nahm das Glas, als wollte er mit ihr anstoßen.

»Setz dich auf und iß!«

Seine Bewegungen waren flüssiger, seine Stimme kräftiger geworden. Auf dem Wagen ein Omelett mit giftig grünen Paprikastücken darin, Senfgurken, ein Pudding in einer angekitschten Schale, diesmal sogar eine Gabel und ein Löffel. Sie überlegte, ob sie ihm den Teller an den Kopf werfen und die Kerzen löschen sollte. Dann wäre es fast dunkel, und der Leuchter gäbe eine prima Schlagwaffe ab. Vielleicht ließen sich die Ketten ein Stück weit verlängern, wenn sie nur kräftig genug daran zog, und sie könnte ihn dann mit dem Leuchter bewußtlos schlagen. Ach was, ihm den Schädel eindreschen und mit dem grauen Rotzklumpen, den er darin spazierentrug, seinen Chinesenkittel bekleckern.

So sehr ihre Gedanken rasten, so träge reagierte ihr Körper. Glieder aus Blei, Gedanken aus Angst. Sie setzte sich auf und stellte den linken Fuß vor, bis sie einen Widerstand spürte. Zu kurz. Im unruhigen Schein der Kerzen entdeckte sie an den Ketten, die an der Wand entlangliefen, Markierungen aus rotem Isolierband. Er hatte sich alles ausgerechnet. Auf einmal wußte sie auch, wie lang die Seile wären, wenn sie es geschafft hätte, sie aus eigener Kraft vollständig abzuspulen. Sie endeten knappe anderthalb Meter vor den Knöpfen und den Trommeln, so daß sie mit ausgestreckten Armen und Fingern vielleicht gerade daran kratzen, die Seile von den Trommeln aber niemals würde lösen können. Und selbst wenn sie ihn erschlüge, würde ihr das nichts nützen, denn die Schlüssel für die Handschellen hatte er mit Sicherheit nicht dabei. Er hatte nichts dem Zufall überlassen. Wahrscheinlich hatte er monatelang geprobt, mit einer Puppe vielleicht. Oder mit ihrer Vorgängerin.

Unwillkürlich suchte sie den Boden nach eingetrockneten Blutflecken ab. Es mußte eine Vorgängerin gegeben haben, mehrere Vorgängerinnen. So wie er sie am Bagger fertiggemacht hatte – das erste Mal war das nicht gewesen. Sein Mantel war ein rotes Glühen im Augenrand.

Holz, dachte sie. Sei Holz.

Sie begann zu essen. Das Omelett knirschte zwischen den Zähnen. Sie trank vom Wein. Das Knirschen hielt an. In ihrem Bauch rumorte es. Sie stopfte sich die

Gurkenstücke in den Mund. Der Pudding stieg ihr im Schlund nach oben, aber sie schluckte ihn. Sie schenkte sich Wein nach, der geschmacklos war, aber von innen wärmte. Gleich würde sie brennen. Sie würde knistern und knacken, mehr nicht, bis nur noch Asche von ihr übrig bliebe, fühllose, stumme Asche.

»Der Wein ist gut, nicht? Und das Omelett? Wie war das Omelett?«

Sie sah nicht zu ihm hin, starrte in die Flammen, in alle drei Flammen gleichzeitig. Draußen war es dunkel geworden, und vor ihren starren Augen verdoppelten sie sich, einmal, zweimal, bis sie ein Meer von Flammen waren.

»Je weniger man spricht, desto schwerer wiegen sie. Die Sätze zerfallen in einzelne Worte, und der Sinn ... Sprich mit mir. Flüstere. Brüll. Schrei.«

Als sie nichts sagte: »Du brauchst keine Angst zu haben. Mit der Zeit wirst du das begreifen, spätestens in einer Woche, Wahrscheinlichkeit größer 85 Prozent. Ich weiß, was du bist, besser als du selbst.«

Der Hocker knarrte. Ein roter Schatten tanzte durch das Flammenglühen. »Du glaubst mir nicht«, sagte er. »Du mußt dich wieder hinlegen.«

Worte, Sätze, Sinn, Hinlegen.

Sie legte sich. Der Motor surrte. Ihre Hände wurden nach hinten gezurrt. Der Schatten bewegte sich vor.

»Wo ist die Gabel?«

Sie wußte es nicht, ihre Hand hatte die Gabel gehalten, ihre Finger hatten sie abgetastet, ob sie eine Waffe wäre.

»Wo ist die Gabel, sag ich?« Seine Stimme schrillte. Er riß ihr die Decke vom Leib, und da lag die Gabel mit den vier Zinken, neben ihrer Hüfte, wo die Hand sie liegengelassen hatte, und der Mann warf sie aufs Tablett und breitete die Decke wieder über sie. Der Wagen entfernte sich quietschend. Als der Mann zurückkam, hielt er einen roten Kasten in der einen, den Kerzenleuchter in der anderen Hand. Er stellte den Leuchter aufs Keyboard, öffnete den Kasten.

»Rezeptionsvermögen, Auslastung kleiner acht Prozent, aber ich hab mir gedacht, ich les dir trotzdem was vor.«

Der Kasten war ein Buch. Der Mann las: »Der Idiot. Von Fjodor Dostojewskij. Erster Teil.«

Papier knisterte.

»Es war Ende November, bei Tauwetter, als gegen neun Uhr morgens ein Zug der Petersburg-Warschauer Bahn sich mit Volldampf Petersburg näherte. Das Wetter war so feucht und neblig, daß es kaum richtig hell werden wollte; aus den Wagenfenstern konnte man zehn Schritte rechts und links vom Bahndamm nur mit Mühe etwas erkennen...« Sie lag da und starrte zum spiegelnden Videoauge empor und spürte, wie sich ihre Muskeln krampfartig entspannten. Sie brauchte keine Angst vor körperlichen Schmerzen zu haben. Auf sie wartete etwas anderes, von dem sie viel weniger klare Vorstellungen hatte. Sie würde herausfinden müssen, was es war.

Sie hatte Folterungen erwartet, und er folterte sie mit endlosen abendlichen Lesungen, mit Generälen, Töchtern, unaussprechlichen Namen und einem sabbernden, sprücheklopfenden Idioten. Er folterte sie mit Monologen über Zimmerpflanzen, die Mafia und Keybordarrangements, die er absonderte wie ein außer Kontrolle geratener Fahrkartenautomat, der nach Einwurf einer Münze Fahrkarte um Fahrkarte in den Ausgabeschlitz spuckte. Er folterte sie mit seiner glotzäugigen Gegenwart, mit seinem Schweinefraß und seinem erbärmlichen Keyboardspiel. Er folterte sie mit seiner Abwesenheit, mit der Langeweile des Daliegens und der müßigen Gedanken: Wie viele Finger hat die Hand? Worin unterscheiden sich Ratten? Was denkt der Mensch, wenn er nicht denkt? Was *ist* der Mensch, wenn er nicht denkt?

Nein, sie hielt sich lieber an ihren Haß, der in ihr schwappte wie ein dunkles Meer, das keine Ebbe kannte, nur die Flut, das stieg und stieg. Nichts hielt es mehr zurück, und sie konnte es nur dadurch bändigen, daß sie es in die Form kleiner, handlicher Pläne goß, die sie erwog und alsbald wieder verwarf. Denn sie wußte, sie würde nur eine Chance haben. Zu gut war ihr Gefängnis organisiert, und falls das System eine Lücke hatte, dann würde sie, wenn sie Glück hatte, nach einem fehlgeschlagenen Ausbruchsversuch geschlossen werden. Wenn sie Pech hatte, wäre das der Grund, auf den der Mann wartete, um sie bestrafen zu können. Irre dachten so: Selbstmörder stürzten sich aus dem Fenster, wenn die Tauben flügge wurden, Halbwüchsige, die ein Leben lang geprügelt worden waren, massakrierten ihre Eltern erst dann, wenn diese ihre Lieblingshose mit den vielen Löchern zufällig auf den Müll geworfen hatten. Kein Mensch war so verrückt, daß er auf ein inneres System verzichten konnte, und folglich brauchte er einen *Grund,* um etwas zu tun. Das Problem bei den Irren war, daß es keine Möglichkeit gab, vorherzusagen, was ein Grund für sie war. Oder vielleicht doch?

So überlegte sie hin und her in ihrer Hilflosigkeit und wartete auf eine Gelegenheit, die sich nicht bot.

Am fünften Tag legte ihr der Mann einen Packen Wäsche aufs Bett und meinte, sie solle sich ausziehen, sich waschen und frische Sachen anziehen. Dies erwies sich jedoch als unerwartet schwierig. Er fixierte erst die rechte Hand, dann nahm er der linken die Handschelle ab, so daß sie sich das Hemd halb abstreifen konnte. Dann wurde die linke Hand fixiert und die rechte freigegeben, damit sie das Hemd vollends ablegen konnte. Bei den Beinen verfuhr er ebenso. Anschließend verschwand er nach nebenan, und sie reinigte sich am Waschbecken mit Seife und Lappen, so gut es ging. Aus den Augenwinkeln sah sie, daß das Videoauge zu ihr herumgeschwenkt war; vielleicht saß er irgendwo vor einem Bildschirm und wichste sich einen ab.

Bei jeder Bewegung klirrten die Ketten. Ihre Hand- und Fußgelenke unter den Handschellen waren gerötet und geschwollen. Nacheinander stellte sie die Füße ins Becken und ließ kaltes Wasser darüberlaufen, das tat gut. Sie war so wach wie schon lange nicht mehr. Sie versuchte sich im verchromten Wasserhahn zu betrachten, denn einen Spiegel gab es nicht, aber das gekrümmte Rohr verkleinerte ihr Gesicht, und obwohl es Nachmittag war, war es zu düster, als daß sie außer den Nasenlöchern irgendwelche Einzelheiten hätte erkennen können. Sie bemerkte, daß ihre Hände zitterten.

Vom Mittagessen bis jetzt war sie allein gewesen, ausnahmsweise war der Mann nicht einmal hereingekommen, um seine Topfpflanze zu gießen, was er ansonsten dreimal pro Nachmittag tat. Sie hatte festgestellt, daß sie auf ihn wartete, einfach damit etwas passierte, und als ihr der Gedanke kam, daß er vielleicht genau das von ihr wollte, nämlich daß sie seine Gegenwart dem Alleinsein vorzuziehen begann und sie ihm zum Dank womöglich die Hände leckte, wenn er ihr Essen brachte, hatte sie sich auf Gymnastik verlegt und in Rückenlage abwechselnd Arme und Beine angewinkelt und wieder gestreckt, angewinkelt und gestreckt, bis nur doch diese Bewegung in ihr war und keine Gedanken und kein Warten mehr. In Schweiß gebadet und keuchend hatte sie irgendwann aufhören müssen.

Jetzt betrachtete sie ihre vibrierenden Hände, die sie an Spinnenbeine denken ließen. Auch ihre Beine zitterten.

Sie gab sich einen Ruck, drehte sich um und trat ans

Bett, wobei sie die Ketten über den Boden nachschleifte. Als sie sah, was ihr der Mann hingelegt hatte, erfaßte das Zittern ihren ganzen Köper. Diesmal war es Wut. Unter einem sackartigen karierten Baumfällerhemd lag Herrenunterwäsche aus grauem Baumwollripp. Sie hob die Unterhose hoch, dehnte sie an zwei Fingern und starrte genau in den ausgeleierten Schlitz.

Als sie das lappige Utensil herumdrehte, bemerkte sie am Hinterteil die Spur einer bräunlichen Verfärbung. Diese Drecksau wagte es, ihr seine vollgeschissenen Unterhosen anzubieten!

Sie schleuderte die Unterhose auf den Boden und bückte sich nach ihrer schwarzen Spitzenwäsche. Sie roch daran. Knüllte sie zusammen. Warf sie durchs Zimmer, wo sie am Bäumchen hängenblieben.

Ihr Zittern war jetzt so stark, daß die Ketten unablässig klirrten, ein Klingen um sie herum, als schlügen unsichtbare Engel winzige Glöckchen an. Sie atmete jetzt heftiger und beschleunigte den Atemrhythmus noch weiter, bis sie laut keuchend dastand, die Arme leicht vom Körper abgespreizt, den Kopf zurückgeworfen, mit aufgerissenem Mund. Sie stand wie unter Krämpfen, zuckend und bebend, bis ihre Hände zu kribbeln begannen und es ihr schwarz vor Augen wurde. Dann ließ sie sich fallen, verriß sich den Schmerz, als die Kette in ihre Schulter schnitt, und blieb quer zum Bett regungslos liegen.

Sie schlug die Augen auf und starrte auf dicke Staubballen, die sich unter dem Bett angesammelt hatten. Die Bettfüße waren mit eisernen Bodenplatten verschraubt. Die Ketten liefen in Ringführungen über der Fußleiste an der Wand entlang und waren straff gespannt, aber unmittelbar unter den Wickeltrommeln hatten sich zwei lose herabhängende Schlaufen gebildet.

Als sich ihr Atem beruhigt hatte, vernahm sie das

leise Surren, mit dem das Videoauge hin und her schwenkte. Es würde über die Bettkante hinwegblicken, und er würde ihre Beine sehen, die zum Waschbecken zeigten, vielleicht noch ihren nackten Arsch, den halben Rücken. Mehr aber auch nicht.

Sie hob den rechten Unterarm, ganz behutsam, damit ihr Rücken sich nicht bewegte, dann zog sie leicht an der Kette. Sie hatte das alles nicht geplant, selbst den Anfall hatte sie mehr oder weniger unbewußt inszeniert, aber jetzt kam es darauf an, daß sie das Beste daraus machte.

Sie spürte, wie die Kette zwischen ihren Brüsten hindurch- und am rechten Schlüsselbein vorbeiglitt und wie an der linken Hüfte kühle Kette nachkam. Einmal klirrte etwas, doch sie blickte sich nicht um. Vor ihrem Gesicht lagen vielleicht dreißig Zentimeter lose Kette, das reichte nicht. Wahrscheinlich hatte sich der Rest in einem anderen Strang verheddert, aber wenn sie jetzt fester zog, würde er vielleicht merken, daß sie nicht bewußtlos war. Sie mußte es darauf ankommen lassen.

Sie wartete.

Das Surren hatte aufgehört, nur der Kühlschrank summte immer noch oder schon wieder. Dann hörte sie Schritte. Sie kamen aus dem übernächsten Zimmer oder von weiter her. Der Gazevorhang wisperte, die Schritte kamen näher. Verharrten rechts von ihr, in der Nähe des Keyboards.

»Steh auf!« sagte der Mann.

Sie rührte sich nicht.

»Aufstehen, hab ich gesagt!« Sie fühlte seinen Blick über ihren Rücken streichen, die Beine hinunter und wieder zurück. Er kam nicht näher.

»Ich weiß, daß du nicht bewußtlos bist, Wahrscheinlichkeit größer achtzig Prozent, das heißt, es ist beinahe eine Tatsache. Hörst du mich? Ich *weiß*, daß du mich hörst. Du wirst jetzt aufstehen, frische Sachen anziehen und dich hinlegen. In einer Stunde gibt es Abendessen.«

Sie reagierte nicht. Versuchte flach zu atmen. War so gut wie tot.

Nach einer Weile ging der Mann in die Küche, riß eine Schranktür auf. Dumpfes Rumoren, ein lautes Scheppern. Ein Schlagstock, Totschläger, Revolver. Dann rauschte die Wasserleitung in der Wand. Er kam zurück. Der Schwall traf sie unvorbereitet; sie zuckte mit einem Bein, schnappte nach Luft und spannte sich in den Schultern an. Kaltes Wasser rann über ihre Seiten, kroch unter den Bauch.

»Du wirst jetzt aufstehen«, sagte der Mann. »Meinetwegen kannst du aber auch die ganze Nacht so liegenbleiben, *ich* habe schließlich Zeit.« Sie hörte seinen keuchenden Atem, aus den Augenwinkeln sah sie seine Schuhkappen, die sie am Bettpfosten vorbei anglotzten; der rechte Schuh wippte kurz. Staub kitzelte sie in der Nase, das Wasser unter ihr war kalt und ekelhaft. Es war zwecklos, sie machte sich lächerlich, sie reizte den Mann unnötig, beim nächstenmal würde er keinen Eimer Wasser holen, und selbst wenn sie es schaffte, ihn zu überwältigen, wäre er ein verdammter Idiot, wenn er die Schlüssel in der Tasche bei sich trüge, sie konnte ihn töten und anschließend in ihrem Bett jämmerlich verhungern. Aber er *war* ein Idiot, unberechenbar, vielleicht hatte er die Schlüssel ja tatsächlich in der Tasche ...

»Also gut«, sagte er. »Du hast es nicht anders gewollt.« Mit drei raschen Schritten hatte er sie erreicht. Sie fühlte sich an den Knöcheln gepackt und nach hinten gezogen, ihr Bauch rutschte über den glitschigen Bettvorleger, ihre Brüste wurden über ein Kettenknäuel gezerrt, das tat weh, aber sie schrie nicht, hielt die Kette fest gepackt mit der Rechten, zog mit der Linken Kette nach, hatte keine Pläne mehr, war nur noch Wut und Schreien und aufgespeicherte Kraft, drehte sich im Rutschen, bekam das linke Bein frei, schnellte den Oberkörper hoch, holte mit beiden Armen aus, ihr Hinterkopf streifte das Bettgestell, die Kette klirrte dagegen, verlor an Schwung, die Schlaufe war zu kurz, ein scharfer Schmerz durchzuckte ihren verdrehten Knöchel, den er noch immer hielt, die Kette traf den Mann am Scheitel, mitten in der Bewegung des Sichaufrichtens, glitt ab, riß die Brille herunter und schnappte über die Nase, die Brust, schlug schwer auf den Boden. Der Mann taumelte schon zurück, und trotzdem warf sie sich ihm nach, fischte mit der Hand nach seinen Beinen, wurde von der Kette zurückgerissen und heulte auf: »Du Arschloch, du Wichser, Dreckskerl, laß mich raus! Laß mich *rauuuus*!«

Da hatte er schon die Tür erreicht und drückte sämtliche Knöpfe, und die Maschinenkraft der Kette zog sie unaufhaltsam zurück, streckte ihr die Beine, bog ihr die Arme zurück und hob sie an, bis sie unbeweglich liegenblieb, ein Bein von der Kette umwickelt, mit dem Oberkörper halb übers Bett geworfen, das Kreuz in der Schräge und neben der Matratze hängend. Die Fußkette schien ihr das Schienbein brechen zu wollen. Sie schmeckte Blut.

»Hast du jetzt genug?« schrie der Mann. »Siehst du endlich ein, daß du keine Chance gegen mich hast? Du hättest mir fast die Nase gebrochen, Miststück. Und wenn du mich erwischt hättest, was dann? Glaubst du etwa, ich schleppe die Schlüssel mit mir herum? Verhungert warst du, jämmerlich krepiert!«

Das Motorsummen brach ab, doch der Druck der Ketten ließ nicht nach.

»Wenn du soweit bist, dich anzuziehen und brav hinzulegen, sag Bescheid. Na, was ist?«

»Ja, Arschloch!« brüllte sie, die Ketten entspannten sich ruckweise, und sie plumpste auf den Boden.

Abends erschien er mit einem dicken Nasenpflaster und einer Art Turban auf dem Kopf, in dem eine Packung Eiswasser schwappte, dazu trug er einen knielangen Strickpullover mit Ponys drauf und eine schwabbelige graue Hose. Über den Pullover hatte er einen Cowboygürtel geschnallt, und im Halfter steckte ihre Pistole. Er stellte ihr das Tablett über den Bauch, blickte ihr forschend ins Gesicht und sagte überraschend ruhig: »Phase Zwei.«

»Fick dich selber, Arschloch«, erwiderte sie.

Er ging zur Tür zurück und gab Kette nach, anderthalb Meter für die Arme, einen halben für die Beine, mehr nicht. Sie setzte sich auf, nahm den Teller, kippte das Brot aufs Tablett und schleuderte ihn auf den Mann. Der Teller segelte wie ein Frisbee durch die Luft, und als hätte er nur darauf gewartet, schnappte der Mann ihn auf. Der Teller *war* ein Frisbee.

»Willst du nun spielen oder essen?« sagte der Mann, sich mit dem Frisbee leicht gegen den Schenkel klopfend, was ein seltsames Geräusch machte, als sei der Mann inwendig hohl. Bevor sie sich darüber klarwerden konnte, was er damit meinte, hatte er den Frisbee bereits geworfen, und ihre Hand zuckte reflexhaft hoch und fing ihn auf. Auf einmal fühlte sie sich gedemütigt, auf eine ganz andere, schmerzhaftere Weise als bisher; als sei sie durch die Geste des Fangens mitschuldig geworden, zur Komplizin ihrer eigenen Gefangenschaft, und das war mehr, als sie zu ertragen vermochte. Sie schleuderte Frisbee, Becher und Tablett blind gegen die Tür, warf die Decke ab und rüttelte an den Ketten, bis sie meinte, ihre Gelenke müßten brechen. Als sie einen Moment lang schweratmend still lag, sagte der Mann: »Ich muß dich wieder ruhigstellen. Leg die Beine nebeneinander, sonst verheddert sich alles.«

Sie gehorchte nicht, aber ihre Beine. Während er Geschirr und Essen aufsammelte und das Bäumchen goß, beschimpfte sie ihn. Nachts brüllte sie, bis sie heiser war, aber niemand hörte sie, niemand kam sie befreien. Durst peinigte sie, und gegen Morgen, als die Erschöpfung sie in einen unruhigen Dämmerschlaf abstürzen ließ, trieb sie auf dicken schwarzen Wolken dahin, aus denen heftiger Regen auf die Erde niederging, den sie von ferne prasseln hörte, aber nicht auffangen konnte, und wenn sie in das schwarze Wattegespinst griff, das sie trug, war ihre Hand trocken, wenn sie anschließend darüberleckte.

Zwei Tage lang aß sie nicht, schleuderte Tabletts und Plastikgeschirr und belegte Brote und Kompottschüsselchen (wobei sie aufpaßte, daß vom süßen Pfirsich- oder Ananassaft nichts auf das Bett tropfte), fing keinen Frisbee mehr und spielte nicht, schrie und knurrte und heulte, trank Wasser nur aus dem Wasserhahn bei ihren seltenen Ausflügen zum Klo, das er inzwischen schon zweimal hinübergetragen und geleert hatte, träumte von Pferden, die sich unter ihr teilten und deren zwei Hälften immer weiter auseinanderrückten, in vollem Galopp, bis es sie mitten entzweiriß; am längsten blieb ihr seltsamerweise das Bild ihres entfleischten Rückgrats vor Augen stehen, das einen Moment lang zwischen Pferde- und Körperhälften in der Luft hängenblieb, bis es wie eine Fischgräte zu Boden fiel und zerbrach.

Irgendwann wurde ihr jäh bewußt, wie selbstzerstörerisch ihr ohnmächtiges Wüten war. Ihr Job war an jemand anderen vergeben, ihr Zimmer längst vermietet, es gab nur noch sie und ihn. Sie hatte ihre Chance gehabt, den Mann zu überwältigen, und eine zweite würde sie nicht bekommen. Oder sie konnte schwarz werden, während sie darauf wartete. Sich zu Tode hungern, die Lunge aus dem Hals schreien, sich die Gelenke blutig reißen.

Nein. Sie mußte sich mit der Situation abfinden, so wie sie war, und das Beste daraus machen. Er hatte die

Macht, und sie hatte nichts. Er hatte Waffen, die Ketten, und sie – hatte sich selbst. Ihre Augen, ihre Ohren, ihre Stimme. Ihren Verstand, ihren Körper.

Der Gedanke verwunderte sie. Sie bewegte die Finger, tupfte sie gegeneinander, die weichen Kuppen, fünf an jeder Hand. Sog die Unterlippe ein, verzog das Gesicht, schnitt Grimassen – bis ihr das Videoauge an der Decke einfiel und sie ihr Gesicht erstarren ließ. Okay, Sony, bleib ruhig, dachte sie. Sony hatte Sony, war das etwa nichts?

»...hieß sie das Mädchen, noch Holzscheite im Kamin nachzulegen. Auf ihre Frage, wieviel Uhr es sei, antwortete das Mädchen, es sei schon halb elf.

›Meine Herrschaften, wollten Sie nicht Champagner trinken?‹ fragte plötzlich Nastassja Filippowna. ›Er wird schon bereitgestellt. Vielleicht wird es dann lustiger werden. Also ganz ungeniert, wenn ich bitten darf.‹

Die Aufforderung zum Trinken, die noch dazu so naiv ausgesprochen wurde...«

»Hör auf, Arschloch.«

»...erschien den Anwesenden sehr sonderbar von Nastassja Filippowna. Alle kannten...«

»Du sollst aufhören, habe ich gesagt. Arschloch.« Sie hatte leise gesprochen, ohne Vorwurf, warum gerade jetzt, wußte sie nicht. Vielleicht vor Überdruß, vielleicht weil ein Moment so gut wie der nächste war.

Der Mann saß auf der Bank vor dem Keyboard, auf dem drei dicke rote Kerzen brannten. Er trug ein weißes T-Shirt, eine Jeansjacke und schreiend bunte Bermudashorts. Jetzt ließ er das Buch sinken, aus dem er vorgelesen hatte, und schaute sie hinter seinen vergrößernden Brillengläsern offenbar ohne Überraschung an. »Phase drei«, sagte er.

»Was soll der Scheiß mit den Phasen eigentlich, Arschloch?« Ihre Stimme klang rauh.

»Phase eins bedeutet Verweigerung, Phase zwei bedeutet Auflehnung, und Phase drei bedeutet... Kommunikation. Du wirst dir deiner selbst und deines Gegenübers als potentiell gleichwertige Subjekte bewußt und trittst in einen interaktiven Gruppenzusammenhang ein, mit dem du...«

»Und der Scheiß mit den Wahrscheinlichkeiten, Arschloch?«

»Das ist mein mathematisch geschulter Verstand. Aufgrund langer Übung bin ich in der Lage, Situationen intuitiv zu erfassen, die immanenten Relationen zu quantifizieren und in eine Gesamtheit von Wahrscheinlichkeiten zu transformieren. Wie das im einzelnen funktioniert, kann ich dir auch nicht sagen.«

Sie hatte auf der Seite gelegen, den Blick starr auf die Schalttafel neben der Tür geheftet, auf die glänzenden schwarzen Knöpfe, die wie die Augen von Tieren waren. Jetzt drehte sie sich herum, stopfte sich das Kissen ins Kreuz und erwiderte den zwinkernden Blick des Mannes. Sie hatte zwei Meter Kette, genug, um sich auf die Bettkante zu setzen, wenn sie gewollt hätte, aber sie wollte nicht.

»Und was *kannst* du sagen?«

Plötzlich grinste er und legte das Buch neben die Kerzen.

»Du brauchst bloß zu fragen. Frag mich, was du willst.«

Das Bett begann unter ihr zu schwanken, und ihr wurde übel.

Sie zog sich zusammen, bis sie sich nicht mehr spürte, nicht die Fesseln an Händen und Füßen, nicht die Decke auf ihrem Leib und nicht die Matratze darunter. Sie war ein Punkt, ein Nichts. Die Leichen vermoderten derweil in ihren Plastiksärgen, die Stadt zerfiel zu Staub. Sie träumte von einem Haus voll schwarzer

Schatten, die sich lautlos durch die leeren Zimmer-fluchten bewegten – Gedanken, Möglichkeiten. Wenn sie nach ihnen zu greifen versuchte, entzogen sie sich. Sie hätte Hände gebraucht, aber so blieb ihr nichts anderes übrig, als körper- und schwerelos durch die leeren Zimmer zu irren, ein unsichtbarer Stern, von dem niemand wußte, daß es ihn gab. Und das unsichtbare Pünktchen wollte schreien, aber es hatte keinen Mund und blieb stumm.

Soweit er zurückdenken konnte, war Bruno Außenseiter gewesen. Aufgewachsen war er mit zwei älteren Brüdern – übergroße, fremdartige Wesen, die er bestaunt hatte wie die Gorillas im Zoo, nur daß er mit ihnen in einem Käfig hatte leben müssen, während die Zooaffen ihre wilden Spiele hinter sicheren Gitterstäben aufführten. Ihre Wohnung lag im vierten Stock über einer 32spurigen Kreuzung, für jede einmündende Straße acht. Alle paar Tage kam der Rettungswagen und holte ein Opfer ab; mal einen Radfahrer mit seltsam abgewinkelten Beinen, mal eine Oma, die den Mund gar nicht mehr zubekam, mal einen Autofahrer, den man vorher mit riesigen Zangen und Schneidbrennern aus seinem zusammengefalteten Blechkasten hatte befreien müssen. Bruno waren die mächtigen Lastwagen am liebsten. Sie walzten alles platt, und wenn der Fahrer ausstieg, war er immer unversehrt.

Die Fenster durften sie nicht öffnen. Der Weg zum Spielplatz war zu gefährlich. Also spielten sie in der Wohnung, und das Spielzeug war er. Lennard und Joe (von Joachim) waren Meister im Ringen, Springen, Trampeln und Brüllen. So sehr er sich auch anstrengte, nie verstand er so recht, was sie eigentlich von ihm wollten. Er war ihnen ausgeliefert. Wochenlang lag er mit Verletzungen im Bett: Stell dich nicht so an, sagte seine Mutter. Wenn dich einer haut, hau zurück, sagte sein Vater. Irgendwann vergaßen ihn die Brüder, die ganze Familie vergaß ihn einfach.

Er hatte gelernt, sich unsichtbar zu machen, und das so gut, daß er auf den Familienfotos, als er sie Jahre später einmal betrachtete, wie bei einem der vertrackten Bilderrätsel aus den Zeitschriften seiner Mutter nach sich suchen mußte. Auf einem Weihnachtsfoto entdeckte er eine Hand von sich, die unter dem fast bodenlangen Tischtuch hervorlugte. Auf einem Strandbild war er am hinteren rechten Rand zu sehen, bis zu den Nasenlöchern eingebuddelt, das Haar mit einem Bündel Seetang getarnt. Meistens fehlte er ganz.

Mit der Einschulung wurde der Käfig, in dem er lebte, größer, aber seine Erleichterung war nur von kurzer Dauer; je größer der Käfig, desto mehr wilde Tiere lebten darin. Im Unterschied zu seinen Brüdern waren sie gleich alt mit ihm, doch sie erschienen ihm nicht weniger stark, schnell und fremdartig. Sie erkannten ihn sofort. Sie steckten seinen Kopf in den Abfalleimer, beschmierten seinen Stuhl mit Superkleber und die Tafel mit lächerlichen Karikaturen, die sogar die Lehrer zu grölendem Gelächter reizten. Dabei war er ein guter Schüler, vielleicht der beste. Er lernte, ein schlechter Schüler zu sein, und wurde wieder ein Stück weit unsichtbar.

Eine innere Stärke, von der er selbst nichts wußte, vielleicht auch nur eine Art Trotz, bewahrte ihn davor, sich selbst als den Trottel anzusehen, als den ihn seine Mitschüler behandelten. Er fragte sich nach dem Grund und konnte keinen finden. Er hatte keine besonderen Merkmale, er stotterte und schielte nicht, er hatte zwei Arme und zwei Beine wie sie. Eine Zeitlang wollte ihm scheinen, er verströme einen besonderen Geruch, der die anderen reizte, doch auch diese Hypothese verwarf er irgendwann. Er kam zu dem Schluß, daß nicht er ›anders‹ war, sondern die Menschen, mit denen er zusammengesperrt war; wieder war er auf der falschen Seite des Käfigs gelandet, und wieder gab es keinen Ausweg.

Zu Hause sammelte er Panzer und Dinosaurier. In der Wohnung war jetzt Platz dafür. Die Brüder waren ausgezogen, der Vater war mit einer anderen Frau auf und davon, die Mutter löste Rätsel und trank.

Er verteilte Werbeblättchen und entnahm dem Haushaltsgeld der Mutter allmonatlich einen gewissen Betrag, den er ›Bußgeld‹ nannte. Mit dem Ersparten kaufte er sich einen gebrauchten Computer und spielte Kriegs- und Dinosaurierspiele, erst mit Bildschirm und Joystick, später mit Handschuh und Deckel. Als die ihm langweilig wurden, lernte er zu programmieren.

Er schuf sich eigene Welten und bevölkerte sie mit simplen Tieren, die er ›Gigas‹ nannte. Die Gigas waren groß, geil und gefräßig. Sie trieben Sex miteinander, vermehrten sich und mutierten sogar; die Mutanten bildeten wiederum eigene Kolonien, die andere Gigas fraßen, aber vor allem fraßen sie Menschen, die ihrerseits Kolonien bildeten und aus Angst vor den Gigas teils in feuchten Höhlen, teils unter immer mehr verfallenden Schutzkuppeln lebten.

Er selbst war das Große Auge, das über diesem ameisenhaften Gewimmel seine Kreise zog, und selbst die Gigas waren vor ihm klein. Er spielte bis spät in die Nacht, das machte es leichter, tagsüber ein schlechter Schüler zu sein; außerdem fürchtete er sich vor dem Schlaf, denn in seinen Träumen kam außer ihm, den Gigas und Menschentieren noch eine vierte Art von Wesen vor, die er die Namenlosen nannte. Die Namenlosen machten Jagd auf alle, nur wenn sie ihn erwischten, dann töteten sie ihn nicht, sondern verstümmelten ihn. Wenn er aus einem solchen Traum erwachte, meinte er manchmal, der Schweiß, der sein Bett tränkte, sei Blut. Dann tastete er sich ab, ob nicht irgendwelche Körperteile fehlten.

Als sich seine Schulzeit dem Ende zuneigte, zog er nüchtern Bilanz. Mit dem mittelmäßigen Schulabschluß, zu dem er sich durchgerungen hatte, bot ihm der chronisch schrumpfende Arbeitsmarkt nur die Alternative zwischen unterbezahlten Jobs, die sonst keiner wollte, und überbezahlten Jobs wie zum Beispiel Pharmatester, an die sich kaum einer herantraute. Ein Studium kam für ihn wegen der Gruppenarbeit in den Seminaren nicht in Frage. Eine kleine Erbschaft hatte ihn in die Lage versetzt, eine heruntergekommene Wohnung in der Altstadt zu beziehen, und eigentlich hätte er gar nicht zu arbeiten brauchen. Doch da war ein Widerspruch in ihm, der ihn verwirrte und quälte in den langen Nächten, in denen er schlaflos lag und nichts weiter als ein dumpfes Nagen und Bohren in sich spürte. So sehr er die Menschentiere haßte, zog ihn doch auch etwas hin zu ihrer Welt, schließlich war er ein Mann, ein Mensch, und wenn die anderen, an denen er bis jetzt gelitten hatte, auch alle ›anders‹ gewesen waren als er, so war vielleicht doch nicht ausgeschlossen, daß es den einen oder anderen gab, der ihm ähnlich genug war, diese schreckliche Leere in seinem Innern auszufüllen, in der er manchmal zu verschwinden drohte.

Und so las er unter Magenkrämpfen die Stellenangebote in den Zeitungen, erwog und verwarf und entschied sich schließlich für einen Job als Nachtportier in einem Parkhaus. Zu seiner Überraschung wurde er genommen; es war, als habe der Mann, der das Einstellungsgespräch führte, erkannt, daß er in der angestrebten Tätigkeit kein lästiges, wenn auch notwendiges Mittel zum Broterwerb, sondern vielmehr eine Berufung sah. Und so zeigte man ihm die sieben Monitore und den riesigen Fernsehapparat, erklärte Kasse und Bezahlautomat, machte ihn auf die Frauen und Behinderten vorbehaltenen Parkbuchten und den verdeckten Alarmknopf aufmerksam – für alle Fälle.

Fortan blickte er aus der Sicherheit der Panzerglasscheibe hervor in den riesigen Käfig der Raubtiere hinein, sah Paare, einsame Streuner, Schläger, verspätete Einkäufer, Spieler und Nachtschwärmer an sich vorüberziehen, manchmal auch Betrunkene und Bekokste, die kaum den Parkschein in den Automaten hineinbekamen und anschließend im Tran oder um sich die nochmalige Fummelei zu ersparen durch die Schranke brachen – dann mußte er den Reparaturdienst alarmieren, damit die Kunden nicht womöglich ohne bezahlt zu haben das Weite suchten; der Schrankenreparaturdienst war zu jeder Tages- und Nachtzeit einsatzbereit, die Rechnung ging an den Fahrzeughalter, dessen Kennzeichen auf Tape Numero Sieben gespeichert war.

Seinen Verdienst legte er in neuen Computern und Spielen an. Er watete in Strömen von Saurierblut und entwickelte neue Lebensformen, darunter kannibalistische Stämme, die sich erwartungsgemäß als nicht überlebensfähig erwiesen, und die sogenannten Sexonen, die fremde Stämme und sogar Menschen zum Geschlechtsverkehr zwangen und mit ihrem dominanten und extrem anpassungsfähigen Genbestand schaurige Monster zeugten, die alle anderen Arten vernichteten, schließlich auch die letzten überlebenden Kannibalen und die Ursexonen selbst. Anschließend gingen sie zu Gruppensex und schließlich zur einer Computervariante der extrauterinen Zeugung über, was wiederum neue, noch dominantere Monster gebar – irgendwann vermochte er den immer schneller aufeinanderfolgenden Evolutionszyklen nicht mehr zu folgen, schaltete das Programm ab und trieb selber Sex – vor Pornostreifen, die er sich während der Arbeit aus dem riesigen Fernseher kopiert hatte, oder unter dem Deckel. Die Frauen in den Filmen und Programmen taten zwar alles, was man von ihnen verlangte, sagten aber manchmal Dinge, die eher zur Welt der Raubtiere paßten, und wenn er sie deswegen mit dem Gürtel zu züchtigen versuchte, nahmen sie die Knie in die Hand und riefen: Nimm die Schnalle! Schlag mich mit der Schnalle!

Langeweile breitete sich in ihm und um ihn aus, ein grauer Nebel, der in manchen Nächten hinter der Aqarienscheibe waberte, über die verödeten Weiten seiner Mutantenwelten kroch und die Frauen unter dem Deckel in Watte packte, bis ihr Stöhnen nicht mehr zu hören war und sie nur noch lautlos die Münder bewegten wie sterbende Fische.

Seine Alpträume verschlimmerten sich; die Namenlosen waren mutiert wie die Sexonen, sie rissen ihm nicht mehr nur einzelne Glieder aus, sondern zerfetzten ihn bis auf die Atome, so daß er beim Aufwachen selbst nur noch ein Nebel war, den er mühsam wieder verdichten mußte.

Aus Angst vor den Namenlosen verschob er seinen Schlaf ganz auf den Tag. Wenn er arbeitete, kam er erst im Morgengrauen nach Hause, doch an seinen arbeitsfreien Tagen galt es lange Nachtstunden zu füllen. Er begann spazierenzugehen. Das hatte er noch nie getan; bisher hatte sich die Außenwelt für ihn auf die kurzen Gänge zum Einkaufen und den kürzesten Weg zwischen Arbeit und Wohnung beschränkt. Auf einmal war alles neu für ihn, der Klang der Schritte auf dem Pflaster, das Neonlicht, das sich in einer Pfütze spiegelte, das Surren und Schnurren der Autos auf den Straßen, die lautlos umspringenden Ampeln an den Kreuzungen, die funkelnden Landschaften an den Hauswänden, das vielfarbene Gleiten der Werbeplakate am Ring, der Geruch der Raubtiere. Die Nacht war sein Schutz. Zusätzlich kaufte er sich ein Nachtsichtgerät, bräunte sich das Gesicht und ging nur noch in dunkler Kleidung aus.

In dieser Zeit entdeckte er durch Zufall das Programm ›Dr. Freud‹. Es war bei den Fundsachen, die sich in einer Kammer des Parkhauses mit der Zeit ansammelten und die einmal im Monat entweder unter den Angestellten aufgeteilt oder entsorgt wurden. Er nahm es mit, weil seine wiedererwachte Neugier Nahrung brauchte. Er bereute es nicht.

Das Programm bestand aus mehreren Unterprogrammen und lief sowohl über Monitor wie unter dem Deckel. Die einzelnen Programme wurden aktiviert, indem man zwischen den verschiedenen Räumen einer Villa auswählte. In einem stand eine Couch. Man legte sich auf die dunkelgemusterte Decke, und ein bärtiger Mann in einem Sessel, den man immer nur aus den Augenwinkeln sah, stellte einem seltsame Fragen.

»Was fällt Ihnen ein, wenn ich ›Spazierstock‹ sage?«

»Wie alt waren Sie, als Sie entdeckten, daß es Jungen und Mädchen gibt?«

»Was haben Sie nach der letzten Sitzung geträumt?«

Manchmal drückte der Mann ihm auch Kärtchen mit wilden Mustern in die Hand, und er sollte sagen, was er darauf sah. Erst waren es nur Kleckse. Dann entdeckte er darin fleischfressende Pflanzen, schließlich Ungeheuer, die sich auf dem Papier sogar zu bewegen schienen – mutierte Sexonen, Namenlose.

»Das sind Projektionen einer tief verwurzelten Angst«, sagte der Bärtige. »Wir müssen tief in Ihre Kindheit zurückgehen, um die Ursachen davon ans Licht zu heben. Wo Es war, soll Ich werden.«

Die Fragen waren ungewohnt. Eigentlich kannte er Fragen nur von der Schule her. Diese waren anders. Sie drückten, streichelten, kitzelten und machten ihn ganz wirr.

»Sagen Sie, was Sie im Moment fühlen. Sagen Sie einfach, was Ihnen gerade durch den Kopf geht.«

Er wußte nicht, was er fühlte. Er hatte verlernt, sich mit Worten auszudrücken, und vielleicht hatte er es auch niemals gekonnt. Die Begriffe, die der Bärtige verwendete, waren Namen für die Leere, die er in sich spürte. In einem der anderen Räume der Villa gab es eine Bibliothek. Dort konnte man die Begriffe nachschlagen und mit anderen Begriffen verknüpfen. Die Begriffe wurden zu einem Netz, mit dem er ein Stück Welt einzufangen versuchte, das ihm bisher verschlossen gewesen war.

Er begann richtige Bücher zu lesen, über Psychologie, Soziologie, auch Romane. Ganz neue Romane gab es kaum. In den weniger neuen kamen überwiegend Raubtiere vor. In den alten gab es auch Menschen. Diese Menschen machten Musik, unterhielten sich, liebten und achteten einander, nur manchmal taten sie einander weh, oft ohne Absicht. Er sehnte sich danach, zu sein wie sie und kaufte sich unterschiedliche Kleidungsstücke, die er zu Hause anprobierte. In einem Trödelladen erstand er ein Keyboard und brachte sich mit einem dreibändigen Lehrbuch das Spielen bei.

In einem anderen Raum von Dr. Freuds Villa stand ein großer dunkler Schrank, der bis zur Decke mit Schubladen angefüllt war. In den Schubladen lagen alle möglichen Puppen, Puppenmöbel, Puppenkleider, winzige Fernseher, Telefone, Faxe, Autos, Geschirr, Häuser und Straßenteile – die Einzelteile der Welt. Vor dem Schrank stand als einziges Möbelstück ein quadratischer Tisch, der sich mit dem Inhalt der Schubladen als Zimmer, Straße oder Platz dekorieren ließ. Stellte man Puppen hinein, bewegte sie und sprach ihnen eine Zeitlang vor, begannen sie zu leben. An der Seite des Tisches ließ sich ein Monitor hochklappen, auf dem Dr. Freud manchmal Fragen stellte, manchmal Antworten gab, in Form von Tabellen, statistischen Prognosen, begrifflichen Analysen. Bruno baute den Kassenraum des Parkhauses nach und ließ die Puppen Sätze sprechen und Dinge tun, an die er sich von seinen Nachtschichten her erinnerte, und erfuhr: die Paare *liebten*, die Streuner *sehnten*, die Säufer *ver-*

zweifelten, und die Leere in ihm war vielleicht gar keine Leere.

»Sie profitieren vom sekundären Krankheitsgewinn«, sagte Dr. Freud. »Sie haben Ihre Angst vor Verletzungen erfolgreich kompensiert. Sie leben in einem Panzer aus Verdrängtem, aus Sublimierungen und Projektionen. Was sind die Namenlosen anderes als der Ausdruck Ihrer Furcht, sich in der Hingabe an einen geliebten Menschen gänzlich wehrlos zu machen? Erzählen Sie mir von Ihrer Mutter.«

Aber er wollte nicht von seiner Mutter sprechen. Er erhob sich von der Couch, trat ans Fenster, zog den Vorhang beiseite und blickte hinaus in das bläuliche Wallen, das hinter den Fenstern der Villa lag. Die Begriffe hatten ihn neugierig gemacht. So, wie es jetzt lief, würde er nicht mehr über die Raubtiere erfahren. Er mußte näher an sie heran. Er mußte sie *berühren*. Bei dem Gedanken erschauerte er.

»Dr. Freud ...«, sagte er und wandte sich ins Zimmer um, doch der Bärtige war verschwunden.

Nach der Arbeit und an den Wochenenden begann er, einzelne Personen zu verfolgen, Frauen. Nachts waren nur wenige unterwegs. Er fand heraus, wo sie wohnten, wo sie verkehrten. Er ordnete ihnen Puppen zu, um eine Vorstellung davon zu bekommen, was die Frauen taten, wenn er sie nicht sah. Doch er blieb der unsichtbare Zuschauer.

Seine Besuche bei Dr. Freud wurden seltener, seine Streifzüge immer ausgedehnter.

Eines Nachts stieß er auf eine Frau, die anders war als die anderen. Auf einer leeren Straße tauchte sie wie aus dem Nichts plötzlich vor ihm auf, sie müßte aus einem Hauseingang getreten sein. Ihre Schritte waren geschmeidig wie die einer Katze. Als sie sich begegneten, streifte sie ihn fast. Ihre Augen, die eine Sekunde lang auf ihm ruhten, waren wie aus dünnem Glas, das jeden Moment zu zerbrechen drohte. Er meinte, durch sie hindurchsehen zu können, in die Frau hinein, und ihm war, als habe er sie schon ein Leben lang gekannt, obwohl sie doch eine Fremde war. Es war beinahe so wie in den Büchern. (Verliebt, dachte er. Bruno, du hast dich verliebt.) Er mußte sich beherrschen, sonst hätte er sie angefaßt. An der nächsten Ecke machte er kehrt, setzte die IR-Brille auf und ging ihr nach. Bald merkte er, daß sie auf der Suche war, wie er.

Sie gelangten ins Zentrum. Vor einem Hotel hielt ein Taxi, ein Paar stieg aus, sie im langen Kleid, er im dunklen Anzug. Neben dem Portier begannen sie zu streiten. Seine Begleiterin betrat das Hotel, der Mann stapfte wütend die Straße entlang. Die Frau, die Bruno verfolgte, schloß zu ihm auf. Dann eine huschende Bewegung, die er nicht genau mitbekam, und der Mann sank lautlos aufs Pflaster, die Frau ging weiter. Als er den Mann erreicht hatte, sah er den gespaltenen Hals. Während der Mann den Spalt zuzudrücken versuchte, quoll stoßweise Blut über seine Hände, das in dem Licht, das aus der Hotelbar nach außen drang, schwarz war. Hinter der Panzerglasscheibe telefonierte jemand. Bruno ging nach Hause und konnte lange nicht schlafen.

Immer wieder mußte er an die Frau denken. Er kam zu der Überzeugung, daß sie ihr Opfer nicht einmal gekannt hatte. Sie hatte einen Unbekannten getötet und wurde es wieder tun. Er war auf eine neue Kategorie von Raubtier gestoßen war. Trotzdem stieß sie ihn nicht ab, im Gegenteil. Die Augen verfolgten ihn im Schlaf, er wollte wieder in sie hineinschauen, in ihnen versinken.

Fortan hörte er den Polizeifunk ab. Sobald irgendeine Leiche aufgefunden wurde, machte er sich auf den Weg. Nach fünf Wochen fand er die Spur der Frau wieder und folgte ihr bis zu ihrer Wohnung. Er spürte die Gefahr in ihrer Nähe, einen niegefühlten

Kitzel. Er empfand keinen Abscheu vor ihr, nichts als Neugier und noch etwas anderes, das wohl Mitleid war.

»Eine Projektion«, sagte Dr. Freud. Sie übertragen das Mitgefühl mit den Opfern auf die Täterin und sublimieren dadurch die traumatische Erfahrung des Todes, indem sie den affektiven Hintergrund auf ein lebendes Objekt verschieben. Welche Empfindungen löst das Wort ›Tod‹ bei Ihnen aus?«

Aber er antwortete nicht. Er fühlte sich von Dr. Freud nicht mehr verstanden.

Er faßte einen Plan. Wenn die ganze Welt ein Käfig voller Raubtiere war, dann mußte er einen Käfig im Käfig schaffen, eines der Raubtiere fangen und zähmen. Und dieses Raubtier würde die Frau mit den grünen Augen sein.

»Warum – bin – ich – hier?« Das Gesicht spannte, die Zunge war geschwollen, stieß überall an, das Sprechen fiel ihr schwer. Sie hatte spät gefrühstückt, er hatte die Vorhänge beiseitegezogen und das Bäumchen gegossen. Auf dem Boden verdunsteten die Umrisse seiner Schuhe, mit denen er durch die Gießlache getappt war. Draußen verlieh die Abendsonne den Hauswänden mit den blinden Fenstern, die sie durch die ledrigen Blätter der Hydra hindurch vom Bett aus sah, einen trügerisch freundlichen Anstrich. Sie hatte zwei Kissen unter dem Kopf, zwei Meter Kette an den Händen und geschätzte zweieinhalb an den Füßen. Sie hätte auf dem Bett turnen, zur Toilette oder zum Waschbecken gehen können, aber sie lag da und beobachtete den Mann. Auf dem Weg zur Tür war er mitten in der Bewegung erstarrt. Nun drehte er sich um. Ein Lächeln spaltete sein Gesicht wie die Fleischeinlage einen Hamburger. Er war nicht überrascht; nur stolz und bestätigt. Er stapfte zum Hocker zurück (wieder mitten durch die Wasserlache hindurch), setzte sich und grinste sie an. Seine Augen hinter den Brillengläsem waren rund wie Silberzwiebeln.

»Das ist die erste Frage«, sagte er, »und die wichtigste. Ich freue mich. Ich freue mich wirklich.«

Zweieinhalb Meter waren vom Kopfteil bis zum Keyboard nicht genug. Aber selbst wenn sie ausgereicht hätten, wäre sie liegengeblieben und hätte auf die Antwort gewartet – etwas anderes als Neugier, so elementar wie Hunger oder das Bedürfnis nach Sex.

»Du wartest«, sagte der Mann. »Du willst es wissen, und du sollst es wissen. Aber das Einfache, das Elementare, stellt sich bei genauer Betrachtung oft als besonders schwierig heraus. Es widersetzt sich weiterer Reduktion, oder heißt es Deduktion? Atome lassen sich nur schwer teilen. Neutrinos entziehen sich der Vorstellung. Was weiß ein Affe von Psychologie?«

»Die Antwort, Arschloch.« Das war ihr einfach so herausgeschlüpft, ein Fehler, ein Risiko in dieser Situation, aber er schien ihr das ›Arschloch‹ nicht übelzunehmen.

»Natürlich«, sagte er. »Aber auf welcher Ebene soll ich antworten? Auf der materialistisch-kausalen, der ontologischen? Mit psychologisch begründeten, ableitbaren Motiven? Die Selbsterfahrung war noch nie meine Stärke. Nein, so führt die Frage nur zu neuen Fragen. Also…«

»Die Antwort. Arschloch.« Es paßte. Es mußte sein.

»…also beschränken wir freiwillig den intendierten Erklärungshorizont und sagen wir einfach: weil du ein passendes Objekt warst.«

»Passend, was soll das heißen, Arschloch?«

»Kalkulierbar, beherrschbar, das heißt, nicht übertechnisiert. Wußtest du, daß es Kolleginnen von dir gibt, die nur noch mit Abstandsmelder, Schwingungsdetektor und abgesägtem Schnellfeuergewehr auf die Straße gehen? Natürlich weißt du das. Aber du mit deinem Messer, deiner Tränengasdose und den knallenden Stiefeln ... Am meisten gefallen hat mir bei dir, daß du immer zur selben Zeit spazierengegangen bist.«

Spazierengegangen. So konnte man es auch nennen.

»Heißt das, du hast mich beobachtet?«

»Ja. Dreizehn Wochen lang, natürlich mit Unterbrechungen. In der Zeit hast du fünf Typen erledigt.«

»Scheißdreck.« In den letzten drei Monaten waren es mindestens sieben gewesen. Er konnte ihr unmöglich gefolgt sein. Sie hätte ihn bemerkt. Sie hätte ihn *gerochen*, an ihrem Gestank hätte sie die Lebende Leiche um zwei Straßenecken herum gewittert und sie sich vorgenommen, hätte mit dem Messer nachgesehen, wieviel Leben noch in ihr war. Und doch ... Sie mußte wieder daran denken, wie er sie an der Baustelle fertiggemacht hatte – kaltblütig, professionell.

»Breitbandscanner, Nachtsichtgerät, Richtmikrofon«, sagte er, als hätte er ihre Gedanken gelesen. »Das Wichtigste aber: Filzüberzieher für die Schuhe. Man darf vor lauter Technik nicht das Einfache aus dem Blick verlieren. Gewissermaßen die Basis, auf der wir stehen ... oder mehr oder weniger lautlos durch den Dschungel der Großstadt schleichen.« Offenbar meinte er, er habe einen Witz gemacht: er lachte meckernd und putschte sich auf die festen Schenkel. Das Arschloch amüsierte sich wirklich prächtig. Sie hatten eine Beziehung hergestellt, sie unterhielten sich. Das mußte sie ausnutzen.

»Warum nimmst du mir nicht die Ketten ab?« fragte sie ihn in einem so süßen Ton, daß sie auf der Stelle Bauchschmerzen davon bekam. »Dann könnten wir uns noch viel besser unterhalten.«

Er wurde unvermittelt wieder ernst, ja, er schien sogar zu erschrecken; ruckelte an der Brille, betastete sein Ohrläppchen, stand umständlich auf.

»Dazu ist es noch zu früh«, sagte er, wandte sich ab, ging zur Tür und drückte im Vorbeigehen auf die

Knöpfe. Rasselnd rollten die Ketten über die Führungen; einen halben Meter für die Füße, einen Meter für die Arme, das war das Maß für die Nacht. Das Licht ging aus.

»Was muß ich tun?« schrie sie ihm nach. »Sag mir, was ich tun muß, verdammt noch mal, und ich mach's! Ich mach's! Ich mach's!« Seine Schritte entfernten sich, eine Tür schlug zu, dann war Stille.

Sie hatte einen Fehler gemacht. Sie war voreilig gewesen, wo sie hätte warten müssen. Hatte sie denn gar nichts gelernt in all diesen Tagen und Wochen?

Der Kühlschrank ging an.

Es wurde Nacht. Irgendwo draußen schien der Mond, vielleicht war Vollmond, und die Luft röche schon nach Schnee, mehr Erinnerung als Vorahnung, denn im Winter gab es kaum noch Schnee. Aber es würde eine kalte Herbstnacht werden, sogar manche Wölfe rückten um diese Zeit zusammen, suchten Schutz in leerstehenden Lagerhallen und verfallenen Villen und zogen im Rudel auf die Jagd.

Sony, du bist das Arschloch, du allein.

Sie klammerte sich an dem ›noch‹ fest, das ihm entschlüpft war, hielt es in der Dunkelheit fest als einen Klang im Ohr, als einen Rettungsanker vor dem Meer der Verzweiflung, das durch die Stille wogte und ihr Bett sachte schaukelte, auf und ab.

Was muß ich tun?

Sie hatte die richtige Frage falsch gestellt. Vielleicht war es überhaupt falsch gewesen, die Frage auszusprechen. Er war verrückt. Vielleicht kannte er die Antwort selbst nicht. Sie mußte mehr wissen als er mit seinen Prozenten. Wenn sie Geduld hatte, würde sie es schon noch herausfinden.

»Na, wie hat's dir gefallen?«

»Ätzend.«

»Ist das positiv oder negativ?«

»99 Prozent Wahrscheinlichkeit für negativ.«

Er lachte, und sie stimmte sekundenlang darin ein. Er trug eine schwarzblaue Motorradhose, eine violette Jacke mit aufgeplusterten Schultern und ein gelbes Hemd. Das Rhythmuslämpchen des Keyboards blinkte hektisch. Vor dem Fenster trudelten Schneeflocken vom Himmel, die im Schein der gedimmten Deckenlampe wie aus Butter waren. Den Boden, auf dem sie schmolzen, sah sie nicht, sie wußte nicht einmal, ob er noch da war. Es war Winter.

»Ich bin einfach mal ehrlich, okay, ich mach dir nichts vor. Das ist dir doch recht so, oder?«

»Klar …«

»Ich meine, dieses Keyboard ist einfach nicht mein Ding, verstehst du? Wenn du darauf spielst, gucke ich immer automatisch, wo die anderen Leute sind, aber ich seh immer nur dich. Und diesen Kasten. Und wenn's mir sowieso nicht gefällt, könnten wir ja genausogut was anderes tun.«

»Geht nicht.«

»Wie, geht nicht? Wieso geht das nicht?«

»Das Keyboardspielen ist gut für dich, Wahrscheinlichkeit größer 75 Prozent. Sozialisation nennt man das, das Gegenteil von Deprivation.«

Depri war ein viel zu schwacher Ausdruck für die Wirkung seiner Musik; für sie war es Folter.

»Ich meine, wenn du mir ein Radio hinstellen würdest, dann … dann könnten wir vielleicht mal zusammen tanzen.«

Mit einer winzigen Betonung auf ›zusammen‹, fast nur ein Hauch, er brachte sie dazu, daß sie auf Dinge achtete, die ihr früher nie aufgefallen wären, daß sie ihre Stimme modulierte, ihre Bewegungen dosierte, bis zum Klappen eines Lids, dem Senken eines Fingers. Vor zwei Wochen war ihr aufgefallen, wie er in den Schlitz der übergroßen Unterhose gestarrt hatte, die er ihr frisch gewaschen zum Anziehen gegeben hatte;

wenn sie sich umkleidete, wandte er sich sonst immer schamvoll ab, der arme Irre. Vielleicht ertrug er den Anblick ihrer Muschi nur über Video; aber dieser Blick war neu gewesen. Sie hatte daraufhin wieder von dem dunklen Haus geträumt, und auf einmal hatte sie begriffen, daß es das E'os-Center war. Die Schatten waren seine früheren Besucher und Bewohner. Sie hatte sich über das E'os-Center nie Gedanken gemacht. Jetzt streifte sie im Traum durch die Räume und sah, wie sich Dunkles auf den Betten bewegte, meinte Laute zu hören, ein Flüstern, aber wenn sie näher herankam, lösten sich die Schatten auf, und das Flüstern verstummte.

Nachts ließ er ihr jetzt zweieinhalb Meter Kette, das reichte zum Klo. Tagsüber waren es vom Kopfende des Bettes aus drei, und wenn er sein Keyboard bearbeitete, tanzte sie hinter seinem Rücken. Er wußte, daß sie ihn nicht erreichen konnte. Sie hatte gemerkt, daß ihr Kreislauf vom vielen Liegen abbaute, und darum stampfte sie den Boden, wedelte mit den Armen und schwenkte den Kopf, nur beim ersten Mal war sie sich bescheuert vorgekommen, und manchmal vergaß sie sich sogar ein paar Sekunden lang und tanzte wirklich. Dann und wann blickte er sich über die Schulter um; dann tat sie so, als sähe sie es nicht und zuckte mit dem Unterleib.

Wenn sie zusammen getanzt hätten, würde das ihre Chancen erhöht haben. Irgendwann hätte sich schon eine Gelegenheit ergeben.

Nach dem Tanzen und der Musik waren sie beide erschöpft.

»Na, was meinst du?« versuchte sie es wieder.

»Okay«, sagte er, »das habe ich mir schon gedacht. Du brauchst Aufgaben. Dir fehlt es an Pflichten und an Disziplin. Ab morgen wirst du dich am Essenmachen beteiligen. Du kannst die Konserven aufmachen und das Gemüse putzen.«

»Welches Gemüse?«

»Ab morgen gibt es frisches Gemüse.« Er sah sie an wie in Erwartung eines Begeisterungssturms.

»Ich freu mich drauf«, sagte Sony. »Und was ist mit dem Radio?«

»Radio geht nicht.«

»Warum geht es nicht?«

»Radiohören ist passiv, und darum ist es Scheiße.«

Sie warf sich bäuchlings aufs Bett und biß ins Kissen, um nicht zu schreien.

Das Radio kam zwei Tage später. Es war früher Nachmittag, der Butterschnee war in den üblichen Nieselregen übergegangen, das Licht auf dem Hof war wie flüssiges Blei und nahm Sony die Luft, wenn sie nur hinsah. Sie hatte ihn schon eine Weile nebenan herumwerkeln hören; etwas hatte gequietscht und geknarrt, als hätte er eine Holztreppe heruntergeklappt und wäre auf den Speicher gegangen. Dann kam er hereingestapft, stellte einen braunen Holzkasten neben dem Bäumchen auf den Boden und stöpselte umständlich den Stecker ein.

»Was ist das?«

»Das ist ein Röhrenradio. War schon auf dem Speicher, als ich eingezogen bin.« Ein grünes Auge erwachte zum Leben, die Pupille zog sich zusammen und weitete sich wieder, als er an einem Knopf drehte. Es rauschte und knackte, dann ertönte Musik.

Auf die Gefühle, die über sie hereinbrachen, war sie nicht vorbereitet, nicht auf die Freude, nicht auf die Dankbarkeit, die sie ihm gegenüber empfand, nicht auf die Scham, welche die Dankbarkeit in ihr auslöste. Dabei machte sie sich gar nichts aus Musik. Aber die Musik bewies, daß es die Welt noch gab, daß sie vielleicht sogar ein bißchen auf sie, Sony, wartete... Sie legte sich zurück und lauschte mit geschlossenen Augen. Nach einer Weile verspürte sie einen Heißhunger auf MicMac, den neuen Superpausensnack von Kellogs. Das Komische dabei war, daß sie von Mic-Mac-Schokoriegeln zwar schon gehört, sie aber noch nie probiert hatte. Sie fragte ihn, ob er zufällig einen im Haus habe.

»Subliminalwerbung«, sagte er. »Warte, ich mache das Radio aus.«

»Nicht ausmachen! – Was hast du gesagt?« Ohne die Augen zu öffnen, um sich herum Straßen, Häuser, eine ganze Stadt, glänzend im nächtlichen Regen, ein Meer vielfarbener Dufte.

»Die Stationen, die keine Unterbrecherwerbung bringen, senden statt dessen Botschaften ans Unbe-wußte, *Noise*, Geräusche, die das Bewußtsein unmög-lich herausfiltern kann. Diese Botschaften lösen Kauf-impulse aus – oder eben Appetit. Ist dir das noch nie aufgefallen?«

»Doch«, log Sony. »Aber trotzdem würde ich jetzt ganz gern so einen MicMac verdrücken.«

»Ich bin dagegen immun.« Er zögerte. »Man hat mir gesagt, das käme von meiner verinnerlichten Gefühls-abwehr.«

»Wer hat das gesagt?«

»Es gibt da einen gewissen Freud ...«, nuschelte er.

»Du hast einen *Freund*?«

Er drehte sich um, ging hinaus und kam mit der Gießkanne wieder. Plötzlich fiel ihr auf, daß das Bäumchen noch kein einziges neues Blatt bekommen hatte, seit sie in diesem verdammten Zimmer war. Das Radio brachte eine schnellere Nummer, und auf ein-mal empfand sie eine solche Sehnsucht nach Sonne, heißem Kies und dem dumpfen Sommerabendgeruch des Flusses, daß es ihr fast den Atem verschlug.

»Oder wollen wir doch lieber tanzen?« Sie richtete sich auf, schwang die Füße aus dem Bett und tippte abwechselnd mit rechtem und linkem dicken Zeh auf den Boden. Sie hatte sich gleichmäßige, fließende Bewegungen angewöhnt, dann klirrten die Ketten nicht so laut und ließen sich manchmal, für Minuten, sogar ganz vergessen.

Er wand sich, tappte durch die immer noch anschwellende Gießlache, stellte die Kanne ab. »Zeit für die Salbe«, sagte er.

Gegen die nässenden Ekzeme an Hand- und Fußgelenken trug sie allabendlich eine Salbe auf und legte sich Baumwollmanschetten um, damit die Haut nicht mit dem Metall der Handschellen in Berührung kam.

Sie legte sich wieder hin. So wie stets verkürzte er erst die Ketten, dann kam er mit dem Schlüssel und öffnete die Fußschlösser, worauf er die Armketten wieder so weit nachließ, daß sie die Füße verarzten konnte. Dann zog er die Armketten wieder straff, legte ihr abermals die Fußketten an, öffnete ein Armschloß und gab Kette nach. Als sie das zweite Armgelenk fertig hatte und er ihr die Handschelle überstreifen wollte, strich sie mit dem Daumen über die Schmalseite seiner Hand. Er zuckte weg, als habe er einen Stromschlag abbekommen. Sein Mund schnappte lautlos nach Luft.

»Weißt du noch, wie du mich hierhergeschleppt hast?« sagte sie. »Auf den Armen, meine Brust an deiner Brust, deine Hände unter meinen Kniekehlen und an meiner Schulter?«

»Ich ... erinnere mich genau«, japste er.

»Ich auch«, log sie. »Ich war betäubt, benommen, aber irgendwie muß ich alles mitbekommen haben ... unbewußt. Später habe ich davon geträumt. Ich habe den Druck deiner Hände gespürt. Deine Wärme. Ich wollte es nicht wahrhaben ... aber wider Willen hab ich mich schon damals zu dir hingezogen gefühlt.«

Das Schloß klickte. Er flüchtete zur Tür. »93 Prozent Wahrscheinlichkeit, daß ...« – du mich belügst, vervollständigte sie den Satz. Sie konnte nicht weitersprechen. Sie durfte ihn nicht zu sehr erschrecken.

Der Winter brachte Regen, immer neuen Regen. Vielleicht war es aber auch gar nicht Winter, sondern schon Frühling, und die Hydra im Hof wollte wie das Bäumchen im Zimmer bloß keine Knospen treiben; sie wagte nicht, sich danach zu erkundigen, und die Sender, die er am Radio für sie einstellte (sie ließ er nicht heran) sendeten keine Nachrichten. Wenn sie lange genug schaute, meinte sie die einzelnen Tropfen unterscheiden zu können; sie tanzten umeinander und berührten sich nie.

Sammeln und warten; damit füllte sie ihre Tage aus.

Eines Tages hatte sie vorgebeugt auf der Bettkante gesessen, vor sich das Klo, das Waschbecken und die fleckige Wand. So still sie saß, so emsig waren ihre Hände; ständig mußten sie zupfen, kratzen und tasten, immer wieder die Ketten berühren, nie waren sie still, sondern immer auf der Suche, als müßten sie nur genug Ausdauer beweisen, um irgendwann etwas Lebenswichtiges zu entdecken, das ihnen bisher entgangen war. Und so griffen sie unter die Matratze, tasteten über den Holzrahmen, staubbehangene Sprungfedern – und entdeckten das Loch. Es war ein kleines Loch, zwei Finger paßten hinein, gruben sich in die lockere Plastikfüllung vor, automatisch erst, wie ein mechanisches Werkzeug, dann forschend, nachdenklich – und dann zogen sie sich zurück.

Das Loch war ein Versteck. Sie hatte etwas gefunden, wonach sie gar nicht gesucht hatte. Fortan verbreiterte sie es, kratzte nachts, den Arm vor der Videokamera unter der seitlich herabhängenden Decke verborgen, die Schaumstoffüllung als winzige Flocken heraus, die sie erst auf den Boden in den Staub fallenließ und später, auch wenn er nie putzte, zur Sicherheit verschluckte. Ihrer Verdauung schadete es offenbar nicht.

Das Loch in der Matratze wurde zum Gefäß aller möglichen und unmöglichen Dinge und nicht zuletzt ihrer wiedererwachten Hoffnungen. Der Zinken einer Plastikgabel, der ihr im Mund abbrach und den sie unter der Zunge versteckte, bis er das Zimmer verlassen hatte, mochte vielleicht einmal Schlösser öffnen. Brotkrumen ließen sich vielleicht später mit Speichel aufweichen und als Kitt für eine Waffe verwenden, deren Bauplan ihr schon noch einfallen würde. Bis dahin sammelte sie Haare, Fäden, Obstkerne, Stanniolpapier, alles, was ihr in die Finger kam; Messer bekam sie keine, aber auch einmal eine ganze Gabel oder einen Löffel an sich zu nehmen, wagte sie nicht, denn das hätte er bemerkt.

Ihre wertvollsten Stücke waren zwei hölzerne Zahnstocher, ein Weinkorken und ein fünf Zentimeter langes Stück Draht, das innerhalb ihrer Reichweite liegengeblieben war, nachdem er einmal am Keyboard herumgebastelt hatte. Aber der Gabelzinken war nicht flexibel genug für die Schlösser, der Draht war zu biegsam, die Zahnstocher brachen ab, und eine Waffe wollte ihr nicht einfallen. Trotzdem sammelte sie weiter, so unbewußt, wie sie atmete, so verbissen, wie sie ihre winzigen Freiräume erweiterte.

Ihr Tagesablauf hatte sich ganz allmählich verändert. Sie legte Patiencen, öffnete Konserven, schälte Kartoffeln (das Messer mußte sie hinterher zu den Kartoffeln in die Schüssel legen, die er ihr erst abnahm, nachdem er sie auf dem Bett fixiert hatte), und einmal rührte sie sogar Teig für einen Kuchen, der allerdings kläglich mißlang. Sie entlockte seinem Keyboard dröhnende Trommelsequenzen, welche die Scheiben erzittern ließen, sie hörte Radio und widerstand notgedrungen den sporadisch über sie kommenden Kauf- und Freßgelüsten. Manchmal lachten sie sogar miteinander; sobald das Lachen ihr bewußt wurde, verstummte sie abrupt, und später, wenn er das Zimmer verlassen hatte, vernahm sie aus einem weiter entfernten Zimmer schwach das Klappern einer Computertastatur.

»Ich berichte«, erwiderte er knapp, als sie ihn einmal darauf ansprach.

»Und wem berichtest du, Arschloch?«

Er wand sich. »Dr. Freud.«

»Und wer ist dein Freund oder Freud?«

»Der Begründer der Psychoanalyse, geboren 1856, gestorben 1939.«

»Also tot.«

»Ja.«

Obwohl er diesen Freund oder Freud schon einmal erwähnt hatte, kam ihr die Antwort so dämlich vor, daß sie nicht weiter darüber nachdachte.

Trotzdem, ihre Beziehung hatte sich gewandelt, war überhaupt erst eine geworden. Er zeigte ihr Griffe auf dem Keyboard, stellte das Radio an und aus, schaute ihr zu, wenn sie sich wusch. Dann schüttelte sie sich das langgewordene Haar in den Rücken und fuhr sich mit dem Lappen etwas langsamer als sonst zwischen den Arschbacken durch. Manchmal las sie sogar in dem roten Buch. Fürst Myschkin, der Idiot, wies gewisse Ähnlichkeiten mit ihrem Gefängniswärter auf. Vielleicht wollte sie auch nur, daß es so war. Er stand zwischen zwei Frauen, die beide eigentlich nichts machten, und dennoch hatten sie ihn in der Tasche, beziehungsweise führten ihn an der Nase herum. Sie versuchte von ihnen zu lernen. Manchmal ertappte sie sich dabei, daß sie an Eisenbahnen, Handküsse oder verschneite Wälder dachte, alles Dinge, die ihr praktisch noch nie begegnet waren. Als der Fürst in Jepantschins Salon die chinesische Vase vom Sockel stieß, schnürte ihr etwas die Kehle zu, sie wußte nicht, was es war. Sie bekam feuchte Augen und schleuderte das Buch an die Wand. Ein Idiot, der einfach alles falsch machte, was er falsch machen konnte; was ging sie das an? Später probierte sie, ob die Kette bis zum Buch reichte, aber sie mußte warten, bis er wieder ins Zimmer kam und es ihr gab. Als sie sah, daß es hinter seiner Beulenstirn arbeitete, fragte sie ihn nach seinem Namen.

»Bruno«, sagte er.

»Arschloch gefällt mir besser.« Er zuckte zusammen, aber nur ganz leicht.

»Und wie heißt du?«

»Ich heiße … Sony.« Sie hätte lügen können, aber irgendwie tat es gut, ihren Namen ausgesprochen zu hören.

»Sony …«, wiederholte er. Beim Hinausgehen stieß er mit der Schulter gegen die Wand.

Sie folgte ihm in Gedanken. Ihr Gehör hatte sich geschärft, und mit der Zeit hatte sich in ihrer Vorstellung ein Bild des Hauses geformt. Es war länglich, ihr Zimmer lag zum Hinterhof. Die Küche hatte zwei Eingänge; der eine führte in ihr Zimmer, der andere auf einen langen Korridor, von dem weitere Räume abzweigten, darunter das Zimmer, in dem sein Computer und die Videoanlage standen und in dem er auch schlief. In einem anderen Zimmer befand sich seine Werkstatt, eines war eine Abstellkammer, die restlichen Räume und der Speicher, auf dem manchmal die Ratten tobten, benutzte er nicht. Ganz am Ende des Korridors lag die Haustür.

In der ganzen Zeit hatte es nur dreimal geklingelt. Einmal war er nicht da. Das Klingeln drang nur gedämpft zu ihr, denn die Küchentür war geschlossen, und den Korridor stellte sie sich wie eine ins Unendliche hinein verlängerte Variante des Eisenbahntunnels am E'os-Center vor, an dessen Ende eine kaum wahrnehmbare Lichtspur durch eine Ritze unter der perspektivisch verkleinerten Tür in ein ewiges Halbdunkel fiel. Diese Tür lag so weit weg, die Welt dahinter war inzwischen so unvorstellbar geworden, daß es Minuten dauerte, ehe sie zu schreien begann. Das Klingeln hatte bereits aufgehört, und ob *er* sich später das Video angesehen und von ihrem mißglückten Ausbruchsversuch Kenntnis genommen hatte, ließ er nicht erkennen. Er verhielt sich wie immer.

Er war dumm, langweilig, häßlich, leer und gleichzeitig unergründlich. Damals, als sie ihn vor dem Lokal stehen sah, hatte sie gemeint, ihn zu durchschauen. In Wirklichkeit wußte sie nichts von ihm. Er war ein Geheimnis. Sony entdeckte das Wort in dem roten Buch, und als sie es las, wurde ihr klar, daß es nicht nur auf ihn zutraf, auf Fürst Myschkin, auf Aglaja, auf Nastassia, sondern vielleicht sogar auf sie, Sony, und auf jeden anderen Menschen. Dieser Gedanke erschreckte sie. Er verdoppelte gleichsam ihre jetzige Hilflosigkeit und dehnte sie nachträglich noch in die Vergangenheit aus, denn wenn es stimmte, daß jeder Mensch ein Geheimnis war, dann war vielleicht die ganze Welt eines, und sie war all die Jahre über mit geschlossenen Augen hindurchgelaufen, ohne etwas davon wissen zu wollen, ja sogar ohne es zu spüren. Dann hatte sie sich belogen, dann wußten die Lebenden Leichen vielleicht sogar mehr als sie, und sie war noch weniger wert als der menschliche Dreck, den sie verachtet und mit Mittel 1, 2, 3 beschmiert hatte, ehe er in den Ofen geschoben und wieder zu dem wurde, woraus er einmal entstanden war.

Sie verdrängte diese Gedanken, es tat zu weh. Trotzdem konnte sie sich nicht darüber hinwegtäuschen, daß Arschloch Bruno der erste Mensch war, von dem sie etwas wissen wollte – und sei es, was er mit ihrer Gefangenschaft eigentlich bezweckte und ob, und wenn ja, wann er sie zu beenden gedachte. Daß sie es nicht erfuhr, machte sie rasend. Sie unterhielten sich zwar, doch die Gespräche blieben unergiebig – er flüchtete sich nach ein paar Sätzen gleich wieder in irgendwelche Aktivitäten, goß zum fünftenmal an einem Tag das Bäumchen, spielte ihr einen ›Hammer‹, wie er sagte, auf dem Keyboard vor oder setzte sich ins Nebenzimmer ab und klapperte mit den Tasten.

Statt dessen tauschten sie kleine Gesten aus, manchmal spürte sie körperlich, daß er auf sie reagierte, daß sein Blick länger als gewöhnlich auf ihr verweilte, auf einer Strähne, die sie sich mit gespitzten Lippen aus den Augen blies, auf ihrer Hand, die an der Decke nestelte. Manchmal schien ihr, Aglaja und Nastassja oder die wogenden Schatten des E'os-Centers ihrer Träume flüsterten ihr zu, leiteten sie unsichtbar an.

Einmal kniete sie am Boden, als er ihr das Abendessen brachte, und machte Gymnastik. Sie trug nur seine grauen langen Unterhosen, die ihr zu weit waren, und ein knappes T-Shirt, das eingelaufen war und ihm nicht mehr paßte. Mit dem Kopf zur Wand schob sie den Oberkörper vor, bis sie auf dem Bauch lag, und jedesmal, wenn ihr Hintern in die Höhe zeigte, rutschte die Unterhose ein Stück weiter hinunter und das T-Shirt nach oben. Sie hörte, wie er am Fußende des Bettes verharrte. Sie hörte sogar seinen Atem – schneller werden, so als versuchte er, sich ihrem Wiegerhythmus anzupassen. Nach einer Weile räusperte er sich und sagte mürrisch: »Was machst du da? Du wirst dich erkälten.«

»Das nennt man Erotik, Arschloch«, sagte sie, stand auf und setzte sich aufs Bett. Er stellte das Tablett ab und verkürzte die Ketten.

»Nach der Arbeit ging ich einmal spazieren«, erzählte er. »Ich war bis dahin nie spazierengegangen. Alles war so neu für mich. Manchmal stieß ich mit anderen Leuten zusammen oder wußte nicht mehr, wo ich war. Es war … es war, als hätte ich mein Leben lang in ein Aquarium hineingeguckt, und jetzt war ich auf einmal selber drin. Weißt du, was ein Aquarium ist?«

»Ein Glaskasten mit Fischen.«

»Ja … Jedenfalls, es war spät in der Nacht, fast schon Morgen. Die Straßen waren leer. Plötzlich sah ich, daß sich im Rinnstein etwas bewegte. Ich bückte mich. Es war eine Taube. Die Taube war verletzt, sie war irgendwie benommen. Ein Flügel hing herunter. Wahrscheinlich war sie angefahren worden. Ich hob sie auf und brachte sie zu einem Taxistand. Als ich dem Fahrer die Taube zeigte, kurbelte er das Fenster hoch. Ich ging weiter, die Taube im Arm. Ich wußte nicht mehr, was ich tat. Ich trat durch ein Portal, an dem rechts und links blau leuchtendes Wasser hinunterlief, das jedoch trocken war, als ich es anfassen wollte. Dahinter war eine Art Grottengang, und etwas begann durchdringend zu piepsen. Am Ende der Grotte war ein Saal voller Menschen, die vor kerzengeschmückten Tischen saßen und aßen. Einige sahen zu mir her. Zwei Männer in dunklen Anzügen stürzten auf mich zu. Sie hatten Hunde dabei und sich das Haar im Nacken zu Zöpfen geflochten.

Bitte helfen Sie mir, sagte ich, und die Männer lachten. Dann warfen sie mich raus. Irgendwann waren wieder Leute auf der Straße. Ich sprach sie an. Einer nahm mir die Taube ab und drehte ihr den Hals um. Das Knacken war ganz leise. Dann warf er sie auf die Straße.«

»Was hast du mit der Taube gewollt?« fragte Sony nach einer Weile.

»Ich habe sie retten wollen.«

»Ich hätte sie liegengelassen«, sagte Sony.

Soviel an einem Stück hatte er noch nie von sich erzählt. Sie spürte, es wäre richtig gewesen, jetzt etwas zu sagen, viele, viele Worte wie die beiden Frauen aus dem Buch, aber auf einmal fühlte sie sich erschöpft und kraftlos.

Es ging auf den Frühling zu. Es regnete jetzt seltener, die Tage wurden länger, die Hydra protzte mit geschwollenen Knospen, die in kürzester Zeit hellgrüne, lappige Blätter entfalteten. Eine seltsame Spannung lag in der Luft, die im Gegensatz zu den Knospen zu keiner Entfaltung fand, sondern wie ein Thermometer, dessen Erfassungsgrenze niemand kannte, kontinuierlich stieg. Sony verspürte ungewohnte Impulse; sie wollte singen und sang auch, wenn ihr Bewachen nicht gerade im Zimmer war, wo er das Topfbäumchen mit außerplanmäßigen Gießungen zu ähnlichen Kraftanstrengungen wie die Hydra anspornen zu wollen schien. Dann wieder war sie tagelang still und versank in dumpfem Brüten, weichte heimlich Brotkrumen auf und knetete sie unter der Decke, oder sie wußte nicht mehr, wie sie liegen, sitzen oder stehen sollte, und verausgabte sich in kettenklirrender Gymnastik. Wenn sie Bruno vorsichtig fragte, was er mit ihr vorhabe und wie lange er sie noch ›dabehalten‹ wolle, wich er ihr aus.

Manchmal masturbierte sie, über der Decke und nachts, wobei sie demonstrativ in die Videokamera hochstarrte, die sie zwar im Dunkeln nicht sah, von der sie aber wußte, daß sie mit einem IR-Verstärker ausgestattet war.

Eines Tages führten sie ein eigenartiges Gespräch. Es begann damit, daß sie sich jeder einen neuen Namen gaben, Franziska sie, Rainer er, und daß sie diesen Namen Geschichten zuordneten, ein ganzes Leben. Sie probierten andere Namen aus und andere Geschichten. Als Sony merkte, daß es ihm irgendwie wichtig war, stieg sie voll darauf ein, ja, das Spiel begann ihr sogar Spaß zu machen; fremde Schicksale, die ihre eigenen wurden – Lebensläufe, unbekannte Wege.

»Und Rosie wird also tatsächlich Krankenschwester, trotz untertariflicher Bezahlung und einem Manko an Sozialprestige?«

»Manko und so kenne ich nicht, aber sie wird.«

Und das war seltsam und fiel ihr auf, daß sie ausnahmslos Rollen der Lebenden Leichen übernahm, und darüber dachte sie nach, und dann vergaß sie es.

Nachts fiel sie in einen schweren Traum. Ihre Sehnsüchte flatterten wie schwarze Vögel durch das

Haus, das auch das E'os-Center war, haltlos, ziellos, und in den Zimmern und auf den Gängen drängten sich die Schattenwesen, und wenn sie sich ihnen näherte, verfestigten sie sich und wurden zu nackten Leibern, die Sony ihr Geschlecht entgegenreckten und sie mit ihren Brüsten streiften. Die Lebenden Leichen trafen aufeinander und vereinigten sich auf Betten und Bettvorlegern zu Paaren und Gruppen, ihr Stöhnen und Ächzen erfüllte den Raum, während sich die wogenden Leiber blitzschnell umgruppierten, neue Positionen und Kombinationen ausprobierten, ehe sie sich wieder lösten und jeder für sich weitersuchten, um sich abermals zu vereinen. Keinen Moment fand Sony Ruhe, alles mußte sie mitansehen und -hören, nirgends konnte sie mitmachen. Sie war ausgestoßen, dazu verdammt, auf ewig zu schauen und zu suchen und niemals zu finden.

Als sie wie gerädert erwachte, war es noch dunkel. Sie bekam kaum Luft. Im Dunkeln ging sie aufs Klo, dann legte sie sich wieder hin.

Totenstille herrschte im Haus. Sie dachte an den Mann, der ein paar Zimmer weiter in seinem Bett lag und schlief. Sie meinte seinen regelmäßigen Atem zu hören, doch das mußte eine Täuschung sein. Die Brille würde neben dem Bett auf einem alten Nachttisch liegen, die Haaren wären verwuschelt, vielleicht lag er zusammengekrümmt und hielt die Decke umklammert als einen Schutz vor der Welt. Er ist einsam, dachte sie zum erstenmal. So vieles tat sie in letzter Zeit zum erstenmal, und das verwirrte sie und machte sie traurig. Sie schaute zu, wie es dämmerte und sich das Zimmer mit stumpfem Grau füllte.

Als er das Frühstück brachte, hatte er feuchte Augen.

»Hast du etwa geweint?« fragte sie.

Er fuhr zusammen. »Wie kommst du darauf?«

»Na ja... Mit der Zeit lernt man sich halt kennen.«

Die trüben Bassins, in denen seine Augen schwammen, liefen über. Er setzte das Tablett ab und rannte hinaus.

Ihr war es egal. Draußen schien die Sonne. Ihr Kopf war eine Mühle, mit der sie Zeit zu grauem Staub zermahlte. Zwischendurch Bäumchengießen und Lüften, ein paar Mittagsbrote.

Nach dem Abendessen, das sie schweigend gemeinsam einnahmen, er am fahrbaren Tischchen, sie im Schneidersitz auf dem Bett, sagte sie: »Wenn ich was falsch gemacht habe, tut es mir leid.«

Er sah auf, nickte leicht, schüttelte heftig den Kopf. »Du hast nichts falsch gemacht. Deshalb braucht dir auch nichts leid zu tun.«

Er räumte ab. Eine ferne Tür schlug. Nach einer Weile kam er als Seemann verkleidet zurück, angetan mit blauer Schirmmütze, Streifenhemd und weiter, heller Leinenhose. In der Hand trug er ein Tablett mit einem Kerzenleuchter, einer Flasche und zwei Gläsern. Er zündete die Kerzen an und schaltete die Zimmerbeleuchtung aus. Sie tranken und wurden lustig. Er setzte sich ans Keyboard und stimmte Shanties an, grölende Gesänge über Wind und Meer, über Schiffe, Häfen, Mädchen und immer wieder Buddeln voll Rum. Er holte die zweite Flasche. Irgendwann hatte er das Keyboard ganz auf Automatik gestellt, es spielte von allein, einen monotonen Rhythmus mit zwei, drei Akkorden, die sich ständig wiederholten.

Sie tanzten. Er stampfte und warf seinen Quadratschädel so heftig hin und her, daß die Brille jeden Moment wegzufliegen drohte. Sie wand sich und schwang die Arme, ohne die Ketten überhaupt wahrzunehmen; sie gehörten zu ihr, waren ein Teil ihres Körpers geworden, höchst bewegliche Fortsätze, die sich bogen und wanden, die vibrierten, schwangen und zuckten.

Auf einmal stockte sie.

»Guck dir doch mal an, was ich anhabe«, sagte sie. »Findest du das vielleicht in Ordnung?« Sie trug eine schlabbrige blaue Trainingshose und einen grauen, an den Ellbogen zerschlissenen Pullover, alles aus seinen Beständen. Er glotzte sie mit hängenden Armen an. Er schnaufte.

»Warte«, sagte er.

Er ging hinaus und kam mit seinem seidenen Hausmantel wieder.

»Da«, sagte er und legte den Mantel aufs Bett.

Zum Umkleiden vollführten sie die übliche Prozedur mit den Ketten. Er starrte sie an. Das hatte er auch vorher schon getan, wenn sie sich wusch, doch diesmal war es anders. Noch nie war er ihr dabei so nah gewesen. Noch nie hatte sie seinen Blick so deutlich auf sich gespürt. Das Keyboard hatte die ganze Zeit unermüdlich weitergehämmert, gleichförmig, hypnotisch.

Nach dem Pullover zog sie auch das Unterhemd aus, dann schlüpfte sie in den Mantel, verknotete den glatten Gürtel. Sie begann sich wieder zu bewegen, langsam und wiegend, dann zog sie den Mantel über der Taille auseinander und berührte ihre Brüste, kreisend, im Rhythmus der elektrischen Trommeln. Eine Weile schaute er ihr mit halboffenem Mund zu, dann sagte er: »Was machst du da?«

»Ich hab's dir doch schon mal erklärt. Das ist erotisch. Du Dummer.« Er war kein Arschloch mehr, er durfte keines sein. Er war ein Mann, und sie war eine Frau. Ein Finger umkreiste den Nabel, tauchte hinein, wanderte zum Gürtel.

»Komm her«, sagte sie.

Er rührte sich nicht.

»Laß uns ficken.«

Er zitterte, leckte sich die Lippen. »Du solltest dieses Wort nicht sagen.«

»Warum nicht?«

»Es ist nicht richtig.«

»Aber du weißt, was es bedeutet.«

Er lächelte schwach.

»Laß uns ... ficken«, wiederholte sie, ein anderes Wort fiel ihr nicht ein. »Es hat doch keinen Sinn, daß wir uns etwas vormachen. ich weiß zwar immer noch nicht, warum ich hier bin, aber eins weiß ich, nämlich daß du's willst, und ich will's auch. Also laß es uns einfach tun. Laß uns einmal alles vergessen. Du brauchst keine Angst zu haben, du bist stärker als ich.«

»Weißt du's wirklich nicht?«

»Was meinst du?«

»Warum du ... hier bist.«

Sie schüttelte den Kopf. »Wie wär's, wenn du's mir einfach sagen tätst?«

»Du bist hier, damit ein Mensch aus dir wird.«

»Ein Mensch«, sagte Sony. »Ist das alles?«

»Ich finde, das ist eine ganze Menge.«

»Und wie stellst du dir das vor? Wie willst du das erreichen?«

»Durch Deprogrammierung, Entkonditionierung, Sozialisation ...«

»Na großartig. Und was meinst du, was ich bin? Eine Maschine? Ein Tier vielleicht?«

Er antwortete nicht.

»Sag schon. Sag es!«

»Du hast schreckliche Dinge getan.«

»Nur das, was alle tun.«

»Nein, so ist es nicht ...«

»Ich habe getan, was alle tun«, beharrte sie. »Sie schieben sich den Stecker rein und ziehen auf ›Abenteuer‹ aus, ›Abenteuer‹ sagen sie dazu. Nett, nicht wahr? Und ich hatte auch meine Abenteuer. Aber ich habe sie *gelebt*, *das* ist der Unterschied. Bin ich deshalb vielleicht schlechter als sie? Was? Was meinst du?«

»Ich weiß es nicht«, sagte er leise.

»Aber ich weiß es. Ich kann sehen, ich kann fühlen, ich kann denken. Ich bin genauso ein Mensch wie ... wie ... wie du.«

Er blickte überrascht. »Vielleicht wollte ich ja, daß wir beide ...«

»Und ich werd dir noch was sagen«, fuhr Sony fort. »Wir sind Menschen, und Menschen tun es nun einmal. Sie tun es einfach, tun es, tun es!« Sie löste den Gürtel, strich sich über die Schenkel. Er schien sich auf sie stürzen zu wollen, er hatte schon angesetzt, stand vorgebeugt, die Arme leicht erhoben – dann wandte er sich um und rannte hinaus.

Sie tanzte weiter. Sie durfte jetzt nicht aufhören. Wenn sie weitermachte, käme er irgendwann zurück. Sie hörte Schritte, ein Klappern, Quietschen. Sie bewegte sich heftiger. Und dann erschien er in der Tür, vor sich ein mannshohes Gestell auf Rädern, und sie erstarrte, ihre Arme sanken herab, die Ketten waren keine lebendigen Fortsätze mehr, nur noch Ketten, und sie sagte: »Nein.«

Er hörte nicht auf sie, schob das Gestell weiter in den Raum, einen Kasten auf Rädern mit einer Art Kleiderstange darüber, an der es baumelte und schwang.

»Tu uns das nicht an!«

Er rammte den Stecker in die Mehrfachsteckdose am Fenster, stürzte zur Schaltleiste an der Tür. Rasselnd wurden die Ketten eingerollt, alle vier gleichzeitig. Es warf sie rückwärts aufs Bett. Ihre Arme wurden nach hinten gerissen, ihre Beine gespreizt, bis sich die Profile der Umlenkrollen in ihre Fußsohlen drückten.

»Nicht mit dem Deckel! Bitte nicht mit dem Deckel!«

Er nahm einen oben offenen Helm vom Haken, stöpselte das Kabel in den Kasten ein, trat ans Bett, beugte sich über sie und streifte ihr den Deckel über den Kopf. Das Visier klappte herunter, sie war blind.

Sie zerrte an den Fesseln, stemmte das Becken hoch und bumste damit gegen die Matratze, alles vergeblich. Ihr Schreien erstarb.

Mit dem verspiegelten Visier, das ihr Gesicht bis zum Mund hinab bedeckte, sah sie wieder fremd aus, wie damals, als sie in sein Haus gekommen war. Aber sie war nicht mehr fremd, sie würde nie wieder eine Fremde für ihn sein. Sie war Sony. Er flüsterte ihren Namen, als er den Mantel aufschlug und ihr die Unterhose herunterstreifte, nur ein Stückchen weit, denn ihre Beine waren zu sehr gespreizt, darum holte er eine Schere und schnitt sie im Schritt entzwei.

Aus der Nähe betrachtet war ihr Schamhaar nicht mehr blond, sondern rot. Seine Augen huschten darüber hinweg, und er zog die beiden Unterhosenhälften unter ihr hervor, ohne sie zu berühren. Sie wehrte sich nicht mehr.

»Sony. Sony, es wird dir gefallen«, murmelte er. Sie bewegte den Kopf, ihr Mund war ein Strich.

Er zog das Gestell näher ans Bett und hob die Vaginalautomatik vom Haken. Der Kolben war eingefahren, die knollige schwarze Spitze war bereits geschmiert und glänzte. Als er Sony den Gürtel umlegte, berührte er zum erstenmal ihre Haut; sie war heiß, und der Kolben war kalt, das wußte er, aber das würde sich bald ändern. Mit zitternden Händen zog er die Klettverschlüsse an und hoffte, er hatte alles richtig plaziert. Mit dem schwarzen Ding zwischen den Beinen ähnelte Sony einem androgynen Sexonen.

Er richtete sich auf und riß sich die Kleider vom Leib. Der gewaltige Joystick wog mehrere Kilogramm. Er führte seinen halbsteifen Penis ein und schnallte das Gerät fest. Plötzlich schien sich seine Erektion an Volumen vervielfacht zu haben. Mit jeder Bewegung, die er machte, wippte der Apparat an seiner Hüfte. Er steifte sich weiter in diese samtige Weichheit hinein, bis er meinte zu platzen. Mit fliegenden Fingern setzte er den Deckel auf, steckte die Rechte in den Handschuh und startete das Programm. Er klappte das Visier herunter und legte sich auf den Boden.

Sie befand sich wieder in dem Haus, dem E'os-Center ihrer Träume. Diesmal war sie leibhaftig anwesend, sie konnte ihren Körper nicht sehen, aber sie spürte ihn, und obwohl sie wußte, daß sie lag, meinte sie zu stehen; in der Tür eines kleinen Zimmers, wie sie eines bewohnt hatte, mit einem Doppelbett unter einer roten Decke, einem kleinen Tisch mit zwei Sesseln davor, Blümchentapeten und Tulpenschirmlampen auf den Nachttischen. An der Wand hing sogar ein Bild, das ein Paar am Strand zeigte, wie es sich umarmte, während weit draußen am Horizont eine blutrote Sonne in den gleißenden Wellen versank. Die Wellen bewegten sich, schlugen ans Ufer und leckten weiß aufschäumend über den Sand. Auch das Paar bewegte sich; die Frau ließ sich auf den Rücken zurücksinken, zog die Beine an und schlang sie ihm um die Hüften, während er im Rhythmus der Wellen zu stoßen begann; ganz sachte nur, verhalten, zärtlich. Es rauschte leise, halb Meer, halb Wind; sie hatte noch nie das Meer gesehen und auch nicht, wie sich zwei so liebten. Sie kannte es anders, gewalttätig, direkt, auf einer modrigen Matratze unter einem kaputten Fenster, inmitten von Glasscherben und Dreck, das war okay, sie mochte es so, aber das hier war anders, und obwohl sie sich dagegen wehrte, erregte es sie.

Der Mann lehnte am Fenster, eine sonnengebräunte, muskulöse Statue, die einen Zipfel des roten Fenstervorhangs um die Hüfte geschlungen hatte. Als ihr Blick darauf fiel, erwachte die Statue zum Leben. Der Mann lächelte, und wie unter einer imaginären Berührung richtete sich seine Männlichkeit auf und schwoll an. Musik mischte sich in das Meeresrauschen, ein Heben und Senken, ein unaufhörliches Gleiten, und dann hatte er sie erreicht, sie mußte den Kopf heben, um ihm ins Gesicht blicken zu können, und seine Augen waren grün wie etwas vom Grund des Meeres oder wie das Meer selbst, zu einer anderen Stunde.

So wärst du also gern, du Arschloch, du Ratte, wollte sie sagen und sagte es vielleicht auch, aber ohne es zu hören, und auch er hörte es nicht. Als er sie berührte, hochhob und küßte, erschauerte sie. Etwas streifte gegen ihren Schoß, drängte sich an sie und versuchsweise tastend in sie hinein. Sie schwebte zum Bett, das Zimmer kippte, sie schaute an die Decke und in einen Spiegel, der Mann glitt über sie, braune, muskulöse Schenkel, ein knackiger Arsch, und dann sah sie das Gesicht an seiner Schulter, und es war ihr eigenes Gesicht. Sie wollte schreien, zuckte und bäumte sich, da war er schon in ihr, und sie schloß die Augen und machte sie wieder auf, es hatte keinen Sinn, sich zu wehren, das würde nur weh tun, und sie wollte keine Schmerzen, und darum blickte sie starr in den Spiegel hoch und wollte die Arme, die wie tot auf der roten Decke lagen, heben und um seinen Rücken legen, aber sie schaffte es nicht.

Als sie erwachte, roch es anders. Das war das erste, was ihr auffiel; ein scharfer, angenehmer Geruch, der Geruch nach Sex. Alles fiel ihr wieder ein. Sie blinzelte.

Sie sah sich im Zimmer um und stellte fest, daß das Gestell verschwunden war. Sie war allein. Darum legte sie sich wieder zurück und schloß die Augen. Sie war vorher noch nie unter einem Deckel gewesen, aber sie hatte gewußt, wie es sein würde. Vielleicht nicht ganz. Der Mann, das Zimmer, das Bett und der Spiegel waren so real gewesen. Wenn sie einen Handschuh gehabt und selbst hätte eingreifen können, wäre es vielleicht noch realistischer gewesen. Sie kannte die modernen Ganzkörperanzüge mit den Pneumoelementen und den riesigen Genitalautomaten vom Sehen. Im nachhinein ekelte sie sich; gestern hatte sie genossen. Er war so stark gewesen, und sie war gekommen, dreimal, viermal, fünfmal, sie wußte es nicht mehr. Sie hatte tief und entspannt geschlafen, hatte nicht einmal gemerkt, wie er den Deckel und die Fotzenautomatik rausgebracht hatte, die sie sich selbst abgenommen hatte, nachdem ihre Ketten irgendwann und von ihr unbemerkt verlängert worden waren.

Sie trug immer noch den Mantel, die zerschnittene Unterhose lag neben dem Bett auf dem Boden. Warum er den Apparat benutzt hatte, anstatt sie leibhaftig zu ficken, begriff sie nicht. Es hätte doch kein Risiko für ihn bestanden, und wenn er Angst vor einer Ansteckung hatte, dann hätte ein Gummi genügt. Aber was sollte sie sich über die Lebenden Leichen den Kopf zerbrechen. Die Lebenden Leichen waren verrückt.

Trotzdem …

Sie schüttelte den Kopf. Sie ahnte, was dieses Trotzdem war; ein Bedauern, eine Enttäuschung, und das ärgerte sie.

Plötzlich fühlte sie sich hellwach. Außerdem hatte sie Hunger. Das Frühstück war schon lange überfällig.

»Hallo!« rief sie. »He, Arschloch, wo bleibt das Essen?«

Keine Antwort. In der Küche blieb es ruhig.

Sie wälzte sich aus dem Bett, setzte sich auf die Toilette, betätigte die Spülung. Dann zog sie die Plastikwanne unter dem Waschbecken hervor, schraubte den Schlauch mit dem Brausenaufsatz an den Hahn, stellte sich in die Wanne, drehte das Wasser auf und hockte sich hin. Wegen der Handfesseln konnte sie den Mantel nicht ausziehen. Sie schlug ihn möglichst weit auseinander, spülte sich das Gesicht, die Brust, den, klebrigen Unterleib. Es spritzte, der Boden wurde naß.

Sie hatte ihn hereinkommen hören, ließ sich jedoch nichts anmerken, sondern verknotete erst den Gürtel, dann wandte sie sich um.

Sie legte den Kopf schief, blickte ihn spöttisch an. »Na, geht's dir jetzt besser?«

Er schlug die Augen nieder. Plötzlich war ihr nach Weinen zumute. Sie überspielte es, indem sie sich rasch auf die Bettkante setzte und die Arme nach dem Tablett ausstreckte, das er ihr folgsam reichte.

Dampfender Kaffee, knusprige Brötchen, Marmelade und ein MicMac-Schokoriegel.

»Wir sollten das von gestern abend irgendwann wiederholen«, sagte sie. »Ohne Deckel.«

»Es gibt keine Wiederholungen«, sagte er. »Was einem als Wiederholung erscheint, ist in Wirklichkeit eine vorgetäuschte Ähnlichkeit.«

Klugscheißer, dachte sie und schwieg. Beim Essen blickte sie zur Wand. Aus den Augenwinkeln sah sie ihn vor dem Keyboard sitzen, zusammengesunken, ein hündischer Beobachter ihres Knuspelns und Malmens. Sie hätte ihn hassen müssen, denn er hielt sie gefangen. Sie hätte ihn verachten müssen, denn er hatte sie vergewaltigt. Doch alles, was sie empfand, war Mitleid, das ihr die Kehle zuschnürte, das sie lautstark schlucken ließ, das ihre Füße gegeneinander drehte und ihr die Zehen krümmte.

Plötzlich wandte sie den Kopf und krächzte: »Kann ich einen Apfel haben?«

Er schnellte hoch, dankbar für den Auftrag, stürmte in die Küche und kam mit einem rotbackigen Apfel zurück, den er ans Fußende des Betts legte.

»Geschält?« sagte sie.

Er nickte, rannte ohne den Apfel wieder hinaus und kam mit einem Messer zurück. Er schälte den Apfel an einem Stück, am Stiel beginnend immer im Kreis herum, dann schnitt er den Apfel in der Mitte durch, legte die Schalenspirale behutsam auf den Boden und reichte ihr die beiden Hälften.

»Eine reicht«, sagte sie. Eine Weile aßen sie. Dann sagte sie: »Ich brauche was zum Anziehen.« Sein Blick streifte die Unterhose. Er rückte sich die Brille hoch, nickte wieder, legte die angebissene Apfelhälfte weg und ging hinaus.

Als er wiederkam, hatte sie ihr Stück aufgegessen. Die Klamotten, die er ihr aufs Bett legte, erkannte sie nicht gleich; schwarze Unterwäsche, eine Lederhose, eine schwarze Jacke.

Erst beim Hineinschlüpfen fiel ihr auf, daß alles paßte. Seit sie in diesem Zimmer lebte, hatte sie Sachen aus seinem Fundus getragen, graue, überweite Männerhosen, schlabbrige Hemden, knielange Pullover. Sie strich über die glatten Hosenbeine. Sie zitterte und mußte sich setzen. Ein seltsamer neuer Geruch stieg ihr in die Nase, der Geruch ihres Lebens. Jetzt konnte sie die Tränen nicht mehr zurückhalten; nur wenige Tränen, dann ein Brennen in den Augen; sie biß die Zähne zusammen, bis ihr die Kiefermuskeln weh taten, und dann war es vorbei.

Sie bückte sich, tastete herum, dann hatte sie gefunden, was sie gesucht hatte.

»Hier«, sagte sie. »Das ist für dich.«

Es war ein Vogel, eine Taube, geformt aus altem Brot und Speichel. Die Taube, die er hatte retten wollen. Sie war diese Taube, das begriff sie nun. Er nahm das Geschenk, schaute es an, dann drehte er sich um und blickte aus dem Fenster. Die gegenüberliegende Hauswand war hinter der Hydra verschwunden; in den letzten Wochen war ein ganzer Wald von Trieben aus dem Pflaster gebrochen. Im Herbst hätte man sie vielleicht noch beseitigen, die Wurzeln ausgraben können. Jetzt war es zu spät.

»He!« sagte Sony. »He! He! Wenn ich mich anziehen soll, brauche ich 'ne freie Hand!«

Er legte die Brottaube aufs Keyboard und drehte sich um; geballte Fäuste, ein Mund, der arbeitete und zuckte. Dann entspannten sich die Hände, die Rechte versank in seiner Hosentasche, tauchte mit dem Schlüssel wieder hervor.

»Es reicht«, sagte er und kam näher, ohne die Ketten wie sonst üblich verkürzt zu haben. Er kniete vor ihr nieder, machte sich an ihren Knöcheln zu schaffen, dann richtete er sich auf, nahm erst ihre linke, dann ihre rechte Hand. Zweimal klirrte es. Einen Moment lang schauten sie sich in die Augen, aufzusehen brauchte sie nicht, sie waren gleichgroß.

»Du bist frei«, sagte er. »Wenn ich dir weh getan habe, bitte ich dich um Verzeihung.«

Sie starrte ihn bloß an.

»Tja«, murmelte er, sich abwendend, »dann werd ich wohl mal das Bett abziehen.«

Er begann mit der Zudecke. Sie streifte die Verbände ab. Die Ekzeme an den Füßen waren verheilt, die hatte sie weniger bewegt.

Sie zog die Jacke an. Als sie damit fertig war, knüpfte er gerade den Kissenbezug auf. Bis zum Messer waren es zwei Schritte und drei Schritte zurück. Sie war schwerelos, sie flog, sie holte aus über seinem runden, fleischigen Rücken.

Das Messer war ein Obstmesser, nicht lang, aber scharf und spitz. Der erste Stich traf auf eine Rippe, glitt nach außen hin ab, blieb stecken unter Stoff und Haut. Er zuckte reflexhaft und lag einen Moment lang ganz flach unter ihr. Dann drehte er den Kopf herum. Die Brille war verrutscht, seine Augen waren weit aufgerissen und dunkel. Der zweite Stich traf ihn in den Hals. Blut spritzte ihr ins Haar und in die Augen. Er gurgelte und versuchte sich umzudrehen. Der dritte Stich traf ihn in die Brust, und diesmal drang die Klinge ein bis zum Heft. Blind stieß sie mit dem Messer nach seinen fuchtelnden Armen. Sie bekam das

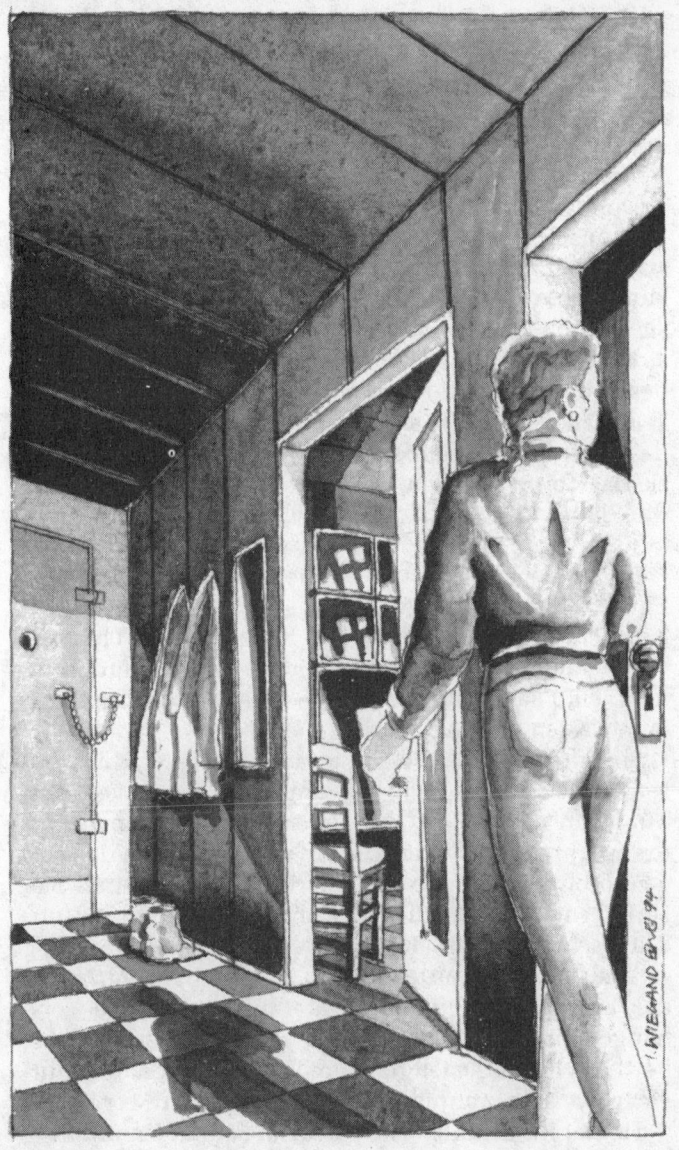

Kissen zu fassen, zog es unter ihm hervor und drückte es ihm aufs Gesicht, damit ihre Sachen nicht schmutzig wurden. Sie kniete jetzt auf seiner Hüfte, hielt mit einer Hand das Kissen fest und stach mit der anderen auf ihn ein, von der Seite her, unter den Rippenkasten, in den Bauch.

Der dicke Pullover, den er trug, verhinderte, daß das Blut nach außen drang. Sein Strampeln wurde schwächer. Sie stieg von ihm herunter, stellte sich ans Waschbecken und reinigte sich sorgfältig Haare, Gesicht und Hände. Als sie wieder zu ihm hinsah, hatte sich das Kissen rot gefärbt. Die Beine zuckten im Todeskampf. Es würde nicht mehr lange dauern.

Für alle Fälle legte sie ihm eine Fußfessel an und ließ das Schloß zuschnappen. Beim Hinausgehen berührte sie das Topfbäumchen, das er so eifrig gegossen hatte; die Blätter knisterten zwischen ihren Finger, sie waren künstlich.

Hinter dem Durchgang lag die Küche. Sie nahm eine Einkaufstasche aus Jute von einem Haken, öffnete den Kühlschrank und füllte alles hinein, was sich eine Weile halten würde, Käse, eine Salami, Bierdosen, dann ein paar Äpfel aus einer Schale und das Brot aus dem Kasten auf dem Tisch.

Sie öffnete die Tür. Dahinter lag ein langer, düsterer Korridor mit der Haustür am Ende und weiteren Türen an den Seiten. Ein gelber Streifen Sonnenlicht drang durch die Türritze herein und außerdem das abgedämpfte monotone Hämmern einer Maschine. Sie kannte diesen Korridor, im Geist hatte sie ihn so oft durchschritten, daß er ihr jetzt beinahe unwirklich erschien. Und da war auch die Tür zu seinem Zimmer; die Tür stand offen, sie blickte auf zugezogene Vorhänge, ein von Monitoren und Fernsehern umstelltes Bett. Auch das Gestell mit dem Deckel war da, und auf einer Konsole brannte ein besonders großer Monitor.

Sie trat ins Zimmer und suchte in Schränken und Kisten, bis sie ihre Pistole gefunden hatte. Sie wollte fast schon wieder hinausgehen, als sie zögerte und sich widerwillig vor den riesigen Monitor setzte. Am oberen Rand waren in der Menüzeile die Felder ›Prognose‹ und ›Tagebuch‹ aktiviert. Das Bild war zweifach unterteilt und zeigte zwei identische Bäume. An jeder Astspitze und vor jeder Verzweigung stand ein Wort oder ein kurzer Satz. ›Ankunft‹ stand ganz oben an der Spitze, rechts wie links. Dann folgten drei Stammabschnitte, die mit ›Phase 1‹, ›Phase 2‹ und ›Phase 3‹ überschrieben waren. Sie bewegte den Mauszeiger auf eine Astgabelung im linken Teil, auf der unter einem Datum ›21. Lektüre‹ stand. Sie drückte die Maustaste. Ein Textfenster erschien.

```
Sony befindet sich im Widerstreit mit sich
selbst. Einerseits lehnt sie die Romanwelt
als etwas Fremdes, ihrer Erfahrungswelt
nicht Zugehöriges ab, andererseits bewirkt
die Reizarmut, der sie unentwegt ausge-
setzt ist, daß sich ihre verbliebene Neu-
gier an die wenigen Dinge heften, die ihr
ein neues Erfahrungspotential zu er-
schließen versprechen. Des weiteren ist zu
berücksichtigen, daß sie in Phase 3 einge-
treten ist und einerseits Kooperationsbe-
reitschaft demonstrieren, andererseits
alles dahingehend prüfen wird, ob es ihrer
Befreiung dienlich sein könnte oder nicht.
Empfehlung: Das Buch in ihrer Reichweite
liegenlassen.
Prognose: In den nächsten zwei Tagen wird
sie von selbst zu lesen beginnen. Wahr-
scheinlichkeit größer 83 %.
```

Sie löschte den Text, wechselte ins rechte Fenster über und klickte das Datum des folgenden Tages an. Ein neues Textfenster tat sich auf.

        Als ich ins Zimmer trat, hat Sony gele-
        sen. Sie schob das Buch unter die Decke,
        wohl damit ich nichts merke. Aber ich
        habe es gemerkt.

Sie wechselte mit dem Zeiger nach links, dorthin, wo der Baum unten aus dem Bild verschwand. Sie scrollte, klickte das letzte Kästchen an, ganz unten am Stamm. Es erschien folgender Text:

        Warnung! Vor einer Freilassung zum gegen-
        wärtigen Zeitpunkt wird gewarnt! 91 %
        Wahrscheinlichkeit für Dominanz aktueller
        Regressionstendenzen und tödlichen An-
        griff!

Sie, starrte auf den Bildschirm. Sie verstand nicht alles, was da stand, aber doch soviel, daß er gewußt hatte, was passieren würde. Trotzdem hatte er es getan, hatte er sie freigelassen, ihren ›dominanten Tendenzen‹ zum Trotz. Warum?

Sie zuckte die Achseln, stand auf und ging zur Haustür. Der Schlüssel steckte. Sie drehte ihn herum, drückte die Klinke, zog die Tür auf und trat hindurch. Eine Woge aus Hitze und Licht schlug über ihr zusammen.

»Eigentlich sollte ich ja böse mit Ihnen sein«, sagte Feik und wiegte bedächtig den Kopf. »Wie lange ist es eigentlich her, ein halbes Jahr?«

»Fast zehn Monate«, sagte Sony.

»Zehn Monate schon … Ja, die Zeit vergeht, und niemand hält sie fest …«

Feik saß hinter seinem Schreibtisch, Sony stand davor. Feik hatte ein paar graue Haare bekommen, und über dem Eingang hing ein neues Schild: ›Feik – Bestattungen Erster Klasse‹. Soweit Sony erkennen konnte, war sonst alles beim alten geblieben.

»Einfach wegzubleiben, ohne Bescheid zu sagen. Was haben Sie sich eigentlich dabei gedacht?«

»Eine Familienangelegenheit«, sagte Sony. »Ich mußte plötzlich verreisen. Anschließend ging es mir sehr schlecht. Und als ich merkte, daß schon zwei Wochen um waren, hatte ich auf einmal ein so schlechtes Gewissen, daß ich mich nicht anzurufen getraut habe.«

»Hm«, machte Feik, »hm, hm. Und wer garantiert mir, daß Sie mich nicht eines Tages plötzlich wieder auf einem vollen Auftragsbuch sitzenlassen?«

»Das wird nicht wieder vorkommen«, sagte Sony. »Ich habe meine Angelegenheiten jetzt geregelt.«

»Das hoffe ich«, murmelte Feik. »Das hoffe ich.« Er erhob sich und streckte ihr die Rechte entgegen. Sony ergriff sie. Sie war noch genauso kalt und feucht wie vor zehn Monaten. »Dann also auf gute Zusammenarbeit, Frau Decker. Wissen Sie, ich habe zwar gewisse Bedenken, aber wir hatten gerade einen Ausfall, und die angespannte Auftragslage ... Und bis die Nächste eingearbeitet ist ... Würde es Ihnen etwas ausmachen, gleich jetzt in der Frühschicht anzufangen?«

»Überhaupt nicht«, sagte Sony. »Das wäre mir sehr recht.« Sie schüttelten sich sekundenlang die Hände.

Sony tippte auf den Fußschalter. Humpelnd fuhr die Bahre ins Zwielicht vor, bis der Kopf vom Schein der Halogenlampe erfaßt wurde und darin verharrte; die Leichen kamen immer mit dem Kopf zuerst aus dem Fach.

Sony zog den fahrbaren Arbeitsmittelständer heran, sortierte kurz Wattebäusche, Tupfer, Reinigungsmilch A1, Liposomengel B und Gesichtscreme C, dann setzte sie sich auf den Hocker und ließ sich von der Hydraulik ein Stückchen in die Höhe tragen.

»Ich heiße Sabine«, sagte das Mädchen neben ihr. Sie waren allein im Raum, und aus den Deckenlautsprechern sickerte die übliche Dudelmusik. »Ich finde, wir sollten du zueinander sagen. Was meinst du?«

»Ist gut. Ich heiße Sony.«

Das blonde Haar der Leiche reflektierte das Lampenlicht; es war beinahe wie eine Lampe, die Sony blendete. Sie kämmte den zerzausten Pony in die Stirn und stellte fest, daß er ein wenig ausgefranst war. Sie würde ihn geradeschneiden müssen.

»Ich finde, wenn man so eine Arbeit macht, ist es wichtig, daß man sich gut versteht«, sagte Sabine. »Ich arbeite jetzt ein halbes Jahr hier und hab mich immer noch nicht dran gewöhnt. Fängst du gerade erst an?«

»Ich war früher schon mal hier«, sagte Sony.

»Und wieso bist du zurückgekommen?«

»Ich habe nichts Besseres gefunden.«

Eine Weile übertönte das metallische *Schnipp-Schnapp* der Schere die Musik. Die Leiche war jung, die Wangen voll, die Lippen hatte ihre Spannkraft in die Totenstarre hinübergerettet. Nur auf der Wange, mit der sie aufs Pflaster gefallen war, befand sich eine häßliche Schramme. Sony tauchte den ersten Tupfer in die Reinigungsmilch. Sie erinnerte sich an jeden Handgriff, ihre Finger hatten nichts verlernt. Sie hörte, wie das Mädchen von seinem Hocker herunterstieg und hinter sie trat.

»Kannst du dir das vorstellen? Letzte Woche saß sie noch hier, wo du jetzt sitzt, und hat blöde Witze erzählt. ›Unsere Kunden‹, hat sie immer gesagt. ›Unsere Kunden sind mal wieder wählerisch heute.‹ Und jetzt ist sie tot.«

Sony arbeitete schweigend weiter. Unter dem getrockneten Blut verbarg sich ein tiefer Riß, da würde die Grundierung nicht ausreichen. Sie würde mit Plastolin nachbessern müssen.

»Erstochen«, sagte Sabine. »Einfach so. Seitdem sie solo war, ist sie ja mit der U-Bahn gefahren, und auf dem kurzen Stück von der Haltestelle bis zu ihrer

Wohnung ist es dann passiert. Was sind das bloß für Menschen?«

»Ich weiß auch nicht«, sagte Sony.

Das Mädchen beugte sich noch weiter vor, bis Sony ihren Atem im Nacken fühlte. »Marion hieß sie. Wenn du früher schon mal hier warst, hast du sie vielleicht sogar gekannt.«

»Ja«, sagte Sony. »Jetzt, wo du es sagst, fällt es mir wieder ein.« Sie tupfte die letzten Blutspuren ab.

»Du hast sie gekannt, und es macht dir gar nichts aus, so an ihr herumzumachen?«

»Sie hatte eine andere Schicht«, sagte Sony. »Ich glaube, sie hatte immer die Spätschicht.«

»Stimmt«, sagte Sabine. »Zweimal hab ich länger gemacht, daher kannte ich sie. Sag mal, hast du keinen Stecker?«

Sonys Hände stockten. »Ich habe keinen Stecker«, sagte sie.

»Oh.«

Der Kopf an ihrer Schulter wich zurück und hinterließ einen flüchtigen Eindruck von Wärme. Das Mädchen kletterte wieder auf seinen Hocker und arbeitete weiter.

Nach dem Duschen trödelte Sony solange an den Getränkeautomaten herum, bis Sabine gegangen war. Erst dann trat sie auf die Straße.

Es war Sommer. Sie roch ihn, schmeckte ihn, sog ihn in sich auf. Es war noch zu früh, um jetzt schon nach Hause zu gehen. Sie schlenderte durch die Straßen, dann auf einmal merkte sie, daß sie ein Ziel hatte. Ihre Füße suchten den Fluß.

Tauben kreisten über den Dächern und waren vor der Sonne wie Krähen, die Bäume warfen die Blätter ab, das staubige Pflaster schrie lautlos nach Blut. Verborgen in der Tiefe schlug scheppernd ein blechernes Herz, der Gestank der Langeweile verdeckte die Luft, die Lärmpegelmeßgeräte an den Kreuzungen blinkten matt im unteren Dezibelbereich.

Die Kinder spielten nicht, die Erwachsenen lächelten nicht und hatten vor Dummheit große Augen. Das Schweigen der Steine hatte die Fragen verschluckt. Die Stadt war die Welt, die Welt war ein Summen in den Ohren, das sich ein- und ausschalten ließ.

Das bleierne Band des Flusses floß dahin wie ein Warten auf die Nacht, und die Nacht gehörte der Jagd.

Richard Paul Russo · USA

GEFANGEN IN SCHWARZ UND WEIß

SCHWARZ

Dunkel heute – keine Sonne. Treiben – vom Aufwind getragen, hoch über Tiera Mounds, über Bäumen – eine Weile schweben in der Hitze des weiten, grauen und wolkenlosen Himmels. Möchte wissen, wo die Sonne geblieben ist. Seit drei Tagen keine Sonne mehr, und Weiß mit ihr verschwunden. Ich suche sie jetzt, inmitten blaugrüner Bäume, am Rande von Tiera Mounds, an hohen roten Felsenklippen entlang – ich weiß, ich werde sie nicht finden.

Flügel ermatten, die Windstille, so anstrengend, oben zu bleiben – Nacken schmerzt vom Strecken, vom Suchen. Ich schlage einmal kraftvoll mit den Schwingen, dann wieder und wieder – steige schnell auf in immer größeren Spiralen, hoch hinauf in ein Licht, das Dämmerung ist, selbst am Mittag. Immer Dämmerung jetzt – die Sonne verschwunden, Weiß verschwunden, alle von Tiera Kanith verschwunden. Keine Spuren. Morgen werde ich weiter weg suchen, jeden Tag ein Stück weiter. Jetzt tauche ich hinunter – tauche und gleite, parallel zum Hang, hinunter in das dunkelgrüne Tal und die Kühle der Nebel ...

Wo bist du, Weiß?

Ich darf ihn jeden Tag eine Stunde durch eine halb-durchlässige Glasscheibe sehen, doch es gibt nichts zu sehen, absolut nichts. Baarik sitzt in seiner Zelle, die dunklen Flügel schlaff herunterhängend. Kaum, daß er sich einmal bewegt, gerade genug, um die an der Wand befestigte Wasserschale zu erreichen und das Futter, das ihm jeden Tag hingestellt wird. Und gerade genug, um sich vor Schmerzen zu krümmen und das Menschenfutter zu erbrechen, das für ihn reines Gift ist. Ich kann nicht einmal Spuren der Mind-Sim-Implantate erkennen, und wenn ich es nicht besser wüßte, käme ich wohl nie darauf, daß Baarik in Gedanken auf seiner Heimatwelt Saree ist und keine Ahnung hat, daß er auf einer gepolsterten Bank sitzt, in einer fahl beleuchteten Zelle dem Tod entgegendämmert.

»Das ist keine Zelle«, behaupten sie. »Es ist ein Mind-Sim-Arrestraum. Bis zum Abschluß der Verhandlung.«

Es ist eine Zelle.

Er wird hier festgehalten, während sein Verfahren läuft, doch es weiß weder, daß gegen ihn verhandelt wird, noch daß er in einer Zelle eingesperrt ist. Er wird vor Gericht gestellt, ohne jemals einen Gerichtssaal betreten zu dürfen, verteidigt durch einen Anwalt, von dessen Existenz er nichts ahnt. Nur weil er Sareeaner ist und kein Mensch. Und falls man ihn verurteilt, wird Baarik es nicht einmal erfahren; man wird ihn einfach in der Zelle lassen, angeschlossen an eine Sim-Matrix von Saree, in Gedanken auf Saree, allein, und er wird langsam verhungern, ohne jemals zu erfahren, daß ich nur wenige Meter entfernt war und alles mitansah.

Nein, bei uns gibt es keine Todesstrafe mehr. Dafür sind wir Menschen viel zu human. Jawohl.

Heute morgen unterhielt ich mich mit Rosker, bevor

ich herkam. Er ist Baariks Anwalt, ihm habe ich den Fall vor fünf Tagen anvertraut.

»Etwas Merkwürdiges geht mit Baarik vor«, sagte er. »Wie Sie wissen, wird Baariks Interpretation der Saree-Matrix ständig überwacht.« Ich nickte. »Nun, in seinen Gedanken gibt es auf Saree nichts mehr zu essen, und die Sonne ist verschwunden.«

»Das ist doch nicht Teil der Saree-Matrix!«

»Stimmt, aber sehen Sie, sie ist nicht starr vorgegeben. Keine Sim-Matrix ist starr vorgegeben. Man programmiert ein paar grundlegende, aber flexible Parameter. Der Empfänger, in diesem Fall Baarik, nimmt dann unterbewußt alles auf, was ihm auch in Wirklichkeit widerfährt, und übersetzt es in die virtuelle Wirklichkeit der Matrix, sofern es sich innerhalb der Grundparameter bewegt. Da die Kost, die Baarik erhält, mehr oder weniger toxisch und ohne großen Nährwert ist, hat er das in einen totalen Nahrungsmangel auf Saree übersetzt.«

»Gut, aber was ist mit der verschwundenen Sonne«, fragte ich ihn.

»Die anderen haben keine Ahnung, was dahintersteckt«, sagte er. Dann zögerte er. »Aber ich glaube, seine Sonne, das sind Sie.«

Damit machte er sich auf den Weg zum Gericht, um zu versuchen, die Vorwürfe zu entkräften, die gegen Baarik vorgebracht wurden.

Die Vorwürfe? Anstiftung zu Krawallen. Förderung der Unmoral bei einem Menschen. Sexuelle Perversion. Und noch paar ähnliche Anklagepunkte, die ich nicht mehr genau im Kopf habe. Im Grunde läuft es darauf hinaus, daß Baarik in einer Zelle eingesperrt ist, weil er mich liebt. Weil ich ihn liebe. Und weil wir diese Liebe offen gezeigt haben.

So stehe ich jetzt vor seiner Zelle und muß zusehen, wie er langsam stirbt, ohne daß ich irgend etwas für ihn tun kann.

Nein. Das stimmt nicht ganz. Es *gibt* etwas, das ich tun kann, es muß etwas geben. Ich werde diesen Ablauf der Dinge nicht einfach hinnehmen.

Ich entferne mich von seiner Zelle, während mir vage Ideen durch den Kopf spuken und sich langsam zu einem Bild fügen.

S᠎CHWARZ

Wieder keine Sonne, Dämmerlicht – doch die Hitze nimmt zu. Kaum Wasser, nichts zu essen. Ich habe seit fünf, sechs, sieben Tagen nicht mehr gegessen, keinen Bissen, seit Weiß verschwunden ist – seit erstmals die Sonne nicht mehr aufging.

Ich habe ganz Tiera abgesucht, keine Spur – weder von Weiß, noch von irgend jemandem auf Tiera Kanith. Muß Tiera Mounds verlassen, muß weiter fliegen – sie sind nicht hier.

Habe auch nach etwas Eßbarem gesucht, aber weit und breit nichts gefunden. Die roten und orangefarbenen Flieger sind verschwunden, mit ihnen die Nester und die himmelblauen Eier – ausgetrocknet der Fluß, keine Fische, keine gefleckten Springer – was ist geschehen, wohin ist das alles verschwunden? Ich kann mich an nichts mehr erinnern – ich weiß nicht, warum diese Dinge geschehen sind.

Es kostet mich große Mühe, über Tiera Mounds aufzusteigen, noch ein Blick auf die Bäume und Täler und Klippen... ich muß jetzt weiter, muß Tiera verlassen, anderswo nach den Kanith suchen, nach Weiß. Ich schlage mit den Flügeln, lege mich in die Kurve, drehe um und fliege fort aus dem Tal.

Ich vermisse Weiß, mehr als die von Kanith – ist das so schlimm? Die von Kanith würden mich verstehen, sie waren Zeugen der Vereinigung – aber der Himmelsrat? Weiß sagte, der Rat würde es nie verstehen, nie akzeptieren...

Weiß – weiche, helle Haut, glatt, mit weichem Haar,

rauh nur da, wo es dichter wächst – und von der Farbe der nun verschwundenen Sonne. Ich bin vereinigt mit Weiß, immer, überall, die verborgene Liebe offenbart – doch nun strömt die Liebe hinaus – und findet nichts.

Spärlicher jetzt die Bäume in der Tiefe, das Gelände flacher – die Wüste kommt näher. Die Luft wird wärmer, ich steige, steuere hoch über dem trockenen Sand dem nächsten Kanith, Morey, entgegen – Vielleicht haben sie dort Nachricht von Tiera Kanith – und von Weiß.

WEISS
Ich habe ein Treffen mit Derek Larma arrangiert, einem Freihändler zwischen den Systemen. Mir sind Gerüchte zu Ohren gekommen, wenn auch aus unsicherer Quelle, daß man ihn vielleicht für die Sache gewinnen könnte. Es ist den Versuch wert.

Das Café am Raumhafen ist zum Bersten voll, laut. Mindestens dreihundert Leute da. Um so besser für mich, ich werde nicht auffallen. Ich nippe an einem Stardriver, warte, versuche, nicht an Baarik zu denken.

Ein kleiner dünner Mann, das erste Grau im schwarzen Haar, nähert sich meinem Tisch. Die dunkle, derbe Haut bildet einen harten Kontrast zu seinem weißen Overall. Er lächelt, streckt mir die Hand entgegen. »Ich bin Derek Larma.« Ich berühre flüchtig seine Finger, und er nimmt mir gegenüber Platz. »Es ist schlimm, was man Baarik und Ihnen antut«, sagt er.

Schön und gut, denke ich. Andere Leute, einige zumindest, haben in etwa dasselbe gesagt. Zum Helfen schien bisher allerdings niemand bereit. Wird es bei ihm das gleiche sein?

»Möchten Sie einen Drink?« frage ich.

Er schüttelt den Kopf. »Was kann ich für Sie tun?«

Gut. Direkt, ohne Umschweife.

»Ich möchte in aller Diskretion eine Reise buchen, weg von dieser Welt und diesem System. Zwei Plätze.

Einer der Passagiere ist vielleicht pflegebedürftig. Datum unbestimmt, irgendwann in den nächsten zwei oder drei Wochen, und ich kann vermutlich nur einen Tag im voraus Bescheid geben. Eine Verzögerung der Abreise wäre unannehmbar. Außerdem könnte es geschehen, daß sich die Reise erübrigt, das ist aber eher unwahrscheinlich.«

»Ich verstehe«, sagt er. »Und ich nehme an, daß die Bordküche einige Lebensmittel von Saree enthalten sollte.«

Ich nicke. Er versteht mich tatsächlich. Vollkommen.

»Und wohin außerhalb des Systems wollen Sie reisen?« fragt er.

»Ich weiß nicht. An einen Ort, wo unsere Anonymität auf lange Sicht gewährleistet ist. Sie kennen sich mit anderen Welten besser aus als ich. Ich würde die Entscheidung Ihnen überlassen.«

Er nickt, lehnt sich auf seinem Stuhl zurück. Er schließt die Augen zwei oder drei Minuten lang, und sein Atem wird ganz langsam und gleichmäßig. Dann öffnet er die Augen und beugt sich vor.

»Es läßt sich machen.« Er seufzt. »Ich möchte, daß Sie verstehen, warum ich das tue.« Er versucht zu lächeln, doch es gelingt ihm nicht ganz. Ein Achselzucken. »Nennen Sie es Buße. Für etwas, das ich vor einigen Jahren *nicht* getan habe. Es war einfacher, sicherer, nichts zu tun. Also ließ ich es bleiben. Wahrscheinlich hätte ich überhaupt nicht helfen können, aber … Es ist nicht leicht, damit zu leben.«

Ich nicke langsam, verständnisvoll. Es wäre auch für mich so viel einfacher, die Dinge nun einfach laufen zu lassen, die Verhandlung abzuwarten, zu hoffen. Aber ich habe einfach keine andere Wahl.

»Ich möchte Sie etwas fragen«, sagt Derek Larma. »Wo sonst auf dieser Welt gedenken Sie noch Hilfe zu organisieren? Meine Unterstützung allein wird Ihnen längst nicht reichen.«

»Ja, ich weiß. Ich hatte gehofft, Sie würden jemanden kennen. Sie haben hier Ihren Stützpunkt.«

Wieder schließt er die Augen und schüttelt den
Kopf. Dann sieht er mich an. »Vergessen Sie es«, sagt
er. Ich gebe keine Antwort. Er fährt fort: »Ich kann
Ihnen einen Namen geben. Aber ich warne Sie. Vielleicht hängt er Sie hin, sobald Sie ihn bezahlt haben.
Das weiß man bei ihm nie. Vielleicht findet er auch
Gefallen an Ihnen. Denken Sie jedoch immer daran,
daß es ihm nur um das Geld und den Nervenkitzel
geht.«

»Wer?« frage ich.

Er zieht eine Karte aus einer seiner Brusttaschen,
schiebt sie mir über den Tisch zu. Er war also darauf
vorbereitet. »Darauf steht, wie Sie mit ihm Kontakt
aufnehmen können.«

»Ich bin Ihnen sehr dankbar, Derek Larma.«

Er nickt wieder, erhebt sich. Ein kurzer Händedruck,
dann verläßt er mich.

Ich warte auf Rosker. Es ist jetzt der dritte Tag der eigentlichen Verhandlung, und er war ununterbrochen
im Gericht. Ich habe beschlossen, nicht hinzugehen,
noch nicht. Später vielleicht. Rosker betritt das Restaurant, ein großer, schwerer Mann, der unheimlich müde
wirkt, dessen Haar mit jedem Tag grauer erscheint –
zumindest bilde ich mir das ein. Er macht auch heute
keinen besonders glücklichen Eindruck. Mit einem
schwachen Lächeln nimmt er mir gegenüber Platz.

»Sie werden den Film bei der Verhandlung zeigen«,
sagt er.

Nun ja. »Wie nachteilig wird sich das auswirken?«

»Auf alle Falle nachteilig. Sehen wir den Tatsachen
ins Auge. Baarik steht vor Gericht, weil Sie beide sich
geliebt haben und er kein Mensch ist. Das ist alles.
Und weil Sie beide nicht ... diskret genug waren.« Er
schüttelt den Kopf. »Dann noch dieser Film ...«

»Das sind doch alles Rassisten«, werfe ich ein.

»Sicher. Das ist kaum eine neue Erkenntnis. Aber die Regierung von Saree ist keinen Deut besser. Der Himmelsrat leitete die sogenannte Verhaftung selbst in die Wege und überstellte Baarik sofort dem Imperialen Gerichtshof, obwohl die Verantwortlichen wußten, daß er keine Chance auf eine echte Rechtsprechung haben würde.«

»Sogenannte Verhaftung ist der richtige Ausdruck. Im Schlaf mit Betäubungsgas überwältigt, ohne Warnung, ohne uns eine Chance zu geben, freiwillig zu kommen. Baarik war seitdem nicht mehr bei Bewußtsein, er hat keine Ahnung, was mit ihm geschah!« Ich merke, daß ich dabei bin, die Beherrschung zu verlieren, und ich will nicht, daß mir das hier passiert. Oder irgendwo sonst. Ich versuche mich zu beruhigen, zu entspannen.

»Die Leute wußten, was sie taten.«

»Warum bin *ich* dann nicht angeklagt?« Es ist eine sinnlose Frage, da ich sie nicht zum erstenmal stelle und die Antwort bereits kenne.

Rosker seufzt tief, und mir ist klar, daß er keine Lust mehr hat, das Thema zu erörtern.

»Hören Sie«, sagt er. »Ich muß Sie warnen. Den Leuten – einschließlich der Anklagevertretung – paßt es ganz gut ins Konzept, daß Sie eine Frau sind. Sie werden stillschweigend davon ausgehen, daß Baarik Sie irgendwie genötigt hat – Sie vielleicht mit Hilfe von Drogen zur Teilnahme an der Vereinigungszeremonie brachte.«

»Aber das ist absurd«, rufe ich, obwohl mir klar ist, daß er das auch weiß.

»Es mag absurd sein«, sagt er. »Aber es ist die Realität.«

Die Realität. Die Realität ist, daß Baarik im Sterben liegt und ich etwas dagegen unternehmen muß.

SCHWARZ

Morey Kanith ist ebenfalls verschwunden. Die Behausungen leer, die Luft still, schwer – keine Zeichen oder Spuren.

Noch immer keine Sonne, nichts zu essen, immer noch die Hitze, kein Wasser – die Nebel völlig verschwunden. Ich mache Rast auf der Spitze von Morey Mounds, der Begräbnisstätte dieses Kanith, die Schwingen gesenkt, aber nicht eng an den Körper gelegt – es ist so heiß.

Ich denke an Tiera Mounds, die Vereinigung, eine Nacht vor nicht allzulanger Zeit und doch so weit in der Vergangenheit. Die Sterne am Himmel waren voller Leuchtkraft und Leben – die Luft kühl und klar und feucht auf unserer Haut – die Paarung mit Weiß dort auf den Mounds, Tiera Kanith Zeugen unserer Vereinigung. Anschließend zogen sie an uns vorbei, einer nach dem anderen, und legten einen Flügel über uns – berührten zuerst Weiß, dann mich mit der Spitze des Schnabels. Zuletzt die Eltern, gemeinsam – jeder einen Flügel über uns beide – die geflüsterten Formeln von Abschied und Vereinigung. Trauer in den Augen, das Wissen, daß Weiß und ich niemals Junge bekommen würden – aber auch Freude über diese Liebe.

Die Welt erscheint leer – etwas ist für immer vorbei. Tiera Kanith verschwunden, Morey Kanith verschwunden, die anderen auch? Die Tiere verschwunden – und Weiß. Krank die Bäume, im Sterben, blasse Farben, in Grau verfließend. Trockenheit und Durst in Kehle und Augen. Ich verlasse Morey Mounds – fliege steif und flach hinunter zu den sterbenden Bäumen – um nach Wasser zu suchen – und nach Weiß.

WEISS

Einige Dinge gehen glatt voran, andere dagegen gar nicht. Ich konnte keinen vertrauenswürdigen Matrix-Techniker finden. Verbrachte die meiste Zeit des Tages damit, sie selbst zu erforschen. Stückelte mir sämtliche Informationen, die ich in Datenbanken, Fachzeitschriften und Kristallspeichern finden konnte zusammen. Ich muß es schaffen, die Implantate zu deaktivieren, ohne Baariks Nervenbahnen zu beschädigen, und es sind eine Menge Prozeduren und Vorsichtsmaßnahmen zu beachten, bevor ich Baarik zu einem Chirurgen schaffen kann, der ihm die Dinger entfernt. Ich kann nur hoffen, daß ich das Richtige in Erfahrung gebracht habe. Es hat wenig Sinn, ihn aus dem Gefängnis herauszuholen und ihn dann durch meine Unwissenheit zu töten.

Nun zu meiner Begegnung mit einem ziemlich schillernden und aller Voraussicht nach unzuverlässigen Mann, den die Behörden wohl als ›fragwürdigen Charakter‹ einstufen würden. Aber ich habe im Moment keine große Wahl.

Ich erreiche das Ostufer des Kanals und gehe wie vereinbart in Richtung Norden. Der Wind ist kalt und feucht, und ich wickle mich enger in meine Jacke. Innerhalb weniger Minuten schließt ein großgewachsener, gepflegter und makellos gekleideter Mann zu mir auf. Komisch ist, daß er eigentlich ganz seriös wirkt.

»Sie können mich Braxus nennen«, sagt er. Er preßt die behandschuhten Finger zusammen. »Sie suchen Informationen. Was genau benötigen Sie?«

Ich zögere unsicher, ob ich ihm trauen kann. Vielleicht wäre es wirklich besser, die Sache aufzugeben. Nein.

»Passen Sie auf«, sage ich. »Ich brauche detaillierte Auskünfte über das Trincon-Gefängnis. Die Dienstpläne der Wachen, Schichtwechsel, Frequenzkombinationen der elektronischen Schlösser sowie Informationen über alle zusätzlichen Sicherheitseinrichtungen und die Möglichkeiten, sie zu überwinden. Außerdem eine Liste mit allen Leuten im Gefängnis, die man Ihrer Meinung nach gefahrlos bestechen kann.«

Braxus atmet tief durch und schüttelt den Kopf. »Sie stehen auf verlorenem Posten«, sagt er. »Man wird Sie schnappen, vermutlich noch bevor Sie es überhaupt versuchen.« Er hält an, und ich bleibe ebenfalls stehen, mustere ihn aus ein paar Schritten Entfernung. »Warum vergessen Sie's nicht einfach«, meint er. »Es ist aussichtslos.«

»Können Sie mir die Informationen beschaffen?«

Er seufzt noch einmal, nickt. »Das meiste können Sie sofort bekommen, noch heute.« Er lächelt. »Es ist in Dateien gespeichert. Nur die Schloßfrequenzen ändern sich zu oft. Das und einiges andere dauert vermutlich eine Woche.« Sein Lächeln erstirbt. »Sind Sie sich ganz sicher? Die Angelegenheit wird teuer.«

»Ich bin mir sicher. Wieviel?«

Er nennt eine Wahnsinnssumme. Ich biete ihm weniger als die Hälfte. Kopfschüttelnd und ohne weitere Diskussionen akzeptiert er mein Angebot. Es ist immer noch eine ganze Menge. Wenn das alles vorbei ist, bin ich mit Sicherheit total pleite und habe bei meinen Freunden Schulden, die ich vermutlich nie mehr zurückzahlen kann.

»Ich melde mich bei Ihnen, sobald ich alles beisammen habe«, sagt Braxus. »Und ich bin immer noch der Meinung, daß Sie die Finger davon lassen sollten. So dringend brauche ich Ihr Geld nicht.«

»Aber ich brauche Ihre Informationen«, antworte ich.

Wir verabschieden uns mit einem Händedruck, und ich lasse ihn im kalten Wind am Kanal stehen. Er scheint über die ganze Sache nicht besonders glücklich zu sein, aber das gilt schließlich auch für mich.

Der Gerichtssaal verdunkelt sich, ein klickendes Geräusch, dann leuchtet der Projektor-Strahl, und ein 2-D-Film erscheint auf einer Leinwand, die sie vorne aufgestellt haben. Ich kann immer noch nicht glauben, daß sie die Aufnahmen von unserer Vereinigung tatsächlich zeigen wollen. Ich kann vor allem nicht glauben, daß sie diesen Vorgang gefilmt haben. Aber das ist wohl zu naiv von mir. Wie kamen sie überhaupt dahinter, daß die Vereinigung stattfinden würde? Ein Tip vom Himmelsrat? Ich stelle mir ein paar verstohlene Gestalten in den Bäumen um die Mounds vor, schwer bepackt mit ihren alten Kameras, immer darauf bedacht, kein Geräusch zu verursachen. Ich sagte Baarik, daß man dem Himmelsrat nicht trauen könnte.

»Der Rat muß über alle Vereinigungen informiert werden«, entgegnete er. Dann lächelte er und strich mir mit dem Flügel sanft über Schulter und Arm. »Du kannst nicht alles umkrempeln, Weiß.«

Baarik nannte mich ›Weiß‹, weil, wie er sagte, mein richtiger Name keine Bedeutung hätte. Also nannte ich ihn manchmal ›Schwarz‹, einfach nur deshalb, weil er mich ›Weiß‹ nannte. Doch sein Name hat auf Saree eine Bedeutung. Baarik ist ein Name, der für warmes Dunkel und für Sanftheit steht, ein Name, den ihm die Kanith vorgeschlagen hatten, als er sich auf den Eintritt ins Erwachsenenleben vorbereitete, ein Name, den er annehmen oder ablehnen konnte. Er akzeptierte den Namen Baarik, in einem Ritual, das einen Tag lang dauerte, so wie er unsere Liebe im Ritual der Vereinigung akzeptierte, das eine Nacht dauerte.

Und nun wollen sie diesen Film zeigen, in einem abgedunkelten Gerichtssaal. Ich kann nicht zusehen. Nicht, weil ich mich dessen schäme, was ich tat – das ganz sicher nicht –, sondern weil sie kein Recht dazu haben und weil sie es nicht verstehen. Sie wollen es nicht verstehen. Die Vereinigung geschah für Baarik und für mich, und für Tiera Kanith. Für niemanden sonst. Am allerwenigsten, um an die Öffentlichkeit gezerrt und als Beweis gegen ihn verwendet zu werden.

Ich war in jener Nacht nervös gewesen, angsterfüllt sogar, denn ich wußte, daß ich Baarik vor den Augen von knapp hundert Sareeanern lieben sollte, auch wenn es nur dieses eine Mal vor Zeugen geschehen würde.

Doch dann auf dem Gipfel von Tiera Mounds, in der Kühle der Nachtluft, umringt von Feuern, eingebettet in eine Wärme, die jeder einzelne der Kanith auszustrahlen schien, lösten sich all meine Ängste und Befürchtungen in Nichts auf. Baarik, so viel größer und dennoch leichter als ich, kam auf mich zu, schlug leicht mit den Flügeln, und die Vereinigung begann …

Abrupt endet der Film, im Gerichtssaal wird es wieder hell, und ein paar Minuten lang herrscht knisternde Stille, bevor der Vertreter der Anklage das Wort ergreift. Er hält einen Vortrag über krankhaftes Verhalten und Unmoral, und Rosker erhebt nach kurzer Zeit Einspruch; aber fünf der sieben Richter lehnen ihn ab, und der Anklagevertreter fährt fort.

SCHWARZ
Ich habe die Welt noch nie so still erlebt …

Kann nicht weit fliegen – Suche ist beinahe hoffnungslos – werde sie so nie finden. Vielleicht – ihre Gegenwart spüren durch In-die-Erde-Horchen …

Am Boden, kaum die Kraft, mich auf den Beinen zu halten. Flügel berühren einen Baum, streichen sanft darüber – hineinpressen … pressen … bis sie der Baum selbst sind – Zehennägel scharren, graben sich in die Erde, tiefer – dann nichts mehr sehen, hören, tasten, schmecken und riechen, offen sein für die Welt … offen – Horchen … Horchen … Doch da ist nichts, als sei Saree nicht mehr am Leben. Vielleicht ist das so. Keine Ausstrahlung von den Kanith, von Weiß. Alles verschwunden jetzt, die Nahrung, die Sonne, die Nebel – und schon bald alle Pflanzen und Bäume.

Muß Wasser finden – schlage mit den Flügeln, steige auf über sterbenden, grauen Bäumen – Atmen fällt schwer, Stiche in der Brust, Flügel schmerzen. Hinunter, in das tiefste Tal – das tiefste Dunkel. Ich lasse mich auf eine Lichtung fallen, muß ausruhen – so kurze Flüge jedesmal. Keine Kraft. Steige wieder auf – gleite ein wenig weiter ...

Flußbett – ausgetrocknet jetzt – Weiß schwamm so gern, und das Wasser glitzerte in der Sonne – ich falle zu Boden – Flügel schleifen nach, schmerzen. Irgendwo hier muß Wasser sein – kalt, die feuchte Haut von Weiß auf meiner nach dem Schwimmen – jetzt nichts als Hitze, trockene Erde.

Dort, in einer flachen Mulde, Wasser. Ich erreiche es, tauche den Schnabel ein, trinke ... trinke. Das Wasser ist kalt, voller Leben. Erinnere mich an Sätze, die Weiß – vor langer Zeit sprach ...

»Es kann nicht so bleiben«, sagte sie. »Baarik, Schwarz, denk an meine Worte!«

Ist es das, was sie meinte, das Ende der Welt – der Sonne ... der Kanith – und ihr eigenes Ende?

Ich stehe im Dämmerlicht am Wasser und warte – aber vergeblich. Nirgends eine Antwort – und nirgends Weiß.

WEISS
Ich sagte Rosker, daß ich Zeit brauchte, und obwohl ich mich weigerte, ihm den Grund zu nennen, schaffte er es, zusätzlich zur Wochenendpause einen weiteren Tag herauszuschlagen, so daß die Verhandlung erst wieder in drei Tagen aufgenommen wird. Ich mußte ihn außerdem um einen Kredit anpumpen, um Braxus zu bezahlen, der mir gestern abend die Informationen lieferte. Nun warte ich auf Derek Larma, um auch ihn zu bezahlen und um einen weiteren Gefallen zu bitten.

Mein Rücken schmerzt, ich bin erschöpft. Kein Schlaf, die ganze Nacht wach, um das Material von Braxus durchzugehen. Wenn ich nur jemanden kennen würde, dem ich vertrauen könnte, den ich um Hilfe bitten könnte. Gefängnisausbrüche sind nicht gerade mein Spezialgebiet. Ich weiß, daß ich ein blutiger Amateur bin, und dieses Wissen lähmt mich. Auf mein Drängen hin gab mir Braxus ein paar Tips, aber nur allgemeines Zeug. Er möchte so wenig wie möglich mit der Sache zu tun haben, so wie die meisten anderen auch. Momentan komme ich mir vor wie eine Aussätzige.

Ich beobachte, wie sich Derek einen Weg durch die Tischreihen bahnt. Er trägt einen dunkelgrünen Overall, die Springerabzeichen auf der linken Brustseite. Das Päckchen mit dem Geld liegt vor mir auf dem Tisch, und als er sich setzt, schiebe ich es unauffällig zu ihm hinüber. Ich hoffe zumindest, daß es unauffällig ist; ich bin nicht gut in solchen Dingen. Derek läßt es vor sich liegen.

»Wissen Sie schon was Näheres?« fragt er.

Ich schüttle den Kopf. »Falls das mit dem Flug klappt, werde ich vorher allerdings jemanden brauchen, der mir hilft.«

»Ich habe zwei sehr zuverlässige Besatzungsmitglieder, die auch Verständnis für Sie haben. Aber ...« Er zuckt die Achseln. »Sie sind nicht bereit, das Risiko auf sich nehmen.« Er atmet einmal tief durch. »Ich werde Ihnen helfen. Es gibt sonst einfach niemanden.«

»Wenn man uns erwischt, landen wir wahrscheinlich im Gefängnis.«

Derek Larma lächelt. »Nicht nur ›wahrscheinlich‹. Ansonsten können wir binnen eines halben Tages aufbrechen, sobald wir Nachricht von Ihnen erhalten. Sogar der Transport zum Shuttle-Startplatz ist vorbereitet. Wenn wir ihn herausholen und etwa einen halben Kilometer wegbringen können, wird es klappen.«

»Wenn«, wiederhole ich. Er nickt langsam. Mehr fällt mir im Moment nicht ein. Mit einem schwachen Lächeln läßt er das Päckchen in seinen Overall gleiten und geht.

Ich stehe vor seiner Zelle, schaue durch das Glas und sehne mich danach, hineinzugehen und ihn zu berühren. Er sieht schlecht aus. Dünner, schwächer, kaum daß er aufrecht sitzen kann, ohne wieder zusammenzusacken. Seine Flügel hängen schlaff an den Seiten herunter, verfilzt und schmutzig. Es ist schwer, Tag für Tag herzukommen und ihn so sehen zu müssen.

Eine Hand berührt meine Schulter. Rosker.

»Könnten wir irgendwo hingehen«, fragt er. »Wir müssen miteinander reden.«

Ich nicke, wende mich von Baarik ab und verlasse den Gefängniskorridor. Eine halbe Stunde später sitzen wir uns an einem Tisch gegenüber und trinken einen Cappucino.

»Es tut mir leid«, sagt er. »Aber im Moment kann ich einfach nichts mehr tun. Jetzt heißt es abwarten. Was immer dabei herauskommt, ich glaube nicht, daß es noch allzu lange dauern wird. Ich habe das Gefühl, daß sich die Richter bereits entschieden haben.« Er seufzt. »Ich wollte Ihnen nur noch einmal sagen, daß ich mein Bestes getan habe.«

»Das weiß ich, Rosker.« Ich zögere. »Wie stehen seine Chancen?«

Er starrt in seinen Kaffee, dann aus dem Fenster mit seinem Ausblick über den Fluß.

»Rund um ihn stirbt Saree«, sagt er. Er wendet sich wieder mir zu. »Ich habe mich mit den Leuten unterhalten, die ihn überwachen. Er hat eine Art mystisches oder geistiges Ritual begonnen, das augenscheinlich eine Form von Kommunikation mit der Welt darstellt. Ich nehme an, sein Körper spürt, daß er nicht auf Saree ist, und deshalb hat er in der Matrix das Empfinden, daß sein Planet stirbt – Tiere, Pflanzen, alles.«

Den Sareeanern bedeutet ihre Welt so viel. Bei dem Gedanken, daß Saree stirbt, muß es Baarik das Herz brechen. Aber er ist dem Tod ohnehin nahe.

»Wie stehen seine Chancen?« frage ich noch einmal.

»Zusammenfassung morgen. Entscheidung übermorgen.« Er macht eine Pause. »Wir werden verlieren.« Er wendet sich wieder dem Fluß zu.

Das bedeutet, daß es für Baarik nur noch eine Möglichkeit gibt. Kommende Nacht muß ich handeln.

SCHWARZ

Kann nicht – nicht mehr genug Kraft... Flügel hängen – verliere an Höhe... ich kämpfe dagegen an, aber meine Flügel... nicht... ich falle. Fange mich, gleite... mühsam, kippe... bewege mich auf – Lichtung zu...

Kraft verläßt mich, falle schneller... Lichtung... Beine berühren den Boden, geben nach... harte, zermalmende Landung. Richte mich auf nach einiger Zeit, voller Schmerzen... Kann mich... noch... langsam... bewegen.

Bäume hier dichter – niedriger, kühler und... dunkler – Keine Schatten, immer noch... keine... Sonne. Weiß zwischen Bäumen – wie diesen hier – sie zu erforschen... Pflanzen von Saree... erforschen, schnitt Teile ab, bis wir sie baten... aufzuhören. Haar gegen den Stamm gelehnt, Augen geschlossen... nicht zum Schlafen... Lächeln auf den Lippen... kühl und weich auf Mund und Flügeln... Lachen in der Luft. Jetzt ist die Luft still... Weiß fort... Kanith fort... nichts.

Ich bewege mich langsam – durch verdurstende Bäume, totes Laub in dicken Schichten. Endlich sprudelt kleine Quelle auf – verschwindet wieder – sprudelt von neuem. Sinke zu Boden, trinke, kühle die ausgedörrte Kehle, und trinke wieder – und wieder.

Dann, Durst gelöscht, versuche – noch einmal In-die-Erde-Horchen. Körper eins mit sterbenden Bäumen... trockener Erde... weit offen – tief hinein – treiben lassen, Horchen... Horchen... auf...

Die Welt ist still.

Der fahle Schimmer der blauen Deckenbeleuchtung gibt den Gefängnisfluren etwas Unheimliches, besonders mitten in der Stille der Nacht. Unsere Schritte auf dem Metallboden sind lautlos, und ich merke kaum, daß Derek Larma nur wenige Meter hinter mir geht. Ich kann ihn nicht einmal atmen hören.

Er ist der einzige Grund, daß wir es bis hierher geschafft haben. Hinter uns und außer Sichtweite liegt ein Wächter auf dem Boden, der laut Braxus unbestechlich war. Als der Gasstrahl, den ich ihm zugedacht hatte, nicht wirkte, setzte ihn Derek nahezu lautlos außer Gefecht. Und das, ohne ihn zu töten. Die restlichen drei Wachposten sind bestochen und werden zu bestimmten Zeiten nicht an bestimmten Stellen sein. Die Abweichung von ihren Wachplänen ist so gering, daß sie ihre Jobs kaum gefährden kann, doch sie reicht für unser Vorhaben.

Wir nähern uns dem letzten Schloß, dem Zugang zu Baariks Etage. Derek bleibt zwei oder drei Meter hinter mir stehen, um uns vor Störungen zu schützen, und ich kontrolliere noch einmal die Frequenzkombination, die Braxus mir gab. Ich stelle die tragbare Key-Box auf die richtigen Werte ein, kopple sie mit dem Schloß und schalte sie ein. Ein schwaches Summen, gefolgt von einem leisen Klicken, und ich öffne die Tür. Derek huscht durch, und ich schließe und versperre die Tür wieder hinter uns. Das kostet uns auf dem Rückweg mehr Zeit, aber eine offene Tür würde, wie Braxus mir sagte, sofort einen Alarm auslösen.

Ich werfe einen Blick auf die Uhr. Es bleibt uns eine knappe halbe Stunde, um in Baariks Zelle zu gelangen, die Matrix abzuschalten, ihn in die Trageschlinge zu heben, die wir eigens angefertigt haben, um ihn zu zweit bis zu dieser Tür zurückzuschleppen. Die Zeit, die wir haben, um an den Wachstationen vorbei nach draußen zu gelangen, ist genauso knapp bemessen wie auf dem Herweg.

Ich spüre, wie sich mein Puls beschleunigt, als wir durch den Flur auf Baariks Zelle zugehen. Ich gebe mir alle Mühe, langsam zu atmen, ruhig zu bleiben. Ich habe schreckliche Angst, ich weiß es, aber was soll ich sonst tun? Es gibt keine andere Möglichkeit, Schwarz zu retten.

Endlich, seine Zelle, wo ich Tag für Tag stand und ihn beobachtete, ohne irgend etwas tun zu können. Jetzt ist der Moment des Handelns gekommen. Ich werfe einen Blick durch die Glasscheibe, kann jedoch nichts erkennen. Drinnen ist es vollkommen dunkel.

Noch einmal überprüfe ich die Frequenzkombination, stelle die Key-Box ein und kopple sie mit dem Schloß. Noch einmal schalte ich sie ein, ein Summen, und ich höre das Klicken, obwohl das Blut laut in meinen Ohren rauscht. Ich öffne die Tür, und wir gehen hinein. Ich schließe die Tür und sperre ab.

Lichter flammen auf.

Nein! Das kann nicht wahr sein! Meine Brust zieht sich zusammen, mein Magen verkrampft sich, mein erster Impuls ist, kehrtzumachen und wegzurennen, aber ich weiß, es ist sinnlos, es gibt keinen Ort, wo ich Zuflucht finden könnte.

Sie haben auf uns gewartet. Nicht weniger als sieben von ihnen scharen sich um Baarik. Sechs Wärter und der Direktor persönlich. Er steht mit ausdrucksloser Miene neben Baarik an die Wand gelehnt. Am liebsten würde ich im Boden versinken, mich zu einem winzigen Ball zusammenrollen, das Gesicht gegen die Brust gepreßt Ich hätte es niemals versuchen sollen. Aber nein, ich *mußte* es tun, ich hatte keine andere Wahl. Ich konnte Schwarz nicht einfach so sterben lassen, ohne zumindest einen Versuch zu wagen.

Die Tür hinter uns geht auf, und noch mehr Wärter betreten die Zelle, die jetzt so voll ist, daß man sich kaum noch bewegen kann. Ich erkenne zwei der Männer, zwei von denen, die wir bestochen hatten. Einer grinst breit, der andere wagt es nicht, mich anzusehen, als er Dereks Arme nach hinten dreht und ihm die Handgelenke fesselt. Am meisten bereue ich jetzt, daß ich Derek mit in die Sache hineingezogen habe.

Ich wende mich dem Gefängnisdirektor zu. »Warum haben Sie uns bis hierher durchgelassen?« frage ich ihn. »Warum haben Sie uns nicht gleich aufgehalten, als wir das Gelände betraten?«

Er gibt keine Antwort. Er bleibt ausdruckslos, macht nur eine schwache Handbewegung, und zwei Wärter dringen auf mich ein. Ich brauche seine Antwort nicht. Ich kenne die Gründe nur zu gut.

Schwarz

Kann nicht mehr… fliegen. Zweimal versucht – Flügel auf, ab, zu langsam… keine Kraft, keine Luft. Kaum abgehoben – sofort wieder zu Boden gestürzt, erschöpft. Immer noch nichts zu essen, keine Sonne. Wasser gefunden, kleine Pfütze, schlammig warm, aber immerhin Wasser.

Geräusche, eine Stimme, Worte? Weiß? Horche, aber nein… kein Laut… nur Hitze überall… Stille.

Suche nicht mehr nach Weiß, den Kanith… mir fehlt die Kraft… Brauche Nahrung, finde nichts, Magen schmerzt vor Leere.

Keine Farben mehr, Bäume grau… Bäume, Pflanzen verdorrt und tot… Blick verschwommen… Schmerzen überall.

Ein Geräusch? Wieder nicht. Warten. Horchen… Kopf heben… nein, nichts. Feuer, Augen brennen, verschwimmen…

Was ist geschehen, Weiß? Du weißt es sicher, bist irgendwo – in der Sonne, mit der Sonne – Tageslicht… Du mußt es wissen, du mußt… mich finden, Weiß… mußt mich retten.

Jetzt sitze *ich* hier in einer Zelle. In ein paar Tagen, nach einer ersten Vernehmung, wird man auch mich bis zum Beginn meines Verfahrens an eine Sim-Matrix anschließen. Doch es gibt einen großen Unterschied zwischen mir und Baarik – man wird mich wieder abkoppeln und mir gestatten, der Verhandlung beizuwohnen. Und ich werde nicht daran sterben.

Ich habe Unterstützung bekommen. Rosker will mich und Derek Larma kostenlos verteidigen, aber ich werde ihn bezahlen, falls ich jemals dazu in der Lage sein sollte. Derek Larma ließ mir das gesamte Honorar, das ich ihm gab, zurückerstatten. Er weigerte sich sogar, seine Auslagen abzuziehen. Rosker hat das Geld für mich in Verwahrung genommen, und ich weiß, daß ich es brauchen werde, falls ich meinen Plan ausführen kann. Falls sie Baarik verurteilt haben. Rosker müßte bald kommen und mir Bescheid geben.

Ich habe keine Angst vor der Sim-Matrix. Ihr ursprünglicher Zweck war in gewisser Weise tatsächlich human. Man läßt die Leute nicht mehr bis zum Beginn ihrer Verhandlung auf Kaution frei, sondern nimmt sie in Untersuchungshaft – aber sie merken wenig davon. Sie wissen zwar, daß sie bald vor Gericht stehen werden, doch im Geiste sind sie frei, in ihrer Heimatstadt oder sonst einem vertrauten, angenehmen Ort. Aber das will ich nicht. Ich will zu Schwarz.

Die Tür geht auf, und Rosker kommt herein. Wie immer sieht er sehr müde aus. Er schiebt den kleinen Holzhocker an die Zellenwand, nimmt Platz und lehnt sich erschöpft zurück.

»Wir haben verloren«, sagt er.

Wir sitzen da und sehen einander stumm an. Was gäbe es jetzt noch zu reden?

»Und?« frage ich schließlich.

»Die Mindeststrafe. Sie wollen nicht den Eindruck übermäßiger Härte hinterlassen.«

»Aber sie koppeln ihn nicht von der Matrix ab?«

»Nein. Und sie verweigern jede Stellungnahme zu dieser Entscheidung.«

»Dann stirbt er, lange bevor ich wieder frei bin.«

»Er wird diesen Monat nicht überleben.«

Wieder Stille. Es fällt mir schwer, die Frage zu stellen. Ich habe sogar ein wenig Angst davor, doch meine Entscheidung ist gefallen.

»Ich möchte Sie um einen Gefallen bitten«, sage ich zu ihm.

»Ich höre.«

»Das Geld, das Sie von Derek Larma erhielten – ich denke, Sie werden es für diese Sache brauchen. Es wird nicht billig sein, an die richtigen Stellen vorzudringen, die richtigen Leute zu schmieren.«

Rosker schüttelt den Kopf. »Sie haben anscheinend nichts dazugelernt.«

»Es ist wichtig.«

»Wenn Sie meinen. Worum geht es?«

»Sobald sie mir die Implantate einsetzen, möchte ich direkt mit Baariks Matrix verbunden werden.«

Rosker sagt eine Weile gar nichts. Dann, ganz leise: »Wie bitte?«

»Soll ich es Ihnen erklären?«

Er schüttelt den Kopf. »Nein, ich verstehe schon, was Sie eben sagten. Aber verstehen Sie, worum Sie mich da bitten? Niemand weiß, was passiert, wenn zwei Leute in einer einzigen Matrix zusammengeschaltet sind und einer der beiden stirbt. Deshalb hat man es bisher auch nicht ausprobiert. Baarik wird bald sterben, und wenn Sie in dem Moment mit ihm verbunden sind ...«

»Ich weiß genau, was ich will. Ich bin bereit, das Risiko einzugehen. Ich möchte an seine Matrix gekoppelt sein, mit ihm vereint sein, bis er stirbt. Ich kann jetzt nichts mehr für ihn tun, nichts, das ihn am Leben hält, aber auf diese Weise wird er wenigstens nicht allein sterben. Das zumindest bin ich ihm schuldig.«

Er reagiert zunächst nicht, dann reibt er sich mit den Händen über die Augen, die Wangen, den Mund. »Sie könnten dabei sterben«, sagt er. Ich gebe keine Antwort. »Sind Sie sicher …«

»Vollkommen. Werden Sie mir helfen, Rosker?«

Er atmet tief ein, dann wieder aus. »Ich weiß nicht, ob ich Ihnen helfen kann, ich weiß nicht einmal, ob so etwas überhaupt machbar ist.« Er nickt langsam. »Aber ich will es versuchen.«

Rosker erhebt sich von seinem Hocker, nickt noch immer langsam vor sich hin und verläßt meine Zelle. Ich bleibe allein zurück. Aber ich bin mir sicher, daß es nicht lange dauern wird.

SCHWARZ

Kann mich kaum bewegen – hebe die Flügel leicht an, halte den Kopf schräg – strecke mich, erreiche das winzige Wasserloch … Schlamm und Hitze. Meine Zeit ist bald um … ich … sterbe.

Seltsam … seltsam … das Licht, die Sonne, sie scheint … aufzugehen? Scheint … zurückzukehren nach allem, was geschah … Oder … nur eine … Erscheinung … Halluzination? Nein, es *ist* die Sonne … steigt – klar … warm … orangefarben – über den toten Bäumen … auf.

Da, halt! – Schatten einer Bewegung … kommt näher … in der Sonne … aus der Sonne … in Sonne … Gestalt, wird größer, kommt näher – verschwommen, fließend … Kann es … sein? Ist es Weiß? Die Sonne schmerzt, Augen brennen, schließe sie und warte … warte auf … sie muß es sein, oder … muß Weiß sein.

Leiser Hauch … knisternd verdorrtes Blatt … öffne die Augen, schaue auf und … plötzlich Schatten, Haare? Hände und Haare … ja, ja, sie ist es! Weiß ist zurückgekehrt.

Aber ich kann mich nicht rühren. Sie steht über mir, beobachtet mich. Sehe Hände ... ich ... sehe Tränen ... ich sehe, wie sich Augen und Gesicht ... langsam bewegen. Öffne den Mund, versuche zu rufen ... bringe nur ächzenden Laut hervor. Sie kniet nieder ... hebt meinen Kopf an ... Wasser in den Händen, läßt es in meinen Mund laufen ... So kühl ... gleitender Schmerz die Kehle hinab ... sie flößt mir mehr ein, jedesmal etwas mehr und ... noch mehr.

»Weiß«, sage ich zu ihr.

»Baarik.«

»Es ist zu spät«, sage ich ihr. »Ich sterbe.«

Sie nickt. »Ich weiß, Schwarz. Aber ich bin bei dir.«

Ja, sie ist bei mir. Ich schließe wieder die Augen ... ruhe aus ... Schmerzen lassen nach ... und genieße die orangerote Wärme der Sonne, die über mir den Himmel füllt.

Mary A. Turzillo · USA

DER SCHNAAL

Claudia träumte, etwas lebte im Spülbecken.

Es war wie ein Aal, schwarz und boshaft. Etwas, das ihre Finger faßte und nicht losließ, wenn sie ihre Hand hineinsteckte, um das schmutzige Abspülwasser auszulassen.

Es war lediglich ein Alptraum. Als sie erwachte, fühlte sie sich zum Kotzen. Vielleicht war's das Essen vom Imbiß. Randy hatte eine Vorliebe dafür, nach seinen dienstäglichen Poker-Parties abzuspülen, indem er alles, ohne Unterschied, vom Tisch in den Ausguß warf. An diesem Morgen waren da sieben verdreckte Gläser, ein mit Erdnußbutter verschmierter Becher, vier Zigarettenstummel, Teil einer Pizzakruste, eine Soßenschüssel, halb gefüllt mit Vanillepudding, und ein benutztes Tempo. Randy haßte schmutziges Geschirr. Also säuberte er schmutziges Geschirr, indem er alles ins Spülbecken warf, Spülmittel darüberspritzte und das Becken mit Wasser vollaufen ließ.

Am Morgen war das Wasser kalt geworden, ein widerwärtiger Cocktail aus geronnenem Schmier und Essensresten. Claudia wußte, sie hätte nun den Arm bis zum Ellbogen in diesen flüssig gewordenen Alptraum zu tauchen und den Stöpsel zu ziehen, so daß das schmutzige Wasser ablaufen und sie den Müll herausholen und frisches Wasser einlaufen lassen könnte.

Da dies nun die Aufgabe war, vor der sie sich fürchtete, verschob sie sie. Sie ging ins Bad und

schminkte sich die Augen. Sie hatte hübsche blaß-
grüne Augen, und sie trug mattgrünen Lidschatten
und dunkelbraune Wimperntusche auf, um sie grüner
zu machen. Sie legte Rouge auf die Wangen, um ihr
Gesicht etwas weniger engelhaft aussehen zu lassen.
Daraufhin lockte sie sich das Haar (noch immer flachs-
farben) und faßte es mit einem hauchdünnen Schal zusammen. Sie war süß. Sie wußte, sie war süß. Selbst
Randy nahm sie niemals ernst. Selbst wenn sie jemals
Kinder hätte, wäre sie die Mutter, der der Rektor sagte,
sie möge sich bitte in die Reihe mit den Mädchen der
achten Klasse stellen.

Beim Verlassen des Bads sah sie Wellen im Spülbecken, als habe etwas im Wasser die Oberfläche
durchbrochen und sei wieder untergetaucht.

Ihr war zuvor schon ein wenig übel gewesen, aber
das hier versetzte ihr einen Schock. Auf der Stelle rief
sie Randys Labor an. Er wäre dabei, dort seine Sachen
zu säubern. Morgen wäre seine Abschlußfeier, und
seine Pflichten als Fellow wären vorüber. Bislang hatte
er noch keinen Job gefunden, aber wenn er einen
fände, würden sie heiraten, und sie könnte damit beginnen, ihren Doktor in Philosophie zu machen.

»Büro Dr. Vinddahta.« Es hörte sich an wie der un-
garische Doktorandenstudent, der mit Randy zusam-
menarbeitete.

»Hei, Gyorgy. Ist Randy da?«

»Nein. Glaub' nicht. Dr. Vinddahta hat gesagt, er ist
nicht gekommen.«

»Oh. Nun, da irrt sich Dr. Vinddahta. Hör zu, wenn
er kommt, sage ihm, ich habe … öh … ein Problem mit
dem Abfluß. Nichts Großartiges, aber es ist so was,
weißt du, da dreht sich einem der Magen um.«

Sie machte sich Rührei auf Toast, hörte jedoch nach
einem Bissen auf zu essen. Sie drehte sich um, so daß
sie dem Ausguß den Rücken zukehrte, aber sie dachte
unentwegt an das wogende Wasser sowie daran, was

unter der Oberfläche sein könnte. Schließlich trug sie Teller und Glas ins Schlafzimmer, wo sie auf dem Bett sitzend aß.

Am Mittwoch der Graduierungs-Woche hatte ihr Boss, der stellvertretende Vorsitzende der Mathematischen Fakultät, niemals besonders viel zu tun. Dr. Spencer schickte sie hinüber zur Bibliothek, um einen Artikel über das Größen-Theorem aus dem *Scientific American* zu fotokopieren, aber er sagte ihr, sie könne sich den Rest des Tages freinehmen. Sie las ein französisches Buch über Süßwasser-Nixen. Der Autor behauptete, er habe zwei davon in der Marne gefangen. Claudia gefiel das Buch nicht. Ihrer Ansicht nach hatte der Autor anscheinend den springenden Punkt bei Nixen verfehlt. Er hatte sie seziert.

»Was lesen Sie da, Miss Seintheure?« fragte Dr. Spencer, während er sich den spärlichen schwarzen Bart strich. Sie hielt das Buch hoch, so daß er den Titel lesen konnte. Er unterdrückte ein Kichern und kehrte wieder zurück in sein Büro.

Nach der Arbeit war, natürlich, die Schweinerei im Abwaschbecken noch immer da. Zu diesem Zeitpunkt war Claudia bereit, an die Decke zu gehen. Randy versprach stets, das Wasser aus dem Becken abzulassen, wenn sie so blöd war, sich von bloßer Kaltwasser-Müll-Suppe abgestoßen zu fühlen. Aber er war niemals da, um's zu tun. Claudia machte sich auf ihrer Zählkarte der Kränkungen eine geistige Notiz (er war letzte Nacht auch ungewöhnlich unsensibel im Bett gewesen) und schob sich die Ärmel ihres Pullovers hoch.

Sie mußte sich selbst davon überzeugen, daß sich nichts im Wasser bewegte. Die Küche war ein düsterer Raum, der auf eine dunkle Allee hinausging. Sie schaltete alle Lichter an und spähte in die trübe Brühe. Nichts weiter zu sehen außer Essensresten, die dahinwogten wie Seegras, und Tabakkrümel. Sie holte eine lange Zange und zog den Stöpsel heraus, so daß das Wasser den Gulli hinablaufen könnte.

Das Wasser gluckerte hinab, es blubberte wie etwas in einem Dokumentarfilm über die Seekrankheit. Schließlich sah sie, daß der Abfluß verstopft war.

Die Vorstellung, die Saugpumpe für die Toilette im Küchenausguß zu benutzen, erfüllte sie mit Abscheu. Und, wie dem auch sei: da war anscheinend etwas Schwarzes und Gummiartiges, vom Durchmesser einer Zucchini, das aus dem Abflußrohr hervorragte. Sie überlief eine Gänsehaut. Sie stocherte danach, aber es war verschwunden. Das Licht in der Küche war unzureichend, und draußen wurde es dunkel, also hatte sie sich mit Sicherheit geirrt.

Sie entschloß sich zu einem Pittaburger vom Imbiß.

Als sie in die Wohnung zurückkehrte, war Randy noch immer nicht zurück. Sie versuchte, Elio anzurufen, den Eigentümer, wobei sie hoffte, er würde herüberkommen und den Abfluß reinigen, aber es meldete sich niemand. Nein, entschied sie, alles nur geschickte Grausamkeit. Randy war ebenso zimperlich wie sie: Laß es ihn erledigen, wenn er nach Hause kommt. Er muß mit seinen Kumpels vom Labor einen trinken gegangen sein. Sie hingen ihm an den Fersen wie einem Helden, zum Teil, weil er seinen Abschluß vor allen anderen erhielt, zumeist jedoch, weil er einen Ruf als Frauenheld hatte.

Randy hatte blaßblaue Augen und lockiges blondes Haar, nur oben auf dem Kopf ein wenig dünn geworden. Er hatte ein heimlichtuerisches, harmloses Lächeln, aber nicht das war es, was Frauen anzog. Er hatte eine Art, sarkastische Dinge zu sagen, bei der Studentinnen einfach dahinschmolzen. Claudia war das Objekt des Neides auf der dritten Etage der Newgate Hall, dort, wo die Handvoll Frauen mit Medizin als Hauptfach üblicherweise lebte.

Ha. Wenig wußten sie.

Claudia holte sich eine Dose Wildkirschensaft. Sie griff in den Küchenschrank, um ein Glas herauszuholen, überlegte es sich anders und trank direkt aus der Dose. Das würde Randy niemals tun. Er sagte stets, es könne ein Wurm in der Dose sein, und man würde ihn nicht eher sehen, bis er einem direkt in den Mund glitt.

Das Abwaschbecken war halb gefüllt mit schmierigem Wasser. Vielleicht war ein bißchen abgeflossen, aber nicht viel.

Es liefe auf einen Willenskampf hinaus: Claudia gegen das Ding im Abfluß. Claudia ging ins Schlafzimmer, zog sich nackt aus und schlüpfte in das ungemachte Bett. Nach einem Augenblick des Nachdenkens stand sie auf, schaltete das Licht wieder ein und betrachtete ihren nackten Körper im Ankleidespiegel. Nein, sie sollte verdammt sein, wenn sie heute nacht seine Aufmerksamkeit auf sich *lenken* würde. Obgleich es viel zu warm dafür war, holte sie ein Hemd mit aufgedruckten grünen Rosen aus der untersten Schublade und streifte es sich über den Kopf. Das Baumwollgewebe fühlte sich erotisch an um ihre Hüfte.

Sie döste und wurde erneut von der Vorstellung gequält, wie das Wasser träge schwappte. Mehr als einmal hob sie den Kopf, glaubte sie, es hören zu können. Das ist lächerlich, dachte sie. Am Morgen fände sie ein wenig exotische Pflanzen vor, die dort wüchsen. Sie dachte an Randy und zog die Knie an die Brust.

Im Traum sprach das Ding im Ausguß mit ihr. Es hatte einen kultivierten, südlichen Akzent, wie Rhett Butler, und es rezitierte Gedichte. »*J'avais capture de mon seant ce furtif papillon.*« Französische Verse, von einem Schmetterling. Dann biß es ihr die linke Brust ab.

Sie setzte sich kerzengerade auf, außerstande, den Alptraum abzuschütteln. Sie hatte sich offensichtlich über einen Kleiderbügel gewälzt, den Randy im Bett liegengelassen hatte. Es war sowieso fast Zeit zum Aufstehen.

Am Kleiderbügel hing noch immer eine Krawatte mit Schottenmuster. Sie schlüpfte aus dem Bett und öffnete Randys Schrank, um den Kleiderbügel hineinzuwerfen.

Randys Kleider waren verschwunden.

Alles machte Sinn. Dieser A.m.O.!

Sie rannte in sein Arbeitszimmer. Ja, sein Computer, die meisten seiner Bücher und sein CD-Spieler waren verschwunden. Der Arsch bestand darauf, den CD-Spieler in seinem Arbeitszimmer zu behalten (aber sie hatte die letzten vier Raten bezahlt), weil er gerne Musik hörte, während er sich auf die Doktorprüfung vorbereitete.

Sie setzte sich an seinen Schreibtisch und weinte. Als sie den Kopf hob, konzentrierte sich ihr Blick auf einen Briefbeschwerer, den sie ihm bei Loch Ness gekauft hatte. Sie schleuderte ihn auf das Bücherregal am anderen Ende der Wand. Es ging kaputt, und sie war zufrieden. Sie warf seinen dreckigen Kaffeebecher und eine leere Diskettenbox hinterher.

Das Gemeinste, Schrecklichste, Ekelhafteste, was er ihr angetan hatte, war, das Abwaschbecken voller Müll zurückzulassen. Sie entschloß sich, ihm dafür eins aufs Dach zu geben.

Von seinem Geliebten, der bei einem wohnte, verlassen zu werden, war in der mathematischen Fakultät keine anerkannte Entschuldigung für das Fernbleiben vom Arbeitsplatz. Spencer war es egal, wenn sie herumsaß und Nathalie-Charles Henneberg las, über die sie ihre Dissertation zu schreiben hoffte, aber er wollte sie dahaben, damit sie Anrufe entgegennahm. Claudia überlegte, sich krankzumelden, entschied sich jedoch dafür, kein Schwächling zu sein, verdammt noch mal. Sie zog einen beigefarbenen Pulli und kurze Hosen an und ging zur Arbeit.

Spencer gluckste, als sie ihm mißmutig erzählte, daß Randy gegangen war. Er kannte Randy entfernt. Tatsächlich hatte ihr Randy den Job verschafft, und Spencer würde seine Verbindungen im romanistischen Institut spielen lassen, um sie im kommenden Jahr zur Dissertation zuzulassen. Er klopfte ihr auf die Schulter und sagte ihr, sie solle sich keine Sorgen machen, es gebe eine Menge Medizinstudenten, die für ein so kleines süßes Ding wie sie schwärmen würden.

Sie zuckte zurück. Sie dachte, Spencer hätte gewußt, wie empfindlich sie wegen ihres ›Süß-Seins‹ war.

»Und in meinem Abfluß lebt irgendwas«, sagte sie. Spencer ging schwerfällig umher und blickte finster drein. »Was für ein Irgendwas?«

»Ein Nix, glaube ich.«

Spencer kicherte. »Füttere ihn mit jungfräulichem Olivenöl und gib ihm eine jungfräuliche Wolldecke.«

»Nixe sind wie Einhörner?«

»O ja, sie lieben Jungfrauen. Klettern ihnen gleich auf den Schoß.«

Claudia schauderte es. »Gott sei Dank. Ich bin in Sicherheit.«

Später am Nachmittag, als fast jeder im Institut nach Hause gegangen war, rief Spencer von seinem Büro aus: »Miss Seintheure? Könnten Sie bitte herkommen und diesen Brief erledigen?« Er mochte ihren Vornamen nicht. Er nannte sie Miss Seintheure mit einer gewissen drolligen Pikanterie. Merkwürdig, dachte Claudia; gewöhnlich springt er, wenn er nur irgendeinen Anlaß dafür findet. Aber sie ging ins Büro. Er lehnte sich in seinen Stuhl zurück, die Finger über seinem Schmerbauch verschränkt. Er ruckte mit dem Kinn Richtung auf die Rohfassung eines Briefs auf dem Schreibtisch und lächelte dabei geheimnisvoll. Sie warf einen Blick nach unten. Sein Hosenschlitz stand offen, sein halberigiertes Glied hing heraus wie die Zunge eines erschöpften Hundes.

Verdammte Reflexe – sie wurde rot. Und floh. Spencer, du Idiot!

Sally war nicht zu Hause. Sally wußte stets, was man in Fällen von Belästigung, Verlust des Geliebten und verstopften Ausgüssen zu tun hatte. Fast bis Mitternacht rief Claudia immer wieder bei ihr an. Es schien dumm, sich über Spencers merkwürdiges Benehmen zu beklagen. Vielleicht wollte er bloß spaßig sein. Er hatte stets einen gewissen Sinn für Humor. Sie würde ihn sicherlich nicht wegen sexueller Belästigung anzeigen. Aber was sollte sie tun?

Sich hinsetzen und in Tränen zerfließen?

Das schien zu einfach.

Um Mitternacht, nach einem arbeitsreichen Abend, schien das am einfachsten zu lösende Problem der Ausguß zu sein, also nahm sie, mit all ihrem Mut gewappnet, die Saugpumpe und machte sich zum Kampf bereit.

Das Wasser war abgeflossen.

Versuchsweise ließ sie ein wenig Wasser ins Becken laufen. Es leerte sich völlig, als habe es niemals eine Verstopfung gegeben.

»Verdammt soll ich sein«, murmelte sie unterdrückt. Sie schaltete ein Licht über sich ein, so daß sie besser sehen konnte, und spähte in den Ausguß.

Ja, sie konnte es so gerade eben sehen. Etwas wie ein schwarzer Gummiball, glänzend feucht, tief im Ausgußrohr. Sie spürte, wie ihr der Mageninhalt hochkam. Es sah dem Ding in ihrem Traum überraschend ähnlich.

War es nur in ihrer Einbildung, oder pulsierte es wirklich?

Einmal hatte der Vermieter ihr und Randy einen riesigen Korb mit eigenen Gartenerzeugnissen geschenkt. Der Salat war grün und saftig gewesen, aber sie hatte eine Schneckenkolonie darin gefunden. Um sie loszuwerden, hatte sie das Abwaschbecken mit Wasser und Eiswürfeln gefüllt, den Salat hineingetaucht, so daß die Schnecken von der Kälte betäubt wurden, und dann den Salat abgespült, wobei sie die Schnecken in den Ausguß hatte rutschen lassen.

Schnecken und Aale. War es eine Schnecke? Ein Aal? Sie kicherte. Vielleicht sollte sie es als schreckliches Haustier halten und es Schnaal nennen.

War sie ein Feigling, daß sie sich so zimperlich verhielt?

Sie kratzte das Schlimmste des Abfalls aus dem Becken und trocknete sich die Hände ab. Sie steckte zwei hölzerne Eßstäbchen, Überbleibsel irgendeines mitternächtlichen Festes im Lychee Nut Garden, in den Ausguß, in der Absicht, den schwarzen Schrecken zu schnappen. Er schlüpfte davon. Am Ende entschied sie sich dafür, daß sie sich das Ding einbildete.

Aber irgend etwas hatte den Spitzen der Eßstäbchen schwammartig Widerstand geboten. Sie schüttelte das unbehagliche Gefühl ab und ging ins Wohnzimmer, um Sallys Nummer ein letztes Mal zu probieren.

Schließlich antwortete Sally. Claudia ließ die Geschichte über Spencer vom Stapel.

»Nun ja, Claud«, und Claudia stellte sich vor, wie sie die Lippen mit einer Virgina Slim schürzte, »ich würde kein Aufheben um die Angelegenheit machen. Du hast gesagt, es war nicht sehr groß, hm?«

»Sally, das ist nicht der springende Punkt!«

Sally seufzte. »Sieh mal, laß dich davon nicht umhauen. Entweder du beachtest es nicht oder – warum machst du mit dem alten Knaben nicht mal einen munteren Fick?«

»Das ist deine Antwort auf alles!«

»Sicherlich verspürst du Randy gegenüber keine Loyalität mehr, jetzt?«

Claudia zögerte. »Spencer ist verheiratet.«

»Das sind die besten, Mädchen. Die Verheirateten sind immer *sooo* dankbar.«

Claudia beendete die Unterhaltung mit einem kleinen Kichern. Sally gab ihr unanständige Ratschläge, aber sie brachte sie stets zum Lachen.

Sie warf nochmals einen Blick auf den Ausguß. Es war Einbildung gewesen, entschied sie. Kein Aal. Keine riesige Salatschnecke. Kein Schnaal. Lediglich eine hyperaktive Einbildungskraft, mit einem Beigeschmack von Stress.

In jener Nacht schlief sie lediglich in ihrem Slip.

Erneut träumte sie von dem Ding im Ausguß. Es war in ihren Schreibtisch am Arbeitsplatz geraten. Als sie die unterste Schublade öffnete, schlängelte es sich heraus und legte sich ihr um die Handgelenke. Voller Entsetzen versuchte sie, sich zu befreien. Sein Mund war voll ätzendem Gift und Fängen. Sie kreischte Spencers Namen, aber als er auftauchte, war er bis auf die Krawatte und ein obszönes Lächeln nackt.

Sie schüttelte sich selbst aus dem Traum heraus. Aber die bösartige Atmosphäre des Traums wollte sich nicht zerstreuen. Der Aal-Schneck aus dem Ausguß war verschwunden. Spencer mit seinem diabolischen Lächeln war verschwunden, aber das Entsetzen war noch immer da.

Sie rief die Telefonseelsorge an.

Nein, sagte sie sich mißmutig und warf den Hörer auf die Gabel, als eine Baritonstimme antwortete. Ich muß erwachsen werden.

Sie schaltete alle Lichter im Schlafzimmer und in der Küche an.

Dann konnte sie schlafen.

Der nächste Tag war die reinste Hektik. Die Einschreibung fürs Sommersemester hatte angefangen, und Spencer mußte am Samstag in Houston einen Vortrag halten. Das gesamte mathematische Institut befand sich gleichzeitig im Büro, gab ihr Briefe zum Abtippen, Buchbestellungen zum Bestätigen. Sie dachte kaum an Randy, und das Ding im Ausguß war ihr völlig aus dem Bewußtsein entschwunden. Gegen halb fünf rief sie Sally bei der Arbeit an und verabredete sich mit ihr, einen trinken zu gehen.

Es war Freitag. Ein wenig beschwipst schloß sie die Wohnungstür auf und drehte den Lichtschalter. Die Deckenbeleuchtung war durchgebrannt. Sie tastete sich über den Küchenboden zum Bad. Die Deckenbeleuchtung im Bad ging ebenfalls nicht an. Verdammt, verdammt, verdammt, sagte sie zu sich. Wo sind diese verdammten Birnen?

Sie tastete sich zurück zum Abwaschbecken, um im Schrank darüber nach Birnen zu suchen. Der Raum roch feucht, wie eine unbelüftete Badehütte.

Auf dem Weg streifte ihr etwas feucht am Knöchel entlang.

Jäh nüchtern, mit klopfendem Herzen, erstarrte sie. Ein Wimmern stieg ihr in der Kehle hoch. Sie unterdrückte es.

Taschenlampe?

Wenn sie riefe, würden die Nachbarn über ihr sie hören? Und was würden sie sagen, wenn sie mitten in der Nacht aus dem Bett gejagt würden, weil sie sich eingebildet hatte, sie sei in ihrer Küche über einen Aal gestolpert?

Sie ging ins Bad zurück und wühlte in ihrer Handtasche, bis sie ein Streichholz gefunden hatte. Irgendwo mußte es eine funktionsfähige Taschenlampe geben. Oder, wo hatte sie die Christbaumkerzen hingelegt?

Plötzlich gingen die Lichter an. Ein Stromausfall also. Vorsichtig spähte sie in die Küche. Auf dem Fußboden lag nichts.

Sie warf ihre Handtasche aufs Bett und straffte die

Schultern. Betrunken oder nicht, sie wollte sicherstellen, daß das, was auch immer sich im Ausguß befand (oh, es war nichts, sicherlich nichts), nicht lebendig war.

Sie fand den Abflußreiniger unter dem Becken, schüttete eine doppelte Portion in das dunkle Loch des Ausgusses und spülte mit Wasser nach.

Es gurgelte dumpf.

Eine jähe Erschütterung, ein Blubbern, Schlagen von Rohren, Schäumen. Dann Stille.

Tief befriedigt ging sie zu Bett. Aber sie trug das Hemd, das Randy so haßte. Aber sie fühlte sich darin geborgen.

Fünfundvierzig Minuten später erwachte sie. Ein Rutschen. Kein anderes Wort gab es dafür, rutschen. *Steh auf,* sagte sie sich selbst. *Steh auf und schließe die Schlafzimmertür zu. Verschließe sie!*

Aber die Schlafzimmertür wurde langsam aufgestoßen.

Schalte das Licht an! dachte sie. *Dies ist ein 4-Sterne-Alptraum im Michelin-Führer. Sieben Gänge. Trinkgeld und Mehrwertsteuer inbegriffen.*

Der Instinkt sagt uns, toten Mann zu spielen, wenn sich etwas in einem dunklen Haus befindet, das nicht dorthin gehört. Mit Mühe brachte sie ihren Arm dazu, sich zu bewegen, ihre Hand, den Plastikschalter an der Lampe zu drücken.

Nichts war da. Natürlich stand die Tür ein wenig offen. Sie hatte sie nicht richtig zugeklinkt.

Oh, sieh mal da! Dort, auf dem Fußboden!

Ein dunkles Schattenflüßchen. Ein Strick aus einem langen schwarzen Muskel. Ein Tentakel. Eine dicke Schlange an der Schwelle der Psychose. Einen Augenblick lang bewegungslos, wartend, jedoch bereit zur Bewegung.

Wie eine stumme Katze, die gestreichelt werden möchte, hob das Entsetzen den Kopf.

Sein Maul entsetzte sie. Die Lippen schienen ge-schürzt, wie ein winziger menschlicher Mund. Dann sah sie, daß es mehr wie ein Schließmuskel war. Das faltige Maul entspannte sich, und sie erblickte Zähne.

Sie wären weniger beängstigend gewesen, wenn es Haifischzähne oder Nadeln gewesen wären. Aber sie waren sehr wie menschliche Zähne, flach auf der Vor-derseite, wie die Schneidezähne eines Nagetiers. Die Eckzähne waren nicht länger als die in einem mensch-lichen Mund.

Zuerst sah sie die Augen nicht. Dann blinzelte es, und sie sah ihre rosa Färbung, winzig, feucht, im tor-pedoförmigen Kopf ein wenig zurückgesetzt.

Wie bei einem freudigen Wiedererkennen sammelte es sich, die Haut kräuselte sich, und dann kletterte es an einem Bein des Bettes empor.

Claudias Erstarrung verließ sie, jedoch zu spät. Sie versuchte, sich auf der anderen Seite aus dem Bett zu werfen, aber als sie das Bein ausstreckte, peitschte das Ding vorwärts und erwischte ihren Fußknöchel in einem Boa-Constrictor-Griff.

Sorgfältig, mit einem Geschick, das von vorherigen Gefangennahmen kündete, schob es sich nach und nach um den Fußknöchel, bis sich sein Kopf einen guten Meter oberhalb der Stelle befand, wo er sie ge-packt hatte. Dann rutschte es an ihrem Körper empor, wobei es leicht den billigen Baumwollstoff ihres Hemds berührte und ihren Fußknöchel noch immer in seinem Schlangengriff hielt, und es hielt den Kopf schwebend nur wenige Zentimeter vor ihrem Gesicht, der Atem stank wie verfaulter Fisch.

Sie zuckte zurück. *Schrei, verdammt noch mal, schrei!* sagte sie zu sich. Und sie schrie auf, einmal. Aber sie konnte sich nicht an die Namen der Leute über ihr ent-sinnen, und vielleicht klang ihr wortloser Schrei wie etwas, das fast jede Nacht geschah, als Randy noch mit ihr schlief.

480

Es schlug ihr ins Gesicht, auf die Schultern, den Hals. Sie kämpfte mit den Händen, aber das Ding war stark, schnell. Sie verspürte Hiebe, die brannten, sie waren mit irgendeinem Gift gefüllt, Hiebe auf ihrem Gesicht, ihren Schultern, ihrem Hals.

Und, ja, es war Gift. Und das Gift fing an zu wirken. Sie spürte alles. Sie sah alles. Aber ihr Körper war schwer geworden, zu schwer, um sich zu bewegen. Sogar die Furcht wich von ihr, als sei sie betäubt worden. Sie kämpfte darum, die Augen offenzuhalten, aus Furcht, daß das Gift ihr Zwerchfell paralysieren könne und sie aufhören würde zu atmen. *Aber das ist Unsinn,* dachte sie. *Mein Herz würde gleichfalls aufhören zu schlagen.*

Sie konnte sich nicht bewegen. Aber sie konnte zusehen.

Kiemenartige Gebilde hinter den winzigen rosigen Augen, die sich rhythmisch blähten und wieder schlossen, sonderten einen zähen schmierige Schleim ab. Das Gesicht war nackt, bedeckt von ledriger, nasser Haut, aber ein paar Zentimeter weiter unten am Körper begann ein dichtes, kratzendes Haarkleid, wie bei einem schwarzen Pferd.

Zunächst sang es ihr zu. Sie war nicht sicher, woher sie wußte, daß es Musik sein sollte. Es waren häßliche, gurgelnde Laute, die aus dem entsetzlichen Schließmuskel seines Mauls hervorblubberten. Sie spürte, daß es der Dialekt einer Sprache war, die sie kannte, dem Maul eines Schnaals angepaßt, schmierige Frikative und nasse Verschlußlaute, die er ihr mit brennendem Speichel ins Gesicht spie.

Dann vollführte es seinen kleinen Tanz, ihren ganzen Körper hinauf und hinab, es berührte, erforschte, drückte. Sein letzter Schritt war ein rutschendes Vorangleiten von ihrem gefesselten Fußknöchel (obgleich es sie jetzt kaum festhalten mußte, fixiert, wie sie war), ihr schauderndes, hilfloses Bein hinauf.

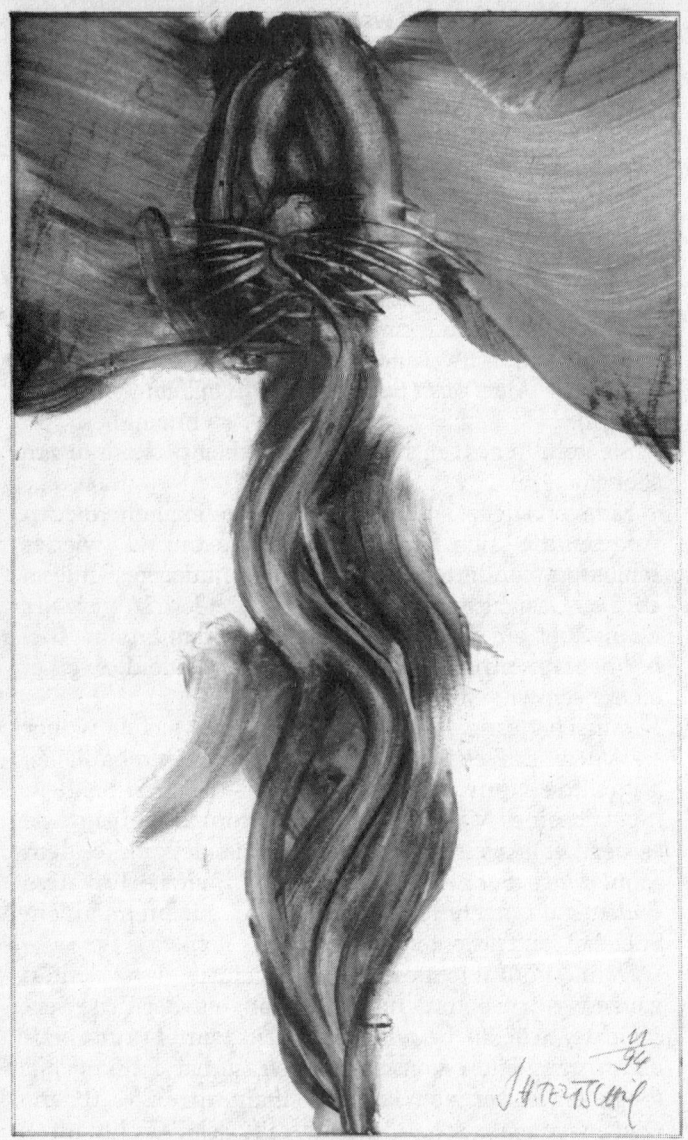

Paralysiert, wie sie war, fragte sie sich, ehe sie das Bewußtsein verlor, wie sie eine derartige Pein verspüren konnte.

Als sie am nächsten Morgen erwachte, blutbeschmiert und steif, pochte ihr der Kopf. Sie humpelte ins Bad und versuchte, nicht in den Spiegel zu blicken. Sie zog das Hemd wieder an, um ihre Schrammen zu verbergen, und verbrachte den Tag im Bett.

Es war keine Frage, daß sie natürlich Elio anrufen müßte. Flüchtig dachte sie daran zu packen und zu verschwinden. Es war Wahnsinn, daß sie es nicht tat. Aber das hätte dem Schnaal natürlich nicht gefallen. Und ihr Blut war noch immer voller Schnaalgift.

Sie hatte den schleichenden Verdacht, daß sie den Stoff mochte.

Sie verbrachte den größten Teil des Sonnabends und Sonntags im Bett, halb im Delirium. In wachen Augenblicken versuchte sie, Sally anzurufen, gab jedoch irgendwie auf. Der Schnaal hätte nicht gewollt, daß sie mit Sally redete. Er wollte, daß sie im Bett blieb. Sie erklärte laut, daß sie schließlich zur Arbeit würde gehen müssen. Sie erhielt keine Antwort. Der Schnaal verstand entweder nicht, oder es war ihm egal. Vielleicht, dachte sie, würde er sie zur Arbeit gehen lassen.

Als der Schnaal Sonntagnacht zu ihr kam, hatte sie weniger Angst und kämpfte weniger. Die Paralyse kam rascher, und der Schmerz war vielleicht etwas weniger intensiv. Schon da wußte sie, daß es Schmerz gäbe, so lange der Schnaal und sie solch enge Freunde wären. Aber das machte nichts. Anschließend konnte sie sich kaum bewegen, selbst nachdem das Gift nicht mehr wirkte. Aber da sie weniger gekämpft hatte, gab es weniger neue Schrammen oder Zahnabdrücke.

Wenn nur der Schnaal nicht sänge, ehe er in sie eindrang.

Am Montag zog sie sich langsam an, ließ das sorgfältige Schminken der Augen aus und aß ein paar Scheiben Brot. Der Schnaal war verschwunden, wie er es jetzt immer tat, seit sie und er sich versöhnt hatten und Freund geworden waren, außer dann, wenn er sie für das brauchte, wofür er sie eben haben wollte. Der Ausguß war nicht zugestopft. Das Geschirr vom vergangenen Dienstag war noch immer schmutzig. Sie überlegte, ob sie die eingetrockneten Reste einweichen und abwaschen sollte. Vielleicht heute abend, dachte sie, wenn ich die Energie dafür habe.

Sie fühlte sich besser, sobald sie zur Arbeit gegangen war. Spencer benahm sich jedoch seltsam. Er kam zu ihr ins Vorzimmer und hielt ihr eine kleine Ansprache, daß er hoffte, sie habe sein Späßchen nicht mißverstanden, und es wäre besser, wenn sie es niemandem gegenüber erwähnen würde.

»Natürlich, Dr. Spencer«, sagte sie milde. Es machte wirklich keinen Unterschied. Nichts machte irgendeinen Unterschied.

»Und es tut mir wirklich leid, daß Randy Sie verlassen hat«, sagte Spencer und versuchte, die Unterhaltung in die Länge zu ziehen, er versuchte, ihr Vergebung und Annahme zu entlocken.

»Randy? Was ist mit Randy?«

Spencer blickte sie merkwürdig an und floh.

In der Nacht war der Schnaal da. Er hatte kein bestimmtes Schema. Einige Nächte lang glaubte sie, ihre Feuerprobe sei für die Nacht vorüber, und dann kam er wieder und stach und drang wilder in sie ein als je zuvor. Er schlug niemals während des Tages zu. Sie verbrachte ihre Tage wie in einem Traum. Die Kleider hingen an ihr; sie nahm an, daß sie an Gewicht verlor. Sie fühlte sich, als stünde sie unter Drogen, irgendwelche Drogen, die Desorientierung hervorriefen, Fieber. Oder als habe sie eine Tropen-krankheit.

Der Schnaal liebte sie. Das zumindest hatte sie.

Sally kam vorbei, sagte, sie sei besorgt. Sally war zum Doktorbüro gegangen und hatte Randys Namen unter den Empfängern des Doktortitels gefunden. Darunter war gedruckt ›in absentia‹.

»Weißt du, sie müssen das Manuskript für diese Sache vor mindestens zwei Monaten eingereicht haben«, begründete Sally. »Also muß er das von langer Hand geplant haben.«

»Ist doch egal«, sagte Claudia. Sie wünschte sich, Sally würde nach Hause gehen.

»Der Mistkerl hätte dir wenigstens den CD-Player dalassen können.«

»Ich hätte niemals CDs gehört.« Der Schnaal sang für sie. Das war der Teil, den sie am meisten haßte. Wenn er nur zu singen aufhörte.

»Claud, was stimmt mit dir nicht? Musik hast du doch immer gemocht. Du siehst schrecklich aus.«

»Sally, ich muß allein sein. Vielleicht später.«

Sally atmete schwer aus. »Sicher, Claud. Sicher. Ruf mich mal an, ja?« Und, an der Tür: »Was, zum Teufel, stimmt mit dir nicht, Mädchen?«

Claudia lächelte kaum merklich und hob die Schultern.

Sally schüttelte den Kopf und war verschwunden.

Der Schnaal mochte Sally nicht. Der Schnaal wollte, daß Claudia zu Hause blieb, ruhig blieb und ein wenig Tee trank und nett war. Der sexuelle Teil der Beziehung zwischen Claudia und dem Schnaal war jetzt vorüber, aber der Schnaal wollte, daß Claudia eine Menge schlief und Geleesandwiches aß und Dosenessen.

An den Wochenenden schlief Claudia bis zwei oder drei Uhr nachmittags. Es war eine Zeit, zu der sie Schlaf nachholen konnte. Sie hatte leichtes Fieber. Einige Überbleibsel von Vernunft sagten ihr, sie müsse zum Arzt gehen und herausfinden, warum. Aber dann würde der Arzt sicherlich Fragen stellen. Sie stellte sich vor, der Schnaal würde nicht wollen, daß sie dies täte.

Es machte Spaß, einfach im Bett zu bleiben und gelegentlich aufzuwachen, um ins Bad zu gehen oder sich ein Glas Wasser zu holen. Bald, hoffte Claudia, wäre sie in der Lage, die ganze Zeit über zu schlafen, wenn sie nicht zur Arbeit ginge oder äße.

Der Sommer ging vorüber.

Am Samstag, gegen Mittag, lag sie im Bett. Ihr schmerzte der Kopf, aber sie war imstande, den Schmerz durch Dösen zum Verschwinden zu bringen. Ihr Mund fühlte sich trocken an, und sie konnte den Blick nicht konzentrieren. Die Tür öffnete sich einen Spalt breit. Sie hatte die Kette vorgelegt. Niemand sollte sie und ihren Schnaal stören.

Irgendwelche Neugier war in ihr verblieben, also rutschte sie schwer aus dem Bett und löste die Kette.

Es war Randy.

Er schloß die Tür hinter sich und setzte sich auf einen Küchenstuhl. Claudia ließ sich ohne Begeisterung auf den gegenüberstehenden Stuhl plumpsen.

»Ich bin zurück.«

Sie hob die Schultern. Offensichtlich, er war zurück.

»Du hast anscheinend seit Tagen nicht die Post hereingeholt. Der Kasten war rammelvoll. Sieh mal, hier ist ein Brief vom mathematischen Institut. Hier.«

Sie blickte ihn interesselos an.

»Um Gottes willen, Claudia, mach ihn auf!«

»Mach du ihn auf. Ich bin müde.«

Randy riß den Brief auf. »Ist von Spencer. Deinem Boss. Claudia, er hat dich gefeuert.«

Claudia verspürte ein vages Bedauern und ein wenig Schuld. Vielleicht hätte sie mehr Krach um Spencers Indiskretion schlagen sollen. Oder vielleicht hätte sie ihn unter Druck setzen sollen.

»Macht es dir nichts aus? Was, in Gottes Namen, stimmt mit dir nicht? Du siehst schrecklich aus.«

»Randy, ich weiß es nicht. Ich habe geschlafen. Ich möchte wieder schlafengehen.« Und, als Nachgedanke: »Du hast ein Becken voll von schmutzigem Geschirr zurückgelassen.«

Randys Augen wurden schmal, er versuchte, sie zu verstehen. »Tut mir leid. Tut mir wirklich leid. Ich habe einen Fehler begangen. Ich hätte nicht gehen sollen.«

»Macht nichts. Mir ist nur gerade eingefallen, daß ich darüber am wütendsten war. Das schmutzige Geschirr.«

»Tut mir leid. Ich hätte das Geschirr abwaschen sollen, ehe ich dich verlassen habe. Hast du mir das sagen wollen? Bist du verrückt?«

»O ja, vielleicht.«

Der Schnaal wollte nicht, daß sie mit diesem Wort herumspielte.

»Möchtest du, daß ich zurückkehre? Kann ich wenigstens hierbleiben und reden? Eine Woche oder zwei, ehe das Herbstsemester beginnt? Ich habe einen Lehrauftrag, Claudia. Habe ich dir das gesagt?«

»Nein, du hast nicht geschrieben. Oder doch? Ich habe es vergessen.«

Randy leckte sich die Lippen. »Können wir einfach nur über meine Rückkehr reden? Ich habe mich geändert. Wirklich, habe ich. Es war dumm.« Anscheinend war Stolz eine bittere Medizin. »Ich hätte nicht gedacht, wie sehr ich dich vermissen würde. Bitte, versteh doch!«

Sie verstand nicht. Und der Schnaal würde Randy sicherlich nicht hier haben wollen.

»Nein, wirklich, Randy, du kannst nicht hierbleiben. Die Dinge haben sich geändert. Meine Situation hat sich geändert. Ich schätze, ich werde mir einen neuen Job suchen müssen.«

Sie lächelte halb. Sie war akzeptiert worden, aber es war jetzt zu spät, sich einzuschreiben. Viel zu spät. Und sie würde keinen Abschluß brauchen, war doch der Schnaal jetzt hier und alles.

»Randy, ich muß wirklich noch etwas schlafen. Du mußt gehen. Tut mir leid. Es würde wirklich nichts lösen.« Sie hievte sich hoch und stellte sich hin, wobei sie ihr Gewicht am Tisch abstützte. Randy langweilte sie allmählich.

»Claudia, laß mich dich ansehen. Was ist geschehen? Warum hast du mir das nicht gesagt? Du hättest mir das gleich sagen sollen.«

»Dir gesagt? Dir was gesagt?«

»Ich habe es nicht bemerkt. Wie konnte ich das nicht bemerkt haben?«

»Was bemerkt haben?«

Er lächelte nervös, zaghaft. »Ist es meins, Claud? Wann soll es kommen?«

Ein Teil in ihr erwachte. Vielleicht war es doch gut, daß Randy zurückgekehrt war.

»Deins?« Sie spürte hungrige Regungen in sich. »Sieh's dir an, wenn es geboren ist, Randy. Ich bin mir sicher, es wird lernen, dich zu mögen.«

Originaltitel: ›THE SLEEL‹ • Copyright © 1992 by Mary A. Turzillo • Erstmals erschienen in ›Interzone‹, Juli 1992 • Mit freundlicher Genehmigung der Autorin • Copyright © 1995 der deutschen Übersetzung by Wilhelm Heyne Verlag, München • Aus dem Amerikanischen übersetzt von Alfons Winkelmann • Illustriert von Jobst H. Teltschik

SIND SIE ES, MR. SMITH?

Guten Tag, hier 8332/7955-2283.

Hier spricht Brewster. Sind Sie es, Mr. Smith? Auch ich wünsche einen schönen Tag!

Hier spricht der Aaba von Mr. Smith. Was kann ich für Sie tun?

Ich habe nicht verstanden … Wer spricht?

Hier spricht der Aaba von Mr. Smith. Was kann ich für Sie tun?

Ich habe nicht verstanden, wer sind Sie?

Der Aaba, der automatische Anrufbeantworter, von Mr. Smith. Was kann ich für Sie tun?

Soll ich eine Nachricht auf Band sprechen?

Nicht nötig, Sie können sich mit mir unterhalten.

Na fein, ich möchte Mr. Smith sprechen.

Mr. Smith ist leider sehr beschäftigt und darf nicht gestört werden.

Ich glaube, Sie scherzen! Ich kenne doch Ihre Stimme – Sie sind es selbst!

Ich bin nicht Mr. Smith, sondern sein Aaba. Ich benutze die Stimme von Mr. Smith, weil ich ihn am Telefon vertrete. Was kann ich für Sie tun?

Ich sagte es doch schon – ich möchte ihn sprechen.

Und ich sagte schon, daß er beschäftigt ist. Doch Sie können sich mit mir unterhalten, ich habe eine Menge ihn betreffender Informationen eingespeichert und kann die meisten Wünsche der Anrufer erfüllen. Worum geht es?

Hören Sie, ich möchte ihn privat sprechen, bitte verbinden Sie mich!

Wenn es privat ist, dann dürfte eine direkte Verbindung noch unnötiger sein als bei Geschäften. Eine Statistik hat erwiesen, daß die Redundanz privater Gespräche bei 70 bis 80 Prozent liegt. Normalerweise handelt es sich lediglich um Formalitäten. In diesen Belangen bin ich ein vollwertiger Gesprächspartner. Handelt es sich um gute Wünsche oder Danksagungen? Wollen Sie sich nach seinem Gesundheitszustand erkundigen? Ich kann Sie beruhigen – Mr. Smith geht es gut.

Es handelt sich nicht um die Gesundheit von Mr. Smith, sondern um eine Frage, die ich ihm stellen möchte.

Ich bin überzeugt, daß auch ich sie beantworten kann. Geht es vielleicht um einen Termin? Bei nahezu 90 Prozent aller Telefongespräche wird ein Termin vereinbart. Ich habe den Terminkalender von Mr. Smith in allen Einzelheiten eingespeichert. Hat Ihr Anruf mit irgendeinem Termin zu tun, mit einem Besuch? Mit einem Zusammentreffen?

Allerdings, es geht um heute abend ...

Können Sie mir die Zeit genauer nennen?

Die Zeit ist 19.30 Uhr.

Um 19.30 Uhr ist Mr. Smith bei einem Tennisturnier – es tut mir leid, er hat keine Zeit. Ist unser Gespräch damit beendet?

Hören Sie, ich weiß, daß Mr. Smith heute abend am Tennisplatz ist. Trotzdem möchte ich mit ihm sprechen. Verbinden Sie mich jetzt oder nicht?

Mr. Smith ist leider sehr beschäftigt. Ich darf ihn nur in ganz besonders wichtigen Fällen stören.

Und was ist so wichtig, daß man Mr. Smith damit stören darf?

Genaugenommen nur eines, nämlich Geld.

Nun gut, genau darum handelt es sich. Würden Sie mich jetzt mit Mr. Smith verbinden?

Wenn es um Geld geht – selbstverständlich. Ich verbinde Sie mit Mr. Smith. Es war mir ein Vergnügen, mich mit Ihnen unterhalten zu haben.

Hier Smith.

Hier bei Brewster. Ich hoffe, ich störe Sie nicht – es war recht schwer, Sie zu erreichen.

Nicht so schlimm, seit ich meinen neuen intelligenten Anrufbeantworter habe, habe ich viel Zeit. Es ist geradezu ein Vergnügen, wieder mit jemand sprechen zu können. Was gibt es? Mein Aaba hat da etwas angedeutet … Es ginge um Geld …?

Das war nur ein Trick – sonst hätte mich Ihr Anrufbeantworter nicht verbunden, und ich hatte keine Lust, mich weiter mit ihm herumzustreiten.

Und was verschafft mir nun die Ehre Ihres Anrufs?

Genaugenommen geht es darum, daß Mr. Brewster mit Ihnen sprechen möchte.

Aber ich dachte, ich sei mit Mr. Brewster verbunden – diese Stimme …

Ich benutze die Stimme von Mr. Brewster, ich bin sein Eldogä. ich dachte, Sie sind mit der neuen Methode zur Vereinfachung von Telefongesprächen vertraut.

Aber mit wem spreche ich, zum Teufel!

Bitte beruhigen Sie sich, hier spricht der Eldogä von Mr. Brewster, der ›elektronische Doppelgänger‹. Mr. Brewster hat mich beauftragt, eine Verbindung mit Ihnen herzustellen, eine Aufgabe, die stets viel Zeit kostet – die er selbst besser nutzen kann. Ich erlaube mir, nun eine direkte Verbindung herzustellen.

Hier Brewster, mit wem spreche ich?

Hier Smith.

Das ist aber fein, daß ich Sie am Draht habe. Ich wollte nur fragen, ob Sie noch an unser Tennismatch denken?

Aber sicher, heute abend fällt die Entscheidung – da werden wir ja sehen, wer den besseren Roboter hat!

Ich freue mich darauf, Mr. Smith, auf Wiedersehen!

Auf Wiedersehen, Mr. Brewster.

SCHLECHTES TIMING

> »*Zeitreisen ist eine nicht-exakte Wissenschaft.*
> *Ihr Studium steckt voller Paradoxa.*«
>
> – Samuel Colson, 2301–2197

Alan eilte durch den Torbogen, ohne auch nur einen Blick auf die Schrift zu werfen, die darauf stand. Es war Montag morgen, und er kam wieder zu spät. Er befaßte sich oft mit der Vorstellung, daß die Zeit ein Punkt im Raum ist, doch er fand sie nicht sehr verlockend. Sie bedeutete, daß es an diesem bestimmten Punkt im Raum immer Montag morgen war und er immer zu spät zu einem Job kam, den er haßte. Und daß es schon immer so war. Und immer so sein würde. Es würde sich nur ändern, wenn jemand eingriff, und das war strikt verboten.

»Heilige Matrix«, stieß Joe Twofingers hervor, als Alan hinter ihm herraste, um seinen Fingerabdruck registrieren zu lassen, bevor ihm weitere dreißig Minuten abgezogen wurden. »Du glaubst nicht, was ich in der Abteilung ›Erzählungen‹ gefunden habe!«

Alan streckte seine Hand aus dem Fahrzeug heraus. Die metallische Stimme antwortete mit den Worten: »Angestellter Nummer 057, Archiv-Abteilung, Alan Strong. Dreißig Minuten und sieben komma zwei Sekunden zu spät. Eine Stunde Abzug.«

Alan verzog das Gesicht und wandte sich Joe zu. »Da ich sowieso nicht bezahlt werde, kann ich genausogut die Füße hochlegen und eine Tasse Flüssig-Koffein trinken. Erzähl mir, was du gefunden hast.«

»Ich habe einfach nur die Dateien aufgeräumt – du weißt ja, die Abteilung ›Erzählungen‹ ist eine einzige Katastrophe –, und dabei fiel mir diese Zeitschrift in die Finger. Ich dachte: Was soll das hier? Es stammt aus dem zwanzigsten Jahrhundert, heißt *Woman's Secrets* und steht voller Strickmuster, Rezepte und kitschiger kleiner Geschichten wie: ›Er riß sie heftig an sich, streichelte ihre zarte blasse Haut und zog sie an seine starke Brust‹ und so. Ich dachte mir, daß das Heft irrtümlich in diese Abteilung gelangt sei und wollte es rausschmeißen. Aber dann sah ich eine Geschichte, deren Titel ich interessant fand. Sie hieß: ›Die Liebe, die die Zeit besiegte‹, und mir war sofort klar, daß sie die Zeitung wegen dieser Geschichte aufbewahrt haben. Ich werfe also einen Blick darauf, und sie war…« Er zog eine Grimasse und steckte sich einen Finger in den Hals. »Aber ich finde, du solltest sie trotzdem lesen.«

»Warum?«

»Weil sie auch von dir handelt.«

»Sehr witzig, Joe. Eine Minute lang hättest du mich fast an der Nase herumgeführt.«

»Ich meine es ernst! Wirf einen Blick auf dieses seltsame Ding. Die Autorin ist eine Frau namens Cecily Walker, sie hat ihre Geschichte in diesem komischen alten Dialekt geschrieben, den sie damals benutzt haben, und sie ist absolut gräßlich. Und der Mann in der Geschichte bist eindeutig du.«

Eine Minute lang glaubte ihm Alan nicht. Joe war ein Witzbold und war es immer gewesen. Alan erinnerte sich, wie John ihm auf einer Party einen Drink mit einer Kombination aus einem Aphrodisiakum und einem Halluzinogen vermischt hatte. Alan zog daraufhin mit dem Regenmantel seines Abteilungsleiters eine Show ab und machte sich zum Gespött des Abends. Er schloß die Augen und schüttelte sich. Joe reichte ihm die Zeitschrift.

Sie war wie alle frühen Papierrelikte mit einer Konservierungslösung behandelt worden, die die einzelnen Seiten mit einer klaren Schutzschicht überzog. Seitdem rochen sie schrecklich und klebten leicht zusammen. Alan fand problemlos die Seite, nach der er suchte. Er verdrehte die Augen, als er die Zeichnung sah, mit der die Geschichte illustriert war: ein Paar, das sich leidenschaftlich, aber züchtig umarmte. Er begann zu lesen.

Die Geschichte handelte von einer einsamen und unausgefüllten Frau, die immer noch in ihrem Geburtshaus lebte. Eines Tages klopft jemand an die Tür, und sie öffnet ihm. Vor ihr steht ein geheimnisvoller Fremder: groß, gutaussehend und ausgesprochen anziehend.

Alan sah an sich hinab.

Ein paar Absätze später sitzt der Mann bei einem romantischen Essen bei Kerzenschein mit der Frau zusammen und erzählt ihr, daß er aus der Zukunft kommt, in der das Reisen durch die Zeit bereits zu einer Realität geworden ist. Er arbeitet im Colson-Institut für Zeitstudien in der Archivierungs-Abteilung.

Alan verging das Lachen.

Der Mann teilt ihr mit, daß nur bestimmte Menschen Zeitreisen unternehmen dürfen und es ihnen nicht gestattet ist, in den Gang der Ereignisse einzugreifen. Sie dürfen nur beobachten. Er gibt zu, daß er keine Befugnis hat, zu reisen – er ist eines Nachts in das Labor eingebrochen und hat eine Zeitmaschine gestohlen. Die Frau fragt ihn, warum, und er antwortet: »Der einzige Grund dafür bist du, Claudia. Ich habe es für dich getan. Ich las eine Geschichte, die du geschrieben hast, und ich sah sofort, daß sie von dir und mir handelte. Ich habe in den Archiven nachgesehen und dort ein Bild von dir gefunden, und dann wußte ich, daß ich dich liebe und daß ich dich immer geliebt habe und dich immer lieben werde.«

»Aber ich habe nie eine Geschichte geschrieben, Alan.«

»Du wirst es tun, Claudia. Du wirst es tun.«

Der Alan in der Geschichte beschreibt dann in allen Einzelheiten das Institut und die Archive. Die Frau fragt ihn, wie die Menschen im vierundzwanzigsten Jahrhundert leben, und daraufhin erzählt er ihr von den Geräten in seinem Apartment.

Alan stehen die Nackenhaare zu Berge: sie erwähnt auch seinen Neuronentrost. Er hat noch *niemandem* erzählt, daß er einen gekauft hat, nicht einmal Joe.

Danach zieht er sie an seine männliche Brust, es gibt eine Menge Gefummel, tiefe Seufzer und leidenschaftliche Küsse. Schließlich findet die Hochzeit statt, und die Liebenden erleben ein Happy End – an einem Punkt im Raum, an dem es das immer gab und immer geben wird.

Alan drehte die Zeitschrift um und sah auf das Datum auf dem Titelblatt. 14. März 1973.

Er wischte sich den Schweiß von der Stirn und schüttelte sich. Dann blickte er hoch und sah Joe, der sich über ihn beugte.

»Du würdest das nicht in Wirklichkeit tun, oder«, sagte Joe. »Du weißt, ich müßte dich daran hindern.«

Cecily Walker stand vor ihrem Schlafzimmerspiegel und drehte sich hin und her. Sie zog das Gurtband ein weiteres Mal hin und her, um sicherzugehen, daß beide Seiten gleich lang waren. Klasse. Der Rock sah wie ein richtiger Minirock aus. Jetzt mußte sie nur noch aus dem Haus kommen, ohne daß ihre Mutter sie sah.

Sie stand in einem Plattenladen und überlegte sich, ob sie tatsächlich ihr ganzes Taschengeld für das neue Monkees-Album ausgeben sollte. Aber sie liebte Peter

Tork, er war so süß. Da kam Tommy Johnson mit Roger Hanley herein. »Hey, Cessy-Maus! Hast du'n gemacht? Die untere Hälfte von deinem Rock verlor'n, oder wa'?«

Die Jungens an ihrer Schule waren einfach zu blöd. Sie ging aus dem Laden und die Hauptstraße hinunter, zum Haus ihrer Freundin Candy. Sie sah nicht den großen blonden Mann, der auf der anderen Straßenseite stand, und sie hörte auch nicht, wie er ihren Namen rief.

Nachdem Joe zur Mittagspause gegangen war, drehte sich Alan zu der Wand vor seinem Schreibtisch um und sagte: »Suche Datei: Autoren, Erzählungen, zwanzigstes Jahrhundert, Anfangsbuchstabe ›W‹.«

»Gerät sucht«, sagte die Wand. »Datei gefunden.«

»Suche Biographie: Walker, Cecily.«

»Gerät sucht. Biographie gefunden. Anzeigen? Ja oder nein.«

»Ja.«

Ein Teil der Wand von der Größe eines Fernsehbildschirms leuchtete in Augenhöhe auf, direkt vor Alan. Er lehnte sich vor und las: »Walker, Cecily. Geboren 1948 in Danville, Illinois, USA. Gestorben 2037. Veröffentlichungen: ›Die Liebe, die die Zeit besiegte.‹ März 1973. Angenommene Genauigkeit: gut.«

»Weitere Veröffentlichungen?«

»Gerät sucht. Keine gefunden.«

Alan sah auf das Magazin in seinem Schoß.

»Ich kapier das nicht«, sagte Claudia und blickte flehend in seine himmelblauen Augen. Augen, in denen sie die Farbe des Meeres an einem wolkenlosen Sommermorgen sah, und Augen, die ein Meer von Gefühlen für sie bereithielten, nur für sie allein. »Wie kann es möglich sein, durch die Zeit zu reisen?«

»Ich will versuchen, es in einfachen Worten zu erklären«, sagte er und zog sie näher zu sich heran. Sie atmete tief und

roch seinen männlichen Duft. Dann legte sie mit einem
Seufzer ihren Kopf auf seine Schulter. »*Stell dir das Univer-*
sum als eine Schnur vor. Und jeder Punkt auf dieser Schnur
ist ein Augenblick in Zeit und Raum. Nun hat sie aber
nicht die Form einer geraden, gestreckten Linie, sondern ist
verwickelt und überkreuzt und liegt in Schlaufen überein-
ander. Unter dieser Bedingung mußt du einfach nur von
einem Punkt zu einem anderen gehen, der in der Nähe liegt,
wenn du durch die Zeit reisen willst.«

Alan runzelte bestürzt die Stirn.

»Datei?«

»Ja. Warten.«

»Information gesucht: weitere Daten über Walker,
Cecily. Ausbildung, Familiengeschichte.«

»Gerät sucht. Gefunden. Anzeigen? Ja oder ...«

»Ja!«

Walker Cecily, Ausbildung: Abschluß Lincoln High,
Danville, 1967. Familie: Vater – Walker, Matthew. Mechaniker, Auto-. Gestorben 1969. Mutter – keine Daten.

Alan schüttelte den Kopf. Keine wissenschaftliche
Ausbildung. Woher wußte sie soviel? »Information gesucht: Photographie des Subjekts. Wenn verfügbar, anzeigen.«

Es blinkte, und da war sie und lächelte ihn über seinen Schreibtisch hinweg an. Sie trug merkwürdige Sachen, ein buntes T-Shirt, das ihr nur knapp bis zur
Taille reichte, und eine dunkelblaue Hose, die so tief
saß, daß ihr Bauchnabel zu sehen war. Unter ihren
Knien schienen sie sich zu riesigen Lappen aus lose
herabhängendem Material aufzublähen. Aber sie hatte
langes dunkles Haar, das ihr über die Schultern und
bis auf die Hüften fiel, hochrote Lippen und die un-
glaublichsten Augen, die er je gesehen hatte – groß
und grün. Sie war wunderschön. Er blickte auf den
Titel: Walker, Cecily. Autorin: Geschichte mit Bezug
auf die Theorie der Zeitreisen. Zeitpunkt der Aufnahme: circa 1970.

»Datei«, sagte er, »weitere Daten gesucht: persönliche Details, d. h. Heirat. Anzeigen.«

Walker, Cecily. Strong, Alan.

»Angaben?«

Keine Angaben.

»Biographische Details: Ehemann, Strong, Alan?«

Keine gefunden.

»Erneut anzeigen Photographie. Vergrößern.« Er starrte einige Minuten auf die Wand. »Drucken«, sagte er.

Nur noch ein halber Block, dachte die Frau, während sie sich mit zwei Einkaufstüten abquälte. Die Sonne stand hoch am Himmel, und der Geruch von Mrs. Hendersons Rosen erfüllte die Luft mit einem lieblichen Duft, obwohl Hendersons Grundstück noch drei Häuser entfernt war. Doch sie konnte ihn nicht genießen. Das einzige Gefühl, das die Sonne bei ihr auslöste, war Schwitzen, und der ganze Blumengeruch bereitete ihr nur Übelkeit. Es war eine schwierige Schwangerschaft gewesen, aber jetzt war sie Gott sei Dank fast vorbei.

Sie fragte sich, was der Mann wohl wollte, der vor ihrer Eingangspforte stand. Nach seinem orangefarbenen Overall zu urteilen, könnte er der neue Mechaniker aus der Garage ihres Mannes sein. Nicht schlecht, dachte sie, und wünschte sich, sie würde nicht so aussehen, als hätte sie eine Bowlingkugel unter ihrem Kleid versteckt.

»Entschuldigung«, sagte der Mann und griff helfend nach den Tüten. »Ich suche eine Cecily Walker.«

»Ich heiße Walker«, erzählte die Frau. »Aber ich kenne keine Cecily.«

»Cecily«, wiederholte sie, nachdem der Mann gegangen war. Was für ein hübscher Name.

Alan entschloß sich, an diesem Abend länger zu arbeiten. Joe ging zur üblichen Zeit nach Hause und verabschiedete sich von ihm.

»Bis morgen«, sagte Alan.

Er wartete, bis Joe gegangen war, dann nahm er das gedruckte Photo von Cecily Walker aus seinem Tischdrucker und starrte es lange an. Was wußte er von dieser Frau? Nur, daß sie eine rührselige Geschichte geschrieben hatte, die veröffentlicht worden war, und daß sie die entzückendste Person war, die er je gesehen hatte. Diese Empfindung war natürlich etwas seltsam. Sie war seit mehr als dreihundert Jahren tot.

Dieses Problem ließ sich lösen.

Alan konnte kaum fassen, was er gerade dachte.

Traumtänzerei. Er würde erwischt werden und seinen Job verlieren. Doch dann wurde ihm klar, daß er nie etwas über die Vorfälle in der Geschichte hätte lesen können, wenn er es nicht schon getan hätte und damit durchgekommen wäre. Er entschloß sich, noch einen Blick auf die Geschichte zu werfen.

Sie war nicht da. Unter der Eintragung Erzählungen: Papierrelikte: 20. Jahrhundert, Unterabteilung Zeitschriften, amerikanische, gab es eine Datei nach der anderen mit ganzen Jahrgängen von *Thrilling, Wonder Stories, Amazing Stories, Analog, Weird Tales, Galaxy* und *Isaac Asimov's Science Fiction Magazine*, aber nicht eine einzige Kopie der *Woman's Secrets*.

Wenn die Zeitschrift nicht hier ist, dachte er, habe ich es wohl doch nie getan. Vielleicht ist es auch besser so. Gleich darauf dachte er: Wenn ich es nie gemacht habe, wie komme ich dann dazu, nach der Geschichte zu suchen? Ich dürfte gar nichts von ihr wissen.

»Datei«, sagte er. »Information gesucht: ausgeliehene Zeitschriften.«

»Anzeigen?«

»Nein, erzähl es mir nur.«

»*Woman's Secrets*, Ausgabe 1973. *Astounding*, Ausgabe...«

»Überspring den Rest. Wer hat *Woman's Secrets*?«

»Gerät sucht. Ausgeliehen durch: Institutskontrolle, Joe Twofingers.«

Die Institutskontrolle war ihm auf der Spur! Wenn er nicht schnell handelte, konnte es schon zu spät sein.

Es fiel ihm erstaunlich leicht, in das Labor hineinzukommen. Er ging einfach durch die Tür hinein. Die Maschinen waren in einer Reihe an der Wand aufgestellt, und es war niemand da, um ihn aufzuhalten. Er setzte sich an das Gerät, das direkt neben ihm stand. Die erste, die Samuel Colson erfunden hatte, sah wie eine britische Telefonzelle aus (er war ein großer *Doctor Who*-Fan gewesen), aber sie war ziemlich auffällig und extrem schwer geraten. Danach wurde sie immer weiter verbessert, und die neuesten Modelle waren leicht und zusammenklappbar und sahen aus wie ein Fahrrad. Ihre Armaturen waren so angebracht, daß man sie normalerweise nicht sehen konnte, denn man hatte sie im Innern eines geflochtenen Fahrradkorbs verborgen.

Keins der Geräte war irgendwie beschriftet. Alan betätigte vorsichtig einen Knopf. Nichts geschah. Er drückte einen anderen. immer noch nichts.

Er sprang auf und suchte nach einem Handbuch. Es mußte eins vorhanden sein. Er durchwühlte gerade einen Schreibtisch, da wurde die Tür geöffnet.

»Ich habe mir schon gedacht, daß ich dich hier finde, Alan.«

»Joe! Ich... äh... wollte gerade...«

»Ich weiß, was du tust, und ich kann das nicht durchgehen lassen. Es verstößt gegen jede Regel des Instituts, und du weißt das. Wer weiß, welchen Schaden du anrichtest, wenn du mit der Vergangenheit Kontakt aufnimmst?«

»Aber Joe, du kennst mich. Ich würde nichts Schäd-

liches tun. Ich würde nichts tun, um in die Geschichte einzugreifen, ich schwöre es dir. Ich will sie nur sehen, das ist alles. Abgesehen davon, daß es schon passiert ist, sonst hättest du die Geschichte nie in der Zeitschrift gelesen. Und du warst schließlich derjenige, der sie mir gezeigt hat! Ich hätte nie etwas von ihr gewußt, wenn du das nicht getan hättest. Wenn ich jetzt gehe, dann liegt das also vor allem an dir.«

»Alan, tut mir leid, aber du weißt, daß mein Job genauso auf dem Spiel steht wie deiner. Mach mir also keinen Ärger und komm ohne Widerstand mit.«

Joe bewegte sich auf ihn zu, in der Hand hatte er ein Paar Handschellen. Diebstahl von Institutseigentum wurde mit fünf Jahren Gefängnis ohne Bezahlung geahndet. Alan nahm sich das nächste Fahrrad und wuchtete es Joe auf den Kopf. Das Gerät zerbrach, Joe fiel bewußtlos zu Boden. Alan beugte sich über ihn und fühlte seinen Puls. Er würde wieder zu sich kommen. »Tut mir leid, Joe. Ich mußte es einfach tun. Datei!«

»Ja.«

»Information gesucht: Gebrauchsanleitung für die Benutzung von ...« – er fand die Nummer an der Lenkstange – »Colson Modell 44 B, Zeitmaschine.«

»Gerät sucht. Gefunden. Anzeigen?«

»Nein. Nur ausdrucken.«

Der Drucker war erst auf Seite fünf, da hörte Alan Schritte. Fünf Seiten mußten genügen ...

Liebe Cher,
mein Name ist Cecily Walker, und alle meine Freunde sagen, ich sehe genauso aus wie Du. Zumindest ein kleines bißchen. Der Grund, weshalb ich Dir schreibe, ist folgender: Ich beginne jetzt mein Abschlußjahr an der High School, und ich habe noch nie einen festen Freund gehabt. Ich bin mit vielen Boys ausgegangen, aber sie wollen immer nur das eine – Du weißt schon, was ich meine. Ich muß

immer daran denken, daß es bestimmt jemanden gibt, der
der Richtige für mich ist, doch ich habe ihn noch nicht ge-
funden. War es bei Dir und Sonny Liebe auf den ersten
Blick?

Alan saß mit seinem Ausdruck auf einer Londoner
Parkbank und versuchte herauszubekommen, was er
falsch gemacht hatte. In der Bedienungsanleitung hieß
es unter Ort: Ziel, »siehe Seite 29.« Großartig, dachte
er. Er hatte außerdem keine Vorstellung, in welchem
Jahr er gelandet war. Alle Leute, die er danach fragte,
sahen ihn verwundert an und gingen eilig weiter. Er
legte das Rad zusammen und ging los. Nach kurzer
Zeit kam er an einem Zeitungsstand vorbei. Er las auf
einer Zeitung das Datum: 19. Juli 1998. Wenigstens
war er im richtigen Land.

Alan ging zurück in den Park, setzte sich rittlings
auf die Zeitmaschine, nahm den Papier-Ausdruck in
die Hand und grübelte angestrengt darüber nach, was
passieren würde, wenn er einen ganz bestimmten Zeiger von links nach rechts bewegte.

»Kriegst dein Rad nicht in Schwung, Kumpel?« rief
jemand aus der Nähe. »Stampf einfach dreimal auf
den Boden und denk an zu Hause.«

»Danke, ich werd's versuchen«, rief Alan zurück.
Dann verschwand er.

»Ich bin Pirat und komme von dem Schiff dort drüben«,
sagte der Mann mit der Augenklappe, »und ich verstehe viel
von Schätzen. Aber jemanden wie Sie habe ich wahrlich und
wahrhaftig noch nie, ich habe ...«

Cecily grummelte vor sich hin und zerriß die Seite.
Sie biß sich auf die Lippen und fing neu an.

»Ich bin durch viele Galaxien gereist, Madeleine«, beepte
der Außerirdische. »Doch du bist eine Lebensform ohne-
gleichen.«

»Nein, nicht. Bitte nicht«, flehte Madeleine, als sich der

Außerirdische ausstreckte, um sie an seine starke Brust zu ziehen.

Ihre Mutter erschien in der Tür. »Was tust du gerade, Schatz?«

Sie legte den Stift ab und drehte das Blatt auf den Kopf. »Meine Hausaufgaben.«

Kurz danach landete Alan in einem Kornfeld. Er ließ sich von einem Lastwagenfahrer mitnehmen, der ihm eine Menge Fragen stellte. Sie reichten von »Sie arbeiten doch auf einer Tankstelle, nicht wahr?« über »Sie sind hier wohl fremd oder so?« bis »Wie heißt das Ding?« Der Mann drückte seine Verwunderung darüber aus, daß ›das Ding‹ ein zusammenklappbares Fahrrad sein sollte, und fragte sich, was sie sich wohl noch alles ausdenken würden. Bevor Alan ausstieg, murmelte er, jetzt würde sein Sohn sowas auch haben wollen.

Es gab im Telefonbuch von Danville mehrere Walkers. Als Alan schließlich das richtige Haus gefunden hatte, feierte Cecily gerade ihren dritten Geburtstag.

Er radelte um die Ecke, überprüfte seinen Ausdruck und stellte die Maschine auf ›Schnell-Vorlauf‹ ein. Er klappte das Rad zusammen, versteckte es hinter einem Busch und ging zum Haus zurück. Es war groß und grün, genau wie in der Geschichte. Im Garten stand ein Apfelbaum, genau wie in der Geschichte. Die Hollywoodschaukel auf der Veranda bewegte sich ganz langsam im leichten Frühsommerwind. Er hörte Grillen zirpen und Vögel singen. Alles war exakt so, wie es in der Geschichte gestanden hatte, und so ging er voller Vorfreude den Weg hinauf, räusperte sich nervös und schob eine widerspenstige kleine Haarsträhne zurück. Er tat es absichtlich in genau der Weise, wie Cecily Walker es in *Woman's Secrets* beschrieben hatte. Schließlich atmete er tief durch und klopfte an die Haustür. Er hörte das Klappern hochhackiger Schuhe auf einem Holzflur, das Rascheln eines Baumwollkleides.

»Ja?«

Alan starrte sie mit offenem Mund an. »Du hast dir die Haare schneiden lassen«, sagte er.

»Wie bitte?«

»Deine Haare. Sie gingen dir bis zur Taille, jetzt reichen sie dir gerade noch bis auf die Schultern.«

»Kenne ich Sie?«

»Du wirst mich kennenlernen«, sagte er zu ihr. Das hatte er auch in der Geschichte gesagt.

Sie müßte ihn jetzt eigentlich ansehen und mit flatterndem Herzen erkennen, daß dies der Mann war, von dem sie ihr Leben lang geträumt hatte. Statt dessen guckte sie seinen orangefarbenen Overall an und schlug sich mit der Hand an die Stirn. »Sie sind von der Garage! Natürlich, Mack hatte ja gesagt, daß er den neuen Mann schicken würde.« Sie blickte auf die Straße hinter ihm. »Wo ist der neue Abschleppwagen?«

»Der was?« In ›Die Liebe, die die Zeit besiegte‹, stand nichts von einem neuen Abschleppwagen. Sie starrte ihn verwirrt an. Alan starrte genauso verwirrt zurück. Er begann sich zu fragen, ob er wieder einen Fehler begangen hatte. Doch dann sah er diese Augen, größer und grüner als er es je für möglich gehalten hatte. »Matrix«, stieß er laut aus.

»Was?«

»Entschuldigung. Es ist einfach so umwerfend, daß ich dich endlich treffe.«

»Mister, ich verstehe nicht ein Wort von dem, was Sie sagen.« Cecily wußte, daß sie den Mann eigentlich auffordern müßte zu verschwinden. Er war offensichtlich nicht bei Verstand, sie sollte die Polizei rufen. Irgend etwas hielt sie jedoch zurück, ein Flackern des Wiedererkennens, eine leise Ahnung der Erinnerung. Wo hatte sie diesen Mann schon einmal gesehen?

»Es tut mir leid«, sagte Alan noch einmal. »Mein Amerikanisch ist nicht so gut. Ich komme aus dem englischsprachigen Europa, wissen Sie.«

»Englischsprachiges Europa?« wiederholte Cecily. »Sie meinen England?«

»Nicht ganz. Kann ich hereinkommen? Ich werde Ihnen alles erklären.«

Sie ließ ihn herein, nachdem sie ihn darauf hingewiesen hatte, daß ihre Nachbarn mit Schrotflinten kommen würden, sobald sie sie schreien hörten. Außerdem habe sie einen schwarzen Gürtel in Kung Fu. Alan nickte und folgte ihr ins Innere des Hauses, wobei er sich fragte, was Kung Fu sein könnte und weshalb sie ihren Gürtel dort gelassen hatte.

Er wurde ins Wohnzimmer geführt und aufgefordert, Platz zu nehmen. Er versank in einem Sofa, das mit rotem Samt bezogen war, und starrte voller Ehrfurcht auf solche Artefakte wie einen Schwarzweißfernseher mit einer Zimmerantenne, Blümchenmuster-Tapeten, ein Telephon mit einer Wählscheibe und unzählige Exemplare ungeschützter Bücher. Sie nahm sich einen Holzstuhl, trug ihn zur entgegengesetzten Seite des Raums und setzte sich hin. »Okay«, sagte sie. »Reden Sie.«

Alan hatte das Gefühl, es wäre besser, sie würden sich bei einem Essen bei Kerzenlicht in einem Restaurant miteinander unterhalten, so wie sie es in der Geschichte getan hatten, aber er fing an und erzählte ihr alles. Dabei zitierte er Teile der Geschichte aus *Woman's Secrets*, wie zum Beispiel die Passage, in der sie ihn als den perfekten Liebhaber beschrieb, nach dem sie sich ihr ganzes Leben gesehnt hatte.

Sie lächelte frostig, als er am Ende seiner Erzählung angelangt war. »Sie machen also den ganzen Weg aus der Zukunft, nur um sich mit mir armem Hascherl zu treffen. Das ist aber nett!«

O Matrix, dachte Alan. Sie macht sich über mich lustig. Sie glaubt, ich bin geisteskrank und vielleicht sogar gefährlich. »Ich weiß, daß sich das für Sie etwas seltsam anhören muß«, sagte er.

»Überhaupt nicht«, antwortete sie und umklammerte die Armlehnen ihres Stuhls so fest, daß ihre Finger ganz weiß wurden.

»Haben Sie bitte keine Angst. Ich würde Sie nie verletzen.« Er seufzte und faßte sich mit der Hand an die Stirn. »In der Geschichte war alles ganz anders.«

»Aber ich habe nie eine Geschichte geschrieben. Ich habe mal eine angefangen, aber ich bin nie über die zweite Seite hinausgekommen.«

»Sie werden es tun. Sie wird nämlich nicht vor 1973 veröffentlicht.«

»Ihnen ist doch klar, daß wir jetzt das Jahr 1979 haben?«

»WIE?«

»Scheint so, als wäre Ihr Timing etwas durcheinandergeraten«, sagte sie. Er stöhnte laut auf und ließ seinen Kopf in die Hände sinken. Sie stützte ihr Kinn auf die Hand und blickte ihn ruhig an. Er sah jetzt nicht mehr so furchterregend aus. Verrückt, ja, aber nicht bedrohlich. Unter anderen Umständen fände sie ihn vielleicht sogar ganz attraktiv. Er blickte zu ihr hoch und lächelte. Es war ein verlegenes Kleinejungenlächeln, und es brachte ihre Augen zum Strahlen. Sie stellte sich einen Moment lang vor, sie würde aufwachen, und er lächelte sie so an … Dann setzte sie sich mit betont geradem Rücken hin.

»Sehen Sie«, sagte er. »Ich bin offenbar einige Jahre hinter der Zeit. Hauptsache, ich habe Sie gefunden. Wenn die Story ein bißchen später veröffentlicht wurde, können wir es auch nicht mehr ändern. Es ist nur ein kleines, unwichtiges Problem. Ein unwesentlicher Fall von schlechtem Timing.«

»Tut mir leid«, sagte Cecily. »Aber ich glaube, in diesem Fall ist das Timing sogar sehr wichtig. Sie hätten einfach früher auftauchen müssen, wenn irgendwas an der ganzen Sache einen Sinn ergeben soll, was meiner Ansicht nach nicht der Fall ist. Die Geschichte wurde nach Ihren Aussagen 1973 veröffentlicht – wenn sie auf Tatsachen beruht, hätten sie viel früher hier ankommen müssen.«

»Ich war schon früher hier, aber es war zu früh.«

Cecilys riß unwillkürlich die Augen auf. »Was meinen Sie nun wieder damit?«

»Ich meine, daß ich früher auch schon hier war. Ich habe dich getroffen. Mit dir gesprochen.«

»Wann?«

»Du kannst dich nicht daran erinnern. Du warst gerade drei Jahre alt geworden, und deine Eltern veranstalteten im Garten eine Geburtstagsparty für dich. Ich habe meinen Fehler natürlich sofort erkannt und ihn überspielt, indem ich deiner Mutter erzählt habe, ich sei nur vorbeigekommen, weil mein Sohn krank sei und nicht kommen könne – es war ziemlich wahrscheinlich, daß eins der Kinder verhindert war. Sie sagte nur: ›Ach, dann müssen Sie der Vater des kleinen Sammy sein‹ und bat mich herein. Ich wollte gleich wieder gehen, aber dein Vater bot mir ein Bier an und begann über etwas zu reden, das er Baseball nannte. Natürlich hatte ich kein Geschenk für dich dabei ...«

»Du hast mir eine Rose gegeben und meiner Mutter erzählt, sie sollte sie in einem Buch pressen, damit ich sie für immer hätte.«

»Du erinnerst dich daran.«

»Warte hier. Geh nicht weg.« Sie sprang von ihrem Stuhl auf und rannte nach oben. Alan hörte eine Menge Krach – Papier raschelte, Türen wurden aufgerissen und zugeknallt, Sachen durcheinandergeworfen. Dann kehrte Cecily mit mehreren Büchern zurück, die sie an ihre Brust drückte. Ihr Gesicht war rot angelaufen, und ein Staubschmierer zierte ihre Wangen. Sie ließ sich auf den Boden sinken und breitete die Bücher vor sich aus. Alan wollte zu ihr kommen, doch sie sagte ihm, er solle bleiben, wo er war, sonst würde sie schreien. Er setzte sich wieder hin.

Sie öffnete das erste Buch, und Alan sah, daß es gar keine Bücher waren. Es handelte sich um Photoalben. Er beobachtete ruhig, wie sie die Seiten durchblätterte und sie dann zur Seite legte. Drei von ihnen schob sie weg, bevor sie endlich fand, was sie suchte. Sie starrte mit offenem Mund auf die knitterige, vergilbte Seite und blickte zu Alan hoch. »Ich verstehe das nicht«, sagte sie, sah immer wieder auf das Album und auf ein verblaßtes Schwarzweißphfoto, das mit einer dicken, flockigen Paste auf das Papier geklebt war. Jemand hatte mit rosa Tinte oben drüber geschrieben: Cecilys dritter Geburtstag, 2. August 1951. Da stand jung und lächelnd ihr Vater, der seit zehn Jahren tot war, und hielt einem anderen Mann eine Flasche hin. Dieser Mann war groß und blond und wie ein Tankwart angezogen. »Ich verstehe das nicht im geringsten.« Sie schob das Album über den Boden zu Alan hinüber. »Du hast dich kein bißchen verändert. Du trägst sogar dieselben Sachen.«

»Hast du die Rose aufbewahrt?«

Sie ging zu einer Holzvitrine und zog ein kleines gebundenes Buch mit dem Titel ›Meine erste Fibel‹ heraus. Sie schlug es auf und zeigte ihm die getrocknete, plattgedrückte Blume. »Du erzählst mir die Wahrheit, nicht wahr?« sagte sie. »Das stimmt alles. Du hast alles riskiert, um mich zu finden, weil wir füreinander bestimmt waren, und nichts, selbst die Zeit nicht, konnte uns voneinander trennen.«

Alan nickte. Das waren Worte, wie er sie aus ›Die Liebe, die die Zeit besiegte‹ kannte.

»Du Bastard«, sagte sie.

Alan sprang auf. An diese Stelle erinnerte er sich nicht. »Wie bitte?«

»Bastard«, sagte sie erneut. »Du Bastard!«

510

»Ich … ich verstehe nicht.«

Sie stand auf und begann alles zusammenzuräumen. »Dann bist du also der Eine, hm? Du bist ›Herr Richtig‹, Herr ›Ende gut, alles gut‹. Du bist fürsorglich, voller Leidenschaft und großartig im Bett. Und du entscheidest dich, genau jetzt aufzutauchen. Ist das nicht wunderbar!«

»Ist irgendwas?« fragte Alan.

»Ist irgendwas?« äffte sie ihn nach. »Er fragt mich, ob etwas ist! Ich sage dir, was ist. Ich habe vor vier Wochen geheiratet, du Hundesohn!«

»Du bist verheiratet?«

»Das habe ich doch gerade gesagt, oder?«

»Aber du kannst nicht verheiratet sein. Wir sind dazu bestimmt, an einem bestimmten Punkt im Raum, der immer existiert hat und immer existieren wird, miteinander glücklich zu werden. Das macht alles kaputt.«

»All die Jahre … all diese Jahre. Ich bin in der High School durch die Hölle gegangen – ich war das einzige Mädchen in meiner Klasse, das keinen Partner zum Abschlußball hatte. Wo warst du da, häh? Während ich alleine zu Hause saß und mir, verdammt noch mal, die Augen aus dem Kopf geheult habe? Was ist mit all den Samstagabenden, die ich damit verbracht habe, mir die Haare zu waschen? Und schlimmer noch, was ist mit den Abenden, an denen ich in Hastings Bar gearbeitet habe und Matrosen Drinks servieren mußte, die so taten, als hätten sie keine Ehefrauen. Warum, verdammt noch mal, warst du nicht da, als ich dich brauchte?«

»Ich hatte nur die ersten fünf Seiten des Handbuchs …« Er ging zu ihr und legte ihr die Hände auf die Schultern. Sie wich nicht zurück. Zart zog er sie an sich. Sie leistete keinen Widerstand. »Schau«, sagte er, »es tut mir leid. Ich bin wirklich ein Döspaddel. Ich habe alles durcheinandergebracht. Du bist glücklich

verheiratet, du hast nie eine Geschichte geschrieben ...
ich gehe am besten wieder dahin zurück, wo ich hergekommen bin, und nichts von der ganzen Sache ist je
geschehen.«

»Wer hat gesagt, daß ich glücklich bin?«

»Aber du hast gerade geheiratet.«

Sie schob ihn weg. »Ich habe geheiratet, weil ich
dreißig Jahre alt bin und gedacht habe, das wäre meine
letzte Chance. Menschen tun so etwas, weißt du. Sie
kommen in ein bestimmtes Alter, und sie denken, jetzt
oder nie ... zur Hölle mit dir! Wärst du bloß rechtzeitig
gekommen!«

»Du bist dreißig? Matrix, du hast dich in einer
halben Stunde von einem Kleinkind zu einer Frau
entwickelt, die älter ist als ich.« Er bemerkte ihren
Gesichtsausdruck und murmelte eine Entschuldigung.

»Also«, sagte sie. »Du mußt gehen. Mein Mann kann
jeden Augenblick heimkommen.«

»Ich weiß, daß ich gehen muß. Der Mist ist, daß die
blöde Geschichte stimmt! Ich habe dein Photo gesehen,
und mir war klar, daß ich dich liebe und immer geliebt
habe. Das werde ich nie vergessen, selbst wenn die
ganze Geschichte verschwindet, weil sie nur das Ergebnis von irgendeinem Paradoxon war. Es gibt an
einer Stelle im Raum einen Punkt, der zu uns gehört.
Ich weiß es.« Er drehte sich um und wollte gehen.
»Tschüs, Cecily.«

»Alan, warte! Dieser Punkt im Raum – ich will da
hin. Ist nicht alles vorhanden, was wir brauchen, um
das zu machen? Ich meine, du hast schließlich eine
Zeitmaschine.«

Was bin ich doch für ein Idiot, dachte er. Die Lösung
springt mich fast an, und ich bin zu blind, sie zu
sehen. »Die Maschine!« Er rannte die Stufen der Ein-
gangstreppe hinunter, drehte sich um und sah sie auf
dem Weg stehen. »Bis später«, rief er ihr zu. Das war

512

natürlich Unsinn, und er merkte es schon, während er es sagte. Was er meinte, war: »Bis früher.«

Fünf Männer saßen im Innern eines Zeltes beisammen, das aus Tierhaut angefertigt war. Das Land ihrer Väter war bedroht, und sie hielten Rat, um die ganze Angelegenheit zu besprechen. Der eine, sie nannten ihn Leise Rinnender Fluß, plädierte für Krieg, doch Fuß einer Krähe war dafür, noch zu warten. »Die Bleichgesichter sind zu viele, und sie haben einen unfairen Vorteil, weil sie diese Waffen besitzen.« Fliegender Vogel schlug vor, erst etwas zu rauchen, bevor sie das Gespräch fortführten.

Schwarzer Elch nahm die Pfeife in den Mund. Er schloß kurz die Augen und erklärte, der Große Geist werde ihnen ein Zeichen senden, wenn sie in den Krieg ziehen sollten. Genau in dem Moment, als er das Wort ›Krieg‹ aussprach, materialisierte sich zwischen ihnen ein Bleichgesicht. Sie alle sahen es. Der weiße Mann war mit einem merkwürdigen hellen Stoff bekleidet, den sie noch nie gesehen hatten, und er ritt ein fleischloses Pferd mit silbernen Knochen. Die Vision verschwand so schnell, wie sie erschienen war, aber sie hinterließ ihnen folgende Botschaft: *Huch.*

Es war offenbar niemand zu Hause, deshalb wartete er am Gartentor. Das Wetter zeigte sich von seiner schönsten Seite, es wehte eine leichte Brise, die den Duft von Rosen mitbrachte: das war besser als dieser verräucherte Wigwam.

In einiger Entfernung erschien eine Frau. Er fragte sich, ob sie das wohl war, doch dann sah er, daß sie es nicht sein konnte, denn die Frau hatte einen watscheligen Gang und ihre Figur war etwas unförmig. Sie ist schwanger, dachte er. Das war in den Tagen der Überbevölkerung normal, doch er konnte sich nicht daran erinnern, wann er zu Hause zuletzt eine schwangere

Frau gesehen hatte – es mußte Jahre her sein. Sie sah ihn fragend an, während sie die Treppen hinaufschwankte und sich dabei mit zwei Einkaufstüten abquälte. Alan kam die Frau vertraut vor, er kannte ihr Gesicht. Er streckte sich aus, um ihr zu helfen.

»Entschuldigung«, sagte er. »Ich suche Cecily Walker.«

»Ich heiße Walker«, sagte die Frau. »Aber ich kenne keine Cecily.«

Matrix, was bin ich doch für ein Trottel, dachte Alan, und hätte sich am liebsten in den Hintern getreten. Vor ihm stand Cecilys Mutter, und sie war schwanger. Es mußte das Jahr 1948 sein. »Mein Fehler«, sagte er zu ihr. »Es war ein anstrengender Tag.«

Der Rosenduft war verschwunden, gemeinsam mit den Blättern der Bäume. Schnee lag auf der Erde, und es blies ein scharfer Nordostwind. Alan stellte den Thermostat an seinem Anorak höher und sprang vom Rad.

»Da bist du ja wieder«, sagte Cecily ironisch. »Ein weiterer Fall von perfektem Timing.« Sie wog zwanzig Pfund mehr als das letzte Mal, und um ihren Mund und ihre Augen zogen sich Falten. Ihre dicke Wolljacke hing über einem T-Shirt in Übergröße und Jeans, und an den Füßen trug sie ein Paar abgetragene Hausschuhe. Sie sah ihn von oben bis unten an. »Du wirst überhaupt nicht älter, wie?«

»Kann ich hereinkommen? Es friert draußen.«

»Ja, ja. Komm rein. Möchtest du eine Tasse Kaffee?«

»Du meinst flüssiges Koffein? Das wäre toll.«

Er folgte ihr ins Wohnzimmer, und ihm blieb der Mund offenstehen. Das rote Sofa war fort. Dort, wo es gestanden hatte, erblickte er jetzt etwas, das wie eine riesige Banane aussah. Der Fernseher war viermal größer als beim letzten Mal und hatte keine sichtbare Antenne mehr. An die Stelle der Blümchenmuster-Tapeten waren glatte weiße Wände getreten, die nur unwesentlich anders als die Wände in seinem Apartment aussahen. »Setz dich hin«, sagte sie. Sie ging kurz aus dem Raum, kehrte mit zwei Bechern zurück und stellte einen davon vor ihm ab. Eine kleine braune Flutwelle schwappte ihm über die Beine.

»Cecily, bist du irgendwie sauer?«

»Erzähl noch so einen! Er kommt nach fünfzehn Jahren zurück und fragt mich, ob ich sauer bin.«

»Fünfzehn Jahre!« stöhnte Alan.

»Genau. Wir haben jetzt das Jahr 1994, du Idiot.«

»O Liebling, und du hast die ganze Zeit gewartet…«

»Und wie ich gewartet habe«, unterbrach sie ihn. »Nachdem ich dich damals getroffen hatte, 1979, wurde mir klar, daß ich keine Minute länger in dieser blödsinnigen Ehe bleiben konnte. Ich mußte also eine Art Verfahren für Schnellhochzeiten und -scheidungen beantragen, jedenfalls schnell nach den Sitten von Danville. Danach war ich eine dreißigjährige geschiedene Frau, deren Ehe in weniger als zwei Monaten gescheitert war, und fing wieder an, mir samstagabends die Haare zu waschen. Und die Leute redeten. Himmel, wie sie quatschten. Aber ich kümmerte mich nicht darum, weil ich ja bald meinen Liebsten treffen wollte, und dann würde alles gut werden. Er hatte mir gesagt, er würde sich darum kümmern. Er käme zurück. So wartete ich. Erst ein Jahr. Dann zwei Jahre. Dann wartete ich drei Jahre. Nach zehn Jahren hatte ich keine Lust mehr zu warten. Und wenn du glaubst, daß ich mich noch einmal scheiden lasse, hast du dich geschnitten.«

»Du meinst, du bist wieder verheiratet?«

»Was sollte ich sonst wohl tun? Wenn ein Mann dich mit vierzig noch will, dann mußt du ihn unbedingt nehmen. Du warst schließlich für immer aus meinem Leben verschwunden, soweit ich es sehen konnte.«

»Ich war nie weg, Cecily. Ich war hier ganz in der

Nähe, aber nie zur richtigen Zeit. Es liegt an dieser dusseligen Maschine. Ich kann sie nicht richtig steuern.«

»Vielleicht kann Arnie sie sich mal ansehen, wenn er kommt, er kennt sich mit solchen Sachen aus. Was soll ich ihm sagen?«

»Hast du jemals die Geschichte geschrieben?«

»Was gibt es da zu schreiben? Es ist ja sowieso egal. *Woman's Secrets* ist schon vor vielen Jahren pleitegegangen.«

»Matrix! Wenn du die Geschichte nie geschrieben hast, kann ich nie von dir gehört haben. Warum bin ich dann hier? Verdammt, es ist paradox. Und ich hätte nichts von dem tun sollen, was ich getan habe. Außerdem habe ich, glaube ich, einen Indianerkrieg ausgelöst. Ist dir eine Veränderung in der Geschichtsschreibung aufgefallen?«

»Wie?«

»Egal. Ich habe eine Idee. Wann bist du geschieden worden?«

»Ich weiß nicht, Ende 79. Oktober, November, irgendwie um die Zeit herum.«

»In Ordnung, ich stelle den Apparat auf die Zeit ein. November 1979. Warte auf mich.«

»Wie?«

»Gute Frage. Okay, ich verspreche dir: Du und ich werden genau jetzt, genau hier in diesem Raum sitzen, aber mit dem großen Unterschied, daß wir seit fünfzehn Jahren verheiratet sein werden, o. k.?«

»Und was ist mit Arnie?«

»Arnie wird den Unterschied gar nicht bemerken. Du wirst ihn nie geheiratet haben.« Er küßte sie auf die Wange. »Ich bin in einer Minute zurück. Besser gesagt, im Jahr 1979. Du weißt, was ich meine.« Er ging in Richtung Tür.

»Warte«, sagte sie. »Du erinnerst mich an den Mann, der ein Päckchen Zigaretten kaufen geht und dreißig Jahre lang nicht wiederkommt.«

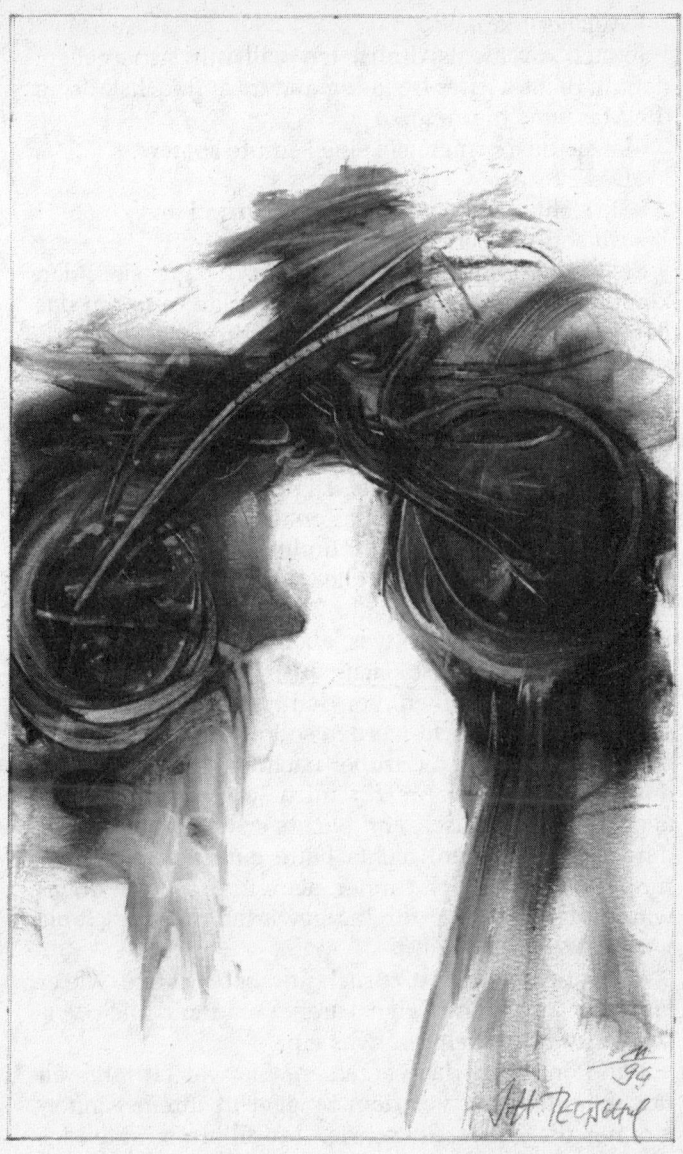

»Welcher Mann?«

»Mach dir nichts draus. Ich will nur sichergehen, daß du nicht wieder irgendwoanders auftauchst. Bring die Maschine hier rein.«

»Ist sie das?« fragte sie eine Minute später.

»Das ist sie.«

»Sie sieht wie ein verdammtes Fahrrad aus.«

»Wo soll ich es hinstellen?«

Sie führte ihn nach oben. »Hier«, sagte sie. Alan klappte das Rad auseinander und stellte es neben das Bett. »Ich will nicht, daß du noch einmal weggehst«, sagte sie.

»Ich muß nicht weggehen.«

»Klar mußt du das. Ich bin verheiratet und mindestens fünfzehn Jahre älter als du.«

»Dein Alter ist mir egal«, sagte Alan. »Ich erinnere mich daran, daß ich mich das erste Mal in dich verliebt habe, als du schon seit dreihundert Jahren tot warst.«

»Du kannst wirklich tolle Komplimente machen. Peile jedenfalls nicht das Jahr 79 an. Ich verstehe nichts von Paradoxen oder so was, aber ich weiß, daß ich sie hasse. Wenn wir diese Sache ausbügeln wollen, mußt du vor 1973 erscheinen, vor dem Jahr, in dem die Geschichte veröffentlicht werden sollte. Versuch es mit 71 oder 72. Jetzt wo ich darüber nachdenke, fällt mir ein, daß das seltsame Jahre für mich waren. Es kam mir alles irgendwie falsch vor. Nichts schien es wert, sich darüber aufzuregen, nichts hatte eine tiefere Bedeutung. Ich fühlte mich immer, als würde ich auf etwas warten. Ich habe Tag für Tag gewartet, obwohl ich nie wußte, worauf.«

Sie trat einen Schritt zurück und beobachtete, wie er langsam an einem Zeiger drehte und plötzlich verschwand. Dann fiel ihr etwas ein.

Wie konnte sie das vergessen? Sie war elf Jahre alt und kämmte sich vor dem Spiegel in ihrem Kinderzimmer die Haare. Sie schrie. Ihre Eltern stürzten ins

Zimmer und fragten, was los sei, und sie erzählte ihnen, sie habe einen Mann auf einem Fahrrad gesehen. Sie hätten sie fast zu einem Kinderpsychologen geschleppt.

Verdammter Alan, dachte sie. Er hat sich wieder davongemacht.

Es war derselbe Raum, aber mit einer anderen Einrichtung und zu einer anderen Tageszeit. Alan blinzelte einige Male. Seine Augen hatten Schwierigkeiten, sich auf die Dunkelheit einzustellen. Er konnte kaum die Gestalt auf dem Bett erkennen, doch er sah alles, was er sehen mußte. Die Gestalt war allein, und sie war erwachsen. Er beugte sich zu ihrem Ohr herab. »Cecily«, flüsterte er. »Ich bin es.« Er berührte ihre Schulter und rüttelte sie leicht. Er suchte ihren Puls.

Er knipste die Nachttischlampe an und sah auf ein verwittertes Gesicht hinunter, das von silbernem Haar eingerahmt wurde. Er seufzte. »Tut mir leid, meine Liebe«, sagte er. Er bedeckte ihr Gesicht mit dem Betttuch und seufzte noch einmal.

Er setzte sich auf das Rad und klappte den Ausdruck auf. Diesmal würde er es vielleicht schaffen.

Originaltitel: ›BAD TIMING‹ • Copyright © 1991 by Molly Brown • Erstmals erschienen in ›Interzone‹, Dezember 1991 • Mit freundlicher Genehmigung der Autorin • Copyright © 1995 der deutschen Übersetzung by Wilhelm Heyne Verlag, München • Aus dem Englischen übersetzt von Annemarie Telieps • Illustriert von Jobst H. Teltschik

PLURALIS MAJESTATIS

Isidora Lamue von Nordsüddeutschen Rundfunk
im Gespräch mit Dr. Robert Schlangweiser

LAMUE: Doktor Schlangweiser, noch unlängst als Initiator der überaus erfolgreichen Parlamentarischen Finanzierungsreform der Mann der Stunde, hat mit seinem neuesten politischen Projekt noch größeres Aufsehen erregt, aber deutlich weniger Zustimmung gefunden. Die Meinungen über seinen Parlamentarischen Absoluten Pluralismus sind kraß polarisiert, und selbst von den Befürwortern halten einige das Modell gegenwärtig für zu kühn. – Herr Dr. Schlangweiser, sind Sie mit dem ParAPlu an Ihre Grenzen gestoßen, oder vielleicht eher an die Grenzen unseres Demokratieverständnisses?

SCHL.: Zunächst einmal scheine ich an Grenzen des logischen Verständnisses gestoßen zu sein. Ich bin jedoch zuversichtlich, daß sich der gesunde Menschenverstand durchsetzen wird. Und zwar rasch; die Vorteile liegen ja auf der Hand.

LAMUE: In den Medien war freilich soviel Widersprüchliches zu hören und zu lesen, daß womöglich selbst dem gesunden Menschenverstand die Orientierung schwerfällt. Sicherlich können Sie das Wesen Ihres Gedankens prägnanter darstellen, als ich das vermöchte.

SCHL.: Bitte sehr, ein ganz einfaches Beispiel. Sind Sie in der AOK?

LAMUE: In der Allgemeinen Ortskrankenkasse? Nein, ich bin bei einer Ersatzkasse.

SCHL.: Sehr gut. Sie haben von Ihrem gesetzlich verbrieften Recht Gebrauch gemacht, Ihre Krankenkasse frei zu wählen: die AOK, eine der Ersatzkassen für Angestellte oder – unter bestimmten Voraussetzungen – eine private Versicherung. Sie haben sich für Ihre Kasse entschieden, weil Sie sie Ihren persönlichen Interessen und Wünschen am besten angemessen finden.

LAMUE: Ja.

SCHL.: Nehmen Sie an, die Mehrheit der anderen Bürger habe die AOK vorgezogen, aus welchen Gründen auch immer – ich will mich jetzt nicht über Gesundheitspolitik auslassen. Und nun stellen Sie sich vor, Sie müßten, weil die meisten in der AOK sein oder bleiben möchten, ebenfalls in die AOK eintreten. Wie würde Ihnen das gefallen?

LAMUE: Gar nicht. Es wäre eine Beschränkung meiner Wahlfreiheit.

SCHL.: Und eine völlig unnütze dazu. Aber Sie finden es durchaus normal, wenn Sie bei der nächsten Bundestagswahl, sagen wir, die Liberale Fortschrittsunion wählen, hernach aber von der Progressiven Freiheitspartei regiert werden, die die Mehrheit der Stimmen erhalten hat. Mein Vorschlag: Sie und alle, die wie Sie gewählt haben, bekommen Ihre eigene Regierung, die für Sie gültige Gesetze erläßt, deren Einhaltung mit einer eigenen Polizei und eigenen Gerichten durchsetzt, von Ihnen Steuern einzieht, Ihnen gegebenenfalls staatliche Leistungen zukommen läßt und Ihre Interessen gegenüber den Nachbarregierungen vertritt – von Nachbarstaaten kann man ja schlecht sprechen, weil alle dasselbe Territorium haben. Die Nutzung von gemeinsamem Bundesbesitz müßte durch Verträge zwischen den Regierungen geregelt werden, soweit man ihn nicht sinnvoll aufteilen kann und soweit nach den ins Haus stehenden Privatisierungen noch etwas davon übrig ist. Die Schulden wären dann natürlich auch aufzuteilen.

LAMUE: In diesem Zusammenhang sprach ein Kommentator im ›Spiegel‹ von exterritorialer Kleinstaaterei.

SCHL.: Ach wissen Sie, die augenscheinlichsten Fortschritte hat Deutschland im 19. Jahrhundert gemacht – ich rede von Zivilisation, nicht von Machtpolitik. Die Vorstellung von den Deutschen als einem Volk der Dichter und Denker ist damals populär geworden; heute glauben das nicht einmal mehr die Deutschen selber. In manchen deutschen Staaten waren die Zustände ja wirklich nicht erbaulich, aber wenigstens für die Mittelschichten fand sich in einem der deutschen Nachbarländer oft noch was Besseres. Wenn Sie nach vier Jahren Ihre Regierung satthaben, können Sie ohne weiteres Bürger einer anderen Regierung werden und brauchen dabei nicht einmal umzuziehen.

LAMUE: Kein Staat, keine Regierung kann funktionieren, wenn unablässig Bürger fort- und andere zulaufen.

SCHL.: Wenn Sie beispielsweise Ihre Hauptwohnung von Bremen nach München verlegen, dann gelten fortan für Sie die Verfassung und die Gesetze des Freistaats Bayern, und Ihr Stadtoberhaupt wählen Sie nach den Spielregeln der bayerischen Kommunalverfassung. Es ist Ihre Entscheidung, weder das Land Bremen noch das Land Bayern werden dabei überhaupt gefragt. Der Unterschied zu meinem Modell ist letzten Endes doch nur graduell; es ist allerdings konsequenter. Und für den Bürger bequemer.

LAMUE: Fürchten Sie nicht, daß die Regierung den meisten Zulauf erhält, die allen alles verspricht, freilich nichts hält, allen alles durchgehen und den Dingen ihren Lauf läßt... ihre eigenen Gesetze nicht durchsetzt...

SCHL.: Ach ja?

LAMUE: Die keine Steuern erhebt...

SCHL.: Ach so. Keine Steuern? Das müßte eine Hobby-Regierung von selbstlosen Milliardären sein. Also eine contradictio in adiecto. Und ich dachte schon, Sie meinen... Aber nein. Stehlen, Rauben und Morden wird Ihnen keine Regierung erlauben, die es noch eine Weile zu machen gedenkt, wie Ihnen keine Krankenkasse erlaubt, bei den Beiträgen zu betrügen oder unberechtigt Leistungen zu erschwindeln. Es ist ja immer die Frage, was eine Regierung von Ihnen verlangt und was sie dafür leistet, übrigens ist nicht einmal Anarchie gratis zu haben. Und natürlich müßten sich alle deutschen Regierungen auf ein paar grundlegende Spielregeln einigen, etwa auf eine gemeinsame Verfassung.

LAMUE: Die im gegenwärtigen Bundestag nie die nötige Mehrheit fände – nicht einmal bei der Opposition, von der Koalition ganz zu schweigen. Warum sollte jemand, der die Macht hat, sie aufgeben?

SCHL.: Um sie zu behalten! Denn wer keine andere Regierung wählt, kriegt die gegenwärtige, die dann überhaupt nicht mehr eigens gewählt werden muß, sondern automatisch und dauernd für alle Nichtwähler zuständig ist. Das dürfte für die gegenwärtige Regierung die beste Chance sein, für sehr, sehr lange im Amt zu bleiben. Und das leidige Problem der geringen Wahlbeteiligung ist dann auch vom Tisch – es gibt keine Nichtwähler mehr, denn wer nicht zur Wahl geht oder wessen Partei unter fünf Prozent bleibt, wählt damit automatisch, sagen wir, die AOK: die Allgemeine Ordinär-Koalition.

LAMUE: Mit dem Wahlgeheimnis wäre es dann natürlich vorbei.

SCHL.: Das dient doch dazu, Sie vor einer Regierung zu schützen, für die Sie nicht gestimmt haben, aber für Ihre persönliche Regierung haben Sie ja in aller Regel gestimmt. Was übrigens das Wahlgeheimnis betrifft: Es gibt Umfragen en masse, für wen sich die Wähler bei der nächsten Wahl entscheiden werden oder würden; da fände ich es interessant, etwa zwei, drei Jahre *nach* der Wahl eine – natürlich anonyme – Umfrage zu machen, wer seinerzeit die gerade amtierende Regierungspartei gewählt hat. Die Ergebnisse in manchen Gegenden Deutschlands würden Sie überzeugen, daß dort entweder die Leute an krassem Gedächtnisschwund leiden oder Wahlfälschung endemisch sein muß, eine Art lokales Naturphänomen ganz unabhängig von den politischen Verhältnissen, etwa wie die mittlere jährliche Niederschlagsmenge. – Aber *Ihrer* Regierung wird natürlich bekannt sein, daß Sie sie gewählt haben, und sie wird das hoffentlich zu schätzen wissen; weiter geht es niemanden etwas an. Nun ja, die AOK müßte noch erfahren, daß Sie sie *nicht* gewählt haben.

LAMUE: Womit sich der Kreis unseres Gespräches geschlossen hätte. Ich danke Ihnen, Herr Doktor.

SCHL.: Bittesehr. Apropos AOK: Darf ich fragen, warum Sie die nicht gewählt haben?

LAMUE: Ich glaube nicht, daß … Also eigentlich ist sie mir einfach zu teuer.

SCHL.: Frau Lamue, *ich* danke *Ihnen* für das Gespräch.

HAUSMACHT

Siegfried steckte das Computerkabel so selbstverständlich in seine Schläfe wie andere Leute eine Brille
aufsetzen. Während er das Abendessen in sich hin-
einstopfte, flackerte schon der Bildschirm. Der Rech-
ner startete, dann liefen die Checks der Neuronenra-
ster über den Schirm. Als Siegfried on-line war, akti-
vierte er durch konzentriertes Stirnrunzeln den Te-
letext. Sekundenbruchteile lang blitzte ein gewisser
weiblicher Körperteil auf, den er erst nach zwei, drei
beharrlichen Bildzuckungen durch heftiges Nasenrei-
ben, untermalt mit Schnaufen und Kaugeräuschen,
zum Verschwinden brachte.

(Genauer formuliert, passierte folgendes: Siegfrieds
Schläfeninterface hatte wie jede Computer-Gehirn-
verbindung eine dynamische Trimmung. Beim Ein-
schalten verarbeitete es die stärksten Neuronenpoten-
tiale zuerst, und da Siegfried an gewisse Körperteile
weit häufiger dachte als an die Nachrichten, blitzte es
für Sekundenbruchteile üppig-wallend über den
Schirm, bevor es ihm gelang, seinem limbischen System die Wichtigkeit der Nachrichten aufzuschwat-
zen.)

Martha hatte es natürlich bemerkt.

Heute wird gebumst, dachte sie beiläufig, stand
auf, ging in die Küche und rief ein Dessert-Rezept
auf. Sie las den Quellcode sorgfältig, ersetzte hier und
dort etwas, reduzierte die Zuckermenge und begutachtete die fertige Kochsimulation auf dem Schirm.

Sehr zufrieden mit ihrem Werk bestellte sie drei Portionen, da sie wußte, daß Siegfried nachverlangen würde.

Sie trödelte ein wenig in der Küche herum, beobachtete den Eieröffner und den Orangenschäler bei der Arbeit, dann den Mixer beim Quirlen der Masse, bis der Viskosesensor dem Gewürzbord das Signal zum Einstreuen von Zucker, Salz und Kakao gab.

Sie kochte fanatisch gern. Kochen hatte etwas Festigendes, Befreiendes für Martha.

Kochen ist die Dreieinigkeit von Herz, Hirn und Gaumen, wie Bocuse sagte. Und bei Martha kam als viertes noch der Bauch hinzu. Sie reagierte auf gutes Essen, als ob Geruch und Geschmack unmittelbar ohne den Umweg über die Sinnesorgane in ihr Rückenmark drängen und das Becken in unverschämter Weise mit Blut und Leben füllten. Deshalb freute sie sich an Abenden wie diesem auf eine ansonsten eher gleichgültig vollzogene eheliche Tätigkeit.

Siegfried hatte keine Ahnung von diesem Zusammenhang zweier leiblicher Genüsse. Eine Zeitlang hatte Martha mit dem Gedanken gespielt, ihm ihr Geheimnis anzuvertrauen, aber dann hatte er begonnen, sie mit diesem Schläfenstecker zu nerven, und sie hatte es dann gelassen. Eine Welle des Mißvergnügens schwappte an den Wonnegerüchen der Küche hoch.

»Ach was«, sagte Martha energisch zu sich, um auch den winzigsten Anflug von Beunruhigung fortzujagen, prüfte ein letztes Mal die Geräte und verließ die Küche.

Siegfried lümmelte vor dem Fernseher und ging gedanklich das Programm durch. Jedesmal, wenn er die Augenbrauen zusammenzog, wechselte das Bild.

»Wunderbar, der Fischburger«, brummte er.

Martha war erleichtert. Er schien guter Laune

zu sein, was selten genug vorkam. Man soll die Feste feiern, dachte sie und stimmte ihm zu. Sie schaltete ihren Fernseher ein, wählte den Yoga-Kanal und machte es sich bequem. Großmeister Majorana, der im Lotussitz zur Welt gekommen zu sein schien, sprach über das Nichts.

»Wunderbar ist untertrieben. Er war nahezu perfekt«, beharrte Siegfried.

»Das war ein ganz normaler Fischburger«, widersprach Martha obwohl sie ihn mindestens nahezu perfekt gefunden hatte. Dieser Blutstau im Bekken ...

Auf Siegfrieds Schirm verfolgten computeranimierte Krieger, durch die Augenbewegungen ihres Herrn gesteuert, ein schleimabsonderndes Monster.

»Er war jedenfalls überdurchschnittlich. Besser als bei McDuck.«

Martha wechselte auf Kanal 27. Meditation.

»Was meinst du mit ›besser als bei McDuck‹?«

Die Soldatenmännchen hatten das Monster eingeholt. Siegfried feuerte durch Zähnefletschen eine Cruise Missile ab.

»Na, die geben weniger Ketchup rein.«

Meditation war out. Martha betätigte die Fernbedienung. Brain-tuning auf Kanal 28.

»Ketchup war genug drin«, stellte sie fest.

Das Monster zerplatzte, grünen Schleim versprühend. Es sah aus wie Kiwimark an ausgelutschten Himbeeren.

»Das war's auch nicht«, nuschelte er, seinen Mund bearbeitend.

Auf 29 lief Werbung für Isolationstanks.

»Was war es dann?«

Links auf Siegfrieds Schirm tauchte ein größeres Monster auf. Siegfried beförderte eine Gräte aus dem Mund.

»Der Pfeffer!« sagte er lauter als notwendig. »Dein verdammtes Küchenprogramm haut immer zu viel Pfeffer rein!«

Marthas gute Laune war weg. »Du spinnst ja. Ich habe Cookbase XXIV Superplus. Weißt du, was das heißt? Die Rezepte sind volkswirtschaftlich optimiert. Dieser ›nahezu perfekte‹ Fischburger, wie du ihn genannt hast, schmeckt *den meisten* Leuten in Europa *am besten*!«

»Mag schon sein. Aber ich vertrage nun mal keinen Pfeffer.«

»Deinetwegen werd' ich jedes Rezept ändern«, gab sie giftig zurück und erkannte sofort ihren Fehler. Aber es war zu spät.

Er grinste breit, ignorierte für einen Augenblick das Monster und wandte sich ihr zu.

»Kein Problem. Ein Schläfenstecker würde dir den Geschmack direkt ...«

Da haben wir's, dachte sie beinahe analytisch kühl. »Du und dein Schläfenstecker. An allem ist der Schläfenstecker schuld!«

»Der *fehlende* Schläfenstecker«, verbesserte er.

Sie war nahe daran, ihn zu erwürgen. Und zwar mit seinem *unfehlbaren* Schläfenstecker-Kabel in Military-look. Fest genug sah es aus.

Da saß er vollgefressen wie eine Made – mit *ihrem* Fischburger vollgefressen – vor dem TV, suhlte sich in männlicher Großkotzigkeit und steuerte seinen Computer durch ein Stirnrunzeln oder ein Fingerschnippen. Sport, Katastrophen, Unterhaltung, Politik, Reise, Mode, Kultur – alles, alles besorgte der Computer. Und nun verdarb er ihnen auch noch das letzte private Vergnügen.

»Warum, um alles in der Welt, wehrst du dich so beharrlich gegen den Stecker? Vor zwei Jahren war das vielleicht noch progressiv bei gewissen Fundis. Aber heute kommt man nicht mehr aus ohne das

Ding. Es gehört einfach dazu, das weißt du so gut wie ich.

Sieh dich doch an: du bist ständig im Stress. Haushaltsprogramme aufrufen, Rezepte eintippen, die Mail am Schirm lesen – ruinier dir nur die Augen. Den ganzen Tag sitzt du wie ein triefäugiges Rumpelstilzchen vor dem Terminal. Kein Wunder, daß dir der Rücken weh tut und du eine Sehnenscheidenentzündung hast.

Mit dem Schläfenstecker brauchst du das alles nicht mehr zu *tun*, nur noch zu *denken* ...«

»Ja, ja, ich weiß das alles. Nur Vorteile – der Schläfenstecker macht frei. Ich kann es nicht mehr *hören*!«

Siegfried beachtete das Fernsehen nicht mehr. Das Monster graste friedlich.

Er blickte sie aufmerksam an. »Wovor hast du Angst?« fragte er. Sein plötzliches Interesse verunsicherte sie.

Wovor hatte sie Angst?

Nicht vor dem Computer. Der war ein Expertensystem, das ihre Anweisungen befolgte, und daran würde ein Schläfenstecker auch nichts ändern. Vor der zu gewinnenden Freizeit? Was für ein Unsinn! Vor der Operation? Eine Routineangelegenheit. Die organischen Leiter, die wie Millionen mikroskopischer Fransen in der subkutan an der Schläfe implantierten Platte mündeten, wuchsen von selbst und schmerzlos zu den Zielmoduln der Hirnrinde und des limbischen Systems, durch Glykolipid-Marker sicher geleitet.

Wovor also hatte sie Angst?

Nun, genau genommen ängstigte sie der Stecker nicht. Es war mehr eine Abwehr, ein Gefühl der Beunruhigung, als wäre es nicht recht, ihn zu benützen. Als ginge von ihm eine heftige Aggression aus, ein Besitzanspruch auf etwas, das sie mit niemandem teilen wollte. In ihrem Becken kribbelte es nervös.

Sie hatte keine Angst. Sie *wollte* einfach nicht.

»Ach, laß mich doch in Ruhe!« fauchte sie und drückte so heftig die Tasten der Fernbedienung, daß ihr ein Fingernagel brach.

Auch das noch. Sie spürte, ohne hinsehen zu müssen, Siegfrieds überhebliches Grinsen. Sie schmiß den Fernbedienungszusatz hin und flüchtete in die Küche. Erübrigt sich zu bemerken, daß nichts aus der Bumserei wurde.

Martha lag entspannt in der Wohnlandschaft. Von ihrer Schläfe führte ein Kabel zum Computer. Das Kabel transportierte jede Sekunde 300 bit Nervenimpulse in die Elektronik und 9600 bit in die Gegenrichtung. TTL-Signale, die am Schläfeninterface gefiltert, gepuffert, gekoppelt, in Synapsenpotentiale umgesetzt und in die künstlichen Nerven eingespeist wurden, die vom linken Schläfenlappen in ihr Gehirn vordrangen. Ziffernfolgen, die am Ende ihrer Reise, in den Moduln des Neocortex und in der Frontalzone des limbischen Systems, in *Dinge* verwandelt wurden.

Merkwürdige Dinge vorerst. Aber der Arzt hatte ihr versichert, das würde sich bald normalisieren. Tatsächlich war der kobaltblaue Geruch weg, den sie seit der Operation tagelang in der Nase gehabt hatte. Und das Jucken in den Ohren, das sich bei jeder Direkteinspielung ihres Lieblingsklassikers ›Grizabelles Himmelfahrt‹ bis zur süßen Unerträglichkeit gesteigert hatte, war zu einem angenehmen Kribbeln in den Oberschenkeln abgesunken. Auch war Martha bereits in der Lage, gewisse Vorgänge durch Denken zu steuern. Sie hatte schon mit ihrem Terminkalender gearbeitet, ohne Maus oder Tastatur zu verwenden. Nur das Haushaltsbuch machte noch Schwierigkeiten, obwohl sie die Zahlen mit spielerischer Leichtigkeit in die Spreadsheets hineindenken konnte. Es lag daran, daß sich Dinge in die Listen und Spalten verirrten, die dort nicht vorgesehen waren – da blitzte eine Creatian von DIOR in der Rubrik ›Einkauf‹ auf, oder ein heißer Videoclip unter ›laufende Ausgaben‹.

Martha gestand sich ein, daß ihre Vorbehalte ungerechtfertigt gewesen waren. Sie lernte rasch die Vorteile des Schläfenports zu schätzen, und im selben Maß wuchs ihre Selbstsicherheit.

Ja, sogar mit Siegfried lief es seither besser. Es war nicht die himmlische Harmonie, aber sie kam jetzt mit seiner Aggression zurecht, die sie als Technik begriff, verloren geglaubtes, de facto aber nie besessenes Terrain zurückzuerobern.

Martha lag entspannt. Sie war on-line, der Computer wartete auf ihre Anweisungen. Sie schaltete versuchsweise das Küchenmodem ein, indem sie die Augen schloß und einfach daran dachte. In ihrem Hinterkopf machte sich augenblicklich ein angenehmes Vibrato breit. Sie wußte instinktiv, das war die Küchenmaschine. Zugleich hörte sie aus der Küche das vertraute Arbeitsgeräusch.

Aufhören, dachte sie behutsam, und das Geräusch erstarb zugleich mit dem Kribbeln im Hinterkopf. Das Spiel gefiel ihr sofort.

Als nächstes dachte sie an den Servierwagen, dessen Rückmeldung als Antwort auf ihren Gedanken kam, und zwar in Form einer kitzelnden Ameisenstraße in ihrem Nacken. Die Kribbelkolonne aus tausend Beinchen kroch abwärts bis zu den Lendenwirbeln, wo offenbar Endstation war. Martha öffnete die Augen – da stand der Servierboy, gleich neben ihr.

»Weg mit dir«, flüsterte sie und starrte ihn streng an. Er rollte ab in Richtung Küche, und die Ameisen kletterten wieder ihren Rücken hinauf.

Irre cool! Außer Armen und Beinen hatte sie nun

eine komplette *Küche*. Der Stecker übertraf jede Erwartung.

Martha experimentierte stundenlang mit ihrer neuen Küche. Sie lernte Zutaten mental zu bearbeiten und den Vorgang zu kontrollieren. Die Küchenwaage schien mit dem Hörnerv verbunden zu sein; kleine Mengen zwitscherten, während die Hauptbestandteile eines Gerichts brummten. Die olfaktorischen Sensoren des Rührwerks sprachen den visuellen Cortex an, so daß sie *sah*, wie Pfeffer, Kümmel oder Koriander dufteten. Das Knetwerk spürte sie als pulsierende Masse im Mund, an deren Geschmack sie die Konsistenz des Teiges zu beurteilen lernte. Ein Kribbeln im Becken verriet das laufende Schnitzelwerk, und je feiner das Hackgut wurde, desto weiter strahlte das Gefühl aus, massierte förmlich ihren Bauch mit schlanken Fingern, streifte den Magen und kroch bis zur Brust hoch. Es war atemberaubend. Zerkleinern wurde bald zur tagesfüllenden Tätigkeit für Martha.

Sie zerhackte fünf Kilo Äpfel zu brummendem, vom Becken bis zur Brust wühlendem Mus und hätte weitergemacht, wenn ihr das Obst nicht ausgegangen wäre. Der Strudelteig pulsierte wie ein Stück zuckenden Fleisches in ihrem Mund, und der Zimtgeruch lag wie ein Schleier aus Wüstenstaub über ihren Augen. Als sie die Küche geistig anwies, die Fülle in den ausgewalkten Teig einzuschlagen, war ihr, als stülpe sich ihr Inneres um. Nur unter äußerster Selbstbeherrschung war sie in der Lage, den in den tiefsten Frequenzen vibrierenden Riesenstrudel, der ihr Sensorium von der Stirn bis zum Bauchnabel ausfüllte, ins Rohr zu schieben und den Ofen anzuheizen.

Die Flamme fuhr ihr wie ein glühendes Schwert zwischen die Beine. Der Schmerz nahm ihr fast die Besinnung. Sie schaffte es gerade noch, den Stecker von der Schläfe zu reißen, dann lag sie keuchend da und wartete, bis sich die Küche aus ihrem Innern löste.

Nachdem sie sich gefangen und den Stecker wieder an der Schläfe hatte, schaltete sie, diesmal sachte, ganz, ganz kleine Flamme, den Herd wieder ein. Das Feuer glomm wärmend in ihrem Schoß, flackerte, loderte die Schenkel hinab. Sie gab mehr Gas, und die Wärme überwältigte sie. Sie spürte den Strudel in ihren Eingeweiden wie einen Mahlstrom; fünf Kilo Äpfel vibrierten durch ihr Rückenmark, während die Masse in ihrem Bauch quoll und der Teig juckende Blasen auf ihrer Haut warf. Die Äpfel schieden singenden Saft aus, der sich glitzernd süß wie funkelnde Diamanten in ihr Innerstes ergoß. Sie spürte, schmeckte, roch, sah nichts anderes als, ja sie *war* ein der Vollendung entgegenbrutzelnder Apfelstrudel in einem zwischen Kehle und Knien lodernden verzehrenden Feuer.

Als Siegfried heimkam, lag sie zufrieden lächelnd auf der Couch.

Siegfried legte sich zu ihr und versuchte, durch die gelöste Atmosphäre auf Gedanken kommend, sie zu küssen. Sie wehrte ab.

»Ich habe heute das erstemal mit dem Schläfenstecker gebacken«, erklärte sie. »Es hat mich sehr angestrengt.«

»Na ja«, sagte er und klemmte sich den Stecker an die Schläfe. »Du wirst es schon lernen.«

Sie nickte. »Weißt du, es ist unvergleichlich besser als alles andere.«

»Was ist es geworden?«

»Apfelstrudel«, seufzte sie. »Ein riesengroßer, saftiger, praller Apfelstrudel.«

Als er, ein schleimtriefendes Monster im TV verfolgend, Marthas Apfelstrudel mampfte, war sie bereits mit einem neuen Gericht beschäftigt. Sie lag mit geschlossenen Augen, während das Knetwerk knetete, das Rührwerk sirrte und der Herd glühte. Siegfried bemerkte zwischen Monster und Strudel, daß ihre Wangen von der geistigen Anstrengung gerötet waren und sie schwer atmete. Er versprach sich einen angenehmen Ausklang des Abends.

Aber nach dem Kochen war sie natürlich viel zu erschöpft und zufrieden, um an einen wie auch immer gearteten Ausklang des Abends zu denken.

In dem Maß, wie ihr die Küche in ihrem Innern vertrauter wurde, wie sie lernte, ihre Creationen nuanciert zu empfinden und die Erregung des Kochens zu steuern, wuchs ihr Verlangen nach dem Schläfenstecker. Eine neue Welt tat sich ihr auf, eine Welt voller Wunder, voller Geheimnisse und Intimitäten, ein ungeahntes Repertoire der Zärtlichkeit und Ekstase. Dabei war es nicht nur die tierische Hingabe an eine schmorende Hammelkeule, nicht der Sinnentaumel eines blasenwerfenden Strudels oder der glibberige Kitzel von Tiramisu – es war etwas viel Intimeres: eine tiefe, aufrichtige Beziehung zu ihrer Küche. Martha war, um es geradeheraus zu sagen, ganz unsterblich und mit allen Fasern ihrer quergestreiften Muskulatur – in ihre Küche verliebt.

Nun wäre das eine kuriose, aber einfache Liebesgeschichte zwischen Martha und ihrer Küche gewesen, die ausgehen hätte können wie alle Märchen, wenn ihr neues Verhältnis nicht jenes zu Siegfried verändert hätte: Die Küche war in, und Siegfried war out.

Sie täuschte Leidenschaft im Bett vor, aber irgendwann merkt auch ein Mann, wenn die Herzdame absoluten Nullbock hat.

Wir übergehen die peinlichen Details dieser Affäre. Tatsache ist, daß es kam, wie es in solchen Fällen zu kommen pflegt. Siegfried stellte sie vor die Wahl:

Entweder ich oder der Mixer, sagte er (der Mixer war gerade Marthas Favorit). Sie entschied sich ohne Zögern für letzteren. Auch die Drohung, sie psychiatrieren zu lassen, weil sie in ihren Herd verknallt war und sich vom Mixer bumsen ließ, erschütterte ihre Liebe nicht. Beide wußten sie, daß Siegfried legal nichts unternehmen konnte, um diese Liaison zu beenden, denn kein Richter würde ihm abnehmen, daß seine Frau mit einer Küche fremdging.

Aber er sann auf Rache. Das machte aus einem faulen Fettsack ein unerträgliches Ekel. Die heißgeliebte Küche, bisher ein lustvolles Refugium, vergällte er Martha durch kleine Störaktionen. Er quälte sie, wo immer sich Gelegenheit bot. Sie war bald einem Zusammenbruch nahe, ihre alte Depression flammte wieder auf. Sie wußte, daß es so nicht weitergehen konnte. Es mußte etwas geschehen.

Einmal beobachtete sie, wie er aus Eifersucht einen Knethaken des Mixers in den Müllschlucker warf. Das brachte sie auf eine Idee. Er war ja absolut ahnungslos in Küche und Haushalt. Sie brauchte eigentlich nur lange genug wegzufahren – vielleicht löste sich ihr Problem dann von selbst ... Wenn er das vorhatte, was sie vermutete, ergab sich mit ein wenig Glück alles von selbst. Sollte er ruhig seine finsteren Pläne schmieden.

Siegfrieds finsteren Plänen kam entgegen, daß Martha ganz scharf auf neue Gerichte war. Er mußte sie nicht erst überreden, einen Kurs über die Philosophie des elektronischen Kochens zu belegen, es genügte, ihr die Werbung unterzujubeln. Sie zierte sich ein wenig, als wollte sie nicht fahren. Nach einer angemessenen Frist buchte sie.

Vier Wochen Sommercamp bei selbstbereiteter Verpflegung, mit Philosophie, tantrischen Übungen und kulinarischen Genüssen. Welcher Art Genüsse Martha dort zu finden erwartete, war Siegfried klar, aber sollte sie nur fahren; zwei Wochen waren lang genug, um mit dem Nebenbuhler endgültig abzurechnen.

Als sie fort war, genehmigte er sich erst mal einen Drink. Der Servierboy rollte mit dem Glas heran. Siegfried bedachte ihn mit einem schrägen Blick, zögerte, nahm schließlich das Glas.

»Lang rollst du nicht mehr«, zischte er das Ding an.

Siegfried ging systematisch ans Werk. Zuerst befahl er dem Computer, die Fenster zu schließen und die Jalousien runterzulassen. Was er vorhatte, war nicht für die Nachbarn bestimmt. Dann verbog er die Knethaken des Rührwerks und orderte einen Kuchen. Die Zutaten kamen noch problemlos in das Gefäß, dann gab der Mixer ein Würgen von sich. Während der Motor bei dem Bemühen, die verklemmten Knethaken zu bewegen, heißlief, goß Siegfried eine Flasche Zitronensaft über den rechten Motor des Servierboys. Dann bestellte er einen zweiten Drink. Der Boy lief wie ein Idiot im Kreis. Siegfrieds Laune besserte sich.

»Jetzt machen wir mal sauber«, rief er und schmiß Marthas Schläfenstecker in die Bügelmaschine. Die Disketten mit den Haushaltsprogrammen steckte er in den Geschirrspüler, und dem Staubsauger schlug er ein Auge aus.

»Saugen!« befahl er. Der Geblendete zuckelte hilflos dahin, kam an die Treppe und polterte in den Keller. Von unten kam klägliches Blasen.

Siegfried füllte die Waschmaschine mit alten Zeitungen. »Wasch das!« befahl er, und die Maschine sagte nach einer Pause: »Dieses Gewebe scheint sehr verschmutzt zu sein. Ich empfehle Kochwäsche.«

»Tu, was du willst.« Als er heimtückisch das Wasser abdrehen wollte, stellte er fest, daß die Wasserversorgung vom Computer gesteuert wurde. »Wasch dich doch tot«, brummte er und sah im Wohnzimmer nach dem Rechten. Der Servierboy war umgestürzt, er lag in einem Haufen zerbrochener Gläser und Flaschen. Es stank nach Schnaps. Siegfried grinste.

»Was ist mit meinem Drink, du Arschloch?«

»Verzeihung, mein Herr, ich habe eine kleine Störung. Ein wenig Geduld, der Mechaniker ist unterwegs.«

Was war das? Mechaniker? Siegfried stürzte zum Terminal. »Hast du einen Mechaniker bestellt?« fragte er die Küche.

»Ja, mein Herr.«

»Sofort abbestellen. Ich will keinen Besuch. Stornieren! Alles stornieren, sofort!«

Die Küche summte und flackerte sekundenlang, dann kam die Vollzugsmeldung teilnahmslos aus dem Lautsprecher. »Es wurden wunschgemäß der Küchenservice, der Mechaniker und der Techniker für die Zentralsteuerung des Hauses abbestellt. Außerdem wurden sämtliche Lebensmittellieferungen storniert. Sie werden keinen Besuch bekommen. Es wird angemerkt, daß die Zentraleinheit eine reibungslose Funktion des Hauses unter diesen Umständen nicht garantieren kann.«

»So, kann sie nicht. Aber meine Frau kann sie bumsen ... Wann kriege ich endlich meinen Kuchen?« Aus dem Rührwerk quollen Rauchschwaden.

»Der Kuchen kann aufgrund einer kleinen technischen Störung nicht fertiggestellt werden. Darf ich Ihnen statt dessen ein paar Würstchen zubereiten?«

Siegfried ging in die Küche. Es roch nach verschmorter Isolation. Er gab dem Herd beiläufig einen Tritt – sicher ist sicher, man konnte ja nicht wissen, wer aller an der Sauerei beteiligt war – nahm das Gefäß mit der klumpigen Kuchenmasse vom Mixer, goß Abflußreiniger dazu und schlenderte zum Terminal.

»Willst du ein Stück Kuchen?« fragte er.

»Ich prüfe auf Wunsch die Zusammensetzung. Geben Sie bitte einen Löffel davon auf die Analyse-Plattform.« Ein Greifarm kam aus der Maschine.

Siegfried goß etwas von der Masse in den Schlitz des Diskettenlaufwerks. Es zischte. Aus dem Schlitz blubberte Schaum.

Als sonst nichts geschah, verlangte er mit der Zentraleinheit zu sprechen.

»Sie sprechen mit ihr. Was kann ich für Sie tun?«

»Wo bist du – ich meine, wo befindet sich der Zentrale Prozessor für die Hausfunktionen?«

»Er befindet sich über der Analyse-Plattform.«

»Ich möchte dich sehen.«

Die CPU überlegte. Sie war nicht sicher, ob diese Forderung rechtens war. Zutritt hatte nur der Servicetechniker. Da dieser aber im Auftrag des Hausherrn handelte und abbestellt wurde, mußte nach dem dritten Robotergesetz, 738. Novelle, auch der Hausherr Zutritt haben.

Die Abdeckung klappte hoch und gab den Blick auf dicht bestückte Platinen frei. Siegfried goß die Kuchen-Säuremischung bedächtig ins Gehäuse. Fast augenblicklich begann der Bildschirm zu flackern.

»Hardwarefehler im Spra-pra-pra-prachprozessor«, sagte die Küche, dann liefen nur noch Fehlermeldungen über den Monitor. Siegfried goß den Rest des Donnergurglers über die Tastatur.

Das letzte, was der Schirm zeigte, war ein kleines Fragezeichen. Dann hatte sich die Säure bis zu den elementaren Funktionen durchgefressen. Die Zentraleinheit gab einen verzögerten Rülpser von sich, aus der Tastatur fuhr ein Kurzschlußfunke – dann rührte sich nichts mehr. Es stank nach Chlor und kaputter Elektronik.

Siegfried setzte sich und betrachtete zufrieden sein Werk.

»Bring mir ein Bier«, verlangte er. Natürlich rührte sich nichts. Er ging in die Küche, um sich eins zu holen, mußte aber feststellen, daß der Kühlschrank zentralverriegelt war. Er fluchte. Dann eben ein Glas Wasser. Wo waren bloß die Gläser? Er rüttelte an den Schranktüren – versperrt. Dann fiel ihm der Servierboy ein. Im Wohnzimmer fand er tatsächlich zwischen Scherben ein intaktes Whiskyglas, nur am Rand ausgesplittert. Er hielt das Glas unter die Armatur, aber nichts geschah. Der Infrarot-Sensor war computergesteuert. Das gleiche im WC und im Bad. Siegfried stierte den Wasserhahn an, nickte verstehend.

Er warf das nutzlose Glas zu den Scherben.

»Ich wollte sowieso essen gehen«, rief er dem leblosen Monitor zu, suchte vergeblich seinen Mantel, der in der Garderobe eingesperrt war, und öffnete die Haustür.

Soll heißen: er versuchte es. Aber sie rührte sich nicht. Zentralsperre aller Türen, natürlich. Er versuchte es an der Gartentür, an allen Fenstern, im Keller, brach drei Messer bei dem untauglichen Versuch ab, die Schlösser zu knacken, und verletzte sich am Finger, als er den Staubsauger in das Fenster warf, das selbstvertändlich aus einbruchssicherem, unzerbrechlichem Glas war. Er konnte nicht einmal die Außenjalousien öffnen, um den Nachbarn ein Zeichen zu geben.

Die stundenlange Anstrengung hatte ihn erschöpft. Er beschloß, um Hilfe zu telefonieren. Leider konnte die verschmorte Zentraleinheit die ihr zugedachte Funktion einer Telefonzentrale nicht mehr erfüllen.

Martha kam nach vier Wochen zurück. Sie mußte einen Schlosser holen, um ins Haus zu kommen.

Und gleich darauf die Polizei.

Martha war sehr froh, den Kurs gemacht zu haben.

Die Philosophie macht Zusammenhänge sichtbar. Man steht über den Dingen. Das half ihr, auf das Chaos im Haus so zu reagieren, wie es der Inspektor erwartete. Auch als sie Siegfrieds Leiche fanden, vor dem aufgebrochenen Bullauge der Waschmaschine lag er seltsamerweise in einem Haufen aufgeweichter Papierschnipsel, hatte sie kein Problem.

David Brin · USA

PSSSSST

Keiner spricht mehr über das TALENT, jenen Zug unseres Wesens, von dem wir uns aus Mitleid befreien sollten. Den Lentili zuliebe verzichteten wir auf eine seltene und kostbare Gabe.

Wirklich?

Niemand zweifelt daran, daß die Lentili dieses Opfer verdienten. Schließlich haben sie sehr viel für die Menschheit getan. Ohne sie gäbe es uns und den ganzen Planeten Erde vielleicht gar nicht mehr, weil wir uns aus Habgier und Dummheit selbst vernichtet hätten. Und nur der medizinischen Technologie unserer Wohltäter habe ich es zu verdanken, daß ich mir mit dem Schreiben meiner Memoiren zweihundert Jahre Zeit lassen konnte.

Aber die Zeit ist unerbittlich, darauf weisen uns die Philosophen der Lentili ständig hin. Deshalb lege ich meine Erinnerungen jetzt fest, denn eines Tages wird es keine Männer und Frauen mehr geben, die noch selbst miterlebt haben, wie unsere Sternensonden die Nachricht von einem Kontakt mit Außerirdischen mitbrachten. Ich selbst entsinne mich noch gut.

Kontakt – welch herrliches und gleichzeitig angsteinflößendes Wort! Wir waren nicht mehr allein, doch was würde nun kommen?

O ja, wir hatten große Angst. Und hohe Erwartungen! Jeder Klugscheißer entwickelte natürlich seine eigenen Theorien. Einige behaupteten, unser kümmerliches, isoliertes Dasein hätte nun ein Ende, andere sagten gleich den Untergang der gesamten Menschheit voraus.

Von unserem Kontakt-Team trafen die ersten Informationen ein. Alles klang so wunderbar optimistisch. Es war zu schön, um wahr zu sein, fanden wir.

Wie es sich dann herausstellte, waren die Nachrichten noch untertrieben. Verblüfft nahmen wir zur Kenntnis, daß das Universum doch nicht verrückt zu sein schien. Denn es gab ja die Lentili.

Im Galaktischen Commonweal vereinten sich viele uralte, weise Völker, fortschrittliche, philosophische Spezies, die nicht das geringste Interesse daran hatten, sich unserer schmutzigen kleinen Welt zu bemächtigen. Genausogut hätte ein Professor einem kleinen Jungen den Ball stehlen können. Plötzlich kamen uns unsere Befürchtungen albern vor. Natürlich würden wir noch eine Ewigkeit lang die linkischen, unbeholfenen Neuzugänge bleiben, aber die interstellare Raumfahrt hatte uns quasi über Nacht und unumkehrbar von intelligenten Tieren zu *Bürgern des Universums* befördert.

Als Mentoren hatte man uns die freundlichen, geselligen Lentili zur Seite gestellt, diese schönen, sanftmütigen, klugen Wesen. War das nicht der beste Beweis für die guten Absichten des Universums?

Gigantische Sternenkreuzer der Lentili waren unterwegs und eskortierten die beiden primitiven irdischen Forschungsschiffe, die sie mit Leichtigkeit hätten verschlucken und in viel kürzerer Zeit hierherbringen können. Aber es hatte keine Eile, und die Lentili waren sensibel in Fragen des Ehrgefühls.

Ehrgefühl kann sehr kostspielig werden, das erfuhren wir, als die *Margaret Mead*, in der sich die Hälfte unseres Kontakt-Teams befand, auf dem Rückweg nach Sol explodierte. Der Schock darüber war noch nicht abgeklungen, als der allseits geachtete Präsident von Nordamerika – der neugewählte Vorsitzende des Interimrats von Terra – über Fernsehen die Völker der Welt ansprach.

Platitüden und Klischees sind manchmal ganz nützlich; Originalität ist denen, die gerade einen schmerzlichen Verlust betrauern, keine Hilfe. Deshalb lobte Präsident Tridden die Botschafter, die wir verloren hatten, mit denselben Phrasen, mit denen man Helden ehrt. Und selten haben Formulierungen so gut gepaßt.

Aber dann kam die große Überraschung; Tridden sagte etwas, das die ganze Welt verblüffte.

Offiziell existieren keine Aufzeichnungen seiner Rede mehr, aber obwohl sich kaum jemand über seine Ansprache äußert, hat sie größere Konsequenzen gehabt als jede andere Rede davor. Und in geheimen Kopien ist sie über das gesamte Sonnensystem verteilt. So formulierte Tridden seine bestürzende Enthüllung:

»Verehrte Mitbürger und Völker der Welt, nun muß ich über etwas sprechen, das ich selbst erst wenige Stunden vor der Katastrophe auf der *Margaret Mead* erfuhr. Es ist meine Pflicht, Ihnen zu sagen, daß die Lentili, diese freundlichen, gütigen Wesen, die bald Gäste auf unserem Planeten sein werden, *doch* nicht so vollkommen sind, wie es zuerst schien. Sie haben einen schwerwiegenden, tragischen Fehler.

Kurz vor ihrem Tod an Bord unseres Forschungsschiffs schickte mir die berühmte Soziologin und Psychologin, Dr. Ruth Rishke, eine höchst beunruhigende Nachricht. Nachdem ich zwei Tage und zwei schlaflose Nächte lang darüber nachgrübelte, wie ich mich verhalten soll, habe ich beschlossen, der gesamten Menschheit diese Information mitzuteilen. Denn wenn wir aufgrund von Dr. Rishkes Botschaft etwas unternehmen wollen, muß es jetzt gleich geschehen, *bevor* die Lentili hier eintreffen.

Doch ich möchte Sie nicht über Gebühr ängstigen.

Von unseren künftigen Gästen haben wir nichts zu befürchten. Ganz im Gegenteil. Wären sie uns feindlich gesonnen, wäre Widerstand ohnehin zwecklos; aber alle Zeichen deuten darauf hin, daß sie um unser Wohlergehen besorgt sind. Sie beglücken uns mit den Errungenschaften einer sehr alten und weisen Kultur, und sie bieten uns Lösungen für etliche Probleme an, die uns seit Jahrhunderten plagen.

Dennoch darf ich Ihnen nicht verheimlichen, daß es ein Risiko gibt. Aber nicht wir sind bedroht, sondern unsere *Wohltäter*. Denn trotz ihrer hohen Kultur scheint es den Lentili an etwas zu fehlen. Das fand Dr. Rishke vor ihrem tragischen Tod heraus.

Offenbar besitzen wir Menschen ein gewisses Talent, das den Lentili vollkommen abgeht. Ein Talent, das sie Mühe haben zu begreifen. Als Dr. Rishke es zum erstenmal erwähnte, wußten sie gar nicht, wovon sie sprach. Nach langen und mühsamen Erklärungsversuchen gelang es ihr schließlich, es wenigstens einigen von ihnen verständlich zu machen. Und als es dann soweit war, sagte Professor Rishke, ich zitiere: ›Ich war entsetzt, welche Konsequenzen es für die armen Lentili hatte.‹«

Ich erinnere mich noch gut an den Ausdruck auf Präsident Triddens Gesicht. Sein Mitleid mit diesen bedauernswerten Geschöpfen war offensichtlich. Im Laufe der letzten Wochen hatten wir die Lentili immer mehr bewundert. Hochgewachsen, schlaksig, mit Mienen, die vor Freundlichkeit und gutmütigem Humor beinahe troffen, wirkten sie ungemein harmlos, als könnten sie keiner Fliege etwas zuleide tun.

Zudem schienen sie allmächtig zu sein. Extrem stark, bestens durchorganisiert, lebten die Individuen Tausende von Jahren, bis sie sich mit dem Geist des Universums vereinten. Fähigkeiten, die ein Mensch sein Leben lang trainieren mußte, um sie zu perfektionieren, erlernten sie im Handumdrehen. Was sie als Einzelwesen und als Volk leisteten, war geradezu ehrfurchtgebietend.

Die Lentili lobten die künstlerischen und technischen Errungenschaften der Menschen, obwohl sie ihnen wie simpler Kinderkram vorkommen mußten. Wie konnten wir es nun vermeiden, diese überragende Rasse zu verprellen?

Durch ihren törichten Stolz hatten die Menschen ihren Planeten um ein Haar zerstört. Selbst als unsere beiden primitiven Sternenschiffe starteten, war die Erde noch von Unruhen und Kriegen gebeutelt. Deshalb konnten wir unsere neuentdeckte Demut besser verkraften, als manche befürchtet hatten. Von wenigen Querulanten einmal abgesehen, waren die Menschen entschlossen, von den Lentili zu lernen und ihnen dankbar zu sein.

Vielleicht können Sie sich jetzt vorstellen, wie überrascht wir waren. Die Nachricht des Präsidenten traf uns wie ein Schlag. Die Lentili, die bis jetzt als vollkommen galten, sollten einen Fehler haben?

Aber Präsident Triddens Autorität war so groß, und Professor Rishke so berühmt, daß wir ihnen einfach glauben mußten. Wir beugten uns vor und starrten so interessiert auf die Mattscheiben, wie nie zuvor in Zeiten des Friedens.

»Professor Rishke schickte ihre Informationen direkt an mich«, fuhr der Präsident fort. »Und hiermit gebe ich die Verantwortung an Sie alle weiter. Denn die gesamte Menschheit muß darüber entscheiden, was wir tun sollen.

Gleich zu Beginn unserer Beziehung zu einer freundlichen, gütigen Rasse, die uns erwiesenermaßen wohlgesonnen ist, müssen wir erkennen, daß es uns tatsächlich möglich ist, den Lentili einen schweren seelischen Schaden zuzufügen. Die Lentili leiden an einer

545

Art geistigen Blockierung, an einem sonderbaren *Minderwertigkeitskomplex*, der in einer Lappalie gründet, über die sich kaum ein Mensch, der älter als zehn Jahre ist, Gedanken macht. Natürlich ist es nicht unsere Schuld, aber wir könnten unsere neuen Freunde furchtbar kränken, wenn wir sie zwangsläufig auf etwas aufmerksam machen, was sie lieber übersehen würden. Es ist unsere Pflicht, den Schaden so gering wie möglich zu halten.

Deshalb bitte ich Sie alle, sich mir anzuschließen und ein großes Opfer zu bringen.

In den kommenden Wochen, wenn wir uns auf die Ankunft unserer Gäste und zukünftigen Mentoren vorbereiten, müssen wir *sämtliche Anspielungen auf dieses menschliche Talent* aus unserer Literatur, unserer Sprache und dem öffentlichen Leben streichen.

Um einen Anfang zu machen, habe ich kraft der mir in einem Notstand zukommenden Vollmachten bereits Anweisungen an verschiedene Regierungsstellen weitergegeben. Zur Stunde beginnt man damit, die Dateien in der Kongressbibliothek zu löschen. Es wird keine echte Bücherverbrennung geben, aber die neuen Dateien, die danach erstellt werden, enthalten keine Verweise auf jene menschliche Fähigkeit, die unsere neuen Freunde derart in Unruhe versetzt.

Sie alle können dasselbe tun, in Ihren Heimatstädten und bei sich zu Hause. Natürlich müssen wir unser Erbe nicht zerstören, aber wir können uns bemühen, diese Sache zu verschleiern, damit wir den Lentili – hoffentlich – Kummer ersparen.«

Wie traurig seine Augen dabei blickten. Präsident Tridden kam mir sehr weise vor, als er diese Worte sprach. Jetzt kann ich Ihnen ja verraten, was viele von uns in diesem Moment empfanden. Wir hatten Angst; wir fürchteten uns. Aber vor allem waren wir *stolz*. Genau, wir waren stolz darauf, daß auch wir Menschen barmherzig und aus Mitleid handeln konnten, wenn es darum ging, jemandem zu helfen. Während wir diesem großartigen Mann zuhörten, waren wir fest entschlossen, seinem Beispiel zu folgen. Ja, wir wollten diesen Plan in Angriff nehmen und unsere Beziehung zu unseren Mentoren mit einem Akt des Edelmuts und der Selbstaufopferung einleiten.

Nur wenige von uns machten sich Gedanken, *wie* wir vorgehen sollten. Doch der Präsident fuhr fort:

»Natürlich kennen wir alle die menschliche Natur. Unter anderem durften wir nur deshalb dem Galaktischen Commonweal beitreten, weil wir zivilisiert genug sind, um Heimlichkeiten zu verabscheuen. Wir haben uns zu einer Rasse von exzentrischen Individualisten entwickelt, und darauf sind wir stolz. Wie können wir dann für alle Zeiten die Existenz eines menschlichen Talents leugnen? Es ginge gar nicht, selbst wenn alle es versuchten, selbst wenn wir jeden Hinweis darauf fänden und vernichteten.

Außerdem wird es bestimmt Menschen geben, die bei diesem Unterfangen *nicht* mitmachen, die nicht glauben werden, daß unsere Wohltäter in Gefahr sind, oder die finden, wir brauchten uns nicht anzustrengen, um ihnen Kummer zu ersparen.

Und natürlich werden Aufzeichnungen von dieser Rede weiterhin kursieren!

Trotzdem gibt es Hoffnung. Laut Dr. Rishkes Analyse spielen diese Aspekte keine Rolle, solange die Mehrheit der Menschen sich bemüht. Hauptsache, wir einigen uns auf die wesentlichen Grundzüge. Die Verweise, Indizien und Spuren, die dann noch von jenem Talent übrig bleiben, werden von den armen Lentili höchstwahrscheinlich übersehen. Denn unbewußt helfen sie uns dabei, die Bedrohung für ihr kollektives seelisches Gleichgewicht zu verdrängen. Dr. Rishke war davon überzeugt, daß die Lentili dieses Talent ein-

547

fach ignorieren würden, wenn man sie nicht buchstäblich mit der Nase darauf stieße.

Eine Erklärung für etwaige Auffälligkeiten habe ich mir bereits ausgedacht. Wir behaupten einfach folgendes:

In diesem Jahr, am heutigen Tag, verlor Joseph Tridden, Präsident von Nordamerika und Vorsitzender des Interimrats von Terra, seinen Verstand.«

Lächelte Tridden ein bißchen, als er diese Worte sprach? Zigmal habe ich darüber nachgegrübelt, während ich mir meine geheime Kopie dieser Rede ansah. Ehrlich gesagt, weder ich noch jemand anders können sagen, ob unserem Präsidenten nicht der Schalk im Nacken saß, als er diesen ernsten und eindringlichen Appell an die gesamte Menschheit richtete.

Jedenfalls schien in diesem Augenblick die Erde zu wackeln, denn sechs Milliarden Menschen klappten gleichzeitig vor Überraschung und Staunen die Kinnladen herunter.

»Jawohl, Völker dieser Welt. Das ist die einzige Möglichkeit. Heute nacht werden Millionen von Ihnen meinem Aufruf folgen, Aufzeichnungen ändern und Archive manipulieren. Es macht nichts, wenn nicht jeder Beweis ausgemerzt werden kann. Und die sich daraus ergebende Verwirrung kann uns als Entschuldigung dienen, wenn die Lentili sich fragen, wieso wir über bestimmte Dinge so wenig sprechen.

Und nächsten Monat, nächstes Jahr, im Verlauf der Geschichte, wird man *mir* die Schuld für die heute einsetzende Hysterie geben.

Es gibt kein solches Talent ... es gibt keine menschliche Eigenschaft, die automatisch den Neid der Lentili erregt und ihnen einen Minderwertigkeitskomplex einflößt.

So lautet unser Motto! Dieses gewisse Talent hat nie existiert! Es war ein Mythos, eine Lüge, in die Welt gesetzt von einem einzelnen Mann, einem neurotischen Politiker, der an diesem heutigen Tag vollends durchdrehte. Das nahe Ende seiner Macht trieb ihn endgültig in den Wahnsinn. Zum Schluß rief er übers Fernsehen noch Millionen Menschen auf, loszuziehen und Archive zu zerstören. In einem relativ harmlosen Sabotageakt sollten sie Aufzeichnungen vernichten, Karteien verbrennen und andere alberne, wiedergutzumachende Schäden anrichten.

Aber genau das *müssen* Sie tun, werte Mitbürger und Völker der Welt. Sie müssen sämtliche offiziellen Erwähnungen dieses Talents auslöschen. Tun Sie es unseren Mentoren zuliebe, die sich unterwegs zu uns befinden. Und dann behaupten Sie, Sie hätten das alles auf Geheiß eines Psychopathen getan, es sei die Ausgeburt eines kranken Hirns.

Des meinigen.«

An dieser Stelle lächelte er wirklich, das weiß ich. Doch nun war die halbe Welt davon überzeugt, daß er tatsächlich verrückt geworden war. Und die andere Hälfte hätte ihr Leben für ihn gelassen, wenn er es verlangt hätte.

»Ich werde versuchen, meinen Abgang so lange hinauszuzögern, bis das Projekt voll im Gange ist. Die politischen Kämpfe haben bereits begonnen. Ärzte werden konsultiert, und konstitutionelle Verfahren eingeleitet. Wahrscheinlich bleibt mir nicht mehr viel Zeit, um zu Ihnen zu sprechen, deshalb komme ich gleich auf den Punkt.

Möglicherweise habe ich mich hinsichtlich des Talents zu vage ausgedrückt. Das Talent, auf das ich anspiele, und das ich nicht genauer bezeichnen darf, ist bei den Menschen allgemein verbreitet. Da draußen, im Galaktischen Commonweal, scheint es jedoch sehr selten zu sein. Bis jetzt haben wir es kaum weiterentwickelt. Tatsächlich hielten wir es wohl für so selbstverständlich und so unwichtig, daß kaum jemand einen Gedanken daran verschwendete. Für uns war es halt immer ein gegebener Bestandteil des Lebens.

Dennoch ist es ein...«

Er brach ab, und an dem Ausdruck in seinen Augen konnten wir erkennen, daß sich ihm die Leute näherten, die dieser Fernsehansprache ein Ende setzen wollten. Präsident Tridden blieb nur noch soviel Zeit, um einen Finger an die Lippen zu legen, in jener uralten Geste, die einen zum Stillschweigen verpflichtet.

Plötzlich verschwand das Bild, und es folgte die berühmte statische Entladung, die die ganze Welt endlose Minuten lang gefangenhielt, bis sich die Bildschirme wieder mit den Köpfen von Regierungsbeamten und Fernsehmoderatoren füllten, die uns nervös blinzelnd erzählten, was die Hälfte von uns bereits wußte – daß der Präsident erkrankt sei.

Der Rest der Menschheit – die andere Hälfte – wartete gar nicht erst die Diagnosen der smarten Ärzte ab. Wir rissen die Stichwortverzeichnisse aus unseren Enzyklopädien oder marschierten mit Äxten bewaffnet aus dem Haus, in Richtung der örtlichen Bibliotheken. Nicht an den Büchern wollten wir uns vergreifen, sondern an den Karteien.

Im Augenblick schien es kaum eine Rolle zu spielen, daß er nicht mehr dazu kam, uns genau zu erklären, *was* wir eigentlich verheimlichen sollten. *Wir müssen ein Durcheinander anrichten!* sagten wir uns. Damit diese Eigenschaft, die die Gefühle unserer Gäste verletzen könnte, darin untergeht.

Und wir mußten die edle Tat vollbringen, ehe uns jemand daran hindern konnte...

Die nächtliche Hysterie ritt auf einer Woge der Leidenschaft; es war wie ein dionysischer Rausch, der aber letzten Endes nur einen geringen Schaden anrichtete – denn es gab kaum etwas, das sich nicht wiedergutmachen ließ. Dieser Wahn ebbte genauso schnell ab, wie er begann, und verlegen kehrten wir in die Normalität zurück.

Jawohl, verlautbarten die Psychologen, der Präsident sei verrückt.

Als die *Gregory Bateson* eintraf und man Dr. Rishkes Kollegen interviewte, schworen alle, sie habe niemals einen solchen Bericht an die Erde schicken können. Es wäre einfach nicht möglich gewesen.

Die Gerüchte nahmen überhand. Doch es gab keinen sicheren Beweis für die Spekulation, Tridden selbst habe die Zerstörung der *Margaret Mead* angeordnet, ein Verbrechen, daß man nicht einmal einem Wahnsinnigen zutraute. Auf jeden Fall beschloß man, keinen weiteren Schlamm mehr aufzurühren. Der Mann befand sich jetzt an einem Ort, wo er kein Unheil mehr anrichten konnte.

Bald begannen die glorreichen Tage, die die Ankunft der Lentili begleiteten. In jedem Fernsehsender wurden die Lentili interviewt. Sie waren so reizend, humorvoll und uns so offenkundig zugetan, daß wir nicht lange brauchten, um ihren Wert zu begreifen. Sie waren genau das, was wir brauchten, nämlich wunderbare, weise ältere Brüder und Schwestern, die uns halfen, die Wachstumsschmerzen dieses entsetzlichen Jahrtausends zu lindern.

Endlich fingen wir ernsthaft an, erwachsen zu werden.

Heute spricht man nur noch selten über Präsident Tridden und den Streich, den er uns spielte. Natürlich taucht immer wieder mal ein Künstler, Schriftsteller oder Erneuerer auf, der behauptet, er habe das ›Triddensche Talent‹ gefunden. Doch meistens handelt es sich bei diesen Menschen um Halbverrückte, um Außenseiter der Gesellschaft, die wir mit ähnlicher Toleranz dulden, wie die Lentili sie der gesamten Menschheit entgegenbringen.

Allerdings kommt es auch vor, daß jemand in aller Arglosigkeit glaubt, er sei auf dieses Talent gestoßen. Wenn ein brillanter neuer Unterhaltungskünstler auftritt, beim Betrachten eines besonders originellen Kunstwerks, wenn man zum erstenmal eine neue Musik hört oder mit einem kühnen Projekt konfrontiert wird, fühlt man sich zuweilen beunruhigt und fragt sich, könnte es *das* sein, worüber Tridden sprach? Hatte er vielleicht *doch* recht?

Zwangsläufig müssen wir unsere Vermutungen an den Lentili testen. Allein ihre Reaktion könnte uns verraten, was es mit Triddens Ansprache damals auf sich hatte.

Aber bis jetzt schien nichts, was unsere neue Renaissance hervorbrachte, sie sonderlich zu bekümmern. Keine Spur von hysterischer Ablehnung. Sie sagen, unser Verhalten habe sie überrascht. Anscheinend durchleben die meisten Neulinge, die dem Galaktischen Commonweal beitreten, lange Perioden der Demut und des Selbstzweifels, in denen sie sklavisch die Lebensweise ihrer Mentoren kopieren. Die Lentili staunen über unsere geistige Unabhängigkeit und unseren Drang, ständig Neues zu schaffen. Trotzdem gaben sie noch nie zu erkennen, daß irgendein mysteriöses, schlummerndes menschliches Talent, das plötzlich zum Vorschein kam, sie in irgendeiner Weise erschreckt hätte.

Falls wir überhaupt von Tridden sprechen, dann nur mit einer gewissen Verlegenheit. Er starb in einer Anstalt, und seinen Namen benutzen wir jetzt als Euphemismus, wenn wir ausdrücken wollen, daß jemand ›übergeschnappt‹ ist.

Dennoch...

Dennoch komme ich manchmal ins Grübeln. Ein kleine Minderheit glaubt immer noch an ihn. Es sind diejenigen, die unseren Mentoren höflich, aber *herablassend* danken, mit einer Blasiertheit, die angesichts der untergeordneten Stellung, die wir auf der Lebensleiter einnehmen, vollkommen unangemessen erscheint. Es sind diejenigen, die immun sind gegen die bange Schüchternheit, die die meisten Menschen immer wieder befällt, obwohl die Lentili sich nach Kräften bemühen, uns Liebe und Geborgenheit zu vermitteln.

Ich frage mich, ob es ein Zufall ist, daß in jedem Team, das zu Verhandlungen mit dem Commonweal losgeschickt wird, auch ein paar Tridden-Anhänger unter den Gesandten sind. Und wie kommt es, daß sie sich von allen unseren Diplomaten als die zähesten und tüchtigsten entpuppen?

Diese Leute, die fest an einen verrückten Präsidenten glauben, geben sich nie zufrieden. Ständig suchen sie nach dem geheimnisvollen, unterentwickelten Talent, das uns in diesem ehrfurchtgebietenden, übermächtigen Universum zu etwas besonderem machen könnte.

Ohne sich um die Dateien zu kümmern, die sie für nutzlos erachten, stöbern sie in dem Quellenmaterial aus unserer Vergangenheit und forschen in den Randgebieten unseres Wissens und Verstehens. Weder die Zeit noch die Genialität unserer Mentoren vermögen den Eifer der Tridden-Anhänger zu dämpfen.

Wie Götter leben die Lentili unter uns.

Wir hingegen haben eine Lektion gelernt, die wir früher Hunden und Pferden beibrachten. Wir haben von demselben Becher gekostet, aus dem wir einstmals unsere Verwandten, die Affen, trinken ließen. Dem Becher der Demut.

Zweifellos waren wir Menschen arrogant, als wir noch glaubten, wir seien die Krone der Schöpfung. Selbst wenn wir eine Gottheit anbeteten, verfrachteten wir sie an einen entfernten Ort; wir verbannten sie aus unserer realen Welt, wodurch wir uns die Oberherrschaft über den Planeten anmaßten.

Nun, da wir bescheiden geworden sind, können wir ernsthaft dazulernen und uns der Aufgabe widmen, uns zu einer Spezies zu entwickeln, die eine Zivilisation verdient, deren Höchststand wir nur schwach erahnen.

Fraglos sind die Menschen jetzt besser als ihre barbarischen, wilden Vorfahren. Wir sind klüger, freundlicher und liebevoller; und wider alle Erwartungen sogar kreativer.

Um letzteres zu erklären, habe ich eine Theorie entwickelt – doch die behalte ich für mich. Aber sie ist der Grund, weshalb ich es einmal im Jahr riskiere, als Idiot abgestempelt zu werden, wenn ich an einem Gedenkgottesdienst teilnehme, der auf dem Friedhof von Arlington an einem kleinen Grab abgehalten wird. Und während die meisten Anwesenden von Ehre, Mitleid und dem Martyrium eines anständigen, aufrechten Mannes sprechen, erweise *ich* meine Reverenz einem vorausschauenden Geist, der vielleicht erkannte, in welche Richtung sein Volk steuerte, und welche Gefahren es erwarteten.

Ich verehre einen Schurken, der die Zukunft zu ändern vermochte.

Ein Märtyrer war er gewiß; doch der größte Trost, den er mit in seine Gefangenschaft nahm, blieb bis zuletzt sein Geheimnis.

Dieses Lächeln ...

Sie bewegen sich unter uns, als seien sie Götter. Aber wir haben unsere Rache.

Die Lentili wissen, daß Tridden verrückt gewesen

sein muß. Sie wissen, daß es kein verborgenes Talent gibt. Wir schirmen sie nicht vor einer alles überstrahlenden Wahrheit ab, indem wir ihnen aus Mitleid und Liebe etwas vorenthalten. Sie *wissen* es.

Trotzdem habe ich es hin und wieder gesehen. Ich habe es *gesehen* ... in ihren tiefliegenden, ausdrucksvollen Augen, jedesmal, wenn irgendein neues Ergebnis unserer Renaissance sie überrascht.

Ich erkannte diesen Anflug von Erstaunen, den flüchtigen *Zweifel*.

Bei diesen Gelegenheiten bemitleide ich diese armen Kreaturen, denen etwas fehlt. Gott sei Dank *kann* ich sie bedauern.

Originaltitel: ›SHHHH‹ • Copyright © 1989 by TSR • Erstmals erschienen in ›Amazing Science Fiction‹, Mai 1989 • Mit freundlicher Genehmigung des Autors und Uwe Luserke, Literarische Agentur, Stuttgart • Copyright © 1995 der deutschen Übersetzung by Wilhelm Heyne Verlag, München • Aus dem Amerikanischen übersetzt von Ingrid Herrmann

Ein genialer Geheimplan

Die USA hatten einen genialen Geheimplan: mit Zeitmaschinen Spezialisten 5 Millionen Jahre in die Vergangenheit zu schicken, um den Arabern vor ihrer Zeit das Öl abzupumpen und mit Pipelines in andere Lagerstätten zu verfrachten. Das Fatale war nur: Niemand konnte wirklich die Folgen eines solchen Eingriffs kalkulieren. Wie würde unsere Gegenwart aussehen, wenn der Coup gelänge? Hätte es dann die Welt, wie wir sie kennen, überhaupt je gegeben?

Wolfgang Jeschke
Der letzte Tag der Schöpfung
06/4200

Wilhelm Heyne Verlag
München

Die Auferstehung
des Fleisches

Was fühlt ein Mensch, der eines Tages feststellt, daß er nur
eine Kopie seiner selbst ist - und wie alle Kopien nur eine
sehr begrenzte Lebensdauer hat? Ein Thriller vom Menschen
im Zeitalter seiner technischen Reproduzierbarkeit und eine
realistische Vision der nahen Zukunft.

06/5001

Wilhelm Heyne Verlag
München

David Brin

»Wie Schriftsteller so sind, glaube ich, als eine Art Optimist
zu gelten. Daher scheint es nur natürlich, daß dieser Roman
eine Zukunft entwirft, in der es etwas mehr Weisheit gibt als
Torheit ... Vielleicht etwas mehr Hoffnung als Verzweiflung.

Tatsächlich ist er wohl das ermutigendste Zukunftsbild, das
ich mir gerade jetzt vorstellen kann.
Welch ernüchternder Gedanke!«

06/5145

Wilhelm Heyne Verlag
München

MEAMONES AUGE

●●●●●●●●●

von Wolfgang Jeschke

mit 12 Original-Lithographien
von Jörg Remé
Einmalige vom Autor und vom Künstler signierte
Luxusausgabe in 100 Exemplaren
Pappband im Schuber
DM 280,-

Wolfgang Jeschke

MEAMONES AUGE

Mit zwölf Original-Lithographien
von Jörg Remé

Bestellungen nur an den Autor
c/o Wilhelm Heyne Verlag, München
ISBN 3-453-08461-6

Top Hits der Science Fiction

Man kann nicht alles lesen – deshalb ein paar heiße Tips

Ursula K. Le Guin
Die Geißel des Himmels
06/3373

Poul Anderson
Korridore der Zeit
06/3115

Wolfgang Jeschke
Der letzte Tag der Schöpfung
06/4200

John Brunner
Die Opfer der Nova
06/4341

Harry Harrison
New York 1999
06/4351

Wilhelm Heyne Verlag
München